本书得到"十一五"国家科技支撑计划项目
"城郊区环保型特色农业支撑技术研究与示范"的资助

城郊环境保育农业理论与实践

吴金水 等／著

科学出版社

北 京

内 容 简 介

基于国家"十一五"科技支撑计划项目"城郊区环保型特色农业支撑技术研究与示范"的研究,本书系统阐述了城郊环境保育农业的基本内涵、我国城郊农业新的功能定位和发展趋势、城郊区环境风险防控和保育及农产品健康质量提升等关键技术,介绍了项目在我国五大城市群郊区开展的典型环境保育型农业模式的研究与初步应用结果,以期为解决当前我国城郊区农业发展所面临的环境风险和农产品安全问题,构建与城郊生态环境保育功能和相关产业发展相结合的新型城郊农业体系提供参考。

本书适合于农学、环境学、生态学、区域规划与管理等领域的科研、教学、管理部门人员及研究生、本科生阅读参考。

图书在版编目(CIP)数据

城郊环境保育农业理论与实践 / 吴金水等著. —北京:科学出版社,2011

ISBN 978-7-03-030391-2

Ⅰ. 城… Ⅱ. 吴… Ⅲ. 城郊农业 – 无污染技术 Ⅳ. F304.5-39

中国版本图书馆 CIP 数据核字 (2011) 第 030411 号

责任编辑:王 倩 王晓光 赵 冰 / 责任校对:钟 洋
责任印制:钱玉芬 / 封面设计:耕者设计

科 学 出 版 社 出版

北京东黄城根北街 16 号
邮政编码:100717
http://www.sciencep.com

中国科学院印刷厂 印刷

科学出版社发行 各地新华书店经销

*

2011 年 3 月第 一 版 开本:787×1092 1/16
2011 年 3 月第一次印刷 印张:27 1/4 插页:2
印数:1—1 500 字数:630 000

定价:88.00 元

(如有印装质量问题,我社负责调换)

前　言

我国城市郊区现有耕地面积达 3 亿亩①，约占全国耕地面积的 26%，居民人口大约 3 亿。与普通农业区相比，城郊农业有其鲜明的产业特色和突出的发展优势。城郊区土地肥沃、地理条件优越、农业基础设施发达，是城市蔬菜、果品、肉类、蛋、奶等鲜活农产品的主要生产基地，经济效益高。城郊区还具有技术和市场等方面的突出优势，适合于发展产业化、标准化、多元化（如旅游）的高值农业，是我国农业的精华。在未来几十年中，我国快速城市化仍将持续，城郊区对城市农产品供应的主导地位将更加强化。

城郊区担负着农产品生产和城市生态环境保障作用的双重功能，环境质量要求显然高于一般农业区。但是，城郊区也是城市工业"三废"和生活废弃物的重要消纳区，各种有害物质，特别是重金属和有机污染物长期累积，加之农业自身长期处于高量化肥和农药的投入之下，以及大规模集约化畜禽养殖业废弃物的大量排放，其环境污染状况极为严重和复杂。《第一次全国污染源普查公报》已经明确，农业是全国 N、P 流失，导致大范围环境富营养化的主体。根据我们组织的对我国五大城市群郊区的调查，蔬菜地化肥年施用量是普通农田的 3~5 倍，农产品安全和环境隐患极为突出。在多重污染因素的共同作用下，城郊区应有的城市生态环境保育功能日渐衰退，成为我国生态环境风险最大的区域。城郊农业主要生产鲜活农产品，健康质量要求高，控制难度大，却置身于极为恶劣的产地环境之中，一旦出现污染，社会危害极大。如果不及时调整以蔬菜种植和集约化畜禽养殖为主体的产业结构，从根本上解决高投入导致的高环境风险问题，城郊区农业发展就难以为继。

发达国家为解决农业污染问题，提高环境质量，普遍采取了严格控制化肥投入和养殖业，以及在高环境风险区（特别是城郊区）限制农业生产或者调整农业结构等措施。这些措施无疑会削弱农业生产力和经济收入。与发达国家所不同的是，我国的粮食安全、农产品供应保障和生态环境都十分脆弱。尽管限制农业在局部实施可行，但要在我国农业精华地带的城郊区大规模实施，势必将严重冲击我国的粮食安全和城市的农产品供应。

改革开放 30 多年来，我国城郊区在经历了以解决城市农产品供应短缺和数量扩张需求的农业生产阶段之后，已经转变为满足优质农产品生产和城市生态环境保育两大基本功能，同时支撑乡土文化、观光、旅游等服务业发展的新阶段。这就需要赋予我国城郊区农业新的功能定位、发展理念和模式。

由中国科学院主持的"十一五"国家科技支撑计划"城郊区环保型特色农业支撑

---

① 1 亩 ≈ 666.7m²。

技术研究与示范"项目,在实施中对我国城郊区农业在新阶段的功能定位、发展理念和模式进行了深入探索,旗帜鲜明地提出将"环境保育农业"作为总揽我国城郊区农业在现阶段乃至长期发展的基本理念,将"一高两低"型(即高经济效益、低 N 和低 P 投入)农业体系作为城郊农业新的发展方向。项目的实施,为发展城郊环境保育农业积累了一定的技术基础,对我国五大城市群城郊环境保育农业模式进行了试验和示范,为探索构建"城郊环境保育农业"体系打下坚实基础。本书就这些研究工作进行系统的介绍。

通过项目的研究与实践结果,我们坚信,缓解甚至扭转城郊区农业与环境的矛盾是可行的。但是,我国城郊区高投入的城郊农业结构和严峻的环境问题不可能很快改变,要构建真正意义上的城郊环境保育农业体系,基础十分薄弱,任重而道远。

本书是以"十一五"国家科技支撑计划项目"城郊区环境保育型特色农业支撑技术研究与示范"(2008BADA7B00)的研究为基础而完成的。第一章概括了我国城郊区农业的发展历程、当前面临的主要问题与城郊环境保育农业的基本内涵。第二章阐述了我国当前城郊农业新的功能定位与结构优化模式。第三至六章分别介绍了城郊区环境富营养化风险防控的关键对策与相关技术、典型城郊区土壤化学退化防控与重金属超标土壤农业安全利用技术、城郊农产品健康质量控制与提升技术以及城郊区集约化养殖业污染物控制与资源化利用技术。第七至十一章分别介绍了在长沙、泰州、北京、沈阳和重庆市城郊区开展的典型环境保育型农业模式与应用示范效果。

"城郊区环保型特色农业支撑技术研究与示范"得到科学技术部的经费资助。项目在实施过程中得到主管单位科学技术部农村司、组织单位中国科学院资源环境科学与技术局、依托单位中国科学院亚热带农业生态研究所,以及参与项目实施的 29 个科研院所、高等院校、企业和地方农业推广单位的大力支持。本书是"城郊环境保育农业"团队 330 余位科研人员和研究生辛勤工作的共同成果。对此谨表衷心的感谢!

值得指出的是,"城郊区环保型特色农业支撑技术研究与示范"项目执行时间有限,我们深切感受到项目开展的研究工作在深度和广度上存在很大的不足。我们深刻意识到,造成当前我国城郊农业区严峻的环境问题和农产品安全问题的根源是在发展农业中长期忽视了城郊区应有的环境保育功能,在快速步入城市化和社会现代化的新阶段,这一功能尤其重要。城郊农业没有一种新的发展理念和模式,仍然沿袭以往的道路发展,其结果只能是越来越加重农业与环境的矛盾。本书谨借"城郊环境保育农业"作为概括这种发展理念和模式的名称。以其作为一个探索性的命题,引起人们对于解决城郊环境保育农业所面临的问题与发展方向的思考。鉴于此,包括"城郊环境保育农业"概念本身,还有书中对其内涵的阐述,以及所提出的各种模式,是否确切,都值得与读者一起商榷。此外,限于各方面水平,本书难免不足之处,敬请读者不吝指正。

吴金水

2010 年 12 月

目　录

第一章　城郊环境保育农业的内涵及现状

改革开放 30 多年来，我国农业发展取得了举世瞩目的成就，特别是代表了我国现代农业水平的城郊农业更取得了长足的发展。伴随着我国城市化的不断发展，大城市郊区日益成为一个特殊的、与城市发展共生的新型地理区域。城市郊区已从单一为城市供应农副产品发展到具有为城市居民生产农副产品和提供生态环境保障双重基本功能的特殊区域。在社会发展过程中，人们对城郊农业的发展提出了更高的要求，农业功能亟待进一步转变和拓展。重新审视和认识城郊农业环境保育功能的科学内涵，提出新的发展理念和模式，对指导在我国具有举足轻重地位的城郊农业的发展具有重要的现实意义。

第一节　城郊农业的形成与发展

一、城郊农业的发展历程

近 10 年来，我国城市化进程呈现出持续加快的趋势。到 2003 年，我国人口 20 万以上的城市已超过 600 座，其中市区人口超过 200 万的大型城市的数量已达 33 个，并形成了若干个大城市群。预计到 21 世纪中叶，我国将初步实现城市化，大、中、小城市的数量将达到 2000 座以上，集镇数量将超过 5000 个。

城郊区是指环绕在城市中心区域周围，介于城市与农村之间的过渡地带。城郊区据其所处的区位，可划分为近郊区和远郊区，前者指紧靠市区的外围地带，以生产蔬菜、副食品为主，同时拥有城市的一些工厂企业、对外交通设施、仓库、绿地等；后者指近郊区外围、远离市区而又在市界以内的地区，以生产粮食、经济作物为主，有的还分布有工业和小城镇等。据统计，2002 年，我国城郊区农业人口总数约为 3 亿，占全国农业人口的 30% 以上，耕地总面积约达 3130 万 hm^2，约占全国耕地总面积的 26%。随着我国城市化过程的不断推进，城郊区的范围不断扩大。作为具有自身产业特色和经济社会发展规律的特殊区域，城郊区一方面担负着高投入、高强度的农业生产功能，另一方面起着城市生态环境保育作用。

城郊农业（suburban agriculture）是现代农业的一种特殊类型，是伴随城市发展的需要而逐渐形成的特色农产品生产方式，最终成为城市功能和城市生活的一个重要组成部分。城郊农业首先出现在欧洲、美国、日本等发达国家和地区，是 20 世纪工业化和城市化高度发展的产物，在农业布局、发展模式和功能上具有一些新的特征。城郊环境保育农业（multifunctional suburban agriculture）是城市化进程发展到较高阶段时，为了满足城市对周边区域多重功能的需求，依靠先进的科学技术而产生的生产力水平和经济效益较高、投入低、与环境保育功能协调、辅助城市文化与服务功能的高端农业系统，其融合了商品生产、休闲旅游、出口创汇等功能，具有市场化、集约化、科技化和产业化特征。

改革开放以来，我国城郊农业取得了突飞猛进的发展，农产品的数量、品种大大增加。但目前我国城郊农业整体仍然处于传统农业的发展阶段，很大程度上是以牺牲生态环境为代价而单纯追求经济效益的不可持续模式。目前我国许多城郊区所呈现的不合理的基础设施布局和产业布局更加剧了城郊农业与生态环境的矛盾。我国城郊农业的发展历程基本可以分为以下三个阶段。

第一，以满足城市居民"菜篮子"需求为主要功能的传统城郊农业发展阶段。

20 世纪 70 年代末至 80 年代，农产品供给严重不足是当时突出的社会和经济问题。我国农村实行"承包制"，城郊农业主要是以农户为基本单元进行生产的经营方式。为了改变农产品短缺的局面，国家实施了"菜篮子"工程，率先对城郊农地实行高投入政策，大量使用化肥和农药，千方百计提高产量，解决城市居民农副产品的供需矛盾，同时也促使城郊农业逐步由传统农业向现代农业过渡。

20 世纪 80 年代以后，资源高耗型农业（如化学农业）在城郊区迅速发展，种植业化肥使用量迅速增加，在沿海发达地区及城郊区，机械化农业与集约化养殖业逐渐普及。土地利用高度集约化、资源的大量投入以及生产技术水平的提高，使城郊农业的单产和总产均大幅度提高，满足了城市居民对农产品数量日益增加的需求。但这种发展模式基本是仿照发达国家已经完成的以大量消耗化石能源为根本特征的"化学农业"或者"石油农业"模式。土地过度开发不断挤占生态环境保育空间，化肥和农药的大量使用给土地和农产品质量安全以及城郊农业的进一步发展带来了明显的生态环境安全隐患。

第二，以扩大农产品供应规模为主要目标的集约化和产业化城郊农业发展阶段。

20 世纪 90 年代初至 21 世纪初，我国城郊农产品供应走上了集约化和产业化的道路。国家建设和城市化的快速推进，使城郊农业用地缩减，加之以农户为经营单元的传统农业效益不断下降，加快了农业集约化进程。由于人民生活质量的改善，城市居民对农产品的品种和数量有了进一步的要求，农产品的供应和流通途径发生了根本性变化，市场化过程不断推进，为城郊农业的产业化提供了机遇。集约化和产业化的发展极大地提高了城郊农业生产力，使得各类农产品的供应大幅度增加，农民收入增长迅速，丰富了城市居民的"菜篮子"。城郊农业转向区域特色化，围绕主导产业和重点产品发展多种专业生产区，建立各具特色的商品生产基地，并依靠龙头带动，组建和扶持集信息、科研、加工、运销和服务于一体的龙头企业，带动广大城郊农民将产品销往国内外市场。

这些改变不仅集约、节约利用了城郊农业用地，发展了规模经营，提高了劳动生产率和农产品商品率，还优化组合了城郊区的农业生产要素，提升了经济效益。然而，在资源高耗型农业的传统集约化模式下，农业与生态环境的矛盾不仅没有得到有效解决，反而进一步恶化。

第三，以满足城市居民对优质农产品多样化需求为目标的多功能城郊农业发展阶段。

21 世纪以来，我国经济迅猛发展，人民生活水平不断提高。随着城市的迅速膨胀、城市污染的加剧，人们更注重生活品质的提升和身心健康的保养，对农产品的需求突破了数量上的限制，更多地考虑农产品品质安全。因此，城郊农业生产和发展的重要着力点是农产品的品质和安全以及城郊农业景观的维护和美化。

为了克服城郊农业发展中出现的种种问题，各级政府和专家学者对城郊农业的生产模式作了种种探索，根据各地的实际条件设计了许多模式，如都市农业、生态农业、设施农业、绿色农业、有机农业、生物农业、无公害农业、再生农业、保护性农业、观光休闲农业和旅游农业等。

城郊农业突破了单一的生产功能，在保证城市鲜活农产品供应的同时，更加注重自身的社会和生态服务功能，逐步向与城市功能互补和协调发展的方向演进。然而，城郊农业长期以来的不合理开发以及物质高度集约化的农业生产模式导致城郊农业对化学物质投入的依赖性日益增强。如果不进一步改变农业生产的增长模式，城郊农业对化学物质投入的需求量将继续增加，从而将导致更加严重的经济、环境与生态问题。

二、城郊农业的发展形式

综上所述，城郊农业的发展经历了从传统农业向现代农业演替的过程，其中包含各种类型的农业生产模式。除了单一农户分散经营的传统农业生产方式外，城郊农业出现了设施与工厂化农业、循环农业、生态农业、绿色农业、都市农业、休闲观光农业等多种发展形式。

（一）设施与工厂化农业

设施农业（facility agriculture）是通过采用现代化农业工程和机械技术改变自然环境，为动植物生产提供相对可控甚至最适环境条件，在一定程度上摆脱了对自然环境的依赖而进行有效生产的农业。设施农业是涵盖建筑、材料、机械、自动控制、品种、园艺技术、栽培技术和管理学科的系统工程，其发达程度是体现农业现代化水平的重要标志之一。这种农业以经济效益为重点，以资本和知识密集为形式，从而实现农业生产的高效率、高附加值和高效益。我国大城市的城郊农业普遍采取这种模式。

工厂化农业（industrialized agriculture）是设施农业的高级形式，其特点是全面采用设施和高科技的生产手段。工厂化农业不受地形、气候、水文、土壤等自然因素的制约和影响，通过采用现代生产装备、先进技术和科学管理方法，直接在人工控制下进行农（畜、禽）产品生产，故具有稳定、高产、高效等特点。例如，在高度现代化的养猪场、养鸡场及蔬菜、花卉温室中，通过高度机械化、自动化装备，采用先进技术和科学管理方法来调节和控制动植物生长、发育、繁殖过程中所需要的光照、温度、水分、营养物质等。

（二）循环农业

循环农业（circulation agriculture）是基于可持续发展思想、循环经济理论与产业链延伸理念，通过调整和优化农业生态系统的内部结构及产业结构，延长产业链循环，由新型的农业生产过程技术规范、优化的农业产业组合形式构成的，集安全、节能、低耗、环保、高效等特征于一体的现代农业生产经营活动的总称，是一种能促进农业系统物质能量的多级循环利用，减轻环境污染和生态破坏，实现自然生态与农村建设和谐发展的农业生产方式。循环农业强调农业产业间的协调发展和共生耦合，构建合理而有序的农业产业链，以实现农业在社会经济建设中的多种功能。

（三）生态农业

生态农业（eco-agriculture）是以"整体、协调、循环、再生"为基本原则，将农业生产系统和农业生态系统综合统一而建立的一个不同层次、不同专业和不同产业部门之间全面协作的新型综合农业体系。生态农业的生产以资源的永续利用和生态环境保护为重要前提，要求在农业生产过程中不用或少用化肥和农药，依靠现代科学技术组织生产，建立良性物质循环体系，促进农业持续稳定地发展，实现经济、社会、生态效益的统一。因此，生态农业是一种知识密集型的农业体系，是农业发展的新型模式。这种模式下的土地产出与效益相对较低，适用于耕地资源丰富、农产品供应充足且供过于求的国家。

（四）绿色农业

绿色农业（green agriculture）是指充分运用先进工业装备、科学技术和管理理念，以促进农产品安全、生态安全、资源安全与提高农业综合经济效益的协调统一为目标，以倡导农产品标准化为手段，推动人类社会和经济全面、协调、可持续发展的农业发展模式。一切有利于环境保护、有利于食品安全卫生的农业生产都可以被认为是绿色农业。它是绿色食品、无公害农产品和有机食品的总称。这种模式实际上是一种以消费偏好为导向的生产方式，强调食品健康，产品的附加值高，但经济效率较差，在我国还没有大范围推行。

（五）都市农业

都市农业（urban agriculture）是指处于都市城市化地区及其周边间隙地带，紧密依托并服务于城市需要的农业。它利用田园景观、自然生态及环境资源，为人们休闲旅游、体验农业、了解农村提供场所，将农业的生产、生活、生态"三生"功能结合于一体，其生产经营方式明显地表现为高度的集约化，生产、加工、销售一体化，进而达到高度的农业发展形态和实现为都市服务的特殊功能。城郊农业和都市农业有很明显的共性，本研究将都市农业看作城郊环境保育农业的特殊形式，其本身属于城郊农业。

（六）休闲农业

休闲农业（leisure agriculture）又称观光农业或旅游农业，是在经济发达的条件下，为满足城市居民的休闲需求，利用农业景观资源和农业生产技术，发展观光、休闲、旅游的一种新型农业生产经营形态。休闲农业也是深度开发农业资源潜力、调整农业结构、改善农业环境、增加农民收入的新途径。它以农业活动为基础，是农业和旅游业相结合的一种新型的交叉型产业，也是以农业生产为依托，与现代旅游业相结合的一种高效农业。

休闲农业与乡村旅游的发展不仅可以充分开发农业资源，调整和优化产业结构，延长农业产业链，促进农村劳动力转移就业，而且可以促进城乡交流，加强城市对农村、农业的支持，促进城乡协调发展。

（七）城郊环境保育农业

国内外对城郊环境保育农业的定义较多。从成因上看，城郊环境保育农业（multi-functional suburban agriculture）是指由于城市职能和空间布局的扩展，郊区的土地、劳动力、生产/生活方式等在经济效益、生态效益、社会效益的综合推动下，形成的以农业为基础，以非农产业为主导，以区域生态环境安全、生产优质高效、城乡职能协调发展为重心的一种农业发展模式。主要分布在城乡经济成分相互融合、城乡职能复合存在的城市外围地区，其面积往往是城市面积的数倍。从产品结构上看，城郊环境保育农业主要是指位于城郊区，以生产城市居民所需的鲜活农副产品为主，包括观赏植物、嗜好作物等其他一些多元化农副产品，以及部分粮食的商品性农业。

三、我国城郊农业的主要挑战和发展趋势

（一）我国城郊农业发展面临的主要挑战

城郊农业的发展对保障城市食品供应、促进农民就业以及保护生态环境发挥了不可替代的作用。当然，城郊农业和城市化的发展除了相互依存的一面外，还具有相互排斥的一面，这就使城郊农业的发展面临着一些问题。结合我国城乡差异大、人多地少、城市人口数量持续增加、城郊用地不断被城市建设用地挤占的基本国情，城郊农业的发展主要面临以下几个方面的挑战。

1. 城乡一体化发展的挑战

我国"大城市、大农村"的特殊国情，决定了城市和农村经济、社会发展的巨大差异。长期以来，在"二元结构"体制下形成了城乡两套社会经济体系，这是造成城乡差异的主要原因，城乡之间缺少真正的经济联系，互为分割，缺乏沟通。各地重城市工业经济，轻农村经济，缺少对两者之间实现经济发展融合的考虑，使城乡差别越来越大，城乡矛盾越来越激烈，影响了国家的整体发展。虽然国家近年来强调城乡一体化的发展格局，但很多农村在实践中并未认识其真正含义，将它理解为农村城市化，

没有注重农村与城市在产业上、功能上的互补,在生态环境保护、社会事业发展上的一体化,在经济、社会关系上的协调。城郊区因为受城市化的影响较深,要求城市化的愿望尤为迫切,城郊农业所面临的城乡一体化发展的挑战更为严峻。

为了科学合理地推进城乡一体化,需要对城郊农业的功能进行重新定位,明确其与城市的关系,避免和消除发展中的误区,实现城乡各自发展中的沟通与融合,走城郊农业高产、高效、生态环保的正确道路。

2. 与城市土地利用之间的竞争问题

土地是一种稀缺资源,既是城市发展的核心要素,又是城郊农业发展的载体,是两者矛盾冲突的根源。由于城郊农业较主导地位的第二、三产业在竞争力上一般略显不足,对土地资源的要求较高,在土地占有上处于劣势地位。一方面,城郊农地受到城市建设用地的不断挤占,其总量锐减;另一方面,随着人口的不断增加,必须保证一定的城郊农地数量以满足人们对农副产品不断增长的需求。由于土地利用具有单向性,一旦将农用地转变为城市建设用地,就很难再转化为耕地,因此,城郊农业用地与城市用地之间的竞争关系日益突出。为保证城郊土地利用既满足城市发展的需要,又能实现耕地的动量平衡,应借鉴国外的有效方法,尽快将城市规划、农村规划、城郊农业规划纳入城乡一体规划的体系中,真正地实现三者的统一协调,提高土地综合利用效率,保障城郊农业的发展空间,加强土地的多功能性利用等。

3. 农产品保障与食品安全问题

当前,我国基本处于城市食物供给的安全阈值以内,粮食、肉奶、禽蛋、水产品等基本能够保障城市的需要。但是随着人口数量不断增长,耕地面积逐渐减小,农产品质量安全问题逐渐突出,食物安全急需重视,必须制订计划来提高城郊农产品质量以满足城市食物的需求。

现代城市居民越来越青睐于绿色食品、环保食品和无污染食品,于是城郊农业大力发展绿色产业,生产无污染食品,满足市民的需求。但是,其生产规模较小,产业化水平低,而且产品结构单一、品种较少,加上技术研发滞后,配套服务体系不健全,抗病虫害能力较弱,有效的生物农药品种匮乏,有机肥料品种少、价格高且质量难以保证,食品安全认证尚不规范,农产品质量亟待提高(Erik,2003;Lynch et al.,2001)。

从另一个方面来说,城郊农业置于城市污染和农业污染的环境之中,城市食品存在安全隐患,能否真正生产绿色食品和无污染食品亟待商榷。规范城郊农业的发展,制定相关的食品安全标准,是确保居民健康和未来城郊农业正确发展方向的有效途径。

4. 环境污染与风险控制问题

城郊农业具有改善城市生态环境的重要作用,但由于与城郊农业配套的政策体制不健全、管理手段不完善及技术落后等原因,城郊农业的发展也给城市生态环境带来一定的负面影响,如大量使用化肥和农药,未有效处理有机废料和人畜粪便等,使得一些城郊区的土壤和水源受到严重污染，弱化了城郊农业的生态功能；同时，乡镇企业的发展、大量城郊联合企业的出现以及污染型工业从城市向城郊的转移，使城郊区呈现第二产业占主导地位、第三产业所占比例有较大提高的态势，引起城镇"三废"排放加剧，造成严重的环境污染，使农业生态环境质量日益下降。

为了强化城郊农业对城市生态环境的积极作用，抑制其消极作用，可以提倡农民使用生态种植方法，对农户进行正确的指导，减少农药的使用次数，定量施肥，推动绿色生产。

5. 世界贸易组织与市场竞争的挑战

我国已于2001年底正式加入世界贸易组织（WTO），这对我国经济的总体发展和社会福利的提高起到了促进作用，但从局部分析，农业同时也是受加入世界贸易组织冲击和影响最为严重的产业之一。价格保护减弱、农产品生产成本较高、质量与国际标准差距较大、农民素质较低等因素极大地冲击了国内的农产品生产。当前除了一些大都市外，城郊农业在城市发展中的地位尚未明确，相关的支持政策也少之又少，将其看做普通农业类型，未给予重视，生产、销售、资金、技术、信息等服务不到位，基础设施的投入也主要由农民自身来承担，从业人员以老人、妇女为主，文化素质达不到现代化农业的要求。

作为具有带头示范作用的城郊农业，应当优化产业结构，创新农业发展模式，不断增强在国内外市场上的竞争力。同时，政府应该加大对城郊农业的投入，包括资金和技术，如小额农业信贷业务、科技下乡等活动，以促进城郊农业快速、健康发展。

（二）我国城郊农业的发展趋势

由于世界各国和各地区的国情、自然资源和社会经济等各不相同，城郊农业的发展呈现出不同的发展形态和趋势。欧美等发达国家的城郊农业发展处于世界先进水平，对我国城郊农业的发展具有重要的指导意义。综合国内城郊农业的相关研究，我国城郊农业的发展呈现产业化、高新技术化、功能多样化、低碳环保、模式多样化、区域特色化和政府引导化的发展趋势。

1. 产业化

城郊农业今后发展的一个较显著特点是实现农业的产业化。随着城郊农业开发的推进，将更多地考虑在城郊这个特定的区域里，怎样根据其经济产业特点和区域特点，逐步在城郊农业系统中形成产前、产中、产后完整的产业链条，对农业生产过程进行整合，使得各利益相关者在整个产业体系中形成互惠互利的关系，并通过合作实现利益的共享，既吸收农村剩余劳动力，又促进城郊的工业化发展，实现资源的优化配置（方觉曙和赵春雨，2002）。

2. 高新技术化

全球生物和信息等高新技术的不断突破和发展为城郊农业提供了技术支撑。利用生物技术培育的大量优质动植物新品种以及研制的生物农药和生物肥料等，不仅大大减少了农业环境污染，还提高了农业生产效率；智能化管理系统、"3S"技术等为精准农业和设施农业的发展提供了保证。未来的城郊农业将是一个以现代化技术为主要代表的新型农业，推动全球农业走向一个崭新的阶段。

同时，为了满足人们对农产品品质不断上升的需求以及应对农产品出口技术壁垒的需要，城郊农业在发挥城市"米袋子"、"菜篮子"、"果盘子"的作用时，将更多地提倡无公害生产与绿色食品生产，采用标准化生产技术，在不断改进产品内在品质的同时，注重提高商品的外观品质，增强在国内、国际市场的竞争力。

3. 功能多样化

随着生产力和生产效率的提高，城郊农业冲破了单一生产功能的传统农业模式，向着多功能性的现代城郊农业模式发展。城郊农业是调节城市生态和气候、保护城郊水源和土地资源等生态环境、维护城市自然生态平衡的绿色屏障，对城市生态的可持续发展有极其重要的作用。提升生态和景观功能将成为发展城郊农业的重要主题，如绿色蔬菜生产基地、休闲观光的农业园、采摘园、创汇农业园等，都体现了这种发展趋势。

4. 低碳环保化

受世界工业经济发展、人口剧增和人类无节制的生产、生活方式的影响，世界气候正面临越来越严重的问题，二氧化碳排放量越来越大，地球臭氧层正遭受前所未有的破坏，全球灾难性气候变化频发已经严重危及人类的生存环境和健康安全。研究表明，由于破坏农业耕地释放的碳量超过人类温室气体排放总量的30%，而良好的农业生态系统可以抵消80%因农业导致的温室气体排放量，并释放出大量的氧气。如果施肥适量，还能减少一部分农业温室气体排放，保护环境。所以，在发展低碳环保经济方面，农业的潜力巨大。

5. 模式多样化

随着生活水平的提高，人们对农产品品质的需求不断上升，开始追求绿色、环保、健康、安全的农产品。城郊农业是依托城市而发展的，必须根据市场导向，及时调整农业结构，紧跟时代需求的步伐，满足不同的消费者。因此，未来城郊农业的产业形态主要分为两种：一种是生产性城郊农业，如生态农业、设施农业、创汇农业、加工农业等，主要以绿色环保生产为主；另一种是服务性城郊农业，如旅游农业、休闲农业、观光农业等，主要是观光、旅游、休闲、学习的农业经营活动。当然，两者将会相互融合，共同发展，增加农业的附加产值。

6. 区域特色化

农业生产具有很强的地域性，城郊农业的快速发展必须立足于当地农业的区域和文化特色。它不仅能提高农产品的转化率，为农民增收扩大新空间、开拓新渠道，还能将效益和民俗文化等无形资产转化为经济收入，提高农产品的竞争力，增加经济效益；同时，还能打破城郊第一、二、三产业的界限，带动城郊产业结构的优化和调整，发掘农业和旅游业的最佳结合点，开拓新的旅游空间和领域。因此，发展城郊特色农业，走观光农业之路，是城郊农业发展的一个重要趋势。如今，各地的城郊农业都十分重视发展特色，争相打造专有的农业品牌。

7. 政府引导化

未来城郊农业的发展是一个开放的过程，受参与主体农民、政府和城市居民的共同影响。借鉴国外的发展经验，结合我国城郊农业的发展现状可以看出，政府在城郊农业的发展趋势中起着举足轻重的作用。无论是从改善城市生态环境，还是从改变城乡二元结构出发，政府制定的政策都直接或者间接地影响着我国未来城郊农业的发展方向。现在只有一些大城市意识到城郊农业在生态和社会上发挥的重要作用，并且将其纳入城乡一体化的规划中，积极发挥其生态、社会和生产等功能，在今后的发展中，将会有更多的地方政府关注城郊农业的发展，并进行合理规划，制定良好政策，引导和鼓励城郊农业快速、健康发展。

第二节　国内外城郊农业发展现状

一、国外城郊农业的发展现状

（一）国外城郊农业模式

从世界各国建设城郊农业的实践来看，由于资源禀赋和发展水平不同，城郊农业的发展道路也各有差异。大致可分为人多地少的资源短缺型、人少地多的资源丰富型、人口与资源适中型以及贫困和危机应对型四种模式（孙浩然，2006）。

1. 人多地少的资源短缺型

这种模式的主要特色是提高土地单位面积产量和种植高附加值农产品，典型的国家是荷兰。荷兰人多地少，人口密度高达 435 人/km^2，堪称世界之最。由于土地十分珍贵，荷兰人追求精耕细作，着力发展高附加值的温室作物和园艺作物，作为世界第三大农产品出口国，其蔬菜和花卉的出口更是雄踞世界第一位。荷兰的城郊农业以"菜篮子"为主体，农业结构主要是牛奶制品、花卉及蔬菜，其生产组织形式以家庭农场为主，主要发展集约化的设施农业，广泛倡导"温室栽培"技术。荷兰已将农业作为一个完整的产业来对待，其发展目标不再是追求产量，而是十分强调农业与环境、自然的协调发展，重视农业的社会责任。

2. 人少地多的资源丰富型

这种模式的国家以大量使用农业机械来提高农业生产率和农产品总产量为主要特

色，主要代表是美国。美国农业的机械化程度位居世界第一，是全球最典型的现代化大农业，都市农业在其农业经济中占有重要地位。美国大城市地区低密度、分散的居住方式为都市农业提供了发展空间。占全国大约16%的优质农用土地位于大城市地区之内，每年生产的农产品量占全国食品供应总量的1/4；此外，在与大城市地区相毗邻的地带拥有全国20%的优质农用土地，每年生产占全国食品供应总量1/3的农产品。美国都市农业的主要形式是耕种社区（又称市民农园），采取农场与社区互助的组织形式，在农产品的生产与消费之间架起一座桥梁。参与市民农园的市民与农民或种植者共同分担生产成本、风险及盈利，农园尽最大努力为市民提供安全、新鲜、高品质且价格低于市场零售价的农产品，也为农园提供了固定的销售渠道，做到双方互利。与美国情况相类似的国家还有澳大利亚和加拿大，它们也都依赖于农业机械的广泛使用。

3. 人口和资源适中型

这一类国家一般都有自给自足的小农经济传统，因此发展现代农业多以进行农业制度变革为主要特色，典型国家是法国。多年来，为发展现代农业，法国实行了"一加一减"的政策："一加"指的是为防止土地分散，国家规定农场主的土地只允许让一个子女继承；"一减"指的是分流农民，规定年龄在50岁以上的农民必须退休，由国家一次性发放"离农终身补贴"，同时还辅以鼓励农村青年进厂做工的办法减少农民数量。除此之外，法国还实行"以工养农"政策。几十年来，法国持续发放农业贷款和补贴，由国家出钱培训农民；现在，困扰法国上千年的小农经济已成为过去，取而代之的是世界领先的现代农业。目前法国农业产量、产值均居欧洲之首，是世界上仅次于美国的第二大农产品出口国和世界第一大农产品加工品出口国。

4. 贫困和危机应对型

亚非拉欠发达国家城郊农业的兴起，主要是为了满足城市低收入贫困阶层的家庭食物供应以及应对社会危机。这些国家城郊农业的生产规模较小，多为居民庭院种植或利用小块闲置土地进行食物种植或家禽畜养，且生产者都是城市低收入阶层，劳动力素质普遍偏低，与传统农业极为相似，农业科技含量较低，技术手段和生产方式相当落后。例如，加纳首都阿克拉虽然共有8万个小的私家庭院，总面积也只不过50～70hm²；但是在同一个城市中，却有超过1000hm²的空地在很大程度上都只能用于雨耕，农业到目前为止未被开发（蔡建明和杨振山，2008）。

（二）国外城郊农业的特点

欧美以及部分东南亚发达国家和地区的城郊农业体现了功能多元化、产品多样化、质量标准化和经营国际化的特点。

1. 功能多元化

欧美发达国家城郊农业强大的经济功能为这些国家经济的发展作出了巨大的贡献。而随着社会经济的发展与人们生活水平的提高，欧美发达国家的都市农业已经迈向集观光、旅游、休闲与体验于一身的新阶段，观光、休闲型农业已成为一种时尚，城郊农业的生态和社会功能不断强化，欧美发达国家的城郊农业将会朝着多元化的方向发展。

2. 产品多样化

发达国家都市居民的消费需求是多样化的，这就要求欧美发达国家运用现代科技保证城郊农业产品的多样化以满足都市居民的需求。随着现代人生活节奏的加快，消费者对加工产品的需求不断上升，同时随着人们对身心健康关注度的提高，对初级农产品与体验服务型农业的需求也在不断增长，这就增加了对产前、产后各环节服务产品的消费以及横向配套消费。

3. 质量标准化

随着欧美发达国家生活水平的不断提高，人们对农产品质量、安全性方面的要求也越来越高。为了满足消费者对农产品质量、安全性等的需求以及规范生产者行为和便利市场交易，各发达国家在农业生产、加工、储运等各个环节设立了相应的检验标准，建立了一套严格的质量标准体系，并强制或参照性执行。

4. 经营国际化

由于发达国家和地区的生产成本高，一些发达国家倾向于寻求与生产成本低的发展中国家合作经营，因此，外向型、创汇型的"空运农业"越来越发达。以花卉产业为例，1998年，世界花卉的生产和消费主要集中在欧美发达国家和地区，其进口的花卉总量占世界花卉贸易额的90%，其中欧盟占80%，美国占13%。目前，欧美发达国家的农业企业纷纷与哥伦比亚、津巴布韦、肯尼亚以及东南亚国家和地区合作，建立高科技农业园。许多国家还在农业生产基地兴建农用机场，农产品一出基地，就上飞机运到世界各地，形成"空运农业"。

（三）国外城郊农业的功能定位

国外一些发达国家或地区的城郊农业发展较早，如法国、德国、日本、澳大利亚等，并且与城市发展融为一体，形成了各具特色的城郊农业体系，其功能呈现多样化趋势。

1. 生产经济功能

城郊农业利用现代工业技术，大幅度提高农业生产力水平，在保证粮食生产的前提下，其生产功能更多的是定位于生产和提供名、优、特、稀、鲜、嫩、活的农副产品，满足不同层次消费人群的需求。国际大都市的发展也离不开对农副产品的需求，即便是交通极为方便的国际都市，也有相当部分农产品需就近供应。同时城郊农业还可利用大城市对外开放和良好的口岸等优越条件，冲破地域限制，形成与国际大市场相接轨的大流通、大贸易经济格局。因此，在相当长的一段时间内，生产经济功能都是城郊农业的主体功能。

2. 社会文化功能

首先，城郊农业起着社会劳动力"蓄水池"和稳定"减震器"的作用，对促进城乡居民就业和稳定社会发展有着重要作用。其次，观光农业和旅游休闲作为城郊农业的重要组成部分，可以为市民提供休闲旅游场所。再次，城郊农业可以促进城乡交流，直接对市民及青少年进行农技、农知、农情、农俗、农事教育，因而具有较强的教育功能。最后，农村特有的传统文化因城郊农业的发展而得以继续延伸和发展，如日本的观光型农业，其实质是农业与旅游业的结合，观光内容包括农产品直销和集会、故乡庙会、农林水产业庆祝活动、农业体验活动、文化活动和教育活动等，都市农业成为农耕文化的教育基地。

3. 生态功能

城郊农业的生态功能首先是指美化环境、保持水土、减缓热岛效应、调节小气候、改善生态环境功能；其次是指将生活废水用于灌溉或将垃圾用作肥料，节约资源、保护环境的功能；最后是指创立市民公园、农业公园以及开设其他各类农业观光景点，提高市民生活质量的功能，如德国的市民农园。德国的市民农园多为 $400m^2$ 左右，分布在中、小城镇，在种植上多采取花卉、果树和蔬菜混合种植，一些农园还并有养殖等活动，市民在得到新鲜、健康的农副产品的同时还可获得精神享受。

4. 示范辐射功能

城郊农业是新技术引进、试验和示范的前沿性农业，城郊农业区能够依托大城市科技、信息、经济和社会力量的辐射，成为现代高效农业的示范基地和展示窗口，进而带动持续高效农业的发展，对广大农村地区的土地高效利用起到示范作用，如新加坡。新加坡是一个城市经济国家，面积只有 $556km^2$，自然资源贫乏，农产品不能自给，加上城市化发展后耕地不断减少，因此非常重视都市农业向高科技、高产值的方向发展。其都市农业的发展以追求高科技和高产值为目标，以建设现代化集约的农业科技园、农业生物科技园和海水养殖场为载体，在有限的土地上产生较好的经济、社会及生态效益，科技园在引进新技术、新品种、新设施中对城郊农业的发展发挥了重要的示范作用。

二、国内城郊农业的发展现状

（一）基本情况

由于我国地区经济发展水平和城市化水平差异巨大，大、中、小不同规模城市的城郊农业差异也很大，所以我国城郊农业存在多种发展模式并存的局面。例如，大量使用化学物质的常规农业模式与有限使用农资物质的可持续农业模式及有机农业模式并存，劳动密集型生产技术与数字化自动管理技术并存，高产高效的设施农业与普通

"大田农业"并存，粗放分散经营与集约规模经营并存等。

长期以来，我国城郊农业功能单一，城郊农业区的经济职能长期处于中心地位，生态建设、社会职能则相对滞后。20世纪90年代以来，随着生物技术和信息管理技术的发展与应用，高产高效的设施农业已成为服务城镇居民"菜篮子"的主要生产手段；同时，随着城市文化消费和生态消费的增长，花卉、苗木、草坪等朝阳产业规模日益扩大，已打破了以往果菜、畜禽养殖和大田粮棉油生产三足鼎立的局面，城郊农业也由原来单一的农产品生产功能转向环境保育功能和社会服务功能等多功能的实现。

（二）我国城郊环境保育农业发展类型

从我国城郊环境保育农业目前的发展情况来看，以发展水平、区位条件、社会经济条件、市场需求状况作为驱动力进行划分的话，我国城郊环境保育农业可分为综合发展型的现代化都市的郊区环境保育农业、市场经济导向型的中小城市的郊区环境保育农业和资源约束型的落后地区的郊区环境保育农业三种类型。

综合发展型的现代化都市郊区环境保育农业主要分布在经济发达、区位条件优越、资源相对紧缺的特大、大城市以及东部沿海经济发达城市的城郊地带。这些城市往往是区域性的社会经济中心，非农产业基础雄厚，农业长期处于比较劣势的地位，农村发展较慢，农民的非农化趋势明显。但作为面积广大的现代大都市外部圈层，这些城市的城郊区除了具有农业生产功能外，还承担着社会服务和保障功能、生态服务功能、景观文化功能以及观光休闲功能等重要职能。这些地区的城郊区可利用优越的区位条件接受城市的资金、技术、人才、信息等方面的辐射，具有发展农业产业化的广阔空间。但由于经济的快速发展，这些地区的城郊地带将不可避免地出现资源破坏、人地矛盾突出等问题，这是应该重点注意的问题。

市场经济导向型的中小城市的郊区环境保育农业主要分布在经济条件、区位条件一般，资源条件相对较好的我国广大中小城市的郊区。目前，这些中小城市的城郊地带仍然存在城市化与农地保护、环境污染与环境保护之间的矛盾，尚未进入真正的追求生态—经济—社会综合效益最大化的城郊环境保育农业发展阶段。这些地区发展城郊环境保育农业的目的首先是要实现农业的健康、稳定和可持续发展，这是改善生态环境、保证食品安全的需要；其次，还应该努力实现农民增收、农业增效、农村发展，以促进城郊地带小康社会的全面发展。由于这些地区经济建设和农业用地的矛盾依然存在，农业仍处于比较劣势的地位；同时，由于城郊区受城市资金、技术、人才、信息等的辐射强度要低于大都市郊区，大众化农产品所占比例大，重生产过程、轻市场调节的情况依然存在，极大地限制了现代农业产业化的发展。总之，经济要素是这一类型地区城郊环境保育农业产业化发展的主要限制因素。

资源约束型的落后地区的郊区环境保育农业主要适宜于我国经济落后、环境脆弱、交通相对闭塞的偏远农村地区（主要分布在我国广大的中西部地区），或者因特殊的地理区位条件而形成的落后地区。这些地区的郊区农民生活在广大农村地区，农民数量多、素质偏低；同时又因受交通不便和信息闭塞等因素的制约，一般难以在市场机制下获取外部支持而发展，其经济远远落后于上述大都市郊区和中小城市郊区。但因其特殊的地理位置，往往又具备一定的资源特色。因此，合理利用特色资源成为此类地区实现农业产业化发展的重要途径。目前，陕西、甘肃、山西、云南、青海的城郊环境保育农业的系统建设相对较弱，有待于进一步的加强。

（三）我国城郊环境保育农业发展在实践中面临的困境

我国不同地区不同发展模式下的城郊环境保育农业虽取得了很大成绩，但同时也存在着一些不容忽视的现实问题：一是结合地区实际的城郊环境保育农业的理论研究落后于农业实践，还不能充分发挥农业技术的优势；二是有些地区政绩思想还比较突出，重行政管理与示范，城郊农民参与的积极性不高；三是对农产品市场的把握不够，不能有效地将生产优势转化为市场优势；四是过分依赖传统生产技术，轻视现代技术的应用。应重视城郊环境保育农业发展过程中出现的这些问题，以获取有效的解决办法。

第三节　城郊环境保育农业的内涵与特征

一、城郊环境保育农业的概念及提出背景

（一）城郊环境保育农业的概念

1. 国外关于城郊农业的概念及其演变

一般认为，都市型现代农业概念起源于日本。1930 年，《大阪府农会报》介绍了北中通村的都市农业（agriculture in the city's countryside），首次使用"都市农业"、"城市地区农业"，并定义："以易腐败而又不耐储存的蔬菜生产为主，同时又有鲜奶、花卉等多样性的农业生产经营称为都市农业。"

1959 年，美国农业经济与城市环境学者欧文·霍克（Owen Hawk）在其发表的《预测芝加哥区的经济活动》一文中提出了都市农业区域的概念，指出必须在都市周边地区的城市楔形农田上进行绿地建设和发展园艺业、果林业以保护城市环境。

1968 年，渡边兵力首次提出了都市农业的概念，他认为，都市农业是在 19 世纪60 年代后期日本高速的经济成长背景下，以及急速的城市化过程中产生的，城市的膨胀使得原来的城市周边区域的近郊农业遭到了破坏，这种残留在城市化区域内继续进行农业生产的农地，称为残留农业，这些残留在城市之间零散地分布、继续着农业生产的实体，总称为都市农业。

1977 年，美国经济学家艾伦·尼斯（Allen Ness）在《日本农业模式》一文正式提出了"都市农业"（urban agriculture）一词。

1995 年，日本农政经济学家桥本卓尔将都市农业概括为：都市农业是都市内部及其周边地区的农村受城市膨胀的影响，或在农村城市化进程中形成的一种农业形态；都市农业是被都市包容的，最容易受城市扩张的影响，但又最容易接受城市基础设施完备带来的益处，因此都市农业是双重意义上的"最前线"的农业；都市农业是城市

建设发展占地和居民住宅建设占地等并存、混杂、相嵌的农业；都市农业如果放任自流就有灭亡的危险，因此需要加以有计划地保护。

2006 年，日本学者莺谷荣一提出了区域社会农业："充分利用自然条件，以可持续、循环型的区域农业为基础，以区域自给、本地生产、本地消费的方式，与城市消费者进行沟通、交流，不仅在生产和生活方面，在区域的社会关系构筑、文化创新活动等方面以主导的形式参与其中，成为区域社会经营管理的重要组成部分。"他认为都市农业也是区域社会农业的重要支柱之一，是日本农业的重要组成部分。

2. 国内关于城郊农业的概念

我国城郊农业的概念萌芽于 20 世纪 80 年代。1983 年我国大中型城市农业经济结构调整课题写作组在首次城郊型农业研讨会上形成的《纪要》中提出：城郊型农业是以城市为依托，适应城市市场需要，利用优越的地理位置以生产鲜活农副产品为主的商品性农业；1986 年，国家"七五"计划社会科学重点规划课题"中国城郊发展研究"提出"城郊农业是一种依托城市，以城市市场需求为导向，以生产就近安排的多种鲜活农副产品为主，具有城郊区域性特色的商品性农业"；进入 90 年代，我国又引入了"都市农业"这一概念，城郊农业与都市农业至今一直并存，两者既有相同之处，又有不同的地方。

城郊农业是一个多学科交叉的研究领域，不同研究领域的专家学者从不同的角度进行研究，对城郊农业的理解也不尽相同。赵怀让和孟繁华（1991）早在 1991 年就提出了城郊农业是我国未来农业现代化的先导，其应当具有以下几个方面的含义：劳动力素质优势、经济实力优势、人才与科技优势、市场优势、通讯网络与交通运输优势、劳动力出路优势，向"六化"发展。安训生（1998）、党国印（1998）、方志权（1999）、宋金平（2002）认为都市农业是指处在大城市边缘及间隙地带，依托大城市的科技、人才、资金、市场等优势，进行集约化农业生产，为国内外市场提供名、特、优、新农副产品和为城市居民提供良好的生态环境，并具有休闲娱乐、旅游观光、教育和创新功能的现代化农业。张荣昌和周建飞（2001）定义都市农业是指在城市化地区及其周边地区，充分利用大城市提供的科技成果及现代化设备进行生产，并紧密服务于城市的现代化农业，它具有五大特点：城乡发展一体化的农业，全能型的大农业，多元形态的高值盈利农业，现代科技集约化的农业，高度开放的外向型农业。刘恒茂（2004）定义城郊农业是分布于城郊区，以满足当地城市的需要为主要目标、以生产提供蔬菜和鲜活农副食品为主要内容的区域性农业经济。

3. 城郊环境保育农业的概念

城郊农业是在现代城市发展和城乡一体化过程中产生的一种高度产业化、标准化、科技化和功能多样化的农业发展形式。它是位于城市边缘，依托并服务于城市，以生产服务功能为基础，以环境保育为重点，以景观文化为特色，集高效集约、低碳环保、科技为一体的可持续的农业形态，是城市经济和城市生态系统的有机组成部分。而城郊环境保育农业则是我国城郊农业发展的趋势和研究重点。

在理念上，环境保育农业摒弃了传统农业发展忽视与生态环境保育共存的理念，强调农业与生态环境的调和，以低投入、低排放、循环化、废弃物资源化利用为技术支撑，实现农业与环境的协调发展。

以发展论的观点来分析，环保是经济社会发展的必然产物，是新形势赋予农业的新要求，环境保育农业就是农产品再生产、经济再生产和环境再生产的复杂过程。

按照系统论的观点，环境保育农业是将污染物源头控制、过程阻控、末端消减、资源循环利用等基本原则和措施融入农业时空布局、产业结构配置和生产的全过程，将农业生产系统作为城郊生态环境中的一个子系统。

从行为目标剖析，提供量足质优、质量安全的农产品，秀美的生态环境和永续的农耕文化是城郊环境保育农业的根本要求；土地高产出、劳动高效率、高科技含量、高经济效益和强竞争优势是城郊环境保育农业的根本目标；调整、改革现行城郊农业中与环境不协调的内容，逐步实现城郊农业环保化，是城郊环境保育农业的核心使命。

(二) 城郊环境保育农业的提出背景

城郊环境保育农业是在我国城郊农业经历的三个阶段的基础上提出的一种新的发展形式，是我国城郊农业未来发展的必由之路，其背景主要表现在以下几个方面。

1. 生态文明促进了城郊环境保育农业的发展

20 世纪 80 年代以来，我国步入了快速城镇化阶段，城乡发展表现为明显的二元结构：城市超常规发展，农村发展缓慢，城乡差距加大。与此同时，土地资源短缺、生态环境恶化、农村劳动力过剩等问题日益突出。科学制定立足于集约利用土地、优化城乡结构、保护城郊生态环境的规划理论和方法，是城郊农业发展的重要议题，其核心就是实现由工业文明向生态文明的转型，促进传统城郊农业向城郊环境保育农业的转变。

世界城郊农业经历了一个传统农业—设施农业—生态农业—绿色农业的发展过程，乃至还出现了"都市农业"。但受经济利益、环境条件的限制，真正的绿色农业没有在我国大区域范围或国家层面上出现过。我国城郊环境保育农业的功能定位为在传统功能上增加生态功能比例、在原有布局模式下通过系统优化提高生态效益，实际上就是城郊区在现有条件下取得综合效益最大化的可持续发展问题。首先表现为生态环境的适宜性、社会经济的循环性，其目标是努力创造一个生态良好的生活、生产环境；其次是产业发展的生态化、立体化，力求经济生产的无害化；最后是产业结构的多元化，以此来努力缩小城乡收入差距，为生态建设提供稳定的社会经济基础。

2. 城市化促进了城郊环境保育农业的多功能化

城郊农业区是以农业/农村为基础、以非农产业为主导的地域经济综合体。受城市化迅速发展、城市人口持续增加和产业结构调整的影响，城郊农业除了承担农业生产功能外，还要承担相应的生态、景观、社会服务、文化休闲等功能。实现城郊农业功能的转变必须依靠第一、二、三产业的协同发展。它对城郊环境保育农业的要求主要表现在三个方面：一是传统农业经济必须实现产业化发展；二是农业生产必须达到集约规模；三是郊区农业从业人员的比例必须下降。从城乡功能的角度来看，这一问题就是城市化过程中的生态、社会、经济、文化、景观等功能对城郊环境保育农业的影响的问题，而这一影响直接导致了郊区农业产业结构、空间结构的变化。

3. 城郊环境保育农业的发展促进其自身结构调整

城郊环境保育农业具有劳动力和资本高度密集、生产率较高的特点，这是由城郊地带的区位决定的。正是因为它承接着城乡两个部分的资金、产业、人员、信息的流动，所以它成为吸纳农业劳动力、提升农业发展水平、促进农村社会经济发展的重要部门，同时也是城市居民高质和多样化农副产品的稳定来源。随着城市居民食物消费由温饱型向小康型转变，城郊环境保育农业的功能定位应该由为城市居民供应鲜活农副产品的功能，逐步向以服务城市、富裕农民、繁荣经济、优化生态为宗旨的多功能形态农业转化。

近20年来，我国生态农业系统技术和管理方法在广大城郊农村得到了有效推广，在振兴城郊经济、改善生态环境和促进城乡一体化方面成效显著。存在于城市周边地区、依附于城市经济、集约化程度高的城郊农业区，是城市经济对农村经济渗透力最强、工业反哺农业可能性最大的农业生产区域。利用城市支持农村的机制，实现城乡的统筹发展，对提高农业现代化水平、消除二元结构、实现城乡和谐发展具有重要的意义。

二、城郊环境保育农业研究的理论基础

（一）可持续发展理论

可持续发展（sustainable development，SD）最先是在1972年斯德哥尔摩举行的联合国人类环境研讨会上正式讨论的。可持续发展是指既满足现代人的需求又不损害后代人满足其需求的能力，是一种注重长远发展的经济增长模式。

人类社会在享受现代文明带来的巨大福利的同时，也为环境破坏和资源浪费付出了沉重的代价。在农村方面，由于处理设施不完善，大量生产、生活废弃物未经过有效处理而排放，造成了农民居住环境和生产环境的严重污染；另外，由于化肥、农药、激素的不合理使用，农业面源污染凸显，生态环境受到严重破坏，直接威胁广大农民群众的健康。在城市方面，人口密集、交通拥挤、城市面积不断增加、环境污染严重，这些与人们追求的可持续发展经济模式相违背，人类必须解决自身无限的发展和自然环境保护之间的矛盾。

城郊环境保育农业既位于城市周边，又涉及农村，是城市经济与农业经济的有机结合。作为城市生态系统的有机组成部分，发展城郊环境保育农业必须以可持续发展为理论指导，以保护自然资源环境为基础，以经济发展为条件，以改善和提高人类生活质量为目标。可持续的城郊环境保育农业具体表现为生态可持续性、经济可持续性和社会可持续性三个方面，能够长久地为人们提供优质特色农产品以及旅游观光、休闲娱乐等服务，既具有良好的生态效益，又具有很好的经济效益。在未来的城郊农业

发展中，以环保绿色为主，发展生态环保型的现代农业体系，如生态农业、设施农业、旅游农业、休闲农业等，既代表了我国现代化农业的发展方向，又是全球可持续农业发展的具体要求。

（二）农业多功能性理论

农业多功能概念的提出可追溯至 20 世纪 80 年代末、90 年代初日本提出的"稻米文化"，欧洲和日本、韩国等一些国家特别强调农业的多功能性，强调农业对确保粮食安全、保护文化遗产、保护景观和环境具有不可代替的作用。对于我国来说，提出和强调农业的多功能性有着很强的现实意义和深远的历史意义。它能够让人们重新审视农业，充分认识到发展好农业不仅能够保障粮食供给、提供多种农副产品、促进农民就业增收，而且还能在推进工业化产业化进程、缓解能源危机、保护生态环境、传承历史文化等方面发挥重要功能，农业不仅具有经济功能，更具有巨大的社会功能。城郊环境保育农业作为一种新型的、先进的、环保的农业形态，在向人类提供多样化的特优农产品的同时，更应该承担起日趋重要的社会、生态等功能，在广度和深度上发展，促进城郊农业的结构优化，扩展现代农业的范畴。研究和发展农业的多功能性，并且用来指导和发展城郊环境保育农业，有助于实现城郊环境保育农业和经济体系的可持续发展。

（三）农业布局区位理论

农业布局区位理论（agricultural location theory）是论述不同因素对农业布局影响的原理和机制。古典农业区位理论创始人、德国农业经济学家杜能（J. H. von Thunen）于 1826 年在其著作《孤立国》中首次提出了农业布局区位理论，他将复杂的社会假定为只有一个中心城市，与外界无联系的孤立国，并且为孤立国的中央，是唯一的工业品供应中心和农产品的消费中心，城市周围是自然条件相同的土地，农业生产者的经营能力和技术条件也完全一样，而且市场价格、工资、利息等在孤立国中也是均等的，各地向中心城市只有一种运输方式——马车，运输费用与距离成正比。不同地方与中心城市距离的远近差异所带来的运费的差异决定着不同地方农产品纯收益的大小，于是在追求经济最大化的前提下，产生了农业的地域分布模型，形成了以城市为中心向外呈同心圆状扩展的农业分布地带，并且具有明显的层次性。

"杜能圈"（Thunen ring）虽然在现实社会中并不存在，但是杜能农业布局区位理论阐述了市场距离对农业生产集约程度和土地利用类型、方式的影响，更重要的是阐明了区位因素对不同土地利用方式和农业类型的影响，提出了区位因素的客观性、区位作用机制的广泛性和优势与劣势区位的相对性。在农业领域，许多农业经济学和农业地理学学者在理论和实践的基础上进一步发展和完善了农业区位理论，现代农业布局区位理论已经由杜能的静态的、单因素分析发展为动态的、多因素分析，并力求综合地、全面地分析农业布局问题，为农业决策提供科学的依据。

（四）城乡一体化理论

城乡一体化的思想早在 20 世纪就已经产生了，恩格斯（Friedrich Engels）在分析社会发展情况时，提出了"城乡融合"（urban-rural integration）的观点，他认为城市和乡村的对立是可以消灭的，而且消灭这种对立是工业生产本身的直接需要。我国改革开放后，特别是在 20 世纪 80 年代末期，由于历史上形成的城乡之间隔离发展，各种经济、社会矛盾出现。城乡一体化思想逐渐受到重视。城乡一体化是我国现代化和城市化发展的一个新的阶段，就是要将工业与农业、城市与农村、城镇居民与农村居民作为一个整体，统筹规划、综合研究，通过体制改革和政策调整，促进城乡在规划建设、产业发展、市场信息、政策措施、生态环境保护、社会事业发展上的一体化，改变长期形成的城乡二元经济结构，实现城乡在政策上的平等、产业发展上的互补、国民待遇上的一致，让农民享受到与城镇居民同样的文明和实惠，使整个城乡经济社会全面、协调、可持续发展。

城乡一体化是随着生产力的发展而促进城乡居民生产方式、生活方式和居住方式变化的过程，是人类社会的进步。城郊环境保育农业的发展是以城乡一体化理论为基础的，体现为产业融合、经济融合、社会融合。城市为城郊农业提供巨大的消费市场，促进资金流动，反哺农业，推动农业的发展，缩小城乡收入差距；城郊农业为城市提供农产品，改善城市生态环境，缓解城市人口压力，发展观光产业、休闲农业、体验农业等，互为资源，互为市场，互为帮助，逐步实现城乡之间在经济、社会、文化、生态上的协调发展。

（五）农产品供需理论

供给与需求是市场经济运行的力量，决定了每种商品的销量及出售价格，是经济学的重要理论与应用经济的有效分析工具。任何一种商品都有其固有的市场供给与需求曲线，两条曲线的交叉点便是供需平衡点，具有特定的价格与数量关系。供给主要受到市场价格、生产成本、生产的技术水平、相关商品的价格和生产者对未来的预期等因素影响；需求则受到市场价格、消费者的收入水平、相关商品的价格、消费者的偏好和消费者对商品的价格预期等因素影响，最终商品的价格保持均衡。同样，农产品的生产和消费作为经济活动的一部分，也遵循供需理论。

"生产决定消费，消费对生产又具有反作用"。随着现代社会的发展，农产品的供应不仅仅由土地生产力水平与性质决定，还受消费市场的制约。以前，作为第一产业的农业，其主要作用是提供人们的生活必需品，随着人们生活水平和收入水平的提高，人们对农产品特别是城郊农业的无形产品的需求水平也相应提高。作为理性的以追求农业效益最大化的农民来说，必然会调整自己的农产品结构，发展形式多样的农业类型来满足城市居民高质量、多样化的需求。

三、城郊环境保育农业的系统特征

（一）城郊环境保育农业生产系统的复杂性

城郊环境保育农业之所以复杂，就是因为它是由许多子系统（如农业生产系统、非农业生产系统、生态系统、社会服务系统）所影响的多种功能相互耦合的系统，其分布是由自然、经济、社会等活动相互影响、适应、融合而形成的。也就是说，城郊环境保育农业不仅要承担农业生产功能，而且还要承担相应的社会服务和保障、生态服务、景观文化和观光休闲等功能。

城郊环境保育农业不仅具有多种城乡功能，而且还具有自身独特的发展特点。例如，城郊区具有承接城市和乡村的功能，但这种功能并不是简单的功能空间的转移，而是以大范围的农业产业化的形式出现；再如，为适应生态环保要求而进行的农业产业结构调整、为解决人地矛盾而进行的土地利用方式的变化往往对城郊环境保育农业的影响比较迅速，并能通过一定的形式对区域社会经济产生影响。

从生态学角度来看，所谓城郊环境保育农业系统，就是以现代生态农业理论为依据，综合考虑城乡功能布局，在一定的城市建成区外围区域建立起来的农业生产系统。它由所有生活在城郊地带内的生物群落与其周围生态环境、人文社会环境组成，是进行城郊环境保育农业建设和研究的基本单位。城郊环境保育农业系统是受人类管理的生态系统，从目标上涉及城乡复杂的经济、社会和生态矛盾，从空间尺度上可以划分为农田、农场、流域、生态区等不同的等级结构，而且分布形态变化相对较快。通俗地讲，城郊环境保育农业就是一个以农业为基础、带有强烈城市化特点的城郊农业。

（二）城郊环境保育农业生产系统的构成

城郊环境保育农业是最先进的农业发展类型，其最大的特点是它是一种低碳环保的可持续的农业体系。城郊环境保育农业建设的核心是建立有竞争力的现代化环境保育农业体系，在传统农业生产的基础之上，运用高新技术对传统农业进行改造，使农业呈辐射状派生出很多相关产业，日益显现城郊环境保育农业的多功能性。

城郊环境保育农业产业体系是以农产品生产经营为基础，为满足特定的市场需求而进行的一切活动的总和，是农业内部各个子系统之间相互联系、相互作用，农业产前、产中和产后各个环节紧密结合而形成的有机整体。城郊环境保育农业产业体系的建立，不仅能提高农产品的竞争力，而且有利于产生较高的生产和经济效益，同时还能有效保护土壤、水源及其他自然资源。

1. 粮食产业

粮食安全是一个国家经济发展、社会稳定和国家安全的基础，保障粮食安全是实现国家安全的基础和保证。因此，发展城郊环境保育农业也必须考虑粮食的稳定发展。随着人口的增加、需求的增长、资源约束的增强，粮食生产仍将面临较大的压力。但粮食产业是城郊环境保育农业发展的基础，无论什么时候，都不能够完全放弃粮食作物的生产。在未来的发展中必定会加快建设一批特色明显、绿色环保、规模化程度高、竞争力强的城郊粮食产业。例如，北京的京西稻，利用北京玉泉山附近土质肥沃、土壤有机质含量高，并且以泉水灌溉为特点的优越条件，发展成绿色食品，产生了丰厚的经济效益。

2. 经济作物产业

经济作物产业具有经济价值高、技术要求高、商品性强的特点，它能够有效地增加农民收入，是农业增效的支柱产业，是农村劳动力转移的载体，是发展工业的重要原料，也是市场需求的保障产业。在城郊农业体系中，蔬菜是主要的经济作物，其次是花卉、瓜果等，但是经济作物产业的高额效益，导致了化肥、农药的滥用，造成了环境污染，与城郊环境保育农业相违背。在今后的城郊环保经济作物产业中，应该以设施农业、生态农业为主，扩大无公害蔬菜的种植，选用优良品种，在提供优质的经济作物的同时，保护环境资源。

3. 健康养殖业

随着我国畜牧业的迅速发展，养殖业已成为我国农村经济的支柱产业和农民收入的重要来源，但是养殖业存在结构不合理和养殖模式相对落后的问题。此外，由于技术水平较低和处理设施不完善，近郊区的养殖场导致了严重的环境污染问题。在今后的发展中，城郊环境保育农业应当合理调整产业结构、养殖业比例和布局范围，采用先进的科学技术积极发展特种养殖，走规模化、专业化、商品化的道路。

4. 农产品加工业

我国以农产品为原料的轻工业发展与农村种养业的发展相互脱节，轻工业主要集中在城市，而种养业集中在农村，农村以小作坊为主，产品种类单一，规模小，条件差，产品质量差。随着城乡一体化和社会主义新农村建设的推进，需要对农村经济结构进行战略性调整，形成与优势农产品产业相适应的加工业布局，建成农产品加工示范基地，特别是发展粮食类、畜禽类、果品类、蔬菜、水产品加工产业，形成一批具有较强竞争实力的龙头企业和品牌产品。

5. 农业高新技术产业

农业高新技术产业为城郊环境保育农业的发展提供了方法，是未来城郊农业实现环保的主要途径。动植物品种培育与改良、快速繁殖、生物制剂、精确农业、节水技术、环境控制设备等方面是高新技术建设的重点。

6. 农业生物质能产业

发展城郊环境保育农业产业体系，必须重视生物质能产业的发展。生物质能产业是拓展农业功能、促进资源高效利用的朝阳产业，也是城郊环境保育农业发展的关键产业。它以丰富的、可再生的农林生物资源，包括专门种植的高产生物质能源植物以及农林废弃物为原料，作为发展经济的资源，生产更加可靠、环保、低廉并能与常规能源竞争的产品。例如，农作物秸秆、畜禽粪便、稻壳、甘蔗渣等，甚至荒坡、荒山、盐碱地，都可以转化为生物质能。我国城郊区生物质能产业的发展主要表现为沼气的快速发展，不仅运用废弃物产生了新的能源，更重要的是保护了环境，是真正的城郊环保型产业。虽然我国的生物质能产业发展较晚，技术并不十分先进，产业类型也有限，但是它对城郊农业环境的贡献很大，今后农业生物质能产业的主攻方向是农业废弃物的能源化利用。

7. 农业服务产业

农业服务产业是指社会上的服务机构为满足农业生产的需要而提供的各种服务，主要包括政策服务、良种服务、农资连锁服务、农业信息服务、农产品现代物流业、认证认可等。农业服务产业是保障城郊环境保育农业的基础，在拓展农业外部功能、提升农业产业地位、拓宽农民增收渠道等方面发挥着积极作用，并且基于特殊的地理优势，城郊农业的服务产业较为完善，能够很好地保证环境保育农业的发展。

（三）城郊环境保育农业生产体系的空间结构

城郊环境保育农业要达到一定的社会经济、生态环境目标，追求合理的农业/非农产业活动的类型，就必须依靠合理的农业区内部空间构成及空间布局。农业/非农产业活动的类型受多种因素影响，是关于大多数农村、农业、农民社会经济活动的综合性范畴，其在市场影响下往往呈现不同的空间特征。城郊环境保育农业区的内部空间构成及区位特征主要受城市发展、乡村建设、地形、水资源分布等因素的影响。

例如，根据城郊环境保育农业所承担的功能，可将其分为资源圈、经济圈和服务圈，而这种圈层的实际范围往往因城市规模大小、自身发展、自然条件的不同而不同，它是自然、经济、社会因素共同作用的结果。资源圈更多的是为城市提供生态景观、平衡水资源、吸纳污染物以及城市发展所需要的土地/场所等；经济圈则主要承担农产品的生产、加工以及城市经济的转移等功能；服务圈则为生态与社会经济的耦合、经济发展与环境保护、旅游休闲功能开发等宏观领域的调控提供了更大的空间，如图 1-1 所示。

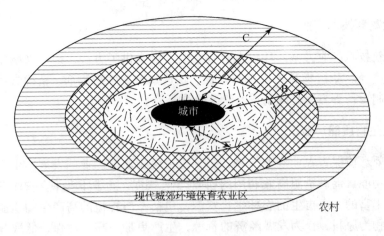

A：城郊环境保育农业的资源圈　B：城郊环境保育农业的经济圈　C：城郊环境保育农业的服务圈

图 1-1　城郊环境保育农业的空间结构示意

对城郊环境保育农业空间结构的理解，有助于我们评估城郊环境保育农业发展所需要的条件并采取相应的政策、措施进行干预，以及由微观到宏观地实现城乡一体化。

四、城郊环境保育农业的经营特征

（一）城郊环境保育农业的经营特点

目前，我国城郊环境保育农业有了一定的发展，但是相比于日本、欧美等发达国家还较为落后，并且由于各国城市发展政策和土地政策的进化历程与社会价值观念存在差异，城郊农业也各具特色。总体来说，城郊农业与乡村农业最大的区别就在于其显著的地域性特点，城郊农业的发展与整个城市社会经济及生态系统紧密相连、相互融合，这就从根本上决定了城郊农业具有其他农业所不具备的经营特点。结合我国现有的基本国情，城郊环境保育农业具有高投入、高产出、高风险等七个特点。

1. 高投入、高产出、高风险

为丰富居民的"菜篮子"，我国在大、中型城市周围相继开展并建立了一批"菜篮子"工程。为了追求经济效益最大化，农民对土地实行掠夺式的开发经营，土地集约利用程度高，加上农资物质的大量投入，使土壤肥力下降，农畜产品污染、蔬菜水果农药残留、重金属污染加剧。虽然满足了城市居民的消费需求，给农民带来了丰厚的收入，但导致了生态环境风险的提高，对城郊环境保育农业的生态环境构成了威胁，成为城郊农业生态环境优化的制约因素，也是我国未来城郊环境保育农业发展的瓶颈。

2. 产业一体化

完整的产业体系是城郊环境保育农业的一个重要标志和特点，也是城郊环境保育农业发展的要求和必然趋势。产业一体化突破了传统农业生产、加工、销售脱节的问题，使各个部门有效结合，延伸了农业产业链，拓展了农产品市场半径，并且形成了专业化生产、企业化经营、社会化服务的格局。这种大生产经营模式不仅提高了农产品的竞争能力，而且推动了农业技术产业、农产品加工、农产品连锁营销业和物流业的发展以及信息技术在农业产业中的应用，为城郊环境保育农业开辟了一个崭新的营利空间。

3. 科技含量高

科学技术含量高是城郊环境保育农业的一大特征，也是其发展过程中最核心的、最重要的因素，它可以提高农业生产投入要素的效率，获得高速的经济增长。我国城郊环境保育农业也具此特点，基于地理优势、政府的扶持、资金的保障，先进的科学方法优先应用在城郊环境保育农业中，其科技含量要远远高于其他地区的传统农业，如设施农业、生态农业。优良品种、科学的管理方式等，大大促进了城郊农业的可持续发展。在今后的发展当中，科技含量的优势将更加明显。

4. 多功能性

城郊环境保育农业是一个国家和地区工业化、城市化的产物。随着经济的增长，城郊环境保育农业不断地被赋予新的功能。一方面，城市化的进程要求发展经济，而经济发展必定要占用耕地、消耗资源，并且向生态环境排放污染物；另一方面，随着城市居民的消费水平和消费结构的变化，他们渴望绿色生态、环境优雅的生活空间，所以城郊农业相比传统农业单纯的生产功能，更多地被赋予了经济、生态、社会、景观、文化等多功能性，随着社会的发展和城郊农业功能的提升，其功能将更加丰富多彩。

5. 市场导向型

在城郊环境保育农业中，农产品的营销活动都紧紧围绕消费者的需求和市场的变化进行，市场是城郊环境保育农业发展的有效载体，城市的需求决定着城郊环境保育农业的发展方向。城郊区特殊的地理优势以及城市强劲的消费市场，有效地拉动了城郊环境保育农业的发展。随着城市居民收入的提高，人们对精神消费的要求越来越高，旅游观念和消费方式正在发生改变，人们更加注重亲身的体验和参与以及对环境的要求，这种市场导向为城郊环境保育农业发展乡村旅游、休闲娱乐提供了巨大的空间，于是采摘园、生态观光园、民俗村、设施农业等率先在城郊环境保育农业中出现。随着市场的发展，越来越多的新型农业类型将不断地涌现，以满足市场的需求。

6. 低碳环保经济

气候变暖已经成为世界生态环境恶化的首要原因，而农业碳排放是温室气体的第二大重要来源，因此以低能耗、低排放、低污染为特征的低碳环保经济型农业成为城郊农业的新特点。不仅要像生态农业那样提倡少用化肥农药，进行高效的农业生产，而且在农业能源消耗增加的情况下，更要注重农业整体能耗和排放的降低。从目前的生产方式来看，低碳环境保育农业具有非常广阔的前景，要加强对科技的扶持，加大各种资源要素的投入，以点带面，最终形成带动农民增收、农业增效的可持续发展模式。

7. 具有明显的区域特色

城郊环境保育农业因区域差异而表现出不同的生态结构功能与模式，因此，在不同的城市发展城郊环境保育农业，必须按照区域特点因地制宜地建立各种生态环保区域模式，使城郊环境保育农业在整个地区农业发展中起到推动作用。为此，应当针对各个地区自然条件、资源基础、经济与社会发展水平的差异，结合现代科学技术，扬长避短，充分发挥地区优势，以多种生态模式、生态科技与装备来发展该城市的城郊环保模式。

（二）城郊环境保育农业的经营模式

城郊环境保育农业发展是多种因素共同作用的结果，如区位条件、资源禀赋、基础设施、政府政策以及社会环境等。不同地区的农业具有不同的历史背景和自然条件，城郊环境保育农业的发展也根据自身区域经济和城市功能的需要产生了不同的经营模式。通过对各地城郊环境保育农业模式的归纳和总结,其经营模式分为科技园区带动型、农业高新技术走廊带动型、创汇农业带动型、龙头企业带动型、农户单位农业环保型和观光农业主导型六类。

1. 科技园区带动型

科技园区带动型是指在条件适宜的农村建立高效农业科技园,在园区内以农业结构调整为突破口,以技术进步为依托,以市场为导向,以效益为中心,运用现代农业科学技术和经营管理方式,政府引导、企业运作、中介参与,引进龙头企业与农民专业合作组织对接,大力发展优势产业和产业化经营,从而提高农业的综合效益,促进农民增收,如北京市的小汤山农业科技园区。

2. 农业高新技术走廊带动型

农业高新技术走廊带动型是指在特定的地域由不同投资主体建设的、相互联结的多个农业高新技术园区群体。这些群体的各个园区的功能基本相同,或者相互补充,园区的生产围绕某种类型产业进行,园区之间在产业链的连接上相互补充,从而使整个走廊形成集农业生产、加工、销售于一体的产业群体,如北京市的京承城郊农业观光走廊。

3. 创汇农业带动型

创汇农业带动型是指加快农业结构调整步伐,统筹城乡经济社会发展,发挥区位优势,以支柱产业和主导产业为基础,以加工企业为龙头,以商品生产基地为依托,以科技推动为手段,大力发展优势园艺业、畜牧业、水产养殖业,扩大蔬菜、水果、畜牧和水产品的出口,带动区域经济发展和农民增收。由于创汇农业主要是以外向型农业为突破口的城郊农业发展模式,所以其必须有一定的地理优势,能够顺利地将农产品外销,以带动当地农业的发展,如北京的天竺出口加工区。

4. 龙头企业带动型

龙头企业带动型是指将龙头企业作为城郊环境保育农业开发和经营的主题,本着"自愿、有偿、规范、有序"的原则,采用"公司+基地+农户"的产业化组织形式,向农民租赁土地使用权,将大量分散在千家万户农民的土地纳入企业经营开发活动中。这种由龙头企业建立的生产基地,能够实现规模化经营,科技与创新是其根本动力,并且坚持走绿色、生态、环保的农业道路,从产出到配送形成一条"绿色生态产业链",做到了经济与生态双重效益统一,如北京的神农绿林食品有限公司。

5. 农户单位农业环保型

农户单位农业环保型是根据各地不同的自然条件和经济条件以及本地特有的资源,结合实际情况,由政府支持和引导的以农户为单位的环境保育农业发展模式。例如,北方"四位一体"模式,是一种庭院经济与生态农业相结合的新的生产模式。它应用生态学、经济学、系统工程学原理，以土地资源为基础，以太阳能为动力，以沼气为纽带，种植业和养殖业相结合，通过生物质能转换技术，在农户的土地上，在全封闭的状态下，将沼气池、猪禽舍、厕所和日光温室等组合在一起，所以称为"四位一体"模式。

6. 观光农业主导型

观光农业主导型是指以农业自然资源为基础，以农村生活为核心，以旅游为手段，以城市为市场，以参与为特点，以文化为内涵，吸引游客前来观赏、品尝、购物、习作、体验、休闲、度假的一种新型农业与旅游相结合的生产经营形态。其发展形势多种多样，主要有观光农园、采摘园、教育农园、森林公园、民俗观光村五种形式，有农业生产功能，还兼具生态功能和生活功能，如北京密云的不老屯镇。

五、城郊环境保育农业与城市、环境及可持续发展

（一）城郊环境保育农业与城市的辩证关系

1. 城郊环境保育农业是城市的有机组成部分

城郊环境保育农业位于城市周边，依托并服务于城市，是伴随着城市化发展而产生的，是城市的有机组成部分。城市则是由经济、社会、自然三个子系统复合而成的开放系统，城市的社会经济是在广阔的生态系统基础之上运转的，必须依靠生态系统生产人们所需的资料，并保证城市的正常运作。城郊环境保育农业的基本特征恰与城市的经济和生态系统紧密结合。

2. 城郊环境保育农业是缓解"城市问题"的一种必然选择

第二次世界大战以来，城市快速扩张蔓延，世界各地城市普遍存在着居住空间狭小、交通过度拥挤、环境恶化的问题，于是人们将目光转向了城郊区和距离适当的农村地区，从而要求对城市及其附近的农用地进行保护，并提出发展具有多样性功能的城郊农业。城市化的急速发展和生态环境的恶化是城郊环境保育农业兴起的重要原因。欧美等一些发达国家经过近百年的历史，保护和发展城郊农业已经得到了政府的广泛认可和肯定，城郊环境保育农业对于建立优美和谐的城市来说已经成为一种内在的需求。

3. 城市的多元化需求是城郊环境保育农业发展的推动力

城郊环境保育农业和城市的发展紧密联系。一方面，由于距离上的优势，城市的资金、技术、人才、信息十分容易向城郊农业渗透，城郊农业可充分利用城市现代工业提供的技术物质装备和基础设施，率先实现集约化、设施化、产业化和规模化，加速城郊农业的发展；另一方面，随着人们生活质量的提高，人们的消费观念也随之升级，除了高档绿色的果蔬产品、肉奶产品、稀奇产品的物质需求外，更倾向于旅游观

光、休闲度假方面的精神需求，城市产生的巨大要素市场和产品市场为城郊环境保育农业的发展提供了得天独厚的优势。依据市场导向机制，积极调整农业结构，大力发展新的农业类型，满足城市居民的需求，增加城郊农民收入，促进城市化和城乡一体化，缩小农村与城市的差距，极大地促进了城郊环境保育农业的发展。

4. 城市和城郊环境保育农业的发展又具有互斥作用

城市对城郊环境保育农业的排斥表现在三个方面：一是土地占用，城市化的快速发展需要扩张土地，导致农地面积日趋减少，未来的粮食供给令人担忧；二是城市化吸引了农村人口流向非农部门，导致农村工资上涨，农业生产成本提高，无疑给农产品的价格及其消费带来了不利影响；三是城市的生态环境问题给城市本身和农业都造成了极大的危害。

城郊环境保育农业对城市的排斥表现在：一是城郊农业用地受到肥力、水、光、温等自然资源的限制，相对城市用地要求较高，对于城乡一体化布局具有一定影响；二是比较优势上，城郊环境保育农业处于竞争劣势地位，第二、三产业的利润要高于传统农业，农民收入低于城市收入，城乡差距较大，对于农业和农村区域的发展有不利影响；三是农业产品的"副产品"，如粪便、过量使用的化肥和农药，会破坏环境，使农产品质量下降，并危害市民的健康。

城郊环境保育农业与城市的发展既相互联系、相互依存，又相互排斥、相互制约。双方的发展必须以另一方的发展为基础，任何一方出现问题都会导致严重的后果。城郊环境保育农业是城市化进展的必然结果，城市的发展也离不开城郊环境保育农业的支持；城郊环境保育农业是实现城乡一体化的融合点，城市是城郊环境保育农业发展的动力，两者相互促进、共同发展。

（二）城郊环境保育农业与城市的可持续发展

1. 城郊环境保育农业的可持续发展应当遵循城市发展的规律

城市可持续发展表现在生态可持续发展、经济可持续发展和社会可持续发展三个方面，而城郊农业的可持续发展则是一种"高效、低耗、持续"的农业模式，以发展生态农业、提高城市生态环境质量、保持农业的可持续发展为目标，两者具有相同的契机点。

2. 城郊环境保育农业的发展思路符合城市可持续发展的理论

工业革命以后，城市化发展改变了人们聚集的空间，大量居民涌入城市，消耗资源，制造垃圾，造成了交通拥挤、环境恶化等一系列的城市问题，于是一些学者结合出现的问题，立足于建设城乡结合、环境优美的新型城市，提出了"田园城市"（garden city），关注和保护城郊农业。城市生态系统一方面受各种社会活动的制约，另一方面城市的活动也对生态系统造成了持续的破坏，政府和居民都在积极寻求保持城市可持续发展的道路，而城郊环境保育农业通过发展生态农业，不仅为城市居民提供优质、安全的农副产品，还为城市开辟了景观绿地，增加了绿色植被，创造了一个美好的生活环境，保障了整个城市的生态空间。

3. 城郊环境保育农业的发展可促进城乡一体化

长期以来，我国城市经济以现代化大工业生产为主，而农村经济以典型的小农经济为主，城市基础设施发达，而农村的基础设施落后等，造成了严重的工农差别和城乡分割，形成了"城乡二元结构"，从而使贫富差距扩大，地区发展不平衡，制约着社会经济的快速、持续、健康发展；同时，"城乡二元结构"导致农产品市场难以扩张，资金难以注入，农民收入受到严重影响，农村居民受教育机会不平等，无法实现生产要素和人力资源的合理配置。所以打破"城乡二元结构"，实现城乡一体化一直是人们追求的目标。城郊环境保育农业处于城市周边和农村周围，是城乡一体化的前沿阵地，是农村和城市融合的关键，城郊环境保育农业具有为城市居民提供公共开阔空间、有效吸纳和降解城市废弃物、净化城市生态环境的作用；同时，城郊农业还可以促进城乡交流，增加农民收入，是城市可持续发展的重要内容。

在未来几十年，我国的城市化将仍然保持高增长趋势，这必将加剧一系列问题：生态环境恶化、自然资源短缺、交通能源紧张、城市污染加剧、居民生活空间缩小等，城市的社会结构、文化结构和空间结构将空前复杂，城市的可持续发展问题将被提到战略的高度。城郊环境保育农业的存在和发展有助于解决这些问题，保障城市健康、可持续发展。

参 考 文 献

安训生. 1998. 发展都市农业的实践与思考. 中国农村经济，3：68~72

蔡建明，杨振山. 2008. 国际都市农业发展的经验及其借鉴. 地理研究，27（2）：362~373

党国印. 1998. 关于都市农业的若干认识问题. 中国农村经济，3：62~67

方觉曙，赵春雨. 2002. 城郊农业与郊区农业产业化问题——以芜湖市为例. 经济地理，22（3）：223~224

方志权. 1999. 论都市农业的基本特征、产生背景与功能. 农业现代化研究，20（5）：281~285

干劲天. 2001. 都市农业与城郊农业的内在联系与转变接点. 北京市农业管理干部学院学报，15（4）：37~38

刘恒茂. 2004. 论城郊农业向都市型农业转变. 四川行政学院学报，（6）：77~79

宋金平. 2002. 北京都市农业发展探讨. 农业现代化研究，（3）：199~203

孙浩然. 2006. 国外建设现代农业的主要模式及其启示. 社会科学家，（2）：61~63

章家恩，骆世明. 2005. 现阶段中国生态农业可持续发展面临的实践和理论问题探讨. 生态学杂志，24（11）：1365~1370

张荣昌，周建飞. 2001. 都市型农业与政府责任——以宁波市为例. 浙江万里学院学报，14（4）：14~15

赵怀让，孟繁华. 1991. 城郊农业——我国农业现代化的先导. 改革与理论，（5）：41~43

Daniel G M. 1995. Alternative food security strategy: a household analysis of urban agriculture in Kampala. World Development, 23 (10): 1669~1681

Deelstra T, Girardet H. 2000. Urban agricuiture and sustainable cities//The German Foundation for International Development（DSE）Growing cities，growing food：urban agriculture on the policy agenda. Feldafing：DSE，43-65

Erik B. 2003. Potential，problems，and policy implications for urban agriculture in developing counties. Agriculture and Human Values，（20）：79～86

Knowd I，Mason D，Docking A. 2006. Urban agriculture：the new frontier. City Structure，23：1～22

Lynch K，Binns T，Olofin E. 2001. Urban agriculture under threat. Cities，18（3）：159～171

Martin B. 2000. Policy options for urban agriculture. Growing Cities，Growing Food：Urban Agriculture on the Policy Agenda：119～145

Mlozi R. 1997. Impacts of urban agriculture//Dares S T. The Environmentalist，17（2）：115～124

Mougeot L J. 2006. Growing better cites：urban agriculture for sustainable development. International Development Research Centre

Rachel N. 2000. The impact on urban agriculture on the household and local economies. Growing Cities，Growing Food：Urban Agriculture on the Policy Agenda：67～97

Smit J. 1996. Urban agriculture，progress and prospect：1975-2005. Cities Feeding People Series Report 18

Viljoen A，Bohn K，Howe J. 2005. Continuous Productive Urban Landscape：Designing Urban Agriculture for Sustainable Cites. Oxford：Architectural Press

第二章　城郊环境保育农业的
功能定位与结构优化

　　城郊环境保育农业是城市化发展到一定程度后逐步形成的一种具有特定内涵的现代化农业。随着社会的进步，城郊环境保育农业呈现出越来越多的功能内涵，主要包括农业生产功能、高科技应用示范功能、生态环境保育功能、景观文化服务功能。但当前我国对城郊环境保育农业的功能定位和布局模式缺乏系统的研究，在理论和实践上都存在严重不足，为此，有必要在综合分析城郊农业发展现状的基础上，根据城市发展对现代农业的需求，对城郊农业的功能进行准确定位，对未来城郊农业结构进行合理优化，因地制宜地布局农业生产。

第一节　城郊环境保育农业的功能定位及其评价体系

一、城郊农业区的生态环境问题

（一）城郊农业面源污染

　　城郊区是以城市农产品供应为主的特色农业生产基地，担负着高强度的农业生产功能，在国家农业生产体系中的地位十分突出。但是，在不断增加的城市污染排放物和高投入的农业生产方式的共同作用下，城郊区已成为我国环境整体质量继续恶化的重灾区，对城市的生态环境与食品健康安全都构成了严重威胁。目前我国东部（包括东北、华北平原）和中部等粮食主产区农田普遍存在活性 N、P 超量累积问题。根据第一次全国污染源普查结果，农田 N、P 排放对面源污染的贡献率高达 57% ~ 67%。

　　长期大量使用化肥是造成农业面源污染的主要原因。在耕地面积不断减少的情况下，为提高作物产量，化肥的使用量一直处于上升态势，预计 2010 年我国化肥施用总量最高可达 5361 万 t，化肥的平均使用强度达 400 kg/hm²，在东、中部地区和各大、中城市郊区高达 600 ~ 1000 kg/（hm²·a），远远超出了国际公认的上限 [225kg/（hm²·a）]。城市郊区有大量集约化的蔬菜生产基地，其施肥量大，复种指数高，因而城郊区农田 N、P 累积量更高。

　　此外，农田土壤中过量的 N 以氨的形式挥发或以硝化与反硝化的形式进入大气，N、P 通过地表径流、侵蚀、淋溶（渗漏或亚表层径流）和农田排水的方式进入地表水和地下水，是造成农业面源污染的另一重要原因。苏南太湖流域稻麦轮作区 5 个点的观测结果表明，稻田泡田弃水和地表径流所造成的损失的 N 分别相当于氮肥用量 345kg/（hm²·a）的 2.7% 和 5.7%，加上淋洗损失 3.0%，N 通过水循环损失总计为 11.4%（尹娟和勉韶

平, 2005)。朱兆良（2006）估算得出，损失的氮肥中对环境质量有影响的各种形态的
N 总量（除 N_2 外）约为其施用量的 19.1%，其中氨挥发损失占 11%，地表径流和淋
溶损失分别占 5% 和 2%，以 N_2O 形式进入大气的约为 1.1%。

（二）城郊水系污染

在城市的形成和发展中，河流是资源和环境最关键的载体，关系到城市的生存和
发展。目前，我国一批大型湖泊、水库以及城市密集和工农业较发达地区的河流的富
营养化和重金属污染问题日趋严重，生态危机突显，已经或有可能演变成为新的特殊
生态环境脆弱区。城郊水系污染主要源于三个方面：一是城市工业发展中超标排放的
工业废水；二是城郊生产生活废弃物；三是农业污染。

工业废水是城郊水系的一个重要污染源，越来越多的江河湖泊成了工厂倾倒有毒
废水的下水道，导致中国水污染现状严峻，如太湖水污染事件、松花江水污染事件等，
不仅造成巨大的经济损失，更直接危及人们的饮水安全。国家监测的 200 条河流 409 个
断面中，Ⅰ~Ⅲ类、Ⅳ~Ⅴ类和劣Ⅴ类水质的断面比例分别为 55.0%、24.2% 和
20.8%，其中珠江、长江水质总体良好，松花江为轻度污染，黄河、淮河、辽河为中
度污染，海河为重度污染。在 28 个国控重点湖泊（水库）中，满足Ⅱ类水质的 4 个，
占 14.3%；Ⅲ类的 2 个，占 7.1%；Ⅳ类的 6 个，占 21.4%；Ⅴ类的 5 个，占 17.9%；
劣Ⅴ类的 11 个，占 39.3%，主要污染指标为总氮和总磷。

城郊生产、生活废弃物主要包括农村生活污水、畜禽养殖废水、城郊农产品加工
废物和生活垃圾，是城郊水系的重要污染源。前期调查表明，城郊区农村户均生活污
水排放量为 0.6t/d，处理比例不足 7.14%；全国养殖业的废弃物排放总量超过生活和
工业排放废水产生的 COD 污染负荷总和。夏立忠和杨林章（2003）通过对太湖地区典
型小城镇的研究监测表明，农村居民点总氮、总磷浓度显著高于交通干道商业区和镇
居民区，小城镇及其周边农村居民点生活垃圾随着降水进入地表径流已是水体 N、P 负
荷的重要非点源污染源。

农业污染源包括农药、化肥等，以面源污染的形式进入水体，导致水系的富营养
化。《第一次全国污染源普查公报》显示，四成以上的污水排放量来自农业污染源，其
COD 排放量为 1324.09 万 t，占总量的 43.7%。因此，在治理水系污染过程中，城郊农
业的污染防治不可忽视。

（三）城郊农业土壤污染

土壤是城郊区农业生态系统的重要组成部分，也是城市污染物的汇集地和净化器，
对城市的可持续发展有着重要的意义。随着我国城市化的快速发展，产生的废弃物也
越来越多，逐渐超出了城郊区土壤的净化能力，土壤健康质量严重恶化。目前，我国
城郊区土壤普遍存在富营养化与养分失调、复合类盐渍化、酸化、重金属污染、有机
化合物和农药残留物质污染等问题。

长期超量施用化肥使城郊土壤出现"富营养化"与养分失衡并存的严重问题：一
方面造成 N、P 的大量积累，成为 N、P 的环境污染源；另一方面，使包括 N、P 在内

的土壤养分严重失效，造成越"肥"越要施肥的恶性循环。据报道，北京、上海、杭州、广州等城郊菜地土壤全磷含量高达 1000~5000 mg/kg，高出自然土壤 10 倍，有效磷含量高的可达 250~450 mg/kg。在郊区设施农业系统中，由于长期缺少降雨淋溶及超量使用化肥、偏施氮肥和盐水灌溉等，郊区设施农业土壤中的水溶性盐总量达大田的 2~13 倍，导致了严重的土壤盐渍化问题。工业气体长期排放所引起的酸雨，加剧了城郊土壤的酸化过程。例如，太湖流域 85% 以上土壤 pH 平均下降 0.56 个单位，出现酸化现象，设施农业用地土壤 pH 最高可下降 2.0 个单位。对全国 20 多个城市的调查结果显示，城郊菜地的重金属污染十分严重：沈阳近郊的 1 万余公顷菜田土壤已受到污染；南京某郊县蔬菜基地 74% 土壤样品的 Hg 含量超过背景值的 3 倍，30% 样品的 Hg 含量超过背景值的 5 倍，达到严重污染程度；上海宝山区蔬菜土壤 Cd、Cu 和 Zn 的超标率分别为 44.3%、31.2% 和 24.6%，分别为标准的 4.1 倍、6.2 倍和 12.5 倍。城郊土壤农药污染主要是有机氯与有机磷两类农药，一些地区蔬菜有机磷农药超标率达 60% 以上。北京、上海、南京、武汉、广州等大城市周边土壤及长江三角洲地区的一些农田中已经监测到多环芳烃（PAHs），一些农田多氯代二苯并二噁英/呋喃（PCDD/Fs）含量已超过有关国家控制标准的 5 倍。

（四）城郊农产品质量安全风险

随着我国农业和农村经济发展进入新的阶段，农产品质量安全问题成为农业发展的主要问题。过量使用化肥和农药造成了土壤和水体的严重污染，进而明显地影响了农作物的品质。大部分城郊农业区生产的农产品中，重金属、农药残留、硝酸盐和磷酸盐含量超标现象十分严重。

据调查，我国大、中城市城郊区蔬菜等农产品的重金属超标情况普遍，Cd、Pb、Cu、Hg 和 Zn 等重金属超标令人触目惊心。例如，沈阳近郊大白菜 Pb 和 Cd 超标率分别为 100% 和 58%，黄瓜 Cd、Hg 和 Pb 超标率分别为 73%、27% 和 18%；天津市郊蔬菜 Cd 超标率为 40%；上海宝山区蔬菜 Pb 和 Cd 超标率分别高达 82% 和 54%；杭州市近郊蔬菜 Cd、Cu、Hg 和 Zn 的超标率分别为 28%、15%、59% 和 4%；温州市 Cd 含量蔬菜超过国家标准 1.7 倍，水果超过 1.6 倍；长沙市蔬菜重金属超标率为 50%；重庆市水稻 Cd、Pb 超标率均为 25%~50%，玉米 Pb 超标率为 22%~66%，Cd 和 Hg 超标率为 11%；成都市 9 种蔬菜 Pb 和 Cd 的超标率分别为 22% 和 29%；南宁市蔬菜 Cd 和 Hg 超标率分别为 92% 和 50%。2000 年农业部环境监测系统对 14 个省会城市 2110 个样品的检测表明，蔬菜农药和亚硝酸盐污染超标率分别高达 31.1% 和 12.1%。北京市 2001 年主要农贸市场和蔬菜生产基地蔬菜样品农药残留超标为 21%；上海郊区 2002 年设施蔬菜叶菜类硝酸盐超标率高达 51.5%，农药超标率达 25%；重庆市蔬菜农药超标率为 25%~35%，瓜果类为 20%~25%，豆类为 33%~55%；福州市 2003 年检测表明，莴苣、白萝卜、空心菜、春菜的蔬菜硝酸盐污染均达到不可食用程度。

总之，城郊农业区的环境污染是我国生态环境安全问题的一个缩影，对经济社会的可持续发展和城乡人民的健康安全具有重大影响。尽管如此，人多地少的国情决定了城郊区必须长期担负城市农产品生产和环境保障的双重功能，城郊区环境质量直接关系到占全国总人口 50% 以上的城市和郊区居民的环境健康与食物安全，必须予以高度重视。

二、城郊农业的功能定位

（一）农业生产功能

人多地少是我国的基本国情。我国人口总量继续大幅度增加，但耕地资源匮乏且面临着城镇化和各种基础建设的挤占。因此，约占我国耕地总面积 1/3 的城郊农业区的农业生产功能是城郊农业最基础的功能。目前全国城郊区农产品的商品化率已达 75%，大、中城市食品供应的 50% 以上来自城郊区的农副产品（蔬菜、果品、禽、蛋、奶）供应。基于现代城市发展需求，其生产功能更多的是定位于生产和提供特色农产品，包括名、优、特、稀、鲜、嫩、活的农副产品，提升农产品品质，满足不同层次消费人群的需求。

随着城郊"菜篮子"产品生产基地不断向远离城市的农区转移，逐渐打破了原有的"近郊为主、远郊为辅、农区补充"的生产布局。首先是在城市近郊淘汰一些高污染、低附加值的种植养殖生产，使得鲜活农产品流通损耗和能源消费增加，弱化了大、中城市鲜活农产品供应的保障能力和应急调控能力。其次，随着城市居民消费结构升级，城郊农业产品不仅趋于多元化和特色化，而且更关注质量安全和营养健康。例如，温州市为了发展城郊农业的生产功能，在城郊农业功能区划分中提出了要大力发展特色农产品功能区，启动了 12 个粮食生产功能区、10 个蔬菜功能区、5 个水果功能区、5 个茶叶功能区，并且计划在未来 3 年建成 10 个万亩以上的现代农业综合区、20 个 3000 亩以上的主导产业示范区、50 个 1000 亩以上的特色农业精品园。

生产功能还体现在城郊农业是以市场为导向，以经济效益为中心，以主导产业、产品为重点的产业化经营模式，通过优化组合各种生产要素而形成的集种养加、产供销、贸工农、农工商、农科教为一体的经营体系，并且在每个生产过程中，能够吸引部分劳动力参与其中，有效地缓解了城郊失地农民的生计问题和城市居民的就业压力。例如，北京市为发展城郊农业产业化道路，设施农业播种面积高达 3.4 万 hm^2，占总播种面积的 10.5%，其中大棚 1.4 万 hm^2；发展了一批农产品物流中心，建立国家标准化生产基地累积达到 800 家，通过安全食品认证达标生产的超过 60%；创建了体现城郊农业特色的农业精品、农业品牌，先后支持创办了 25 个各具特色的农业科技园区，这些高效农业示范园在引进新技术、新品种、新设施中对城郊农业的发展发挥了重要的示范作用。

（二）科技应用示范功能

城郊区是我国农业经济发展的精华地带，更是我国农业产业化、标准化和城乡经济一体化的先导地区。与普通农业区相比，城郊区农业发展具有紧贴主市场和经济效益较高等特点，同时集中了资源、资金、科技和人才等诸多优势。探索传统农业向高产、高效、优质的现代化农业发展的道路，提供示范样板，是城郊区农业发展的一项重要社会功能。

现在各个城市推行的城郊农业科技示范园，以环境优美、设施先进、技术领先、品种优新、高效开放为特点，以高产、优质、高效、生态、安全为目标，集生产、科研、教育、推广、旅游为一体，代表了城郊农业的发展方向。它不仅是现代农业的展示窗口，有效地提高了农产品质量安全水平，增强了竞争能力，更充分发挥了传统农业向现代农业转变的典型示范作用，是提高农村经济效益和农民收入的必然选择。当然，保持和提高农业科技示范园的高科技含量和现代化管理水平是建设好农业科技示范园的关键，也是能否起到科技应用示范作用的关键。

（三）环境保育功能

长期以来，我国忽视农业与生态环境的协调发展，导致了生态环境的严重破坏。特别是我国大部分城郊农业区，一直采用传统的高投入、低效益的农业生产模式，生态环境污染问题日益加剧。协调城郊区农业发展与环境保护的矛盾，要求最有效地发挥城郊区的环境保育功能，实现农业与环境协调发展的"双赢"。

1. 固碳释氧功能

绿色植物吸入二氧化碳通过光合作用释放氧气，可以净化大气，对维持全球气候平衡也具有重要作用。随着全球变暖的问题越来越受到关注，农业生态系统的固碳释氧功能得到重视，特别是近几年的研究表明，农业生态系统中除了植被能够有效地吸收二氧化碳、释放氧气以外，土壤也是一个巨大的碳库，每年因为破坏土地而释放的碳量与化石原料燃烧释放的二氧化碳相当，所以农业生态系统为全球的固碳释氧作出了重要的贡献。城郊区大量的农田围绕在城市周围，形成了天然的绿色生态屏障，对维护整个地区的碳氧平衡和缓解城市的空气污染具有关键作用。

2. 涵养和净化水源功能

城郊农业生态系统涵养和净化水源的功能对城市的发展有重要意义。农业生态系统不仅能增加土壤对水分的吸收，减少土壤与营养物质的流失，而且许多水生植物和沼生植物能够吸收水中的有机物，杀死水中的细菌，吸收污水中的重金属，起到净化受污河流和湖泊的目的。例如，芦苇能吸收酚及其他20多种化合物，$1m^2$芦苇每年可积聚9kg污染物质，在种有芦苇的水池中，水中的悬浮物、氯化物、有机氮、磷酸盐、氨和总硬度分别减少30%、90%、60%、20%、66%和33%。

3. 土壤保育功能

土地是一切生产活动的载体，良好的土地质量有利于城市和农业的可持续发展。首先，农业植被具有截留降水的作用，能减弱雨水对地表的冲击和侵蚀，降低降水强度，减少和延缓径流；其次，农业植被的根系对土壤的固定作用能减少土壤的侵蚀。植被一旦遭到破坏，土壤的保育功能就会减弱甚至消失，并产生一系列的严重后果：加大洪涝灾害的风险和沙尘暴发生的几率，导致土壤肥力下降和富营养化，对城市生态环境造成影响。例如，北京市政府在山区实施风沙源治理、小流域综合治理、地表水源区生态综合治理，建立平原区实施生态景观大道、农田防护林网，在近郊建立绿化隔离地区、郊区公园，构筑山区—平原—近郊三道生态屏障，缓解了季节性沙尘暴的影响，取得了良好的效益。

4. 生物多样性保育功能

生物多样性对城市的发展具有重要意义，是人类生存和发展的自然基础。不同的物种相互依存、相互作用，构造了一个平衡的生态循环系统。在城市内部，生物多样性十分简单，人类是生态群落中的优势群体，这也就意味着城市生态系统非常脆弱，容易受到破坏，而城郊农业丰富的物种资源恰恰弥补了城市这一方面的缺陷。在城郊农业生态系统中，不同的生物对于调节气候、净化环境、涵养水源、保持土壤有着不同的作用，生物多样性还为人类提供了良好的自然环境，有利于创造良好的城市生态环境。

5. 生态缓冲功能

城市水系污染、空气污染、废弃物污染具有扩散性，利用城郊区丰富的植被和其他生物对污染物进行阻滞、吸收和分解，能够防止城市产生的污染物大量迁移和扩散，实现城郊农业区的生态缓冲功能。城郊农业区的生态缓冲功能还表现为可抵御外来侵害。如自然灾害沙尘暴等，到达城市之前，城郊区的森林、农作物对其进行阻滞、过滤，可有效地降低其强度，起到保护城市和提升城市生态环境质量的作用。

（四）景观文化服务功能

随着经济的快速发展和人民生活水平的提高，城市居民的消费观念也逐渐升级，除了对高档绿色、特色农产品等的物质需求外，更倾向于旅游观光和休闲度假等方面的精神文化需求。城市居民消费观念的改变对城郊农业的景观文化功能产生了特殊需求。

城郊农业的景观功能是以优美的农业生态环境为基础，以互动参与为方式，以观光园、采摘园等形式向市民提供服务，主要是拓展农业的景观功能，其组织形式灵活多变。城郊农业的文化功能则是依靠地区农耕文化和民俗文化来提供服务，主要是反映当地的民俗风情、特有的文化特点，在让市民了解的同时，农民获得收益。城郊农业的景观文化功能满足了人们对精神文化的需求，既有利于保护和发扬传统的农业文化，又能提高城郊农业的竞争力，更能为城乡文化交流提供一个平台，促进城乡之间的协调发展。

三、城郊农业的功能评价体系

（一）评价原则和评价方法

1. 评价原则

城郊农业具有多功能性，不同城市有不同的农业功能模式与之对应。通过功能评价可以有效地定位其功能，为城郊农业的区位规划和可持续发展提供依据和合理建议。构建城郊农业功能评价体系应基于客观性、科学性、系统性、地域性和可操作性等原则。

客观性原则：选择的指标必须能够客观、真实地反映出每一项功能特征。

科学性原则：受评价者主观因素和各国各地区发展状况的影响，建立一套一成不变的城郊农业功能评价体系是不科学的。因此，在选取评价指标时应把握城郊农业的基本概念和基本特征，科学地反映城郊农业的内涵和功能，注重城郊农业的高科技性和应用示范性，随着城郊农业的不断发展，不断地完善和更新评价指标。

系统性原则：城郊农业是一个包括生产、经济、发展、资源合理利用以及生态环境保护的大系统，因而城郊农业功能评价体系也应该是一个包含社会、经济、生态环境等多方面指标的有机整体。选取的因子应能从不同的层面和不同的层次上比较全面地反映城郊农业的功能。基于城郊农业优于其他农业形式的特点，其指标也应该更好地表达城郊农业的高科技性、产业性、环保性。

地域性原则：不同国家，同一国家不同城市，城郊农业的发展状况各不相同，产品各具特色，城郊农业具有强烈的地域性。因此，为了更准确地判断一个国家或者城市城郊农业的功能水平，在构建评价体系时，应力求与国家指标、国际指标接轨，合理评价城郊农业的功能水平。

可操作性原则：城郊农业功能评价因子很多，应力求简单明了，不宜求全、求细，并且要求方法直接，计算简单，尽量选取数据较为容易获取并且可靠、有针对性的指标，避免特殊指标，提高指标的可操作性和实用性。

2. 评价方法

城郊农业的功能评价是指对城郊农业的使用价值进行评价后，进一步分析其发展程度和定位，对未来发展趋势进行指导。其评价过程相对复杂，既包含对城郊农业多功能性的分析，也包含选取适当的数学模型进行客观评价。采取单一分析方法很难作出正确的评价，需要采取以某种方法为主、其他方法为辅，历史与现状结合，定性与定量相结合的方法来评价城郊农业的功能。定性分析方法主要有安全检查表（safety check list，SCL）、事故树分析（fault tree analysis，FTA）、危险度评价法（risk assessment）和SWOT分析（strength weakness opportunity threat analysis）等。定量分析方法主要有统计分析法（statistics analysis method）、时间序列分析法（time series analysis method）、模糊数学综合评价法（fuzzy mathematical method）、层次分析法（analytic hierarchy process，AHP）和系统动力学法（system dynamics method）等。

时间序列分析是对历史资料延伸的研究方法，以时间序列反映社会经济现象的发展过程和规律，主要特征是能够根据客观事物发展的连续规律性，运用历史数据，通过统计分析来评价现状和推测未来发展趋势。根据观察值的大小来判断影响变化的各种不同因素在同一时刻发生作用的综合结果，其结果可以分为：趋势性、周期性、随机性、综合性。其具体评价过程为：在对城郊农业进行功能分析的基础上，首先对城郊农业的多功能性进行综合分析和归纳，将其划分为几大类；然后根据各个功能的特征选择相应的指标体系，构建出三级评价体系，收集相应指标的历史资料，加以整理，编成时间序列，对一级指标进行价值量化，运用经济价值直接反映城郊农业各个功能的价值比例；然后采用时间序列分析法，绘制每个具体指标的变化曲线图，对城郊农业功能现状进行科学的评价和定位；进而可以根据历史资料加以延伸，运用时间序列预测模型，获得相应预测曲线，对未来城郊农业的功能分区作出指导（图2-1）。

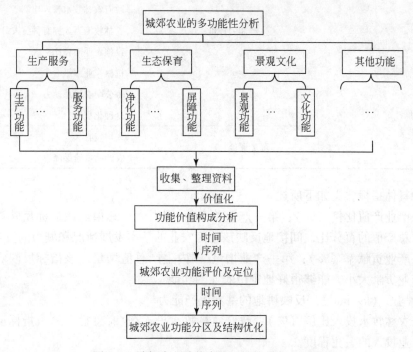

图 2-1　城郊农业功能定位及结构优化流程图

（二）城郊农业功能评价指标选取

城郊农业系统是一个复杂系统，各因素对城郊农业的功能定位和可持续发展的影响程度也各不相同，其功能评价指标的选择应当尽量考虑其技术上量化的可能性。因此，目前在研究中暂且未涉及科技示范方面的指标，按照城郊农业的生产服务功能、环境保育功能和景观文化功能构建了三级评价指标体系。由于城市的经济辐射范围以及都市的发展水平不同，不同城市之间难以找到一个合适的等级标准，故采用了类比法，通过一定时间段内每一级指标的变化情况来评价现在及未来城郊农业的功能。

1. 生产服务功能评价指标

生产服务功能是城郊农业最基本、最重要的功能，分别从生产能力和服务两个方面对其进行评价。生产能力指标主要用于评价农业的自然属性，能够反映当地城郊农业的实际生产能力和科技水平。服务指标主要用于评价农业产出品的商品属性，表现为农民收入高低和提供城市居民生活必需品的保障率。具体如表2-1所示。

表 2-1 生产服务功能评价指标

一级指标	二级指标	三级指标
生产服务	生产能力评价	第一产业产值比例
		第一产业贡献率
		粮食均产
		政府农林牧水投入比例
		农林牧渔万人拥有科技人员
		设施农业面积比例
		机械作业水平
		每公顷农机总动力
		良种化程度
	服务评价	人均年收入
		农产品供给保障率

表中具体指标含义如下所述。

第一产业产值比例（%）：第一产业总产值/国内生产总值。该指标反映该地区农业产值占总产值的百分比，间接地反映该地区农业的基本发展情况和城市的发达状况。

第一产业贡献率（%）：第一产业增量/国内生产总值增量。该指标反映农业对该地区的产业贡献大小，能够很好地定位农业的功能。

粮食均产（kg/hm^2）：反映耕地的基本生产能力。

政府农林牧水投入比例（%）：政府农林牧水投入/政府总投入。该指标反映城市政府对农业投入的关注程度。

农林牧渔万人拥有科技人员（位）：该指标反映城郊农业科技人员支撑情况。

设施农业面积比例（%）：设施农业面积/耕地总面积。该指标反映该地区农业的现代化水平和今后农业发展的主要方向。

机械作业水平（%）：农业机械耕作面积/总耕地面积。反映出该地区农业机械化的普及率。

每公顷农机总动力（kW·h/hm^2）：在每公顷耕地上使用农机消耗的总动力。

良种化程度（%）：引进并推广使用优势良种的覆盖率。

以上指标从产值、贡献率、基本生产能力、现代化水平和科技支撑等方面，综合评价和反映城郊农业的生产功能。

人均年收入（元）：是指调查期内农村住户和住户成员从各种渠道获得的收入总和，包括工资性收入、家庭经营收入、财产性收入和转移性收入。

农产品供给保障率（%）：（农产品总产量－农民农产品消耗量）/（市区人口×城市居民人均消费量）。该指标反映城郊农业的供给能力。

以上指标从城郊农业服务农民和城市居民的角度出发，评价城郊农业的服务功能程度。

2. 环境保育功能评价指标

环境保育功能评价主要是分析城郊农业生态系统的生产和服务价值，但城郊农业生态系统作为一个复杂的生态系统，很难对其进行分类定量评价。本节借鉴国内外对自然生态系统服务价值评估的方法（Vejre et al.，2009；Sandhu et al.，2008；Swinton et al.，2007），选取指标如表 2-2 所示。

表 2-2　生态保育功能评价指标

一级指标	二级指标	三级指标
环境保育	环境净化	气候调节表现价值
		气体调节表现价值
		水源涵养表现价值
		土壤保育表现价值
		废物处理表现价值
		生物多样性保护表现价值
	生态屏障	市域范围扩张速度
		防风滞沙量

表中具体指标含义如下所述。

气候调节表现价值：指城郊农业的生态系统通过绿色植物的光合作用，吸收大气中的二氧化碳，释放氧气而表现的价值。

$$Q_{CO_2} = \sum (NPP \times S) \times 1.63 \qquad (2\text{-}1)$$

$$Q_{O_2} = \sum (NPP \times S) \times 1.20 \qquad (2\text{-}2)$$

式中：Q_{CO_2} 为城郊农田生态系统每年的固碳量（t）；Q_{O_2} 为城郊农田生态系统每年的释氧量（t）；NPP 为农田生态系统植物净初级生产力 [t / (hm^2·a)]；S 为农田生态系统的面积（hm^2）。

植被固碳价值的计算方法主要有温室效应损失法、造林成本和碳税法。例如，采取碳税法来计算城郊农业农田生态系统调节气候的表现价值量：

$$V_{调节气候} = Q_{CO_2} \times L + Q_{O_2} \times P_{O_2} \qquad (2\text{-}3)$$

式中：L 为碳税率（元/t）；P_{O_2} 为工业制氧成本（元/t）。

气体调节表现价值：指城郊农业的农田生态系统（包括森林、水域等）通过吸收各种污染气体来净化空气所表现的价值。根据城郊区农田生态系统各种主要作物的耕地面积，运用替代法和防护费法计算出农作物净化大气环境的价值。

水源涵养表现价值：指土壤非毛管孔隙涵养水源而表现的价值。用影子工程法估算农田生态系统涵养水源的功能价值：

$$V_{水源涵养} = 10^4 \times h \times \rho_0 \times r_w \times S \times C_w \qquad (2\text{-}4)$$

式中：h 为土层厚度（m）；ρ_0 为非毛管孔隙度（%）；r_w 为水容重（t/m^3）；S 为农田生态系统面积（hm^2）；C_w 为水库蓄水成本（元/t）。

土壤保育表现价值：主要考虑的是生态系统保护土壤肥力、减少土地废弃和减轻泥沙淤积灾害三个方面的经济价值。农田生态系统保持土壤数量采取如下方法估算：

$$A_c = S(E_p - E_r) \tag{2-5}$$

式中：A_c 为农田生态系统的土壤保持量（t/a）；S 为农田生态系统面积（hm^2）；E_p 和 E_r 分别为农田生态系统潜在的土壤侵蚀模数和现实土壤侵蚀模数 [t/(hm$^2 \cdot$ a)]。

土壤肥力的经济价值表现为

$$V_f = (c_N + c_P + c_K) \times A_c \times P \tag{2-6}$$

式中：V_f 为农田生态系统保护土壤肥力价值（元）；c_N、c_P、c_K 分别为土壤中 N、P、K 的百分比含量（%）；P 为肥料价格（元/t）。

运用机会成本法计算因土地废弃而损失的年经济价值：

$$V_s = B \times A_c/(n \times 10\,000 \times p) \tag{2-7}$$

式中：V_s 为农田生态系统减少土地废弃的价值（元）；B 为农业年均收益（元）；n 为土壤表土平均厚度（m）；p 为土壤容重（t/m^3）。

根据储水成本来计算农田生态系统减轻泥沙淤积灾害的价值：

$$V_n = 24\% \times A_c \times C/p \tag{2-8}$$

式中：V_n 为农田生态系统减轻泥沙淤积灾害的价值（元）；24% 为全国土壤侵蚀流失泥沙百分比；C 为水库工程费用（元/m^3）；p 为土壤容重（t/m^3）。

废物处理表现价值：城郊农业的废物处理表现在很多方面，并且也很难完全估算其经济价值量，简单以农田处理粪便为例：

$$V_{废物处理} = B \times E_p/(N \times P) \tag{2-9}$$

式中：$V_{废物处理}$ 为农田生态系统处理粪便的价值（元）；B 为作物的经济产量（t）；E_p 为单位经济产量需 N 量（t）；N 为粪便含 N 量（t）；P 为有机肥价格（元/t）。

生物多样性保护表现价值：生物多样性价值评估目前尚处于探索阶段，并且其价值的分类和经济价值评估尚未得到一致认同，所以对生物多样性价值进行估算，可借鉴其他国家研究的科学方法，然后根据我国城郊农业的特点进行修正。

市域范围扩张速度：反映一个城市的现代化进程和对城郊农业的排挤程度，其速度越快，城市化程度越高，对城郊农业的侵占就越强。

防风滞沙量：不同城市的城郊农业对尘土的控制和吸附作用也各不相同，并且外来的沙尘或者内在的工业粉尘在空中的运动过程十分复杂，很难进行价值预算，但是城郊农业的农田生态系统确实对城市的滞沙防护有极其重要的作用。例如，"三北"防护林等，对沙尘暴的减少有积极作用，但其价值量却很难评估。

3. 景观文化功能评价指标

农业景观评价大都集中在对景观的美学价值评价（李振鹏等，2005；王保忠等，2006），对于文化的评价甚少。因为两者的评价范围具有一定的模糊性，评价标准具有一定的主观性，指标数据的可获取性和客观性都有待商榷，所以直接对某一地区的城郊农业景观和文化进行客观、准确、定量评价的可行性较低，故选取由景观和文化功能衍生出来的服务价值作为评价因子，便于其经济价值量的计算，具体指标如表2-3所示。

表 2-3　景观文化功能评价指标

一级指标	二级指标	三级指标
景观文化	景观评价	景观观赏潜在价值
		观光园、采摘园、设施农业等收入
	文化评价	民俗村收入
		遗址、景点等门票收入
		其他收入（如乡村文艺团队演出收入）

景观观赏潜在价值：农田生态系统以及具有经济效益却并未开发的城郊区，其景观存在潜在开发价值，可通过农田生态系统的服务价值进行估算。

观光园、采摘园、设施农业等收入：目前各地都已经开始注重观光园、采摘园、设施农业等收入，并且做了相关统计。

民俗村收入：是指通过开发民俗村的形式获得的经济收益。

遗址、景点等门票收入：是指位于城郊区的遗址、森林公园、景点等门票收入。

其他收入：包括乡村文艺团队演出收入或者举办文化节的收入等。

（三）以北京市为例的城郊农业功能评价

根据城郊农业功能的评价原则和评价方法，以北京市为例，对其城郊农业功能进行了评价。选取一级指标 3 个、二级指标 5 个、三级指标 22 个，分别估算一级指标的经济价值量。服务功能选取粮食、蔬菜、肉类、蛋类、水产品的供给率为评价指标，因为未扣除工业用粮及商业用粮，所以其供给率比实际要大；生态净化功能评价则是根据谢高地等（2008）的中国生态系统单位面积服务价值来计算的，相对于其他城市，北京市城郊农业生态价值高于全国平均水平。以 2008 年为例，对其数据进行修正，计算北京市城郊农业三大功能经济价值量构成，结果如表 2-4、表 2-5 所示。

表 2-4　北京市城郊农业功能评价

一级指标	二级指标	三级指标	2004 年	2006 年	2008 年	功能评价
生产服务	生产功能	第一产业产值比例/%	4.20	3.05	2.90	↘
		第一产业贡献率/%	0.2	0.1	0.1	↘
		粮食均产/（kg/hm²）	4 542	4 971	5 542	↗
		设施农业面积比/%	6.4	7.6	10.5	↗
		政府农林牧水投入比/%	3.40	4.30	5.07	↗
		农林牧渔万人拥有科技人员/位	2 106	2 212	2 330	↗
		农民年人均收入/元	7 121	8 620	10 747	↗
	服务功能	肉类自给率/%	18.94	25.10	24.49	↗
		蔬菜自给率/%	26.63	23.95	20.41	↘
		粮食自给率/%	35.83	35.10	33.92	↘
		蛋类自给率/%	50.45	49.41	42.62	↘

一级指标	二级指标	三级指标	2004 年	2006 年	2008 年	功能评价
生产服务	服务功能	水产品自给率/%	16.76	11.89	9.93	↘
环境保育	环境净化	气候调节表现价值/亿元	14.38	14.37	14.28	→
		气体调节表现价值/亿元	14.62	14.61	14.52	→
		水源涵养表现价值/亿元	15.60	15.59	15.50	→
		土壤保育表现价值/亿元	14.90	14.87	14.78	→
		废物处理表现价值/亿元	8.90	8.88	8.82	→
		生物多样性保护表现价值/亿元	15.95	15.94	15.84	→
景观文化	景观评价	景观欣赏潜在价值/亿元	7.12	7.12	7.08	→
		观光园采摘园等收入/亿元		10.49	13.58	↗
	文化评价	民俗村收入/亿元		3.65	5.39	↗
		遗址、景点等门票收入/亿元	16.80	21.93	24	↗

注：↗表示上升趋势；→表示稳定趋势；↘表示下降趋势。

表 2-5　2008 年北京市城郊农业价值量

一级指标	经济价值/亿元	百分比/%
生产服务功能	304	28
环境保育功能	726	66
景观文化功能	71	6
其中直接经济价值	347	32
其中间接经济价值	754	68
总计	1 101	100

1. 生产服务功能是北京市城郊农业和城市发展的基础

2008 年北京市城郊农业的经济价值量为 1101 亿元，其中生产服务功能价值量为 304 亿元，占总量的 28%，是直接经济价值的主要部分。通过近 5 年的比较发现，生产功能产值比例及社会经济贡献率逐年下降，但是农业科技含量、生产效率及政府投入稳步增加；服务功能上，农业仍是城郊农民收入的主要来源，收益递增；基于特殊的区位优势和城市居民膳食结构的改变，在市场引导下，传统农产品粮食、蔬菜、水产品服务功能逐步弱化，转向肉类等畜牧产品，在未来发展模式中，设施农业、示范农业、高品质绿色无污染的蔬菜、肉蛋奶的供给将成为新的服务内容。

虽然城郊农业产值比例和贡献率越来越小，但是无论从居民基本生活保证还是城市的战略安全出发，生产服务功能仍是基础。

2. 环境保育功能是北京市城郊农业未来发展的重点

城郊农业生态保育功能的经济价值难以直接体现，2008 年北京市城郊农业生态系统的服务价值量为 726 亿元，占总量的 66%。气候调节、气体调节、水源涵养、土壤保育、生物多样性为主要价值体现，从另一方面来说，第一产业（包括农林牧渔）每产生 1 元的经济效益，便可带来 2.4 元的生态效益。以北京市为例，城郊农业对城市环境的治理、空气质量的提高、废弃物的消纳、沙尘暴的防治作出了巨大的贡献，功能效果逐步显现。从长远的角度出发，其实际经济价值远远超过现在的估算价值，在 2004~2008 年的城郊农业生态保育功能价值评价中，每年的总价值量较稳定但趋于下滑，主要是耕地、林地和湖泊水面面积的减少，致使生态服务功能下降。鉴于生态破坏恢复的长期性、不可替代性、重要性，政府部门更应该关注环境保育工作，将其作为城郊农业功能定位的重点。

3. 景观文化是北京市城郊农业发展的特色

景观文化既是城郊农业的载体，也是城郊农业的附加经济。2008 年景观文化功能价值量为 71 亿元，占总量的 6%，其中观光园、采摘园的收入为主要来源。虽然经济价值量比例很小，但每年却以 10% 左右的速度递增，发展潜力巨大。尤其是位于北京市周围的城郊农业景观文化，既有大量的消费群体，又有丰富的历史文化遗址和民俗风情，其产生的经济价值将不断增长。

根据北京城郊区多山的特点，今后北京城郊农业景观特色主要以建设具有国际水准的山区沟域旅游与特色乡村生态农业景观相结合的特色景观为发展方向。这不仅能改变京郊乡村旅游产品单一、特色不突出的现状，还能扩大乡村旅游产业的规模，提升层次，促进乡村旅游产业的升级换代。在未来远郊区的农业景观文化发展中，重点发展"京郊人家"、"特色产业"、"生态休闲旅游区"三位一体的乡村观光新模式，增加城郊农业的文化内涵，突出特色，逐渐形成具有特色的京郊乡村文化和新的"反城市圈"。

第二节　城郊农业的结构优化与布局模式

一、城郊农业的结构优化模型

（一）线性规划方法

线性规划是数学规划中发展较快、应用较广和比较成熟的一个分支，特别是随着计算机技术的发展，线性规划适用的领域不断拓宽，目前，已从工程技术的优化设计延展到农业、工业、商业、城市、交通运输等的规划与管理领域中来。线性规划研究的问题主要有两类：一是某项任务确定后，如何统筹安排，以最少的人力、物力、财力去完成该项任务；二是如何合理安排、使用一定数量的人力、物力、财力，使得完成的任务最多。

1. 线性规划数学模型

在具体研究中尽管线性规划模型的表示形式不尽相同，但是一般可表示为：
在线性约束条件

$$\sum_{j=1}^{n} a_{ij}x_j \leqslant (\geqslant, =)b_i(i=1,2,\cdots,m) \tag{2-10}$$

以及非负约束条件

$$x_j \geqslant 0 (j = 1, 2, \cdots, n) \tag{2-11}$$

下，求一组未知变量 $x_j(j = 1, 2, \cdots, n)$ 的值，使

$$Z = \sum_{j=1}^{n} c_j x_j \rightarrow \max(\min) \tag{2-12}$$

其中 x_j 表示某一规划方案，并且通常要求这些变量的取值为非负；a_{ij} 为 $i \times j$ 维系数矩阵；b_i 为约束条件矩阵；Z 为目标函数；c_j 为目标函数系数。

若采用矩阵记号，上述线性规划模型的一般形式可进一步描述为：

在约束条件

$$AX \leqslant (\geqslant, =)b \tag{2-13}$$

以及

$$X \geqslant 0 \tag{2-14}$$

下，求未知向量 $X = [x_1, x_2, \cdots, x_n]^{\mathrm{T}}$，使得

$$Z = CX \rightarrow \max(\min) \tag{2-15}$$

其中，

$$b = [b_1, b_2, \cdots, b_m]^{\mathrm{T}}$$
$$C = [c_1, c_2, \cdots, c_n]$$
$$A = \begin{bmatrix} a_{11} & a_{12} & \cdots & a_{1n} \\ a_{21} & a_{22} & \cdots & a_{2n} \\ \vdots & \vdots & & \vdots \\ a_{m1} & a_{m2} & \cdots & a_{m3} \end{bmatrix}$$

2. 农业结构调整线性优化模型

（1）线性优化模型的构建

线性优化模型的构建包括优化尺度的确定、决策变量的选择、目标函数的建立、约束条件的建立和模型参数的确定五个步骤。

优化尺度的确定：农业结构优化尺度是指区域内农业专业化分区。

决策变量的选择：指根据区域农业各具体产业部门的现状特点，选取某些生产项目作为决策变量（表2-6）。

表2-6　农业各产业决策变量

产业	决策变量				
种植业/$10^3 \mathrm{hm}^2$	A_{i1} 稻田	A_{i2} 常年菜地	A_{i3} 旱地	A_{i4} 园地	
畜禽养殖业/万头	A_{i5} 猪	A_{i6} 奶牛	A_{i7} 肉牛	A_{i8} 羊	A_{i9} 肉禽
淡水养殖业/$10^3 \mathrm{hm}^2$	A_{i10} 淡水养殖（不包括稻田养殖）				

注：i 表示不同的农业分区，$i = 1, \cdots, 4$。

目标函数的建立：区域农业结构优化的主要目标是农业面源污染物削减和农业经

济发展的协调。目标函数可表示为

$$\min T = \sum_{i=1}^{4} \left(\sum_{j=1}^{10} a_j A_{ij} \right) (i = 1, \cdots, 4; \quad j = 1, \cdots, 10) \tag{2-16}$$

式中：T 为农业面源污染等标排放量（万 m^3）；a_j 为第 j 类农田生产、畜禽、水产养殖对水体的农业面源污染排放系数（万 m^3/万 hm^2 或万 m^3/万头）。

约束条件的建立：包括资源总量约束、经济产出约束、主要农副产品供给安全约束、比例结构约束和经济可承受约束五个约束条件的建立。

资源总量约束

各区种植业发展不能突破农田、耕地资源总量的刚性约束。种植业发展农田、耕地约束条件如下：

①农田规模约束

$$A_{i1} + A_{i2} + A_{i3} + A_{i4} \leqslant A_{farmland0(i)} \tag{2-17}$$

式中：$A_{farmland0(i)}$ 为第 i 分区的实际农田总面积（$10^3 hm^2$）。

②耕地规模约束

$$A_{i1} + A_{i2} + A_{i3} \leqslant A_{cropland0(i)} \tag{2-18}$$

式中：$A_{cropland0(i)}$ 为第 i 分区的实际耕地总面积（$10^3 hm^2$）。

经济产出约束

$$\sum_{i=1}^{4} \left(\sum_{j=1}^{10} b_j A_{ij} \right) = P_0 \tag{2-19}$$

式中：b_j 为第 j 类农田生产、畜禽、水产养殖的经济产出系数（万元/万 hm^2 或万元/万头）。不同的经济产出 P_0（亿元）对应不同的污染物排放量，可通过经济产出的调整来控制污染物排放总量。

主要农副产品供给安全约束

区域主要农副产品供应安全保障的底线是满足自身85%的消费需求，即

$$c_1 A_{i1} \geqslant n_{rural(i)} A_{rural0} + n_{urban(i)} A_{urban0} \tag{2-20}$$

$$c_2 A_{i2} \geqslant k_i n_i A_{veg0} \tag{2-21}$$

$$c_3 A_{i5} + c_4 A_{i7} + c_5 A_{i8} + c_6 A_{i9} \geqslant k_i n_i A_{meat0} \tag{2-22}$$

$$c_7 A_{i6} \geqslant k_i n_i A_{milk0} \tag{2-23}$$

$$c_8 A_{i10} \geqslant k_i n_i A_{fish0} (i = 1, \cdots, 4) \tag{2-24}$$

式中：c_1、c_2、c_3、c_4、c_5、c_6、c_7、c_8 分别为粮食、蔬菜、猪肉、牛肉、羊肉、禽肉、奶类和水产品的单位产量；n_i、$n_{rural(i)}$、$n_{urban(i)}$ 分别为第 i 分区的总人口、农村人口、城镇人口数量；A_{rural0}、A_{urban0} 分别为农村居民和城镇居民的人均口粮需求量；A_{veg0}、A_{meat0}、A_{milk0}、A_{fish0} 分别为区域人均蔬菜、肉类、奶类和水产品需求量；k_i 为第 i 分区的主要农副产品供应安全保障系数，$k_1 = \cdots = k_6 = 0.85$。

比例结构约束

①种养比例约束

为避免耕地畜禽粪尿负荷过高造成二次农业面源污染，种植业和畜禽养殖业应保持合理的比例关系，以 $180kg/$（$hm^2 \cdot a$）（以 N 计）畜禽粪尿施用标准来确定养殖业

规模。故

$$\sum_{j=5}^{9} d_j A_{ij} \leqslant 180 \sum_{j=1}^{4} A_{ij} \tag{2-25}$$

式中：d_j 为第 j 类畜禽养殖的可还田粪尿排泄系数（t/万头）。

②种植结构约束

规划常年蔬菜种植面积不高于耕地总面积的 20%。

$$A_{i2} \leqslant 0.20 \sum_{j=1}^{3} A_{ij} \tag{2-26}$$

旱地农业种植面源污染物排放量较高且产值极低，规划确定，通过结构调整，减少旱地规模，但仍将不低于全部耕地面积的 12%。

$$\sum_{i=1}^{4} A_{i3} \geqslant 0.12 \sum_{i=1}^{4} \sum_{j=1}^{3} A_{ij} (i = 1, \cdots, 4; j = 1, \cdots 3) \tag{2-27}$$

③养殖结构约束

规划确定，畜禽养殖结构中，猪肉占比不低于 55%，牛羊肉、禽肉生产占全部肉类生产的比例应分别保持在 7%、25% 以上。

$$c_3 A_{i6} \geqslant 0.55 k_i n_i A_{\text{meat0}} \tag{2-28}$$
$$c_4 A_{i7} + c_5 A_{i8} \geqslant 0.07 k_i n_i A_{\text{meat0}} \tag{2-29}$$
$$c_6 A_{i11} \geqslant 0.25 k_i n_i A_{\text{meat0}} \tag{2-30}$$

经济可承受约束

设定区域及区域内各分区农业产值应至少保持现有规模的 80% 以上。

$$\sum_{j=1}^{10} b_j A_{ij} \geqslant 0.80 P_{0i} (i = 1, \cdots, 4) \tag{2-31}$$

式中：P_{0i} 为区域及区域内各分区目前的农业产值（亿元）。

模型参数的确定：借鉴相关研究成果，参照有关规定，利用区域农业经济统计数据，确定农业面源污染排放系数 a_j、农业单位产值 b_j、农产品单位产量 c_j、主要农副产品人均需求量、各类畜禽的粪尿平均可还田排泄系数等参数。

（2）结果与优化

通过改变农业总产值 P_0，线性规划模型可计算出不同经济产出约束条件下的农业面源污染等的标准排放量。在约束条件范围内，通过合理的农业结构优化，农业面源污染的削减效果明显，但随着农业总产值的增加，农业面源污染的削减率迅速下降。

（二）多目标规划方法

多目标规划方法是由美国学者查恩思（A. Charnes）和库伯（W. W. Cooper）于 1961 年首先提出的。多目标规划的基本思路是，给定若干目标以及实现这些目标的优先顺序，在有限的资源条件下，进行合理规划使得总的偏离目标值的偏差最小。

1. 多目标规划数学模型

对于多目标规划问题，其数学模型可描写为

$$\max(\min) \boldsymbol{Z} = F(\boldsymbol{X}) \tag{2-32}$$

$$\boldsymbol{\Phi}(X) \leqslant \boldsymbol{G} \tag{2-33}$$

式中：$X = [x_1, x_2, \cdots, x_n]^{\mathrm{T}}$ 为规划决策变量向量；$Z = F(X)$ 为 k 维函数向量，k 为目标函数的个数；$\boldsymbol{\Phi}(X)$ 为 m 维函数向量；$\boldsymbol{G}$ 为 m 维常数向量，m 为约束方程的个数。

对于线性多目标规划问题，式（2-32）和式（2-33）可以进一步写作

$$\max(\min)\boldsymbol{Z} = \boldsymbol{AX} \tag{2-34}$$

$$\boldsymbol{BX} \leqslant \boldsymbol{b} \tag{2-35}$$

式中：$\boldsymbol{A}$ 为 $k \times n$ 矩阵；$\boldsymbol{B}$ 为 $m \times n$ 矩阵；$\boldsymbol{b}$ 为 m 维向量；$\boldsymbol{X}$ 为 n 维决策变量向量。

2. 区域农业结构调整多目标优化模型

（1）多目标优化模型的建立

多目标优化模型的建立包括决策变量的选择、主要辅助模型的建立、多目标体系的建立、约束条件的确定和技术参数的确定五个步骤。

决策变量的选择：根据农业各具体产业部门的现状特点，分别选择不同的生产内容作为决策变量（表2-7）。

表 2-7　农业各产业决策变量

产业	决策变量		
种植业	粮食作物/万 hm²	x_{11} 水稻	x_{12} 大豆
		x_{13} 玉米	x_{14} 小麦
		x_{15} 薯类	
	经济作物/万 hm²	x_{16} 棉花	x_{17} 油料
		x_{18} 蔬菜	x_{19} 烤烟
畜牧业		x_{21} 猪肉	x_{22} 牛肉
		x_{23} 羊肉	x_{24} 禽肉
		x_{25} 牛奶	x_{26} 蛋类
渔业		x_{31} 淡水养殖面积/万 hm²	
林业		x_{41} 林地面积/万 hm²	

注：X_{ij} 标示第 i 个产业部门中第 j 个决策变量（$i=1, \cdots, 4$；$j=1, \cdots, a$）。

主要辅助模型的建立：包括区域总人口及农村人口增长预测模型、农产品消费需求预测模型和土壤有机质含量模型等的建立。

多目标体系的建立：构建由以下几个函数组成的农业产业结构调整多目标规划模型的目标函数体系，生态效益目标将作为重要的约束条件来体现。

农、林、牧、渔业总产值目标：

$$f_1 = f_1(X) = \sum_{j=1}^{9} \mathrm{CZ}_{1j} \cdot X_{1j} + \sum_{j=1}^{6} \mathrm{CZ}_{2j} \cdot X_{2j} + \mathrm{CZ}_{31} \cdot X_{31} + \mathrm{CZ}_{41} \cdot X_{41} \tag{2-36}$$

各产业总的纯收益目标：

$$f_2 = f_2(X) = \sum_{j=1}^{9} \mathrm{SY}_{1j} \cdot X_{1j} + \sum_{j=1}^{6} \mathrm{SY}_{2j} \cdot X_{2j} + \mathrm{SY}_{31} \cdot X_{31} + \mathrm{SY}_{41} \cdot X_{41} \tag{2-37}$$

主要农产品总产量目标：

粮食总产量为

$$f_3 = \sum_{j=1}^{5} DC_{1j}X_{1j} \tag{2-38}$$

经济作物总产量为

$$f_4 = \sum_{j=6}^{9} DC_{1j}X_{1j} \tag{2-39}$$

畜禽产品总产量为

$$f_5 = \sum_{j=1}^{6} X_{2j} \tag{2-40}$$

式中：X 为决策变量集；CZ_{ij} 和 SY_{ij} 分别为第 i 产业部门第 j 个决策变量单位均产值和纯收益（$i=1, \cdots, 4$）；DC_{1j} 为第 j 种农作物的单位面积产量。

约束条件的确定：包括资源约束、社会需求约束和生态平衡约束三个约束条件的确定。

目标函数体系、三大类约束条件和主要辅助模型共同组成农业产业结构调整优化的多目标规划数学模型。

技术参数的确定：根据统计资料数据、实地调查数据、以往有关研究成果，充分咨询相关领域专家，确定模型中主要技术参数（表2-8）。

表 2-8 主要技术参数及其含义

参数	意义	参数	意义
$UP_{(t)}$	规划期区域城镇人口预测	YF	有机肥腐殖化系数
$RP_{(t)}$	规划期区域农村人口预测	JG_{1j}	第 j 种农作物单位面积秸秆产量
LS_1，LS_2	城镇、乡村居民年均粮食需求量	$FT_{j(t)}$	第 j 种农作物秸秆还田率
RL_1，RL_2	城镇、乡村居民年均肉类需求量	FH	秸秆腐殖化系数
NL_1，NL_2	城镇、乡村居民年均奶类需求量	KH	有机质矿化率
YL_1，YL_2	城镇、乡村居民年均水产品需求量	YJZ_t	规划期土壤有机质含量
NF_k	万吨第 k 种畜产品产生有机肥干物重量	ZMJ_t	规划期农作物总面积
$FT_{k(t)}$	第 k 种畜产品产生有机肥还田率		

（2）模型运算与预测结果

以区域农业发展现状和规划目标为依据，利用灰色线性规划方法，合理确定主要约束值和参数取值的灰区间，利用相关软件编写程序，求得优化模型解。

二、城郊农业布局模式的构建

（一）城郊农业布局模式的构建方法

城郊区是动态变化区域，因此，城郊农业结构与布局也处于不断变化之中。应根据城市发展对现代农业的需求对城郊农业进行综合评价分析，合理确定城郊农业的功能定位，调整、优化产业结构，因地制宜地构建城郊农业布局模式。城郊农业布局模式的构建主要包括以下两大步骤：一是根据影响城郊农业发展的各要素的耦合关系，建立社会、经济、资源、环境等方面的指标体系，科学、合理地选取参考标准以及确定评价指标权重，进行综合评价，为城郊农业规划布局指明方向；二是根据前述城郊农业结构优化和规划结果，在进行土地资源适宜性评价的基础上，结合区域土地利用总体规划和城市总体规划，落实种植业、林业、畜牧业和渔业用地布局。

城郊农业布局模式的构建方法如下（图2-2）：首先通过历年数据、遥感图和调查问卷等途径获取研究数据，进而对数据进行社会经济调查、统计分析、GIS 数据与空间分析、综合评析，得出影响城郊农业发展的各种原始因素；然后将原始因素按照经济因素、生态因素和社会因素进行分类，分别采用主成分分析法和因子分析法对选取的因子进行排序，采用 AHP 和模糊数学的方法对指标因子进行量化，综合评价城郊农业的发展现状，预测未来城郊农业的发展方向；最后根据各个指标的影响力，划分出生

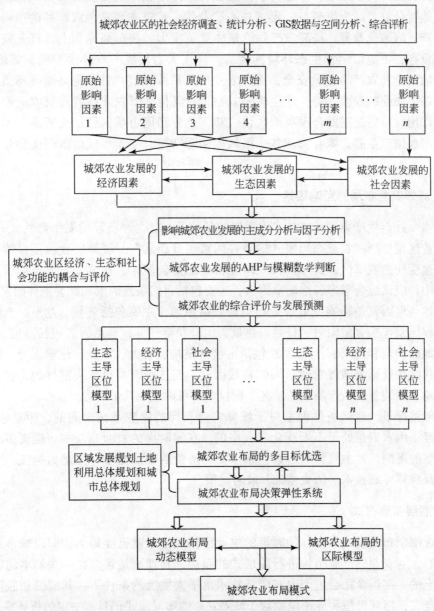

图2-2 城郊农业布局模式构建方法

态主导类型、经济主导类型和社会主导类型的区位布局，综合考虑城市规划和土地利用规划，最终确立城郊农业的布局模式。

（二）城郊农业布局模式

1. 城郊农业布局原则

城郊农业是一种高科技含量、高产业化水平的农业类型，在布局思路上应该同时面向国内和国际两个市场，并且将农产品最大限度地集中配置在优势区域，以发展和建设当地特色农产品为突破口，形成核心产业带，推进主要特色农产品的市场化、标准化生产、区域化差异，提高农产品的整体竞争实力。在布局原则上，首先应以生态适宜为重点，不能以牺牲生态环境为代价，应该大力发展一批环保型的城郊农业带，保障环境安全和农产品质量安全，确保农业的可持续发展；其次是需要规模适度，尽量发挥城郊农业的规模优势，产生规模效益，对其他远郊农业或者传统农业形成显著的辐射作用；最后是需要合理利用区位优势，充分利用市场区位、交通条件等，形成良性的产加销产业链，综合协调各个区域的实际功能，便于形成地区间优势互补的竞争实力。

2. 城郊农业布局的影响因素

在当今社会生产力和经济技术大发展的条件下，社会经济环境发生着巨大的变迁，影响农业区位选择和农业布局模式的条件因素也日趋复杂。城郊农业位于自然社会环境变化速度快的城郊区，其布局模式研究将更加复杂多样。在城郊农业布局模式的选取过程中，应该综合考虑各个影响因素，主要包括自然条件因素和社会条件因素。

自然条件因素是影响城郊农业布局的直接原因，主要包括气候、地形、土壤等因素。气候因素包括太阳辐射、日照、热量、水分和空气等；地形因素包括高度、坡度、坡向和地面切割程度等；土壤因素包括土壤的结构、肥力、深度、化学成分、酸碱度等。虽然这些是影响城郊农业布局的直接因素，但这些因素是非决定性的，农业发展的新设备、新装备、新产品、新工艺、新技术都可以改变其影响力。

一般情况下，自然条件因素对于城郊农业布局的影响是长时间的、相对稳定的，而社会经济因素则是处于不断变化发展中的，在短时期的农业布局中，应更多地考虑社会经济的影响。其主要影响因素包括市场、消费结构及竞争、劳动力构成、交通运输条件及保鲜冷藏技术、历史基础和政府政策。

3. 圈层布局模式

农业圈层布局模式早在杜能时期的农业区位理论中就已经提出，即以城市或者市场为中心，对农业的产业结构进行圈层式的布局，其理论是建立在一些基本的前提和假设之上的。在当今社会生产力和经济技术水平大发展的条件下，其前提和假设丧失了现实意义，但其思想和理论模型对于城郊农业的布局模式仍具有一定的指导意义。

城郊农业的圈层布局模式是以城市为中心来布局城郊农业产业结构，但是在农业圈层布局模式的构建过程中，生态功能和社会功能也被考虑其中，经济效益已不凸显。一般情况下圈层布局模式更适合分布在平原城市地区，其产业结构的布局则与农民的自发形成和政府的政策引导相关。例如，北京市的城郊农业形成典型的圈层式发展模式，从内到外依次为城区服务展示、近郊田园景观、远郊优质高效、山区生态休闲和环京辐射合作圈。

4. 点轴布局模式

点轴布局模式是传统农业向现代化农业转化的一个过程模式，城郊农业的点轴布局模式是主要以农产品消费地为中心，以某一轴线为发展空间，优先发展新型农业类型的产业布局模式。首先可以交通路线为轴线，利用方便的交通优势，率先引进生产一些高价值、易腐坏的农业优良品种，及时提供给农产品消费地；其次是以河流湖泊等为轴线，利用有利的自然地理优势，发展特色农业类型，形成农业产业规模化经营，发展品牌效益。

城郊农业的点轴布局模式可应用到具有优越自然地理环境的区域、相对不发达的城市领域，合理利用自然资源，因地适宜，集中资金，优先发展，然后逐步带动周围农业区域发展。

5. 斑块布局模式

斑块布局模式是以城市为中心，围绕城市周围形成的斑块状的分布模式。这种布局的依据主要有两个。一是自然因素，利用自然因素形成特色农业生产区域，具有区别于其他城郊农业区的明显优势。例如，北京市平谷区，其形成了以桃子为主要优势产业的农业类型，这一区域的布局模式就是大力发展桃子产业。现在越来越多的城市周围发展了大量以历史文化为特色的乡村旅游区，在挖掘和保护文化的同时，形成了兼顾农业发展的布局斑块。二是政策因素，主要是政府扶持和赞助的城郊农业科技示范园，在城市周围选取一定的土地，投入科技、资金、人力，建立城郊农业科技示范园，在发展农业产业的同时，带动周围产业的发展。此种布局模式常用于城郊区较为偏远或者不发达的区域，增加政府的投入，来带动周围农业的发展。

第三节　国内典型城市群城郊农业的布局模式

一、北京市城郊农业布局

北京市是华北城市群的典型代表。根据北京及其周边不同地域的资源禀赋、功能定位、产业基础和发展前景，北京市的《都市型现代农业产业布局规划》将北京城郊农业总体空间布局确定为 5 个发展圈层，即城市农业发展圈、近郊农业发展圈、远郊平原农业发展圈、山区生态涵养农业发展圈和环京合作农业发展圈。

城市农业发展圈：城市农业发展圈由 4 个城区和部分近郊区组成，主要农用土地面积（耕地和园地，下同）为 35km² 左右。该区域农业发展方向是：退出食用性农产品的生产，严格禁止畜牧养殖业，鼓励发展花卉、苗木等以美化城市环境为目的的种养业。重点发展以农业展示、交易、信息和服务等为主要内容的景观农业以及会展农业。

近郊农业发展圈：近郊农业发展圈的范围包括五环路之外六环路以内的近郊区，主要农用土地面积411km² 左右。该区域农业发展方向是：鼓励种植有较高生态环境价值的大田作物、花卉和种苗等，稳定现有水产养殖规模；减少地表封闭，逐步减少塑料大棚、日光温室，减少高水、高肥、高劳力投入的瓜菜种植；逐步退出畜禽规模养殖。重点发展露地绿化农业、休闲农业、园区农业和科普农业等，积极营造城市田园景观，使农业生产空间与城市周边居民区环境空间融为一体。

远郊平原农业发展圈：远郊平原农业发展圈由远郊平原、山前地带和延庆盆地区三个部分组成，主要农用土地面积为2158km² 左右。该区域农业发展方向是：大力发展设施农业；鼓励规模化、集约化、专业化优质种养业及农产品加工配送业和休闲观光农业发展；积极推进设施化蔬菜、工厂化农业、特优新农产品等的生产与基地建设；在环境容量允许的限度内，农、牧、渔有机结合，积极推进循环、生态养殖业发展。

山区生态涵养农业发展圈：山区生态涵养农业发展圈由郊区北部、西部和西南部山区组成，主要农用土地面积为998km² 左右。该区域农业发展方向是：发展特色农业、生态农业和休闲农业等环境友好型产业。大力发展菜蔬、杂粮、果品、中药材、畜禽和水产等特色种养优势产业；加快发展农业观光休闲旅游和生态旅游。

环京合作农业发展圈：北京周边区域面积广阔，劳动力价格低廉、水土资源相对丰富，是北京农业发展的重要延展地。本着优势互补、区域合作、互惠互利的原则，依托北京的技术、人才、市场、资本等方面的优势，借助北京外围地区的自然资源和人力资源优势，积极发展环京外埠合作农业圈。通过有竞争力的农产品加工业、种源业、农业技术业、农业信息服务业和农产品物流业等的发展，辐射带动周边现代农业发展的同时，提升北京农业总量和服务能力。

二、沈阳市城郊农业布局

近年来，按照城乡一体化原则，沈阳市坚持农业产业化与郊区工业化相结合、农业现代化与郊区城市化相融合，不断调整现代农业结构，优化农业产业布局，城郊农业逐步形成了"四带、五区、十园"的总体布局特征。

四带：一是沿沈阳至新城子公路两侧的花卉苗木产业带；二是沿沈阳至辽中公路两侧，涉及数个乡镇，以无公害蔬菜为主的蔬菜产业带；三是沿北京至沈阳高速公路两侧，以温室蔬菜、温室瓜果为主的设施农业产业带；四是环沈阳中心城区及桃仙高速公路，以绿化林带为主的绿色走廊和生态屏障。

五区：以东陵李相、苏家屯永乐、于洪翟家、沈北新区财落等10个乡镇和环城高速公路两侧为主要区域的设施蔬菜产业区，涉及面积近10万亩；以东陵白塔、苏家屯佟沟、于洪平罗、沈北新区虎石台等7个乡镇为主的集生产、观赏于一体的花卉产业园和10万亩苗木基地；以东陵浑河站、苏家屯永乐、于洪高花等5个乡镇为重点的三大葡萄园和万亩草莓生产基地；以苏家屯、东陵和沈北新区东部山区13个乡镇为主的，重点发展生态林、经济林的生态农业保护区；以辉山农业高新技术开发、东陵农业科技示范区为载体，集现代农业生产、加工先进技术研发、集成、孵化、示范、辐射功能为主的农业高新技术示范区。

十园：以苏家屯、东陵和于洪区的樱桃谷、毕毕得、亚洲红、佳地、乐农、白塔、富泰龙、新大地、北浅、兰花基地10个集生产、生活、生态于一体的农业园区为主体的，与主城区建设相呼应的多功能现代农业园区。

三、南京市城郊农业布局

根据南京的地形特点和经济区域发展规律，城郊农业总体上实行区域化布局、基地定位、圈点结合，因地制宜，分层次分类型推进。

城郊交错农业圈：城郊交错农业圈以发展精品农业和旅游农业为主，近郊具有离城市近的区位优势，可直接为城市消费服务或者以出口为目的，重点发展园区农业、精品农业，同时根据自然和人文条件发展旅游农业，拓展富有农业文化情趣、回归自然的游乐休闲新领域。

中郊农业圈：中郊农业圈重点发展以规模化、专业化、区域化、标准化为目标的大宗农产品生产和加工为主要内容的产品农业和加工农业。做强、做大一批农副产品生产基地，为城市居民提供安全、卫生、充裕的绿色食品，同时开发城郊旅游农业和休闲农业。

远郊农业圈：远郊农业圈以发展林果茶产品和资源综合开发及优质畜禽养殖为主，发展以特色唯一性农产品培育、山区民俗旅游、生态游等为主要内容的特色农业、生态农业和休闲农业，并通过封山育林和涵养水源形成都市的生态屏障。

十大产业基地：建设形成高淳特种水产基地；高淳、溧水水禽基地；溧水黑莓基地；江宁奶业加工基地；栖霞芦蒿生产基地；浦口苗木花卉基地；六合、浦口畜禽规模化养殖基地；江宁西甜瓜基地；六合蔬菜基地；江宁、六合优质水稻生产基地。

四、武汉市城郊农业布局

武汉市辖13区、127个街道、17个镇、9个乡，其城郊农业主要集中于东西湖区、新洲区、黄陂区、洪山区、汉南区、江夏区。近年来，各区在分析比较区域农业资源优势的基础上，根据市场需要发展特色农业，城郊农业区域化布局业已形成。

东西湖区紧邻武汉中心城区，绿色农业成为区域农业发展的主体，该区农业成为武汉市民农产品的主要来源之一；东北部的新洲区建设形成了万亩水产品、万亩蔬菜、万亩林果茶、万亩优质粮、万亩优质棉五大农业生产基地；北部的黄陂区发展庄园农业经济，已经形成北部杂粮林果，中部畜牧、优质油菜、蔬菜，南部蔬菜水果的农业产业布局形态；毗邻中心城区的洪山区山水林地资源丰富，充分利用区位优势和资源特色，大力发展花卉苗木、林果、草皮及旅游休闲等美化城市的景观农业；汉南区积极调整农业产业结构，主攻养殖业，综合发展畜牧水产养殖；南部的江夏区逐步实施退耕还林，实施环城林业生态工程，已建成国内最大的樟木基地。

五、长沙市城郊农业布局

《长沙市国民经济与社会发展第十一个五年规划纲要》对农业空间布局要求是：长沙城郊农业要以市场化为导向，发挥自然资源特色和技术创新优势，优化农业结构，夯实农业基础，在加快由传统农业向现代农业转变的过程中，逐步形成"三环四廊六园"的区域化布局特征。

三环：主要是指近郊都市型农业环带、中郊优势农业环带和远郊传统生态农业环带。近郊都市型农业环带重点发展对接都市需求的高技术、高效益农业；中郊优势农业环带重点加快优势农产品产业布局；远郊传统生态农业环带立足于自然资源的保护和科学利用，重点培植用材林和山地养殖业等。

四廊：以浏阳市柏加镇和长沙县跳马乡为代表的百里花卉苗木走廊、长沙县百里优质茶叶走廊、宁乡县百里优质水稻走廊、望城县百里优质水产走廊初现雏形，逐步成为全市农业产业化、市场化、品牌化的主阵地。

六园：隆平（农业）高科技园、望城国家农业科技园、浏阳现代农业科技园、宁乡农业科技园、长沙县黄兴农业科技园、开福区陈家渡农业科技园建设初见成效，逐渐成为长沙市乃至全省农业新技术新品种的创新、示范、辐射和推广基地。

六、重庆市城郊农业布局

根据城郊农业的发展现状、农业资源的禀赋条件、农业经济的技术基础、地形地貌特征、区域文化特色和区域整体发展战略，重庆市城郊农业可划分为近郊和中远郊两大圈层，三大发展区域。

近郊都市农业发展圈：该区主要包括主城九区的近郊地区，工业化、城镇化水平高，农村劳动力以非农产业为主，农业经济效益水平不高。随着工业化、城镇化水平的进一步推进，现代农业发展既面临农地资源逐步减少的压力，又面临生态环境问题日趋严重的挑战。但是该区区位条件好，现代农业发展的经济技术基础坚实，农业发展定位为都市型农业，现代农业除了向城市提供部分高品质农副产品和发展农副产品加工业的生产功能外，重点突出现代农业的生态屏障与社会服务功能，积极推动都市型生态农业、休闲观光农业、高科技精品农业发展。

中远郊农产品供给保障圈：该圈层包括渝中、渝西两个区域，共14个区县。该圈层两区域地形多属于丘陵或缓丘、土壤肥沃、水田相对集中、农业资源环境承载能力强，距离主城区近、区位条件优越、农业农村经济发展的基础厚实、农产品品牌集中度高，现代农业发展的综合条件好，是重庆市农业发展的重点区域之一和主城区主要农副产品的供给区。依托现有基础，充分利用良好的农业发展条件，在确保区域粮食安全的前提下，重点布局发展其他优质农产品，建成鱼米之乡和主城区主要农副产品供给基地，发展区域化现代集约高效农业，着力于农业科技贡献率的提高、产业链的延伸，增强现代农业的比较优势和综合竞争力，体现良好的经济效益。

七、成都市城郊农业布局

围绕"都市型现代农业"的总体定位，成都市农业委员会新近出台的《成都现代农业发展规划（2008~2017）》（以下简称《规划》）提出将成都市打造成西部特色优势产业集中发展区、西部农产品加工中心、西部现代农业物流中心和西部现代农业科技转化中心。城郊农业根据城市和区域发展定位，划分为城市、近郊、远郊三个农业发展圈层，并在此基础上，规划形成4个优势农业发展区，以实现区域现代农业的联动发展。

城市农业圈：将以改善生态、优化环境、服务城市、美化城市为主，发展插花式、镶嵌式景观农业，重点发展城市景观农业、农业主题公园、市民农园、湿地公园、森林公园、会展农业等。

近郊农业圈：将以生产和辐射功能为主，兼顾生态、生活功能，重点发展优质粮油、绿色蔬菜、高档苗木花卉、休闲观光农业、农产品加工和现代农业物流等产业，使之成为成都现代都市农业发展的先导示范区，在承接成都市区和成都外部技术、资金、资源辐射的同时，带动远郊农业圈发展。

远郊农业圈：将以生产和生态功能为重点，兼顾生活休闲功能，优先发展优质高效农业、绿色（有机）农业、设施农业、特色农业、生态农业和休闲观光农业。

优势农业发展区：在圈层分布的基础上，《规划》还按照自然条件和地理位置特点，将全市现代农业发展区划分为成都中部平原优质高效农业区、成都西部龙门山脉和邛崃山脉丘陵特色农业区、成都西部龙门山脉山地生态农业区、成都东部龙泉山脉丘陵特色农业区四个优势农业发展区。成都中部平原优质高效农业区是成都平原的腹心地带，包括新都、温江、郫县、新津的全部以及部分区（市、县）的"坝区"，是成都市现代农业的"精华"地区，将重点发展优质粮油、优质畜禽、绿色蔬菜和食用菌、高档苗木花卉、休闲观光农业与农产品加工和物流等产业；成都西部龙门山脉和邛崃山脉丘陵特色农业区将重点发展生态猪禽、特色水果（猕猴桃）、优质茶叶、名特水产（冷水鱼）、珍稀食用菌等特色产业以及休闲观光旅游业；成都西部龙门山脉山地生态农业区包括都江堰虹口乡、龙池镇，崇州鸡冠山乡、大邑县西岭镇、花水湾镇等，将重点发展经济林竹、道地药材、优质茶叶、山林柴鸡等特色生态农业以及山地森林生态休闲观光旅游业，同时强化森林资源保护和建设，涵养水源、保护珍稀动植物，为成都市构建重要的生态屏障；成都东部龙泉山脉丘陵特色农业区重点发展伏季水果、蔬菜（食用菌）、优质粮油、优质猪禽等高效农业和休闲观光农业。

参 考 文 献

北京市国土资源局.2004~2008.北京市土地利用变更调查报告（2004~2008）.北京：北京市国土资源局

北京市统计局.1990~2009.北京市统计年鉴（1990~2009）.北京：北京统计出版社

北京市农村经济研究中心.2005~2009.北京农村年鉴（2005~2009）.北京：中国农业出版社

北京市发展和改革委员会.2006.北京市"十一五"时期新农村建设发展规划

北京市农村工作委员会，北京市农业局，北京市园林绿化局.2007-10-25.关于北京市农业产业布局的指导意见.http://www.docin.com/p-24868939.html

广州市农村财政研究会，广州市农业局联合课题组.2006.广州都市农业发展研究.农村财经与财务，6：25~26

湖南大学规划办公室.2007-05-14.长沙市国民经济和社会发展第十一个五年规划纲要（第二篇）.http：// zys. hnu. cn/index. php? option = com_ content&task = view&id = 137&Itemid = 0

李振鹏，刘黎明，谢花林.2005.乡村景观分类的方法探析——以北京市海淀区白家疃村为例.资源科学，27（2）：167~173

南京市农林局.2008-05-23.南京市都市农业"十一五"发展规划.http：//www. njaf. gov. cn/col1/col22/2008/05/2008-05-2333279. html

南京市农林局综合处.2008-05-26.南京都市型现代农业发展研究.http：//www1. njaf. gov. cn/article. html1？Id=45749

王保忠，王保明，何平.2006.景观资源美学评价的理论与方法.应用生态学报，17（9）：1733~1739

夏立忠，杨林章.2003.太湖流域非点源污染研究与控制.长江流域资源与化境，12（1）：45~49

谢高地，甄霖，鲁春霞等.2008.生态系统服务的供给、消费和价值化.资源科学，30（1）：93~99

尹娟，勉韶平.2005.稻田中氮肥损失途径研究进展.农业科学研究，26（2）：76~80，98

中华人民共和国国家统计局.1990~2009.中国统计年鉴（1990~2009）.北京：中国统计出版社

中华人民共和国环境保护部.2010.第一次全国污染源普查公告

朱兆良.2006.推荐氮肥适宜施用量的方法论刍议.植物营养与肥料学报，12（1）：1~4

朱兆良，孙波，杨林章等.2005.我国农业面源污染的控制政策和措施.科技导报，23（4）：47~51

Sandhu H S, Wratten S D, Cullen R, et al. 2008. The future of farming：The value of ecosystem services in conventional and organic arable land, an experimental approach. Ecological Economics, 64（4）：835~848

Swinton S M, Lupi F, Robertson G, et al. 2007. Ecosystem services and agriculture：Cultivating agricultural ecosystems for diverse benefits. Ecological Economics, 64（2）：245~252

Vejre H, Jensen F S, Thorsen B J. 2009. Demonstrating the importance of intangible ecosystem services from peri-urban landscape. Ecological Complexity, 24（10）：1~11

Zika V P. 2008. From subsistence farming towards a multifunctional agriculture sustainability in the Chinese rural reality. Journal of Environmental Management, 87（2）：236~248

第三章　城郊农区环境富营养化控制技术

农业生产过程中化学物质的高强度投入和城郊生产生活废弃物的大量排放给区域农业生产和环境带来了严重影响。一方面，城郊区土壤普遍存在"富营养化"与养分失衡的问题，土壤 N、P 的大量积累严重威胁区域环境质量和农产品质量安全；另一方面，N、P 养分元素严重失效，出现土壤越"肥"越要施肥的怪现象，形成养分资源浪费的恶性循环。城郊区农业生产对生态环境的负面影响日益加重，应采取有效措施控制城郊农区环境的富营养化，修复、提升城郊农业区的环境保障和服务功能。

第一节　城郊农区环境富营养化风险

一、城郊农区环境富营养物质来源

城郊区环境富营养化物质的来源与农业生产活动密切相关，其中主要包括化学肥料的过量施用以及养殖废物、生产与生活废物、废水的排放等（段亮等，2007；李秀芬等，2010）。

（一）化肥的过量施用

我国城郊农区主要发展以城市居民为消费对象的种植业，诸如蔬菜、瓜果、花卉等商品经济作物，这使得城郊区农田复种指数相对较高，且长期处于高强度种植状态，化肥施用量通常超过 $10t/hm^2$，部分近郊区超过 $15t/hm^2$，超过环境安全施用量的 3~5 倍。

化肥的过量施用和低利用率使大量的 N、P 等富集在城郊农区土壤中，并通过地表径流、侵蚀、淋溶（渗漏或亚表层径流）和农田排水进入地表和地下水（吕家珑等，2003）。据 2010 年第一次全国污染源普查测算，全国种植业流失 N 量 159.78 万 t，其中，地表径流流失 N 量 32.01 万 t，地下淋溶流失 N 量 20.74 万 t，基础流失 N 量 107.03 万 t；总磷流失量 10.87 万 t。城郊农区由于特殊的种植结构与模式而使用了大量的肥料，其 N、P 流失量在总量中占非常高的比例。

（二）城郊农区养殖废弃物排放

近年来，城郊农区养殖业发展迅速，集约化、规模化养殖业的不断发展使养殖废弃物排放量也不断增加，成为城郊农区环境富营养化的主要贡献者。2010 年第一次全国污染源普查公报的最新统计显示，全国畜禽养殖业粪便产生量 2.43 亿 t，尿液产生量 1.63 亿 t，所带来的总氮流失量 102.48 万 t，总磷流失量 16.04 万 t（中华人民共和国环境保护部等，2010）。南京市环保部门对太湖流域的研究表明，畜禽粪便流入水体的 N、P 分别占总污染负荷的 16.67% 和 10.1%。

在一些地方，常将畜禽粪便作为有机肥直接施用。由于畜禽粪便所提供的 N、P 养分的比例与农作物的需求比例不一致，且农民一般又习惯从 N 含量的角度考虑畜禽粪便的施用量，这极易造成过量 N 的流失而带来环境问题（沈根祥等，2007）。在上海郊区农业面源污染中，畜禽粪便直接还田造成的 P 流失可占农业面源污染 P 流失量的 39.2%，成为上海郊区水环境的主要污染源（张大弟等，1997）。

（三）城郊农区生产生活废物和废水排放

一方面，由于城郊农区基础设施落后，没有专门的污水处理设施，也没有垃圾堆放、运输和处理设施，区内居民日常生产生活污水、垃圾和人畜粪便等成为城郊农区环境恶化的主要原因之一。2009 年对北京密云水库上游的调查发现，每年约有 136.7 万 t 未处理的农村生活污水直接排放进入水库。另一方面，城郊区也是城市农产品的生产基地，许多农产品加工企业都建立在城郊区。由于郊区污水排放系统不完善或不配套，许多农产品加工企业排放的污水中氨氮、总磷等各项污染物指标不达标，甚至有大量废水、废料及有毒气体未经处理而直接排放。所以，随着城郊区产业化进程的不断加快，N、P 等富营养化物质的排放问题将不断加剧。

二、城郊农区环境富营养化风险主要类型

城郊农业区特殊的种植结构与经营方式，使大量的富营养化物质进入土壤环境，N、P 等营养物质的富集与迁移，使地下水发生硝酸盐污染、地表水富营养化、农产品硝酸盐超标、温室气体排放量增加等问题，环境风险不容忽视。

（一）N、P 富集与迁移风险

过量和不合理使用化肥，加上作物对养分的吸收利用率低，使大部分养分残留在土壤中，导致土壤板结，造成耕地污染。据调查，我国几乎所有大、中城市城郊区菜地土壤的硝酸盐和磷酸盐含量均超过农作物需求量数倍。长沙、武汉等华中城市郊区蔬菜基地施肥情况调查结果显示，该地区城郊农业集约化程度较高，复种指数平均在 3.0 以上，农业生产中化肥农药投入量大，30% 以上的土壤出现富营养化现象，土壤平均有效氮含量达 150mg/kg 以上，速效磷含量超过 200mg/kg，是化肥投入的高风险区。

农田土壤中富集的 N、P 等养分，除被作物吸收利用外，70% 左右以不同形态损失，其中最大风险是 N、P 等向地表水和地下水的迁移。

（二）水体污染风险

农业 N、P 流失造成的农业面源污染已经成为水体富营养化的重要原因（Cerda，1997）。欧美等发达国家农业面源污染排放的 N、P 占地表水污染总负荷的 24% ~ 71%，致使约 40% 的河流和湖泊水质富营养化（张维理等，2004；Wolfem，2000）。2006 年美国水质监测报告显示，农业非点源污染已经成为影响河口水质的第三大污染

源。我国的滇池、太湖、巢湖等大部分湖泊富营养化严重，而农业 N、P 流失对水体富营养化的贡献率分别为 65.9% ~75%、28% ~66%（彭畅等，2010；曹利平，2004），靠近城镇等人口密集区的很多湖泊已退化成流域中的污水库，严重威胁城乡居民的饮水安全。

城郊农区 N 的流失还会导致地下水中硝酸盐（NO_3^-）含量累积，使地下水和饮用水遭受 NO_3^- 污染。据调查，目前有 50% 城市的地下水受到不同程度的 NO_3^- 污染，地下水 NO_3^- 污染在以集约化蔬菜种植为主的城郊区较严重，其中华北地区、长江三角洲地区的污染尤为严重。对华北 5 省 20 个县 800 多个调查点的分析表明，45% 的地下水硝态氮（NO_3^--N）含量超过 11.3mg/L，20% 超过 20mg/L，个别地点甚至超过 70mg/L。而京、津、唐地区不少县市 50% 的地下水样 NO_3^--N 含量超过 11.3mg/L，最高者达 68mg/L。在苏、浙、沪的 16 个县中，饮用井水 NO_3^--N 和亚硝态氮（NO_2^--N）的超标率已分别达到 38.2% 和 57.9%（国家地下水质量标准为 NO_3^--N≤20mg/L，NO_2^--N≤0.02mg/L）。

（三）温室效应加剧

一氧化二氮（N_2O）是重要的温室气体之一，具有显著的增温效应，而且，N_2O 参与大气光化学反应，可破坏臭氧层。我国大气中的 N_2O 有 90% 来自于农业，而氮肥是农业土壤中 N_2O 最大的来源（李虎等，2007）。在城郊农区，氮肥的施用量较其他农区高很多，因此，城郊农区对大气中 N_2O 的贡献较其他农区亦要高。南京郊区的番茄地在土壤 N 充足的情况下，不仅显著地增加氮肥的淋溶损失和硝化反硝化损失，还使土壤剖面中 NO_3^- 的含量和 N_2O 的排放显著增加。此外，土壤中富集的大量 N 与高水分条件的耦合还会增加 N_2O 的排放量。滇池流域的集约化菜地氧化亚氮/二氧化氮（NO/NO_2）排放量的研究表明，低肥处理旱季和雨季 NO/NO_2 的排放量分别为氮氧化物（NO_x-N）4.88kg/hm^2 和 5.67kg/hm^2，而高肥处理旱季和雨季 NO/NO_2 的排放量则分别增加至 NO_x-N 7.58 kg/hm^2 和 10.19kg/hm^2。根据逯非等（2008）的计算，在东北农区施用 1t 氮肥引起 N_2O 直接排放导致的增温潜势可达碳 1.34t，华北农区可达碳 0.642t，南方农区可达碳 1.59t。因此，城郊农区富营养化所致大量 N_2O 的排放及其所引起的温室效应应引起广泛的关注，减少城郊农区化学氮肥用量和提高氮肥利用率是城郊农区温室气体减排的重要举措。

（四）农产品质量安全风险

我国城郊区农田中 N、P 等营养元素的大量富集，导致大部分城郊农业区生产的农产品 NO_3^- 含量超标严重。目前，我国各城市的粮、果、菜、茶、肉类、奶等主要农产品有害物质综合超标率高达 30% ~70%。据农业部 2000 年对 14 个省会城市 2110 个样品的检测表明，蔬菜农药和 NO_2^- 污染超标率分别高达 31.1% 和 12.1%。据调查，北京市 2006 年对 16 个蔬菜市场的抽样检测结果显示，七大类 26 个品种蔬菜的 NO_3^- 平均含量高达 3157mg/kg，最高竟达 7757mg/kg；上海郊区 2002 年设施叶菜类蔬菜 NO_3^- 超标率高达 51.5%；重庆市 23 种常见的叶类蔬菜 NO_3^- 含量为 281～3246mg/kg，平均 1267mg/kg，除莴笋、西生菜和卷心瓢儿白食用安全外，其他均有不同程度的污染（李宝珍等，2004）。农产品 NO_3^- 含量超标已严重影响我国的食物安全，对人类健康构成重大威胁，也严重削弱了我国农产品的国际竞争力。

三、城郊农区环境富营养化的防治对策

城郊农区环境富营养化的防治是一个综合性强、技术难度大的科学问题。城郊区环境污染源头多、分布密集、迁移和扩散途径复杂。因此，研究并建立"防、控、阻、治"多环节相结合的技术体系，是控制环境富营养化的有效对策。

所谓"防"，是建立低 N、低 P 农业体系，从污染源头上控制 N、P 的输入，大幅度削减城郊农业区的化肥使用量和建立削减城郊区农田 N、P 的技术；"控"是通过调理植物和土壤的物理、化学或生物化学性质，提高 N、P 等营养物质的利用率，减少其在土壤中的截存；"阻"是在城郊农业区尺度范围内控制环境污染物质的迁移和扩散，在污染物的运移途径中建立滞留径流、污染物生物过滤带等经济可行的生态技术；"治"是利用工程措施处理城郊农区的污水问题，达到阻控城郊农业区散点式污染源向农田排放与扩散污染物。

采取"防、控、阻、治"四项基本技术，修复和提升城郊农业区的环境保障功能，重点削减城郊农业区内部产生的环境污染源，逐步消除城郊农田大量积累的 N、P，阻控环境富营养化物质在城郊环境中的迁移与扩散，构建农业区环境防控体系，形成城郊环境屏障功能圈。在此基础上优化城郊农业区的农业结构和生态环境格局，以恢复与提升城郊区农业的环境保育功能。

第二节　城郊农业区农田 N、P 削减技术

一、控制施肥技术

（一）平衡施肥

平衡施肥是以土壤测试和田间肥料试验为基础，根据作物需肥规律、土壤供肥性能和肥料效应，合理确定肥料施用数量、施肥时期和施用方法，实现肥料投入在静态横向（养分元素平衡）与动态纵向（作物需肥规律）上的平衡的方法。

平衡施肥可以减少肥料投入，提高农产品品质，保护环境，是提高农业综合生产能力，减少农田 N、P 累积的一项有效措施。平衡施肥的技术包括诊断施肥、测土施肥、配方施肥等，其主要理念是根据作物的长势长相和营养特性确定追肥量，根据土壤养分供应能力和作物预计产量确定肥料投入量，实现养分投入的协调供给。目前需进一步研究可操作性强的平衡施肥的综合技术与方法，加强平衡施肥技术的推广与应用。

（二）精准施肥

精准农业是将农学、农业工程与现代化信息高新技术等多种学科知识集成应用于农业，逐步实现农业的精确化、集约化和信息化，以实现农田"优质、高产、高效"生产的现代控制农业。其技术核心是在获取有关农田小区作物产量及影响作物生产的环境因素的空间和时间差异性信息的基础上，分析影响小区产量的原因，采取技术上可行、经济上有效的调控措施，改变传统农业大面积、大群体投入的资源浪费型做法，因时因地制宜，按需实施定位调控，即"处方农业"，从而实现资源节约型农业。精准农业技术从实施过程来看大致包括农田信息获取、农田信息管理和分析、决策分析、决策的田间实施四大部分，其技术构成体系包括现代信息技术（RS、GIS、GPS、计算机自动控制技术、网络技术等）、生物技术（基因工程、细胞工程、微生物技术等）和机械工程技术（机械播种技术、机械施肥技术、灌溉技术、收割技术和机电一体化技术等）等。

目前国际上精准农业技术的推广还处于徘徊期，普遍推广的主要还是一些单项技术，如差分全球定位技术（DGPS）支持下的精准播种、精准喷药等。国内精准农业技术目前还处在研发阶段。信息获取和可靠的决策支持系统是精准农业研究的两个主要难点，也是精准农业未来至少十年内的主要研究内容和突破口。

（三）缓控释施肥

缓释肥是指肥料施入土壤后转变为植物有效态养分的释放速率远远小于速溶肥料，在土壤中能缓慢放出其养分。它具有缓效性或长效性，只能延缓肥料的释放速度，达不到完全控释。缓释肥料的高级形式为控释肥料，它是以颗粒肥料（单质或复合肥）为核心，表面涂覆一层低水溶性的无机物质或有机聚合物，或者应用化学方法将肥料均匀地融入聚合物中，形成多孔网络体系，并根据聚合物的降解情况而促进或延缓养分的释放，使养分的供应能力与作物生长发育的需肥要求相一致的一种新型肥料。国际肥料工业协会按照制作过程将缓释肥和控释肥分成两大类：一类是尿素和醛类的缩合物，这类被称为缓效或缓释肥；另一类是包膜肥料，被称为控释肥。脲甲醛（UF）是世界上应用最多的缓控释肥，它是由甲醛与过量的尿素在一定条件下反应形成的长链氮聚合物，而异丁叉二脲（IBDU）是异丁烯与尿素反应形成的单一低聚物。由于缓控释肥的养分释放期较长，如何准确、快速地检测其养分释放规律以及评价其与植物生长养分需求的一致性已成为急需解决的问题。

（四）测土配方施肥

测土配方施肥是以肥料使用状况调查、肥料田间试验和土壤测试化验为基础，根据作物需肥规律、土壤供肥性能和肥料效应，在合理施用有机肥料的基础上，提出N、P、K及其他中、微量元素肥料的施用数量、施用时期和施用方法。其核心是调节农作物需肥与土壤供肥之间的矛盾，有针对性地补充作物所需的营养元素，实现养分供应平衡，满足作物生长需要。近年在全国进行的测土配方施肥推广应用试验的结果表明：

通过测土配方施肥，可有效提高农作物产量，减少化肥使用量。例如，水稻平均增产15.0%，小麦增产12.6%，玉米增产11.4%；提高氮肥利用率10%～20%，显著地提高了农业综合生产能力。

控制施肥技术均可以在一定程度上减少城郊区农田肥料投入，提高养分利用率，减少城郊区 N、P 累积，但并不能完全解决目前城郊区农田作物对养分的过度依赖以及农田土壤微生态系统失调造成的土壤养分累积、养分利用率低等问题。为此，需进一步从植物生理调节及恢复土壤微生态系统健康、促进土壤养分释放和提高农作物养分吸收效率等方面开展工作，达到削减城郊区环境 N、P 累积以及实现城郊农业环保安全的目标。

二、营养调控技术

大幅度削减蔬菜地化肥使用量和逐步减少蔬菜地土壤 N、P 的积累，其核心问题就是要提高农作物对养分的利用效率。"富营养化"土壤上作物对土壤 N、P 养分吸收的生理障碍可能主要是由于土壤生物功能退化而引起的，因此，解决上述问题的关键是恢复土壤生态系统的健康，同时促使作物健康生长。

（一）植物调理剂

植物调理剂（plant conditioners，PC）是指用于保持或改善植物营养，促进作物生长的有机物质、各种物料等，如各种植物生长调节剂、维生素、氨基酸螯合物、各种营养型调理剂等。

1. 植物生长调节剂

植物生长调节剂（plant growth regulator，PGR）是人工合成（或从微生物中提取）的多种与植物内源激素具有相似生理和生物学效应的有机物质。

人工合成的植物生长调节剂主要包含六大激素类型：细胞分裂素（cytokinins，CK）、生长素（auxin，Aux）、赤霉素（gibberellins，GA）、乙烯、脱落酸、芸苔素内脂。其中，CK 作为长距离的信号，可调控植物 N 的转运、同化和利用，增加植物体内 N 的积累，提高 N 的利用效率；Aux 作为信号物质，在养分吸收、利用过程中扮演着关键的角色，可以促进高、低亲和 NO_3^- 转运基因的表达（Guo et al.，2001），促进增加硝酸还原酶（NR）的活性；GA 有促进细胞伸长、使茎秆伸长和植物增高、防止器官脱落、解除种子和块茎休眠、促进养分吸收等作用。

使用极低浓度的植物生长调节剂就能对植物生长、发育和代谢起到重要的生理调节作用，而且这种调节作用具有双重功效，表现为低浓度的促进作用和高浓度的抑制作用。因此，植物生长调节剂一般多以较低浓度与其他肥料混配施用，或经稀释后采用叶面喷施或浸种、沾根的方式施用。

2. 维生素

维生素（vitamina）作为植物体内多种酶的辅基，在物质代谢过程中发挥着重要作用，影响着植物的生长发育。通常维生素可分为脂溶性（Va、Vd、Ve、Vk 等）和水溶性（Vc、Vb1、Vb2、Vb3、Vb5、Vb9 等）两种。外源维生素具有刺激植物根系生长、促进分蘖、诱导开花、促进叶片生长、提高作物对养分的利用效率、提高产量和品质等作用。

对植物来说，绝大多数维生素能够自身合成，但其含量在植物体内常常因为某些原因而偏低，从而导致植物代谢受到一定程度的影响。外源维生素的应用可以在一定程度上调节植物的生理代谢，促进植物生长，促进农作物对土壤养分的吸收、利用。一般采用拌种、沾根、叶面喷施或与其他液体肥料同时施用的方式使用外源维生素。

3. 氨基酸微肥螯合剂

氨基酸微肥螯合剂（amino acid chelated microelement fertilizer，AACMF）是氨基酸与微量元素螯合而成的产物，其稳定常数适中，较少受土壤 pH 及其他离子的干扰，且部分氨基酸可被作物直接吸收、利用，提供植物所需的 N 和微量元素（邵建华和马晓鑫，2000）。氨基酸作为一种螯合剂，它所螯合的氨基酸微量元素肥料在土壤中的残效要低于无机微肥，再加上氨基酸本身又含有 C、N 等营养元素，因此它可以促进土壤养分平衡，供给土壤微生物及植物所需的均衡养分；部分氨基酸可被作物直接吸收、利用，通过叶面喷施可以直接供给植物 N 营养，减少土壤 N 投入，提高养分利用效率；另外，氨基酸微肥还能够促进作物体内激素的合成，促进作物根系的生长，促进作物根系氨基酸转运蛋白的表达，提高植物吸收养分的能力。

由于氨基酸能够被土壤微生物快速分解，氨基酸微肥一般采用与其他有机肥料混配或叶面肥的形式，通过土壤施用或叶面喷施使用。

4. 营养型植物调理剂

营养型植物调理剂（nutritional plants conditioner，NPC）是近年来新出现的一种植物调理剂，其配方组合吸收了上述各种植物调理剂的优点，以天然植物、动物活性蛋白和甲壳素纳米衍生物为载体，与植物所需的各种营养元素及其他有益矿质元素物质复合而成的一种液体型绿色植物调理剂。此调理剂不含人工合成激素或农药物质或任何微生物制剂，但能有效提供植物生长所需的数十种营养元素和有益元素以及植物可直接吸收、利用的简单有机分子营养，增强植物吸收和转化养分的能力以及抗逆能力，提高养分的利用率，减少肥料投入。

营养型植物调理剂一般采用叶面喷施的方法，以水稀释或与农药一起混合稀释叶面喷施。

（二）土壤调理剂

土壤调理剂可分为天然调理剂、人工合成调理剂、天然—合成共聚物调理剂和生物调理剂（图 3-1），多用于改善土壤的物理结构，如沸石、粉煤灰、污泥、绿肥、聚丙烯酰胺等，但其存在改良效果不完全或有不同程度的负面影响等问题。近年来，为进一步提高土壤改良剂的改良效果，降低其负面影响，越来越多的研究者将不同改良剂配合施用，达到了很好的效果。

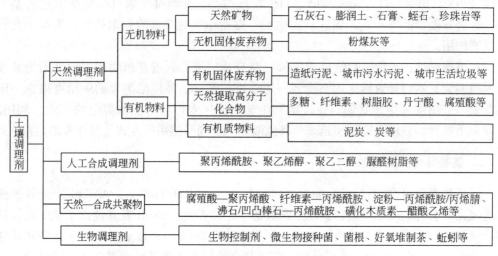

图 3-1 土壤调理剂的分类系统图

资料来源：陈义群和董元华，2008

1. 天然矿物

天然矿物（如膨润土）具有一定的膨胀性、分散性、黏着性等，施入土壤可增加团聚体的数量，增大土壤孔隙度，降低土壤容重；沸石具有储水能力，施入土壤后可使耕层土壤含水量提高 1%～2%，在干旱条件下可使耕层土壤田间持水量增加 5%～15%，同时沸石具有很强的吸附能力和很高的阳离子交换量，可促进土壤中养分的吸附与释放，减少土壤养分损失。

但是天然矿物在实际应用中存在一些理论和技术问题，如施用量、施用方式和施用时间的确定，天然矿物的储量对其大面积推广应用的限制以及部分天然矿物富含有毒有害元素等问题。另外，天然矿物对吸附养分的释放特性及影响也有待进一步研究。

2. 无机固体废弃物

无机固体废弃物主要是粉煤灰，具有改善土壤物理性质、增加土壤肥力、改善土壤微生物和酶活性、降低土壤重金属对微生物的毒害和提高作物产量的作用。

在实际应用中，无机固体废弃物也有一些负面效应：粉煤灰中 P 的有效性低，对加入的 P 有较强的吸附固定作用；粉煤灰中硼（B）的有效性较高，不利于 B 低耐受性作物的生长；粉煤灰会抑制微生物的呼吸、酶的活性和土壤 N 的循环；粉煤灰含有 5%～30% 的有毒元素，特别是 Cd、Cu、Pb 可以滤出，可能造成土壤、水体与生物污染；粉煤灰中还发现了放射性元素 U、Ra 等的存在。因此，目前粉煤灰一般很少施用或单独施用。

3. 有机固体废弃物

作为土壤调理剂的有机固体废弃物主要有造纸污泥、城市污水污泥、城市生活垃圾、作物秸秆、豆科绿肥和畜禽粪便等。有机固体废弃物具有改善土壤物理性质、提高土壤肥力、改善土壤生化特性和减少土壤养分流失的作用。

污泥和城市垃圾中含有一些有害成分，对植物和微生物有毒害作用。另外，污泥和土壤混合能促进 NO_3^- 的淋溶，存在污染地下水的风险，尤其在秋季或冬季，过多施用污泥会引起地下水和地表水的 N、P 污染，因此，污泥在进行土地利用前需经过无害化的预处理。在城郊农业区适当增加畜禽粪便、秸秆、绿肥等有机固体废弃物的施用，减少或不用污泥及生活垃圾，可以减少肥料投入、降低土壤养分损失，又保证土壤不受污染，减少城郊农业区环境的 N、P 负荷。

4. 天然高分子化合物

天然高分子化合物是利用一定的化学方法从天然产物中提取出来的高分子化合物，如天然的多糖高分子化合物甲壳素类化合物，被广泛应用于土壤改良，并具有抑菌效果。

甲壳素类物质具有改善土壤物理性质、改善土壤中 N 的有效性、改善土壤菌落和提高植物活性的作用。因此，适量甲壳素的应用可改善土壤生物活性，提高土壤养分利用率。但甲壳素也有一定的副作用。例如，其含量达 0.8% 时有植物毒性，使改良土壤白三叶草结瘤和茎重降低。

5. 有机质物料

有机质物料作为土壤调理剂或改良剂，应用较多的是泥炭，泥炭具有改善土壤物理性状、提高土壤肥力、降低土壤碱性、影响土壤菌根菌、吸附重金属和有机污染物的作用。因此，应用适量的泥炭可以减少土壤养分损失，提高土壤养分利用率。但在实际应用时需注意，泥炭施用量过高可能会影响土壤通透性，泥炭中的腐殖酸在分解过程中形成的有机酸和其他毒素可能会抑制植物根系的生长。

6. 人工合成土壤调理剂

人工合成土壤调理剂是模拟天然调理剂人工合成的高分子有机聚合物。国内外研究和应用较多的人工合成土壤调理剂有聚丙烯酰胺（polyacrylamide，PAM）、聚乙烯醇树脂、聚乙烯醇、聚乙二醇、脲醛树脂等，其中 PAM 是研究者最为关注的人工合成土壤调理剂。PAM 具有改善土壤物理性状、吸附土壤速效养分和促进好气性细菌生长的作用。

但应用 PAM 也有不足之处。例如，土壤溶液和可溶性盐会影响 PAM 的吸水性能；应用成本高，且尚未确定 PAM 是否会引起土壤的二次污染；PAM 与土壤的相互作用机理尚不清楚；关于 PAM 在生物降解方面的研究尚不足。因此，目前 PAM 仅用于对特定土壤的改良，如改良沙质土。

7. 营养型土壤健康调理剂

近年来新开发了以天然矿物、天然植物和动物材料及其衍生物等材料为主体，辅以多种功能性组分的营养型土壤健康调理剂。营养型土壤健康调理剂能有效提供植物生长所需的十几种有效元素，与常规化肥或有机肥配施，可显著提高化肥的利用率，提高作物产量。

以上各种植物调理剂和土壤调理剂均具有改善土壤结构、减少土壤养分损失、改善土壤生物活性、促进土壤养分转化释放、提高植物生理活性、促进养分吸收、供给植物生长所需平衡养分、提高养分利用率等一种或几种优点，合理施用可提高养分利用率，降低肥料投入，减少土壤养分损失。但必须注意：为保证城郊农业的高产、高效，调理剂不能代替肥料，应与化学肥料或其他肥料配合施用；不同调理剂具有不同的物理、化学特性及应用效果，应配以不同的施用技术，如叶面型调理剂应以合适的倍数稀释，与其他肥料或化学品配施时应考虑调理剂的相互作用，土壤调理剂与其他肥料混施时应考虑与农作物根部的距离等。

（三）调理剂应用效果示例

1. 植物调理剂

（1）提高产量

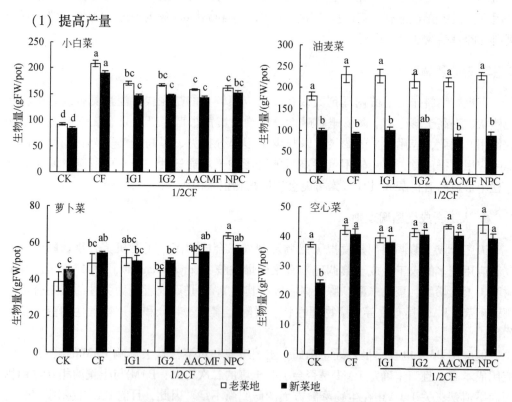

图 3-2　不同植物调理剂对蔬菜生物量的影响

注：CK，不施肥；CF，常规施肥 NPK；1/2CF，50% NPK；IG1 和 IG2，以微量不同浓度 IAA 和 GA3 配制的两种植物生长调节剂；AACMF，氨基酸微肥螯合剂；NPC，营养型植物调理剂。字母（a、b、c）表示同种土壤中差异显著性水平（$p < 0.05$），相同字母表示差异不显著；误差线为标准误差

　　多数植物调理剂具有改善植物生理活性、促进植物生长的特性，合理施用可达到减少化肥投入、提高农作物产量的目的。如图3-2所示，常规施肥减少30%～50%，喷施以吲哚乙酸（IAA，生长素的一种）和赤霉酸（GA3，赤霉素的一种）不同浓度配制的两种植物生长调节剂（IG1、IG2）、氨基酸微肥螯合剂（AACMF）及营养型植物调理剂（NPC），在新菜地土壤上种植的第一季小白菜的鲜重比老菜地土壤的仅有小幅度降低，而油麦菜鲜重与施NPK化肥没有显著差异，第二季种植的萝卜菜鲜重显著提高，但对空心菜的鲜重无明显影响。这说明在减量施肥30%～50%的情况下，喷施植物调理剂不会导致供试作物的经济产量减少，且有可能促进蔬菜作物的生长，但这种促进作用与蔬菜品种和菜地的养分供应状况密切相关。

　　基于以上试验，以不同浓度生长素（IAA）、赤霉素（GA3）和细胞分裂素（CTK）组合添加维生素B1或Vc配制成15种不同的植物调理剂（P1～P15），以油麦菜为供试作物进行试验。结果（图3-3）表明，与常规施肥相比，施肥量减量50%，油麦菜产量显著降低，与不施肥相当。然而，在减量常规施肥50%的条件下，喷施不同的植物调理剂（P1～P15），油麦菜的生物量均有不同程度的提高，其中喷施P1～P5、P9～P10、P12～P15的11个处理，油麦菜增产量达显著或极显著水平，增幅在8.0%～17.8%，但与常规施肥处理相比，产量无显著差异。这说明喷施植物生长调理剂对蔬菜作物有显著的增产效应，并且可以在减少常规施肥量50%的条件下，达到"减施不减产"的效果。

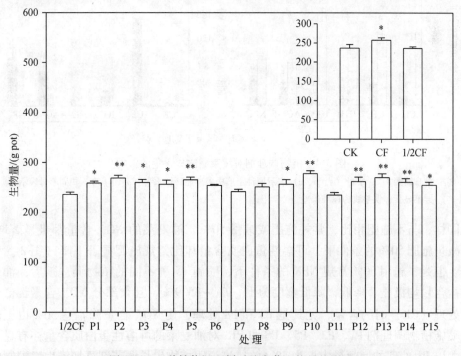

图3-3　15种植物调理剂对油麦菜生物量的影响

注：CK，不施肥；CF，常规施肥NPK；1/2CF，50%NPK；P1～P15，不同浓度生长素（IAA）、
　　赤霉素（GA3）、细胞分裂素（CTK）组合添加维生素B1或Vc而配制的15种不同的植物调
　　理剂。* 和 ** 分别表示 $p < 0.05$ 和 $p < 0.01$ 的显著性水平；误差线为标准误差

（2）改善品质

IAA 能够提高植物体内硝酸还原酶的活性，可降低农作物体内 NO_3^- 含量；GA3 能够促进植物生长，增加生物量，间接降低植物体内的 NO_3^- 含量；氨基酸螯合剂和营养型植物调理剂能够降低植物体内的 NO_3^- 含量。如图 3-4 所示，在常规施肥条件下，老菜地土壤种植的小白菜、油麦菜、空心菜的 NO_3^- 含量为 580～1184mg/kg，对照国家食品安全标准达到中度或高度污染；新菜地土壤种植的小白菜和萝卜菜的 NO_3^- 含量约是625～968mg/kg，也达到中度或高度污染。喷施 IG1、IG2、AACMF 和 NPC 显著降低了种植于两种菜地上的小白菜以及老菜地上的空心菜的 NO_3^- 含量；部分处理也显著降低了新菜地的油麦菜和老菜地的萝卜菜的 NO_3^- 含量，使其达到了国家食用安全标准，说明 IAA、GA3、AACMF、NPC 可有效降低叶菜类的 NO_3^- 含量。

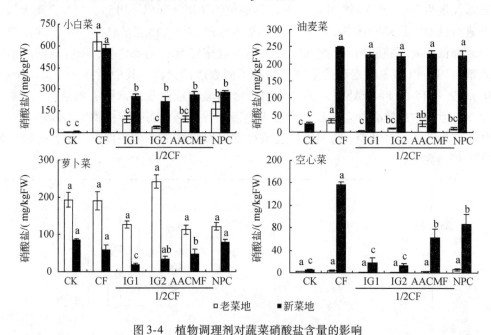

图 3-4　植物调理剂对蔬菜硝酸盐含量的影响

注：处理同图 3-2；字母（a、b、c）表示同种土壤中差异显著性水平（$p < 0.05$），相同字母表示差异不显著；误差线为标准误差

同样，与不施肥相比，常规施肥或减量 50%，油麦菜的 NO_3^- 含量都极显著增加，而在减量施肥 50% 的条件下，可溶性蛋白质含量却比常规施肥显著下降（图 3-5 和图 3-6）。但是，施用 50% 常规 NPK 的条件下，喷施 15 种不同的植物调理剂后，油麦菜硝酸盐含量均极显著降低，降低幅度为 11.1%～35.9%，且大部分 NO_3^- 含量都低于不施肥处理（CK）时的含量，尤其是 P3 和 P8 处理，使 NO_3^- 含量降幅达 30% 以上。而且，喷施植物调理剂 P1、P2、P5、P6 和 P13 对油麦菜的可溶性蛋白质含量亦有显著提高，尤以 P1 处理的增幅最大，为 42.6%。这说明植物生长调节剂添加维生素配制的植物调节剂可以有效降低油麦菜 NO_3^- 的累积，并提高其可溶性蛋白质含量，具有改善蔬菜品质的作用。

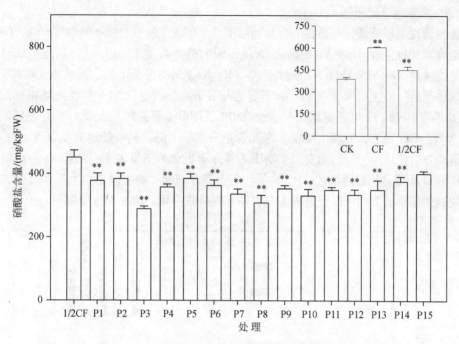

图 3-5　15 种植物调理剂对油麦菜硝酸盐含量的影响

注：处理同图 3-3；$*$ 和 $**$ 分别表示 $p<0.05$ 和 $p<0.01$ 的显著性水平；误差线为标准误差

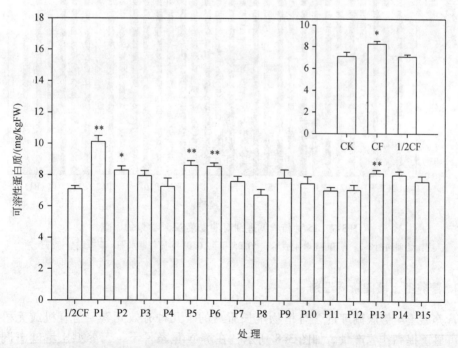

图 3-6　15 种植物调理剂对油麦菜可溶性蛋白质含量的影响

注：处理同图 3-3；$*$ 和 $**$ 分别表示 $p<0.05$ 和 $p<0.01$ 的显著性水平；误差线为标准误差

（3）提高养分利用率

植物调理剂还能够提高植物的养分利用率。如图 3-7 所示，以不同浓度 IAA、GA3 和 CTK 组合添加维生素 B1 或 Vc 配制的 15 种不同的植物调理剂（P1～P15）进行试验，在不施肥或减量 50% NPK 条件下，油麦菜 N、P、K 含量均显著下降，而喷施 15 种不同的植物调理剂后，油麦菜植株 N、P、K 养分含量显著提高。与仅 50% 常规施肥相比，喷施植物调理剂 P1 和 P12 可显著提高 N 含量，P14 处理可显著提高 P 含量，P5 处理可显著提高 K 含量；P10 和 P15 处理，油麦菜的 N 含量有显著下降；其余处理油麦菜 N、P、K 养分含量均与对照相当。分析油麦菜干物质的养分累积量的结果表明，喷施 15 种植物调理剂植株的 N 积累量均显著增加，P、K 累积量也部分增加。说明以植物生长调节剂添加维生素配制的植物调节剂可以促进蔬菜作物养分的吸收利用，增加养分的累积。

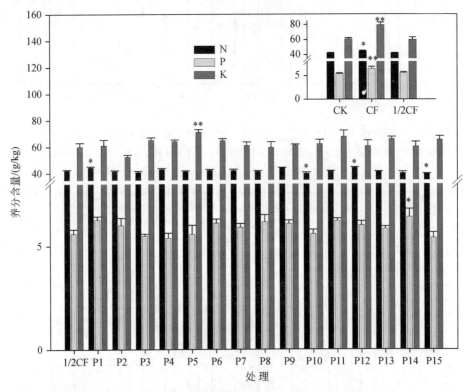

图 3-7　15 种植物调理剂对油麦菜 NPK 含量的影响

注：处理同图 3-3；* 和 ** 分别表示 $p < 0.05$ 和 $p < 0.01$ 的显著性水平；误差线为标准误差

2. 营养型土壤健康调理剂

营养型土壤健康调理剂含有植物生长所需的十几种有效元素，与有机或无机肥配施，可显著提高作物产量。如图 3-8 所示，在等 N 量条件下，营养型土壤健康调理剂与有机肥配施（B），小青菜产量（三茬）均显著高于其他四种处理［A（不施肥）、C（有机肥）、D（无机肥）和 E（有机无机肥）］，但同一处理的三茬之间无显著差异（$p = 0.05$）。5 种处理条件下菠菜产量结果显示，A 处理下菠菜产量显著低于 B、C、D

和 E 四种处理；B 处理下菠菜产量显著高于其他三种处理（C、D 和 E）。

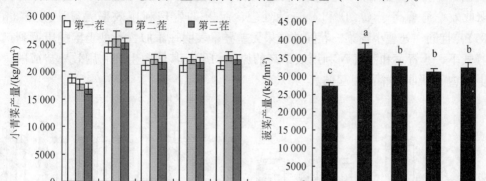

图 3-8 不同处理下小青菜和菠菜的产量差异

注：A，不施肥模式；B，有机无机复合 + 土壤健康调理剂；C，有机肥模式；D，无机肥模式；E，有机
无机复合肥模式；字母（a、b、c）代表差异显著性水平（$p < 0.05$)，相同字母表示差异不显著

资料来源：袁伟，2009

植物对 N 的利用效率（nitrogen use efficiency，NUE）由植物对 N 的吸收效率和生理利用效率组成。N 的吸收效率即植物体内 N 的累积与体外 N 供应的比值（nitrogen accumulation：nitrogen supply）；N 的生理利用效率即植物的产量或生物量与体内 N 的累积的比值（grain or biomass：nitrogen accumulation）。营养型土壤健康调理剂可提高植物对 N 的吸收效率，进而提高植物对 N 的利用效率，但对植物的生理利用效率却没有影响。

如表 3-1 所示，与 A、C、D 和 E 四种处理相比，B 显著增加了小青菜（三茬）和菠菜（一茬）地上部对 N 的吸收；且在 C、D 和 E 三种处理下，小青菜（三茬）和菠菜（一茬）地上部 N 吸收量也显著高于处理 A，但 C、D 和 E 三种处理之间无显著差异（$p = 0.05$)。在连续三茬小青菜和一茬菠菜田间的试验条件下，B 处理小青菜和菠菜的肥料中 N 的表观利用率均显著高于 C、D 和 E 三种处理（$p = 0.05$)，但小青菜同一处理三茬间无差异。

表 3-1 营养型土壤健康调理剂在小青菜地上部 N 吸收量及肥料中 N 表观利用率

施肥处理		A	B	C	D	E
吸 N 量 / （mg/株）	青菜 （三茬） 第一茬	25.31 ± 1.34c	36.51 ± 1.12a	29.82 ± 1.18b	30.69 ± 1.56b	34.61 ± 1.63ab
	第二茬	21.53 ± 2.04c	39.31 ± 1.32a	30.12 ± 1.09b	29.82 ± 1.11b	31.54 ± 1.13b
	第三茬	20.43 ± 1.24c	36.53 ± 1.62a	29.55 ± 1.21b	28.33 ± 1.01b	31.87 ± 1.33b
	菠菜（一茬）	18.89 ± 1.52c	36.12 ± 1.78a	29.76 ± 2.32b	24.74 ± 1.86b	28.43 ± 1.41b
肥料中 N 表观利 用率/%	青菜 （三茬） 第一茬	0	12.96 ± 0.74a	7.33 ± 0.42b	8.13 ± 0.44b	9.35 ± 0.31b
	第二茬	0	20.24 ± 1.20a	12.32 ± 1.15b	10.05 ± 0.98c	10.64 ± 0.57bc
	第三茬	0	18.94 ± 0.84a	11.96 ± 0.42bc	10.56 ± 0.96c	13.05 ± 0.55b
	菠菜（一茬）	0	39.32 ± 1.28a	27.57 ± 1.03b	25.11 ± 1.19c	28.91 ± 1.09b

注：A，不施肥模式；B，有机无机复合 + 土壤健康调理剂；C，有机肥模式；D，无机肥模式；E，有机无机
复合肥模式；字母（a、b、c）代表差异显著性水平（$p < 0.05$)，相同字母表示差异不显著

资料来源：袁伟，2009

图 3-9 进一步显示在 N 供应相等的情况下，B 处理下三茬小青菜和一茬菠菜体内的 N 吸收效率显著高于 C、D 和 E 三种处理，而 N 的生理利用效率无显著差异（$p = 0.05$），且同一处理小青菜三茬间的结果无差异，表明在添加营养型土壤健康调理剂施用模式下，小青菜和菠菜 N 利用效率高的原因均不是其体内生理利用效率造成的，而是其体内 N 吸收效率高引起的。

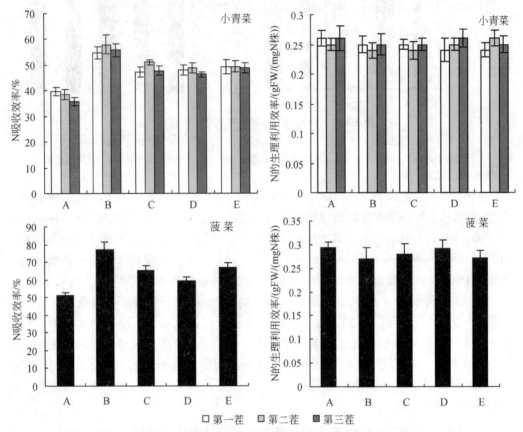

图 3-9　不同处理下小青菜和菠菜地上部 N 吸收效率和 N 生理利用效率

注：A，不施肥模式；B，有机无机复合肥 + 土壤健康调理剂；C，有机肥模式；D，无机肥模式；E，有机无机肥模式

资料来源：袁伟，2009

第三节　城郊农业区 N、P 迁移和扩散的阻控

一、农田 N、P 迁移的控制途径

综合不同地域的研究结果，N、P 流失的途径主要是地表径流和淋溶损失。根据 N、P 污染物的流失和迁移途径，我们认为控制城郊区 N、P 向水体的迁移主要可以采取两种策略；一是污染物的源头控制，二是污染物迁移的过程控制。

污染物的源头控制主要是控制土壤的 N、P 投入数量。减少施肥量，改变施肥方式方法，活化土壤养分，控制土壤养分释放过程等是控制土壤 N、P 输入数量的有效途径。施肥时，可根据作物生长发育需要及当地气候特点确定合适的施用量和施用时间，尽量采取深施方法。在施用氮肥时可采用硝化抑制剂技术或新型控释肥料从而减少氮肥的淋溶损失。污染物迁移的过程控制主要包括从农田到沟渠的迁移控制和在沟渠中的迁移控制两个部分。合理轮作、覆盖作物、改变灌溉方式、修建缓冲带和生态田埂等措施均能起到控制 N、P 污染物迁移速度和迁移量的作用。

二、农田 N、P 流失拦截与阻控技术

（一）农田种植模式对农田径流 N、P 的阻控

种植模式的概念包含两个方面的内容：一是土地利用方式，如一些地方将坡耕地直接利用，或实行等高种植，或改为梯地，或将坡地改为经果林地等，主要指利用方式上的差异；二是不同作物或植物轮作或组合，主要指植物轮作或空间组合上的差异。

不同耕作方式下，N、P 流失差异显著。袁东海等（2003；2002）研究了顺坡耕作、水平草地、水平沟、等高耕地、休闲、等高土埂 6 种不同耕作方式下土壤 N、P 流失的情况，研究结果表明：与传统顺坡耕作的坡耕利用方式相比，水平草地、水平沟、等高耕地、休闲、等高土埂农作方式均能有效控制和防治土壤 N、P 流失，其中水平草地、水平沟、等高耕地、休闲、等高土埂等农作方式可分别减少土壤 N 流失量 43.46%、46.55%、71.36%、77.05%、87.92%，减少 P 流失总量 40.73% ~ 84.70%。

不同种植方式对 N 径流输出的调节作用有很大的差异。杨红薇等（2008）对紫色土坡耕地上山药 + 辣椒模式、玉米/红苕模式、紫色苜蓿 + 青蒿模式、紫苏 + 连翘模式的研究结果表明，紫色苜蓿 + 青蒿模式和紫苏 + 连翘种植模式能较好地保持水土，玉米/红苕种植模式下地表径流中全氮和有效氮含量高于其他模式。

不同熟制亦会造成径流中 N、P 流失的差异。Han 等（2010）在长江上游紫色土的研究中发现，传统的小麦—玉米两熟制和小麦—玉米—甘薯三熟制中 NO_3^- 和 NH_4^+ 随径流损失的比例存在差异，三熟制明显低于两熟制。此外，传统的两熟制条件下，径流流失的无机氮以 NO_3^- 为主要形式，而在三熟制中 NH_4^+ 为主要的流失 N 形态。

种植模式技术对 N、P 流失的控制效果主要体现在对水土保持的作用方面。该技术已经大量应用在不同流域的治理上。必须根据当地的环境条件，特别是农业生产实际运用该技术。例如，在坡地选择坡篱方式，条件许可的也可选择梯田；在此基础上选择不同熟制和作物轮作与间作组合。从国家科技支撑计划"典型城郊农业区环境质量修复与功能提升技术研究"课题组近年的研究结果来看，合理的土地利用方式和种植模式对 N、P 流失的阻控效果均很明显。研究表明，坡篱可减少 50% 以上的水土流失，果园间作一般可减少 20% 左右的水土流失，所以，利用该模式可在增加经济效益的基础上，减少 N、P 流失，是一种经济有效的阻控技术。

（二）植物篱技术

1991 年，在国际山地中心的支持下，我国在金沙江干旱河谷坡地上开展了植物篱种

植模式的研究和示范工作，并结合当地实际做了大量的改进和完善。此后，植物篱种植在我国的试验研究逐步扩大。目前，在长江上游干旱河谷区、三峡库区以及黄土高原水土流失严重地区形成了大面积应用示范区，有效改善了土壤理化性质，减少了土壤侵蚀量和水土流失量以及 N、P 流失量。有坡篱和无坡篱的坡地上种植不同作物的实验结果表明，坡篱能减少 28% ~ 35% 的径流量和 25% ~ 37% 的产沙量（冯明磊，2010），故控制面源污染的效果显著。在相同地点的实验结果表明，有坡篱的年间流失 N 量为 13.49kg/（hm^2·a），而无坡篱的流失 N 量为 25.24kg/（hm^2·a），坡篱种植使流失 N 量减少了一半。

坡耕地植物篱控制面源污染的主要原理是它能有效阻止侵蚀泥沙向下搬运，在植物篱带前形成泥沙堆积，对不同粒径土壤颗粒的流失均有控制效果，对粒径较大的颗粒的流失控制效果更明显。对不同坡耕地的研究结果表明，径流的 N 流失以可溶性态和泥沙结合态为主，分别占流失总量的 40% 左右。而三峡地区的研究认为，泥沙流失N 远远多于径流溶蚀携带的 N，一般超过 60% 的 N 是泥沙结合态的（黄云凤等，2004；黄丽等，1998），所以，控制泥沙即可减少 N 流失。

植物篱还具有改善土壤养分状况和吸附有毒物质的作用。培植植物篱 5 年后，0 ~ 40cm 土层土壤有机质和全氮含量分别较对照高 1.2 ~ 2.3 倍和 0.5 ~ 1.7 倍，有效磷和速效钾显著增加，表明植物篱可有效改善土壤养分状况。植物篱还可有效吸附径流中有毒氰化物、氯化物、苯等有机物。有研究表明，在坡耕地布设植物篱，施用除莠剂的地块上形成的径流通过植物过滤带时 85% 有机质被吸附，减少了有毒物质对土壤及下游河流的污染。

（三）缓冲带技术

缓冲带是指沿着河岸的草本植物带、灌木带或是对受污径流有过滤作用的乔木带以及在水体和人为用地之间形成的过滤区域。缓冲带是复杂的生态系统，可以为河流生物群落提供栖息地和避难所。缓冲带是保护水资源最有效的方法之一，具有巨大的经济生态和社会效益。

河边或农田边缘的缓冲带具有过滤径流、改善河流水质的作用。缓冲带植被的存在还有助于稳固河岸和减少侵蚀。此外，缓冲带能吸收地表和地下的 N、P 以及其他污染物质并将其转化成低害或无害形态，是污染物质进入河道的主要方法之一。研究结果显示，缓冲带对总氮的去除率在 41% ~ 95%，对硝氮的去除率最高达到 99%。大量的研究证实，硝化—反硝化作用以及植物的吸收是缓冲带去除 N 的最主要机制。Uusi-Kamppa 等（2000）对挪威、法国、瑞典和丹麦等的 11 个缓冲带的减 P 成效和机制进行了研究，结果发现，经缓冲带后，农业地表径流中的 P 可以减少 27% ~ 97%，且缓冲带的减 P 效应随着其带宽的增加而增加。P 在缓冲带的吸收可能有三种机制：与沉积物一起沉积下来；可溶性的 P 被沉积物吸附；被植物吸收。

需要指出的是，缓冲带对 N、P 等农业面源污染物的去除效果与当地气候、土壤等条件以及水体 N、P 负荷和植被类型，尤其是缓冲带宽度等密切相关。因此，缓冲带的设计应因地制宜，选择适合当地的植被种类，使之在当地条件下发挥最大的作用。

（四）农田生态沟渠 N、P 流失拦截技术

农田生态沟渠主要由工程和植物两个部分组成。生态沟渠的设计主要是充分利用现有的条件，对农田排水沟渠进行工程改造，使其具有减缓水速、促进颗粒物质沉淀、增强沟内植物对养分的立体式吸收和拦截的作用，从而达到消减或阻控农田 N、P 污染物迁移的目的。

生态沟渠内种植的湿地植物对农田径流中的 N、P 有很好的去除效果。杨林章等（2005）在太湖地区的研究表明，湿地植物系统对沟渠内 N、P 的去除率分别达 48.36% 和 40.53%。微生物降解污染物是生态沟渠中污染物去除的主要作用机制。例如，微生物通过硝化和反硝化作用去除 N。植物篱的根系能创造有利于硝化—反硝化作用进行的好氧—厌氧环境，促进硝化—反硝化细菌的生长繁殖，有研究表明，有植物生长微域的氨化和反硝化细菌的密度明显高于无植物覆盖区，植物根际生长的氨化细菌将有机氮转化为无机氮，反硝化细菌又将无机氮还原为一氧化二氮和氮气释放到大气中（王国祥等，1998）。

植物篱阻控污染物机制还表现为对浮游藻类的竞争抑制及对污染物的吸附净化等。因此植物篱生态沟渠是很好的过滤净化系统，可以吸收污染物，促进微生物生长，利用水体氨化、反硝化作用抑制藻类繁殖，从而达到降低污染物浓度、净化水体的作用。

由于生态沟渠中所能够种植的植物生物量是有限的，所以其去除 N、P 的总量有限，且随着进水口中污染物浓度的变化和污染负荷的增加，进入沟渠的 N、P 总量增加，生态沟渠对 N、P 的去除率可能会相应下降。此外，在秋、冬季节，植物地上部分死亡以后，大部分有机残体会留在沟渠中，并在温度适合的时候开始分解，营养物质将重新释放出来，这会加重水体的污染。因此，为了达到有效降低农田排水中 N、P 的目的，需要根据当地具体情况，依据生态学原理，对不同生长期的植物进行时空上的组合，因地制宜地进行科学设计与管理，才能达到最佳效果。

第四节　城郊农业区点源污染防控技术

一、城郊农业区点源污染防控的主要途径

目前我国城郊农业区点源污染主要有村镇生活污水、养殖业的畜禽粪便、农产品加工废水和固体废弃物、工业生产企业的"三废"排放等。

村镇生活污水包括厕所排出的粪便污水、厨余废水、洗涤和洗浴废水等。由于城郊村镇生活污水排放具有总体分散、局部集中、水质和水量的波动大和排放无规律的特点，对污水处理设施的抗冲击能力、稳定性和易操控性都有较高的要求，城市污水处理厂采用的比较成熟的技术工艺和运行模式均不适用于村镇分散型生活污水的处理。目前，村镇生活污水处理工艺在原理上可归为三类。第一类是利用土壤过滤、植物吸收和微生物分解的原理，称为生态处理系统，常用的有地下土壤渗滤净化系统、湿地处理系统等。第二类是通过给污水充氧，使好氧微生物大量繁殖，利用微生物分解污

水中的有机物，转化 N、P，称为生物处理系统。第二种方法适用范围广，可用于各种污水的处理，常用的有普通活性污泥法、氧化沟、接触氧化、曝气生物滤池（BAF）、膜生物反应器（MBR）和序批式活性污泥法（SBR 法）等。第三类是人、畜、家禽粪便污水以及作物秸秆等生物质经厌氧发酵后产沼或经无害化堆肥处理后作为有机肥料返田，这种方式对污水进行了资源化利用，主要用于处理有机物含量高的废水，常用的有污水沼气池、堆肥系统等。三类处理方式可以分开使用，也可以根据需要组合在一起使用，如生物处理 + 生态处理，可以提高污水处理的出水质量；生物处理 + 土地利用，可以提高污水的资源化利用率。

农产品加工废弃物主要指各种生物质废料，如制糖废弃物（蔗渣、甜菜渣）、米糠、果蔬皮渣、薯类废渣等，是生物质能源开发和资源化利用的良好原料。农产品加工废水中含有高浓度的有机物，如淀粉废水、水果加工废水、酿造废水等，这些废水中的有机物可生化性较高，是培养微生物的良好培养基。因此，城郊村镇的农产品加工废弃物和高浓度有机废水宜采用资源化技术进行利用，提高资源利用率，消除废物带来的环境污染，取得最佳的经济效益和生态效益。目前，资源化技术主要有生物质能源技术（包括沼气发酵、乙醇发酵、生物质气化发电、垃圾焚烧发电等）、制作肥料技术、转化饲料技术、新材料技术等。城郊农业区点源污染防控的主要途径如图 3-10 所示。

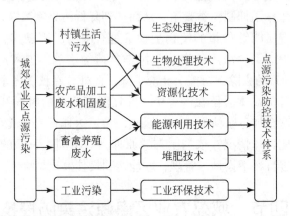

图 3-10　城郊农业区点源污染防控的主要途径示意图

二、城郊村镇生活污水处理技术

在条件允许的情况下，城市近郊村镇的生活污水，可以采用管网收集，接入城市污水管道，汇入城市污水处理厂集中处理。城市远郊的村镇或受自然地理条件限制的近郊农村居民区，生活污水不宜接入城市污水管道，需要因地制宜地选用合适的技术进行处理。建设集中污水处理厂大部分是针对城市的市政或建筑污水，普遍存在操作弹性小、污泥排量大、工艺复杂和管理要求严格等不足，不适用于农村生活污水的处理。根据调研，具有技术潜力或适合不同地域特点的城郊村镇生活污水处理技术主要有生活污水净化沼气池、厌氧折流板反应器、曝气生物滤池、生物接触氧化、膜生物反应器、人工湿地、自然条件下的生物处理等工艺技术，或者几种技术的组合。实际应用时，应根据当地的条件，进行适当的调整或若干创新。

（一）生活污水净化沼气池

生活污水净化沼气池是分散处理生活污水的构筑物，适用于近期无力修建污水处理厂的村镇以及城镇污水管网以外的单位、办公楼、居民点、旅馆、学校和公厕等。冬季地下水温能保持在5~9℃的地区或在地上建日光温室升温可达此温度的地区，均可使用该技术来处理生活污水和粪便。该技术由于具有投资分散、易于建造、可就近处理、不专门占用土地、效果好、易管理、运行不耗能和环保效益好等特点，已在不少地区（特别是南方地区）得到积极推广应用。

生活污水净化沼气池是典型的厌氧生物处理技术，一般包括前处理、沼气厌氧发酵及产物利用，通常在第一级厌氧部分不加填料，二、三级厌氧部分添加填料。沼气池的副产品（沼渣和沼液）是含有多种营养成分的优质有机肥，可用于农业生产，但不能直接排放，需要进一步处理，否则还会对环境造成严重的污染。因此，一般将沼气池作为污水预处理和资源化的单元，其后还需要其他污水处理单元，如接触氧化、人工湿地等。

（二）厌氧折流板反应器

厌氧折流板反应器（anaerobic baffled reactor，ABR）技术集上流式厌氧污泥床（UASB）和分阶段多相厌氧反应技术（SMPA）于一体，具有结构简单、投资少、运行稳定、抗冲击负荷能力强、处理效率高等一系列优点。ABR技术处理污水的原理是通过沿水流方向设置的竖向导流板，将反应器分隔成若干串联的反应室，每个反应室都可以看作一个相对独立的UASB。由于各隔室营养水平不同，反应器的微生物有明显的种群差异，使得每个反应室可以驯化培养出与该室内的环境条件相适应的微生物群落。这有利于充分发挥不同厌氧菌群的活性，不但提高了厌氧反应器的负荷和处理效率，而且使其稳定性和对不良因素的适应性大大增强，既可以用于处理高浓度的有机废水，又可以处理中低浓度的有机废水，还可以用于处理某些特别难降解的废水。

不同结构的ABR各具特点。一般情况下，ABR的格数越多，有机物与微生物接触的机会就越多，有机物的去除率相应就越高；水力停留时间越长，出水水质就越好。ABR主体部分结构简单，工艺设计主要包括ABR各隔室内的上升流速和下降流速及隔室数，每室的上升流速和下降流速之比一般为1:1~1:2。对于低浓度的有机废水，上升流速控制在0.5~3m/h，ABR四隔室的技术经济性能比最优；对于中高浓度的有机废水或难降解的废水，上升流速控制在0.1~0.5m/h，水力停留时间加倍（大于24h），且选大于五隔室的ABR。当出水水质要求较高时，还应与其他技术组合使用。日处理生活污水500t，以ABR为主体的组合工艺设计参数：上升流速3m/h，停留时间10h，容积200m³，主要工艺流程为生活污水→化粪池→沉淀池→调节池→ABR→稳定塘→出水。此工艺比较节能，适用于出水水质要求不高的村镇，出水可用于农林灌溉。出水水质主要指标满足国家《污水综合排放标准》（GB8978—1996）二级标准。

（三）曝气生物滤池

曝气生物滤池（biological aerated rilter，BAF）的工艺类型多种多样，各具特点。

根据进水方式不同，可分为上流式和下流式两种，早期的 BAF 多采用下流式，但由于下流式 BAF 存在截污效率不高、易堵塞、运行周期短等问题，现在多采用气、水同向的上流式 BAF；根据填料密度可分为悬浮填料 BAF 和淹没 BAF；根据使用功能则可分为去碳 BAF、硝化 BAF 和反硝化 BAF 等。

BAF 处理污水的原理：在滤池内装填高比表面积且表面较粗糙的颗粒填料，通过培养和驯化使颗粒填料挂上生物膜，充分发挥生物膜的降解絮凝能力及反应器内食物链的分级捕食作用来处理污水中的有机物，实现有机物的去除、硝化反硝化。与其他方法结合可以同时达到除 P 的目的。

BAF 运行一定时间后，由于物理过滤和生物过程会在滤池中产生固体物的积累，需要定期用反冲洗来清洗这些固体物。所以除正常曝气外，还需提供反冲气和反冲水，以释放截留的悬浮物以及更新生物膜。BAF 定期地利用处理后出水进行反冲洗，排除增殖的活性污泥和截留的悬浮物。多数 BAF 运行过程需要频繁的反冲洗，对运行维护和管理要求较高，制约了其在农村的推广应用。中国科学院生态环境研究中心在传统 BAF 技术的基础上进行了创新性研究，在保留节省二沉池以及集澄清、生物氧化、生物吸附与截留固体悬浮物于一体等优点的同时，开发出长时间不需反冲洗的适合处理农村分散型生活污水的曝气生物滤池系统（赵志刚等，2009）。主要设计参数：滤床空塔滤速 0.10 ~ 0.24m/h；滤床空塔气速 0.5 ~ 0.9m/h；滤床系统的水头损失 0.3 ~ 0.6m；曝气压力损失 10 ~ 20kPa；滤料粒径为 10 ~ 12mm；滤床填料高度 1 ~ 1.2m；反冲洗周期 90 ~ 180d。

滤料是曝气生物滤池的关键部分，同时也影响到曝气生物滤池的结构形式和成本。火山岩陶粒滤料较黏土陶粒滤料效果好，在相同工艺条件及填充量下，其处理效果是黏土陶粒的 1.5 倍，使用寿命是黏土陶粒的 3 倍。以 BAF 为主体的生活污水处理组合工艺流程为：生活污水→化粪池→沉淀池→曝气调节池→曝气滤池→人工湿地→出水。该工艺适用于出水水质要求较高的村镇生活污水处理，如靠近水源保护地的村镇。曝气生物滤池均采取下进水，用于低浓度有机废水处理，出水可以达到国家《污水综合排放标准》中的一级 A 标准。

（四）生物接触氧化

开发于 20 世纪 70 年代的生物接触氧化技术具有多种净化功能，现已广泛用于生活污水和食品加工等废水的多种处理过程。该技术是在曝气池内放置填料，已经曝气的污水以一定的流速流经填料时，在微生物的新陈代谢作用下污水得到净化。该技术具有运转管理较方便、处理时间短、节约能量、污泥产量低且易于沉淀、耐冲击负荷、出水水质好且稳定等特点。

生物接触氧化系统主要由池体、填料床、曝气装置、二沉池和进出装置组成，其中填料床是关键。填料的选择应从技术和经济两方面考虑，目前常用的填料有软性与半软性、立体与弹性等。曝气装置多采用穿孔管，当出水水质要求较高时可串联运行。以生物接触氧化工艺为主体的村镇生活污水处理的组合工艺流程图如图 3-11 所示。

该工艺主要出水水质指标满足国家《污水综合排放标准》一级标准和城市污水再生利用城市杂用水水质（GB/T 18920—2002）。

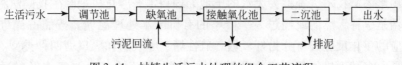

图 3-11 村镇生活污水处理的组合工艺流程

(五) 膜生物反应器

膜生物反应器（membrane bio-reactor，MBR）是 20 世纪末发展起来的新型废水资源再生利用技术，是膜分离技术和生物技术的有机结合。膜组件是 MBR 的核心部件，由于膜孔径为 $0.1\sim0.4\mu m$，可以有效过滤水中的有机物、微生物、颗粒杂质、悬浮物等。高效的固液分离将废水中的悬浮物质、胶体物质、生物单元流失的微生物菌群与已净化的水分开，微生物菌群始终保持在膜生物反应器内，高的微生物浓度又提高了容积负荷和处理效率。由于反应器在高容积、低污泥负荷和长泥龄条件下运行，可实现剩余污泥的微量排放，同时 MBR 还可以实现系统的自动化处理。

系统一般由预处理、前处理、MBR、后处理和控制装置等单元组成，其中预处理、前处理和后处理应根据污水来源和出水用途进行取舍。MBR 由生物处理池、膜组件、供气系统、控制系统等组成。膜的出水可用抽吸泵，也可利用水位压差作为动力代替抽吸泵。为维持膜面良好的水力冲刷作用，反应器升降流通道的设计要合理，曝气量要适当。由于 MBR 出水水质标准高，对于需要再生回用或位于水环境敏感区域的农村污水处理非常适合。

(六) 人工湿地

人工湿地是一种通过人工设计、改造而成的半生态型污水处理系统。人工湿地具有投资运行费用低、能耗小、处理效果好、维护管理方便等优点。此外，人工湿地对改善环境和提高环境质量有明显的作用。例如，它可以增加植被覆盖率，保持生物多样性，减少水土流失等。

人工湿地对污水净化的功能主要依靠土壤基质、水生植物和微生物三个部分完成。应用经验表明，人工湿地对污水中的有机物和 N、P 均具有较好的去除率。在处理污染物浓度不高的生活污水时，COD 去除率可达 80% 以上，N 的去除率可达 60%，P 的去除率可达 90% 以上，出水水质基本能达到《污水综合排放标准》（GB8978—1996）的一级标准。

综合国内外的研究实践经验，人工湿地的投资和运行费一般仅为传统的二级污水处理厂的 $1/10\sim1/2$，具有广泛的推广应用价值，尤其适用于经济发展相对落后的城郊农村地区。具体的投资费用与地理位置、地质情况以及所采用的湿地基质有关，一般人工湿地建设投资费用为 $150\sim300$ 元/m^2。

(七) 自然条件下的生物处理技术

自然条件下的生物处理技术有水体净化法和土壤净化法两类。前者主要有氧化塘和养殖塘技术，统称为生物稳定塘技术，净化机理与活性污泥法相似；后者主要有土壤渗滤和污水灌溉技术，统称为废水的土地处理技术，净化机理与生物膜法相似。

稳定塘是一种天然的或经过人工修整的有机废水处理池塘。按照占优势的微生物种属和相应的生化反应，可分为好氧塘、兼性塘、曝气塘和厌氧塘四种类型。

土壤是由多种无机物、有机物和微生物组成的复杂系统，当废水经过适当的预处理灌溉于农田时，通过土壤的团粒结构的沉淀吸附、离子交换、化学氧化还原作用，土壤微生物的生化作用以及植物根系对 N、P 等营养成分的吸收作用，能有效地去除废水中的多种污染物。

自然条件下的生物处理常与其他污水处理工艺相结合。例如，用于污水二级处理或一级处理后的深度处理，出水水质可达到更高水平。自然条件下的生物处理法不但费用低廉、运行管理简便，而且是实现废水资源化、促进污水农业利用的重要途径。我国是个农业大国，农业用水占有相当大的比例。在水资源日趋紧张的情况下，推广废水的土地处理技术无疑是一种行之有效的水处理方法。

三、农产品加工废弃物和高浓度废水的资源化利用技术

农产品加工废弃物是农业废弃物中的一大类。据估算，我国每年产生的农产品加工固体废弃物上亿吨，废水数十亿吨。但目前农产品加工排放的高浓度有机废水的资源化利用率很低，排放比较集中，容易造成严重污染；如果处理达标排放，能源消耗又非常大。为了达到节能减排的目标，对农产品加工高浓度有机废水的资源化利用技术的开发和推广应用更加迫切。

城郊农业区的农产品加工废弃物产生量大，种类繁多，成分复杂，如果进行分类收集和资源化利用，有助于解决我国能源匮乏、饲料和肥料原料短缺以及村镇环境不整洁等一系列问题（席北斗等，2008）。图 3-12 对农产品加工废弃物的资源化利用技术体系进行了概括。

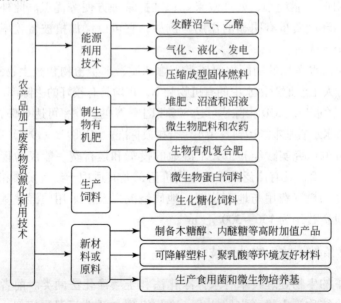

图 3-12　农产品加工废弃物的资源化利用技术体系

（一）微生物肥料

目前，我国是世界上最大的甘薯生产国，在全国的农作物主产中，甘薯仅次于水稻、小麦和玉米，居第四位，而马铃薯种植面积和总产量仅次于甘薯，居第五位。薯类的深加工可生产出数百种有价值的产品，增值 10～30 倍。但是，按照目前的加工工艺，每生产 1t 薯类淀粉会产生 10t 左右高浓度有机废水，这些废水的 COD 值高达 20g/L 左右，主要含有溶解性淀粉、蛋白质、果胶、有机酸及少量的油脂，易腐败发酵，使水发黑发臭。采用一般污水处理工艺将含有如此高浓度污染物的废水处理达标排放，能源消耗惊人（白志辉等，2010）。

微生物肥料是指一类含有特定微生物活体的制品，通过微生物的生命活动，可增加植物养分的供应量或促进植物生长，提高产量，改善农产品品质及农业生态环境。微生物肥料中的许多有效微生物菌株对培养基的要求不高，能够利用多种底物快速生长和繁殖，由于薯类淀粉废水中的有机质（包括蛋白质、果胶、糖类等）是微生物生长的良好营养底物，因此，利用高有机物含量的薯类淀粉废水培养微生物肥料菌株是可行的，用其生产微生物肥料可以大幅度节约原料成本。而微生物肥料的应用可以大幅度减少化肥的使用，减少农业面源污染，而且还间接地减少了化肥生产过程中污染物的排放和能源的消耗。

1. 利用薯类淀粉废水生产木霉菌微生物肥料

木霉菌（*Trichoderma* sp.）在分类地位上为半知菌类丛梗孢目真菌，在自然界中分布广泛，木霉菌对多种重要植物病原真菌有拮抗作用，是非常有效的生物防治因子。近年来又发现木霉菌对多种植物的生长有促进作用，因此国内外都开发出一些以木霉菌为主的微生物肥料。木霉菌微生物肥料在促进作物生长的同时，还可以减少作物的病害。

薯类淀粉废水中含有大量蛋白质、果胶、糖类等有机物，可以为木霉菌生长提供多种营养。因此，用薯类淀粉废水来生产木霉菌，不仅生产成本低，而且可以有效处理高浓度废水。采用发酵薯类淀粉废水生产的含绿色木霉（*Trichoderma viride*）EBL09 菌株的微生物肥料对蔬菜的生长具有明显促进作用，并且可以大幅度降低土传病害的发病率，减少蔬菜中 NO_3^- 和 NO_2^- 的积累。

2. 利用甘薯淀粉废水生产类球红细菌微生物肥料

类球红细菌（*Rhodobacter sphaeroides*）属于细菌域中紫色细菌群的 α 亚群，具有广泛的代谢方式，可以在多种生长条件下生长。它具有广泛的能量代谢机制，包括光合作用、无机营养、好氧和厌氧呼吸等。它还可以固定氮分子，合成重要生物活性物质四吡咯（tetrapyrroles）、叶绿素（chlorophylls）、血红素（heme）、维生素 B_{12} 等。

中国发明专利（申请号：201010173301.6）报道了利用甘薯细胞液生产类球红细菌微生物肥料的方法。该工艺生产的类球红细菌培养物具有生产成本低、环境友好的特点，产品能明显改善土壤环境质量，提高作物产量和品质，同时为高效处理甘薯淀粉生产过程中产生的大量高浓度细胞液提供有效的资源化处理方法，减少污染物排放。

（二）微生物农药

微生物农药是利用微生物及其基因产生或表达的各种生物活性成分，制备出用于防治植物病虫害、环卫昆虫、杂草、鼠害以及调节植物生长的制剂的总称。微生物农药的优点是：对病虫害的防治效果持久，对人畜安全无毒，不污染环境；害虫和病原菌难以产生抗药性；对害虫特异性强，不杀伤害虫的天敌和有益生物，有利于保持生态平衡。利用高浓度有机废水生产微生物农药不仅可以降低生产成本，而且可以减少污染物的排放。

1. 利用味精废水和马铃薯废水生产多粘类芽孢杆菌生防剂

多粘类芽孢杆菌（*Paenibacillus polymyxa*）在自然界中分布广泛，是一种重要的生防菌，对多种植物真菌、细菌病害均有较好的防治作用。中国专利（授权公告号：CN 1325635C）中公开了 *Paenibacillus polymyxa* Jaas cd 可以在较低的浓度下进入植物体内，并能在植物体内定植、繁殖和传导；同时具有促进植物生长、提高植物产量和防病抗病能力的作用，特别是对土传维管束病害具有良好的防治效果。

谷立坤等（2010）研究了以土豆淀粉废水为主要碳源，味精淀粉废水为主要氮源的液体培养多粘类芽孢杆菌 EBL06 的培养条件。发现味精废水与土豆废水比例为1：9时，在培养基 pH 6.0～7.5，28℃条件下，好氧培养 15h，可以获得每毫升不少于 65 亿个活细胞的培养液。

2. 利用味精废水生产苏云金芽孢杆菌

我国每年味精废水的排放量上亿吨。每生产 1t 味精约排出 20t 高浓度有机废水，是味精厂的主要污染物。苏云金芽孢杆菌（*Bacillus thuringiensis*，Bt）是一种革兰氏阳性芽孢杆菌，产生伴孢晶体蛋白，这种晶体蛋白对昆虫的毒性较强。Bt 杀虫剂是目前生产量最大、应用最为广泛的一类微生物杀虫剂。杨建州等（1999）研究了利用味精生产厂的高浓度有机废水培养 Bt 的工艺条件。味精生产工艺中，不同工段排放的废水性质有较大差别，而各种废母液的有机物含量都非常高，资源化利用不仅能够大幅度减少污染物排放，而且能够得到高毒力、对环境无污染的生物农药，为高浓度废水资源化提供了又一个有潜力的方法。

（三）酒精废液发酵技术

在农业废弃物中，农产品加工过程中产生的废水和废渣的有机质含量高，相对比较集中，容易实现集中处理，是沼气发酵的优良原料。目前在世界范围内，以厌氧发酵为核心的沼气技术正在不断得到提升。中国农业大学从 2000 年开始，在引进 UASB-TLP 技术的基础上，针对糖蜜酒精和木薯酒精废液的特点，对菌群进行了筛选与优化，对颗粒污泥最佳培养条件进行了选择和控制，并改进了厌氧罐体的内部结构，获得了初步成功。在中试（800m³ 厌氧罐）规模下，COD 负荷达到 25kg/（m³·d），这项成果使高浓度有机废液的处理效率大幅度提高。能在 24h 内将 COD 大幅降解，产生了数量非常可观的沼气，从而为沼气的产业化利用创造了前提条件。

完善后的 UASB-TLP 技术的进步主要表现在：改良了厌氧菌群，较大幅度地提高了厌氧发酵的效率；优化了厌氧颗粒污泥培养技术，解决了大量、快速培养厌氧颗粒污泥的技术问题，大大缩短了启动时间；改善了厌氧反应器的内部结构，包括布水及气、水、泥三相分离器的配置，使厌氧菌颗粒污泥的保持率显著提高，有利于增大厌氧菌颗粒污泥与有机物的接触表面面积；酸化与厌氧发酵过程的最佳工艺控制大大提高了厌氧发酵的效率。

（四）微生物菌体蛋白饲料

微生物菌体蛋白主要是指酵母、细菌、真菌等微生物蛋白资源。利用以食品为主的农产品加工废弃物生产微生物菌体蛋白饲料是最具应用前景的资源化利用方式之一。生产微生物菌体蛋白的微生物主要有酿酒酵母、产朊假丝酵母、热带假丝酵母、乳清酵母、木霉、根霉等。酵母细胞的蛋白质构成比较理想，较细菌更容易从培养介质中回收；霉菌的胞外酶系丰富，利用底物的能力强，因此，酵母菌和霉菌是生产微生物菌体蛋白时常用的微生物。

甘薯、马铃薯等薯类加工废水和废渣的淀粉含量较高，通过微生物发酵可使其中一部分淀粉转化为微生物菌体蛋白，在很大程度上可缓解饲料蛋白来源不足的问题。产朊假丝酵母、酿酒酵母等酵母菌不能直接利用淀粉，需要具有较强淀粉酶类活力的黑曲霉、根霉等与之混合培养，这些菌种可将淀粉水解成葡萄糖和麦芽糖等，微生物菌体蛋白生产酵母以此为底物生长、增殖。Zhang 等（2008）报道了利用葡萄酒厂高浓度废水（COD 浓度为 13 ~ 23g/L）生产丝状真菌生物质蛋白的实验研究，采用丝状真菌 *Trichoderma viride* WEBL0702、黑曲霉（*Aspergillus niger*）WEBL0901 和米曲霉（*Aspergillus oryzae*）WEBL0401 菌株，在 30℃摇床振荡培养 24 ~ 48h，每升废水可以获得 5 ~ 6g（干重）菌体，菌体的粗蛋白含量在 35% 左右，废水的 COD 去除率接近 90%。

参 考 文 献

白志辉，倪锦俊，徐圣君等. 2009. 利用甘薯淀粉废水生产木霉微生物肥料. 中国发明专利，申请号：200910236321.0

白志辉，韩庆莉，徐圣君等. 2010. 利用甘薯淀粉废水生产苏云金芽孢杆菌杀虫剂. 中国发明专利，申请号：201010211570.7

曹利平. 2004. 农业非点源浸染控制管理的经济政策体系研究. 北京：首都师范大学硕士学位论文

陈义群，董元华. 2008. 土壤改良剂的研究与应用进展. 生态环境，17（3）：1282 ~ 1289

段亮，段增强，夏四清. 2007. 农田氮、磷向水体迁移原因及对策. 中国土壤与肥料，（4）：6 ~ 11

冯明磊. 2010. 三峡地区小流域氮循环及其对水体氮含量的影响. 武汉：华中农业大学博士学位论文图书馆

谷立坤，白志辉，于影等. 2010. 非培养方法解析北京地区甘薯叶际细菌的群落结构. 生态学报，（7）：1789 ~ 1796

黄丽，丁树文，董舟等. 1998. 三峡库区紫色土养分流失的试验研究. 水土保持学报，4（1）：8 ~ 13，21

黄云凤，张珞平，洪华生等．2004．不同土地利用对流域土壤侵蚀和氮、磷流失的影响．农业环境科学学报，23（4）：735～739

李宝珍，王正银，李会合等．2004．叶类蔬菜硝酸盐与矿质元素含量及其相关性研究．中国生态农业学报，12（4）：113～116

李方敏，廖宗文，艾天成．2004．平衡施肥理论与肥料高效利用．磷肥与复肥，19（5）：66～67，70

李虎，王立刚，邱建军．2007．农田土壤 N2O 排放和减排措施的研究进展．中国土壤与肥料，（5）：1～5

李秀芬，朱金兆，顾晓君等．2010．农业面源污染现状与防治进展．中国人口—资源与环境，20（4）：81～84

逯非，王效科，韩冰等．2008．中国农田施用化学氮肥的固碳潜力及其有效性评价．应用生态学报，19（10）：2239～2250

吕家珑，Fortune S，Brookes PC．2003．土壤磷淋溶状况及其 Olsen 磷"突变点"研究．农业环境科学学报，22（2）：142～146

彭畅，朱平，牛红红等．2010．农田氮磷流失与农业非点源污染及其防治．土壤通报，41（2）：508～512

邵建华，马晓鑫．2000．氨基酸微肥生产和应用研究进展．广东微量元素科学，9（7）：1～6

沈根祥，钱晓雍，梁丹涛等．2007．基于氮磷养分管理的畜禽场粪便匹配农田面积．农业工程学报，22：268～271

王国祥，濮培民，黄宜凯等．1999．太湖反硝化、硝化、亚硝化及氨化细菌分布及其作用．应用与环境生物学报，5（2）：190～194

席北斗，魏自民，夏训峰．2008．农村生态环境保护与综合治理．北京：新时代出版社：140～144

杨红薇，张键强，唐家良．2008．紫色土坡地不同种植模式下水土和养分流失动态特征．中国生态农业学报，16（3）：615～619

杨建州，林健，张洪勋等．1999．味精工业高浓度有机废水培养苏云金芽孢杆菌的研究．应用与环境生物学报，5（增刊）：197～199

杨林章，王德建，夏立忠．2004．太湖地区农业面源污染特征及控制途径．中国水利，20：29～30

袁东海，王兆骞，陈欣等．2002．不同农作方式红壤坡耕地土壤氮素流失特征．应用生态学，13（7）：863～866

袁东海，王兆骞，陈欣等．2003．不同农作方式下红壤坡耕地土壤磷素流失特征．应用生态学，17（10）：1661～1664

袁伟．2009．蔬菜对不同施肥模式的响应及其生态化学计量学特征研究．南京：中国科学院南京土壤研究所博士学位论文

张大弟，张晓红，章家骐等．1997．上海市郊非点源污染综合调查评价．上海农业学报，13（1）：31～35

赵志刚，蔡亮，杨建州等．2009．曝气生物滤池处理农村污水的中试研究．环境工程学报，（12）：2181～2184

张维理．1995．我国北方农用氮肥造成地下水硝酸盐污染的调查．植物营养与肥料学报，1（2）：80～87

张维理，武淑霞，冀宏杰等．2004．中国农业面源污染形势估计及控制对策（Ⅰ）：21 世纪初期中国农业面源污染的形势估计．中国农业科学，37（7）：1008～1017

中华人民共和国环境保护部，中华人民共和国国家统计局，中华人民共和国农业部．2010．第一次全国污染源普查公报

Cerda A. 1997. Soil erosion after land abandonment in a semiarid environment of southern Spain. Arid Soil Research and Rehabilitation, 11: 163~176

Guo F Q, Wang R C, Chen M S, et al. 2001. The Arabidopsis dual-affinity nitrate transporter gene AtNRT1.1 (CHL1) is activated and functions in nascent organ development during vegetative and reproductive growth. Plant Cell, 13: 1761~1777

Han J G, Li Z B, Li P, et al. 2010. Nitrogen and phosphorous concentrations in runoff from a purple soil in an agricultural watershed. Agricultural Water Management, 97: 757~762

Uusi-Kamppa J, Braskerud B, Jansson H et al. 2000. Buffer zones and constructed wetlands as filters for agricultural phosphorus. J Environ Qual, 29 (1): 151~158

Wolfem L. 2000. Hydrology// Ritterw F, Shirmo Hammadi A. Agricultural Nonpoint Source Pollution. London: Lewis Publishers: 1~28

Zhang Z Y, Jin B, Bai Z H, et al. 2008. Production of fungal biomass protein using microfungi from winery wastewater treatment. Bioresource Technology, 99 (9): 3871~3876

第四章 城郊农业土壤环境质量保育技术

在长期高强度利用和化肥农药高强度投入的农业生产方式影响下，城郊农业土壤呈现一系列严重问题，如土壤有机质和养分大量积累、土壤酸化盐渍化加剧、重金属和有机物污染加剧等，极大地破坏了城郊区土壤生态系统的平衡，对农产品质量安全和城郊农业的可持续发展也造成了严重影响。因此，加强对城郊区农业土壤修复和防控技术的研究，对修复和提升城郊农业的环境保育功能具有重要的现实意义。

第一节 典型城郊区土壤质量状况

一、有机质和养分积累

国内有关城郊土壤有机质和养分累积方面的文献报道并不太多，且不系统。苏立新等（2005）的调研结果表明，北京海淀区农田土壤有机质含量达 17.1g/kg，有效磷（以 P_2O_5 计）和速效钾（以 K_2O 计）含量分别达到 78.9mg/kg 和 144.5mg/kg，远高于全市平均水平；与 1980 年第二次土壤普查结果相比，海淀区农田土壤有机质含量和全氮含量基本持平，有效磷含量显著增加。施振香等（2009）对上海城郊不同农业用地类型土壤的理化特性进行分析发现，与第二次土壤普查对应的土类相比，土壤有机质含量（15.74 ~ 20.57g/kg）累积明显，其中大棚蔬菜用地的土壤有机质含量显著高于其他农业用地类型。张余良等（2006）的研究表明，与 1981 年比较，土壤有机质、全氮、速效磷和速效钾分别增加了 26.4%、8.0%、404.3% 和 28.4%。

本项目在研究过程中，结合区域调研，选择近郊区和城郊偏远地区的土壤样本（即近郊农区和一般农区）进行分析，发现近郊农区土壤的有效磷含量较一般农区高 25% 以上，有机质和硝态氮含量较一般农区高 10% 以上，全氮和碱解氮较一般农区高 5% 以上（表 4-1），土壤有机质与养分积累明显。

表 4-1 典型城郊区土壤主要性质

调查区域		样本/个	pH	有机质/ (g/kg)	N			P	
					全氮/ (g/kg)	碱解氮/ (mg/kg)	硝态氮/ (mg/kg)	全磷/ (g/kg)	有效磷/ (mg/kg)
北京	近郊农区	48	7.68	23.4	1.64	125.4	33.64	—	35.5
	一般农区	62	7.92	20.3	1.42	102.8	24.85	—	29.9
南京	近郊农区	55	7.48	26.2	—	103.5	—	—	18.6
	一般农区	98	7.79	24.4	—	98.5	—	—	14.2

调查区域		样本/个	pH	有机质/ （g/kg）	N			P	
					全氮/ （g/kg）	碱解氮/ （mg/kg）	硝态氮/ （mg/kg）	全磷/ （g/kg）	有效磷/ （mg/kg）
武汉	近郊农区	74	5.25	28.2	1.68	120.2	10.65	0.50	20.0
	一般农区	122	6.02	25.4	1.59	110.4	5.56	0.44	14.5
重庆	近郊农区	22	5.15	24.2	1.74	115.6	—		15.8
	一般农区	45	5.32	21.4	1.25	102.5	—		13.8
长沙	近郊农区	160	4.98	33.3	1.88	132.6	12.48	0.62	25.5
	一般农区	764	5.66	28.6	1.71	117.6	4.65	0.56	15.6

注："—"表示未测定

二、土壤酸化

（一）土壤酸化现状

目前，我国南方红黄壤地区已成为世界第三大酸雨区（赵其国，2002；王敬华等，1994），土壤酸化趋势加剧。我国的酸性土壤主要分布在长江以南的广大热带、亚热带地区和云贵川等地，面积约 2.04 亿 hm^2，主要集中在湖南、江西、福建、浙江、广东、广西、海南。这些地区大部分属于亚热带季风气候区，受不同经纬度的水热条件及生物因素的影响，分布的土壤有黄棕壤、黄壤、红壤、赤红壤及砖红壤，大部分土壤的 pH 小于 5.5，其中很大一部分小于 5.0，甚至是 4.5，而且面积还在扩大，土壤酸度还在升高。与第二次土壤普查结果（pH 大多为 6.0~6.5）相比，1998 年监测的土壤 pH 下降了 0.2~0.5 个单位（曾希柏，2000）。由于城郊区所处的特殊地理位置和农业生产特点，土壤酸化尤为明显（表4-1）。

（二）土壤酸化原因

土壤酸化原因包括两类。一是土壤形成过程本身，由其所处的特定成土条件而形成酸性土壤，即自然因素。自然土壤酸化过程包括植物和微生物对盐基离子的摄取、水溶性碳酸盐、有机酸阴离子、硝酸根的自然淋溶、腐殖质的形成等。二是酸沉降和不合理的农业措施所导致的土壤酸化，即人为因素。人为酸化过程的主要因素有不合理施肥、酸沉降、植物体的收割、不合理的种植制度和土地利用方式的转变等。

1. 不合理施肥

Gregan 和 Scott（1998）对南澳大利亚 Tarlee 地区的长期试验研究结果表明，在施用 N 80kg/hm^2（铵态氮肥）情况下，土壤有酸化趋势；张桃林等（1998）研究表明，施用氮肥就会导致土壤酸化，尿素进行水解作用之后，土壤 pH 显著升高（pH 由 6 升至 7 左右），硝化作用一旦出现，pH 就开始下降，30d 能下降至 5 以下；董炳友等

（2002）研究表明，在白浆土上长期施用化学肥料和秸秆还田均能加速土壤酸化；江吉东等（2007）发现，连续 3 年有机无机肥配合施用，土壤 pH 会随着无机肥施用比例的增加而显著降低；张喜林等（2008）对黑土研究表明，连续施用 N 150～300kg/（hm² · a），27 年后耕层土壤 pH 下降了 1.52 个单位；施振香等（2009）对上海城郊不同农业用地类型土壤的理化特征进行分析，发现与上海第二次土壤普查相对应的土类 pH（7.3～7.9）相比，保护蔬菜、露天蔬菜和桃园土壤 pH 降低，呈弱酸性，这主要是由于大量使用氮肥而引起的土壤酸化。

2. 成土母质对土壤酸化的影响

母质类型对土壤酸化有一定的影响，特别是红壤的酸化在很大程度上受土壤性质的影响。始于 1982 年的同一生态条件下的花岗岩母质土壤、第四纪红土土壤、紫色砂页岩土壤生土熟化的长期定位试验研究结果（表 4-2）表明，在施肥和管理等措施完全相同的情况下，花岗岩母质土壤 pH 从初始的 6.84 降至 2007 年的 5.53～4.15，下降 22.2%～39.3%；第四纪红土土壤 pH 从初始的 5.65 降至 2007 年的 5.17～4.31，下降 8.5%～27.3%；紫色砂页岩土壤 pH 从初始的 8.86 降至 2007 年的 8.83～8.47，下降 0.4%～4.4%。不同成土母质的下降幅度差异显著，施化肥处理的下降幅度更大。

表 4-2　25 年不同施肥措施下三种母质土壤的 pH 变化

处理	花岗岩母质土壤				第四纪红土土壤				紫色砂页岩土壤			
	pH	pH 年变化	P-值	R^2	pH	pH 年变化	P-值	R^2	pH	pH 年变化	P-值	R^2
CK-T	6.84	−0.087	0.139	0.64	5.65	−0.060	0.033	0.47	8.86	−0.014	0.768	0.47
CK-R	6.84	−0.082	0.118	0.71	5.65	−0.053	0.034	0.49	8.86	−0.008	0.932	0.18
NPK-T	6.84	−0.121	0.161	0.95	5.65	−0.091	0.032	0.64	8.86	−0.014	0.097	0.67
NPK-R	6.84	−0.126	<0.001	0.96	5.65	−0.098	0.016	0.68	8.86	−0.020	0.076	0.51
M-T	6.84	−0.052	0.378	0.51	5.65	−0.060	0.025	0.40	8.86	−0.015	0.294	0.73
M-R	6.84	−0.086	0.039	0.76	5.65	−0.063	0.035	0.43	8.86	−0.011	0.481	0.38

注：CK-T，不施肥；CK-R，不施肥秸秆还田；NPK-T，施氮、磷、钾肥；NPK-R，施氮、磷、钾肥秸秆还田；M-T，施有机物稻草；M-R，施有机物稻草秸秆还田；pH，试验前 pH 初始值；R 值，土壤 pH 显著水平；R^2，线性回归系数

3. 酸沉降对土壤酸化的影响

酸雨的化学组成主要是 S 和 N 的氧化物。大气酸沉降加速了土壤酸化。大气中的氮化合物（NH_3、NO_x）通过干湿沉降以 NH_4^+、NO_3^- 形式进入土壤。过量的 NO_3^- 进入土壤可能导致 K^+、Na^+、Ca^{2+}、Mg^{2+} 的淋失（Zhang et al.，2000）。与 N 循环不同，硫循环是通过 SO_4^{2-} 的淋失且伴随阳离子的淋失导致土壤酸化，使土壤中的盐基离子被淋洗，pH 相应降低。

三、土壤盐渍化

（一）土壤盐渍化现状

我国各种类型的盐渍土总面积为 0.991 33 亿 hm^2（关继义等，1992）。主要分布在东北、华北、西北内陆地区及长江以北沿海地带，浙江、上海、福建、广东等省市沿海、台湾、南海和崇明诸岛的沿岸也有零星分布（龚洪柱，1998）。其中，潜在盐渍土总面积为 1734 万 hm^2，次生盐渍土约占盐渍土总面积的 1/6，每年因土壤盐渍化造成的直接经济损失高达 25 亿元。

城郊区农业盐渍化土壤主要分布在设施栽培地等保护地和地下水位较高的露天菜地。有关设施栽培地等保护地土壤盐渍化的研究较多。我国于 20 世纪 80 年代末开始关注设施栽培地的次生盐渍化问题，先后在上海、南京、山东、天津、甘肃、辽宁等地展开了相关调查研究。结果表明，一般情况下大棚栽培 3～5 年即开始出现土壤次生盐渍化问题，严重时不得不改为无土栽培。21 世纪以来，有关学者对土壤盐渍化展开了大量调查研究。杨业凤等（2009）研究表明，上海市浦东新区设施菜地耕层土壤已有 60% 轻度盐化，26% 中度盐化。范庆锋等（2009）也发现，辽宁省沈阳市于洪地区保护地土壤的盐分含量和电导率均明显高于露地土壤，露地土壤平均盐分含量为 0.29g/kg，露地改为保护地后 10 年左右，土壤的平均含盐量上升至 1.56g/kg，相应的 EC 值达到 0.53mS/cm，已超过作物的生育障碍临界点（EC = 0.50mS/cm）。随着保护地的不断发展和地下水位的不断抬高，我国土壤的次生盐渍化也呈现日益严重的趋势。

（二）土壤盐渍化形成原因

1. 长期过量施肥

长期过量施肥是城郊区土壤次生盐渍化的主要原因。城郊农业区的茬次多、复种指数大，设施蔬菜生产中存在着长期过量施肥现象，有大量的肥料将不被吸收而残留在土壤中，致使土壤溶液浓度过高、次生盐渍化盐类聚集。尤其是长期过量偏施化肥，化肥中的 PO_4^{3-}、SO_4^{2-} 和 Cl^- 等强酸性阴离子部分被作物吸收，大部分残留在土壤中，在短期内使得土壤养分、盐分组成发生较大改变，引起土壤养分的不均衡富集和次生盐渍化。山东省设施栽培有机肥（禽粪或人粪尿）施用量一般为 90～120m^3/hm^2，最高用量超过 150m^3/hm^2；化肥投入一般在 7500kg/hm^2 左右，最高者可达 15 000kg/hm^2，远远超过蔬菜的吸收量，使之在棚内土壤中过量残留，土壤溶液浓度偏高，表土积盐不断增加（冯永军等，2001）。Li 等（2001）的研究认为，设施菜地由于复种指数高且肥料投入量大，一些未被作物吸收利用的养分及肥料的副成分成为土壤盐基离子的主要来源。刘淑英等（1998）对兰州市安宁地区保护地蔬菜施肥状况的调查也表明：菜地氮肥投入量是需求量的 5～10 倍，磷肥输入量是需求量的 4～15 倍。

2. 不合理灌溉

设施栽培的不合理灌溉也是土壤次生盐渍化的主要原因，主要表现为灌溉水污染、灌溉频繁以及灌溉方式不合理等。李恋卿等（2000）在石灰性褐色土上连续进行了9年的污水灌溉试验，结果发现，土壤孔隙度降低，容重增加，表层土壤全盐量达到1g/kg以上，发生了次生盐渍化。灌水频繁，造成土壤湿度加大，通透性变差，致使土壤团粒结构遭到破坏，盐分不能渗透至土壤深层，还会引起地下水位的抬高，增加地下水通过土壤毛细管向上运行的速度和地下水蒸发量，从而促进了下层土壤盐分向表土的积累（杨劲松等，2007）。灌溉方式影响土壤含盐量。张玉龙等（2003）研究表明，灌水方法不同，0~20cm土层土壤全盐含量差异明显：滴灌、渗灌和沟灌三种灌水方法下的土壤全盐含量分别为0.820g/kg、1.934g/kg和2.545g/kg，即沟灌土壤含盐量明显高于渗灌，渗灌又明显高于滴灌。目前，除了少数蔬菜示范园采用先进的滴灌方式外，多数菜农在保护地上蔬菜生产进行时仍采用沟灌、畦灌等传统灌溉方式，这些灌溉方式水分利用率低，容易造成水资源的浪费，同时还会带来一些负面效应。程美廷（1990）在永年县科委试验温室的定点观察表明，除灌水后1d左右的时间外，其余时间土壤水分在耕层内均是向着地表的方向运动，在垂直方向上，越接近地表，土壤的含水量越高，按照"盐随水来"的规律，盐分必然向表土积聚。盐分在土壤中垂直分布的这种不均匀性也是形成盐害的重要原因之一。

3. 设施栽培自身结构特点

设施栽培条件下，由于作物生长环境密闭，棚室内部温度和湿度明显高于露地。据石学根等（2005）观察，大棚最高温度较露地最高温度高3~10℃，最低温度较露地最低温度高1~5℃。据马光恕和廉华（2002）报道，在0~20cm的土层中，棚内土壤温度均高于棚外，地表平均温度较棚外高6~8℃。另据程冬玲和林性粹（2001）测定，大棚内空气相对湿度一般保持在60%~100%，尤其是在冬季不通风的条件下，由于地面蒸发和蔬菜蒸腾的水分不能向棚外对流外散，棚内空气湿度通常在80%~90%，夜间则可能高达100%。高温高湿的环境条件促进了土壤盐分的积累和表聚，同时也促进了土壤固相物质的快速分解与盐基离子的释放，提高了硝化细菌的活性（杨建霞等，2005），使土壤中残留的NO_3^--N含量增加，从而加重了土壤的次生盐渍化。因此，封闭条件下特殊的温度和湿度条件是导致设施土壤次生盐渍化的重要原因之一。

另外，由于设施栽培环境密闭，不受降雨等自然条件影响，土壤中的盐分不能随雨水冲刷流失或淋溶渗透到深层土壤中去，残留在表土中的多余盐分也就难以流失或淋失，这是导致设施土壤次生盐渍化的另一个重要原因。

四、土壤重金属污染

（一）重金属超标现状

随着工业化和城市化的不断推进，城郊土壤重金属污染问题越来越受到人们的重视。大量研究结果显示：城郊农用土壤总体上均出现了不同程度的重金属超标现象，其中以Cd的超标最为普遍，其次是Hg、Zn、As、Ni。长春、南京、杭州、广州、香港等城郊土壤Cd含量高达1.35~3.6 mg/kg，超过国家土壤二级标准4.5~12倍（李仁英等，2010；刘乃瑜，2004；王美青和章明奎，2002；Li et al.，2001；廖金凤，2001）；北京东南郊污灌区土壤 Hg 含量超过背景值 6 倍（朱桂珍，2001）；广州市郊污灌区土壤中 Pb、Hg、Zn、Cr、Cu 的质量浓度为清灌区的 1.8 ~ 4.2 倍（廖金凤，2001）；长沙郊区菜园土壤中 Cu 和 Zn 的超标率分别为 82.0% 和 14.0%（邹玲，2009）。研究结果还表明，部分城郊区土壤重金属污染呈现出明显加重的趋势。吴新民等（2003）对南京市城郊土壤重金属含量的研究结果显示，与高小杰（1995）1985 年的监测结果相比，南京城郊土壤中 Cd 和 Pb 含量分别增加了 222.8% 和 313.8%。

（二）重金属超标原因

1. 土壤背景含量高

我国土壤（A 层）中 Cd 的背景值范围为 0.048 ~ 1.115mg/kg，中位值为 0.094mg/kg，算术平均值为 0.097 ± 0.079mg/kg（陈怀满，1996）。研究资料显示，北京、上海、天津、广州、南京、南昌、长沙、株洲和湘潭（检出范围为 0.008 ~ 2.030mg/kg，中位值为 0.126mg/kg，平均值为 0.134 ± 0.142mg/kg）等城市城郊土壤的背景值均高于此水平（霍宵妮，2009；廖金凤，2001；高小杰，1995；庞金华，1994；周艺敏等，1990）。

2. 污水灌溉和污泥农用

20 世纪 70 年代，流行利用污水灌溉农田和施用污泥（特别是城市垃圾）作为肥料，而污水和污泥（垃圾）中的 Cd、Pb 等重金属含量普遍偏高，尤其是用污水灌溉，随着水分被作物吸收和蒸发，灌溉水中的 Cd、Pb 等重金属便累积在土壤中。周振民等（2008）以开封市太平岗村污灌区为例，研究了污水灌溉对土壤环境的影响，发现污灌区重金属含量明显超过清灌区，Pb 污染已达到中等污染水平。江西大余县污灌引起的 Cd 污染面积达 5500 hm^2，其中严重污染面积占 12%。天津园田由于长期不规范施用污泥，其土壤中 Pb 含量高于当地土壤背景值的 3 倍，Cd 高于背景值的 10 倍。

3. 大气沉降

以往对农田重金属污染源的研究大多偏重于城市污泥（垃圾）农用与污水灌溉等方面，关于大气沉降对土壤重金属累积影响的研究较少。Kloke 等（1984）和邹海明等（2006）的研究结果表明，在许多工业发达国家，大气沉降对土壤重金属累积的贡献率在各种外源输入因子中排居首位。大气颗粒污染物中的 Cd、Pb 等重金属元素主要来源于工业点源排放以及燃煤、燃油等的排放，并以干、湿沉降方式进入到土壤中。研究发现，湖南株洲城郊每年因大气降尘带来的 Cd、Pb、Ni、Cu、Zn、Cr 沉降量分别为 0.59g/m^2、10.08g/m^2、5.04g/m^2、0.51g/m^2、0.43g/m^2、0.31g/m^2。

4. 农资物质

农业生产过程中化肥、农药和地膜等农资物质的使用会导致农田土壤重金属含量的增高。磷肥、城市污泥和畜禽粪便等肥料重金属含量很高。中国科学院亚热带农业生态研究所近5年的调研结果表明，湖南长株潭地区施用的各类肥料（商品氮肥、磷肥、钾肥和猪粪尿、鸡粪）中的 Cu、Zn 含量普遍偏高，磷肥中的 Cd、Pb 含量存在明显的环境风险（表4-3）。长期施用含有重金属的农药也会引起土壤重金属的污染。例如，杀虫（菌）剂波尔多液和苯甲酸硼酸铜等农药中含有 Cu，长期施用这些制剂会导致重金属的积累。另外，农用塑料薄膜生产应用的热稳定剂中含有 Cd、Pb，在大量使用塑料大棚和地膜过程中都可以造成土壤重金属的污染。

表4-3 常见肥料中的重金属含量 （单位：mg/kg）

种类	Cu	Zn	Cd	Pb	Hg
氮肥	0.02~1.40 (0.41)	0.24~18.50 (4.78)	0.002~0.09 (0.012)	痕量	痕量
磷肥	0.65~25.00 (8.32)	20.10~125.30 (61.50)	0.01~0.92 (0.61)	0.220~2.180 (1.05)	0.000~0.320 (0.065)
钾肥	0.56~6.52 (3.84)	3.06~19.90 (9.54)	0.005~0.22 (0.07)	痕量	0.003~0.65 (0.12)
猪粪尿	1.65~365.00 (56.5)	5.20~652.80 (168.50)	0.001~0.08 (0.013)	0.003~0.520 (0.15)	痕量
鸡粪	23.40~415.00 (268.90)	32.80~450.30 (188.90)	0.001~0.10 (0.060)	0.001~0.054 (0.014)	痕量
城市污泥	10.20~105.00 (33.60)	13.20~305.00 (41.80)	0.009~0.880 (0.222)	65.800~1032.200 (356.5)	痕量

注：括号内的数据系均值；痕量指含量小于0.0005mg/kg

5. 工业"三废"

城郊周边企业排放的工业"三废"中，往往含有大量超标的 Cd、Cu、Zn、Pb、Hg 等重金属元素。由于重金属污染的隐蔽性、长期性和不可逆性，工业污染源排放的重金属一旦进入农田，其危害将在相当长的一段时间内存在。

第二节 城郊区农业土壤退化防控技术

一、土壤酸化的修复与防控技术

目前，随着人口与环境资源的矛盾日益突出，土壤酸化已经成为全球性的重大问题。在我国南方，土壤酸化已经成为限制农业生产和影响环境质量的主要因素之一。土壤酸化会加速土壤酸度的提高，引起土壤活性铝的溶出和营养元素的淋失，加剧有毒金属元素的释放和活化，降低土壤微生物和酶的活性，进而严重影响作物的生长。城郊区由于所处的特殊地理位置和农业生产特点，其土壤酸化问题尤为严重。因此，加强对酸化土壤的修复与防控技术的研究，改良利用酸化土壤，对城郊生态环境的保护和农业的持续发展具有双重意义。

（一）已有技术的效应和存在的主要问题

1. 合理施肥

大量施用或偏施氮肥造成土壤中硝态氮的累积和淋洗损失，是导致土壤酸化的主要原因（董炳友等，2002）。合理的施肥措施能减少肥料的淋失，提高肥料利用率，减少氮肥对土壤酸化的影响。例如，选择合理的施肥时间，使施入土壤的肥料尽可能为植物所吸收；在施用方法上，氮肥的带状施用对土壤酸化的影响较散施的要小；干旱少雨季节，结合追肥进行大水漫灌或沟灌浸润栽培也可减轻旱地土壤酸化的危害（王宁等，2007；张建华和杨发荣，2004；Malhi et al.，1995）。因此，要根据作物的需肥特点适时适量地科学施肥；推广新型肥料的施用，如缓/控释肥料、微生物肥料等（赵秉强等，2004）；应用已成熟的先进施肥技术，如测土配方施肥技术、农田养分精准管理技术等，提高肥料的利用率，降低氮肥对土壤的酸化作用。

2. 采取合理的农艺措施

蔬菜作物与粮食作物轮作可防止土壤中某种养分过量消耗，实现用地与养地的结合。特别是水旱轮作对土壤酸性的改善作用十分明显。由于纯水 pH 为 7，土壤长期浸泡在水中，既可改变土壤水分的运动方向，降低铁、铝离子浓度，又可利用水的缓冲性能，降低土壤氢离子浓度，还可杀灭土壤中的病菌，从而达到改良酸性土壤和防治土传病害的目的。据大理白族自治州土肥站试验，pH 4.5 以下的土壤泡水 20d 后测定，其 pH 可提高至 6.0~6.5。因此，水旱轮作是改良酸性土壤、防治土传病害和杂草的有效措施（段庆钟和杨理芳，2004）。

此外，作物间作、套作对改善土壤结构、土壤容重也有很大的帮助。多年试种研究表明（张树生，2000），果园套种牧草能显著改善土壤结构，减小土壤容重，降低土壤酸度，增加土壤速效养分，提高低丘红壤的有机质含量，同时还能提高土壤的蓄水能力和抗旱能力。选择深根作物品种或农作物与深根植物间作，如在两排树的中间混作农作物，有利于碱性物质从剖面底层到表层的再分配；多年生作物品种代替一年生作物品种或者增加作物的覆盖时间来减少休闲期；改变传统的耕作制度，推广免耕和少耕等现代化耕作制度；减少有机残体的移走，增加秸秆还田率，尤其是富含有机阴离子和过量阳离子的植物残体。

3. 施用酸化调理剂

近年来，以改良土壤酸性和防止土壤酸化为重点的调理剂应用技术正在推广。酸化调理剂是混合了作物所需的营养元素、改良剂和矿物载体而制成的一种营养型改良剂，在改良土壤酸度的同时还能提供植物所需的 Ca、Mg、S、Zn、B 等养分元素，达到一举两得的效果（郭和蓉等，2003）。陈福兴等（2000）研制的红壤复合型改良剂不但能够供应养分、降低酸度，还具有疏松土壤、提高土壤保水性的功能。

4. 施用石灰等碱性材料

施用石灰和其他碱性物质可以有效地调控土壤酸度。传统的酸性土壤改良方法是运用石灰。用生石灰处理土壤,可达到多种目的:中和土壤中的酸,降低土壤特别是表土层的酸度;直接补充土壤耕层交换性 Ca 的浓度;降低交换性 Fe、Al 含量;改善土壤物理特性,提高磷的肥效;增进土壤保持养分以及向作物释放其他养分(如 K、Zn、Mo)的能力;杀灭土传病菌(易杰祥等,2006;孟赐福等,1999a)。施用石灰降低酸度的作用并不限于施用当年,往往有较长的后效(孟赐福等,1999b;孟赐福和傅庆林,1995)。徐美志等(2004)探讨了石灰在酸性黄棕壤上的改良效果,结果表明:施用 $750kg/hm^2$ 石灰能降低土壤酸度,改善植物生长环境,使前茬棉花增产 13.1%,后茬油菜增产 10.0%。杨永森等(2006)研究表明,施用石灰能缓解土壤酸化对植被的危害;穆环珍等(2004)通过盆栽试验证明施用石灰能促进小麦和玉米根的发育,增强作物对土壤中 N、P 和水分的吸收能力。可见施用石灰对改良酸性土壤、保证作物高产具有重要意义。施用石灰改良酸性土壤,确定土壤最佳石灰需要量是关键(许中坚等,2002):当施用量不足时,由于钙离子的移动性较差,对底层土壤酸度的影响较小;施用过多会导致土壤碱化。王文军等(2006)研究表明,施用白云石能改善土壤酸性,降低土壤交换性铝含量,增加土壤交换性钙、镁量,显著提高作物产量。

5. 施用有机物料

合理施用有机肥是防治土壤酸化的有效措施。适当增施有机肥,一方面可以改善土壤的物理化学性状,增加孔隙度,提高土壤吸附力,防止和减缓盐基元素的淋失;另一方面能够提高土壤的缓冲能力(尹永强等,2008;郭琳,2008)。大量研究表明,在红壤上施用有机肥能够改善红壤酸性(姜军等,2007;徐仁扣,2002)。增施和配施有机肥料,尤其是碳氮比高的有机物料,可增加无机氮的固定量,降低无机氮在土壤中的累积量(Wong and Swif, 2003)。另外,有机肥与土壤间的质子交换作用、有机肥的氨化和去羧基作用以及矿化过程中释放的盐基离子对土壤的酸性也具有改良作用。石灰改良酸性土壤结合配施有机肥,可弥补石灰对底层土壤酸度改良效果差的特点,如有机无机混合改良剂富啡酸钙等。

6. 控制大气污染

酸雨造成的酸化土壤分布范围广,很难用施用石灰的办法加以解决,只有控制 SO_2、NO_x 的排放,才能从根本上缓解酸雨造成的土壤酸化。因此,必须从节约能源、提高能源利用率、改善能源结构等做起,具体措施有:制定严格的排放标准,控制 SO_2 的排放量;使用低硫燃料,发展洁净煤技术;减少汽车尾气排放,控制 NO_x 对大气的污染;加强国际合作,解决酸雨的跨国界污染问题。

(二)技术改进及效果

改良利用酸化土壤的技术虽然很多,但尚未形成一个完整的技术体系,尤其缺乏物化的技术产品。笔者根据前人研究和前期预研结果,在湖南长沙城郊区露天菜地设置不施肥(CK)、化肥(NPK)、化肥+酸化调理剂I(NPK+R_1)、化肥+酸化调理剂专利产品II(NPK+R_2)、化肥+石灰(NPK+CaO)、化肥+氧化镁(NPK+MgO)、化肥+蔬菜专用有机肥(NPK+VSF)、化肥+菜枯(NPK+OM)等试验处理,并且在湖南长沙城郊区旱地设置不施肥(CK)、化肥(NPK)、有机肥(M)、化肥+有机肥(NPKM)、化肥+酸化调理剂I(NPK+R_1)、化肥+酸化调理剂专利产品II(NPK+R_2)等试验处理,重点研究并验证笔者课题组所申报的酸化调理剂专利产品和合理施肥等技术在城郊土壤上的改良效果,以期构建城郊酸化土壤的修复治理技术体系。

1. 酸化调理剂专利产品在城郊区露天菜地上的应用

(1)施用酸化调理剂对露天菜地土壤 pH 的影响

研究结果(图4-1)表明,在辣椒地施用酸化调理剂专利产品II后,土壤 pH 较试验前(5.79)提高了0.11,但处理间差异不显著(未达5%显著水平);在小白菜地上施用酸化调理剂专利产品II后,土壤 pH 较试验前(4.66)提高了0.04,施化肥(NPK)和施用酸化改良剂I(R_1)则分别下降0.03和0.16,且不施肥(CK)与施用酸化改良剂I(R_1)的土壤 pH 差异显著(达5%的显著水平)。可见,在辣椒和小白菜种植季施用酸化调理剂专利产品II均有利于提高土壤 pH。

(2)施用酸化调理剂对露天菜地作物产量的影响

作物产量是反映土壤生产力最为直观的指标,是土壤肥力监测最重要的指标之一。研究表明,施用酸化调理剂专利产品II可提高辣椒和小白菜的产量(图4-1)。与单施化肥相比,化肥配施酸化调理剂专利产品II辣椒增产9.2%,小白菜增产4.9%。

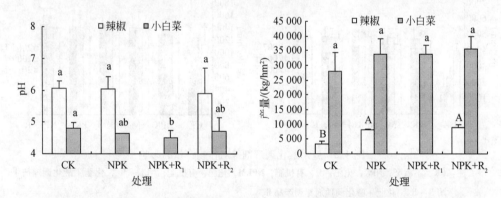

图4-1 施用酸化调理剂对土壤 pH 和作物产量的影响

注:CK,不施肥;NPK,化肥;NPK+R_1,化肥+酸化调理剂I;NPK+R_2,化肥+酸化调理剂专利产品II;不同小写字母表示在5%水平差异显著,不同大写字母表示在1%水平差异显著

2. 酸化调理剂专利产品在城郊区旱地上的应用

(1)施用酸化调理剂等对旱地土壤 pH 的影响

从旱地酸化退化土壤的调理修复试验的研究结果(表4-4)可以看出,化肥配施酸化调理剂专利产品II和单施有机肥试验后土壤 pH 变化较小,可见,施用化肥配施酸化

调理剂专利产品Ⅱ和有机肥可以减轻土壤酸化。化肥配施酸化调理剂Ⅰ处理试验后土壤pH变化最大,土壤pH下降0.27。

表4-4 不同处理对旱地土壤pH的影响

处理	试验前	试验后	差值
CK	4.88	4.84a	−0.04
NPK	4.88	4.71ab	−0.17
M	4.88	4.83a	−0.05
NPKM	4.88	4.70ab	−0.18
NPK + R₁	4.88	4.61b	−0.27
NPK + R₂	4.88	4.84a	−0.06

注:CK,不施肥;NPK,化肥;M,有机肥;NPKM,化肥 + 有机肥;NPK + R_1,化肥 + 酸化调理剂Ⅰ;NPK + R_2,化肥 + 酸化调理剂专利产品Ⅱ;不同字母代表在5%水平下差异显著。

（2）施用酸化调理剂等对旱地作物产量的影响

无论是玉米,还是油菜,产量均表现出以下趋势:NPKM > NPK + R_1 > NPK + R_2 > NPK > M > CK(图4-2)。统计分析表明,至2009年,化肥配施有机肥、化肥配施酸化调理剂Ⅰ、化肥配施酸化调理剂专利产品Ⅱ和单施化肥四种处理的玉米和油菜产量没有显著差异,但较单施有机肥均显著增产($p < 0.05$),且其变异系数较试验开展第一年显著变小,表明施用调理剂可与化肥配施有机肥一样,保证旱地实现高产、稳产。

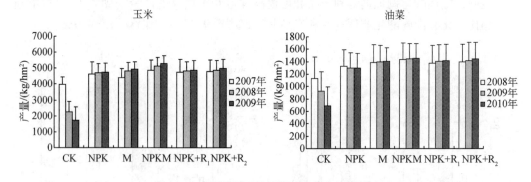

图4-2 施用酸化调理剂等对作物产量的影响

注:CK,不施肥;NPK,化肥;M,有机肥;NPKM,化肥 + 有机肥;NPK + R_1,化肥 + 酸化调理剂Ⅰ;
NPK + R_2,化肥 + 酸化调理剂专利产品Ⅱ

3. 石灰和氧化镁在城郊区露天菜地上的应用

（1）施用石灰和氧化镁对露天菜地土壤pH的影响

湖南长沙的露天菜地辣椒试验研究结果（图4-3）表明,与试验前土壤的pH（5.79）相比,化肥配施石灰和氧化镁使土壤pH分别提高了12.8%和13.8%,而不施肥和单施化肥处理使土壤pH略微提高。小白菜试验研究结果表明,与试验前土壤pH（4.66）相比,化肥配施氧化镁处理使土壤pH提高了10.5%,不施肥和化肥配施石灰处理使土壤 pH 略微提高，而单施化肥土壤 pH 略微降低。统计分析表明，在小白菜种植季，进行化肥配施氧化镁处理时，土壤 pH 与单施化肥处理差异显著；而在辣椒种植季，各处理之间土壤 pH 差异未达显著水平。可见，在辣椒和小白菜种植季，化肥配施石灰和化肥配施氧化镁均不同程度地提高土壤 pH。

（2）施用石灰和氧化镁对露天菜地作物产量的影响

研究表明，单施化肥、化肥配施石灰和化肥配施氧化镁均提高了辣椒和小白菜产量（图 4-3）。与对照相比，辣椒增产幅度达 1.5 倍左右，其中化肥配施石灰和化肥配施氧化镁处理较单施化肥处理增产 5.5% 和 3.7%；与对照相比，小白菜增产 18.9% ~ 20.7%。统计分析表明，单施化肥和化肥配施石灰、氧化镁极显著地提高了辣椒产量。可见，单施化肥和化肥配施石灰和化肥配施氧化镁均有利于辣椒和小白菜产量的增加。

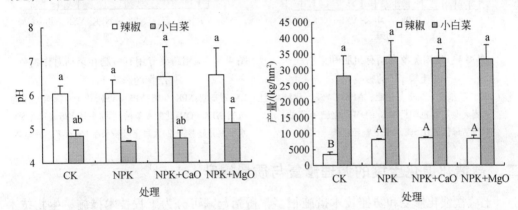

图 4-3　施用石灰和氧化镁对土壤 pH 和作物产量的影响

注：CK，不施肥；NPK，化肥；NPK + CaO，化肥 + 石灰；NPK + MgO，化肥 + 氧化镁；不同小写字母表示在 5% 水平差异显著，不同大写字母表示在 1% 水平差异显著

4. 有机肥在城郊区露天菜地上的应用

（1）施用蔬菜专用有机肥和菜枯对露天菜地土壤 pH 的影响

湖南长沙的露天菜地辣椒试验结果（图 4-4）表明，与试验前土壤 pH（5.79）相比，不同处理均不同程度地提高了土壤 pH，化肥配施蔬菜专用有机肥处理下土壤 pH 提高幅度最大，达 18.0%。小白菜试验研究结果表明，与试验前土壤 pH（4.66）相比，除不施肥处理土壤 pH 略微提高外，其余处理下土壤 pH 均略有降低。统计分析表明，在辣椒种植季，化肥配施蔬菜专用有机肥的土壤 pH 和化肥配施菜枯处理差异显著；而在小白菜种植季，各处理之间土壤 pH 差异未达显著水平。可见，在辣椒种植季，化肥配施蔬菜专用有机肥有利于提高土壤 pH；在小白菜种植季，施用蔬菜专用有机肥和菜枯对土壤 pH 影响不明显。

（2）施用蔬菜专用有机肥和菜枯对露天菜地作物产量的影响

研究表明，单施化肥、化肥配施蔬菜专用有机肥和化肥配施菜枯均提高了辣椒和小白菜产量（图 4-5）。与对照相比，辣椒增产幅度达 1.52 ~ 1.89 倍，其中化肥配施蔬菜专用有机肥和化肥配施菜枯处理较单施化肥处理分别增产 19.1% 和 3.8%。统计分析结果显示，单施化肥、化肥配施蔬菜专有机用肥和化肥配施菜枯极显著地提高了辣椒产量。与对照相比，小白菜增产幅度为 20.7% ~ 25.6%，化肥配施菜枯处理下小白菜增产幅度较大，达 25.6%，较单施化肥增产 4.0%。

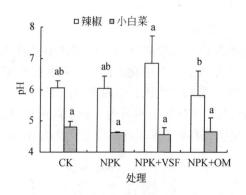

图 4-4　施用蔬菜专用有机肥和菜枯
对土壤 pH 的影响

注：CK，不施肥；NPK，化肥；NPK + VSF，化肥 + 蔬菜专用有机肥；NPK + OM，化肥 + 菜枯；不同字母代表在 5% 水平下差异显著

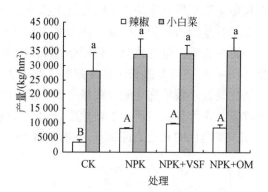

图 4-5　施用蔬菜专用有机肥和菜枯对作物
产量的影响

注：CK，不施肥；NPK，化肥；NPK + VSF，化肥 + 蔬菜专用有机肥；NPK + OM，化肥 + 菜枯；不同小写字母表示在 5%水平差异显著，不同大写字母表示在 1% 水平差异显著

二、盐渍化退化土壤的调理修复与质量提升

土壤盐渍化修复和防控技术措施很多，概括起来可分为工程技术措施、生物技术措施、农艺技术措施和化学改良技术。

（一）已有技术的效应和存在的主要问题

1. 工程技术措施

工程技术措施最主要的有双层暗管排水洗盐法。排水是防治土壤盐渍化最有效的措施。根据次生盐渍土 0 ~ 25cm 土层盐分比较集中而 25 ~ 50cm 土层含盐低、变化小的特点，童有为（1997）提出埋设双层波纹有孔塑料暗管，以实施工程措施脱盐。浅层暗管管顶距土面 30cm，平均间距 115m，此位置恰在每畦的畦底中央，灌水洗盐时，耕层内积聚的过多盐分会随水排出。深层暗管管顶距土面 60cm，间距 6m，随水下渗的部分盐分由其排走，从而使盐不积于底层。埋设双层暗管采取垂直排水的洗盐方法，与此前不埋暗管而以水平排水为主的洗盐方法相比，具有洗盐率高、脱盐土层深和耗水少等优点。

2. 生物技术措施

生物技术措施主要是通过改变设施土壤的微生态条件，消除土壤盐害，为作物生长创造最适的土壤环境。种植某些耐盐作物进行生物洗盐，是一种较为理想的生物除盐措施，此法尤适用于玻璃温室。盛夏温室轮闲时可以种植能大量吸收盐分的植物（如盐蒿、苏丹草等），这些植物吸肥力强，生长迅速，有一定的除盐效果。此外，还可种植水稻洗盐，也可种植玉米或一些绿肥作物吸收盐分。据冯永军等（2001）报道，在曲埠时庄单家村三个连作番茄 4 年的大棚土壤上，休闲时节种植禾本科植物除盐效果明显，种植玉米可使大棚土壤的耕作层电导率降低 64%。

3. 农艺技术措施

大量研究表明，在大棚中采用间、套种技术和增加地面覆盖，可以使土壤盐分上升速度减缓，甚至会有所下降。间、套种技术具有增加地面覆盖率、增加表土湿度、减少水分蒸发和增加冲洗表土盐分机会的作用。范浩定等（2004）对比了水旱轮作、灌水洗盐、不同改良剂改良三种方法对大棚土壤盐渍化的改良效果，结果表明，大棚土壤次生盐渍化改良以水旱轮作（在种植 2~3 年蔬菜中安排种植 1 季水稻）效果最好，土壤含盐量降低明显，蔬菜产量和质量提高，增产、增效明显。

4. 化学改良技术

最常见的是施用有机物料。土壤中施入有机物后，在适宜的温度和水分条件下，土壤微生物会分解这些有机物。当土壤中有机物的碳氮比大于 1:25 时，土壤微生物会从土壤中摄取不足的 N，土壤中盐分浓度就会下降。植物残体中，稻草的含碳率为 65%，所以在含有过多 N 的塑料大棚土壤中施以稻草会有明显的除盐效果。在塑料大棚内施用的有机物除了稻草、玉米、高粱秸秆外，还有堆肥、家畜粪便堆积物等。施用有机肥后，土壤有机质含量和微团聚体数量增加，容重降低，总孔隙度增加，入渗速度得到改善，会使土壤易于脱盐；有机肥的施用还能增加有机胶体和腐殖质数量，增加土壤胶体对盐分的吸附能力，降低盐分在土壤中的活性（张锐等，1997）。半腐熟有机肥不断消耗耕层土壤盐分中氮源，并能吸收部分盐分和阻断部分毛管水流，有抑制盐分积累的作用（杜连凤等，2005）。刘建玲等（2005）研究表明，在施用化肥的基础上施用腐熟有机肥，土壤电导率增加 20.4%~40.9%；施用未腐熟有机肥，土壤电导率降低 14.6%~36.4%，差异达到极显著水平。

（二）技术改进及效果

上述技术均各有创新之处，在全国各地也有一定规模的应用。但由于各地环境条件与农业生产特点等的不同，其效果存在较大差异。本项目基于环保高效的原则，以北京地区为主要研究对象，重点开展水肥优化配置和施用有机肥等修复与防控土壤盐渍化的技术研究，以期为北京地区设施菜地的水肥优化配置、有机肥种类和用量的选择提供科学依据。

1. 水肥优化配置技术

在北京城郊区设施菜地（日光大棚）设置常规灌溉不施肥（MCK）、常规灌溉减半施肥（MN1）、常规灌溉常规施肥（MN2）、减量灌溉不施肥（SCK）、减量灌溉减半施肥（SN1）和减量灌溉常规施肥（SN2）等试验处理，重点研究水肥优化配置对修复与防控土壤盐渍化的效果。

（1）对土壤电导率的影响

土壤中的水溶性盐是强电介质，其水溶液具有导电作用，导电能力的强弱可用电导率表示。在一定浓度范围内，溶液的含盐量与电导率呈正相关，含盐量越高，溶液的渗透压越大，电导率也越大。研究结果（图4-6）显示，在不施肥和减量灌溉减半施肥处理下，0~5cm土层和5~10cm土层的电导率较低，分别为177.3~182.0μS/cm和149.0~164.2μS/cm；而减量灌溉常规施肥处理下0~5cm土层和5~10cm土层的电导率最高，分别达241.3μS/cm和255.5μS/cm；不施肥和减量灌溉减半施肥处理较减量灌溉常规施肥处理分别降低25%~27%和36%~42%，特别是在0~5cm土壤表层，不施肥和减量灌溉减半施肥处理与减量灌溉常规施肥处理存在显著差异。可见，施肥是引起保护地土壤盐渍化的原因之一，减量灌溉减半施肥的水肥配置方式有利于防治保护地土壤盐渍化。

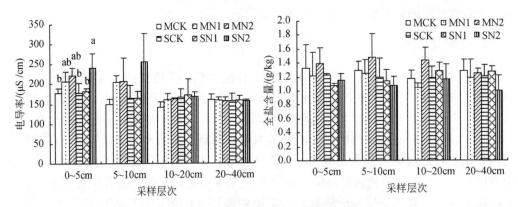

图4-6　水肥配置对土壤电导率和全盐含量的影响

注：MCK，常规灌溉不施肥；MN1，常规灌溉减半施肥；MN2，常规灌溉常规施肥；SCK，减量灌溉不施肥；SN1，减量灌溉减半施肥；SN2，减量灌溉常规施肥；对同一采样层次不同处理的值进行了显著性差异分析，不同字母表示在5%水平差异显著

（2）对土壤全盐含量的影响

盐渍化退化土壤含有的水溶性盐分主要是K、Na、Ca、Mg的氯化物、硫酸盐、碳酸盐或重碳酸盐等，当其在土壤中积累到一定浓度时，将危害作物生长。研究结果（图4-6）表明，不同水肥配置的不同层次土壤全盐含量为0.78~1.86g/kg，盐渍化程度较轻。减量灌溉减半施肥和减量灌溉常规施肥处理下0~5cm土层和5~10cm土层的全盐含量较低，仅为1.07g/kg、1.16g/kg和1.14g/kg、1.07g/kg；常规灌溉常规施肥处理下0~5cm土层和5~10cm土层的全盐含量较高，达1.39g/kg和1.48g/kg；减量灌溉减半施肥和减量灌溉常规施肥处理下0~5cm和5~10cm的土层含盐量较常规灌溉常规施肥处理下0~5cm和5~10cm的土层含盐量分别降低了23%、17%和23%、27%。统计分析结果显示各处理差异不显著。

（3）对蔬菜产量的影响

试验的头两茬，小油菜、香菜的产量在各处理间差异不大，未达显著水平。这是因为试验地是耕种了多年的菜地，土壤的基础肥力充足且分布均匀，足以充分提供小油菜、香菜生长所需的养分，加上小油菜、香菜的生长期短，对养分的要求也不高。

因此，施肥量和灌溉差异没有对头两茬产量产生影响。

第三茬番茄的产量与有机肥的投入量有密切的关系，其产量呈现出随施肥量的增大而增加的趋势。施肥区与对照区番茄产量存在显著差异；施肥量减半处理下的产量低于常规施肥处理，MN2 与 MN1、SN2 与 SN1 之间的差额分别为 $10.3t/hm^2$、$5.94t/hm^2$，但差异不显著（表4-5）。灌溉量对产量没有明显影响（$p = 0.631$），但在相同的施肥条件下，减量灌溉处理下的产量低于常规灌溉处理，而且随着施肥量的增加，两者之间的差额也从 $1.25t/hm^2$ 增大至 $5.2t/hm^2$。

表4-5　水肥配置对蔬菜产量的影响　　　　　　　　（单位：t/hm^2）

蔬菜	MCK	MN1	MN2	SCK	SN1	SN2
小油菜（第一茬）	48.09 ± 1.69a	49.72 ± 2.10a	49.91 ± 2.23a	48.60 ± 0.94a	48.21 ± 0.78a	49.77 ± 1.69a
香菜（第二茬）	32.08 ± 1.29a	31.62 ± 3.98a	31.66 ± 0.68a	31.69 ± 1.33a	31.29 ± 0.43a	32.75 ± 1.55a
番茄（第三茬）	88.86 ± 7.10a	106.93 ± 6.60b	117.23 ± 8.90b	88.70 ± 7.22a	105.09 ± 10.85b	111.04 ± 5.03b
黄瓜（第四茬）	40.50 ± 5.66d	56.06 ± 6.10bc	65.28 ± 2.63a	39.18 ± 4.68d	53.49 ± 1.20c	61.41 ± 3.62ab

注：MCK，常规灌溉不施肥；MN1，常规灌溉减半施肥；MN2，常规灌溉常规施肥；SCK，减量灌溉不施肥；SN1，减量灌溉减半施肥；SN2，减量灌溉常规施肥；平均值 ± 标准差，下同；同一行中无相同字母表示处理间差异显著（$p < 0.05$）。

第四茬黄瓜产量在各处理间的变化趋势与番茄类似。MN2 和 MN1 之间产量相差为 $9.22t/hm^2$，SN2 和 SN1 之间产量相差为 $8.92t/hm^2$；随着施肥量的增加，产量上的差异达到显著水平。SN2 与 MN1 之间产量相差 $5.35t/hm^2$，MN2 与 SN2 之间产量相差 $3.77t/hm^2$，差异均不显著，灌溉量差异对产量没有显著影响。

有机肥施肥量对蔬菜产量的影响也有明显的递减效应，随着施肥量的增加，产量的增长幅度明显下降，在减量灌溉条件下表现尤其明显。灌溉量处理对蔬菜产量影响较小，这可能与试验设计的灌溉量仍然较大有关，试验中最低的灌溉量也超过了华北一带设施蔬菜种植中的常规灌溉量（陈清和张福锁，2007；张福锁等，2006）。因此，水分的充足供应使得常规灌溉与减量灌溉下的产量没有很大差异。

2. 适量施用有机肥

施用有机肥料可以使土壤保持较稳定的酸碱环境，可以改善作物根系周围环境的水、肥、气、热等条件，有利于作物生长、提高作物产量和改善产品品质。本项目重点探讨不同种类有机肥在城郊土壤的适宜用量。

（1）对土壤电导率的影响

研究结果（图4-7）显示，在 0～5cm 土层，高量精制有机肥处理下的土壤电导率较高，达 460.8μS/cm；不施肥、普通有机肥和低量精制有机肥处理下的土壤电导率较低，分别为 284.0μS/cm、266.3μS/cm 和 290.7μS/cm；沼渣和中量有机肥处理的土壤电导率居中。在 5～10cm 土层，高量精制有机肥处理的土壤电导率较高，达 319.0 μS/cm；不施肥、普通有机肥和沼渣处理的土壤电导率较低，分别为 190.1μS/cm、184.3μS/cm 和 195.7μS/cm；低量精制有机肥和中量有机肥处理的土壤电导率居中。各处理 0～5cm 土层的土壤电导率较高，且在 0～5cm 土层和 5～10cm 土层，土壤电导率随精制有机肥施用量的增加而提高，可见保护地土壤盐分有表聚现象。

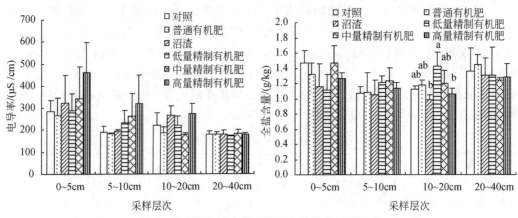

图 4-7　有机肥对土壤电导率和全盐含量的影响

注：普通有机肥、沼渣和中量精制有机肥是等 N 关系；同一采样层次不同处理的值进行了显著性差异分析（$p<0.05$）；不同字母表示在 5% 水平差异显著

（2）对土壤全盐含量的影响

研究结果（图 4-7）显示，在 0～5cm 土层，中量精制有机肥处理的土壤全盐含量较高，达 1.47g/kg；沼渣和低量精制有机肥处理的土壤全盐含量较低，分别为 1.16g/kg 和 1.11g/kg，其余处理的土壤全盐含量居中。在 5～10cm 土层，中量精制有机肥处理的土壤全盐含量较高，达 1.23g/kg；不施肥、普通有机肥和沼渣处理的土壤全盐含量较低，分别为 1.07g/kg、1.08g/kg 和 1.04g/kg；低量精制有机肥和高量有机肥处理的土壤全盐含量居中。统计分析表明，在 10～20cm 土层，低量精制有机肥处理与沼渣处理、高量精制有机肥处理呈显著差异。

（3）对蔬菜产量的影响

施用有机肥显著增加了番茄单果重和产量（表 4-6），普通有机肥、沼渣和中量精制有机肥处理的单果重较大，较不施肥处理增加 10.9%～13.1%；施用有机肥处理的番茄产量较不施肥处理增加 4.8%～14.4%。等 N 量投入条件下，施用精制有机肥的处理增产效果高于普通有机肥与沼渣处理。与中、低用量相比，施用高量精制有机肥不但没有增产，反而出现产量下降趋势。

表 4-6　有机肥对番茄单果重及产量的影响

处理	单果重/g	产量/（t/hm²）	产量较对照增加/%
对照	97.9c	70.7d	—
普通有机肥	108.6a	76.7b	8.5
沼渣	109.5a	80.9a	14.4
低量精制有机肥	102.4bc	74.1c	4.8
中量精制有机肥	110.7a	77.2b	9.2
高量精制有机肥	107.4ab	77.6b	9.8

注：同列字母不同表示处理间差异显著（$p<0.05$），不同字母表示在 5% 水平差异显著

第三节　城郊重金属超标土壤的农业安全利用

一、轻度超标土壤的农业安全利用

通常指采用合理的水肥管理和耕作制度等农艺措施，实现轻度超标土壤的农业安全利用。

（一）已有技术的效应和存在的主要问题

纪雄辉等（2007）研究发现，潮泥田和黄泥田在长期淹水条件下，糙米 Cd 的含量较间歇灌溉分别降低 46.6% 和 36.1%，较湿润灌溉分别降低 72.0% 和 69.4%。Daum 等（2002）发现，拔节和灌浆期间落干与全生育期淹水相比，水稻对 Cd 的吸收量显著增加。Wångstrand 等（2007）发现，小麦、燕麦和大麦中的 Cd 含量与氮肥用量均有显著的正相关关系。Hassan 等（2005）研究结果显示，不同形态氮肥对外源 Cd 胁迫的影响有很大差异，施用硫酸铵 $[(NH_4)_2SO_4]$，水稻受的毒害最轻，糙米 Cd 含量也最低，而施用硝酸钙 $[Ca(NO_3)_2]$，Cd 毒害最严重。史锟等（2004）发现，不同水分和覆膜种类对籼稻和粳稻 Cd 含量均有影响，而且效果有明显差异。

上述研究结果大多针对水稻、小麦等粮食作物，城郊区尤其是近郊区，农田通常用来种植效益较高的蔬菜等经济作物。因此，针对城郊农业特点，改进现有农艺技术，探讨新的农艺措施，对改良城郊区重金属轻度超标土壤非常重要。

（二）技术改进及效果

3 年的调查研究表明，在选用少吸收、低积累重金属作物品种的基础上，通过适度调整作物布局与复种方式、科学施肥与合理调控田间水分等措施，可有效降低农产品中 Cd、Pb 等重金属的含量，实现城郊区轻度超标土壤的农业安全利用。

1. 适度调整作物布局与复种方式

调查研究发现，早稻种植爪哇稻（主要有蓝穗星本奈、诺瓦 166、U293 等品种），晚稻种植湘晚籼 12、13 号等品种，可使土壤活性态 Cd 含量为 0.8mg/kg 左右（全 Cd ≤1.5mg/kg）、活性态 Pb 含量为 250mg/kg 左右（全 Pb≤500mg/kg），糙米 Cd、Pb 含量也不会超标。对于轻度超标稻田，可采用"爪哇稻—湘晚籼（系列）"的复种模式。该模式如果每公顷再增施 225～450kg 的生石灰，则糙米的 Cd、Pb 含量可完全降到国家《食品中污染物限量》标准以内（表4-7）。但由于爪哇稻的产量较低，在推广过程中常受到农民抵制。

调查研究还发现，甘薯和马铃薯可食用部分的 Cd、Pb 含量大多在国家《食品中污染物限量》标准以内（表4-8）。对于轻度超标旱地（含园地），可采用"甘薯—马铃薯"的复种模式，产品的 Cd、Pb 含量可全部控制在国家《食品中污染物限量》标准以内，但藤蔓不可随便丢弃，应就地晒干后焚烧，以免引发二次污染（表4-8）。由于马铃薯连作的病害相当严重，该复种模式不可连年实施。

表 4-7 爪哇稻与湘晚籼 12/13 号品种的糙米重金属含量 （单位：mg/kg）

种植方式	爪哇稻 （n=12）		湘晚籼 12/13 号 （n=38）	
	Cd	Pb	Cd	Pb
常规种植	0.22±0.11	0.26±0.13	0.17±0.12	0.31±0.26
常规种植并配施石灰	0.16±0.08	0.13±0.15	0.10±0.08	0.17±0.10

注：系 2007 年 6 月~2009 年 12 月株洲市城郊区马家河重金属污染区的调查研究与示范结果。种植爪哇稻、湘晚籼 12、13 号品种稻田的土壤活性态 Cd 含量最高为 1.32mg/kg （全 Cd 2.26mg/kg），活性态 Pb 含量最高为 260mg/kg （全 Pb560mg/kg）

表 4-8 甘薯与马铃薯藤蔓及可食部分的重金属含量 （单位：mg/kg）

样品	甘薯 （n=45）		马铃薯 （n=82）	
	Cd	Pb	Cd	Pb
藤蔓	0.48±0.21	0.88±0.43	0.65±0.31	1.02±0.89
可食部分	0.15±0.05	0.18±0.15	0.12±0.08	0.14±0.11

注：系 2006 年 6 月~2009 年 12 月株洲市城郊区马家河重金属污染区的调查研究与示范结果

2. 科学施肥与合理调控田间水分

科学施肥的重点是改变磷肥施用的种类和方式。调查表明，目前城郊区菜农习惯过量施用过磷酸钙，其用量一般均在每季 2250kg/hm^2 以上，且通常为面施。用钙镁磷肥替代过磷酸钙，改面施为条施或穴施（因蔬菜种类不同而异），即使 P$_2$O$_5$ 的用量不减少，重金属轻度超标的土壤（全 Cd≤1.5mg/kg、全 Pb≤500mg/kg）上生长的作物中 Cd、Pb 含量也大幅下降（表 4-9）。如果每公顷再增施 225~450kg 的生石灰，除叶菜类的 Pb 含量外，其他蔬菜的 Cd、Pb 含量完全可以控制在国家《食品中污染物限量》标准以内（表 4-9）。

表 4-9 不同施肥处理下蔬菜的重金属含量 （单位：mg/kg）

处理	叶菜类 （n=22）		根茎类 （n=26）		瓜果类 （n=12）	
	Cd	Pb	Cd	Pb	Cd	Pb
习惯施肥	0.24±0.19	0.35±0.24	0.17±0.11	0.28±0.21	0.11±0.07	0.18±0.12
合理施肥-1	0.19±0.12	0.28±0.16	0.12±0.08	0.18±0.12	0.05±0.02	0.12±0.06
合理施肥-2	0.12±0.10	0.23±0.19	0.11±0.08	0.13±0.11	0.03±0.03	0.10±0.06

注：合理施肥-1 是将过磷酸钙改为等 P$_2$O$_5$ 量的钙镁磷肥，并采用条施或穴施的施肥方式；合理施肥-2 是在合理施肥-1 的基础上，增施 325~750kg/hm^2 的生石灰

合理调控田间水分主要是将全生育期淹水改为抽穗灌浆期内淹水，即保持水稻分蘖盛期过后有一个落干过程，可有效降低糙米 Cd 的含量（图 4-8）：早稻糙米 Cd 的含量为 0.18±0.09mg/kg，降 Cd 率为 22.0%~25.4%；晚稻糙米 Cd 的含量为 0.21±0.11mg/

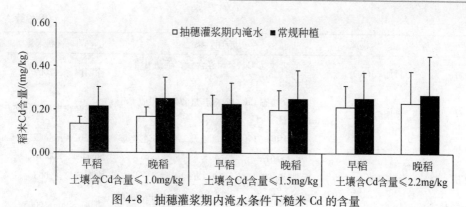

图4-8 抽穗灌浆期内淹水条件下糙米 Cd 的含量

kg，降 Cd 率为 25.9% ~ 36.9%。

研究结果进一步证实，将全生育期淹水改为抽穗灌浆期内淹水，基本可使土壤全 Cd 含量不大于 1.2mg/kg（活性态 Cd 不大于 0.5mg/kg）的轻度超标稻田的糙米 Cd 含量控制在国家《食品中污染物限量》标准以内，超过这一浓度则不可行。糙米 Cd 下降的直接原因是抽穗灌浆期内淹水，土壤处于还原状态，降低了土壤 Eh（可降至 −150mV 以下），使 Cd 生成硫化物沉淀，Cd 的存在形态向非活性态发展，Cd 对水稻的生物有效性明显下降：早稻田 Cd 的活性态含量下降 36.1% ~ 38.5%，晚稻田下降 24.8% ~ 26.2%。但该技术不适用于 Pb 超标的稻田，在全 Pb 含量为 250mg/kg 左右（活性态 Pb 不大于 120mg/kg）的稻田内实施该技术，早稻约有 50% 的样品、晚稻约有 75% 的样品 Pb 超标。

二、中度超标土壤的农业安全利用

主要是采用化学钝化技术与措施，实现中度超标土壤的农业安全利用。

（一）常用钝化剂的改良效应及存在的主要问题

常用的钝化剂包括黏土矿物、石灰等碱性类物质、磷肥类物质、硅素类物质、铁锰氧化物、微量营养元素肥料、有机物料和复合钝化剂等。

1. 黏土矿物

近年来，黏土矿物（包括含黏土矿物较高的其他矿物）在重金属超标土壤上的应用受到广泛关注（表4-10）。从表4-10可以看出，黏土矿物对土壤中 Cd、Pb 等重金属有不同程度的钝化作用，可降低 Cd、Pb 对植物的有效性。

表4-10 黏土矿物改良利用重金属超标土壤的主要研究结果

黏土矿物	污染源	应用效果	资料来源
凹凸棒石	添加 $CdCl_2$	促进玉米生长，降低植株 Cd 含量	杨秀敏和胡桂娟，2004
凹凸棒石	菜园土	降低芦蒿 Cd、Pb 含量	范迪富等，2007
凹凸棒石	添加 $Cd(NO_3)_2$	增加烟草生物量，降低烟草 Cd 含量	胡钟胜等，2006

黏土矿物	污染源	应用效果	资料来源
海泡石	添加 $Cd(NO_3)_2$	降低交换态 Cd、Pb 等含量，促进小油菜生长	徐明岗等，2007
海泡石	菜园土	降低交换态 Cd、Pb 等含量和作物吸收 Cd、Pb 等量	张强和李支援，1996
海泡石	矿区土壤	降低水提取 Cd、Pb 量以及 Cd、Pb 在土壤中的移动性	Álvarez-Ayuso and García-Sánchez, 2003b
海泡石	添加 $CdCl_2$	促进空心菜生长，降低 Cd 的吸收量	李明德等，2005
海泡石/蛭石	城市污泥	降低烟草对 Cd、Pb 等的吸收和 DTPA 提取的 Cd、Pb 量	Keller et al., 2005
海泡石/高岭土	污染稻田	促进水稻生长，降低水稻吸收 Cd 量	屠乃美等，2000
高岭石/斑脱石	添加 $CdCl_2$	能显著降低 Cd 的植物毒性	Kamel, 1986
坡缕石	矿区土壤	降低 Cd、Pb 量以及 Cd、Pb 在土壤中的移动性	Álvarez-Ayuso and García-Sánchez, 2003a
高岭石/蒙脱石	添加 Cd	对 Cd 的微生物毒害没有明显的减轻效果	Bewley and Stotzky, 1983
蒙脱石	矿区土壤	降低轻度污染土壤的重金属有效性	Badora et al., 1998
贝得石	冶炼厂区土壤	降低土壤的 Cd、Pb 等毒性和植物组织中的 Cd、Pb 含量	Diaz et al., 2007
斑脱石	污灌土壤	降低大白菜吸收 Cd、Pb 等量	Cheng and Hseu, 2002
白云石	矿区土壤	降低 NH_4NO_3 和 NH_4OAC 提取 Cd、Pb 量	Friesl et al., 2006
膨润土	添加 Cd	促进乌塌菜生长，降低其对 Cd 的吸收	刘秀珍等，2007

2. 石灰等碱性类物质

国内外关于施用石灰等碱性类物质改良利用重金属超标土壤的研究较多。大多数研究结果都表明，施用石灰等碱性类物质是降低土壤重金属的生物有效性和减少植物对重金属吸收量的有效措施。石灰等碱性类物质能够降低土壤中 Cd 的生物有效性，主要是因为施用石灰后土壤 pH 得到迅速提高，降低了土壤中 Cd 的有效性，进而抑制植物对 Cd 的吸收（Bolan et al.，1999）。此外，施用石灰等碱性类物质带入大量的 Ca，对植物吸收 Cd 具有一定的拮抗作用；同时，Ca 对 Cd 在植物体内的运输有一定的抑制作用，这可能是石灰等碱性类物质降低 Cd 植物有效性的另一原因（Grant et al.，1998）。

土壤状况和施用钝化剂的种类、剂量会影响其改良效果。张青等（2006）和徐明岗等（2007）的盆栽试验结果表明，施用石灰在污染红壤和黄泥土上的效果类似，均能有效改善小油菜的生长状况，降低其对 Cd、Pb 等的吸收。黄道友等（2000）研究了钝化剂对湖南省主要类型镉污染稻田的改良效果，研究表明，对轻度污染黄泥田和中度污染酸紫泥施用石灰、碱性炉渣可以使糙米 Cd、Pb 等的含量降至 0.2mg/kg 以下。Hong 等（2007）通过培养试验对比了添加熟石灰、石灰石和石膏对土壤中 Cd 的固定效果，发现熟石灰的固 Cd 效应要显著优于其余两种物质；而且萝卜地上和地下部分

Cd 含量与熟石灰的施用量均呈极显著的负相关关系。屠乃美等（2000）研究结果表明，污染稻田施用低量（1.5t/hm²）石灰时能够提高水稻产量，但施用中量（2.25t/hm²）和高量（3.0t/hm²）石灰时则会使水稻产量略为降低，三个用量水平均可使糙米Cd 含量降至 0.2mg/kg 以下，其中尤以中量水平的降 Cd 效果最好。

也有研究结果显示，施用石灰等碱性类物质不能抑制植物吸收 Cd、Pb 等，甚至会促进植物对 Cd、Pb 等的吸收。Brown 等（2005）研究发现，施用石灰除能使硝酸铵（NH_4NO_3）提取 Cd 量下降外，对作物吸收 Cd 没有明显的效果。Bolan 等（2003）则观测到，在以可变电荷为主的土壤上施用高量石灰使土壤溶液中 Cd 的浓度增加，并导致植物对 Cd 的吸收增加，这可能是因为石灰中的 Ca 对土壤阳离子吸附位点的竞争，使 Cd 在土壤溶液中的浓度增加，导致植物对 Cd 的吸收量增加。

3. 磷肥类物质

磷肥类物质也是重金属超标土壤治理中最常用的一类钝化剂。大多数研究结果显示，施用磷肥可以有效控制土壤中 Cd、Pb 等重金属的毒性和生物有效性，但土壤状况和磷肥的种类、用量，甚至磷肥颗粒的大小都会对其改良效果产生不同的影响。

Chen 等（2007）通过添加 $CdSO_4$、$PbSO_4$ 和 $ZnSO_4$ 培育重金属污染红壤，研究了重过磷酸钙、磷酸二铵、磷矿石和羟基磷灰石对不同超标程度土壤的改良作用，发现这四种磷肥物质均可以降低土壤中交换态 Cd 的含量，促进大白菜的生长，减少其对Cd 的吸收，改良的效果为羟基磷灰石 > 磷矿石 > 磷酸二铵 > 重过磷酸钙。刘世亮等（2008）在石灰性土壤上的研究结果显示，在不同 Cd 超标程度的土壤上，DTPA 提取Cd 量均随着添加 P 量的增加而显著降低。罗承辉等（2005）则指出，重金属超标土壤施用 P 的量并非越多越好。例如，土壤全 Cd 为 5mg/kg 时，添加 P 量为 80mg/kg 的效果最好。Chen 等（2006）研究发现，在重金属污染的土壤上，施用磷矿石可以在一定程度上促进作物的生长，显著降低作物对 Cd 的吸收，而且随着施用磷矿石粒径的减小，其降低作物对 Cd 吸收的效果逐渐增强。

也有研究结果显示，施用磷肥会提高土壤中 Cd 的有效性。Hong 等（2007）研究发现，施用过磷酸钙会提高土壤中醋酸铵（NH_4OAc）提取 Cd 量，促进萝卜对 Cd 的吸收，而且这种效果随着过磷酸钙用量的增大而增强。

4. 硅素类物质

近年来，硅素类物质在降低 Cd 的生物毒性和抑制植物对 Cd 的吸收方面的作用受到广泛关注。

杨超光等（2005）通过盆栽试验发现，添加 Na_2SiO_3 可以显著降低土壤中交换态和铁锰氧化物结合态 Cd 含量，增加碳酸盐结合态和残渣态 Cd 含量，进而使玉米对 Cd的吸收量显著减少。张云龙和李军（2007）研究钢渣（含 Si）和 Na_2SiO_3 对土壤—水稻系统中 Cd 行为的影响时也得出了类似的结论。陈翠芳等（2007）发现，添加Na_2SiO_3 可以促进重金属超标土壤上种植的小白菜的生长，抑制其对 Cd 的吸收。佟倩等（2008）研究发现，施用 Si 肥可以显著增强水稻土对 Cd 的吸附能力，增加其对 Cd

的吸附量。而 Liu 等（2009）在重金属超标土壤上种植水稻时，发现叶面喷施含 Si 悬液可以促进水稻的生长，降低糙米 Cd 含量和累积量。这表明，硅素物质除通过钝化土壤中的 Cd，应该还存在其他降低 Cd 毒性和作物吸收、转运 Cd 的机制，而一些水培和砂培试验的结果则证实了此假设。Zhang 等（2008）发现，水培添加 Si 可以降低糙米 Cd 含量以及糙米 Cd/叶片 Cd 含量的值，结合 X 射线能量弥散分析的结果，他指出，Si 和 Cd 可以在水稻叶片组织中形成协同分布，从而减少 Cd 向稻谷中的移动，其具体机制尚待进一步研究。Shi 等（2005）通过砂培试验发现，添加 Si 可以显著降低 Cd 对水稻的毒性，提高水稻根系 Cd 含量，减少 Cd 由根系向水稻顶端的运输，并利用能量弥散 X 射线分析的结果对其作用进行了机理探索，结果显示，施 Si 后 Cd 在植物的内皮层和表皮细胞中形成沉淀。

5. 铁锰氧化物

铁锰氧化物含量较高的物质也常用来改良利用重金属超标土壤。

Chlopecka 和 Adriano（1997）研究了铁氧化物对烟尘造成的土壤 Cd、Pb 污染的钝化效果，结果表明，添加铁氧化物可以显著降低交换态 Cd、Pb 含量，增加碳酸盐结合态和铁锰氧化物结合态 Cd、Pb 含量，显著减少植物对 Cd、Pb 的吸收。Santona 等（2006）通过吸附解吸试验研究发现，红泥（Fe_2O_3 含量 27% 以上）对 Cd 等重金属具有很强的吸附能力，在重金属超标土壤中可以起到降低溶液中重金属含量及重金属生物有效性的作用。Yi 等（2006）发现，施用红泥可以使重金属超标土壤中游离 Cd 含量显著降低，并通过 ECOSTA 模型对土壤中的重金属吸附质（有机质、水合铁氧化物、黏粒等）的贡献进行分析后指出，施用红泥后增强了水合铁氧化物对重金属的吸附能力。Brown 等（2005）发现，添加红泥可以显著降低土壤溶液 Cd 含量和 NH_4NO_3 提取 Cd 量。Chen 等（2000）研究结果显示，添加氧化锰可以降低土壤中 EDTA、醋酸（HAc）和盐酸（Hcl）提取 Cd 量，减少小麦地上部分对 Cd 的吸收；添加氧化铁仅能降低 HAc 提取 Cd 量，对小麦地上部分吸收 Cd 也有抑制作用，但其效果均较氧化锰（MnO）要弱。

6. 微量元素肥料

锌肥也常用作改良利用重金属超标土壤的钝化剂。

付宝荣等（2000）通过砂培试验发现，添加锌肥能够改善 Cd 污染条件下小麦的光合作用，提高其对 Cd 胁迫的抵御能力。Köleli 等（2004）在缺 Zn 土壤上进行的试验结果显示，添加 Zn 能够增强小麦对 Cd 污染胁迫的抵御能力，但对小麦吸收 Cd 没有显著的影响。张磊和宋凤斌（2005）研究了施用锌肥对不同 Cd 浓度下玉米吸收累积 Cd 的影响，结果显示，施锌肥能够促进重金属超标土壤上种植的玉米的生长，降低玉米对 Cd 的吸收，其效果在一定范围内随施 Zn 量的增加而增强。Li 等（2008）的研究结果则表明，施用锌肥（$ZnSO_4$）对土壤中提取态 Cd 含量没有影响，但能够显著降低稻谷和秸秆中 Cd 含量。

但也有研究结果显示，施锌肥对降低 Cd 的植物毒性和有效性没有明显的效果。朱永官（2003）发现在 Cd 污染条件下添加 Zn 会抑制小麦根系的生长，添加 Zn 量低于 20mg/kg 时对小麦吸收 Cd 没有显著的降低作用，添加量高于 40mg/kg 时则会降低小麦对 Cd 的吸收，但他指出，这是由于 Zn 抑制小麦根系生长造成的。Lee 等（2004）研究发现，施用 ZnSO$_4$ 对土壤溶液中的 Cd、提取态 Cd（DTPA 和 EDTA 提取）及小麦对 Cd 的吸收没有降低作用，甚至有一定的提高。

7. 有机物料

有机物料对土壤重金属有效性的影响大体可归为三类：可降低重金属的有效性；提高重金属的有效性；对重金属的有效性没有显著影响。其效果不仅与有机物料本身的性质有关，也与土壤条件、作物种类及其生长状况、施肥及灌溉等条件有关。

张青等（2006）和徐明岗等（2007）的研究均表明，施用有机肥能够提高土壤 pH，改变土壤中 Cd、Pb 等的存在形态，降低 Cd、Pb 等的毒性，减少小油菜对 Cd、Pb 等的吸收。Liu 等（2009b）也发现，施用有机肥（鸡粪堆肥）能够有效降低土壤中外源 Cd 的植物毒性和有效性，并指出主要是因为施用有机肥提高了土壤 pH、有机物料与 Cd 络合以及 Cd 与带入的 P 产生沉淀等。

有机物料可通过向植物供应本身所含有的重金属、活化土壤中原有的非有效态金属、改变重金属向根的扩散速度、调节植物对元素的吸收等途径而促进植物对重金属的吸收。Lavado 等（2005）研究发现，施用未腐熟的城市污泥会显著增加玉米对 Cd 的吸收，而施用腐熟后的城市污泥则没有相应的效应，并指出这是由于施用的污泥本身含有较高的 Cd 造成的。咸翼松（2008）研究了施用泥炭对土壤中外源 Cd 的存在形态及其植物有效性的影响。结果显示，施用泥炭会促使土壤中 Cd 从有效性较低的形态向有效性较高的形态转化，提高植物 Cd 的含量和累积量。他认为这是由于施用泥炭使土壤 pH 降低（黄斑田 pH 由 4.39 降至 4.25，青紫泥 pH 由 6.69 降至 6.31）造成的。张秋芳等（2002）的研究结果显示，在不添加外源 Cd 时，施用泥炭能够促进水稻对 Cd 的吸收，她同时指出，这种促进作用是由于有机物料的分解产物增强了水稻根系活性造成的。但在添加外源 Cd 时，施用猪粪和泥炭均能有效降低 Cd 的植物有效性，而这一效应是由于有机物料改变了土壤中 Cd 的形态。

8. 复合钝化剂

一些研究人员常采用两种或两种以上的钝化剂组配施用来钝化土壤中的重金属，其效果因钝化剂种类及其组配方式的不同而有较大差异。

张青等（2006）和徐明岗等（2007）研究发现，在 Cd 污染红壤和黄泥土上，钝化剂配合施用的效果大多较单施要好，其中石灰与有机肥配合施用的效果最好。Lee 等（2004）研究了施用猪粪堆肥、碳酸钙、氧化锌、碳酸钙＋堆肥和碳酸钙＋氧化锌对 Cd 在土壤中有效性的影响，结果显示，碳酸钙与氧化锌配合施用处理对降低土壤溶液 Cd 量、DTPA 提取和 EDTA 提取 Cd 量以及小麦对 Cd 的吸收量的效果最好；但碳酸钙与堆肥配合施用，对降低土壤中 Cd 有效性的效果却较碳酸钙单施效果要差。

施用钝化剂是重金属超标土壤修复的一种较为经济和有效的措施，但应针对土壤状况和超标程度选择合适的钝化剂和用量。由于其后效有限（邓波儿和刘同仇，1993），对土壤超标程度较高的土壤并不能达到预期效果（黄道友等，2000），如果用量过大还会破坏土壤的结构和引起作物减产（吴燕玉等，1985）。此外，土壤钝化剂并不能彻底去除土壤中的 Cd，只是降低土壤重金属的有效性。例如，有机钝化剂在特定条件下甚至会促进作物对 Cd 的吸收，具有一定的环境风险（曹仁林，1993；邓波儿和刘同仇，1993；王新等，1994）。

（二）技术改进及效果

虽然国内外研究人员在土壤重金属钝化方面做了大量工作，并取得了一定成果，但因大多是在盆栽试验条件下取得的研究结果，都存在着明显的局限性，即使是在农业土壤上进行的试验研究，也基本上是在旱地和工矿区附近严重污染的土壤上进行的，难以满足城郊重金属超标土壤尤其是城郊稻田超标土壤治理的实际需要（城郊土壤大多是中、轻度超标）。况且由于钝化剂种类繁多，施用数量、方法和改良效果不一，农民难以把握，有必要对此进行规范。

根据前人的研究结果，重点选择石灰、钙镁磷肥、海泡石和腐殖酸原矿粉四种改良效果较好的钝化剂，按一次性储备施用方法和低、中、高三个用量水平（表4-11），通过田间试验，确定钝化剂单一施用和配合施用对城郊重金属中度超标土壤的改良效果。

表4-11　田间钝化试验的钝化剂及其用量　　　　　（单位：t/hm^2）

钝化剂种类与代码	低施用量（l）	中施用量（m）	高施用量（h）
石灰（L）	0.750	1.125	1.500
钙镁磷肥（P）	15.000	22.500	30.000
海泡石（S）	15.000	22.500	30.000
腐殖酸矿粉（H）	22.500	30.000	37.500

1. 钝化剂的原位修复效果

（1）施用钝化剂对作物产量和生物量的影响

无论是稻谷产量（$5.1\sim8.4t/hm^2$），还是稻草产量（$5.6\sim9.0t/hm^2$），钝化剂单施和配合施用均没有显著差异（图4-9）。萝卜、辣椒等蔬菜也有类似的结果。可见，施用石灰、钙镁磷肥、海泡石和腐殖酸等钝化剂对 Cd 超标土壤的作物生长没有明显的影响。

（2）施用钝化剂对土壤 pH 的影响

研究结果表明，无论是稻田，还是旱地，施用钝化剂对土壤 pH 的影响都十分显著（$p<0.05$），且其变化趋势基本一致（图4-10）。施用同一种钝化剂，土壤 pH 的提高幅度随着施用量的增加而增大。在低、中、高三个钝化剂用量水平下，均是海泡石与石灰配施对土壤 pH 的提高效果最佳：稻作土壤 pH 分别提高了 1.0、1.4、1.8 个单位，旱作土壤 pH 分别提高了 1.5、1.8、2.0 个单位。施用海泡石处理的效果次之，施用石灰处理的土壤 pH 变化最小。

（3）施用钝化剂对土壤不同提取态 Cd 含量的影响

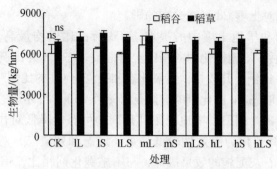

图4-9　施用钝化剂对水稻生物量的影响

注：CK，不施钝化剂；lL，低量石灰；lS，低量海泡石；lLS，低量石灰＋海泡石；mL，中量石灰；mS，中量海泡石；mLS，中量石灰＋海泡石；hL，高量石灰；hS，高量海泡石；hLS，高量石灰＋海泡石；ns，无显著差异

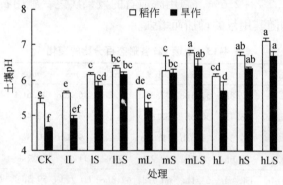

图4-10　施用钝化剂对土壤 pH 的影响

说明同图4-9

0.1mol/L NaNO$_3$、0.01mol/L CaCl$_2$ 和 DTPA 提取态 Cd 常用来评价土壤中 Cd 的生物有效性，其含量对施用的钝化剂的种类有明显的响应。研究发现，钝化剂单施和配施均可显著降低 Cd$_{NaNO_3}$ 和 Cd$_{CaCl_2}$ 的含量（表4-12）。钝化剂单施对降低 Cd$_{NaNO_3}$ 和 Cd$_{CaCl_2}$ 的含量的效果依次为海泡石＞钙镁磷肥＞石灰＞腐殖酸，其中：海泡石单施的降幅分别达96.8%和93.7%，且与石灰配施可以增强其效果；腐殖酸单施也分别有25.5%和37.8%的降低效果，但石灰＋腐殖酸配施的效果却略弱于石灰单施。施用钝化剂对 Cd$_{DTPA}$ 的影响相对较小，降低幅度仅8.7%～17.2%。腐殖酸单施及其与石灰配施对 Cd$_{DTPA}$ 含量的影响与不施钝化剂之间没有显著差异；其他钝化剂单施或配施的 Cd$_{DTPA}$ 含量较不施钝化剂虽然明显要低（$p<0.05$），但与腐殖酸单施或配施处理没有显著差异（表4-12）。

表4-12　土壤可提取态 Cd 含量变化　　　　　　　　（单位：mg/kg）

提取态	CK	mL	mP	mS	mH	mLP	mLS	mLH
Cd$_{NaNO_3}$	0.116a	0.045c	0.013d	0.004d	0.072b	0.011d	0.001d	0.048c
Cd$_{CaCl_2}$	0.480a	0.230c	0.115d	0.030de	0.357b	0.096de	0.012e	0.293bc
Cd$_{DTPA}$	1.235a	1.093b	1.077b	1.055b	1.112ab	1.023b	1.071b	1.128ab

注：CK，不施钝化剂；mL，中量石灰；mP，中量钙镁磷肥；mS，中量海泡石；mH，中量腐殖酸矿粉；mLP，中量石灰＋钙镁磷肥；mLS，中量石灰＋海泡石；mLH，中量石灰＋腐殖酸矿粉；同一列数据字母不同表示差异达显著水平，$p<0.05$

（4）施用钝化剂对土壤 Cd 形态分布的影响

试验开始前稻田和旱地土壤中酸提取态 Cd 所占比例均最高，接近 70%（表 4-13）。种植一季作物后，不施钝化剂的稻田土壤酸提取态 Cd 的比例下降至 58.6%（表 4-13），可还原态 Cd 比例上升较快，可氧化态和残渣态 Cd 的比例略有上升；而旱土不施钝化剂的土壤酸提取态 Cd 的比例略有降低（表 4-13），可还原态 Cd 含量略有升高，其变化幅度远小于稻田。稻田、旱地施用钝化剂均可有效降低对作物有效性高的酸提取态 Cd 含量，并使其转化为有效性较低的可还原态和残渣态，对可氧化态的影响不大。其中以海泡石与石灰配施的效果最好，与不施钝化剂相比，稻田土壤酸提取态 Cd 和旱地土壤酸提取态 Cd 所占比例分别降低了 11.3% ~14.5% 和 6.7% ~10.2%；可还原态 Cd 所占比例分别增加 6.4% ~9.8% 和 4.5% ~6.9%；残渣态 Cd 所占比例分别增加 3.3% ~4.3% 和 1.2% ~2.6%。施用海泡石的效果次之，施用石灰的效果最弱；且同一钝化剂的效果均随其用量的增加而增强。

表 4-13 土壤 Cd 各形态百分比的变化

处理		CK	lL	lS	lLS	mL	mS	mLS	hL	hS	hLS
稻田	AE	58.6a	52.8b	51.3bc	47.3Cd	50.2bc	46.2Cd	46.6Cd	49.9bc	44.4d	44.1d
	Red	26.4c	28.4bc	30.6b	32.8ab	30.1b	33.5ab	33.4ab	32.1b	33.9ab	36.2a
	Oxi	8.1b	10.2a	9.6ab	9.7ab	10.2a	9.0ab	10.3a	8.6b	10.5a	8.5b
	Res	6.9c	8.6bc	8.5bc	10.2ab	9.5ab	11.3a	9.7ab	9.4ab	11.2a	11.2a
旱地	AE	67.4a	64.4ab	63.1bc	60.7cde	62.8bcd	60.2cdef	59.8def	61.0cd	57.8ef	57.2f
	Red	16.2e	17.6de	18.8bcd	20.7abc	18.4cde	20.6abc	21.0ab	20.6abc	21.8a	23.1a
	Oxi	9.6b	11.0a	10.5ab	10.6ab	11.1a	10.8ab	10.8ab	10.5ab	11.3a	10.3ab
	Res	6.8d	7.0d	7.6Cd	8.0c	7.7cd	8.4bc	8.4bc	7.9c	9.1ab	9.4a

注：CK，不施钝化剂；lL，低量石灰；lS，低量海泡石；lLS，低量石灰＋海泡石；mL，中量石灰；mS，中量海泡石；mLS，中量石灰＋海泡石；hL，高量石灰；hS，高量海泡石；hLS，高量石灰＋海泡石；AE，酸提取态 Cd；Red，可还原态 Cd；Oxi，可氧化态 Cd；Res，残渣态 Cd；同一行数字后字母不同表示差异达到显著水平，$p<0.05$；试验前稻田的 AE 为 69.8%、Red 为 17.6%、Oxi 为 7.4%、Res 为 5.2%，旱地的 AE 为 69.6%、Red 为 13.9%、Oxi 为 9.8%、Res 为 6.7%

（5）施用钝化剂对植株吸收 Cd 的影响

对照处理糙米、稻壳和稻草 Cd 含量分别为 0.562mg/kg、0.638mg/kg 和 2.779mg/kg，施用钝化剂后糙米 Cd 含量降低了 15.0% ~48.8%，稻壳 Cd 含量降低了 25.0% ~60.2%，稻草 Cd 含量降低了 19.0% ~53.4%（图 4-11）。不同钝化剂处理萝卜茎和萝卜叶的 Cd 含量也均有不同程度的降低。与对照相比，萝卜茎 Cd 含量降低幅度为 10.0% ~58.3%，萝卜叶 Cd 含量降低幅度为 10.8% ~50.0%（图 4-11）。两种耕作制度下，不同钝化剂种类对作物吸收 Cd 降低的效果依次为海泡石与石灰配施＞单施海泡石＞单施石灰，且各钝化剂处理的降 Cd 效果均随着其用量的增加而增强。

（6）施用钝化剂对 Cd 在植株体内分配的影响

水稻地上部分不同部位 Cd 含量差异很大，稻草 Cd 含量最高（0.910 ~2.971mg/kg），糙米 Cd 含量与稻壳 Cd 含量差异不大（分别为 0.168 ~0.588mg/kg 和 0.178 ~

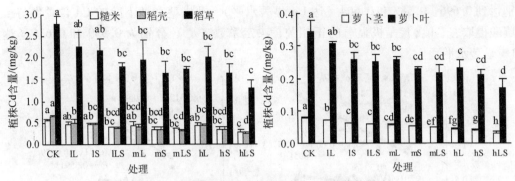

图4-11　施用钝化剂对水稻和萝卜Cd吸收的影响

注：CK，不施钝化剂；IL，低量碳；lS，低量海沧石、lLS，低量石灰＋海沧石；mL，中量石灰；mS，中量海沧石；mLS，中量石灰＋海沧石；hL，高量石灰；hS，高量海沧石；hLS，高量石灰＋海沧石；字母代表现差异性显著水平（p＜0.05），相同字母表示差异不显著

0.703mg/kg），稻草Cd含量约为糙米Cd含量的4.7倍，是稻壳Cd含量的4.8倍。施用不同钝化剂后，糙米与稻壳和稻草Cd含量之间有很好的线性相关关系（图4-12），其决定系数（R^2）分别为0.939和0.855（达1%显著水平）。萝卜地上和地下部分的Cd含量也有很大差异，萝卜茎的Cd含量为0.026~0.084mg/kg，萝卜叶的Cd含量为0.127~0.407mg/kg，叶的含量平均为茎的4.7倍。萝卜茎Cd含量与萝卜叶Cd含量也呈极显著的正相关关系（图4-12），决定系数（R^2）为0.582（达1%显著水平）。可见，在水稻和萝卜植株中，可食用的稻米和萝卜茎中的Cd占植株Cd的比例较小，从另一个角度来说，这也降低了Cd进入食物链的风险。施用钝化剂，水稻植株三个部分及萝卜地上、地下部分Cd含量间的显著正相关关系表明，施用钝化剂可显著减少作物对土壤中Cd的吸收，但对Cd在作物体内的分布规律没有明显的影响。

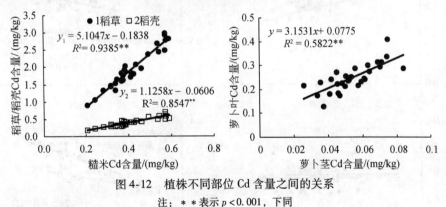

图4-12　植株不同部位Cd含量之间的关系

注：＊＊表示p＜0.001，下同

（7）植株对Cd的吸收与土壤酸提取态Cd的关系

土壤酸提取态Cd被认为是对生物有效性最高的土壤Cd形态，将施用钝化剂的土壤酸提取态Cd与植株体内Cd含量进行相关分析（图4-13）。结果表明，糙米、稻草和稻壳的Cd含量与土壤酸提取态Cd含量均呈极显著的正相关，其决定系数（R^2）分

别达到 0.696、0.587 和 0.604（达 1% 显著水平）。萝卜茎和萝卜叶的 Cd 含量也与土壤酸提取态 Cd 含量呈极显著的正相关，决定系数（R^2）分别为 0.559 和 0.636（达 1% 显著水平）。

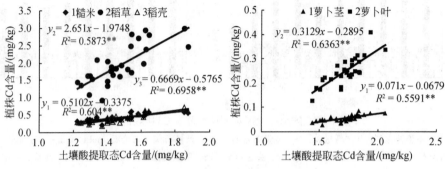

图 4-13　植株 Cd 含量与土壤酸提取态 Cd 的关系

（8）施用钝化剂后土壤各形态 Cd 与 pH 的关系

分别对稻田、旱地施用钝化剂后土壤 pH 与土壤中 4 种形态的 Cd 含量进行相关分析（图 4-14）。结果发现：施用钝化剂后的土壤 pH 与土壤酸提取态 Cd 含量均呈极显著的负相关，决定系数（R^2）分别达到 0.628 和 0.568（达 1% 显著水平）。无论稻田还是旱地，土壤可还原态 Cd 和残渣态 Cd 含量则均随着土壤 pH 的升高而增加，决定系数（R^2）分别为 0.441、0.440 和 0.555、0.548（达 1% 显著水平）；而土壤可氧化态 Cd 含量受土壤 pH 变化的影响不大（差异不显著）。

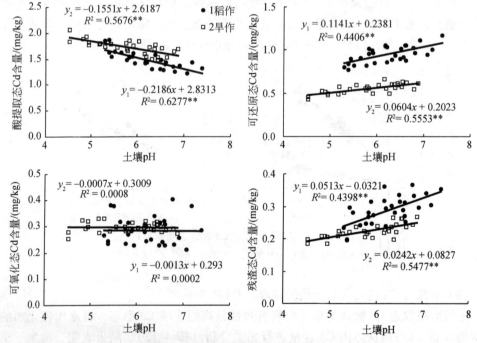

图 4-14　施用钝化剂后土壤各形态 Cd 含量与 pH 的关系

2. 钝化剂海泡石的钝化机理

（1）海泡石的矿物学特征

供试用钝化剂样品的 X 射线衍射图谱（图 4-15）表明，其主成分为海泡石，特征谱峰位于 12.1Å、4.3Å 和 2.56Å。样品中也发现了石英的特征谱峰。这是由于海泡石本身是一种硅酸盐，石英是伴生矿物的一种，而供试样品是商品海泡石，未经纯化，因此可以观测到石英的特征谱峰。

（2）海泡石吸附 Cd 的动力学行为

在 25℃的条件下，pH 为 6.0 时，海泡石对 Cd 的吸附随时间变化的曲线如图 4-16 所示。从理论上来说，随着吸附时间的延长，吸附量增大，但不是无限制地增加，当吸附接近平衡时，吸附量随时间的变化很小。从图 4-16 中可以看出，Cd 在海泡石上的吸附速率非常快，吸附开始的 5min 以内，其吸附量就已达到最大吸附量的 95% 以上；随后吸附量随时间的变化较小，当吸附时间达到 60min 时，海泡石对 Cd 的吸附量已达到 99%；此后吸附量基本没有明显变化。可见，在 60min 时，海泡石对 Cd 的吸附基本上达到了平衡。吸附速率与参与吸附反应的吸附质和吸附剂的性质有关。物理吸附一般在几毫秒至几秒内可以达到局部平衡，但其他的吸附过程如化学吸附反应需要较大的活化能，存在慢吸附反应步骤。从吸附速率来看，海泡石对 Cd 的吸附可能是以物理吸附为主。

黏土矿物对重金属离子的动力学吸附特征通常可通过以下 5 种动力学方程进行拟合。

Elovich 方程：$Q_e = a + b\ln t$ （4-1）

扩散方程：$Q_e = a + bt^{1/2}$ （4-2）

幂函数方程：$Q_e = at^b$ （4-3）

一级动力学方程：$\ln Q_e = \ln Q_{max} + bt$ （4-4）

二级动力学方程：$t/Q_e = 1/(k_2 Q_{max}^2) + t/Q_{max}$ （4-5）

式中：Q_e 为任一时刻的吸附量；t 为吸附时间；Q_{max} 为最大吸附量；a、b 为模型参数；k_2 为二级动力学常数。

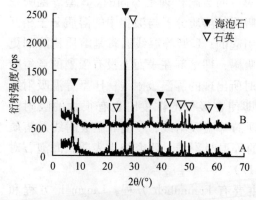

图 4-15　海泡石 XRD 衍射图谱
A. 吸附前；B. 吸附后

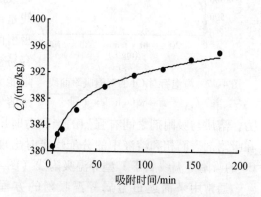

图 4-16　海泡石对 Cd 吸附的时间变化
Q_e：平衡吸附量；下同

上述模型大致可分为两类：一类是建立在标准化动力学模型的基础上，如一级动力学方程、二级动力学方程和抛物线扩散方程；另一类属经验性方程，如 Elovich 方程和双常数方程。概括起来，一级动力学方程是假设吸附质占据吸附位点的速率与未被占据的位点数目成正比，表示反应速度一致或基本一致的情况；抛物线扩散方程说明该过程是一个扩散控制的交换反应过程；二级动力学方程假设吸附质在吸附剂上的吸附过程为化学过程，并且被用来预测整个吸附过程。与标准化学反应动力学模型不同的是，经验方程得出的参数意义不明确，难以进行反应机理的分析，如 Elovich 方程显示吸附/解吸过程是非均相扩散过程。

从 5 种动力学吸附方程的决定系数（R^2）可以看出，这 5 种动力学吸附的方程均可以较好地模拟海泡石对 Cd 的吸附动力学过程，其决定系数均在 0.90 以上，以化学吸附为假设的二级动力学方程的拟合程度最好，这与前面的推测并不一致，Elovich 方程、双常数方程和扩散方程的拟合效果近似，一级动力学方程的拟合效果稍差（表 4-14）。

表 4-14　5 种动力学方程及其决定系数 R^2（25℃）

拟合方程名称	回归方程	R^2
Elovich 方程	$Q_e = 373.07 + 4.111\,1\ln t$	0.986 3 *
双常数方程	$\ln Q_e = 5.922\,4 + 0.010\,6\ln t$	0.987 1 *
扩散方程	$Q_e = 378.67 + 1.278\,4t^{1/2}$	0.982 5 *
一级动力学方程	$\ln Q_e = 5.947\,2 + 0.000\,2t$	0.906 5 *
二级动力学方程	$t/Q_e = 0.014 + 0.002\,5t$	1.000 0 *

注：* 表示回归方程达到极显著水平（$p < 0.001$），下同

（3）海泡石吸附 Cd 的热力学等温线

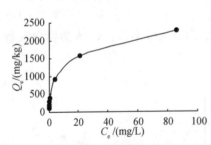

图 4-17　海泡石对 Cd 的等温吸附曲线
注：C_e，平衡溶液 Cd 浓度；下同

依据等温吸附线起始部分的斜率和随后的变化情况，一般将等温吸附线大致分为四大类：S 型、L 型、H 型和 C 型等温吸附线。这些等温吸附线所对应的吸附机理是不同的。S 型等温吸附线是被吸附的溶质分子与液相中的溶质分子相互吸引而引起的；L 型等温线通常是溶质比溶剂更容易被吸附，即溶剂在表面上没有强烈的竞争吸附能力时所出现的等温吸附线；H 型等温吸附线是溶质即使在极低的浓度时也有很大的吸附能力，溶质与吸附剂之间有强烈的亲和力时出现的等温吸附线；C 型等温吸附线是溶质在吸附剂表面相和溶液中的分配恒定时出现的等温吸附线。研究结果表明，海泡石对 Cd 的吸附等温线属于 L 型等温吸附线（图 4-17）。

通常用来描述重金属等温吸附的方程主要有 Freundlich 方程、Langmuir 方程和 Temkin 方程三种。其具体的方程式如下。

Freundlich 方程：$\ln Q_e = 1/n\ln C_e + \ln K_F$ 　　　　　　　　　　　　(4-6)

Langmuir 方程：$C_e/Q_e = a + b\,C_e$ (4-7)

Temkin 方程：$Q_e = a + b\lg C_e$ (4-8)

式中：Q_e 为海泡石对 Cd 的吸附量（mg/kg）；C_e 为平衡后溶液中 Cd 的浓度（mg/L）；Q_{max} 为海泡石对 Cd 的最大吸附量（mg/kg）；K_F 和 K_L 分别为 Freundlich 和 Langmuir 方程中关于吸附能的常数；$1/n$ 为 Langmuir 方程中关于吸附强度的常数；a 和 b 为常数。研究结果表明，这三种模型均能较好地描述海泡石对 Cd 的等温吸附过程，其中 Freundlich 方程的拟合效果最佳（表 4-15）。

表 4-15　25℃时海泡石吸附 Cd 的拟合方程及常数

方程名称	回归方程	常数		R^2
Freundlich	$\ln Q_e = 0.316\,3\ln C_e + 6.356\,7$	$1/n$	K_F	
		0.3163	576.34	0.9995
Langmuir	$C_e/Q_e = 0.001 + 0.000\,4C_e$	Q_{max}	K_L	
		2288.3	0.4150	0.9865
Temkin	$Q_e = 924.28 + 501.53\log Ce$	a	b	
		924.28	501.53	0.8995

Freundlich 方程中，K_F 为吸附常数，$1/n$ 反映吸附强度。对于 $1/n$ 值而言，一般认为当 $1/n < 0.5$ 时，吸附剂中的基质容易被吸附；当 $1/n > 0.5$ 时，基质难以被吸附。海泡石吸附 Cd 的 $1/n$ 值为 0.3163，说明海泡石对 Cd 的吸附容易发生，这与实际情况一致。Langmuir 方程是理论推导方程，式中 Q_{max} 和 K_L 分别是最大吸附量和与结合能有关的常数。在试验的各吸附溶液浓度下，海泡石对 Cd 的吸附量可达到 2275.0mg/kg，与由 Langmuir 方程推导出的最大吸附量（2288.3mg/kg）比较接近，这显然是符合实际情况的，也就是说 Langmuir 方程也能够较好地描述海泡石对 Cd 吸附的等温吸附行为。Álvarez-Ayuso 和 García-Sánchez（2003b）得出的海泡石对 Cd 的最大吸附量为 17 100mg/kg，而 Shirvani 等（2006）得出的结果为 46.083μmol/g（相当于 5180mg/kg）。不同的试验得出的海泡石最大吸附量相差很大，这可能与海泡石的纯度有关系：通过海泡石的 X 射线衍射图谱可以看出，本研究采用的海泡石材料中石英的含量较高；而在 Álvarez-Ayuso 和 García-Sánchez（2003b）等的试验材料中未发现石英的波峰；Shirvani 等（2006）虽然没有给出 X 射线衍射的图谱，但指出海泡石材料的主要成分为海泡石矿物，并未发现其他主要成分，其纯度均应比本试验的要高。Temkin 方程可从 Langmuir 方程推导而来，但修正了 Langmuir 方程的缺点，即假定吸附量随着表面覆盖度的增加而直线下降。但用来描述海泡石对 Cd 的吸附过程较其他两种方程略差。

（4）海泡石吸附 Cd 矿物学和化学变化

海泡石是一种碱性较强的黏土矿物，经测定，其 pH 为 9.0（水土比 1∶10，V/W）。在吸附 Cd 的过程中能否产生 CdO、$Cd(OH)_2$ 或者 $CdCO_3$ 的沉淀？通过吸附曲线和模拟方程并不能显示出来。而 X 射线衍射图谱则能够反映样品的晶体结构。根据研究结果（图 4-15 和图 4-18），吸附量达到 394mg/kg 时并未发现含 Cd 化合物的峰位图，而且吸附前后海泡石的 X 射线衍射图谱没有明显的差异。这说明在吸附溶液 pH 为 6.0 的情况下，海泡石对 Cd 的吸附量达到 394mg/kg 时,不会产生含 Cd 的化合物沉淀。

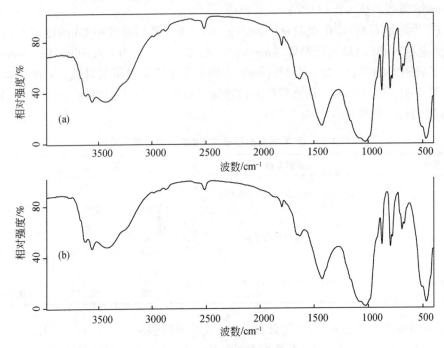

图 4-18 海泡石的傅里叶红外图谱

注:(a) 吸附前;(b) 吸附后

傅里叶红外光谱技术可以反映物质的化学键构成。研究结果表明,吸附前、后海泡石的傅里叶红外图谱构成没有发生明显的变化(图 4-18),可见海泡石对 Cd 的吸附过程中没有产生新的化学键。因此,海泡石对 Cd 的吸附中化学吸附占的比例可能极小。

(5)海泡石吸附 Cd 的解吸

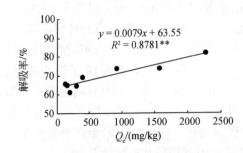

$$y = 0.0079x + 63.55$$
$$R^2 = 0.8781^{**}$$

图 4-19 海泡石吸附 Cd 的解吸率

采用 1mol/L MgCl$_2$ 对吸附 Cd 后的海泡石进行解吸附(V:M = 8:1,解吸时间为 1h)。结果表明,海泡石吸附 Cd 的解吸率为 61% ~ 82%,而且其解吸率基本上随海泡石对 Cd 吸附量的增加而上升(图 4-19)。上面的研究结果也已证明,海泡石对 Cd 的吸附是以物理吸附和离子交换吸附为主的非专性吸附,被吸附的 Cd 从理论上来说是可以被解吸的,这与解吸的研究结果一致。但 Shirvani 等(2006)的研究结果则表明,海泡石吸附的 Cd,其解吸附有一个明显的滞后效应,被吸附的 Cd 仅有 2.2% 能够立即被解吸下来,而绝大部分被吸附的 Cd 是不能够立即被解吸。这一差异应该是由解吸剂的不同造成的,本试验采用 1mol/L 的 MgCl$_2$ 溶液作为解吸剂,而 Shirvani 等(2006)采用的则是 0.01mol/L 的 CaCl$_2$ 溶液,虽然后者解吸所用时间较长(24h),但两个试验解吸剂的离子强度差异极大。

（6）影响海泡石吸附 Cd 的主要因子

研究结果（图 4-20）表明，溶液 pH 和陪伴离子强度是影响海泡石吸附 Cd 的重要因素。当吸附溶液 pH 低于 4 时，海泡石对 Cd 的吸附量随着溶液 pH 的降低而迅速下降，而溶液 pH 由 5 提高至 8 时，海泡石对 Cd 的吸附量变化不大。随着陪伴离子强度的增大，海泡石对 Cd 的吸附量不断降低：$NaNO_3$ 溶液浓度从 0 上升至 0.5mol/L，其吸附量下降了 13%。

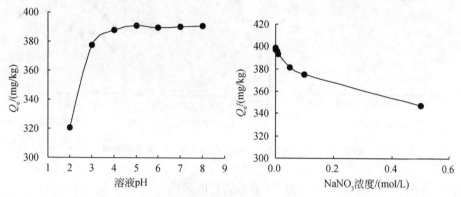

图 4-20　溶液 pH 和陪伴离子对海泡石吸附 Cd 的影响

（7）海泡石对典型水稻土 Cd 吸附能力的影响

研究结果（图 4-21）表明，在吸附溶液 Cd 浓度相同的情况下，添加海泡石可使红黄泥、黄泥田和红沙泥对 Cd 的吸附量分别提高 17% ~ 44%、27% ~ 60% 和 24% ~ 39%，其提高幅度随海泡石添加量的增加而增大。

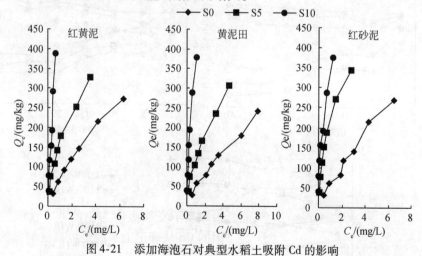

图 4-21　添加海泡石对典型水稻土吸附 Cd 的影响

注：S0 为不添加海泡石，S5、S10 分别为每千克土壤添加 5g 和 10g 海泡石；下同

三种未添加海泡石的水稻土吸附 Cd 的解吸率均在 70% 以上，且其解吸率均随着吸附量的增加而增大。添加海泡石可增强三种水稻土对 Cd 的吸附强度，降低解吸率，其效果随海泡石添加量的增大而增强（图 4-22）。研究结果还表明，添加海泡石使土壤 pH 提高，是增强这三种水稻土吸附 Cd 能力的重要原因。

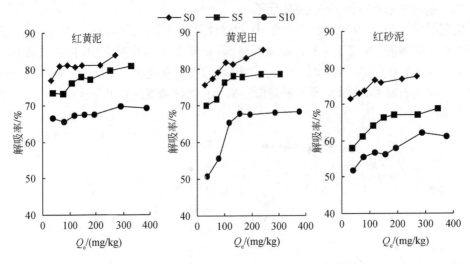

图 4-22　添加海泡石对典型水稻土 Cd 解吸率的影响

（8）海泡石对典型水稻土外源 Cd 形态转化的影响

添加海泡石显著降低了三种水稻土 Cd_{DTPA} 的含量（图 4-23）。同时，添加海泡石对三种水稻土外源 Cd 的形态转化亦有明显影响（表 4-16）：使交换态 Cd 含量显著降低（达 1% 显著水平），碳酸盐结合态和铁锰氧化物结合态 Cd 含量明显增加（达 1% 显著水平），对有机结合态 Cd 含量影响不大（未达 5% 显著水平）。

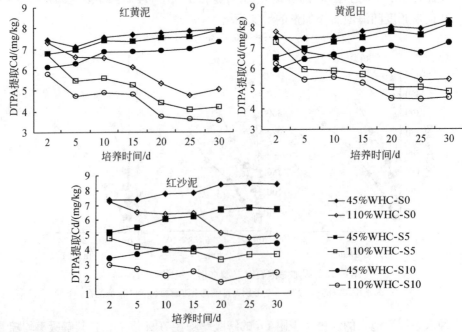

图 4-23　添加海泡石对 DTPA 提取 Cd 的影响

注：45%WHC 和 110%WHC 表示培养期间土壤含水量分别为 45% 和 110% 的饱和田间持水量，下同

表 4-16　添加海泡石对典型水稻土外源 Cd 形态变化的影响

处理	红黄泥					黄泥田					红沙泥				
	EX	CB	OX	OM	RES	EX	CB	OX	OM	RES	EX	CB	OX	OM	RES
本底	7.72a	0.50j	0.70f	0.64a	ND	7.56a	0.52h	0.92h	0.52ab	ND	7.56a	0.72h	0.76g	0.54cd	ND
第10天 45% WHC-S0	6.67cd	0.91h	1.08hj	0.40fgh	ND	6.58b	1.08fg	1.22gh	0.37d	ND	6.85b	0.89g	0.72g	0.39e	ND
45% WHC-S5	6.66cd	1.14fg	1.31gh	0.42efg	ND	6.67b	1.16ef	1.54fg	0.38d	ND	5.52d	1.63e	1.75e	0.39e	ND
45% WHC-S10	5.58e	1.46cd	1.79ef	0.36h	ND	5.82cd	1.44d	1.98cde	0.41cd	ND	3.19gh	2.96bc	2.52cd	0.44de	ND
110% WHC-S0	6.64cd	1.06g	1.39fgh	0.43defg	ND	5.99cd	1.05g	1.66ef	0.43cd	ND	6.51c	0.94g	1.32f	0.64ab	ND
110% WHC-S5	5.89e	1.48cd	1.83ef	0.44defg	ND	5.75d	1.22e	2.11cd	0.47bc	ND	4.82e	1.74e	2.25d	0.59b	ND
110% WHC-S10	5.08f	2.07b	2.43cd	0.52bc	ND	5.20e	1.68bc	2.25c	0.51ab	ND	3.03h	2.84c	2.82c	0.66ab	ND
第30天 45% WHC-S0	7.33ab	1.28ef	1.61efg	0.44defg	ND	7.32a	1.37d	1.77def	0.41cd	ND	7.27a	1.09fg	0.87g	0.42e	ND
45% WHC-S5	6.96bc	1.07g	2.02de	0.46cdef	ND	6.83b	1.39d	2.25c	0.42cd	ND	5.75d	1.64e	2.29d	0.42e	ND
45% WHC-S10	6.36d	1.53c	2.71c	0.39gh	ND	6.16c	1.75b	3.17b	0.46bc	ND	3.53fg	3.21a	3.75b	0.47de	ND
110% WHC-S0	5.55e	1.35de	3.47b	0.47cde	ND	5.28d	1.13efg	3.47b	0.48bc	ND	5.43d	1.26f	2.81c	0.69a	ND
110% WHC-S5	4.65g	2.20b	4.04a	0.48cd	ND	4.73f	1.63c	4.02a	0.52ab	ND	3.67f	2.01d	3.63b	0.64ab	ND
110% WHC-S10	3.81h	2.76a	4.27b	0.57b	ND	4.55f	2.12a	4.14a	0.57a	ND	2.47j	3.09ab	4.23a	0.71a	ND

注: EX, 交换态 Cd; CB, 碳酸盐结合态 Cd; OX, 铁锰氧化物结合态 Cd; OM, 有机结合态 Cd; RES, 残渣态 Cd; 下同; ND, 未检出; 每列数据后含相同字母表示差异不显著 ($p > 0.01$)。

研究结果还表明，三种典型水稻田中活性较高的 Cd_{DTPA} 和交换态 Cd 含量均与土壤 pH 呈极显著的负相关关系，而与土壤 Eh 呈极显著的正相关关系（表4-17）。在单一的水分条件（45%WHC 或 110%WHC）下，pH 与 Cd_{DTPA} 或交换态 Cd 的相关关系要优于 Eh，但将两种水分条件下各处理放在一起统计时，Eh 与两者的相关关系要优于 pH。三种土壤中碳酸盐结合态和铁锰氧化物结合态 Cd 的含量均随着 pH 的升高和 Eh 的降低而升高。可见在相同的水分条件下，土壤 pH 是这三种水稻土中外源 Cd 形态转化的重要影响因素。

表 4-17　添加海泡石后土壤 pH 和 Eh 变化对土壤各形态 Cd 的影响（培养 30d，决定系数 R^2）

土壤	理化性质	不同处理	Cd 形态				
			DTPA	EX	CB	OX	OM
红黄泥	pH	45% WHC	−0.94**	−0.94**	0.66*	0.99**	−0.54*
		110% WHC	−0.97**	−0.94**	0.97**	0.67**	0.77**
		全部处理	−0.74**	−0.83**	0.83**	0.81**	0.40*
	Eh	45% WHC	0.88**	0.90**	−0.57*	−0.97**	0.51
		110% WHC	0.94**	0.89**	−0.95**	−0.69**	−0.55*
		全部处理	0.98**	0.90**	−0.71**	−0.92**	−0.62*
黄泥田	pH	45% WHC	−0.97**	−0.97**	0.88**	0.99**	0.27
		110% WHC	−0.95**	−0.75**	1.00**	0.80**	0.70**
		全部处理	−0.66**	−0.70**	0.83**	0.80**	0.63*
	Eh	45% WHC	0.98**	0.95**	−0.92**	−0.98**	−0.49
		110% WHC	0.92**	0.74**	−0.93**	−0.80**	−0.72**
		全部处理	0.98**	0.94**	−0.27	−0.89**	−0.72**
红沙泥	pH	45% WHC	−0.97**	−0.96**	0.91**	0.99**	0.51
		110% WHC	−0.97**	−0.98**	0.95**	0.98**	0.03
		全部处理	−0.82**	−0.91**	0.92**	0.89**	0.21
	Eh	45% WHC	0.97**	0.97**	−0.93**	−0.99**	−0.48
		110% WHC	0.87**	0.93**	−0.86**	−0.92**	−0.01
		全部处理	0.81**	0.60**	−0.19	−0.65*	−0.91**

注：*表示达到 0.05 显著水平；**表示达到 0.01 显著水平

三、重度超标土壤的农业安全利用

（一）植物修复技术效应和存在的主要问题

广义的植物修复包括植物萃取、植物挥发和植物固定。狭义的植物修复主要是指植物萃取，是利用植物吸收土壤中的重金属并将其带走，最终达到清除土壤中重金属的目的的一类技术的总称。这里主要指狭义上的植物修复。

超富集植物是指能够超量吸收和累积重金属的植物。Jaffre 等于 1976 年最早提出这一概念，Brooks 等 1977 年最先给出超富集植物的限定标准（Reeves and Baker，2000），而目前公认的将植物地上部分 Cd 含量达到 100mg/kg 作为筛选超富集植物的临界标准是由 Baker 等（2000）于 1983 年提出的。近年来超富集植物的筛选和修复效果研究受到较多的关注，并取得了大量重要进展。Wenzel 和 Jockwer（1999）对奥地利阿尔卑斯山矿区土壤上的自然作物进行了调查，发现 *Thlaspi rotundifolium ssp. cepaei-folium*，*Cardaminopsis halleri*，*Biscutella laevigata* 和 *Minuartia verna* 对 Cd 的富集量较大，地上部浓度分别可达 108mg/kg、80mg/kg、78mg/kg 和 59mg/kg，可能是潜在的 Cd 超富集作物。Solís-Domínguez 等（2007）利用水培法研究了热带速生草 *Echinochloa polystachya*，发现其对 Cd 的耐性很强，且对 Cd 有很强的富集能力，其地上部分 Cd 浓度达到 233 ± 8.77mg/kg（DW），根部浓度为 299 ± 13.93mg/kg（DW）。Gardea-Torresdey 等（2004）的盆栽试验结果显示，在 20mg/L Cd 浓度下，*Convolvulus arvensis* L. 地上部分 Cd 含量可达 1500mg/kg（DW），但作物生长受到明显的抑制。de la Rosa 等（2004）研究了沙漠植物风滚草（*Salsola kali*）对 Cd 胁迫的反应，20mg/L Cd 对其根生长有明显的促进作用，根、茎和叶的 Cd 浓度分别可达到 2696mg/kg（DW）、2075mg/kg（DW）和 2016mg/kg（DW），X 射线研究结果表明，根中 Cd 主要和氧化物结合在一起，茎和叶中 Cd 和氧化物及硫结合在一起。

国内这方面的研究起步较晚。Chen 等（2000a）通过田间小区试验研究发现，Cd 污染土壤上香根草（*Vetiveria zizanioides*）的 Cd 含量较非污染土壤高 120% ~ 260%。Yang 等（2004，2001）研究发现，我国南方矿区的东南景天（*Sedum alfredii* H.）是 Cd 和 Zn 的超富集作物。熊愈辉等（2004）通过溶液培养发现，东南景天耐受 Cd 的临界浓度为 500mg/L，叶和茎的含量峰值分别高达 5.677mg/kg 和 5.274mg/kg，植株不同部位 Cd 含量为叶 > 茎 > 根。Deng 等（2006）发现浙江矿区土壤上的东南景天对 Cd 的富集能力强于我国其他地方的品种。Wei 等（2006，2005）发现龙葵（*Solanum nigrum* L.）是一种新的 Cd 超富集作物，Cd 污染土壤上生长的龙葵在成熟期叶和茎的 Cd 含量分别可达 103.8mg/kg 和 124.6mg/kg。聂发辉（2006）和聂发辉等（2006）在株洲发现了一种超富集植物商陆（*Phytolacca acinosa*），自然生长于 Cd 污染土壤上的商陆的茎叶 Cd 含量有 63.8mg/kg，盆栽结果发现，商陆在土壤 Cd 浓度达 200mg/kg 时仍可完成生长周期，根、茎和叶的 Cd 含量分别为 270.87mg/kg、362.42mg/kg 和 668.81mg/kg，转运系数为 1.55 ~ 3.08。

尽管超富集植物筛选研究取得了不少进展，但这些植物多为野生的，栽培性状较差，生物量有限，从土壤中带走的重金属数量有限。为此，有研究者采用一些富集能力没有达到超富集水平但对 Cd 有较强的耐受性、生物量大的植物来修复 Cd 污染土壤。蒋先军等（2003）发现，在 Cd 含量为 200mg/kg 土壤上种植印度芥菜 66d 后，Cd 的去除率为 0.13%。苏德纯等（2002）研究结果显示，在添加难溶 Cd 盐（$CdCO_3$）5 ~ 40mg/kg 的土壤上种植印度芥菜 6 周后，Cd 的去除率可达 0.83% ~ 1.25%。Fischerová 等（2006）将超富集植物 *Arabidopsis halleri* 和 *Thlaspi caerulescens* 与生物量较大的非超富集植物柳树和白杨树对土壤 Cd 污染的修复效果进行了对比，发现前两者的地上部分 Cd 含量分别为 82.3mg/kg 和 271mg/kg，而后两类植物则为 17.3 ~ 41.1mg/kg，但其年修复率则差别不大

（4.75%和7.55%与3.36%～8.10%），柳树的修复效果较白杨树更好。项雅玲和林匡飞（1994）发现，苎麻对 Cd 有较强的耐性和富集能力。林匡飞等（1996）发现在 Cd 含量为 10mg/kg 的土壤中苎麻的产量较无污染的土壤还要高 16.9%，产品品质没有受到影响，而且切断了土壤—植物—人的食物链；Cd 含量为 3.56～9.15mg/kg 的土壤种植苎麻 5 年后，Cd 含量降低率为 20.5%～34.1%。但王凯荣等（1998）、王凯荣（2004）的微区试验结果显示，Cd 污染会使苎麻的生长受到抑制，产量也有明显的降低，但对产品品质影响不大，对土壤 Cd 污染的修复效果较差。

综上所述，植物修复作为一种原位修复技术，具有修复效果彻底、投资和维护成本较低、操作简单等特点，越来越受到人们重视。但在实际操作过程中，还存在着诸多问题。例如，超富集植物大多对金属具有明显的选择性，且生长慢、生物量小，每年从污染源提取的重金属量相当有限，完全修复所需的时间长，直接经济效益低，后续处置不当会引发二次污染。且我国耕地有限，要确保"18 亿亩"耕地红线不被突破，城郊重金属重度超标土壤弃耕不太现实，只有合理地改革耕作制度，才能实现城郊重金属重度超标土壤的农业安全利用。

（二）技术改进及效果

试验研究表明，在重度超标土壤上棉花苗期死苗严重，前期发育缓慢，齐苗难，产量较一般农区低 25%～50%；蚕桑种养对技术要求较高，而且在新种植地区产生的经济效益较低；但苎麻即使在 Cd 100mg/kg、Pb 3000mg/kg 的土壤上也能较为正常地生长。因此，在城郊重度超标土壤上发展苎麻生产，不失为一条有效的农业安全利用措施。

1. 苎麻对土壤镉污染的耐受性

对照的 9 个品种株高大多在 50cm 以上，最高的为 5 号，最矮的为 1 号；茎粗变动范围 4.82～9.73cm；皮厚最厚的为 6 号，最薄的为 9 号。Cd100mg/kg 处理的 9 个品种株高大多在 50cm 以上，最高的为 2 号，最矮的为 1 号；茎粗变动范围 4.58～8.50cm；皮厚最厚的为 8 号，最薄的为 3 号。Cd200mg/kg 处理的 9 个品种株高也基本在 50cm 以上，最高的为 1 号，最矮的为 8 号；茎粗变动范围 4.70～7.39cm；皮厚最厚的为 4 号，最薄的为 9 号。高浓度 Cd 处理对 9 个品种苎麻的主要农艺性状的影响并无明显规律，其中 4、5 和 6 号 3 个品种的株高和茎粗均随土壤 Cd 含量的升高而降低，而其他品种则无明显规律；Cd100mg/kg 处理下的 2、5、7、8 和 9 号 5 个品种的皮厚以及 1、2、6、7、8 和 9 号 6 个品种的单蔸鲜皮产量均高于对照和 Cd200mg/kg 处理（表4-18）。

表4-18 苎麻农艺性状及产量（2008 年二麻）

品种	Cd 处理浓度	株高/cm	茎粗/cm	皮厚/mm	有效株	无效株	有效率/%	单蔸鲜皮/kg
1	CK	47.4	4.82	2.95	9	1	90.00	0.021
	100mg/kg	49.3	4.58	2.82	36	7	83.72	0.036
	200mg/kg	98.7	7.35	3.45	14	8	63.63	0.019

品种	Cd 处理浓度	株高/cm	茎粗/cm	皮厚/mm	有效株	无效株	有效率/%	单苑鲜皮/kg
	CK	64.3	5.75	3.11	38	13	74.51	0.111
2	100mg/kg	117.6	8.50	4.49	20	10	66.66	0.262
	200mg/kg	67.3	6.44	3.6	23	11	67.64	0.099
	CK	54.0	5.40	3.96	21	4	84.00	0.055
3	100mg/kg	56.6	5.66	2.31	13	7	65.00	0.038
	200mg/kg	53.3	5.81	2.61	7	5	58.33	0.024
	CK	56.4	6.20	3.42	24	4	85.71	0.073
4	100mg/kg	55.4	6.06	2.82	10	7	58.82	0.047
	200mg/kg	55.1	5.82	6.25	23	20	53.49	0.152
	CK	95.4	8.11	4.42	23	5	82.14	0.253
5	100mg/kg	63.0	8.03	6.25	22	6	78.57	0.152
	200mg/kg	56.8	6.85	4.56	12	16	42.85	0.085
	CK	85.4	9.73	6.64	9	2	81.82	0.143
6	100mg/kg	75.3	8.44	4.07	24	2	92.31	0.197
	200mg/kg	51.0	7.39	5.9	20	6	76.92	0.102
	CK	61.2	5.59	2.81	14	2	87.50	0.049
7	100mg/kg	81.4	6.93	4.35	8	3	72.72	0.079
	200mg/kg	51.5	4.70	3.38	21	3	87.50	0.054
	CK	59.0	7.60	5.51	16	3	84.21	0.109
8	100mg/kg	80.1	8.46	7.01	19	4	82.61	0.244
	200mg/kg	48.1	6.98	4.66	10	4	71.43	0.066
	CK	73.9	5.31	2.68	22	10	68.75	0.087
9	100mg/kg	97.5	7.47	4.31	40	16	71.43	0.248
	200mg/kg	71.9	4.97	2.35	26	11	70.27	0.077

注：①CK 处理土壤 Cd 含量为 1.72mg/kg；②苎麻品种：1. 石阡竹根麻；2. 富顺青麻；3. 小鲁班；4. 大红皮2 号；5. 湘苎 3 号；6. 湘苎 2 号；7. 宜春红心麻；8. 中苎 1 号；9. 川苎 1 号。下同

从表 4-19 可以得知，大部分品种在不同处理条件下对苎麻农艺性状和产量的影响有效率在 80% 以上，其中 2 号、3 号和 5 号品种在严重超标土壤（Cd200mg/kg）中的有效率反而高于低污染土壤。对照的 9 个品种株高大多在 80cm 以上，最高的为 5 号，最矮的为 1 号；茎粗变动范围为 5.26~9.56 cm；皮厚最厚的为 8 号，最薄的为 9 号。Cd100mg/kg 处理的 9 个品种株高大多在 100cm 以上，最高的为 2 号，最矮的为 1 号；茎粗变动范围为 6.27~9.47cm；皮厚最厚的为 8 号，最薄的为 3 号。Cd200mg/kg 处理的 9 个品种株高大多在 90cm 以上，最高的为 2 号，最矮的为 5 号；茎粗变动范围为 6.67~8.80cm；皮厚最厚的为 5 号，最薄的为 1 号。在添加 Cd100mg/kg 和 200mg/kg 的条件下，9 个品种的苎麻均能够完成正常的生理周期，可见苎麻对土壤 Cd 污染具有

一定的耐受能力。但高 Cd 处理苎麻的产量大多有一定程度的降低，除品种 1 外的 8 个品种 Cd200mg/kg 处理的单蔸鲜皮产量低于 100mg/kg 处理外，Cd100mg/kg 处理下的 2、5、6、8 和 9 号共 5 个品种的单蔸鲜皮产量均高于对照和 200mg/kg 处理，说明这几个品种对 Cd 污染的耐受能力较强。

表 4-19 苎麻农艺性状及产量（2008 年三麻）

品种	Cd 处理浓度	株高/cm	茎粗/cm	皮厚/mm	有效株	无效株	有效率/%	单蔸鲜皮/kg
	CK	58.1	5.26	2.27	6	7	46.15	0.003
1	100mg/kg	80.4	6.27	5.11	27	6	81.81	0.012
	200mg/kg	103.5	7.12	3.23	11	6	64.71	0.015
	CK	128.1	8.03	4.83	38	8	82.61	0.034
2	100mg/kg	146.9	8.52	5.34	42	11	79.24	0.051
	200mg/kg	124.7	7.63	4.28	35	7	83.33	0.032
	CK	99.1	7.23	5.21	23	4	85.18	0.026
3	100mg/kg	95.3	7.90	4.64	19	8	70.37	0.017
	200mg/kg	98.5	6.81	5.51	16	4	80.00	0.016
	CK	102.2	7.11	5.70	39	5	88.64	0.047
4	100mg/kg	97.7	7.33	5.08	29	6	82.86	0.020
	200mg/kg	105.4	7.61	5.49	37	17	68.52	0.037
	CK	148.1	9.56	6.90	39	6	86.67	0.066
5	100mg/kg	122.8	8.83	4.85	32	8	80.00	0.033
	200mg/kg	89.7	8.01	6.60	19	3	86.36	0.018
	CK	130.2	9.31	5.72	25	3	89.29	0.043
6	100mg/kg	121.4	9.25	5.72	25	4	86.21	0.061
	200mg/kg	102.4	8.56	5.95	27	5	84.38	0.045
	CK	126.2	6.84	5.17	24	3	88.89	0.022
7	100mg/kg	118.2	7.46	5.75	26	6	81.25	0.021
	200mg/kg	122.8	7.26	5.56	24	5	82.76	0.010
	CK	126.5	9.33	6.92	30	3	90.91	0.051
8	100mg/kg	129.8	9.47	6.08	30	3	90.91	0.062
	200mg/kg	117.2	8.80	5.75	23	5	82.14	0.041
	CK	112.6	6.53	3.93	23	9	71.88	0.016
9	100mg/kg	111.2	7.33	5.74	44	6	88.00	0.031
	200mg/kg	94.1	6.67	4.48	28	9	75.67	0.020

从表 4-20 可以看出，苎麻各部分含 Cd 量基本上是：皮 > 骨 > 叶。9 个不同苎麻品种的地上部位含 Cd 量为 5 号 > 4 号 > 6 号 > 8 号 > 3 号 > 7 号 > 2 号 > 1 号 > 9 号。对不同处理的 9 个品种的含 Cd 量进行方差分析（数据未列出），在 Cd 轻微污染（1 ~ 2mg/kg）

土壤中，5 号品种的地上部分 Cd 含量最高，显著高于其他品种；但在高 Cd 污染（100～200mg/kg）的土壤中，9 个品种的含 Cd 量无显著差异，不同部位间的含 Cd 量差异显著，皮 > 骨 > 叶。

表 4-20　二麻不同部位含 Cd 量　　　　　　（单位：mg/kg）

品种	Cd 处理浓度	叶	骨	皮	地上部平均含量
1	CK	5.54	6.48	18.18	7.91
	100mg/kg	25.53	9.13	79.73	30.04
	200mg/kg	8.79	77.16	95.47	42.23
2	CK	8.28	8.67	12.18	9.04
	100mg/kg	8.87	22.94	98.04	27.64
	200mg/kg	21.61	57.27	120.80	48.05
3	CK	6.21	15.58	16.19	10.48
	100mg/kg	26.09	53.80	56.50	38.86
	200mg/kg	36.17	51.08	41.96	41.28
4	CK	8.94	8.50	25.15	11.52
	100mg/kg	27.68	85.71	98.56	55.60
	200mg/kg	15.00	56.47	145.90	48.34
5	CK	48.90	4.12	10.48	30.06
	100mg/kg	19.23	71.30	117.30	50.04
	200mg/kg	31.84	57.28	124.30	54.32
6	CK	11.94	7.11	8.40	10.01
	100mg/kg	9.04	25.00	70.90	23.78
	200mg/kg	56.20	44.83	108.60	61.78
7	CK	4.76	7.13	18.28	7.67
	100mg/kg	20.37	54.64	76.79	39.29
	200mg/kg	26.64	66.20	54.64	42.30
8	CK	17.27	4.58	21.63	16.88
	100mg/kg	18.48	27.77	83.29	31.86
	200mg/kg	42.07	27.12	95.80	46.87
9	CK	4.70	9.65	12.20	8.68
	100mg/kg	6.68	15.94	49.62	16.41
	200mg/kg	12.51	84.32	101.10	47.22

2. 重度重金属超标土壤苎麻的农艺性状及产量

在重度重金属超标土壤上种植的苎麻，9 个品种的农艺性状及产量差异较大（表 4-21），9 个苎麻品种的平均株高均在 100cm 以上，最高的 2 号 171cm，最矮的 4 号也有 118cm；茎粗在 0.7 ～ 1.04cm 变动；皮厚最厚的为 8 号（0.86mm），最薄的是 9 号

（0.63mm）；出麻率最高的为 8 号、5 号，达 11.5%，出麻率最低的是 7 号，仅为 6.9%；三麻单季产量最高的是 2 号（535.5kg/hm²），最小的是 1 号（79.5kg/ hm²）。

表 4-21　重度超标土壤种植苎麻的农艺性状及产量（2008 年三麻）

品种	株高/cm	茎粗/cm	皮厚/mm	原麻干重/g	出麻率/%	产量/（kg/hm²）
1	125	0.70	0.65	3.80	11.20	79.50
2	171	1.03	0.69	13.58	9.70	535.50
3	130	0.87	0.67	6.18	10.50	183.00
4	118	0.83	0.79	7.48	8.20	243.00
5	151	0.97	0.81	10.50	11.50	381.00
6	132	0.99	0.83	10.08	11.30	379.50
7	135	0.86	0.65	6.21	6.90	201.00
8	142	1.04	0.86	9.37	11.50	343.50
9	138	0.75	0.63	13.25	10.40	370.50

注：土壤 Cd 含量为 8.4mg/kg，Pb 含量为 655.5mg/kg；苎麻品种同上

2009 年 9 个品种头麻的平均株高均在 110cm 以上（表 4-22），最高的 2 号品种平均株高为 170.9cm，最矮的 4 号品种也有 118.3cm；茎粗在 0.70～1.04cm 变动；皮厚在 0.65～0.85mm 变动；出麻率差异较大，最高的 8 号品种为 11.49%，最低的 7 号品种仅为 6.92%；产量最高的 2 号品种为 498.0kg/hm²，最低的 7 号品种仅为 70.5kg/hm²。可见高产品种绝大多数为深根丛生品种，仅一个浅根型。品种间的农艺性状、产量等的差异，是否由品种间的特性差异决定的，尚待进一步研究。

表 4-22　重度超标土壤种植苎麻农艺性状及产量（2009 年头麻）

品种	株高/cm	茎粗/cm	皮厚/mm	原麻干重/g	出麻率/%	产量/（kg/hm²）
1	124.90	0.70	0.65	2.69	11.40	78.0
2	170.90	1.03	0.69	9.89	9.24	498.0
3	129.60	0.87	0.67	4.22	10.50	166.5
4	118.30	0.82	0.79	4.28	8.31	219.0
5	151.20	0.97	0.81	7.58	11.45	333.0
6	132.10	0.99	0.82	6.24	11.29	325.5
7	138.10	0.86	0.66	2.56	6.92	70.5
8	141.70	1.04	0.85	7.93	11.49	328.5
9	137.60	0.75	0.63	5.81	10.30	301.5

苎麻各部分 Cd 含量基本上是叶＞皮＞籽＞骨，以叶的 Cd 含量最高（表 4-23）。各品种富集 Cd 的能力是 3 号＞9 号＞5 号＞6 号＞7 号＞8 号＞1 号＞2 号＞4 号，3 号品种地上部分吸收 Cd 量最高。由于 9 个品种生物量各异，结合生物量比较，5 号品种的吸收 Cd 量最高。9 个品种的富集系数（BC）均大于 1，说明其对 Cd 均有一定的富

集性，其中富集能力最强的是 3 号小鲁班，其次是 9 号川苎 1 号、6 号湘苎 2 号和 5 号湘苎 3 号。

表 4-23 苎麻不同部位含 Cd 量及其富集能力

品种	骨/(mg/kg)	叶/(mg/kg)	籽/(mg/kg)	皮/(mg/kg)	地上部平均含量/(mg/kg)	富集系数 BC
1	7.65	10.32	3.59	10.80	9.33	5.65
2	2.63	15.35	6.74	6.97	10.22	6.19
3	7.11	18.93	5.25	14.99	14.47	8.76
4	5.24	5.94	5.43	14.79	7.12	4.31
5	1.99	19.86	10.70	12.42	14.00	8.48
6	3.30	20.71	6.48	14.16	14.34	8.69
7	3.41	18.16	6.13	12.85	12.80	7.75
8	2.29	19.18	8.18	10.68	12.81	7.76
9	5.36	20.30	7.98	12.07	14.42	8.73

3. 重度超标土壤苎麻栽培技术规范

重度超标土壤苎麻栽培技术规范包括耐 Cd 苎麻品种的选择、麻园区划、园区道路和排灌系统的完善、土地平整、施肥和害虫防治以及苎麻栽植方法等几个方面的内容。

耐 Cd 苎麻品种的选择：目前确定的耐 Cd 品种主要有湘苎 3 号、湘苎 2 号和中苎 1 号 3 个品种。

麻园区划：先搞好土地平整规划，划分区块。一般采用长方形，区块长 100～200m，宽 30～40m，区块的长边要与主要风向垂直，以利防风。

园区道路和排灌系统的完善：主路设为区块的分界线，便于运输土、肥；小路是通往厢块的人行道。排灌系统由主沟、小沟组成。主沟设为区块的分界线，宽 1～1.7m，与主路平行；区块内的小沟与支路平行，将水引入小沟，小沟设在区块内，宽 0.7～1m，灌排兼用。

土地平整：在平整土地时，深耕改土，深挖麻地 30cm 左右，还应注意保存表土，再打碎土块，清除杂草。

施肥与害虫防治：增施有机肥，改良土壤，培肥地力。栽麻前增施饼肥 1500～2250kg/hm²，加土杂肥 30～45t/hm²。提倡施用有机复合肥，合理施用化肥。用呋喃丹撒施或穴施，防治地下害虫。

栽植方式与方法：秋冬栽麻宜深，盖土 2～3cm 厚，以利防旱、防冻；有条件的地方可采用铺地膜的方式，防止冻害。

参 考 文 献

曹仁林.1993.Cr、Cd 对作物品质的影响.土壤，25 (6)：324～326

陈翠芳，钟继洪，李淑仪.2007.硅对受土壤中镉污染的白菜生长和抗胁迫能力的影响.植物生理学

通讯，43（3）：479~482

陈福兴，姚造华，徐明岗等.2000.红壤复合改良剂研制及其功效.土壤肥料，（1）：42~44

陈怀满.1996.土壤—植物系统中的重金属污染.北京：科学出版社：71~102

陈清，张福锁.2007.蔬菜养分资源综合管理理论与实践.北京：中国农业大学出版社：53~67

程冬玲，林性粹.2001.园艺设施内的水分调控.西北园艺：果树，（1）：21

程美廷.1990.温室土壤盐分积累、盐害及其防治.土壤肥料，（1）：1~4

邓波儿，刘同仇.1993.不同改良剂降低稻米镉含量的效果.华中农业大学学报，12（2）：117~121

董炳友，高淑英，吕正文.2002.不同施肥措施对连作大豆的产量及土壤 pH 值的影响.黑龙江八一农
　　垦大学学报，14（4）：19~21

杜连凤，刘文科，刘建玲.2005.三种秸秆有机肥改良土壤次生盐渍化的效果及生物效应.土壤通报，
　　36（3）：309~312

段庆钟，杨理芳.2004.大理洱海湖滨区土壤酸化成因与修复技术初探.中国农技推广，（4）：54~55

范迪富，黄顺生，廖启林等.2007.不同量剂凹凸棒石黏土对镉污染菜地的修复试验.江苏地质，31
　　（4）：323~328

范浩定，吴爱芳，周仕龙.2004.大棚蔬菜土壤盐渍化治理技术研究.长江蔬菜，（3）：48,49

范庆锋，张玉龙，陈重等.2009.保护地土壤盐分积累及其离子组成对土壤 pH 值的影响.干旱地区农
　　业研究，27（1）：16~20

冯永军，陈为峰，张蕾娜等.2001.设施园艺土壤的盐化与治理对策.农业工程学报，17（2）：
　　111~114

付宝荣，李法云，臧树良等.2000.锌营养条件下镉污染对小麦生理特性的影响.辽宁大学学报（自
　　然科学版），27（4）：366~370

高小杰.1995.城郊菜园土污染状况调查与评价.环境导报，（6）：18~19

龚洪柱.1998.盐碱地造林学.北京：中国林业出版社

关继义.1992.森林土壤实验教程.哈尔滨：东北林业大学出版社

郭和蓉，陈琼贤，郑少玲等.2003.营养型土壤改良剂对酸性土壤的改良.华南农业大学学报（自然
　　科学版），24（3）：24~26

郭琳.2008.茶园土壤的酸化与防治.茶叶科学技术，（2）：16~17

胡钟胜，章钢娅，王广志等.2006.改良剂对烟草吸收土壤中镉铅影响的研究.土壤学报，43（2）：
　　233~239

黄道友，陈惠萍，龚高堂等.2000.湖南省主要类型水稻土镉污染改良利用研究.农业现代化研究，
　　21（6）：364~370

霍霄妮，李红，孙丹峰等.2009.北京市农业土壤重金属状态评价.农业环境科学学报，28（1）：
　　66~71

纪雄辉，梁永超，鲁艳红等.2007.污染稻田水分管理对水稻吸收积累镉的影响及其作用机理.生态
　　学报，27（9）：3930~3939

江吉东，张永春，俞美香等.2007.不同有机无机肥配合施用对土壤活性有机质含量及 pH 值的影响.
　　江苏农业学报，23（6）：573~578

姜军，徐仁扣，李九玉等.2007.两种植物物料改良酸化茶园土壤的初步研究.土壤，39（2）：
　　322~324

蒋先军，骆永明，赵其国等.2003.镉污染土壤植物修复的 EDTA 调控机理.土壤学报，40（2）：
　　205~209

李恋卿，杜慧玲，冯两蕊等.2000.不同年限污水灌溉对石灰性褐土理化性质的影响.山西农业大学

学报，21（1）：73~75

李明德，童潜明，汤海涛等．2005．海泡石对镉污染土壤改良效果的研究．土壤肥料，（1）：42~44

李其林，刘光德，黄昀等．2005．重庆市蔬菜地土壤重金属特征研究．中国生态农业学报，13（4）：142~146

李仁英，周文鳞，张慧等．2010．南京城郊菜地土壤 Pb 在小白菜体内的分布及富集作用研究．土壤通报，41（1）：212~215

廖金凤．2001．城市化对土壤环境的影响．生态科学，20（1）：91~95

林匡飞，张大明，李秋洪等．1996．苎麻吸镉特性及镉土的改良试验．农业环境保护，15（1）：1~4，8

林岩，段雷，杨永森等．2007．模拟氮沉降对高硫沉降地区森林土壤酸化的贡献．环境科学，28（3）：640~646

刘建玲，杜连凤，廖文华等．2005．日光温室土壤次生盐渍化状况及有机肥腐熟度的影响．河北农业大学学报，28（5）：16~19

刘乃瑜．2004．长春市城市土壤中重金属元素的积累及其微生物特性研究．吉林大学学报：地球科学版，34（10）：134~138

刘世亮，崔海燕，介晓磊等．2008．磷锌配施对镉污染石灰性土壤中磷锌镉有效性的影响．生态环境，17（2）：623~626

刘淑英，李小刚，王平等．1998．兰州市安宁地区保护地蔬菜施肥状况的调查．甘肃农业大学学报，33（2）：190~193

刘秀珍，赵兴杰，马志宏．2007．膨润土和沸石在镉污染土壤治理中的应用．水土保持学报，21（6）：83~85

罗承辉，廖柏寒，曾敏等．2005．磷对镉胁迫下黄豆生理生化特性的影响．湖南农业大学学报（自然科学版），31（4）：43~45

马光恕，廉华．2002．设施内环境要素的变化规律及对蔬菜生长发育的影响．黑龙江八一农垦大学学报，14（3）：16~20

孟赐福，傅庆林．1995．施石灰后红黄壤化学性质的变化．土壤学报，32（3）：300~307

孟赐福，水建国，吴益伟等．1999a．红壤旱地施用石灰对土壤酸度、油菜产量和肥料利用率的长期影响．中国油菜作物学报，21（2）：45~48

孟赐福，傅庆林，水建国等．1999b．浙江中部红壤施用石灰对土壤交换性钙、镁及土壤酸度的影响．植物营养与肥料学报，5（2）：129~136

穆环珍，何艳明，杨问波等．2004．制浆废液处理污泥改良酸性土壤的试验研究（Ⅰ）——污泥改土对土壤性质的影响．农业环境科学学报，23（3）：508~511

聂发辉．2006．镉超富集植物商陆及其富集效应．生态环境，15（2）：303~306

聂发辉，吴彩斌，吴双桃．2006．商陆对镉的富集特征．浙江林学院学报，23（4）：400~405

庞金华．1994．上海郊县土壤和农作物中金属元素的污染评价．植物资源与环境，3（1）：20~26

施振香，柳云龙，尹骏等．2009．上海城郊不同农业用地类型土壤硝化和反硝化作用．水土保持学报，23（6）：99~102

石学根，徐建国，张林等．2005．大棚温州蜜柑越冬栽培中棚内外温度的比较．中国南方果树，34（1）：9~11

史锟，张福锁，刘学军等．2004．不同栽培方式对镉污染水稻土籼、粳稻根表铁膜、镉含量及根镉含量的影响．土壤通报，35（2）：207~212

苏德纯，黄焕忠，张福锁．2002．印度芥菜对土壤中难溶态 Cd 的吸收及活化．中国环境科学，22

(4)：342~345

苏立新，王淑琴，肖健等．2005．北京市海淀区耕地土壤养分状况研究．北京农学院学报，20（1）：53~56

佟倩，李军，王喜艳．2008．硅肥和磷肥配合施入对水稻土吸附镉的影响．西北农业学报，17（1）：199~202

童有为．1997．温室大棚土壤盐渍的指示植物——紫球藻．上海蔬菜，(4)：38

屠乃美，郑华，邹永霞等．2000．不同改良剂对铅镉污染稻田的改良效应研究．农业环境保护，19（6）：324~326

王敬华，张效年，于天仁．1994．华南红壤对酸雨敏感性的研究．土壤学报，131（4）：348~354

王凯荣．1997．我国农田镉污染现状及其治理利用对策．农业环境保护，16（6）：274~278

王凯荣．2004．农田生态系统镉污染研究．武汉：华中农业大学博士学位论文．

王凯荣，龚惠群．1998．苎麻（B. nivea（L）. Gaud）对土壤Cd的吸收及其生物净化效应．环境科学学报，18（5）：510~516

王美青，章明奎．2002．杭州市城郊土壤重金属含量和形态的研究．环境科学学报，22（5）：603~608

王宁，李九玉，徐仁扣．2007．土壤酸化及酸性土壤的改良和管理．安徽农学通报，13（23）：48~51

王文军，郭熙盛，武际等．2006．施用白云石对酸性黄红壤作物产量及化学性质的影响．土壤通报，37（4）：723~726

王新，吴燕玉，梁仁禄等．1994．各种改性剂对重金属迁移、积累影响的研究．应用生态学报，5（1）：89~94

吴新民，李恋卿，潘根兴等．2003．南京不同功能城区土壤中重金属Cu、Zn、Pb和Cd的污染特征．环境科学，24（3）：105~111

吴燕玉，陈涛，李书鼎．1985．张士灌区镉污染综合防治技术的研究．中国环境科学，5（3）：1~7

咸翼松．2008．施用泥炭对土壤镉形态及植物有效性的影响．杭州：浙江大学博士学位论文

项雅玲，林匡飞．1994．苎麻吸镉特性及镉污染农田的改良．中国麻作，16（2）：39~42

熊愈辉，杨肖娥，叶正钱等．2004．东南景天对镉、铅的生长反应与积累特性比较．西北农林科技大学学报（自然科学版），32（6）：101~106

徐美志，王四洪，徐达胜．2004．石灰改良酸性黄棕壤的效果．安徽农业科学，32（6）：116

徐明岗，梁国庆，张夫道等．2006．中国土壤肥力演变．北京：中国农业科学技术出版社：34~36

徐明岗，张青，曾希柏．2007．改良剂对黄泥土镉锌复合污染修复效应与机理研究．环境科学，28（6）：1361~1366

徐仁扣．2002．某些农业措施对土壤酸化的影响．农业环境保护，21（5）：385~388

许中坚，刘广深，俞佳栋．2002．氮循环的人为干扰与土壤酸化．地质地球化学，30（2）：74~78

杨超光，豆虎，梁永超等．2005．硅对土壤外源镉活性和玉米吸收镉的影响．中国农业科学，38（1）：116~121

杨建霞，范小峰，刘建新．2005．温室黄瓜连作对根际微生物区系的影响．浙江农业科学，（6）：441~443

杨劲松，陈小兵，周宏飞．2007．新疆塔里木灌区水盐问题研究．中国地质灾害与防治学报，18（2）：69~73

杨秀敏，胡桂娟．2004．凹凸棒石修复镉污染的土壤．黑龙江科技学院学报，14（2）：80~82

杨业凤，徐阳春，姚政等．2009．上海市浦东新区设施菜地土壤盐分变化规律研究．土壤，41（6）：1009~1013

杨永森，段雷，靳腾等.2006.石灰石和菱镁矿对酸化森林土壤修复作用的研究.环境科学，27（9）：1878~1883

易杰祥，吕亮雪，刘国道.2006.土壤酸化和酸性土壤改良研究.华南热带农业大学学报，12（1）：23~28

尹永强，何明雄，邓明军.2008.土壤酸化对土壤养分及烟叶品质的影响及改良措施.中国烟草科学，29（1）：51~54

曾希柏.2000.红壤酸化及其防治.土壤通报，31（3）：111~113

张锐，严慧峻，魏由庆等.1997.有机肥在改良盐渍土中的作用.土壤肥料，（4）：11~14

张福锁，马文奇，陈新平.2006.养分资源综合管理理论与技术概论.北京：中国农业大学出版社：17~20

张建华，杨发荣.2004.大理市蔬菜地土壤酸化的原因与调控措施.云南农业科技，（2）：4~6

张磊，宋凤斌.2005.土壤施锌对不同镉浓度下玉米吸收积累镉的影响.农业环境科学学报，24（6）：1054~1058

张强，李支援.1996.海泡石对镉污染土壤的改良效果.湖南农业大学学报，22（4）：346~350

张青，李菊梅，徐明岗等.2006.改良剂对复合污染红壤中镉锌有效性的影响及机理.农业环境科学学报，25（4）：861~865

张秋芳，王果，杨佩艺等.2002.有机物料对土壤镉形态及其生物有效性的影响.应用生态学报，13（12）：1659~1662

张树生.2000.套种牧草对改良园地土壤的作用.浙江万里学院学报，13（3）：18~20，32

张桃林，鲁如坤，李忠佩.1998.红壤丘陵区土壤养分退化与养分库重建.长江流域资源与环境，7（1）：20~26

张喜林，周宝库，孙磊等.2008.长期施用化肥和有机肥料对黑土酸度的影响.土壤通报，39（5）：1221~1223

张余良，孙长载，李明悦.2006.天津市农业耕地土壤养分演变状况的调查.河南农业科学，（8）：94~98

张玉龙，张继宁，张恒明等.2003.保护地蔬菜栽培不同灌水方法对表层土壤盐分含量的影响.灌溉排水学报，22（1）：41~44

张云龙，李军.2007.硅素物质对土壤—水稻系统中镉行为的影响.安徽农业科学，35（10）：2955~2956

赵秉强，张福锁，廖宗文等.2004.我国新型肥料发展战略研究.植物营养与肥料学报，10（5）：536~545

赵其国.2002.中国东部红壤地区土壤退化的时空变化、机理及调控.北京：科学出版社：70~75

钟晓兰.2006.城乡结合部土壤污染及其生态环境效应.土壤，38（2）：122~129

周艺敏，张金盛，任顺荣等.1990.天津市园田土壤和几种蔬菜中重金属含量状况的调查研究.农业环境保护，9（6）：30~34

周振民，朱彦云，冯飞.2008.开封市污灌区土壤重金属污染评价.生态环境，17（6）：2267~2270

朱桂珍.2001北京市东南郊污灌区土壤环境重金属污染现状及防治对策.农业环境保护，20（3）：164~166，182

朱永官.2003.锌肥对不同基因型大麦吸收积累镉的影响.应用生态学报，14（11）：1985~1988

邹海明，李粉茹，官楠等.2006.大气中TSP和降尘对土壤重金属累积的影响.中国农学通报，22（5）：393~395

邹玲.2009.城市边缘地带土壤重金属元素空间变异特征研究与污染现状评价——以长沙市东郊为例.

长沙：湖南农业大学硕士学位论文

Malhi S，Nybory M，Harapiak J T. 1995. 无芒雀麦草地施用氮肥对土壤酸化的影响．许英译．黑龙江畜牧科技，(1)：58～59

Álvarez-Ayuso E，García-Sánchez A. 2003a. Palygorskite as a feasible amendment to stabilize heavy metal polluted soils. Environmental Pollution，125：337～344

Álvarez-Ayuso E，García-Sánchez A. 2003b. Sepiolite as a feasible soil additive for the immobilization of cadmium and zinc. Science of the Total Environment，305：1～12

Badora A，Furrer G，Grnwald A，et al. 1998. Immobilization of zinc and cadmium in polluted soils by polynuclear Al13 and Al-montmorillonite. Journal of Soil Contamination，7 (5)：573～588

Baker A J M，McGrath S P，Reeves R D，et al. 2000. Metal hyperaccumulator plants：A review of the ecology and physiology of a biological resource for phytoremediation of metal-polluted soils//Terry N，Bañuelos G. Phytoremediation of contaminated soil and water. Boca Raton：Lewis Publishers，CRC Press：85

Bewley R J F，Stotzky G. 1983. Effects of cadmium and zinc on microbial activity in soil；influence of clay minerals. Part II：Metals added simultaneously. Science of the Total Environment，31 (1)：57～69

Bolan N S，Naidu R，Syers J K，et al. 1999. Surface charge and solute interactions in soils. Advances in Agronomy，67：88～140

Bolan N S，Adriano D C，Duraisamy P，et al. 2003. Immobilization and phytoavailability of cadmium in variable charge soils. Plant and Soil，251：187～198

Brown S，Christensen B，Lombi E，et al. 2005. An inter-laboratory study to test the ability of amendments to reduce the availability of Cd，Pb，and Zn in situ. Environmental Pollution，138：34～45

Chen H M，Zheng C R，Tu，C，et al. 2000a. Chemical methods and phytoremediation of soil contaminated with heavy metals. Chemosphere，41：229～234

Chen Z S，Lee G J，Liu J C. 2000b. The effects of chemical remediation treatments on the extractability and speciation of cadmium and lead in contaminated soils. Chemosphere，41：235～242

Chen S B，Zhu Y G，Ma Y B. 2006. The effect of grain size of rock phosphate amendment on metal immobilization in contaminated soils. Journal of Hazardous Materials，134：74～79

Chen S，Xu M，Ma Y，et al. 2007. Evaluation of different phosphate amendments on availability of metals in contaminated soil. Ecotoxicology and Environmental Safety，67：278～285

Cheng S F，Hseu Z Y. 2002. In-situ immobilization of cadmium and lead by different amendments in two contaminated soils. Water，Air，and Soil Pollution，140：73～84

Chlopecka A，Adriano D C. 1997. Influence of zeolite，apatite and Fe-oxide on Cd and Pb uptake by crops. The Science of the Total Environment，207：195～206

Daum D，Bogdan K，Schenk M K，et al. 2002. Influence of the field water management on accumulation of arsenic and cadmium in paddy rice//Horst W J，Schenk M K，Bürkert A，et al. Plant Nutrition - Food Security and Sustainability of Agro-Ecosystems Through Basic and Applied Research. Hannover：Springer Netherlands：290～291

Deng D M，Shua W S，Zhang J，et al. 2006. Zinc and cadmium accumulation and tolerance in populations of Sedum alfredii. Envrionmental Pollution，147：381～386

Diaz M，Cambier P，Brendlé J，et al. 2007. Functionalized clay heterostructures for reducing cadmium and lead uptake by plants in contaminated soils. Applied Clay Science，37：12～22

Fischerová Z，Tlustoš P，Száková J，et al. 2006. A coparison of phytoremediation capability of selected plant species for given trace elements. Environmental Pollution，144：93～100

Friesl W, Friedla J, Platzer K, et al. 2006. Remediation of contaminated agricultural soils near a former Pb/Zn smelter in Austria: Batch, pot and field experiments. Environmental Pollution, 144: 40~50

Gardea-Torresdey J L, Peralta-Videa J R, Montes M, et al. 2004. Bioaccumulation of cadmium, chromium and copper by *Convolvulus arvensis* L.: impact on plant growth and uptake of nutritional elements. Bioresource Technology, 92: 229~235

Grant C A, Buckley W T, Bailey L D, et al. 1998. Cadmium accumulation in crops. Canadian Journal of Plant Science, 78: 1~17

Gregan P D, Scott B J. 1998. Soil acidification an agricultural and environmental problem//Pratley J E, Pratlay J E, Robertson A, et al. Agriculture and the environmental imperative. Melbourne: CSIRO Publishing: 98~128

Hassan M J, Wang F, Ali S, et al. 2005. Toxic effect of cadmium on rice as affected by nitrogen fertilizer form. Plant and Soil, 277: 359~365

Hong C O, Lee D K, Chung D Y, et al. 2007. Liming effects on cadmium stabilization in upland soil affected by gold mining activity. Archives of Environmental Contamination Toxicology, 52: 496~502

Kamel Z. 1986. Toxicity of cadmium to two Streptomyces species as affected by clay minerals. Plant and Soil, 93: 195~203

Keller C, Marchetti M, Rossi L, et al. 2005. Reduction of cadmium availability to tobacco (*Nicotiana tabacum*) plants using soil amendments in low cadmium-contaminated agricultural soils: a pot experiment. Plant and Soil, 276: 69~84

Kloke A, Sauerbeck D R, Vetter H. 1984. The contamination of plants and soils with heavy metals and the transport of metals in terrestrial food chains//Nriagu J O. Changing Metal Cycles and Human Health. Berlin: Springer-Verlag: 113~141

Kõleli N, Eker S, Cakmak I. 2004. Effect of zinc fertilization on cadmium toxicity in durum and bread wheat grown in zinc-deficient soil. Environmental Pollution, 131: 453~459

Lavado R S, Rodríguez M B, Taboada M A. 2005. Treatment with biosolids affects soil availability and plant uptake of potentially toxic elements. Agriculture, Ecosystems and Environment, 109: 360~364

Lee T M, Lai H Y, Chen Z S. 2004. Effect of chemical amendments on the concentration of cadmium and lead in long~term contaminated soils. Chemosphere, 57: 1459~1471

Li J T, Qiu J W, Wang X W, et al. 2008. Cadmium contamination in orchard soils and fruit trees and its potential health risk in Guangzhou, China. Environmental Pollution, 143: 159~165

Li W Q, Zhang M, Van Der Zee S. 2001. Salt contents in soils under plastic greenhouse gardening in China. Pedosphere, 11 (4): 359~367

Li X D, Poon C S, Liu P S. 2001. Heavy metal contamination of urban soils and street dusts in Hong Kong. Applied Geochemistry, 16: 1361~1368

Liu C, Li F, Luo C, et al. 2009a. Foliar application of two silica sols reduced cadmium accumulation in rice grains. Journal of Hazardous Materials, 161 (2~3): 1466~1472

Liu L, Chen H, Cai P, et al. 2009b. Immobilization and phytotoxicity of Cd in contaminated soil amended with chicken manure compost. Journal of Hazardous Materials, 163 (2/3): 563~567

Reeves R D, Baker A J M. 2000. Metal accumulating plants//Raskin I, Ensley B D. Phytoremediation of Toxic Metals: Using Plants to Clean Up the Environment. New York: John Wiley and Sons Inc: 193

Santona L, Castaldi P, Melis P. 2006. Evaluation of the interaction mechanisms between red muds and heavy metals. Journal of Hazardous Materials, 136 (2): 324~329

Shi X H, Zhang C C, Wang H, et al. 2005. Effect of Si on the distribution of Cd in rice seedlings. Plant and Soil, 272: 53~60

Shirvani M, Shariatmadari H, Kalbasi M, et al. 2006. Sorption of cadmium on palygorskite, sepiolite and calcite: Equilibria and organic ligand affected kinetics. Colloids and Surfaces A: Physicochemical and Engineering Aspects, 287: 182~190

Solís-Domínguez F A, González-Chávez M C, Carrillo-González R, et al. 2007. Accumulation and localization of cadmium in Echinochloa polystachya grown within a hydroponic system. Journal of Hazardous Materials, 140 (6): 630~635

Wångstrand H, Eriksson J, Öborn I. 2007. Cadmium concentration in winter wheat as affected by nitrogen fertilization. European Journal Agronomy, 26: 209~214

Wei S H, Zhou Q X, Wang X, et al. 2005. A newly discovered Cd- hyperaccumulator *Solanum nigrum* L. Chinese Science Bulletin, 50: 33~38

Wei S, Zhou Q, Koval P V. 2006. Flowering stage characteristics of cadmium hyperaccumulator *Solanum nigrum* L. and their significance to phytoremediation. Science of the Total Environment, 369: 441~446

Wenzel W W, Jockwer F. 1999. Accumulation of heavy metals in plants grown on mineralised soils of the Austrian Alps. Environmental Pollution, 104 (1): 145~155

Wong M T F, Swif R S T. 2003. Role of organic matter in alleviating soil acidity//Rengel Z. Handbook of Soil Acidity. New York: Marcel Dekker: 337~358

Yang X E, Long X X, Ni W Z, et al. 2001. *Sedum alfredii* H. - A new zinc hyperaccumulating plant ecotpype found in China. Chinese Science Bulletin, 47: 1003~1006

Yang X E, Long X X, Ye H B, et al. 2004. Cadmium tolerance and hyperaccumulation in a new Zn-hyperaccumulating plant species (*Sedum alfredii* Hance). Plant and Soil, 259: 181~189

Yi L, Hong Y T, Wang D J, et al. 2006. Stabilities of heavy metals in soils treated with red mud. Chinese Journal of Geochemistry, 25 (Suppl): 256

Zhang C, Wang L J, Nie Q, et al. 2008. Long-term effects of exogenous silicon on cadmium translocation and toxicity in rice (*Oryza sativa* L.). Environmental and Experimental Botany, 62: 300~307

Zhang T L, Wang X X, Zhao Q G, et al. 2000. Soil degradation in relation to land use and its countermeasures in the red and yellow soil region of southern China//Lal R. Integrated Watershed Management in the Global Ecosystmes. Boca Raton: CRC Press: 52~57

第五章 城郊农产品质量安全控制技术

我国人多地少的基本国情，使城郊农业在国家粮食安全保障体系，特别是在城市农产品供应体系中发挥着举足轻重的作用。城郊区是我国城市主要农产品的生产与供应基地，直接关系到我国8亿左右城市和郊区人口的健康状况。但是，目前城郊区农产品的质量安全令人担忧。据调查，我国北京、长沙、杭州等大中城市群郊区主要种类农产品的重金属、农药残留和硝酸盐等污染物含量大多超标，且缺乏统一的健康质量控制标准和安全生产技术规程。因此，研究并建立城郊区农产品质量安全控制技术体系，保障城市食品供给安全，是城郊区农产品生产与管理中亟待解决的问题。

第一节 城郊区农产品质量安全评价

一、城郊区农产品质量安全现状及其特殊性

（一）城郊区农产品质量现状

我国人多地少的国情决定了城郊区必须担负着农业生产和维护城市生态环境的双重功能。随着城市化程度的提高，城市建设用地和生活用地不断扩大，城郊区的双重功能将变得越来越重要。然而在城市工业和生活废弃物排放不断增加等诸多因素的共同作用下，当前我国城郊区环境污染状况极其严重，已对城市的生态环境与食品安全构成严重威胁。目前大部分城市郊区的土地已经受到了不同程度的污染。

重金属不易被土壤微生物分解但可被带电的土壤胶体颗粒所吸附，表现出持久性污染特征，对城郊农产品的质量安全威胁最大。以北京、上海、南京、广州、成都等为核心的城市带周边土壤的重金属污染状况均有报道。城郊土壤的重金属污染使农产品重金属含量超标，我国大部分城市郊区蔬菜受到不同程度的重金属污染，上海浦东新区张江镇蔬菜中 Cr 和 Cd 超标率高达 100%（姚春霞等，2005）；南京市郊蒜苗和油菜中 Pb 的超标率分别为 90% 和 92%，菠菜中 Cd 的超标率超过了 100%（李晓晨等，2007）；广州市 12 种蔬菜 Pb、Cr、Cd 的超标率分别达到 22.2%、38.9% 和 13.9%（秦文淑等，2008）；成都城郊莴笋叶 Pb 超标率为 68.75%、Hg 超标率为 18.75%，红薯 Pb 超标率为 14.29%、Cr 超标率为 35.70%（施泽明等，2006）；贵阳市近郊小白菜、莴苣和芹菜 Hg 的超标率为 66.7%（周涛，2006）；南宁市郊蔬菜中重金属累积严重，蔬菜中 Cd 和 Pb 的超标率分别为 91% 和 50%（张超兰等，2001）。就污染程度而言，城郊工矿区周边菜地 > 城郊设施农业菜地 > 城郊普通菜地；在污染的重金属元素中，以 Cd 和 Pb 污染最为严重，尤其是 Cd 已经成为我国城市周边的普遍污染物。

大规模集约化养殖业的污染排放已成为城郊环境"富营养化"的另一个重要诱因。我国北部、东部和中部地区各大、中城市，城郊土壤普遍存在"富营养化"与养分失衡并存的问题，土壤 N、P 大量积累，导致严重的环境污染与农产品硝酸盐超标。南京环境科学研究所研究表明，南京市市售蔬菜几乎均受到一定程度的硝酸盐污染，其中大白菜和青菜的硝酸盐污染最严重，其次为菠菜；北京、上海等大、中城市蔬菜的硝酸盐污染超标现象也十分普遍。北京市 2006 年对 16 个蔬菜市场的抽样检测结果显示，七大类 26 个品种蔬菜的硝酸盐平均含量高达 3157mg/kg，最高竟达 7757mg/kg。

（二）城郊区农产品质量安全的特殊性

城郊区农产品生产一方面受城市化、工业化所产生"三废"的深刻影响，另一方面受肥料高投入而导致土壤富营养化的影响。因此，与一般农区相比，其农产品健康质量安全方面表现出明显的特殊性：一是土壤重金属污染常导致农产品重金属含量超标；二是肥料尤其是氮肥过量施用常导致城郊农产品尤其是蔬菜硝酸盐含量严重超标。

二、城郊区农产品质量安全评价指标体系与方法

（一）农产品质量安全评价的标准体系

农产品质量安全标准是农产品质量安全评价的重要依据。自 20 世纪 80 年代初期开始，为保障农产品质量安全，我国在土壤、农产品和农业环境方面陆续颁布了多项标准和规范。标准内容涵盖种植、畜牧、渔业的主要产品种类，标准范围拓展到农产品生产全过程。我国已基本建立起以国家和行业标准为主体、以地方标准为配套、以企业标准为补充的农业标准体系。

目前我国市场上存在着无公害农产品、绿色农产品和有机农产品三种经过国家法律法规认可的农产品质量安全标准体系，三者相互关联又存在差别（表 5-1）。通过这三种标准体系认证的农产品，标志其符合相应的质量安全标准。

表 5-1　无公害农产品、绿色农产品和有机农产品的差异

		无公害农产品	绿色农产品	有机农产品
评价标准	性质	产品标准、环境标准和生产资料使用规则为强制性农业行业标准，生产操作规程为推荐性农业行业标准	推荐性农业行业标准	推荐性国家标准
	结构	环境质量，生产技术操作规程，产品质量标准	环境质量，生产技术，产品质量，包装、储藏与运输等全程质量控制标准	生产、加工、标识和管理体系
	发布情况	农业部 2001 年开始发布无公害农产品系列标准（NY 5000 系列）	颁布并有效使用的绿色食品标准 102 项；其中，通用准则 13 项，产品质量标准 89 项	GB/T 19630—2005
	限量水平	大部分标准等同于国内标准；部分指标高于国内普通食品标准	产品标准参照联合国粮农组织（FAO）和世界卫生组织（CAC）标准、欧盟质量安全标准、高于国内同类标准水平	强调生产过程中的自然回归，与传统的产品质量标准无可比性

无公害农产品是指在良好的生态环境条件下，生产过程符合规定的无公害农产品生产技术操作规程，产品不受农药、重金属等有毒、有害物质污染，或有毒、有害物质控制在安全允许范围内的食品及其加工产品。

绿色农产品是遵循可持续发展原则，按照特定生产方式生产，经专门机构认定，许可使用绿色食品标志的无污染的农产品。可持续发展原则要求：生产的投入量和产出量保持平衡，既要满足当代人的需要，又要满足后代人同等发展的需要。绿色农产品在生产方式上对农业以外的能源采取适当的限制，从而更多地发挥生态功能的作用。

有机农产品是根据有机农业原则和有机农产品生产方式及标准生产、加工出来的，并通过有机食品认证机构认证的农产品。有机农业的原则是：在农业能量的封闭循环状态下生产，全部过程都利用农业资源，而不是利用农业以外的资源（化肥、农药、生产调节剂和添加剂等）影响和改变农业的能量循环。有机农业生产方式是利用动物、植物、微生物和土壤四种生产因素的有效循环，不打破生物循环链的生产方式。有机农产品是纯天然、无污染、安全营养的食品，也可称为"生态食品"。

（二）城郊区农产品质量安全评价指标体系

指标体系是农产品质量标准的核心内容，包括了污染物指标的选取和限量值的制定。针对城郊区农产品生产及质量安全的特殊性，选取城郊区广泛种植的蔬菜作为指标体系的研究对象，选取农产品质量安全评价中的主要污染物包括重金属、硝酸盐和亚硝酸盐等为评价指标建立相应的指标体系。指标体系限量值的国内标准包括国家食品卫生标准《食品中污染物限量》（GB 2762—2005）、《蔬菜中硝酸盐限量》（GB 19338—2003）、无公害农产品标准、绿色食品标准、农产品行业标准；国际标准包括食品法典委员会标准《CODEX GENERAL STANDARD FOR CONTAMINANTS AND TOX-INS IN FOODS》（CODEX STAN 193—2007）、欧盟标准《欧盟关于食品污染物最高限量》（EC 1881—2006）、《欧盟关于食品污染物最高限量》（EC 629—2008）、日本厚生省第370号告示《食品中其他化学物质规格》等。

按照我国农产品质量标准体系，种植业农产品可分为油料、水果、蔬菜以及粮食类。每类产品又可细分。例如，水果可以分为浆果类、瓜果类、柑橘类、核果类以及仁果类；蔬菜又可分为瓜类、茄果类、根菜类、芥菜类、豆类、葱蒜类、脱水蔬菜类、叶菜类以及食用菌类。每一小类还可细分。例如，瓜类蔬菜可分为丝瓜、黄瓜、苦瓜、南瓜等。由此，标准体系由上至下依次构建，更具系统性，查找及引用也较为方便。本研究收集国内外农产品标准600多项，整理相关农产品质量数据5000多个，整理形成城郊区主要农产品质量标准指标对照表。限于篇幅，仅列出叶菜类、瓜类蔬菜和仁果类水果农产品质量安全标准指标对照表（表5-2~表5-4）。

与国际标准相比，我国的农产品质量标准指标体系更加庞杂。从国家标准上，有国家食品卫生标准《食品中污染物限量》和硝酸盐限量标准《蔬菜中硝酸盐限量》等；从行业标准上，分别有绿色食品标准、无公害农产品质量标准和农产品行业标准。这些标准从不同层面规范了农产品质量安全，但是由于标准的起草机构、批准部门和颁布时间不一，相互之间存在着指标项目不匹配、限量值不统一等问题。标准是对技术法规的补充和完善，在细节上对生产经营者和消费者进行指导。因此，农产品标准的功能应是在科学的基础上，引导人们实现技术法规规定的内容，所以标准的设置应当尽可能地具有清晰明确的针对性和实用性，这样才能达到标准制定的预期目的。

当前国际农产品质量安全标准均已采用风险评估的方法。FAO/WHO 食品添加剂联合专家委员会（Joint FAO/WHO Expert Committee on Food Additives，JECFA）负责对食品中化学物质、有毒物质、兽药和其他污染物的残留量进行研究和评估，并提出安全限量值。食品法典委员会（Codex Alimentarius Commission，CAC）标准对各项污染物指标的制定都有相关的 JECFA 参考文献、毒理学指导、残留形态定义、有关实施的法典等。而我国的标准有所欠缺，没有相关的制定依据、参考文献，对污染物形态的研究也还未开展。例如，Cu、Zn 元素目前作为营养元素，已经被 CAC 认定为质量指标而不应作为污染物指标。然而我国标准体系对此尚未统一，有的标准不作限制，有的标准仍

表 5-2　叶菜类农产品质量安全标准指标对照表　　　（单位：mg/kg）

项目	国内标准			国际标准		
	食品污染物限量	绿色标准	无公害标准	欧盟标准	CAC 标准	日本标准
白菜类蔬菜						
砷	≤0.05(无机砷)	≤0.2(总砷)				≤0.2
铅	≤0.3	≤0.1	≤0.3	≤0.3	≤0.3	≤0.2
铜	≤10					
锌	≤20					
镉	≤0.2	≤0.05	≤0.05	≤0.2	≤0.2	≤0.2
汞(总汞)	≤0.01	≤0.01				≤0.2
氟	≤1.0	≤0.5	≤1.0			
铬	≤0.5					
硒	≤0.1					
硝酸盐 (以 NO_3^- 计)	≤3000					
亚硝酸盐 (以 NO_2^- 计)	≤4		≤4			
绿叶类蔬菜						
砷	≤0.05(无机砷)	≤0.2(总砷)				≤0.2
铅	≤0.3	≤0.1	≤0.2	≤0.3	≤0.3	≤0.2
铜	≤10					
锌	≤20					
镉	≤0.2	≤0.05	≤0.05	≤0.2	≤0.2	≤0.2
汞(总汞)	≤0.01	≤0.01				≤0.2
氟	≤1.0	≤0.5				

续表

项目	国内标准			国际标准		
	食品污染物限量	绿色标准	无公害标准	欧盟标准	CAC 标准	日本标准
绿叶类蔬菜						
铬	≤0.5					
硒	≤0.1					
硝酸盐（以 NO_3^- 计）	≤3 000			秋冬季 3000 春夏季 2500		
亚硝酸盐（以 NO_2^- 计）	≤4	≤2	≤4			
甘蓝类蔬菜						
砷	≤0.05（无机砷）	≤0.2				≤0.2
铅	≤0.3	≤0.1	≤0.3	≤0.3	≤0.3	≤0.2
铜	≤10					
锌	≤20					
镉	≤0.2	≤0.05	≤0.05	≤0.2	≤0.2	≤0.2
汞（总汞）	≤0.01	≤0.01				≤0.2
氟	≤1.0	≤0.5	≤1.0			
铬	≤0.5					
硒	≤0.1					
硝酸盐（以 NO_3^- 计）	≤3 000					
亚硝酸盐（以 NO_2^- 计）	≤4	≤2	≤4			

表 5-3　瓜类蔬菜农产品质量安全标准指标对照表　　（单位：mg/kg）

项目	国内标准				国际标准		
	食品污染物限量	绿色标准	无公害标准	农产品行业标准	欧盟标准	CAC 标准	日本标准
瓜类蔬菜							
砷	≤0.05（无机砷）	≤0.2（总砷）					≤0.05
铅	≤0.1	≤0.1	≤0.2		≤0.1	≤0.1	≤0.05
铜	≤10						
锌	≤20						
镉	≤0.05	≤0.05	≤0.05		≤0.05	≤0.05	≤0.05
汞（总汞）	≤0.01	≤0.01					≤0.05
氟	≤1.0						
铬	≤0.5						
硒	≤0.1						
硝酸盐（以 NO_3^- 计）	≤440						

项目	国内标准				国际标准		
	食品污染物限量	绿色标准	无公害标准	农产品行业标准	欧盟标准	CAC标准	日本标准
瓜类蔬菜							
亚硝酸盐 (以 NO_2^- 计)	≤4	≤2					
冬瓜							
砷	≤0.05(无机砷)			≤0.5(总砷)			≤0.05
铅	≤0.1			≤0.2	≤0.1	≤0.1	≤0.05
铜	≤10						
锌	≤20						
镉	≤0.05			≤0.05	≤0.05	≤0.05	≤0.05
汞(总汞)	≤0.01			≤0.01			≤0.05
氟	≤1.0						
铬	≤0.5						
硒	≤0.1						
硝酸盐 (以 NO_3^- 计)	≤440						
亚硝酸盐 (以 NO_2^- 计)	≤4						
苦瓜							
砷	≤0.05(无机砷)			≤0.05(无机砷)			≤0.05
铅	≤0.1		≤0.2	≤0.1	≤0.1	≤0.1	≤0.05
铜	≤10						
锌	≤20						
镉	≤0.05		≤0.05	≤0.05	≤0.05	≤0.05	≤0.05
汞(总汞)	≤0.01						≤0.05
氟	≤1.0						
铬	≤0.5						
硒	≤0.1						
硝酸盐 (以 NO_3^- 计)	≤440						
亚硝酸盐 (以 NO_2^- 计)	≤4			≤4			
丝瓜							
砷	≤0.05(无机砷)			≤0.5(总砷)			≤0.05
铅	≤0.1			≤0.2	≤0.1	≤0.1	≤0.05
铜	≤10						

项目	国内标准				国际标准		
	食品污染物限量	绿色标准	无公害标准	农产品行业标准	欧盟标准	CAC 标准	日本标准
				丝瓜			
锌	≤20						
镉	≤0.05			≤0.05	≤0.05	≤0.05	≤0.05
汞（总汞）	≤0.01			≤0.01			≤0.05
氟	≤1.0						
铬	≤0.5						
硒	≤0.1						
硝酸盐（以 NO_3^- 计）	≤440						
亚硝酸盐（以 NO_2^- 计）	≤4						
				黄瓜			
砷	≤0.05（无机砷）	≤0.2（总砷）		≤0.5（总砷）			≤0.05
铅	≤0.1			≤0.2	≤0.1	≤0.1	≤0.05
铜	≤10						
锌	≤20	≤20					
镉	≤0.05	≤0.05			≤0.05	≤0.05	≤0.05
汞（总汞）	≤0.01	≤0.01		≤0.01			≤0.05
氟	≤1.0	≤1.0		≤1.0			
铬	≤0.5						
硒	≤0.1	≤0.1					
硝酸盐（以 NO_3^- 计）	≤440						
亚硝酸盐（以 NO_2^- 计）	≤4						

注：表中无数据处表示未有相关标准或限量值。

表 5-4　仁果类水果农产品质量安全标准指标对照表　（单位：mg/kg）

项目	国内标准			国际标准		
	食品污染物限量	绿色标准	无公害标准	欧盟标准	CAC 标准	日本标准
			苹果			
砷	≤0.05（无机砷）	≤0.2（总砷）	≤0.05（无机砷）			≤0.05
铅	≤0.1	≤0.2	≤0.1	≤0.1	≤0.1	≤0.05
铜	≤10	≤10				
锌	≤5	≤5				
镉	≤0.05	≤0.01	≤0.05	≤0.05	≤0.05	≤0.05
汞	≤0.01（总汞）	≤0.01				≤0.05
氟	≤0.5	≤0.5	≤0.5			

项目	国内标准			国际标准		
	食品污染物限量	绿色标准	无公害标准	欧盟标准	CAC 标准	日本标准
苹果						
铬	≤0.5	≤0.5				
硒	≤0.05					
亚硝酸盐（以 NO_2^- 计）	≤4	≤4				
梨						
砷	≤0.05(无机砷)	≤0.2（总砷）	≤0.05(无机砷)			≤0.05
铅	≤0.1	≤0.2	≤0.1	≤0.1	≤0.1	≤0.05
铜	≤10	≤10				
锌	≤5	≤5				
镉	≤0.05	≤0.01	≤0.05	≤0.05	≤0.05	≤0.05
汞	≤0.01 （总汞）	≤0.01				≤0.05
氟	≤0.5	≤0.5	≤0.5			
铬	≤0.5	≤0.5				
硒	≤0.05					
亚硝酸盐（以 NO_2^- 计）	≤4	≤4				
山楂						
砷	≤0.05(无机砷)	≤0.2（总砷）	≤0.05(无机砷)			≤0.05
铅	≤0.1	≤0.2	≤0.1	≤0.1	≤0.1	≤0.05
铜	≤10	≤10				
锌	≤5	≤5				
镉	≤0.05	≤0.01	≤0.05	≤0.05	≤0.05	≤0.05
汞	≤0.01 （总汞）	≤0.01				≤0.05
氟	≤0.5	≤0.5	≤0.5			
铬	≤0.5	≤0.5				
硒	≤0.05					
亚硝酸盐（以 NO_2^- 计）	≤4	≤4				
枇杷						
砷	≤0.05(无机砷)	≤0.2（总砷）	≤0.05(无机砷)			≤0.05
铅	≤0.1	≤0.2	≤0.1	≤0.1	≤0.1	≤0.05
铜	≤10					
锌	≤5					
镉	≤0.05	≤0.03	≤0.05	≤0.05	≤0.05	≤0.05
汞	≤0.01 （总汞）	≤0.01				≤0.05
氟	≤0.5	≤0.5	≤0.5			
铬	≤0.5					
硒	≤0.05					
亚硝酸盐（以 NO_2^- 计）	≤4	≤4				

注：表中无数据处表示未有相关标准或限量值

将之作为污染物限量指标。

基于农产品质量安全标准日益国际化的趋势，参考 CAC 国际标准以及国外发达国家如日本、欧盟等国的标准，结合我国实际情况，选择国家食品卫生标准《食品中污染物限量》和农业无公害农产品标准为国内标准依据，根据以下办法，制定城郊区农产品健康质量标准指标体系。首先，建立统一农产品标准的分类体系，按图5-1对我国植物性农产品质量标准体系进行系统分类，不出现如大、小水果或者温带、热带水果这样的分类方式；质量标准细分到小类，如叶菜类、根茎类蔬菜、瓜类蔬菜、果类蔬菜等，如有特殊品种标准，则加注表示。其次，对于有 CAC 标准而无国内标准的，采用 CAC 标准；无 CAC 标准而有国内标准的，采用国内标准；同时有 CAC 标准和国内标准的，根据标准严格程度，优先选用较严格的标准；无 CAC 标准和国内标准而有其他国家标准的，采用其他国家标准，若有其他多国标准，选取平均值。

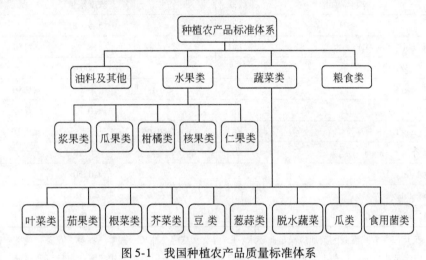

图 5-1　我国种植农产品质量标准体系

第二节　农产品质量源头控制技术

一、产地环境选择与控制

（一）产地环境选择

产地应选择在生态条件良好、远离污染源并具有可持续生产能力的农业生产区域。产地环境空气质量、灌溉水质量、土壤环境质量应该符合《无公害蔬菜产地环境条件 NY 5010—2002》的要求。产地环境空气质量要求见表 5-5，产地灌溉水质量要求见表 5-6，产地土壤质量要求见表 5-7。

对于尚不完全符合标准的菜地，需采取一些措施进行改良或修复，改良或修复合格后才能作为蔬菜生产基地。

表 5-5　产地环境空气质量要求

项目	浓度限值			
	日平均		1h 平均	
总悬浮颗粒物（标准状态）/（mg/m³）	0.30		—	
二氧化硫（标准状态）/（mg/m³）	0.15ᵃ	0.25	0.50ᵃ	0.70
氟化物（标准状态）/（μg/m³）	1.5ᵇ	7	—	

注：日平均指任何 1 日的平均浓度；1h 平均指任何 1h 的平均浓度。

　　a. 菠菜、青菜、白菜、黄瓜、莴苣、南瓜、西葫芦的产地应满足此要求；b. 甘蓝、菜豆的产地应满足此要求。

表 5-6　产地灌溉水质量要求

项　目	浓度限值	
pH	≤5.5~8.5	
化学需氧量/（mg/L）	≤40ᵃ	≤150
总汞/（mg/L）	0.001	
总镉/（mg/L）	≤0.005ᵇ	≤0.01
总砷/（mg/L）	≤0.05	
总铅/（mg/L）	≤0.05ᶜ	≤0.10
铬（六价）/（mg/L）	≤0.10	
氰化物/（mg/L）	≤0.50	
石油类/（mg/L）	≤1.0	
粪大肠菌群/（个/L）	≤40 000ᵈ	

注：a. 采用喷灌方式灌溉的菜地应满足此要求；b. 白菜、莴苣、茄子、蕹菜、芥菜、苋菜、芜菁、菠菜的产地应满足此要求；c. 萝卜、水芹的产地应满足此要求；d. 采用喷灌方式灌溉的菜地以及浇灌、沟灌方式灌溉的叶菜类菜地应满足此要求。

表 5-7　产地土壤环境质量要求　　　　　　（单位：mg/kg）

项　目	含量限值					
	pH<6.5		pH6.5~7.5		pH>7.5	
镉	0.30		0.30		≤0.40ᵃ	≤0.60
汞	≤0.25ᵇ	≤0.30	≤0.30ᵇ	≤0.50	≤0.35ᵇ	≤1.0
砷	≤30ᶜ	≤40	≤25ᶜ	≤30	≤20ᶜ	≤25
铅	≤50ᵈ	≤250	≤50ᵈ	≤300	≤50ᵈ	≤350
铬	≤150		≤200		≤250	

注：本表所列含量限值适用于阳离子交换量 >5cmol/kg 的土壤，若阳离子交换量≤5cmol/kg，其标准值为表内数值的半数。

　　a. 白菜、莴苣、茄子、蕹菜、芥菜、苋菜、芜菁、菠菜的产地应满足此要求；b. 菠菜、韭菜、胡萝卜、白菜、菜豆、青椒的产地应满足此要求；c. 菠菜、胡萝卜的产地应满足此要求；d. 萝卜、水芹的产地应满足此要求。

（二）产地环境控制

城郊蔬菜生产基地必须接受县以上环境监测部门的检测，每三年复测一次，对不合格的菜地应及时采取相应的防控与修复措施，以保证产地环境符合《无公害蔬菜产地环境条件 NY 5010—2002》的要求。

二、城郊污染物低积累蔬菜品种的筛选

城郊农产品主要存在重金属、硝酸盐污染和农药残留问题。这些污染物可在农产品中超量累积，经过生物富集作用，最终影响人体健康。因此，阻控农产品中污染物的转运与积累、降低城郊农产品中污染物含量、保障农产品质量安全，不仅是一个重要的科学命题，也是一个亟待解决的技术难题。在控制、削减农产品污染物含量的诸多措施中，挖掘作物自身潜力，利用作物对污染物（硝酸盐、重金属、农药等）的吸收累积存在基因型差异的原理，筛选和培育弱吸收、低累积污染物的作物，可从源头上减少进入作物体内的污染物，对城郊区农产品质量的控制与提升具有特殊意义。

（一）作物硝酸盐累积差异与品种筛选

1. 不同种类作物硝酸盐累积差异

不同作物硝酸盐含量与累积特征显著不同。与蔬菜作物相比，粮食作物对硝酸盐的累积量要低。玉米、小麦、大麦、燕麦等禾谷类作物在接近成熟时，其收获物中硝酸盐的含量很少，一般每千克籽实硝态氮含量在几毫克至几十毫克之间，有的甚至低于检出限（王朝辉等，2001；1998）。

蔬菜是吸收、累积硝酸盐最多的一大类作物，一般收获物硝酸盐含量在每千克几十至几百毫克甚至几千毫克之间。不同种类蔬菜的硝酸盐含量差异很大，Corre 和 Breimer（1979）按新鲜蔬菜产品的硝酸盐含量将其划分为 5 类，即硝酸盐含量大多低于 200mg/kg 的蔬菜：芦笋、菊芭、蚕豆、菜用豌豆、双孢蘑菇、马铃薯、甜椒、甘薯、番茄；硝酸盐含量大多低于 500mg/kg 的蔬菜：青花菜、花椰菜、黄瓜、茄子、西印度黄瓜、甜瓜、洋葱、鸦葱、芜菁甘蓝；硝酸盐含量大多低于 1000mg/kg 的蔬菜：结球甘蓝、胡萝卜、菜豆、香芹（根）、南瓜；硝酸盐含量大多低于 2500mg/kg 的蔬菜：苦芭、独行菜、韭葱、香芹（叶）、食用大黄、球茎甘蓝；硝酸盐含量通常高于 2500mg/kg 的蔬菜：根用甜菜、萝卜、芜菁、葛芭、菠菜、芹菜。北京（封锦芳等，2006）、长沙（王翠红等，2008）、杭州（王钫等，2004）、合肥（李学德等，2003）、厦门（汤惠华等，2007）、哈尔滨（尚玲琦等，2008）等大城市不同类型蔬菜的硝酸盐含量数据表明：不同种类蔬菜硝酸盐含量差异大，硝酸盐含量较低的如黄瓜、番茄、大蒜等只有每千克几十毫克，含量较高的如小白菜、大白菜等可达每千克几千毫克，其高低排列顺序基本为：嫩茎、叶菜类＞根茎类＞葱蒜类＞瓜类＞鲜豆类＞花菜类＞茄果类；叶菜类蔬菜尤其是青菜等绿叶菜属于硝酸盐高累积型蔬菜，而大部分果类蔬菜则常为低硝酸盐富集型。

2. 不同品种蔬菜硝酸盐累积差异

蔬菜不同品种间硝酸盐累积存在明显差异。Cantliffe（1972a）首先提出同种蔬菜不同品种间硝酸盐含量有显著差异。例如，光滑叶型菠菜硝酸盐含量较皱叶型少74%。蔬菜作物吸收累积硝酸盐的品种差异性在许多其他蔬菜上也得到证实，黄瓜、番茄、莴苣、芜菁、芹菜、菜豆、胡萝卜、食用甜菜、甘蓝、茄子、马铃薯、香瓜等均存在基因型差异（Araeb 和蔡元定，1992）。

同一植株体内，叶部往往是硝酸盐积聚的主要部位之一，因此以叶为食用部位的叶菜类蔬菜受到特别关注。汪李平（2001）分析 46 个小白菜品种的硝酸盐含量，将其划分为高硝酸盐含量和低硝酸盐含量品种群，且发现同一品种在不同季节栽培时其硝酸盐含量有一定变化。都韶婷等（2008）分析 43 个小白菜基因型在不同硝铵比下叶片、叶柄硝酸盐含量的差异，基因型间硝酸盐含量在 4 个硝铵比下均呈现正态分布，并筛选出 6 个小白菜低积累基因型。大白菜不同品种间硝酸盐含量差异达到极显著水平，最高者和最低者相差两倍以上（陶正平，2005；陶正平等，2008）。林碧英和高山（2005）发现菠菜不同遗传型间硝酸盐含量的变幅达几倍至十几倍之多。

与叶用蔬菜类作物相比，根菜类和茎菜类蔬菜品种间的硝酸盐累积差异研究相对较少。沈明珠等（1982）曾分析 7 个莴笋品种硝酸盐的累积量，品种间变幅为 360 ～ 1100mg/kg。陈火英等（1995）测定 15 个莴笋品种成株期食用茎、功能叶、苗期功能叶等部位的硝酸盐累积量，品种间硝酸盐累积特征存在较大差异，成株期食用茎硝酸盐含量品种间最大差异达 71%。在适宜氮源条件下，菜薹品种间的生物生产量、N 利用效率以及吸收、累积硝酸盐的能力也有显著差异（杨少海等，2003）。任同辉（2005）以 4 个萝卜雄性不育系杂交组合和 10 个 F_1 代品种及其 F_2 代为材料，分析萝卜不同基因型及其组合间的硝酸盐含量差异，10 个品种的 F_2 代硝酸盐含量分离剧烈，出现了 F_1 代中所没有的低硝酸盐含量和高硝酸盐含量株系，说明从定型杂种一代品种的自交系中筛选出较其硝酸盐含量低的材料是可能的。

综上所述，利用蔬菜作物吸收累积硝酸盐能力的品种间差异，筛选弱吸收、低累积硝酸盐的蔬菜品种，既可以从品种资源源头上减少进入作物体内的污染物量，也可以缓解城郊区脆弱土壤生态环境下农产品生产对硝酸盐农艺削减与阻控措施的依赖，而且还是突破城郊区农产品硝酸盐控制技术瓶颈的关键性步骤。

3. 硝酸盐低累积蔬菜品种的筛选

（1）硝酸盐低累积小白菜品种的筛选

对全国范围内各地区广泛种植的 30 个小白菜品种，分两个批次在 4 种 N 水平（N1：100kg/hm^2；N2：200kg/hm^2；N3：320kg/hm^2；N4：360kg/hm^2）下进行大田筛选试验（表5-8）。结果表明，不同小白菜品种硝酸盐含量差异较大：在 N1 水平下，矮王青菜（品种 13）硝酸盐含量高达 1007mg/kg，而优选黑油白菜（品种 2）硝酸盐含量仅有 115.5mg/kg，两个品种间硝酸盐含量差异约达 10 倍。综合考虑不同氮水平下各品种间硝酸盐含量的变异系数，选择 N1 水平进行聚类分析，结合产量及其他相关品质指标，初步确定硝酸盐低积累小白菜品种4个，其品种名分别为：优选黑油白菜、苏州青、越秀四号、青翠小白菜 F1。

表5-8 不同小白菜品种在4个 N 水平下硝酸盐含量 （单位：mg/kg FW）

品种编号	品种名称	氮肥处理			
		N1	N2	N3	N4
1	绿领热优二号	310 ± 127	1418 ± 343	2240 ± 9	2171 ± 77
2	优选黑油白菜	115 ± 72	1406 ± 630	2194 ± 128	2727 ± 426
3	香港矮脚奶白菜	313 ± 147	1909 ± 502	2546 ± 117	3401 ± 413
4	虹桥矮青菜	171 ± 102	1974 ± 795	1643 ± 546	2688 ± 311
5	优选上海青	389 ± 313	1491 ± 880	1787 ± 400	2671 ± 275
6	四季小白菜	274 ± 228	2148 ± 1396	1415 ± 742	3239 ± 193
7	华冠青梗小白菜	623 ± 344	1347 ± 715	2328 ± 154	2777 ± 309
8	五月蔓	252 ± 128	1271 ± 634	2157 ± 67	2676 ± 415
9	抗热 605	621 ± 471	1411 ± 944	2708 ± 100	3519 ± 601
10	绿优 1 号	360 ± 307	1904 ± 765	2014 ± 47	2654 ± 112
11	北京青梗小白菜	138 ± 95	1795 ± 181	2157 ± 343	2042 ± 532
12	苏州青	375 ± 190	1185 ± 855	1815 ± 606	2571 ± 573
13	矮王青菜	1006 ± 377	2572 ± 259	2448 ± 397	2398 ± 436
14	矮抗青	449 ± 141	1703 ± 676	2372 ± 688	2737 ± 172
15	矮脚黄	492 ± 146	1347 ± 431	2652 ± 177	2227 ± 252
16	绿领上海青	382 ± 209	1430 ± 697	2421 ± 254	2663 ± 466
17	淮南黑心乌	1180 ± 184	3139 ± 563	4032 ± 1159	3887 ± 509
18	绿星白菜	1508 ± 637	2986 ± 117	3038 ± 590	3218 ± 92
19	越秀三号	2000 ± 878	2590 ± 472	2591 ± 172	3488 ± 634
20	江艺白冠	1369 ± 595	2112 ± 314	3116 ± 714	2862 ± 171
21	特选种黑叶白菜	821 ± 405	2542 ± 295	3992 ± 657	3454 ± 148
22	越秀四号	651 ± 457	1434 ± 93	2258 ± 511	2376 ± 407
23	利丰黑大头	972 ± 435	1956 ± 251	3137 ± 198	3062 ± 256
24	青欣（青梗菜 F1）	1896 ± 265	2901 ± 268	2726 ± 650	3308 ± 262
25	抗热四季水口超甜白菜	1246 ± 414	2067 ± 668	2286 ± 724	3180 ± 395
26	粤顺大头清江白菜	534 ± 383	3198 ± 40	1540 ± 887	3246 ± 293
27	优选长杆白	415 ± 281	3145 ± 247	3198 ± 154	2975 ± 277
28	512 小白菜	980 ± 154	2716 ± 177	2173 ± 83	2587 ± 579
29	台冠菜	1364 ± 17	2330 ± 824	3817 ± 417	2575 ± 392
30	青翠小白菜 F1	149 ± 14	1724 ± 380	2676 ± 539	2847 ± 634

（2）硝酸盐低累积萝卜品种筛选

供试萝卜品种 33 个，在相同 N 水平（N 180g/hm²）下进行硝酸盐低积累品种筛选，如图 5-2 所示，萝卜地上部分硝酸盐含量大于地下部分硝酸盐含量。不同品种萝卜地下部的硝酸盐含量范围为 976.1～2082.0mg/kg FW，所有萝卜品种地上部分和地下部分硝酸盐含量均未超过国家标准 GB19338—2003 中的限量值。对萝卜地下部分硝酸盐含量进行聚类分析，结合萝卜产量指标，确定萝卜硝酸盐低积累品种 6 个，其品种名分别为中秋红、南京红萝卜、小红头萝卜、夏秋红、新大红袍和白雪公主。

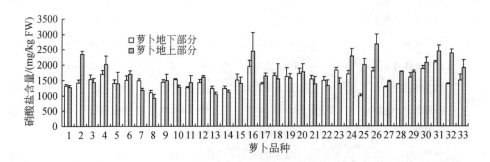

图 5-2　不同萝卜品种地上部分和地下部分硝酸盐含量

注：1. 白沙南畔洲晚萝卜；2. 新青光萝卜；3. 赣新九斤王（309）春不老迟萝卜；4. 种都春不老萝卜；5. 穿心红萝卜；6. 大红袍；7. 夏白玉；8. 中秋红；9. 早熟金红冠（满身红萝卜）；10. 扬花萝卜；11. 南京红萝卜；12. 圆白萝卜；13. 小红头萝卜；14. 夏秋红；15. 一点红萝卜；16. 夏抗 40 天；17. 台湾母株；306 短叶十三萝卜；18. 圆白萝卜；19. 勾白萝卜；20. 杂交短叶；21. 春秋四季红；22.22 号早萝卜；23. 精选大韩白玉；24. 青脆一号水果萝卜；25. 新大红袍；26. 潍县青；27. 白雪公主白萝卜；28. 绿美人水果萝卜；29. 象牙白萝卜；30. 翠玉春；31. 北京杂交满堂红；32. 翠甜青；33. 小五樱水萝卜 501

（3）硝酸盐低累积番茄品种筛选

收集了各地区广泛种植的番茄品种 64 个（表 5-9），在相同 N 水平（200kg/hm²）下进行硝酸盐低累积品种筛选试验，番茄果实硝酸盐含量范围为 60～350mg/kg FW，品种间硝酸盐含量差异较大，但均未超过《蔬菜中硝酸盐限量》中规定的茄果类硝酸盐含量不超过 440mg/kg 限制值。但随着施 N 水平的提高，这些番茄品种果实中仍有硝酸盐含量超标的可能。经聚类分析，结合产量及品质指标，确定硝酸盐低积累番茄品种三个，其品种名分别为红宝石小番茄、红美女和元明玉。

（4）硝酸盐低累积红菜薹品种筛选

以目前我国华中及西南城郊农业区广泛种植的 14 个红菜薹品种为研究对象，在相同氮水平下筛选硝酸盐低累积红菜薹品种。红菜薹硝酸盐含量范围为 824～3044mg/kg FW，品种间硝酸盐含量差异显著（图 5-3）；硝酸盐含量最低的品种为金秋红 3 号，含量为 824mg/kg，低于 GB19338—2003 茎菜类硝态氮不超过 1200mg/kg 的限制；其余 13 个品种均超标。因此，金秋红 3 号可作为我国中部及西南部分省份城郊茎菜类蔬菜的推荐品种，该品种具有硝酸盐低积累特性，并且产量较高。

表 5-9　64 个番茄品种果实硝酸盐含量　　　　　　　（单位：mg/kg FW）

品种编号	品种名称	硝酸盐含量	品种编号	品种名称	硝酸盐含量	品种编号	品种名称	硝酸盐含量
1	金陵之星 101F1	234.9 ± 18.7	23	震 AB903F1	206.1 ± 4.7	45	新世纪粉王	193.7 ± 17.9
2	金陵之星 102F1	136.0 ± 82.6	24	华番 3 号	173.0 ± 8.6	46	番茄大王	166.8 ± 14.1
3	红石头	119.6 ± 6.9	25	红元帅 388	193.1 ± 39.1	47	英石大红	181.8 ± 13.1
4	超级 918	232.3 ± 15.6	26	拉卡 F1	233.8 ± 9.4	48	中华一号	223.3 ± 10.0
5	苏粉八号	149.9 ± 13.2	27	北农铁粉	125.6 ± 3.2	49	红圣女小番茄	219.1 ± 2.8
6	渝粉八号	118.8 ± 15.1	28	旗丹番茄	169.2 ± 9.1	50	红宝石小番茄	59.3 ± 9.9
7	渝粉 109	181.1 ± 43.7	29	百特铁果	152.2 ± 36.4	51	黄洋梨小番茄	153.4 ± 8.2
8	新星三号	197.6 ± 36.6	30	秦皇保冠三号	122.5 ± 21.2	52	红美女	62.1 ± 10.7
9	亚洲圣果	128.8 ± 8.0	31	锦绣铁果	229.3 ± 0.2	53	元明玉女红	60.4 ± 36.2
10	毛粉 802	156.5 ± 10.4	32	中蔬四号	179.6 ± 14.6	54	元明黄娇子	114.5 ± 34.3
11	秦皇 906	204.2 ± 3.6	33	白果强丰	142.0 ± 15.6	55	元明粉玉女	98.5 ± 7.4
12	秦丰大红 203	140.5 ± 0.1	34	赛特	187.5 ± 9.6	56	育桑仙女	125.2 ± 2.4
13	亿家丰 209 番茄	176.9 ± 18.3	35	宏达巨红王	157.5 ± 4.6	57	爱丽丝	99.4 ± 12.8
14	红美特 L-008	167.7 ± 0.2	36	海尼瑞番茄	140.6 ± 27.1	58	赛珍珠	82.9 ± 17.9
15	荷兰红斯特	197.3 ± 0.2	37	大红袍番茄	119.7 ± 9.8	59	台湾圣女	140.9 ± 23.3
16	美国大红 998	162.8 ± 13.4	38	金光一号	220.3 ± 11.8	60	红贞女番茄	334.8 ± 15.0
17	红金刚三号	155.2 ± 16.0	39	奥冠一号	152.2 ± 16.5	61	黄贞女番茄	184.2 ± 13.8
18	绿亨 103 红帝	173.5 ± 15.7	40	巨红冠	225.2 ± 11.2	62	金斯特	192.1 ± 1.5
19	红大宝番茄	192.5 ± 5.5	41	丰冠二号	192.2 ± 22.7	63	欧洲大红王	156.0 ± 2.1
20	长获 909	154.8 ± 17.3	42	方震 AB908	209.5 ± 26.0	64	金石王	237.7 ± 22.6
21	红宝石六号	190.9 ± 17.8	43	西兰良种	154.2 ± 39.0			
22	红金刚一号	231.4 ± 47.6	44	厚皮早红	234.0 ± 25.3			

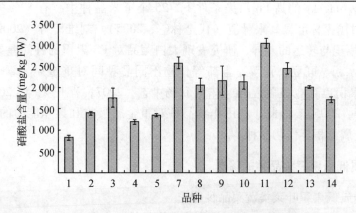

图 5-3　不同菜薹品种地上部分硝态氮含量

注：1. 金秋红 3 号；2. 映山红；3. 新农一号；4. 钟声红；5. 红杂 55；6. 宝塔红（未收获到有效生物产量）；
　　7. 洪山菜薹；8. 玫瑰二号；9. 苔丰；10. 香红二号；11. 十月红；12. 九月鲜；13. 二早子；14. 玫瑰三号

（二）作物重金属累积差异与品种筛选

1. 不同种类作物重金属累积差异

在相同污染水平下，不同作物对重金属的吸收累积量存在明显的种间差异。杨居荣等（1994）比较了8个科14种作物的Cd耐性，发现不同种作物根、茎、叶Cd含量及单位组织Cd平均吸收量均有明显差别，单位组织吸收量为 $55 \sim 219\mu g/g$，其顺序为冬小麦＜菜豆＜大豆＜玉米＜黄瓜＜小黑麦＜笋＜油菜＜番茄＜韭菜＜早稻＜水稻。不同种类蔬菜的重金属吸收累积量差异显著，生长在Cu污染土壤上的胡萝卜中Cu含量比对照增加了1.3倍，而菠菜仅增加0.29倍（黄雅琴和杨在中，1995）；高Pb浓度下菠菜Pb含量远大于胡萝卜和韭菜（Fytianos et al.，2001）。相同条件下不同蔬菜对同种重金属污染物的绝对吸收量也存在明显差异。例如，马铃薯对Cu的绝对吸收量是白菜的5.3倍，菜豆对Hg的绝对吸收量为番茄的6倍（黄雅琴和杨在中，1995）。段敏等（1999）检测17种蔬菜，其中茄子和芹菜Cd超标率分别为16.7%和33.3%，菜花Cr超标率为20%，其他蔬菜Cd和Cr含量均未超标。何江华等（2001）分析了10大类46种蔬菜，水生菜类对Hg的吸收富集能力比薯芋类强。不同Cd浓度下，瓜类蔬菜Cd累积量低于茄果类、叶菜类和根茎类蔬菜。青菜对Cr的累积量高于其他类蔬菜，萝卜对Cd的累积量高于莴笋（徐明飞等，2008）。蔬菜作物吸收富集Cd的能力依次为叶菜类＞茄果类＞豆类＞瓜类，吸收富集Pb能力大小依次为叶菜类＞根菜类＞甘蓝类＞茄果类＞豆类＞瓜类（朱兰保等，2006）。

2. 不同品种蔬菜重金属累积差异

低Cd积累作物基因型筛选工作所涉及的作物范围很广。国内外对水稻、小麦等粮食作物和甘蓝、大白菜、番茄等蔬菜作物均有研究报道（刘维涛等，2010；邵国胜，2004；朱芳等，2006；万敏等，2003；Arao and Ae，2003；Liu et al.，2003）。在土壤Pb含量为595.6mg/kg的高Pb污染条件下，25个玉米品种中，有52%的品种籽实中Pb含量未超过国家标准最高限量值（代全林等，2005）。刘维涛等（2009）分析了15种大白菜Pb累积与转运的差异，研究发现大白菜品对Pb累积的种间差异达显著水平（ $p < 0.05$ ）。水稻、豇豆、青菜、番茄等作物不同品种间对重金属元素As、Cr、Hg、Ni、Zn等的累积也存在显著差异（朱云和杨中艺，2007；程旺大等，2006；朱芳等，2006；薛艳等，2005）。因此，利用作物品种对重金属吸收和累积能力的基因型差异，可以筛选重金属低积累作物品种。

3. 重金属低积累蔬菜品种的筛选

（1）重金属低累积叶菜类蔬菜品种筛选

在全国范围内收集了34个小白菜品种作为供筛选品种，在城郊Cd污染区（土壤Cd含量为0.97mg/kg）进行Cd低累积小白菜品种筛选。34个小白菜品种地上部分Cd含量的变化范围为 $0.978 \sim 2.416mg/kg$ FW（表5-10），根据《食品中污染物限量》Cd

的限量标准（叶菜类 Cd≤0.2 mg/kg FW），34 个小白菜品种 Cd 含量均超标。通过聚类分析，结合产量和品质指标，可确定越秀四号（14 号）、绿星青菜（12 号）、美都510 青梗菜（27 号）、优选黑油白菜（2 号）4 个品种为 Cd 低积累小白菜品种。在 Cd 污染水平较低的土壤上，小白菜 Cd 低积累的品种可作为候选品种种植。

收集结球白菜（Brassica campestris L. ssp. Pekinensis）即大白菜品种 21 个，在不同 Cd 浓度下进行水培筛选试验。不同品种大白菜可食部分对 Cd 的吸收能力均存在显著差异，供试大白菜品种中，在 Cd 浓度 0.6 mg/L 和 1.0 mg/L 条件下，河南的百丰 6 号和安徽的开城春白菜（品种 16 和 21）的 Cd 含量值均显著低于其他品种，属于 Cd 低积累基因型（图 5-4）。

表 5-10　34 个小白菜品种地上部分 Cd 含量　　（单位：mg/kg FW）

品种编号	品种名称	Cd 含量	品种编号	品种名称	Cd 含量	品种编号	品种名称	Cd 含量
1	热优二号	1.339 ±0.143	13	越秀三号	1.471 ±0.020	25	泰国四季快菜	1.672 ±0.206
2	优选黑油白菜	1.195 ±0.119	14	越秀四号	0.978 ±0.112	26	特矮白玫瑰	1.278 ±0.058
3	香港矮脚奶白菜	1.322 ±0.179	15	利丰黑大头	1.523 ±0.006	27	美都510 青梗菜	1.175 ±0.017
4	虹桥矮青菜	1.630 ±0.249	16	青欣（青梗菜 F1）	1.939 ±0.030	28	优选抗热元帅	1.547 ±0.007
5	优选夏冬青	1.963 ±0.201	17	优选长杆白	1.788 ±0.175	29	南京中箕白	1.455 ±0.140
6	四季小白菜	1.666 ±0.145	18	512 小白菜	1.630 ±0.354	30	绿领矮脚黄	1.498 ±0.196
7	华冠青梗小白菜	1.204 ±0.002	19	青翠小白菜	2.416 ±0.387	31	卢沟桥小白菜	1.550 ±0.000
8	绿优一号	1.437 ±0.005	20	湘潭矮脚白	1.272 ±0.212	32	北京新杂小白菜	2.279 ±0.093
9	北京青梗小白菜	1.935 ±0.176	21	绿领火青菜	1.543 ±0.019	33	长梗白	1.930 ±0.288
10	苏州青	1.985 ±0.150	22	华生早京菜	1.294 ±0.124	34	精选京油王	1.255 ±0.183
11	淮南黑心乌	2.069 ±0.060	23	金夏莳青梗菜	1.458 ±0.014			
12	绿星青菜	1.107 ±0.141	24	穿山小白菜	1.461 ±0.003			

（2）重金属低累积茄果类蔬菜品种筛选

供试茄子品种 58 个，在试验土壤条件下，产量如图 5-5 所示。茄子 Cd 含量为 0.175 ~ 0.467mg/kg FW，平均值为 0.297 mg/kg FW。结合聚类分析和作物产量，可确定 Cd 低积累茄子品种 4 个：宁茄一号、宁茄八号、秀美长、黑旋风。

收集目前湖南省大面积种植的辣椒品种：湘研 15 号、湘研 6 号、湘研 9 号、湘辣二号、兴蔬 201、精品辣4、湘研 5 号、湘研 3 号、湘研 12 号、兴蔬 304、精品辣2、精品辣1、JL-2 和 LJ-87（表 5-11）。根据辣椒果实中 Cd 含量和辣椒产量，筛选出 Cd 低积累辣椒品种（系）3 个：LJ-87、湘研 3 号和湘研 9 号。

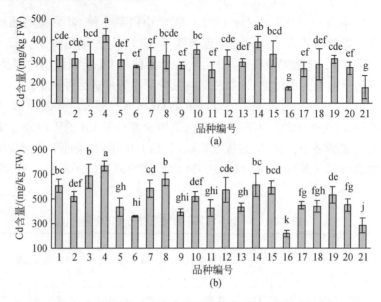

图5-4 不同品种大白菜在不同镉浓度下地上部分Cd含量

注：1. 北京小杂61号；2. 鸿均78白菜；3. 北京新三号大白菜；4. 秋绿60号；5. 北京桔心红F1；6. 博爱小包心；7. 北京新一号；8. 北京新三号F1；9. 中白60号；10. 中白78号；11. 中白81号；12. 中白83号；13. 精选中白81号；14. 中白66号；15. 吉红82号；16. 百丰6号；17. 春秋玉；18. 强势；19. 健春；20. 良庆；21. 开城春白菜；（a）0.6 mg/L镉浓度，（b）1.0 mg/L镉浓度；不同品种间无相同字母者表示经统计检验差异达显著水平（$p<0.05$）

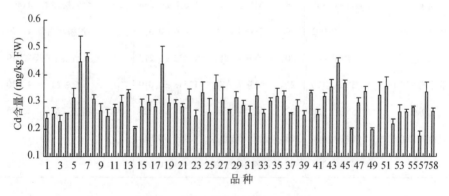

图5-5 不同品种茄子果实中Cd含量

注：1. 星光绿茄；2. 宁茄一号；3. 宁茄八号；4. 黑长龙；5. 京茄10号；6. 三月茄；7. 紫红长茄；8. 京茄15号；9. 白龙茄子；10. 华茄一号；11. 长寿郎；12. 渭桥紫棒茄；13. 改良苏崎茄；14. 绿领裕农三号；15. 星光伏秋茄；16. 墨秀长茄；17. 黑美长茄；18. 优胜黑长茄；19. 湘研茄子；20. Ideal（Id141）；21. 美洲黑王长茄；22. 黑冠早茄；23. 快圆茄；24. 法国野狼茄2号；25. 美茄二号；26. 精选紫圆茄；27. 千田川崎紫龙长茄；28. 秀美长；29. 黑龙茄二号；30. chnhy日本长野狼；31. 浙茄1号；32. 金山茄杂98；33. 黑旋风；34. 墨王香茄；35. 黑衣天使早茄；36. 黑衣天使特早茄；37. 精选紫罐茄；38. 墨丽大长；39. 白玉长茄；40. 黑飞狐；41. 天龙黑长茄；42. 渝早茄一号；43. 黑大长秀；44. 精选紫长茄；45. 渝早茄二号；46. 红圆茄；47. 渝早茄四号；48. 墨茄；49. 春秋红圆茄；50. 超龙168；51. 鄂优二号；52. 黑又亮长茄；53. 精选六叶茄；54. 万吨早茄；55. 扬茄一号；56. 洛阳早青茄；57. 黑秀长茄；58. 西安绿茄

表 5-11　不同辣椒品种 Cd 含量　　　　　　（单位：mg/kg FW）

品种名称	平均 Cd 含量	变化幅度	品种名称	平均 Cd 含量	变化幅度	品种名称	平均 Cd 含量	变化幅度
湘研 15 号	0.054	0.048 ~ 0.063	精品辣 4	0.082	0.063 ~ 0.097	精品辣 2	0.087	0.078 ~ 0.102
湘研 6 号	0.102	0.087 ~ 0.125	湘研 5 号	0.064	0.048 ~ 0.073	精品辣 1	0.089	0.073 ~ 0.099
湘研 9 号	0.032	0.012 ~ 0.043	湘研 3 号	0.012	0.007 ~ 0.015	JL-2	0.055	0.048 ~ 0.082
湘辣二号	0.061	0.051 ~ 0.073	湘研 12 号	0.067	0.048 ~ 0.095	LJ-87	0.043	0.033 ~ 0.066
兴蔬 201	0.079	0.068 ~ 0.092	兴蔬 304	0.054	0.041 ~ 0.077			

供试番茄品种 64 个，番茄品种果实 Cd 含量的变化范围为 0.035 ~ 0.108mg/kg FW（表 5-12）。对番茄果实中 Cd 含量进行系统聚类分析，结合产量数据，可确定红大宝番茄、红宝石六号、元明粉玉女为 Cd 低积累番茄品种，其果实中 Cd 含量均低于《食品中污染物限量》中 Cd 的限量标准（茄果类 Cd≤0.05mg/kg FW）。

表 5-12　64 个番茄品种果实 Cd 含量　　　　　　（单位：mg/kg FW）

品种编号	品种名称	Cd 含量	品种编号	品种名称	Cd 含量	品种编号	品种名称	Cd 含量
1	金陵之星 101F1	0.073 ± 0.005	23	方震 AB903F1	0.086 ± 0.016	45	新世纪粉王	0.063 ± 0.002
2	金陵之星 102F1	0.084 ± 0.022	24	华番 3 号	0.072 ± 0.011	46	番茄大王	0.065 ± 0.004
3	红石头	0.072 ± 0.012	25	红元帅 388	0.082 ± 0.018	47	英石大红	0.082 ± 0.01
4	超级 918	0.079 ± 0.02	26	拉卡 F1	0.06 ± 0.001	48	中华一号	0.061 ± 0.007
5	苏粉八号	0.082 ± 0.005	27	北农铁粉	0.09 ± 0.002	49	红圣女小番茄	0.064 ± 0.008
6	渝粉八号	0.071 ± 0.004	28	旗丹番茄	0.075 ± 0.013	50	红宝石小番茄	0.098 ± 0.011
7	渝粉 109	0.088 ± 0.01	29	百特铁果	0.072 ± 0.001	51	黄洋梨小番茄	0.105 ± 0.011
8	新星三号	0.078 ± 0.013	30	秦皇保冠三号	0.076 ± 0.006	52	红美女	0.103 ± 0.012
9	亚洲圣果	0.063 ± 0.001	31	锦绣铁果	0.069 ± 0.008	53	元明玉女红	0.069 ± 0.004
10	毛粉 802	0.068 ± 0.002	32	中蔬四号	0.072 ± 0.007	54	元明黄娇子	0.108 ± 0.001
11	秦皇 906	0.096 ± 0.009	33	白果强丰	0.061 ± 0.007	55	元明粉玉女	0.044 ± 0.005
12	秦丰大红 203	0.069 ± 0.006	34	赛特	0.069 ± 0.004	56	育桑仙女	0.058 ± 0.008
13	亿家丰 209 番茄	0.094 ± 0.015	35	宏达巨红王	0.082 ± 0.006	57	爱丽丝	0.08 ± 0.006
14	红美特 L-008	0.064 ± 0.006	36	海尼瑞番茄	0.066 ± 0.009	58	赛珍珠	0.097 ± 0.003
15	荷兰红斯特	0.063 ± 0.003	37	大红袍番茄	0.078 ± 0.002	59	台湾圣女	0.081 ± 0.004
16	美国大红 998	0.096 ± 0.006	38	金光一号	0.068 ± 0.006	60	红贞女番茄	0.087 ± 0.012
17	红金刚三号	0.066 ± 0.005	39	奥冠一号	0.062 ± 0.009	61	黄贞女番茄	0.075 ± 0.007
18	绿亨 103 红帝	0.058 ± 0.001	40	巨红冠	0.083 ± 0.008	62	金斯特	0.083 ± 0.006
19	红大宝番茄	0.035 ± 0.004	41	丰冠二号	0.055 ± 0.002	63	欧洲大红王	0.073 ± 0.004
20	长获 909	0.073 ± 0.005	42	方震 AB908	0.105 ± 0.01	64	金石王	0.072 ± 0.006
21	红宝石六号	0.043 ± 0.001	43	西兰良种	0.089 ± 0.02			
22	红金刚一号	0.077 ± 0.037	44	厚皮早红	0.065 ± 0.001			

（3）重金属低累积根菜类蔬菜品种筛选

在全国范围内收集各区域广泛种植的萝卜品种 33 个，在城郊 Cd 污染区（土壤 Cd 含量为 0.97mg/kg）进行 Cd 低积累萝卜品种筛选试验，如图 5-6 所示。33 个萝卜品种地下部分 Cd 含量范围是 0.069~0.316mg/kg FW，平均值为 0.166mg/kg FW；萝卜各部位 Cd 含量的分布规律：地上部分＞地下部分。地下部分 Cd 含量的聚类分析结果表明，4个萝卜品种即白沙南畔洲晚萝卜（1号）、赣新九斤王春不老迟萝卜（3号）、种都春不老萝卜（4号）、白雪公主（27号）可归为 Cd 低累积品种，且这4个萝卜品种地下部分 Cd 含量低于 GB 2762—2005 中规定的根菜类蔬菜 Cd 含量不超过 0.1mg/kg 的限值。

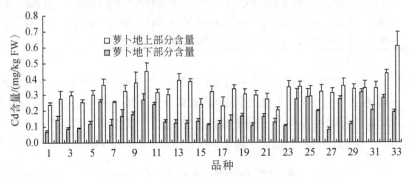

图 5-6　不同品种萝卜地上部分、地下部分 Cd 含量

注：1. 白沙南畔洲晚萝卜；2. 新青光萝卜；3. 赣新九斤王（309）春不老迟萝卜；4. 种都春不老萝卜；5. 穿心红萝卜；6. 大红袍；7. 夏白玉；8. 中秋红；9. 早熟金红冠（满身红萝卜）；10. 扬花萝卜；11. 南京红萝卜；12. 圆白萝卜；13. 小红头萝卜；14. 夏秋红；15. 一点红萝卜；16. 夏抗40天；17. 台湾母株；306短叶十三萝卜；18. 圆白萝卜；19. 勾白萝卜；20. 杂交短叶；21. 春秋四季红；22. 22号早萝卜；23. 精选大韩白玉；24. 青脆一号水果萝卜；25. 新大红袍；26. 潍县青；27. 白雪公主白萝卜；28. 绿美人水果萝卜；29. 象牙白萝卜；30. 翠玉春；31. 北京杂交满堂红；32. 翠甜青；33. 小五樱水萝卜501

　　在全国范围内收集各区域广泛种植的胡萝卜品种12个，在湖南省株洲市马家河镇中路村进行大田筛选试验，12个胡萝卜品种地下部分 Cd 含量范围是 0.34~0.58mg/kg FW（图5-7），平均值为 0.44mg/kg FW。Cd 在胡萝卜体内的分布：地上部分＞地下部分。结合聚类分析和作物产量，可确定东京极品（6号）和特级三红七寸胡萝卜（8号）为 Cd 低累积胡萝卜品种。

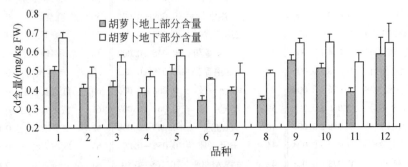

图 5-7　不同品种胡萝卜地下部分、地上部分 Cd 含量

注：1. 西洋黄参胡萝卜；2. 日本新黑田五寸人参；3. 新黑田 五寸人参；4. 珍红新六寸；5. 美春鸿福五寸F1；6. 东京极品；7. 顶好三红；8. 特级三红七寸胡萝卜；9. 七寸齐头黄胡萝卜；10. 特长七寸参细心胡萝卜；11. 超级九寸红；12. 特级三红八寸参

第三节　农产品质量农艺控制技术

一、城郊区蔬菜硝酸盐农艺控制技术

据报道，人体摄入的硝酸盐有70%~80%来自蔬菜。城郊区是我国重要的蔬菜生产基地，但城郊区蔬菜尤其是我国居民大量消费的几类蔬菜（特别是叶菜类和根菜类）普遍存在硝酸盐过量累积的现象，对生态环境和人体健康产生了巨大威胁。因此，研发控制城郊区蔬菜硝酸盐过量累积的技术对保障城市生态环境安全和食品安全有重要意义。

（一）减 N 控 P 施肥技术

过量施肥是城郊环境富营养化和蔬菜硝酸盐过量累积的直接原因。因此，必须实施减 N 控 P 施肥技术，实现氮、磷肥的合理施用。肥料的适宜施用量通过测土配方施肥方法确定。由于土壤尤其是菜田土壤的供肥能力以及动态供肥特征难以准确评估，且各种肥料的利用率也不是定值，另外，灌水和干、湿沉降也会带入养分，因而仅用测土配方施肥技术并不能很好地确定蔬菜的适宜施肥量和施用方法。植物的某些生理指标与氮肥用量、植物 N 营养水平之间存在着显著的相关性，因此，可以采用测土与植株生理指标测试相结合的技术来实现氮肥的精确施用。减 N 控 P 技术中氮肥用量的确定方法是：先根据长期定位研究确定氮肥的理论施用量（包括基肥用量和追肥用量），以理论施用量为基础，根据测土的结果确定氮肥的实际基肥用量，然后根据氮肥用量和植株生理指标之间的关系来确定氮肥的实际追肥用量，从而实现蔬菜氮肥的合理施用。本技术中磷肥施用量仍然是采用传统的测土配方施肥方法确定的。

以大白菜为例对减 N 控 P 施肥技术进行说明。田间定位试验结果表明，在基肥和追肥各 50% 的施用模式下，氮肥用量在 $0\sim240kg/hm^2$ 范围时，大白菜（品种为华良早 5 号）硝酸盐含量随施氮量的增加呈明显的线性增加趋势 ［图 5-8（a）］，但施 N 量超过 $157.5kg/hm^2$ 后，大白菜产量不继续增加 ［图 5-8（b）］。因此，可将 $157.5kg/hm^2$ 施 N 量（其中基肥 $79.5kg/hm^2$，追肥 $78kg/hm^2$）视为该大白菜品种的理论施氮量。按此方式施用氮肥，既能保证大白菜产量，又能使其硝酸盐含量维持在较低水平。由于土壤有不同程度的 N 累积，在生产实际中需要根据实际情况在理论施用量的基础上调节基肥和追肥中氮肥的用量。具体方法是：在施基肥时，以 $79.5kg/hm^2$ 的基肥用量为基础，根据实际测土结果确定实际氮肥基施量；由于大白菜叶片叶绿素含量（SPAD）值与施 N 量之间存在着明显的线性关系 ［图 5-8（c）］，因此，在追肥时，以 $78kg/hm^2$ 的追施量为基础，可根据实测的大白菜叶绿素含量（SPAD）值及其与氮肥用量的关系来调节氮肥追施量。

（二）植物生理调控技术

硝态氮同化主要经历两个过程：硝态氮被还原为铵；铵与 α-酮戊二酸等有机酸结

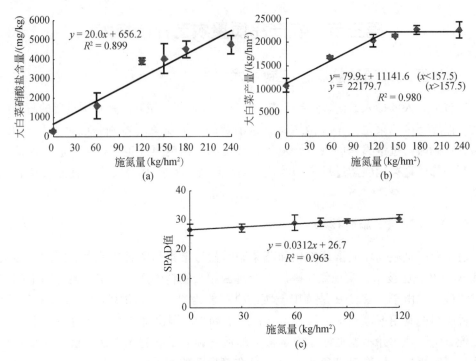

图 5-8 施 N 量与大白菜硝酸盐含量、产量和 SPAD 值的关系

合形成氨基酸。在硝态氮被还原的过程中硝酸还原酶（NR）是限速酶，在铵与有机酸形成氨基酸的过程中谷氨酰胺合成酶（GS）是重要的酶，光合作用在铵同化的过程中不仅为硝态氮还原提供电子，同时为铵最终形成氨基酸提供碳骨架。因此，能提高硝酸还原酶（NR）和谷氨酰胺合成酶（GS）活性、促进光合作用的物质均能促进硝态氮的同化，起到降低植物体内硝酸盐含量的作用。研究表明，能提高 NR 活性的物质有铁、钼、稀土、草酸、甘氨酸、水杨酸、吲哚乙酸、萘基乙酸、乙二胺四乙酸及 N，N-二羧甲基谷氨酸等；能提高光合作用的物质有 2-氧代戊二酸、L-谷氨酸（这两种物质是促进叶绿素合成的）等；能提高 GS 活性的物质有水杨酸。收获前 1d 用 1000mg/L 的草酸液喷洒作物，可明显降低小白菜、菠菜和薹菜的硝酸盐含量（陈振德和冯东升，1994）。用浓度为 7.5 ~ 10.0mmol/L 的甘氨酸作浸叶处理可明显提高黄瓜幼苗对硝态氮的吸收，并降低幼苗地上部分硝酸盐含量（杨伟等，1991）。王双明（1992）研究发现用甘氨酸液（600mg/L）、氯化钾液（1000mg/L）、钼酸钠液（800mg/L）、甘氨酸（600mg/L）与氯化钾（1 000mg/L）的混合液对小白菜进行浸种或叶面喷施处理，均能不同程度地降低植株内硝酸盐含量，降幅为 22.1% ~ 44.2%，处理效果排序为：混合液喷施 > 钼酸钠喷施 > 甘氨酸喷施 > 甘氨酸浸种 > 氯化钾浸种。其中以采收前叶面喷施氯化钾与甘氨酸的混合液效果最为显著，与对照相比，硝酸盐含量降低 44.15%。在韭菜采收前 6 ~ 9d，用浓度为 3 mmol/L 的水杨酸水溶液叶面喷施，可明显降低韭菜硝酸盐累积，并获得增加产量、改进品质的效果（高志奎等，2008）。采用 pH 为 4.5 ~ 5.5，含有 15% ~ 25%（质量分数，下同）壳聚糖、25% ~ 30% 能提高硝酸还原酶活性

的物质（硝酸铁、钼酸铵、吲哚乙酸、萘基乙酸、乙二胺四乙酸及 N，N-二羧甲基谷氨酸中的一种或一种以上）、29%～35%能促进叶绿素合成的物质（2-氧代戊二酸和 L-谷氨酸中的至少一种或一种以上）、15%～25%有机酸（琥珀酸、抗坏血酸和山梨酸中的至少一种或一种以上）和1%～3%表面活性剂（聚氧乙烯脱水山梨糖糖醇单硬脂酸酯）的混合剂进行浸种或者叶面喷施，能降低植物硝酸盐含量（昭和电工株式会社，2004）。

（三）优化栽培技术

1. 选用间作等栽培模式

不同栽培模式对蔬菜硝酸盐含量也有明显的影响。例如，使用大量氮肥和生长激素的催生栽培方法，虽然可大大缩短作物（特别是瓜、果、菜类）生长期，但是作物吸收的 N 不能充分转化成蛋白质，最终会导致硝酸盐大量累积在瓜果菜内，生长在空气循环不良、CO_2 减少的塑料大棚内的作物中硝酸盐累积量更大。例如，菠菜在大田应季栽培要 50d 以上才能收获，而催生栽培下 30d 就可收获，前者每千克菠菜中含硝酸盐 690mg，后者则高达 3000mg（陈防等，2004）。采用间作栽培模式可降低蔬菜中的硝酸盐含量，在此模式下，由于不同作物根系分布深度和范围不同，作物吸收养分的土壤区域也有所不同，从而可以达到分别利用不同土壤深度硝态氮的目的。这样既提高了肥料的利用率，减少了 N 在土壤中的累积，同时也减少了硝酸盐在作物体内的累积量。王晓丽等（2003）选择了玉米和空心菜间作，第一茬，空心菜硝酸盐含量由单作的 3120mg/kg 降低至 1310mg/kg，降低幅度达 58%，达到显著水平，而二者产量差异并不显著。吴琼等（2009）选择根系较深的萝卜和根系较浅的芹菜进行间作种植，研究结果表明间作有降低萝卜和芹菜硝酸盐含量的趋势。因此，城郊区蔬菜生产应尽可能摒弃催生栽培等只注重产量的种植模式，大力提倡间作栽培模式。间作栽培时，需注意行株距、时间间隔以及肥料种类和用量等。应加强作物组合种植模式的研究，以期找到既能提高蔬菜产量，又能提高蔬菜品质、减少环境污染的双赢种植模式。

2. 进行 CO_2 施肥

升高环境中 CO_2 的浓度，可以促进作物光合作用，为作物同化 NO_3^- 提供更多的还原力、ATP 以及碳骨架。因此，CO_2 施肥不仅可以提高蔬菜产量，而且能明显降低蔬菜的硝酸盐含量。都韶婷等（2007）采用 3 种方法对大棚蔬菜进行 CO_2 施肥：在大棚蔬菜的整个栽培期间，利用农业有机废弃物（稻草、畜禽粪便）发酵法进行大棚 CO_2 施肥，保持大棚内 CO_2 浓度在 750～850μl/L；从大棚蔬菜收获前 1 周至收获时为止，利用农业有机废弃物发酵法进行短期的大棚 CO_2 施肥，保持大棚内 CO_2 浓度为 750～850μl/L；从大棚蔬菜收获前 1 周至收获时为止，采用化学反应法（NH_4HCO_3 和 H_2SO_4 反应）进行短期的大棚 CO_2 施肥，保持大棚内 CO_2 浓度在 950～1050μl/L。研究结果表明 3 种方法均能快速、有效地降低蔬菜体内的硝酸盐含量。采用第一种方法，不但可使蔬菜体内硝酸盐含量降低 50% 以上，还可大幅提高蔬菜产量（超过 50%），并提前 1 周左右上市；采用第二、三种方法，可降低蔬菜硝酸盐含量 30% 以上，基本可确保大部分蔬菜硝酸盐不超标。

3. 调节光照和温度

光照和温度均会影响蔬菜的硝酸盐累积。光照主要是通过调节硝酸还原酶的活性来影响硝酸盐累积，提高光照强度和延长光照时间，可以降低蔬菜中硝酸盐含量。例如，对生长在温室内的莴苣每天以 $89W/m^2$ 强度的日光照明 24h、12h 和 0h 进行对比后发现，莴苣体内的 NO_3^- 含量分别为 2576mg/kg FW、3170mg/kg FW 和 3250mg/kg FW；若将灯光强度提高至 $179W/m^2$，则上述三种处理的莴苣 NO_3^- 含量分别为 2270mg/kgFW、2600mg/kg FW 和 3230mg/kg FW（周泽义等，1999）。在一定温度范围内，温度主要通过控制蒸腾作用速率来影响蔬菜对硝酸盐的累积量，温度越高，蒸腾速率越高，进入蔬菜体内的硝态氮越多，蔬菜硝态氮吸收量就越多于同化量，因而其体内硝酸盐含量越高。例如，菠菜在 5～25℃ 的范围内，温度越高，其硝态氮含量越高，大白菜尤其是富集硝酸盐的大白菜品种也有类似的规律（Cantliffe，1972b；陶正平等，2008）。因此，在温室栽培条件下，可以通过提高光照强度、延长光照时间以及尽可能降低室温的措施来实现低硝酸盐蔬菜的生产。

4. 选择适宜的种植、采收时间

种植、采收时间对蔬菜硝酸盐含量有一定的影响。何述尧等（1986）发现，阴雨天蔬菜硝酸盐含量明显高于晴天。不同收获季节蔬菜硝酸盐含量的大小顺序是冬季 > 春季 > 秋季 > 夏季，冬季、夏季蔬菜硝酸盐含量可相差 5 倍左右（Vieira et al.，1998；黄建国和袁玲，1996）。因此，可以通过选择蔬菜（尤其是硝酸盐富集基因型蔬菜）的种植和采收时间来控制其硝酸盐含量。

（四）灌溉调控技术

土壤含水量会影响蔬菜体内的硝酸盐累积。调查发现，水生菜类硝酸盐含量普遍低于旱作蔬菜。水栽时通心菜硝酸盐含量为 34～179mg/kgFW，而旱种时可高达 1 415mg/kgFW。在土壤水分含量为 200g/kg 和 250g/kg 时，菠菜体内硝酸盐含量较土壤水分含量为 150g/kg 时分别降低 29.7% 和 19.4%，小白菜分别降低 22.5% 和 25.0%（王朝辉等，1997）。土壤水分状况影响蔬菜硝酸盐含量的原因：一方面可能与淹水的嫌气条件下土壤中 N 主要以铵态氮为主，而在旱种的好气性条件下以硝态氮为主有关（何述尧等，1986）；另一方面可能与土壤水分增加后，蔬菜生长量的增加大于硝态氮累积量的增加（王朝辉等，1997）或者土壤硝态氮和铵态氮含量比下降有关。因此，可以通过灌溉手段来控制蔬菜中硝态氮含量。应该注意的是，采用灌溉技术控制蔬菜硝酸盐含量时，既要控制灌溉次数，又要控制灌水量，因为过量灌水不仅会造成水资源浪费，还会增加土壤硝酸盐淋失，对地下水及环境质量造成威胁。

二、城郊区农产品重金属污染农艺控制技术

由于城市工业和生活废弃物的不合理排放以及农业化学品的不科学使用，我国城郊

区农产品已受到不同程度的重金属污染。农产品重金属污染必然会威胁消费者的健康，因此，研发控制农产品重金属污染的技术具有重要意义。以往用于重金属污染控制的技术主要有工程技术、化学技术和生物技术等，这些技术大多是从控制土壤污染的角度来控制农产品重金属污染，较少从农艺角度（如种植模式、施肥、叶面调控）来控制农产品重金属污染，因此，需要加强农产品重金属污染农艺控制技术的探索和应用。

（一）土壤—植物联合消减技术

超累积植物体内可累积浓度很高的重金属，在重金属污染土壤上连续种植这些植物可以将重金属从土壤中去除，施用适当的螯合剂可以增加土壤中重金属活性从而促进作物对重金属的吸收。例如，施加 0.2 g/kg EDTA 后，土壤溶液中 Pb 质量浓度由 4mg/L 增加至 4 000mg/L，玉米和豌豆地上部分 Pb 质量分数由 500mg/kg 增加至 10 000mg/kg（Huang et al.，1997）。EDTA 不仅促进印度芥菜对 Pb 的吸收，也能促进对 Cd、Cu、Ni 和 Zn 的吸收（Blaylock et al.，1997）。因此，种植超累积植物并联合投加螯合剂的技术能够更为有效地治理土壤重金属污染，进而实现对农产品重金属污染的控制。在一些重金属中、轻度污染土壤上甚至可以边治理边进行蔬菜生产。例如，在中轻度 Cd、Zn、Cu、Pb 污染的菜田，将能富集 Zn、Cd、Pb 的东南景天和能富集 Cu 的海州香薷间作，并分别对东南景天和海州香薷联合施用 DTPA 和 EDTA，同时将海州香薷和 Cd 富集油菜、黄瓜和白菜进行先后轮作，可以同时实现土壤中 Cd、Zn、Cu、Pb 的去除和蔬菜（黄瓜和白菜）的安全生产。完成一个修复周期后，以土壤 Cd、Zn、Cu 和 Pb 全量降低量计算的修复效率分别为 13.8%、8.7%、2.9% 和 1.5%，以土壤 Cd、Zn、Cu 和 Pb 有效态降低量计算的修复效率分别为 50.7%、39.9%、43.1% 和 21.9%，两种蔬菜（黄瓜和白菜）重金属含量均在无公害蔬菜限量之内（杨肖娥和李廷强，2008）。

（二）种植模式和肥料种类调整技术

土壤氧化还原点位（Eh）是影响重金属有效性的重要因素之一。土壤在淹水条件下，有机质不易分解，会产生 H_2S，同时 SO_4^{2-} 还原为 S^{2-}（特别是当 Eh < −150mV 时更甚），会使 Cu^{2+}、Pb^{2+}、Zn^{2+}、Cd^{2+}、Hg^{2+} 等生成硫化物沉淀而降低其生物有效性，尤其是 Cd^{2+} 和 Hg^{2+} 等，当 Eh 降低至 −150mV 以下时，就开始生成硫化物沉淀（丁园，2000）。此外，在低 Eh 时，六价 Cr 会被还原为三价，大大降低其毒性。水作改旱作后，As 会由高毒性的三价 As 变为低毒性的五价 As（丁园，2000）。因此，Cu、Pb、Zn、Cd、Hg 和 Cr 污染的菜田宜种植水生蔬菜，而 As 污染菜田宜旱作。

不同种类的氮、磷、钾肥对土壤的理化性质和根际环境有不同的影响，从而会对土壤重金属的溶解度，特别是根际土壤中重金属的溶解度产生明显的影响。施用化学或生理碱性肥料可在一定程度上降低一些土壤重金属的有效性，从而控制农产品重金属污染。能控制植物 Cd 污染的氮肥种类顺序是：$Ca(NO_3)_2$ > NH_4HCO_3 > NH_4NO_3、$(NH_2)_2CO$ > $(NH_4)_2SO_4$ > NH_4Cl；能控制植物 Cd 污染的磷肥种类顺序是：钙镁磷肥 > 磷酸二氢钙 > 磷矿粉 > 过磷酸钙；能控制植物 Cd 污染的钾肥种类顺序是：K_2SO_4 >

KCl（丁园，2000）。使用该技术时可参见表5-13选择肥料（褚天铎等，1997）。

表5-13 一些常用肥料的酸碱性

	肥料名称	化学酸碱性	生理酸碱性
磷肥	普钙	★	★
	磷酸氢钙	★	▼
	磷矿粉	○	▼
	钢渣磷肥	▼	▼
	钙镁磷肥	▼	▼
	重钙	★	★
氮肥	氯化铵	★	★
	硫酸铵	★	★
	硝酸铵	★	○
	尿素	○	○
	氨水	▼	○
	碳酸氢铵	▼	○
钾肥	硫酸钾	○	★
	氯化钾	○	★
	草木灰（碳酸钾）	▼	▼

注：★为酸性，▼为碱性，○为中性

（三）叶面调控剂控制技术

由于植物体内金属离子存在拮抗关系，作物对重金属的累积特点存在差异，因此，叶面喷施剂可用于农产品重金属污染的控制。设计了两种叶面控制剂配方：在水稻有效分蘖终止期和齐穗期进行叶面喷施。两种配方对降低稻米Cd含量效果显著，其中配方二效果突出，低Cd品种和高Cd品种Cd含量的平均降幅分别为11.56%和12.88%。就施用时期而言，在齐穗期喷施叶面控制剂效果显著，与对照相比，低Cd品种和高Cd品种稻米Cd含量分别减少31.29%和21.37%（表5-14）。

表5-14 叶面控制剂的施用效果

品种	对照	配方一		配方二	
		有效分蘖终止期	齐穗期	有效分蘖终止期	齐穗期
低Cd品种	326.6a	302.8a	285.8b	305.7a	224.4c
高Cd品种	896.8A	864.7A	742.2B	793.1A	705.2B

注：同一品种横向比较。配方一：顶端优势抑制剂；配方二：离子拮抗剂

A、B、C表示达极显著水平；a、b、c表示达显著水平

第四节　农产品健康质量采储控制技术

一、采收技术

农产品采收技术包括采收时间、采收方式和采收前后的药剂处理等。采收时间主要取决于产品器官的成熟度，同时与作物品种、储运要求、市场远近和采后用途等有关。蔬菜产品的情况较为复杂，采收成熟度的分布极其广泛。根茎类蔬菜应在养分基本转移至产品部分、叶部衰败时采收；菠菜、白菜和芹菜等叶菜类蔬菜以植株有一定大小时陆续收获为宜；青椒、茄子、菜豆、黄瓜、丝瓜、苦瓜等以嫩果供食的蔬菜可在果实充分膨大稍前一点采收，多次连续采收间隔期为 3 ~ 5d，盛期间隔 1 ~ 2d（段昌群，2006）。为了运输或储藏，有些蔬菜需要提前至半熟或六、七成熟时采收，通过其自身的后熟作用达到完全成熟，从而延长储运期；也可根据需要采取低温、气调等措施抑制其后熟过程，达到长期储藏的目的。例如，番茄若直接进入流通市场，就可在产品达到生理成熟时采收；储藏和远销时就可利用番茄显著的后熟作用，将其采收时间提前至变色期或自熟期。一般而言，远距离运输的应该比当地销售的适当早采，罐藏和蜜饯加工的原料应适当早采，而作为加工果汁、果酒、果酱的原料应充分成熟后采收。

蔬菜中某些化学物质，如淀粉、糖、酸的含量及果实糖酸比的变化与成熟度有关，可以根据农产品的健康质量要求，通过测定这些化学物质的含量，确定适宜的采收时期。例如，从降低蔬菜硝酸盐的角度考虑，采收蔬菜在下午日落前进行较好，而不宜在清晨采收，特别是叶菜类蔬菜。这是因为白天光照强，作物的光合作用强度大，硝酸还原酶的活性也高，此时蔬菜硝酸盐浓度较低，而清晨蔬菜的硝酸盐含量一般较高。此外，收获时间越早，蔬菜的硝酸盐含量越高，适当晚收可降低其硝酸盐含量（Amrl and Hadidi，2001），蔬菜应该在追肥至少 15 d 后才能采收上市（李群等，2005）。

此外，采前对蔬菜喷施适宜浓度的杀虫杀菌剂、植物生长调节剂及其他矿物元素，是提高蔬菜品质、增强耐藏力、防治某些生理病害和真菌病害的辅助措施之一。例如，在菜豆、莴苣、萝卜、芥菜、洋葱等蔬菜采前或采后喷施浓度为 5 ~ 20mg/L 的细胞激动素，可保持鲜度，抑制呼吸；而对于黄瓜、青椒、番茄等蔬菜，采收前施用杀菌剂一类的药物，可防止微生物浸染所引起的病害和腐烂，减少带病蔬菜入储，是降低储藏期间蔬菜腐烂率的有效措施（怀凤涛等，2008）。应该强调的是，在不同蔬菜品种上施用各类型药剂时，其施用浓度、时间和作用因蔬菜品种而异，应用时必须严格按说明书使用，且应在施用药剂后的安全间隔期采收，否则会因施用不当造成产品健康质量下降。

农产品收获后，必须在田间完成一定的预处理，这样可有效保证农产品的储藏效果，减少采后因腐烂变质带来的城市垃圾。整理和挑选是农产品采后处理的第一步。采收后及时地将非食用部分和从田间采收时带来的残枝败叶、泥土等清除掉，以减少储藏中病害的传播源，避免农产品大量腐烂损失。挑选分级是在整理的基础上，进一步剔除受病虫侵染、受机械损伤、发育欠佳和外观畸形等不符合商品要求的产品，同时改进产品的外观和商品形象，便于包装储运、销售和食用。

农产品采收后，在储藏加工前，应通过预冷措施迅速除去田间热，将其温度快速冷却至规定温度。预冷措施可防止因呼吸热而造成的储藏环境温度升高，可降低农产品的呼吸强度，从而减少采后损失。为了使农产品在采后能及时降温，预冷最好在产地进行。不同种类、不同品种的农产品所需的预冷温度条件不同，适宜的预冷方法也不同。在北方，大白菜的储藏采用自然降温预冷的方法较多；而冷水预冷多适用于果菜类和根菜类；接触加冰预冷只能用于那些与冰接触不会产生伤害的产品，如菠菜、花椰菜和萝卜等；冷库预冷方式是目前较普遍的预冷方式，适用于各种蔬菜。

晾晒和储前干燥也是一类可直接在田间进行的预处理技术。晾晒主要针对秋、冬季收获的蔬菜，特别是北方地区的大白菜，收获后必须经过晾晒后才能入库储藏。除叶菜类外，葱蒜类蔬菜在储运前也要晾晒，使其外层鳞片充分干燥，形成膜质保护层，有利于储藏和运输。蔬菜采收后进行风干，可避免或减轻蔬菜收获后直接包装储藏而产生的"蒸伤"。尤其是结球叶菜类，通过晾晒风干而萎蔫的外叶可以保护内叶，减少水分蒸发。在温度为10℃、相对湿度为62%左右的条件下，风速20cm/s即可达到要求（怀凤涛等，2008）。

二、储藏技术

采后经过田间预处理后就进入了储藏阶段，可采用农业和物理化学技术来调控环境条件，以控制蔬菜的后熟、衰老与腐烂，抑制呼吸消耗，保证农产品健康质量。

（一）温度

适宜的低温有利于储藏，尽可能维持低的储藏温度，将农产品的呼吸作用抑制到最低限度，是农产品保鲜的普遍措施。但从农产品健康质量要求考虑，储藏温度并非越低越好，要以不发生冷害、不造成生理损伤、不产生或增加有害物质为宜。

蔬菜采收后在低温条件下存放，硝酸盐还原为亚硝酸盐的进程缓慢，但在温度较高时，蔬菜易于腐烂变质，亚硝酸盐含量也急剧增加（殷允相，1993）。青菜、辣椒、青萝卜等蔬菜鲜样经过冷藏的样品其硝酸盐含量明显增加，亚硝酸盐含量明显减少；而在冷冻情况下，蔬菜样品的硝酸盐和亚硝酸盐含量基本不变（徐亚平等，2004）。因此，蔬菜储运过程中应推广采用冷链系统，同时尽量减少中间环节，让消费者吃到新鲜的蔬菜。

王双明（2004）将小白菜和甘蓝两种蔬菜在5℃、20℃和30℃暗中储藏24h，蔬菜中硝酸盐及亚硝酸盐的含量随着储存温度的增高而相应增高，原因可能与温度升高在一定程度上促进了硝化细菌的活动，使硝化作用加强有关。燕平梅等（2006）比较了大白菜、甘蓝、白萝卜在室温和低温储藏时蔬菜中亚硝酸盐含量的变化及其机制，发现室温储藏的蔬菜初期出现的"亚硝峰"是由于采摘后蔬菜中硝酸还原酶活力增强导致了蔬菜内的硝酸盐还原成亚硝酸盐。颜海燕等（2006）分析了室温储存条件下蔬菜中亚硝酸含量的变化，在第1天时，蔬菜中亚硝酸盐的含量处于最低值，随后开始缓慢上升；在第 3 天时，蔬菜中亚硝酸盐的含量达到最高峰；之后的 24h 内，蔬菜的亚硝酸盐含量急剧下降；至第 5 ~ 7 天下降又变缓慢。小青菜收获后取其可食部分冷藏在 4℃冰箱中，在 6d 储藏过程中硝酸盐含量先降低后略升高，后期硝酸盐含量升高可能与维生素 C 含量显著降低有关，建议蔬菜储藏时间不要超过 4d（许超等，2004）。黄立华等（2007）报道，我国东北地区的大白菜在秋、冬季节 8 ~ 10℃的入窖堆垛环境中储藏，其硝酸盐含量和 Vc 含量均随储藏时间的增加而下降，储藏 60d 后，二者分别下降了 38.2% 和 46.7%，且硝酸盐含量已基本达到二级标准（即≤785mg/L）以内。可见，大白菜在收获后储藏一段时间，使其有害成分降至较低水平，从食用安全的角度来看是可行的。

温度条件对叶菜类和根茎类的蔬菜硝酸盐含量影响明显。在 4d 储放时间内，小白菜硝酸盐含量在 20 ~ 25℃条件下由初始值 3138mg/kg 持续增加至 6664mg/kg，而在 10 ~ 15℃和 0 ~ 5℃时则分别在 2726 ~ 4069mg/kg 和 2350 ~ 3387mg/kg 的范围内波动（图 5-9）；而硝酸盐初始含量为 1695mg/kg 的白萝卜硝酸盐含量随储放时间的延长均呈持续上升趋势，且上升幅度随温度增高而增加，0 ~ 5℃、10 ~ 15℃和 20 ~ 25℃条件下分别增加至 1792mg/kg、1942mg/kg 和 2072mg/kg（图 5-10）。

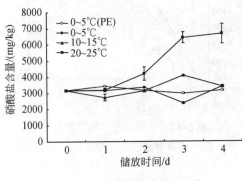

图 5-9　不同储放温度下小白菜硝酸盐含量变化

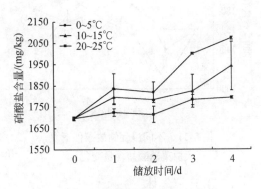

图 5-10　不同储放温度下白萝卜硝酸盐含量变化

在三种储放温度下（图 5-9 和图 5-10），小白菜和白萝卜中亚硝酸盐含量的波动范围分别为 0.35 ~ 0.98mg/kg 和 0.34 ~ 0.75mg/kg，均低于对人畜安全的含量标准。综合考虑储放后的硝酸盐、亚硝酸盐和外观品质等变化，小白菜和白萝卜采后应立即食用，若必须储放，储放温度以 0 ~ 5℃的冷藏为宜。

（二）湿度

一般而言，轻微的干燥较湿润要好，可抑制呼吸作用。但要避免过于干燥导致蔬菜失水进而引起不良生理效应。使用薄膜包装，会增加袋内结露水，不利于蔬菜的储藏保鲜，但气调储藏允许采用较高的相对湿度。大白菜在 1℃和 95% 相对湿度下储藏 5 个月，其硝酸盐含量持续下降，3 个月后平均降低约 20%，4 个月后降低 30% 以上；胡萝卜在不同条件下储藏 6 个月后，其硝酸盐含量降至最初水平的 75%（王宪泽等，

1991)。湿度条件对叶菜类和根茎类蔬菜硝酸盐含量的影响存在差异（图5-11、图5-12）。大白菜在70%~75%、80%~85%和90%~95% 三种湿度条件下于10~15℃温度下储放5d，1d后三种湿度条件下硝酸盐含量均降低，但后期却呈大体上升趋势。例如，在湿度70%~75%条件下储放至第5天，大白菜硝酸盐含量增加了41.0%，而湿度80%~85%条件下第5天硝酸盐含量增加了13.0%；在湿度90%~95%条件下2~4d内硝酸盐含量呈上升趋势，至第5天却降低15.8%（图5-11）。白萝卜在上述三种湿度下于10~15℃条件下储放5d，与储放前相比，70%~75%湿度条件下的硝酸盐含量呈持续上升趋势，储放至第5天时增加了56.6%；在80%~85%湿度条件下，储放1d后硝酸盐含量降低6.6%，而第2~5d一直高于储放前含量，增加率最高达20.0%；90%~95%湿度条件下前4d内硝酸盐含量变化平缓，第5d较储放前却明显降低，降低率达19.3%（图5-12）。综合考虑三种湿度条件下硝酸盐含量变化和外观品质，大白菜和白萝卜储放环境湿度以90%~95%为宜。

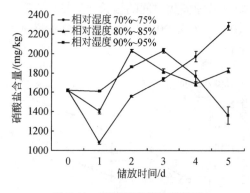

图5-11　不同湿度储放条件下
大白菜硝酸盐含量变化

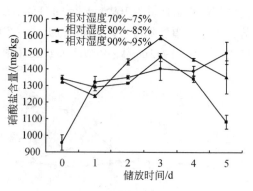

图5-12　不同湿度储放条件下
白萝卜硝酸盐含量变化

（三）环境气体

适当提高储藏环境中二氧化碳浓度和降低氧气浓度，可以有效降低蔬菜的呼吸强度，抑制乙烯的产生和乙烯的催熟致衰作用，从而延缓蔬菜的后熟与衰老过程。适宜的高二氧化碳浓度和低氧气浓度还可抑制某些蔬菜的生理病害，抑制侵染储藏蔬菜的某些真菌的萌发和生长，减少由此引起的腐烂。乙烯可促进变色期采收的番茄成熟，但对于储藏中的果实和多数非跃变型的蔬菜而言，并不利于保持健康品质。谭帼馨等（2003）比较了5类不同蔬菜在自然通风和自然密封的储藏条件下亚硝酸盐含量随时间的变化关系，茄果类、根菜类、豆芽类和白菜类蔬菜在密封下储存较不密封储存时亚硝酸盐含量增加小，而绿叶菜中亚硝酸盐变化规律则相反。

（四）光

减少阳光照射，防治蔬菜失水和绿化。例如，光照能引起马铃薯的绿化，这不仅有伤其外观品质，对人体的毒性还有所增加。光线还可促进蔬菜水分蒸发，尤其对采后叶菜类蔬菜同时产生绿化和失水，造成衰老，不利于储放。

三、清洗技术

各种洗涤方法对果蔬中残留的有害物质有一定去除的效果。清水、果蔬洗洁精、碳酸钠、臭氧等水溶液均能不同程度地去除蔬菜中的农药和硝酸盐，但洗涤效果存在差异（表5-15、表5-16）。

表5-15　蔬菜果蔬洗涤剂对残留农药的去除效果　（单位：mg/kg）

蔬菜品种	洗涤处理	残留率		
		敌敌畏	乐果	毒死蜱
豆角	洗涤前	0.313	204.0	43.7
	清水清洗	0.255	178.0	34.5
	果蔬洗涤剂清洗	0.012	119.0	27.4
小黄瓜	洗涤前	0.083	54.5	13.8
	清水清洗	0.025	53.1	12.6
	果蔬洗涤剂清洗	0.003	42.9	12.1
菜心	洗涤前	0.525	57.8	75.6
	清水清洗	0.204	33.6	63.0
	果蔬洗涤剂清洗	0.046	22.0	50.5

表5-16　四因素三水平正交清洗试验中蔬菜硝酸盐含量

序列号	A 洗涤剂种类	B 浸泡时间/min	C 蔬菜类型	D 洗涤剂浓度/‰	$NO_3^- - N$ / (mg/kg)
1	食用白醋	10	小白菜	5	2656
2	食用白醋	30	菠菜	10	2042
3	食用白醋	60	白萝卜	20	1303
4	果蔬洗涤剂	10	小白菜	2	2824
5	果蔬洗涤剂	30	菠菜	4	2451
6	果蔬洗涤剂	60	白萝卜	2	1468
7	食盐水	10	菠菜	4	2275
8	食盐水	30	白萝卜	1	1523
9	食盐水	60	小白菜	2	2724
10	食用白醋	10	白萝卜	10	1491
11	食用白醋	30	小白菜	20	3117
12	食用白醋	60	菠菜	5	2495
13	果蔬洗涤剂	10	菠菜	1	2003
14	果蔬洗涤剂	30	白萝卜	2	1444

续表

序列号	A 洗涤剂种类	B 浸泡时间/min	C 蔬菜类型	D 洗涤剂浓度/‰	$NO_3^- - N$ / (mg/kg)
15	果蔬洗涤剂	60	小白菜	4	2540
16	食盐水	10	白萝卜	4	1569
17	食盐水	30	小白菜	1	2174
18	食盐水	60	菠菜	2	1862

自来水浸泡法是清除蔬菜水果上污染物和残留农药的基础方法。小白菜体内农药拉维因的残留量和硝酸盐含量随自来水浸泡时间的延长而明显下降，同时蔬菜的可溶性糖损失也非常明显（邱孝煊等，2004）；黄瓜用清水浸泡2~5min后，甲胺磷和乐果残留的最高去除率接近70%（官斌等，2006）。污染蔬菜的农药主要为难溶于水的有机化合物，果蔬洗涤剂可促进农药的溶出，浸泡蔬菜时加入少量果蔬清洗剂可显著提高农药去除率（徐爱平等，2006）。用果蔬洗涤剂浸泡3min后再用自来水冲洗，黄瓜、豆角和菜心等蔬菜中的敌敌畏、乐果和毒死稗等农药含量平均降低20%以上，尤其对非内吸性残留农药的作用尤为明显（徐爱平等，2006）。但营养专家指出，蔬菜瓜果被浸泡越久，营养成分（尤其是维生素）损失越多。赵鹏等（2006）指出，要去除农药且尽可能减少营养损失，果蔬的浸洗时间在4min左右为宜。利用有机磷农药在碱性环境下迅速分解的原理，可将蔬菜表面污物冲洗干净后，在1%~2%的碱水中浸泡5~15min，然后用清水冲洗3~5遍，此法可有效去除各类蔬菜瓜果的农药污染（段昌群，2006）。谢慧等（2006）用自来水、0.5%的洗涤剂、不同浓度的粗酶液及浓度为0.5%的$NaHCO_3$水溶液浸泡受毒死蜱污染的甘蓝和黄瓜，发现同浓度的洗洁精和小苏打对甘蓝与黄瓜表面的毒死蜱残留的去除效果相差不大，而一定浓度的降解酶液能有效去除蔬菜表面的农药残留污染，在10 min内最高去除率可达60.2%。从成本考虑，去除甘蓝和黄瓜表面的农药残留的最佳酶液浓度分别为0.5%和5.0%。

硝酸盐和亚硝酸盐易溶于水，采用浸泡处理可以有效地降低蔬菜中的亚硝酸盐含量，其去除效果与浸泡溶液的种类、浓度和时间有关。王友保等（2004）比较了洗洁精和自来水浸泡对蔬菜中硝酸盐含量的影响，无论何种蔬菜，与自来水洗涤处理相比，洗洁精洗涤后蔬菜的硝酸盐含量都明显要低，平均降低近100mg/kg，说明洗洁精浸泡洗涤能较好地去除蔬菜体内的一部分硝酸盐，从而提高蔬菜的可食用价值。李炳焕等（2005）报道，芹菜、菠菜、莴笋菜用消毒剂二氧化氯溶液浸泡后，亚硝酸盐的含量均会降低，并且浸泡的时间越长，亚硝酸盐的含量下降得越多，下降的百分率与蔬菜的种类有关。此外，贺观群等（2005）研究了绿茶水溶液对蔬菜中亚硝酸盐的清除能力，表明用5%绿茶水溶液浸泡15min后再用清水洗涤蔬菜，可以使亚硝酸盐含量减少52.99%。

食盐水、食用白醋和果蔬洗涤剂均能降低叶菜类蔬菜的硝酸盐含量，但对白萝卜硝酸盐的去除效果不明显。参考L_{18} (3^7) 标准正交表进行四因素三水平清洗试验结果显示，小白菜在1‰食盐水浸泡30min后，硝酸盐含量可降低32.5%；菠菜在2‰食盐水浸泡60min后，硝酸盐含量可降低率23.7%（表5-16）。极差分析结果表明，各洗涤因素对蔬菜硝酸盐含量的影响作用大小依次为蔬菜类型＞洗涤剂种类与其浓度的交互作用＞洗涤剂种类＞洗涤剂浓度＞洗涤剂种类与浸泡时间的交互作用＞浸泡时间（表5-17）。

表 5-17　四因素三水平正交清洗试验极差分析结果

项目	A 洗涤剂种类	B 浸泡时间	C （蔬菜类型）	A＊B	D 洗涤剂浓度	A＊D	空列
m1	2184	2136	2672	2137	2053	2223	2087
m2	2122	2125	2188	2165	2064	1998	2154
m3	2021	2065	1466	2024	2209	2105	2086
R	163.0	70.9	1206	141.1	156.0	225.0	67.9

注：m1、m2、m3 为各因素同一水平试验指标的平均数；R 为极差

区卫民等（2006）研究了臭氧对常见果蔬中硝酸盐的去除效果，经臭氧处理60min，小白菜、葡萄、番茄和枇杷的硝酸盐去除率分别为5.80%、5.24%、53.80%和22.63%；与臭氧处理30min比较，番茄的硝酸盐去除率从32.75%提高至53.80%，其他3种果蔬硝酸盐去除率提高较小。其原因可能为臭氧分解释放出新生态氧，新生态氧具有强氧化能力，甚至可以穿过细胞壁进入生物体而起作用，处理时间越长，去除效果越好。

蔬菜采后各类控制措施仅仅是改善或保持城郊农产品质量安全的一种补救措施。农产品采收后在整理分级、储藏运输、清洗加工等环节中可能会损失部分有益的营养物质，如维生素、蛋白质和一些生物活性物质等。提高城郊农产品的控制技术主要还是要挖掘作物自身的资源和潜力，发挥和调动作物自身的拒污和减污能力，阻止污染物质向农产品的可食部分转移。因此，开展城郊农产品农药、硝酸盐和重金属等全过程控制研究，以作物营养代谢特点—土壤营养条件—环境因子—栽培措施—采后技术为复合系统，探索降低不同蔬菜污染物含量的综合优化调控技术措施，为城郊农产品质量安全的大幅度提高和果蔬资源的合理利用提供理论依据，对保障人们食用农副产品的营养、卫生和安全具有重要的实践价值。

第五节　城郊区农产品质量安全控制技术规程

一、城郊区农产品质量安全控制指标体系及其关键控制点

农产品质量安全的评价已从终端农产品的质量评价逐渐向"农田到餐桌"的全过程评价转变，经济有效的农产品质量安全管理体系是农产品质量安全评价的基础。危害分析与关键控制点（hazard analysis of critical control point，HACCP）评价管理体系是广泛应用于食品生产行业的管理体系，已成功应用在农产品生产、流通和消费过程中。但是国内这方面的工作才刚刚起步，加强 HACCP 在农产品质量安全评价中的应用研究和实践具有重要意义。

（一）HACCP 体系简介

国际食品法典委员会 CAC 于 1993 年制定了《HACCP 体系应用准则》，1997 年对该体系进行了修订，随后该体系被许多国家接受和采纳。HACCP 在美国、欧盟、日本、加拿大、澳大利亚、新西兰等国家和地区已被强制实施。我国农业部于 1996 年发起在水产品行业实行 HACCP 培训活动。2003 年，国家质量监督总局在《食品生产加工企业质量安全监督管理办法》第十五条中规定食品生产加工企业应当在生产的全过程中建立健全企业质量管理体系，获取 HACCP 认证。

HACCP 是鉴别和控制对食品安全至关重要的危害的一种体系。最初于 1960 年由美国太空总署（NASA）研究开发，是针对食品安全的一种程序系统性管理方法，用于对某一特定食品的生产加工过程（自原料生产、接收、加工、包装、储存、运输、销售至食用）的各个环节和过程进行鉴别、评价和控制。该方法通过对食品全过程的各个环节进行危害分析（HA），找出关键控制点（CCP），采用有效的预防措施和监控手段使危害因素降至最低限度，同时采取必要的验证措施使产品达到预期的要求。

1. HACCP 体系的基本步骤

HACCP 体系的实施一般可分为七个步骤：进行危害分析；确定关键控制点；设定关键控制点临界值；建立监控程序；设定纠正措施；建立验证程序；监控记录和文件保存。通过这七个步骤的循环操作，消除危害因素，尽可能降低和预防危害的存在。

2. 关键控制点的确立

农产品从生产到上市销售，几乎每个环节都有可能引入危害，影响产品的质量安全。步步设防代价高昂，完全依赖农产品的终端质量检测又不可能确保农产品质量安全，而通过关键控制点的设定来控制危害，是 HACCP 体系的核心思想。可以根据图 5-13 来判断关键控制点。

（二）蔬菜生产的 HACCP 体系的建立

城郊区农产品的生产由于其模式相对统一（以蔬菜种植为主），危害因素也相对集中（重金属、硝酸盐和亚硝酸盐），获取专业人员的帮助也相对容易（靠近城市），因此可以在城郊区农产品生产中尝试实践 HACCP 体系。以城郊区蔬菜生产为例，应用 HACCP 理念对农产品质量进行危害分析，着重分析其中的化学危害，旨在为农业生产者提供一种普适性的 HACCP 模板，推动 HACCP 体系在农业生产领域的应用。

1. 蔬菜生产过程中的危害分析

蔬菜生产过程中的危害可分为化学危害、物理危害和生物危害。化学危害主要来源于生产过程中化学投入品、化学污染和产地环境。化学污染危害存在着多种情况，可能由于农业投入品中含有杂质。例如，在违禁剧毒农药、肥料中含有重金属杂质，就会造成农产品的化学污染。化学品的泄漏事故也会导致严重的危害，如比利时的二噁

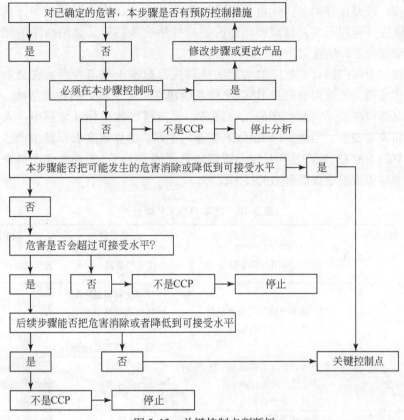

图 5-13　关键控制点判断树

英污染事件等。产地环境是农产品质量的根本，农田土壤和灌溉水中各种有毒、有害物质，包括重金属、农药残留等无机或有机化合物均可以通过植物吸收等途径进入农产品，造成农产品质量安全隐患。

物理危害主要存在于蔬菜的产后环节。蔬菜产品在包装过程中可能会混入异物而产生物理性污染。蔬菜产品具有品种复杂、保鲜困难等特点，在储藏过程中一些腐败变质的蔬菜将导致物理污染。在运输过程中不洁容器的使用也会造成蔬菜产品的污染。

生物危害的来源多种多样。首先是种子的选择，选择不合格的种子会导致产量降低，产品质量低下。引进新的物种有可能破坏当地的生态平衡，转基因农产品也可能会对消费者带来不确定的危害。在蔬菜的产后阶段，储藏和运输过程中不恰当的操作会导致微生物的污染，微生物在适宜的条件下大量繁殖并产生毒素，从而引起生物危害。

2. 建立关键控制点的临界值、监控程序和纠正措施

根据图 5-13 的判断流程，结合危害分析，确定产地环境和种子的选择、农业投入品的购买、农药化肥的合理施用、储藏和运输过程的控制为蔬菜生产全过程的关键控制点。产地环境作为蔬菜中重金属和持久性有机污染物的主要来源，是化学危害的一个关键控制点；种子的选择应该避免转基因物种，或在转基因产品上做出明确标记；农业投入品的购买应该选择合格产品，避免使用剧毒违禁农药，防止劣质化肥污染农产品和环境；按照良好的农业规范（GAP）和蔬菜生产标准进行施肥和施药，不过量使用，并保证安全间隔期；储藏和运输阶段应杜绝交叉污染，选用洁净的储运设备及合适的储藏温湿度，防止微生物污染。

国家和农业部门制订了相应的法律法规和规范标准来规范农产品安全生产的各个环节。这些法规、标准为农产品 HACCP 体系的建立奠定了良好的技术基础。但是，由于技术标准都只覆盖了农业生产的某一环节，且散落在各种标准体系中，无法整体服务于农产品质量安全。因此，以 HACCP 理念为主线，建立贯穿农产品生产、储藏和流通等各环节的 HACCP 农产品质量安全管理体系（表 5-18），能提高农业科技的使用效率，为农产品质量安全提供有力的技术保障。

表 5-18　蔬菜 HACCP 体系

	关键控制点	监控程序	临界值	纠正措施
产地环境	产地周围有没有污染源	对产地周围进行考察	不存在污染源	重新选择合适的产地
	产地环境质量	1. 获取当地环境质量信息 2. 产地环境分析测试	1. 国家土壤质量标准 2. 国家农田灌溉水质量标准 3. 国家空气质量标准	1. 记录环境质量数据 2. 重新选择耐受性更好的种植品种
农资购买	种子质量	1. 考察种子合格证明、转基因子应符合相关规定 2. 种子质量检测	种子行业标准	1. 供应商记录 2. 使用记录 3. 选择合格的供应商
	农药质量	1. 农药登记号、生产准可证、执行标准 2. 农药质量检测	农药行业标准	1. 供应商记录 2. 使用记录 3. 选择合格的供应商
	化肥质量	1. 生产许可证、肥料登记证、产品质量合格证 2. 化肥质量检测	化肥行业标准	1. 供应商记录 2. 使用记录 3. 选择合格的供应商
田间管理	1. 农药残留 2. 过量的硝酸盐 3. 有害生物	1. 所有的农田操作应该符合良好农业规范（GAP） 2. 按照化肥、农药的使用说明应用 3. 分别应用对应的生产行业标准或按照相应国家标准生产 4. 农产品质量抽样检测	1. 农业行业标准 2. 农产品质量标准	1. 生产档案记录 2. 使用低残留的可代替物 3. 员工培训 4. 不合格产品报废处理
储藏运输	1. 有害微生物 2. 其他交叉污染	1. 保持合适储藏温度 2. 确保专用的储藏设备，避免交叉污染 3. 选用合格的包装物质	1. 合适的温湿度控制 2. 食品包装行业标准	1. 流通档案记录 2. 调整储藏参数 3. 农产品物流管理 4. 不合格产品报废处理

3. 建立验证程序与文件记录

关键控制点的设置是否合理，控制临界阈值设定是否准确，纠正措施是否有效，都需要通过验证程序的检验。通过对农产品质量的统计分析，来确认按照 HACCP 体系操作能否有效地控制危害。验证程序为农业生产提供了明确的依据，并可用来审核 HACCP 体系中的各项记录，保证 HACCP 体系能够发挥作用。在农业生产中实施 HACCP 体系将减少农产品的检测数量，因为各种关键控制点保证了农产品在安全的范围内生产，当发现有农产品质量问题或者识别出新的农产品危害时，必须重新对 HACCP 体系进行设计和验证。

4. 建立和保存记录

HACCP 体系要求建立和落实记录保存系统，这些记录可作为农产品溯源系统中的关键数据，能为农产品的安全生产提供保证。此外，如果关键控制点超出限量值，记录能够确保采取了正确的纠偏行动。当农产品出现质量安全问题时，HACCP 记录将保证这些不安全的产品被处理或报废，无法进入市场。

（三）实例验证

在北京市大兴区留民营生态农场对该 HACCP 体系进行了实际生产验证。农产品产地远离公路和工业区，空气质量良好，灌溉水取自地下水，符合国家农田灌溉水的质量要求。产地环境监测结果显示，产地土壤环境大多符合《土壤环境质量标准》（GB 15618—1995）中的一级土壤标准，剔除不符合土壤环境标准关键控制点的蔬菜生产大棚三栋。农场的种子和农资物质来源可靠，并做了详细的购买和使用记录，满足农资关键控制点的要求。在生产过程中，严格按照农药化肥关键控制点的限制进行种植管理，并做了详细的施用记录。在农产品的储藏和运输过程中，做到专车专用。实施 HACCP 管理后，最终产品抽样检测结果显示，蔬菜中重金属含量、农药残留含量和硝酸盐含量均符合国家标准，合格率从 87% 提高到 100%。在 HACCP 管理有效运营和农产品质量稳定的情况下，农场逐渐减小了样品检测的抽样率，降低了样品的检测费用。

HACCP 体系的实施有效保证了农场农产品质量，降低了生产成本，并在 HACCP 记录系统的基础上建立了农产品溯源系统。HACCP 体系不但保证了农产品质量，还有效提高了农业企业的管理水平。

二、城郊区蔬菜安全生产技术规程

（一）范围

本标准规定了蔬菜产地环境、耕作制度、播种定植、施肥、灌溉、病虫害防治及采收等蔬菜安全生产关键控制技术，适用于我国露地尤其是城郊露地蔬菜安全生产。

（二）产地环境

1. 产地环境要求

蔬菜基地应尽量选在水源上游及上风向，且在基地周边 2 km 以内无"三废"污染的工厂和医院等对产地环境构成威胁的污染源；生产基地应排灌水方便；蔬菜产地土壤环境质量应符合 NY 5010 的要求，空气质量应达到 HJ 332—2006 的标准，灌溉水应符合附录 B 的要求。

2. 产地环境改良

对于不符合标准的菜地，如果改良后能达到产地环境的要求或者生产出的蔬菜能符合 GB 2762 的要求，也可以作为蔬菜生产基地。

（1）中、轻度重金属污染土壤的改良

施用稳定性好、对土壤结构影响较小的化学改良剂可改良中、轻度重金属污染土壤。投加石灰、碳酸钙、粉煤灰、钙镁磷肥、硅酸盐、石灰硫黄合剂、硫化钠、硫酸盐、铁锰氧化物、膨润土、沸石、蒙脱石、高岭石等物质，可改良中、轻度重金属污染的酸性菜田；投加硫化钠、磷酸二氢钾、硫酸盐、铁锰氧化物、膨润土、沸石、蒙脱石、高岭石等物质，可改良中、轻度重金属污染的碱性土壤。一般，当 pH 小于 5.5 且为黏性土壤时，每公顷施石灰 1875~2250kg，沙土 1500~1875kg；当 pH 为 5.5~6.0 时，每公顷施石灰 1125~1500kg。冷湿地区施用量大些，燥热地区施用量小些。需加注意的是，碱性物质一般不适合在 As 污染土壤中施用。此外，施用螯合剂并配合种植重金属超累积植物，对重金属中、轻度污染的菜田也具有一定的改良效果。

（2）重度重金属污染的土壤的改良

对于土壤重金属污染严重的小面积菜田，可采用工程措施进行改良，可用的工程措施主要有深翻、客土、换土、去表土和漫灌水洗。深翻是将污染的表土翻至下层；客土是在污染土壤上加入未污染的新土，客土土层越深，修复效果越好；换土是将已污染的土壤移去，换上未污染的新土；去表土是将污染的表土移去；漫灌水洗是将表层土壤中的重金属洗入深层土中，减少蔬菜生长层的重金属含量。

（三）耕作制度

1. 注重轮作、间作

茄果类、瓜类蔬菜至少两年轮作一次；对叶菜类等易累积硝酸盐的蔬菜提倡选择深根作物与其轮作或间作或者进行水旱轮作。

2. 禁止使用高氮肥投入并配合使用生长激素的催生栽培模式

催生栽培方法，使用大量的氮肥和生长激素，使作物（特别是瓜、果、菜类）的生长期大大缩短，但肥料中的 N 不能充分在光合作用中形成蛋白质，使硝酸盐大量积累在瓜果菜内。因此，应摒弃这种栽培模式。

（四）播种定植

1. 播种定植前土壤处理

前一茬蔬菜采收后及时翻耕晒畦；播种前 2~3d，可用 50% 多菌灵可湿性粉剂 8g/m²

兑水进行苗床喷雾；大田定植前2~3d，每公顷可用50%多菌灵可湿性粉剂22 500g兑水喷雾；夏闲时覆盖地膜，高温土壤消毒。

2. 品种选择

根据当地环境条件、市场需求和政府规划，选择硝酸盐和重金属弱吸收、抗病虫、抗逆、优质高产、商品性好的蔬菜品种，种子质量应符合GB 16715的要求。

3. 种子处理

尽量采用已做包衣处理的种子，否则播前应采用干热处理、温汤浸种、热水烫种、药剂消毒或药剂拌种等适宜的种子处理措施，降低生长期病虫害发生概率和后期农药使用量，并保存种子处理记录。干热处理危险性大，要求种子水分含量低于10%（瓜类和茄果类），在70℃恒温下处理72h，对病菌、细菌和真菌均有良好的杀伤效果，对虫卵也有良好效果。处理时注意恒定温度、严格操作，避免丧失种性。温汤浸种是用55℃温水浸种10~15min，能起到消毒杀菌的作用，对防治病虫害也有一定效果。药物浸种是用40%甲醛100倍液浸种15min或50%多菌灵及25%瑞毒霉按种子量的0.3%~0.4%用量进行拌种消毒，也可用10%磷酸三钠加55℃温水浸种15min。

4. 选择播种期

根据栽培季节、气候条件、育苗手段、壮苗指标以及病虫害危害高峰等因素选择适宜的播种期。

5. 培育无病毒壮苗

无病毒壮苗的培育有两种方式：一种是通过调整播种期，错开作物敏感生育期与害虫、病菌的发病高峰期来减轻病虫害或不受害；另一种是采用低毒、高效农药处理床土或育苗营养土，合理控制苗床温湿度，移栽前适当进行炼苗，提高秧苗抗性。

（五）施肥

1. 对各有机、无机肥料质量的要求

精制有机肥应符合NY 525的要求；城市生活垃圾经无害化处理后质量应符合GB 8172的要求和河塘泥质量符合GB 4284的要求后方可作为肥料使用；蔬菜专用多元复合肥应符合GB 15063的规定；禽粪便尤其是规模化养殖的禽粪肥、农家肥、绿肥、沼气肥、植物秸秆等有机肥需经充分沤制腐熟达到NY 525中的卫生标准（对重金属含量、蛔虫死亡率和大肠杆菌的要求）后方可在蔬菜生产中使用。严禁施用未经发酵腐熟、未达到无害化指标及重金属超标的物质。一般有机物料要自然堆沤2个月以上或加发酵菌70℃条件下堆积发酵7d以上，人畜粪尿需经50℃以上温度条件下发酵7d以上方可使用。

2. 用量和用法

根据土壤条件、作物营养需求以及目标产量等因素，参照 NY/T 1118 的规定，平衡施用氮、磷、钾肥，杜绝偏施滥施氮肥。此外，由于大部分蔬菜对 N、P、K 三要素吸收量的共同特性是 K > N > P，因此，在施肥的时候尤其是施用普通多元复合肥的时候，要十分注意养分平衡的问题，避免出现 P 多余、K 不足的现象。

要注重施用中微量元素肥料。在施用氮、磷、钾肥的同时要注重配施中微量元素肥料，特别是要注重施用蔬菜敏感的微量元素肥料（表 5-19）和能降低蔬菜硝酸盐含量的微量元素（如 Mo、Mn、Fe 等）肥料，同时对长期施用 N、P_2O_5、K_2O 等量多元复合肥的菜田，应严防蔬菜生理缺锌。

表 5-19　对微量养分敏感的蔬菜种类

元素名称	敏感蔬菜种类
B	菜花、胡萝卜、芹菜、大白菜、番茄等
Zn	豆类、生菜、洋芋、菠菜、萝卜、番茄、芹菜等
Mn	生菜、洋芋、萝卜、菜花、芹菜、番茄
Mo	豆类、菜花、生菜、番茄、萝卜
Fe	多数蔬菜对 Fe 敏感

提倡有机、无机肥配合并且重施基肥、控制追肥的施氮肥模式。需要注意的是，施用有机肥也需要注意用量的问题，如果有机肥持续大量施用，也会导致土壤中硝态氮含量很高，进而蔬菜硝酸盐也会过量累积。提倡施用适合蔬菜养分需求规律的多元复合肥、缓控释氮肥。控制最后一次追肥与收获的时间间隔，收获前至少 1 周内不施用氮肥。为防止硝酸盐的过量累积，蔬菜尤其是硝酸盐易累积的蔬菜种类和品种应禁用硝态氮肥，且其他形态化学氮肥的优先使用顺序为：氯化铵 > 硫酸铵 > 尿素 > 碳铵。此外，钾肥应优先使用 KCl。重金属污染的菜田应优先施用化学或生理碱性肥料。对 Cd 污染的菜田而言，氮、磷、钾肥的优先施用顺序是：氮肥是 $Ca(NO_3)_2$ > NH_4HCO_3 > NH_4NO_3、$(NH_2)_2CO$ > $(NH_4)_2SO_4$、NH_4Cl；磷肥是钙镁磷肥 > 磷酸二氢钙 > 磷矿粉、过磷酸钙；钾肥是 K_2SO_4 > KCl。

（六）灌溉

根据蔬菜种类和天气情况合理灌溉，及时排清积水；每次灌溉要控制灌水量，避免造成地下水的污染；尽量实行排灌分渠，避免串灌；定期监测水质，至少每年进行一次灌溉水监测，并保存相关监测记录。对监测不合格的灌溉水，应采取有效的治理措施使其符合要求或改用其他符合要求的水源。

（七）病虫害防治

病虫害防治应采取综合防治的策略，即在采用抗病品种和培育无病虫壮苗的同时，应推行以农业防治为基础，生物、物理、化学等防治密切配合的防治方法。

1. 物理防治

利用声、光、电、势等物理作用和机械设备防治病虫害的方法，称为物理与机械防治法。常见的方法有灯光诱杀、阻隔害虫和颜色诱杀。灯光诱杀是利用害虫的趋光性进行诱杀，使用黑光灯、高压汞灯或频振式杀虫灯诱杀多种害虫。阻隔害虫指用地膜、防虫网等设置屏障，阻断害虫侵袭。颜色诱杀是利用颜色诱集或趋避害虫。例如，采用银色膜拒避蚜虫，采用黄板或黄色涂机油板/网诱杀蚜虫、白粉虱、斑潜蝇等。

2. 生物防治

生物防治是通过改变生物群落而达到防治病虫害的有效方法。包括对捕食性及寄生性昆虫的利用，即"以虫治虫"；对鸟类及其他有益动物的利用；对有益微生物的利用，即"以菌治虫"、"以菌治菌"，如苏云金杆菌、阿维菌素、农用链霉素；对昆虫生理活性物质（如性外激素）的利用，如红铃虫性诱剂的利用；等等。

3. 农业防治

农业防治是指通过农业措施，改变某些环境条件，使之有利于农作物的正常生长发育，而不利于病虫的发生蔓延；以及选育、推广抗病虫品种，使作物能抵御病虫的侵入危害，保护农作物免受或少受病虫的危害。农业防治措施主要有合理轮作、翻耕与改良土壤、适时播种、合理密植、加强水肥管理和及时清园等。

合理轮作：有计划的轮作换茬、水旱轮作可以改善土壤结构，提高土壤肥力，恶化病虫害的生存环境，对预防病虫发生尤其是对土传病害的预防有很好的预防效果；与葱和蒜轮作能减轻果菜类真菌、细菌和线虫病害；水旱轮作可减轻番茄溃疡病和青枯病、瓜类枯萎病以及各种蔬菜线虫病害。

翻耕与改良土壤：适时翻耕，可以将地面或浅土中的病虫和残体埋入深土中，也可将土中病菌和生活在土中的害虫翻至地面，使其生活条件恶化，如日光曝晒、温度和湿度的改变、天敌的侵害等，增加其死亡率，还可以直接杀死部分害虫。

适时播种：病虫的发生、发展往往与寄主作物的生育期相适应。因此，在保证充分发挥品种增产潜力的前提下，适当调整播种、移栽期，常可减轻某些病虫的发生危害。但反季节种植作物往往导致病虫危害的加重。

合理密植、加强水肥管理：根据各类作物的生育特征，进行合理的密植和水肥管理，是农作物增产的重要措施；同时，也使作物生长健壮，增强了对病虫的抵抗能力及创造了不适于病虫发生的环境条件，减少了病虫的发生。例如，水稻纹枯病、白叶枯病和稻瘟病发生的最适条件是栽植过密、偏施氮肥、长期深灌水等，这些问题得到了合理解决，病害就大大地减轻。

及时清园：生产过程中要及时清除病株、残叶，然后集中烧毁或深埋，防止病虫蔓延。采收后要及时清除秸秆，拣除废弃的地膜。

4. 化学防治

化学防治是病虫害防治中的重要手段之一，在保证农作物增产方面起着重大的作用。充分发挥化学防治的有效作用，必须注意以下问题。一要按国家的规定安全使用农药：按规定作物收获前一定时间内禁止使用农药；在农作物生产中禁止使用剧毒和高残留农药。常用杀虫剂如有机磷、氨基甲酸酯、拟除虫菊酯类等属神经性毒剂，杀虫广谱，不仅对人畜有害，对天敌也有害，也使病虫产生抗药性，应尽量避免使用，只有在虫口密度达标真正需要防治时方可使用。二要掌握用药适期，减少用药次数、范围和药量，只有靶标病虫达到防治指标以上时，才使用农药。三是同一作物不同药剂应交替使用，以延缓病虫的抗药性。四是一般情况下，应尽可能选用无毒或低毒的抗生素、特异性杀虫剂、昆虫调节剂和选择性农药。五是积极推广土农药，一些有效的土农药及防治对象见表5-20。

表5-20　一些有效的土农药及防治对象

土农药配方及用法	防治对象
草木灰和水按质量比1:5混合，浸泡1d后取滤液喷洒	蚜虫、黄守虫
红糖300g溶于500ml清水中，再加入10g白衣酵母进行发酵，待其表面出现白膜层后，再加入米醋、烧酒各100g，然后加入100kg水；每隔10d喷一次，连续喷4~5次	黄瓜细菌性斑点和灰霉病
用洗衣粉、尿素、水按1:4:400的比例制成混合液，喷雾	菜蚜
10%的猪胆液加适量小苏打、洗衣粉，喷雾	茄子立枯病；驱赶蚜虫、菜青虫、蜗牛等
捣烂的鲜苦楝树叶与水1:1混合，取滤液按1:40的比例加水喷雾	菜青虫、菜螟虫
150g碳酸氢铵加水15kg喷雾	黄瓜霜霉病
1.5%~2.0%过磷酸钙液，喷雾	辣椒上的棉铃虫、烟青虫
取捣成泥状的大蒜、洋葱20~30g，加10kg清水充分搅拌，取过滤液喷雾	蚜虫、红蜘蛛

（八）采收

1. 采收前质量检验

根据生产过程中农药投入品（化肥、农药）的使用记录，评估和判断化肥、农药的使用是否达到了规定的安全间隔期。为保证蔬菜硝酸盐质量，在采收前1周左右进行必要的田间抽样检测。

2. 硝酸盐含量超标蔬菜的应急处理

若采收前一段时间发现蔬菜硝酸盐超标，可采用增加菜田土壤水分含量或喷施适宜浓度的能提高硝酸还原酶、谷氨酰胺合成酶活性或能促进光合作用的物质的方法来进行控制。能提高硝酸还原酶活性的物质有铁、钼、稀土、甘氨酸、水杨酸、吲哚乙酸、萘基乙酸、乙二胺四乙酸及N,N-二羧甲基谷氨酸等；能促进光合作用的物质有

2-氧代戊二酸、L-谷氨酸等；能提高谷氨酰胺合成酶活性的物质有水杨酸。

3. 蔬菜采收

1）保证采收工具和设备卫生。采收时所用工具、设备等应保持清洁、无污染。

2）保证场地环境卫生。蔬菜堆放场地要干净、无污染，采收完成后，应即时将场地清理干净，并定期使用消毒液进行卫生杀菌消毒。

3）清洁农产品用水的水质应达到生活饮用水卫生标准 GB 5749 的要求。

参 考 文 献

陈防，鲁剑巍，万开元. 2004. 有机无机肥料对农业环境影响述评. 长江流域资源与环境，13（3）：258～261

陈火英，张建华，林家宝等. 1995. 关于低硝酸盐莴苣品种筛选技术的研究. 上海农学院学报，13（1）：7～10

陈振德，冯东升. 1994. 几种叶菜类蔬菜中硝酸盐和亚硝酸盐含量变化及其化学调控. 植物学通报，11（3）：25～26，33

程旺大，张国平，姚海根等. 2006. 晚粳稻籽粒中 As、Cd、Cr、Ni、Pb 等重金属含量的基因型与环境效应及其稳定性. 作物学报，32（4）：573～579

褚天铎，林继雄，杨清. 1997. 化肥科学施用指南. 北京：金盾出版社

代全林，袁剑刚，方炜等. 2005. 玉米各器官积累 Pb 能力的品种间差异. 植物生态学报，29（6）：992～999

丁园. 2000. 重金属污染土壤的治理方法. 环境与开发，15（2）：25～28

都韶婷，章永松，林咸永. 2007. 降低大棚蔬菜硝酸盐含量的方法：200710069748.7

段昌群. 2006. 无公害蔬菜生产理论与调控技术. 北京：科学出版社：180～182

段敏，马往校，李岚. 1999. 17 种蔬菜中铅、镉元素含量分析研究. 干旱区资源与环境，13（4）：74～79

封锦芳，施致雄，吴永宁等. 2006. 北京市春季蔬菜硝酸盐含量测定及居民暴露量评估. 中国食品卫生杂志，6（18）：514～517

高志奎，王梅，曹岩坡等. 2008. 一种用于降低韭菜硝酸盐累积的调控技术：200810094557.0

官斌，刘娟，袁东星. 2006. 不同洗涤方法对黄瓜中有机磷农药的去除效果. 环境与健康杂志，1（23）：52～54

何江华，魏秀国，陈俊坚等. 2001. 广州市蔬菜地土壤－蔬菜中重金属 Hg 的含量及变化趋势. 土壤与环境，10（4）：267～269

何述尧，胡学铭，杨万安等. 1986. 广州蔬菜硝酸盐污染与残留条件的调查研究. 广东农业科学，38（2）：38～41

贺观群，吴东生，李烈国等. 2005. 茶消减食品中亚硝酸盐新法试验. 蚕桑茶叶通讯，（3）：26～27

怀凤涛，刘宏宇，郭庆勋. 2008. 蔬菜采后处理与保鲜加工. 哈尔滨：黑龙江科学技术出版社：6～11

黄建国，袁玲. 1996. 重庆市蔬菜硝酸盐、亚硝酸盐含量及其与环境的关系. 生态学报，16（4）：383～388

黄立华，刘颖，周米平. 2007. 大白菜冬贮和腌渍过程中 VC 与硝酸盐含量的变化. 中国土壤与肥料，（2）：80～81

黄雅琴，杨在中. 1995. 蔬菜对重金属的吸收积累特点. 内蒙古大学学报，26（5）：608～615

李炳焕，武巧争，刁松品.2005.二氧化氯溶液浸泡蔬菜降低亚硝酸盐含量的探讨.华北煤炭医学院学报，7（6）：717~718

李群，潘大丰，陕方等.2005.抑止小白菜、菜心硝酸盐积累的栽培技术研究.土壤通报，36（3）：387~390

李晓晨，赵丽，赵星明.2007.南京市郊区蔬菜重金属污染特征的研究.安徽农业科学，35（30）：9650~9651

李学德，岳永德，花日茂等.2003.合肥市蔬菜硝酸盐和亚硝酸盐污染现状评价.中国农学通报，3（19）：54~56，71

林碧英，高山.2005.不同基因型菠菜硝酸盐含量遗传差异的初步研究.农业网络信息，9：78~80

刘维涛，周启星，孙约兵等.2009.大白菜对铅积累与转运的品种差异研究.中国环境科学，29（1）：63~67

刘维涛，周启星，孙约兵等.2010.大白菜（Brassica pekinensis L.）对镉富集基因型差异的研究.应用基础与工程科学学报，18（2）：226~235

秦文淑，邹晓锦，仇荣亮.2008.广州市蔬菜重金属污染现状及对人体健康风险分析.农业环境科学学报，27（4）：1638~1642

邱孝煊，张兆庆，王坤泉等.2004.清水浸泡蔬菜对农药残留及营养成分含量的影响.福建农业科技，3：17

区卫民，邓义才，刘惠璇等.2006.臭氧对果蔬中有机磷和硝酸盐去除作用的研究.安徽农业科学，34（17）：4409~4410

任同辉.2005.萝卜硝酸盐含量的初步研究.南京：南京农业大学硕士学位论文

尚玲琦，滕世长，张景欣.2008.哈尔滨市蔬菜硝酸盐污染现状及评价.黑龙江环境通报，1（32）：74~75

邵国胜.2004.镉胁迫对不同水稻基因型植株生长和抗氧化酶系统的影响.中国水稻科学，18（3）：239~244

沈明珠，翟宝杰，东惠茹等.1982.蔬菜硝酸盐累积的研究I.不同蔬菜硝酸盐和亚硝酸盐含量评价.园艺学报，9（4）：41~48

施泽明，倪师军，张成江.2006.成都城郊典型蔬菜中重金属元素的富集特征.地球与环境，34（2）：52~56

谭帼馨，罗宗铭，崔英德.2003.新鲜蔬菜贮藏时亚硝酸盐的含量变化.食品工业科技，24（4）：74~75，87

汤惠华，陈细香，杨涛等.2007.厦门市售蔬菜重金属、硝酸盐和亚硝酸盐污染研究及评价.食品科学，8（28）：327~332

陶正平.2005.大白菜不同品种对硝酸盐积累差异的研究.园艺学报，32（4）：698~700

陶正平，尹凯丹，周连霞.2008.大白菜不同硝酸盐富集水平基因型的筛选.沈阳农业大学学报，39（3）：289~292

万敏，周卫，林葆.2003.镉积累不同类型的小麦细胞镉的亚细胞和分子分布.中国农业科学，36（6）：671~675

汪李平.2001.小白菜硝酸盐含量基因型差异及其遗传行为的研究.武汉：华中农业大学博士学位论文

王朝辉，田霄鸿，李生秀.2001.叶类蔬菜的硝态氮累积及成因研究.生态学报，21（7）：1136~1141

王朝辉，田霄鸿，李生秀等.1997.土壤水分对蔬菜硝态氮累积的影响.西北农业大学学报，25（6）：15~20

王朝辉, 田霄鸿, 李生秀等. 2001. 蔬菜与小麦硝态氮累积的差异. 干旱地区农业研究, 16 (3): 25~30

王翠红, 唐建初, 刘钦云等. 2008. 长沙市蔬菜硝酸盐含量及污染状况评价. 湖南农业科学, (2): 95~97

王钫, 王卫平, 华楚衍等. 2004. 杭州市场蔬菜硝酸盐含量分析及质量评价. 浙江农业学报, 16 (5): 271~273

王双明. 1992. 几种化学物质对小白菜硝酸盐积累及某些营养品质的影响. 绵阳农专学报, 9 (1): 35~39, 49

王双明. 2004. 贮存条件对蔬菜及其食品中硝酸盐、亚硝酸盐含量的影响. 中国食物与营养, (9): 35~37

王宪泽, 程炳嵩, 张国珍. 1991. 蔬菜中的硝酸盐及其影响因子. 植物学通报, 8 (3): 34~37

王晓丽, 李隆, 江荣风等. 2003. 玉米/空心菜间作降低土壤及蔬菜中硝酸盐含量的研究. 环境科学学报, 23 (4): 463~467

王友保, 段红, 黄伟. 2004. 芜湖市蔬菜硝酸盐污染状况及安全处理效果. 农村生态环境, 20 (3): 46~48

吴琼, 杜连凤, 赵同科等. 2009. 蔬菜间作对土壤和蔬菜硝酸盐累积的影响. 农业环境科学学报, 28 (8): 1623~1629

谢慧, 朱鲁生, 李文海等. 2006. 利用降解酶去除蔬菜表面农药毒死蜱残留. 农业环境科学学报, 25 (5): 1245~1249

徐爱平, 王富华, 杜应琼等. 2006. 蔬果洗涤剂对蔬菜中三种有机磷农药的去除效果. 福建农业科技, (1): 52~53

徐明飞, 郑纪慈, 阮美颖等. 2008. 不同类型蔬菜重金属 (Pb, As, Cd, Hg) 积累量的比较. 浙江农业学报, 20 (1): 29~34

徐亚平, 刘凤枝, 战新华等. 2005. 贮存方法和贮存时间对蔬菜样品中硝酸盐和亚硝酸盐含量的影响. 农业环境科学学报, 24 (增刊): 257~258

许超, 吴良欢, 巨晓棠等. 2004. 田间施用硝化抑制剂 DMPP 对小青菜贮藏过程中硝酸盐与维生素 C 含量的影响. 农业环境科学学报, 23 (4): 630~632

薛艳, 周东美, 沈振国. 2005. 土壤铜锌复合污染条件下两种青菜的响应差异. 土壤, 37 (4): 400~404

颜海燕, 李应彪, 尚晨光. 2006. 蔬菜存放过程中亚硝酸盐含量的变化研究. 冷饮与速冻食品工业, 12 (1): 27~29

燕平梅, 薛文通, 张慧等. 2006. 不同贮藏蔬菜中亚硝酸盐变化的研究. 食品科学, 27 (6): 242~246

杨居荣, 贺建群, 黄翌等. 1994. 农作物耐性的种内和种间差异 I. 种间差. 应用生态学报, 5 (2): 192~196

杨少海, 艾绍英, 姚建武等. 2003. 氮素营养对菜薹生长和硝酸盐累积的影响. 中国蔬菜, (4): 19~21

杨伟, 毕建杰, 陈振德. 1991. 甘氨酸对黄瓜幼苗硝酸盐吸收还原和硝态氮及氨态氮积累的影响. 植物生理学通讯, 27 (3): 186~188

杨肖娥, 李廷强. 2007. 一种重金属中轻度污染菜地土壤的边生产边修复方法: 200710070622.1

姚春霞, 陈振楼, 许世远等. 2005. 上海市浦东新区土壤及蔬菜重金属现状调查及评价. 土壤通报, 36 (6): 884~887

殷允相, 杨俊, 林孔仪等. 1993. 银川地区蔬菜硝酸盐类含量、污染评价及防治途径研究. 宁夏农林科技, (1): 40~43

张超兰，白厚义．2001．南宁市城郊部分菜区土壤和蔬菜重金属污染评价．广西农业生物科学，20（3）：186～189

昭和电工株式会社．2004．用于降低栽培植物中的硝酸盐含量的组合物：200480029035．2

赵鹏，闵光，张燕等．2006．不同洗涤方法对果蔬中农药残留去除率的研究．食品科学，27（12）：467～468

周涛．2006．贵阳市城郊菜地土壤重金属污染状况及其对蔬菜安全的影响评价．贵阳：贵州大学博士学位论文

周泽义，胡长敏，王敏健等．1999．中国蔬菜硝酸盐和亚硝酸盐污染因素及控制研究．环境科学进展，7（5）：1～13

朱芳，方炜，杨中艺．2006．番茄吸收和积累 Cd 能力的品种间差异．生态学报，26（12）：4071～4081

朱兰保，高升平，盛蒂等．2006．彭埠市蔬菜重金属污染研究．安徽农业科学，34（12）：2772～2773，2846

朱云，杨中艺．2007．生长在铅锌矿废水污灌区的长豇豆组织中 Pb、Zn、Cd 含量的品种间差异．生态学报，27（4）：1376～1385

Araeb B A，蔡元定．1992．植物积累硝酸盐的农业生态因素．土壤学进展，（2）：20～24

Amrl A，Hadidi N. 2001. Effect of cultivar and Harvest date on nitrate and nitrite content of selected vegetables grown under open field and greenhouse conditions in Jordan. Journal of Food Composition and Analysis，14：49～67

Arao T，Ae N. 2003. Genotypic variation in cadmium levels of rice grain. Soil Sci & Plant Nutr，49（4）：473～479

Blaylock M J，Salt D E，Dushenkow S. 1997. Enhanced accumulation of Pb in Indian mustard by soil-applied chelating agents. Environ Sci Technol，31：860～865

Cantliffe D J. 1972a. Nitrate accumulation in Spinach grown at different temperatures. Amer Soci Hort Sci，97（5）：674～676

Cantliffe D J. 1972b. Nitrate accumulation in vegetable crops as affected by photoperiod and light duration. Journal of the American Society for Horticultural Science，7（8）：414～418

Corre W J，Breimer T. 1979. Nitrate and nitrite in vegetables. Wageningen：Centre for Agricultural Publishing and Documentation

Huang J W，Chen J，Berti E R. 1997. Phytoremediation of lead contaminated soils：role of synthetic chelates in lead phytoextraction. Environ Sci Technol，31：800～805

Fytianos K，Katsianis G，Triantafyllou P，et al. 2001. Accumulation of heavy metals in vegetables grown in an industrial area in relation to soil. Bull Environ Contam Toxicol，67：423～430

Liu J G，Liang J S，Li K Q. 2003. Correlations between cadmium and mineral nutrients in absorption and accumulation in various genotypes of rice under cadmium stress. Chemosphere，52：1467～1473

Vieira I S，Vasconcelos E P，Monteiro A A. 1998. Nitrate accumulation, yield and leaf quality of turnip greens in response to nitrogen fertilization. Nutrient Cycling in Agroecosystems，51（3）：249～258

附　录

附录 A（资料性附录）

蔬菜种植管理记录

基础资料
农户姓名：　　　　　；联系方式：　　　　　　；
蔬菜名称：　　　　　；
其他信息：　　　　　；

种植模式
上季作物名称：　　　　　　；上季作物品种：　　　　　　；
上季作物种植方式（水作/旱作）：　　　　　；
本季作物品种：　　　　　；
本季作物种植方式（水、旱作，轮、间、套作）：　　　　　；
播种日期：　　　　；移栽日期：　　　　　；
其他信息：　　　　　；

种子使用记录
种子名称：　　　　；播 种 量：　　　　　；
种子处理方法：　　　　；
其他信息：　　　　　；

肥料使用记录
对所施用的各种肥料（无机肥、有机肥）的名称、用量、养分含量、施用日期及产地均作记录。
肥料名称：　　　　；产地：　　　　　　；养分含量：　　　　　　；
施用时期和日期：　　　　；用量：　　　　　；
其他信息：　　　　　；

农药使用记录
农药名称：　　　　；用药日期：　　　　　；
用药剂量和浓度：　　　　；用药方式：　　　　　；
其他信息：　　　　　；

灌溉记录
灌溉方式：　　　　；灌溉日期：　　　　　；
灌水量：　　　；水源及质量：　　　　；其他信息：　　　　　；

采收记录
采收前处理：　　　　；
采收日期：　　　　；采收时间：　　　　　；
清洗用水水源及水质：　　　　；
其他信息：　　　　　；

附录 B（规范性附录） 灌溉水质量标准

项　　目		指　　标		测定方法规范
pH	≤	5.5 ~ 8.5		GB/T 6920
总汞/（mg/L）	≤	0.001		GB/T 7468
总砷/（mg/L）	≤	0.05		GB/T 7485
总铅/（mg/L）	≤	0.1		GB/T 7475
总镉/（mg/L）	≤	0.005		GB/T 7475
铬（六价）/（mg/L）	≤	0.1		GB/T 7467
石油类/（mg/L）	≤	1.0		GB/T 16488
氯化物/（mg/L）	≤	250		GB/T 11896
氰化物/（mg/L）	≤	0.5		GB/T 7487
氟化物/（mg/L）	≤	2.0		GB/T 7484
硫化物/（mg/L）	≤	1.0		GB/T 16489
总铜/（mg/L）	≤	1.0		GB/T 7475
总锌/（mg/L）	≤	2.0		GB/T 7475
总硒/（mg/L）	≤	0.02		GB/T 11902
总硼/（mg/L）	≤	1.0		HJ/T 49
全盐量/（mg/L）	≤	1000		HJ/T 51
化学需氧量/（mg/L）	≤	40[a]	150	GB/T 11914
五日生化需氧量/（mg/L）	≤	10[b]	30[c]	GB/T 7488
挥发酚/（mg/L）	≤	1.0		GB/T 7490
苯/（mg/L）	≤	2.5		GB/T 11890
丙烯醛/（mg/L）	≤	0.5		GB/T 11934
三氯乙醛/（mg/L）	≤	0.5		HJ/T 50
粪大肠杆菌群/（个/L）	≤	10 000[b]	20 000[c]	GB/T 5750

　　注：a. 采用喷灌方式进行灌溉的菜地执行此标准；b. 生食类蔬菜、瓜类及草本水果执行此标准；c. 加工、烹饪及去皮蔬菜执行此标准

附录C（规范性附录） 蔬菜生产常用农药及安全使用标准

农药名称	英文名	剂型	稀释倍数	限制使用次数	收获前禁用期/d	最高残留限量/（mg/kg）
美曲磷酯	Trichlorphon	80SP	700	3	7	0.1
敌敌畏	Dichlorvos	80EC	1500	3	5	0.2
乐果	Dimethoate	40EC	700	3	7	1.0
马拉硫磷	Malathion	50EC	700	3	10	0.5
毒死蜱	Chlorpyrifos	40EC	1000	2	21	0.1
喹硫磷	Quinalphos	25EC	1000	2	24	0.2
辛硫磷	Phoxim	50EC	1000	2	7	0.05
三唑磷	Triazophos	20EC	500	2	21	0.1
二嗪磷	Diazinon	40EC	1000	3	10	0.1
丙溴磷	Profenofos	20EC	1000	2	7	0.5
甲萘威	Carbary	25WP	800	2	2	2.0
抗蚜威	Pirimicarb	50WP	2500	3	11	1.0
巴丹	Cartap	90SP	2000	3	21	0.1
杀虫双	Bisultap	25SL	500	2	15	0.5
氰戊菊酯	Fenvalerate	20EC	2000	3	5	0.5
顺式氰戊菊酯	Esfenvalerate	5EC	8000	3	3	1.0
溴氰菊酯	Deltamethin	2.5EC	3000	3	2	0.5
氯氰菊酯	Cypermethrin	10EC	2000	3	3	2.0
顺式氯氰菊酯	Alphacypermethrin	4.5EC	2000	3	3	1
三氟氯氰菊酯	Cyhalothrin	2.5EC	2000	3	7	0.2
甲氰菊酯	Fenpropthrin	20EC	2000	3	3	0.5
百树菊酯	Cyrluthrin	5.7EC	1000	3	7	0.1
氟胺氰菊酯	Flubalinate	10EC	1000	3	7	0.3
联苯菊酯	Bitenthrin	2.5EC	2000	3	4	0.5
除虫菊素	Permethrin	10EC	2000	2	2	1.0
吡虫啉	Imidacloprid	10WP	1000	3	5	5.0
啶虫脒	Acetamiprid	3EC	1000	3	2	0.5
氟虫腈	Fipronil	5SC	1500	3	3	0.05
虫螨腈	Chlorfenapyr	10SC	1000	2	14	3.0
丁脒脲	Diafenthiuron	15EC	1500	2	15	0.3
虫酰肼	Tebufenozide	20SC	1000	2	5	10.0
阿维菌素	Avermectins	1.8EC	1000	1	7	0.05

农药名称	英文名	剂型	稀释倍数	限制使用次数	收获前禁用期/d	最高残留限量 /（mg/kg）
甲维盐	Banleptm	1EC	5000	2	7	0.5
定虫隆	Chlorfluazuron	5EC	2000	2	10	0.5
噻嗪酮	Buprofezin	10EC	1000	3	11	0.3
氟铃脲	Hexaflumuron	5EC	1500	2	7	0.02
灭蝇安	Cyromazine	50WP	1500	2	7	0.2
灭幼脲三号	Chlorbenzuron	25EC	2000	2	7	3.0
氟虫脲	Flufenoxuron	5EC	1000	3	7	0.5
噻虫嗪	Thiamethoxam	25WDG	3000	2	7	2.0
鱼藤酮	Rotennone	2.5EC	500	5	3	免除限制
苏云金杆菌	Bt.	16000IU	1000	5	3	免除限制
多杀霉素	Spinosad	2.5SC	1500	2	7	8.0
印楝素	Azadirachtin	0.3EC	500	5	3	免除限制
茚虫威	Indoxacarb	15SC	3000	3	3	1.0
炔螨特	Propargite	73EC	2000	2	7	2.0
四螨嗪	Clofentezine	10SC	3000	1	10	0.05
苯丁锡	Azocyclotin	25WP	1500	2	7	1.0
双甲脒	Amitraz	20EC	1000	1	30	0.5
哒螨灵	Pyridaben	20WP	3000	2	15	3.0
四聚乙醛	Metaldehyde	6WG	2	7	1.0	—
甲霜灵锰锌	Metalaxyl-Mancozeb	58WP	600	3	1	0.5/2.0
恶霜灵锰锌	Oxadixyl-Mancozeb	64WP	600	3	3	0.5/2.0
霜脲锰锌	Cymoxanil-Mancozeb	72WP	800	3	2	2.0/2.0
霜霉威	Propamocarb hydrochloride	72.2SL	800	4	3	10.0
烯酰吗啉	Dimethomorph	50WP	2000	4	10	2.0
代森锌	Zineb	65WP	600	4	15	7.0
代森锰锌	Mancozeb	70WP	600	4	15	2.0
百菌清	Chlorothalomil	75WP	600	3	7	1.0
多菌灵	Carbendazim	25WP	500	3	15	0.5
甲基硫菌灵	Thiopanate	50FL	1000	3	7	0.5
三唑酮	Triadimefon	25WP	1000	3	7	0.2
腈菌唑	Myclobutanil	12.5EC	2500	4	7	1.0
异菌脲	Iprodione	50WP	1500	3	7	2.0
腐霉利	Procymidone	50WP	1000	3	1	2
络氨铜	Cupric-Amminium Complexion	25SL	500	3	10	免除限制
中生菌素	Zhongshengmycin	3.2WP	1200	4	7	—
多抗霉素	Polyoxin	2WP	1000	4	7	0.25

附录 D（规范性附录）　农产品质量安全相关标准

GB 2763—2005 食品中农药最大残留限量

GB 2762—2005 食品中污染物限量

GB 19338—2003 蔬菜中硝酸盐限量

CODEX STAN 193—2007 CODEX GENERAL STANDARD FOR CONTAMINANTS AND TOXINS IN FOODS

EC 629—2008 欧盟关于食品污染物最高限量

日本厚生省第 370 号告示《食品中其他化学物质规格》

NY 5003—2008 无公害食品 白菜类蔬菜

NY 5089—2005 无公害食品 绿叶类蔬菜

NY 5008—2008 无公害食品 甘蓝类蔬菜

NY 5074—2005 无公害食品 瓜类蔬菜

NY 5011—2006 无公害食品 仁果类水果

NY/T 654—2002 绿色食品 白菜类蔬菜

NY/T 743—2003 绿色食品 绿叶类蔬菜

NY/T 746—2003 绿色食品 甘蓝类蔬菜

NY/T 747—2003 绿色食品 瓜类蔬菜

NY/T 844—2004 绿色食品 温带水果

NY/T 1078—2006 鸭梨

NYT 578—2002 黄瓜

第六章 城郊畜牧业产品安全与环境风险控制

第一节 城郊畜牧业的特征与环境风险

一、城郊畜牧业地位、作用与功能

现代城郊畜牧业是指在城市郊区或大型工矿区周围区域，主要为满足城市和工矿区居民对肉、蛋、奶等畜产品的需要而逐步形成、发展并日益壮大的畜牧业。城郊畜牧业是城市和农村经济的重要组成部分，具备区位条件优越，饲料来源广且丰富，科学技术力量雄厚，集约化、专门化以及商品化程度高等鲜明特征。近 20 余年来，畜牧业产值奇迹般地年平均递增近 10%，增长速度明显高于种植业的产值增长速度，畜牧业占农业总产值的比重已经从 1980 年的 18% 上升至 2009 年的 38%，部分城市郊区畜牧业产值已高达 50% 以上。目前，城郊畜牧业已经成为我国农业和农村经济中最有活力的增长点和最主要的支柱产业，也是引领我国现代畜牧产业科技进步的重要示范与辐射区域。在城郊畜牧业发达地区，畜牧业现金收入已经占到城郊农业现金收入的 50% 以上，畜牧业纯收入约占城郊农民纯收入的 30%。总而言之，伴随着"菜篮子工程"迅速成长的我国城郊畜牧业不仅为满足城市居民日益增长的畜禽产品消费市场需求作出了重大贡献，而且在推进我国现代农业和农村经济结构的战略性调整、带动国民经济中第一产业、推动第二产业和促进第三产业发展以及实现区域农业循环经济的发展等方面起到了不可替代的先导作用。

二、城郊畜牧业环境风险

目前，我国大中城市郊区畜牧业产值占农业总产值的比重已达到 50% 左右。随着城郊畜牧业生产规模的不断扩大和集约化程度的不断提高，畜牧业在提供丰富生活产品的同时也向环境排放了大量粪尿和有害气体，迫使城郊区原本有限的土地资源不得不消纳大量的畜禽排泄物。《第一次全国污染源普查公报》显示，畜禽养殖业粪便产生量为 2.43 亿 t，尿液产生量为 1.63 亿 t。畜牧业污染已经成为继工业污染之后不可忽略的污染源，城郊区相对脆弱的生态环境面临巨大的畜禽排泄物负荷压力，由此带来的环境风险日趋突出。

（一）大气环境污染

除畜禽动物皮肤分泌物、黏附于皮肤的污物、外激素和呼气等产生特有难闻气味外，畜禽粪尿在堆放过程中，所含有的有机物经微生物分解或腐败分解亦能产生 CH_4、挥发性脂肪酸和醇类等带臭味物质；蛋白质和脂类等可分解生成氨、硫化氢、丙醇、吲哚、甲基吲哚、甲硫醇和3-甲基丁醇等具有恶臭的硫化物和胺化物，大部分气体具有大气污染和有害气体污染的两重性。2004年统计结果显示，全球每年畜牧养殖过程中经肠道发酵和粪便排放的 CH_4 分别为0.86亿t和0.18亿t左右；每年畜禽粪便所排放的氧化亚氮（N_2O）约为0.04亿t，CH_4 和 N_2O 均会引起臭氧层的减少。畜牧业产生了约20%的全球温室效应气体，超过世界上所有交通运输工具排放的总量。以二氧化碳（CO_2）释放量衡量，畜牧业的排放量较汽车的排放量要多18%；人类活动所产生的 CO_2、CH_4 和 N_2O 分别有9%、37%和65%来自畜牧养殖业，而 CH_4 和 N_2O 的温室效应分别是 CO_2 的296倍和23倍（Henning et al.，2006）。

此外，畜禽舍内的微生物通过空气气流弥散，与水、尘埃相结合悬浮在空气中，形成微生物气溶胶，这些带有病原微生物的气溶胶严重危害动物和人的身体健康。

（二）水体环境污染

受养殖规模和粪污处理设备的限制，畜禽排泄物中 N 与 P 常被直接排入江河湖海或随地表径流冲刷与渗透，造成地表和地下水污染。《第一次全国污染源普查公报》显示，畜禽养殖业主要水污染物排放量为 BOD 1268.26万t、TN 102.48万t、TP 16.04万t、Cu 2397.23t、Zn 4756.9t；重点流域（巢湖、太湖、滇池和三峡库区4个流域）畜禽养殖业主要水污染物排放量为 BOD 705.98万t、TN 45.75万t、TP 9.16万t、Cu 980.03t、Zn 2323.95t。畜禽养殖业主要污染物进入水体后，易导致水中硝酸盐含量超标、水体富营养化、BOD 和 COD 增加，破坏水域生态平衡，引起鱼类等水生动物窒息死亡，进而影响到人们的生存环境和身体健康。

美国环境保护署于2003年规定公共用水硝态氮的最高标准为10mg/L，人若长期或大量饮用硝态氮超标的水，可能患上癌症。当水体磷浓度在30μg/L时就可以引起富营养化（Smith et al.，1999）。Vervoot 等（1998）研究报道，美国佐治亚州地下水和地表水中的硝酸和磷酸污染主要是农田过量施用畜禽粪便所致。

（三）土壤环境污染

近20年来，我国养殖业快速发展，并有向城郊及周边区集中、向大规模集约化发展的趋势。大规模集约化养殖业的污染排放已成为城郊土壤环境污染的重要诱因。畜禽排泄物中的含 N 化合物可被氧化成硝酸盐或厌氧分解成亚硝酸盐，其中一部分积聚于表土层，引起土壤组成和性状发生改变，破坏土壤原有的基本功能；此外，大量施用粪便还会引起土壤中溶解盐的积累，使土壤盐分增高，影响植物生长。植物中植酸 P 因消化率很低，被动物食入的植酸 P 有75%随粪便排出体外。一方面，排出的 P 与 Ca、Al 或 Cu 等元素形成不溶性复合物滞留在土壤中，引起土壤板结而影响种植业的发展；另一方面，施用畜禽粪便后，土壤中 P 过饱和并向下迁移，增大了 P 通过农田排水系统渗漏的风险。研究表明，施用畜禽粪便后土壤 P 的渗漏量大于未施用畜禽粪便的土壤，下渗 P 的形态为可溶性 P（Hooda et al.，2001）。Ohno 和 Crannel（1996）报道，施用有机肥，水溶性有机物会明显减少土壤对 P 的吸附，增加 P 在土壤中的移动性和径流液中的浓度。

目前养殖业普遍使用具有促生长或调控生理和代谢作用的微量元素添加剂（如 Cu、Zn 和 As 等），这些金属元素被动物直接消化吸收的效率低，例如，成年单胃动物对 Cu 和 Zn 的吸收率分别只有 7%～15% 和 5%～10%，更多的是通过粪尿排出体外（黄冠庆和安立龙，2002）。Apgar 等（1995）研究发现，给 71kg 的阉公猪饲喂含 Cu 分别为 218mg/kg 和 32mg/kg 的日粮，前者 Cu 的排泄量较后者高 6.7 倍。Adela 等（1995）给 15～18kg 的猪饲喂分别含 Zn 为 23mg/kg 和 123mg/kg 的日粮，结果每日 Zn 排出量分别达 16mg 和 61mg。在农田中长期大量施用含过量重金属元素的畜禽粪便，将造成土壤重金属的富集并增强其向深层土壤迁移的能力，破坏土壤结构，进而影响农作物产量和品质。当土壤中 Cu 和 Zn 分别达到 100～200mg/kg 和 100mg/kg 以上，即可造成土壤污染和植物中毒（孔源和韩鲁佳，2002）。张子仪（1997）研究发现，按美国食品及药物管理局（Food and Drug Administration，FDA）规定允许的 As 制剂用量计算，一个万头猪场 5～8 年就可能排出 1t 以上的 As；当土壤中砷酸钠加入量为 40mg/kg 时，水稻减产 50%；达到 160mg/kg 时，水稻不能生长；当灌溉水中含 As 量达 20mg/kg 时水稻将颗粒无收（丁迎伟等，1999）。由于土壤的重金属污染完全是不可逆的，所以一旦土壤受到重金属污染，这些有害物质在农产品中的含量将大幅度提高，最终将通过食物链输入人或动物体内，对人畜健康产生更大危害。

（四）病原微生物污染

由于抗生素在集约化养殖业的大量使用，耐药性病原菌引发的环境污染问题已成为城市和郊区生态环境和居民健康安全的重大隐患。研究证实，畜禽粪便废弃物中含有 150 多种人畜共患病的潜在致病源，畜牧场所排放的污水中平均 2mL 含 33 万大肠杆菌和 66 万肠球菌，沉淀池内污水中蛔虫卵和毛首线虫卵分别高达 193 个和 106 个（叶小梅等，2007），如不对其进行适当处理，就会成为危险的传染源，造成疫病传播，影响人类健康。此外，未经处理的粪便中的致病微生物在环境中能存活很长时间，甚至在田间施用后仍能生存，直接污染种植作物。Islam 等（2005）用 GFP 标记大肠杆菌 O157:H7，结果发现该菌通过粪便或灌溉水进入土壤后，可在土壤中存活 154～196d，并可进入植物体内污染作物的可食部分，在 10 周后仍可在洋葱内检出，5 个月后仍可在胡萝卜中检出。

随着抗生素在养殖业的大量使用，动物体内耐药细菌数量增加，且病菌耐药性不断产生并越来越强；同时导致微生物在选择性压力作用下获得并维持耐药性，并有可能通过质粒和整合子将耐药基因在相同或不同种属中广泛传播转移，最终导致多重耐药。随着污水和粪肥的使用，带有耐药基因的菌株进入环境，其抗性基因可能通过转化与转导等作用转移至人类病原菌，威胁人类健康（Sengeløv et al.，2003）。目前养殖场分离的大肠杆菌普遍存在对抗生素的多重耐药现象，耐药菌在动物、环境和饲养员之间可能存在扩散、传递现象（陈杖榴等，2005）。耐青霉素的肺炎链球菌，过去对青霉素、红霉素、磺胺等药品都很敏感，现在几乎"刀枪不入"。绿脓杆菌对阿莫西林、头孢呋辛等 8 种抗生素的耐药性达 100%。Nielsen 等（1997）研究认为，畜禽粪尿污染的环境可能更有利于细菌耐药性的扩散。叶小梅等（2007）研究证实，养殖场排放的粪便和废水含有大量耐药细菌，这些粪便和粪水施入土壤和水体后，在一定程度上增加了耐药细菌的数量。

此外，由于抗生素在动物体内需要一段时间才能完全排出体外，并由于长期使用，其极易在动物体内蓄积，以致在动物性食品中残留抗生素。人食用含有抗生素残留的动物性食品后，一般不表现急性毒理作用，但长时间摄入抗生素残留的动物性食品后，抗生素可在人体内蓄积，进而引起过敏反应、人体内部分敏感菌株产生耐药性、破坏人体肠道微生态菌群动态平衡以及损害听力和脏器（Jjemba，2002）。

第二节　城郊畜牧业产品质量保障技术

一、饲料安全生产技术

（一）原料质量控制

饲料原料品质与畜产品质量密切相关。自 1996 年以来，英国、爱尔兰等欧盟成员国相继发生了震惊世界的"二噁英"和"疯牛病"事件，引起了人们对动物性食品的恐慌。其原因主要是在饲料中使用了"二噁英"严重超标的油脂；同时，动物性饲料原料可能是"疯牛病"的主要传染源，特别是饲用含同类动物性原料的饲料更易传播，如牛饲用反刍动物的肉骨粉等。这类事件给畜牧业敲响了警钟：饲料安全问题应成为畜产品品质的首要考虑，而控制饲料原料质量又是饲料安全生产的前提条件，其中严格控制饲料原料中有毒有害成分、抗营养因子及其营养变异又显得尤为重要。

1. 农药残留

目前，我国农业生产普遍存在农药过量使用问题，化学农药大量残留在作物的籽实、根、茎和叶中，将其用作饲料则随食物链富集到畜产品中，从而影响畜产品安全和人类健康。某省曾对所辖 31 个县、市的肉、蛋进行六六六（BHC）和滴滴涕（DDT）的农药残留检测，结果检出率为 100%，其中，猪肉中 BHC 残留量超标率为 50%，最高超标达 56 倍，DDT 最高残留量超标 5 倍；鸡蛋中 BHC 残留量 100% 超标，最高超标达 44 倍，DDT 最高超标达 9 倍（易中华和瞿明仁，2001）。为保障人畜健康和饲料畜牧业的可持续发展，饲料配方设计中的原料质量控制必须严格遵守 1999 年国务院颁布的《饲料和饲料添加剂管理条例》和有关的饲料卫生标准。

2. 抗营养因子

植物性饲料中大都存在一些能降低饲料营养价值的抗营养因子，主要包括蛋白酶抑制因子、植物凝聚素、脲酶、抗微生物因子、单宁、淀粉多糖、生物碱、棉酚、芥子酸等。这类物质大多具有较强的生物活性。当使用具有这些成分的原料作饲料时，如加工调制不当或动物摄食过量，不但会影响饲料中养分的消化、吸收和利用，还会对动物产生各种毒害作用，影响动物产品品质。沈慧乐（1991）研究发现，饲喂生豆饼会显著降低蛋质量。奶牛日粮中含较多芥子碱时所生产的牛奶有异味（申跃宇等，2009）。目前普遍采用物理、化学和生物化学等方法消除饲料中的抗营养因子。

3. 储存条件

饲料原料储存不当或含水量大，以及膨化、制粒等过程中去湿不完全，易造成饲料霉变。霉变饲料中含有大量能导致人、畜中毒的霉菌及其毒素。霉菌主要有黄曲霉菌、青霉菌、镰刀菌等，较常见的霉菌毒素有黄曲霉毒素、玉米赤毒素、玉米赤毒烯酮、单端孢霉菌毒素等，其中黄曲霉毒素毒性最强。在高温高湿季节或地区，脂肪含量较高的饲料易发生水解型和氧化型酸败，生成大量游离脂肪酸、不饱和脂肪酸和过氧化物，产生特殊异味，影响饲料营养价值和适口性，进而影响动物健康和肉品质。育肥后期，猪若过量采食不饱和脂肪酸含量较高的饲料，猪肉内体脂变软，猪肉易发生腐败，不耐储藏，且不适用于做腌肉和火腿，猪肉品质降低（夏道伦，2003）。

4. 转基因饲料原料

为了获得高产、抗病性强的经济作物，在生物工程技术的推动下，转基因作物种植面积越来越大，用作饲料的转基因作物主要有抗虫害玉米、大豆等。转基因饲料对动物可能产生的影响主要有：转基因饲料中转入的抗生素标记基因有可能使动物的肠道病原微生物产生耐药性，转入的蛋白酶活性抑制剂基因和残留的抗昆虫内毒素基因可能对动物健康有害；食用者对饲喂转基因饲料的动物产品可能存在过敏反应。

鉴于转基因饲料存在的潜在安全问题，国际消费者联合会、欧盟等纷纷出台了转基因产品的管理办法，包括对转基因食品消费者有知情权，转基因产品销售时应当贴专门标识等。我国政府对转基因问题一直持谨慎态度，2002 年 3 月我国正式开始实施《农业转基因生物安全管理条例》，要求建立农业转基因生物安全评价和标识制度。中国绿色食品发展中心制定的《绿色食品的饲料使用准则》规定：有机产品生产中不得使用任何应用基因工程技术（包括方法）制造的成分，亦即在有机畜禽产品生产中禁止使用转基因方法生产的饲料原料。这些均表明，转基因饲料可能存在一定的安全隐患。

5. 其他

此外，某些气味较浓的饲料原料（如鱼粉、菜子饼、胆碱等）易在禽类消化代谢过程中形成三甲胺，使蛋产生腥臭味；芜菁、洋白菜、油菜等十字花科植物以及鲜苜蓿和豆科牧草青贮等也可导致牛奶产生异味；动物长期采食鱼粉、鱼肝油下脚料、蚕蛹以及带浓厚气味的植物，则其肉易产生异味。所以，在选择这些饲料原料时，应尽量限制其在配合饲料中的用量。

（二）添加剂应用技术

在动物饲料中添加各种添加剂，是当前国内外普遍采用的提高动物生产性能、饲料利用率和经济效益的有效方法。随着生物技术和基因工程的迅速发展而产生的诸如寡糖、酶制剂、微生态制剂、中草药提取物等一些无毒副作用和无残留的天然饲料添加剂，具有显著调节动物消化道微生态平衡、促进动物生长、提高饲料转化率、增强动物免疫功能，进而改善产品品质的功效，在生产实践中具有广阔的应用前景。

1. 甘露寡糖

甘露寡糖（Mannose-oligosaccharides，MOS），是由甘露糖和葡萄糖组成的寡糖，通过 α-1,2、α-1,3 和 α-1,6 糖苷键连接成主链，在主链或支链上连接少量葡萄糖分子。因分子量大小不同，又分为葡甘露寡糖和葡甘露聚糖。前者黏性低，在体内易传递、运输，并易被肠道内有益菌所利用，使有益菌增殖；后者吸附能力较强，吸附动物体内有害病原菌和有毒物质的效果较为明显（熊家林，2001）。甘露寡糖广泛存在于魔芋粉、瓜儿豆胶、田菁胶及多种微生物细胞壁内，主要通过酶法进行生产（毛盛勇，2000）。通过在动物日粮中添加甘露寡糖而改善动物产品品质的作用机理主要有以下几个方面：

第一，优化肠道微生态系统，促进有益菌增殖。动物胃肠道非免疫防御系统主要为内源性生物群，其中有益菌群有双歧杆菌属、真杆菌属和乳酸杆菌属等。研究表明，寡糖可作为一种生长代谢的营养物质，被动物消化道内的有益菌选择性发酵利用，产生 CO_2 和挥发性脂肪酸，促进有益菌大量繁殖，起到有益菌增殖因子的作用，抑制致病菌在肠道内的黏附和定植，使有益菌处于内源菌群的优势状态，增强动物消化道防御功能（许梓荣和胡彩虹，2003）。

第二，调节免疫防御系统。甘露寡糖具有一定的免疫原性，能够刺激机体产生免疫应答，与某些病毒、毒素及真菌细胞的表面结合，其对机体免疫系统的调节作用是通过充当免疫刺激的辅佐因子来发挥的，作为外源抗原佐剂，可减缓抗原的吸收而增加效价，增强免疫功能。

第三，对病原微生物的识别、黏附和排除作用。研究表明，许多病原菌的细胞表面均含有外源凝集素。其特异性黏附作用是通过病原菌表面特异性的凝集素与动物肠道黏膜上皮细胞相应的糖受体相互作用实现的（Oyofo et al.，1989）。病原菌细胞表面或绒毛上具有植物凝血素物质，能识别动物肠壁细胞上的"特异性糖类"受体并与之结合，甘露聚糖可与病原菌竞争肠黏膜的糖受体结合位点，降低病原菌与肠黏膜上皮细胞结合的概率（张运涛和谷文英，1999）。

使用诸如甘露寡糖类的益生素添加剂时，首先应注意添加量和使用时间。过量添加会破坏微生物的区系平衡，应按产品说明和使用规范添加。对幼畜、雏禽早期使用可尽早帮助其建立肠道正常微生物区系，出生后、断奶前和饲料更换前，以及应激状态发生前，针对性饲喂益生素效果较好。其次，使用过程中应注意拮抗和协同作用。一般情况下，细菌类产品不能与抗生素，真菌类产品不能与抗真菌类药物合用。

2. 酶制剂

饲料中所添加的酶制剂通常是由细菌和真菌发酵产生的，主要应用于单胃动物。

酶制剂主要通过降解饲料中各种营养成分或者改变动物胃肠道内的酶系组成，促进动物消化吸收发挥作用。目前应用较为广泛的饲料酶制剂主要有蛋白酶、淀粉酶、纤维素酶、β-葡聚糖酶、植酸酶、果胶酶等。通过在动物日粮中添加酶制剂而改善动物产品品质的作用机理主要有以下几个方面：

第一，外源酶可刺激内源酶活性，补充内源消化酶的不足，从而提高内源酶的活性和分泌。幼龄动物或应激状态下的动物，酶的分泌能力较弱，在饲料中添加可分解纤维素、蛋白质和淀粉的酶制剂，在补充内源消化酶不足、提高内源酶活性的同时，还能水解可溶性非淀粉多糖（SNSP），有利于提高内源酶的分泌，从而促进畜禽对养分的消化吸收，提高饲料转化率，促进畜禽生长。

第二，破坏植物细胞壁，提高营养物质的利用率。酶制剂通过分解非淀粉多糖生成的物质（这些物质通过共价键或氢键相互交联，共同构成细胞壁结构，保护和支持细胞内容物）能有效破坏植物细胞壁结构，暴露细胞壁保护的蛋白质等养分，将不可吸收的多糖分解为可以吸收的小分子糖，提高营养物质利用率。

第三，消除抗营养因子。饲料中存在着多种诸如植物凝血素、蛋白酶抑制因子等不能被内源酶水解的抗营养因子，影响对营养物质的消化吸收，添加酶制剂可消除抗营养因子造成的不良影响。

在实际应用中，饲用酶制剂的效果会受到酶制剂的性能、剂量、动物种类、年龄、日粮组成、饲料加工工艺等诸多因素的影响。所以，应用时要根据日粮的特异性（如黏度、纤维含量、抗营养因子特点等）和动物的特异性（种类、日龄、消化道特点等），选择不同的酶制剂，确定合适的剂量。在生产中可采取一些有效措施（如包被技术等），以达到最佳添加效果。

3. 微生物添加剂

微生物饲料添加剂包括微生物生长促进剂和益生素。前者是指在动物体内具有调节胃肠道微生态平衡、提高饲料转化率、促进动物生长作用的活性微生物培养物；后者是指由活体微生物制成的生物活性制剂，可通过动物消化道生物的竞争性排斥作用，抑制有害菌生长繁殖，从而起到防病、促长和提高饲料转化率的作用（金立明和生宝强，2004）。通过在动物日粮中添加微生物添加剂而改善动物产品品质的作用机理主要有以下几个方面：

第一，补充有益菌群，维持动物肠道菌群生态平衡。正常情况下，动物胃肠道内微生物种群及其数量处于动态平衡，消化道内的有益微生物优势菌群能维持消化道内菌群平衡，促进动物对饲料的消化吸收。动物处于断乳、运输、疾病、环境及饲料改变等应激状态时，消化道菌群平衡可能被打破，菌群失衡会造成动物胃肠道内微生物区系紊乱，动物消化机能失调，病原菌大量繁殖，诱发生产性能下降及各种疾病。通过添加微生物制剂可以有效补充有益菌，使优势菌群得到恢复，从而有效防止菌群失调，使机体保持正常生理状态。

第二，营养作用机制。正常微生物参与蛋白质、脂肪代谢及维生素合成，还参与胆汁和激素转化过程，影响机体代谢及营养转化合成，如乳酸杆菌、双歧杆菌等通过产生有机酸而造成酸性环境，可促进维生素 D、Ca 和 Fe 的吸收。此外，很多微生物本身富含营养物质，添加到饲料中时可被动物摄取吸收，促进动物生长。

第三，抑制肠道内氨及胺等毒性物质的产生，改善环境卫生。动物机体内微生态失衡时，大肠杆菌比例升高，其通过分解蛋白质而产生对动物肠道黏膜细胞有明显毒害作用的氨、胺、细菌毒素等有毒物质（邢广林等，2007）。微生物饲料添加剂可防止毒性胺的体内合成，中和肠毒素等毒性物质，降低腹泻率，促进动物健康。

4. 中草药提取物

中草药提取物富含氨基酸（AA）、维生素等营养物质，具有补充饲料营养成分、提高饲料转化率、提高畜禽生产性能、改善动物产品品质等功能。中草药提取物饲料添加剂是在我国天然中草药的物味、物性、物间相互关系传统理论的基础上，以提高饲料利用率、防病促长、维护生态环境平衡为目的，通过一定的工艺制成的兼具药物与营养双重作用的纯天然饲料添加剂。其有效成分主要包括多糖、生物碱、AA、蛋白质、鞣类、甙类、树脂类、挥发性油脂、蜡、矿物元素和维生素等（孙明梅，2007）。通过在动物日粮中添加中草药提取物而改善动物产品品质的作用机理主要有以下几个方面：

第一，增强免疫作用。其有效成分多糖是进行免疫激活的主要物质，有宿主中介作用，可促进胸腺反应，刺激网状内皮系统，促进巨噬细胞的吞噬功能；提高酶的活性，抑制有害菌生长繁殖，促进机体新陈代谢，从而提高营养物质利用率和动物生产性能（林雪峰，2007）。

第二，抗微生物作用。许多中草药具有抗细菌和抗病毒等作用，可以启动机体非特异性抗微生物机制，杀灭病原微生物；在抑制病原菌的同时，增强细胞和肝脏网状内皮系统的吞噬功能，激发机体的抗感染能力，促进抗体形成，抑制对抗体产生具有破坏作用的免疫反应，维护动物机体健康。

第三，调节营养物质代谢作用。中草药提取物能有效兴奋胃肠道和促进消化腺的分泌，改善动物生产性能；促进血红蛋白和血清蛋白的合成，具有抗贫血和改善蛋白代谢的作用；提高营养物质的利用率与血清胆固醇含量，促进新陈代谢（周庆举，2008）。

近年来，人们日益关注中草药提取物在饲料中应用的研发。尽管中草药提取物作为饲料添加剂的优点已得到行业的普遍认可，但由于其化学成分复杂、用量难以掌握、存在较多配伍禁忌等原因，目前我国尚未将中草药列入规定使用的饲料添加剂品种中。因此，中草药作为一种饲料添加剂广泛地被用于动物饲料还有待进一步的深入研究。

二、疫病综合防治技术

（一）消毒控制

1. 建立消毒制度

在畜禽养殖场门口设消毒池和消毒间，进出车辆和进场人员必须经过消毒池或消毒间。消毒池建议选用 2%~5% 漂白粉澄清流液或 2%~4% NaOH 流液，消毒液要定期更换。进场车辆建议用 0.1% 的新苯扎溴铵进行喷雾消毒。进场人员需经紫外线照射的消毒间消毒，外来人员不应随意进出生产区，特定情况下，参观人员在淋浴和消毒后穿戴保护服方可进入生产区。畜禽饮水可用碘、氯制剂及双链季铵盐类作消毒剂。养殖场用具（如料槽、饮水器、加料车等）可用 0.1% 的新苯扎溴铵消毒。

2. 消毒剂选择

宜选择对人和畜禽安全不构成威胁、无残留、对设备没有破坏、不会在畜禽体内产生有害积累的消毒剂。常用消毒剂有碱类、氧化剂、长链季胺类、氯制剂、碘制剂、表面活性剂、酚制剂等，可交叉轮换使用。

3. 消毒方法

常用的消毒方法有机械消毒、物理消毒、化学消毒、生物消毒及微生态制剂应用等，在实际操作过程中要根据消毒目标，选择适当的消毒方法。在具体操作时，应严格设计消毒程序，科学选择消毒药物，注重提高消毒效果等，从源头上切断疫病传播途径，减少细菌、病毒的感染机会，严格控制疫病的发生。

（二）规范防治

1. 兽药选择

动物疾病是影响畜产品质量的重要因素，而疫苗和兽药是防治畜禽疾病、保障畜产品安全的主要技术关键。对养殖场使用的药物，首先要熟悉其特性，合理调配使用。

青霉素、链霉素在酸性、碱性环境中均极易被破坏，所以在给畜禽用青霉素、链霉素时，应避免饲喂呈酸性、碱性的饲料、添加剂和药物，如青贮饲料、酒糟，胆碱、维生素 B1、维生素 B6 等饲料添加剂，四环素类、磺胺类、巴比妥类、肾上腺激素类等药物。

因四环素类药物可与 Ca、Mg 等元素结合成不能被吸收利用的络合物，使药物的药效降低或丧失，故忌饲喂富含 Ca、Mg 等元素的饲料、饲料添加剂和药物。例如，黑豆、大豆、饼粕类饲料；石粉、骨粉等饲料添加剂；碳酸钙、碳酸氢钙、葡萄糖酸钙、氯化钙等药物。

对于磺胺类药物，因硫会加重磺胺类药物对血液的毒性，易引发硫络血红蛋白血症，所以在使用时，应忌饲喂含硫的饲料添加剂和药物，如人工盐、硫酸镁、硫酸钠、硫酸亚铁等。

维生素类药物多为酸性，故不能与碱性较强的饲料添加剂和药物同时使用，如胆碱、碳酸钙、磺胺类药物等。硫酸亚铁、氧化亚铁、硫化亚铁也不能与维生素类药物同时使用，否则此类饲料添加剂会加速维生素类药物的氧化破坏过程。

葡萄糖酸钙、氯化钙、磷酸氢钙等补钙类药物应忌与强心苷合用，忌喂麸皮等饲料和胆碱类饲料添加剂。

硫酸亚铁等含铁药物应忌喂麸皮、高粱，因麦麸含 P 较高，可抑制药物的吸收利用，高粱中含有较多的鞣酸，可使含铁制剂变性，降低药效。

肾上腺皮质激素类药物如氢化可的松、倍他米松、醋酸可的松、醋酸地塞米松、醋酸泼尼松等，急性细菌感染时应与抗菌药并用，禁用于骨质疏松症和疫苗接种期。

此外，在兽药选择方面，坚决禁止使用过期或淘汰的兽药。凡规定有效期的兽药，期满后其效价即降低或丧失。同时，还应防止兽药的毒害和残留。链霉素与庆大霉素、卡那霉素配合使用，会加重对听觉神经中枢的损害。家禽对美曲磷酯很敏感，应避免使用。有些抗菌药物因为代谢较慢，用药后可能会造成药物残留。因此，对这些兽药都有休药期的规定，用药时必须充分考虑动物及其产品的上市日期，防止残留的药物超标造成畜产品安全隐患。

2. 用药程序

坚持预防为主、治疗为辅的原则。在动物疫病治疗过程中，对免疫情况、用药情况和饲养管理情况进行详细登记，严格遵守药物适用对象、使用种类、剂量、配伍、期限及停药期等规定，严禁使用违禁药物或未被批准使用的药物。畜禽出栏或屠宰前，或其产品上市前及时停药，以避免残留药物污染畜禽及其产品，进而影响人体健康。在实际生产中，要做到畜禽免疫注射死苗 7d 后无并发症才能屠宰食用，免疫注射活苗 21d 后无并发症才能屠宰食用；应用抗生素、磺胺类治疗疾病的畜禽，其肉奶在停药 3d 以上才能食用；如喂含砷饲料，其肉奶要停喂 5d 以上才可食用。在使用药物添加剂时，不得将原料药直接拌喂，应先制成预混剂再添加到饲料中。

同时，应注意使用合适的剂量和药物的有效浓度。用药剂量太小，达不到治病目的；剂量太大不但造成浪费，还会因过量使用致使产生耐药性。同时还应注意兽药的有效浓度，如肌肉注射卡那霉素，有效浓度维持 12h，连续注射间隔时间应在 10h 以内。

第三节 城郊畜牧业环境风险控制技术

一、畜禽养殖富营养物减排调控技术

在集约化畜禽养殖带来规模效益的同时，畜禽排泄物产生了大量的 N、P 等环境富营养元素，如果处理不当或不及时，极易导致环境污染。由于畜禽粪尿污染物的处理设施不完善，畜禽粪污任意堆放甚至直接排放，对周边环境造成了严重污染。畜禽粪尿流失污染地表水的现象已成为城市郊区最大的有机污染源和最引人注目的非点源污染问题之一。根据对太湖污染源的调查，来自农村面源的总氮排放量占该区域总氮排放量的40%左右（席运官和王涛，2008）。集约化畜禽养殖业的污染物排放已经成为城郊环境"富营养化"的重要因素。

近 10 年来，对通过营养生理调控实现从源头减少畜禽粪便 N、P 排放的技术攻关已经成为研究的焦点。目前研究重点主要是通过调控畜禽饲料配制、饲料加工、人工合成 AA 配比以及饲料添加剂应用等，在畜禽消化道层次实现 N、P 的减排。

（一）低 N 日粮调控技术

畜禽排泄物中 N 与臭味两者是密切相关的，因为臭味化合物也主要来自饲料中的粗蛋白质。国内外研究表明，利用合成 AA 可以降低饲料中的粗蛋白质含量和 N 的排泄量。目前应用较为广泛的研究动物 N 代谢与优化调控的关键评定方法体系主要包括 N 与 AA 回肠末端评价体系、内源性 N 和 AA 评价体系、改进型静脉插管 AA 定量评价体系、N 消化率体外透析管体系和低蛋白 AA 平衡日粮配制技术。

N 与 AA 回肠末端评价体系：包括测定猪饲料回肠末端 N 和 AA 真消化率的回—直肠吻合术、十二指肠"T"型瘘管结合活动尼龙袋等新方法，可使猪饲料 AA 消化率的评定和测定速度较传统方法提高 20 倍，试验成本节约一半以上。

内源性 N 和 AA 评价体系：主要有高精氨酸技术、2,6-二氨基庚二酸微生物内源性标记法测定猪回肠食糜与粪中内源性 N 和 AA 技术，尤其是测定微生物来源的内源性 N 和 AA 技术，可克服传统无 N 日粮法测定造成的非正常生理状况和测定值偏低的缺陷。

改进型静脉插管 AA 定量评价体系：应用血管插管技术，将动物 AA 营养代谢与调控研究从消化道层次提升到了组织器官水平，使传统动物及医学研究营养物质代谢途径从定性化发展到定量化。

N 消化率体外透析管体系：应用仿生学原理，建立测定饲料 N（AA）的体外透析管新方法，该方法可克服动物试验耗时、费力、不经济的缺陷，使动物饲料 N（AA）的消化率测定趋向简单化和模型化，并大大提高了其测定效率和实用性。

低蛋白 AA 平衡日粮配制技术：以真可消化 AA 为基础，配制低蛋白 AA 平衡日粮，可降低生长猪排泄物中 N 的排泄量。研究表明，粪 N、尿 N 和总氮排泄量随日粮蛋白水平的降低而减少，与 18.2% 蛋白组相比，16.5%、15.5%、14.5%、13.6% 蛋白组粪 N 分别降低 7.45%、13.04%、13.82%、17.39%，尿 N 分别降低 19.25%、26.86%、37.43%、44.64%，总氮分别降低 15.13%、22.00%、29.18%、35.14%。由于添加合成 AA，各组摄入的总氮量降低，猪吸收的 N 较 18.2% 蛋白组显著减少，存留的 N 也随日粮蛋白的降低而减少。日粮蛋白水平并不影响 N 消化率，各组 N 消化率在 83.86% 和 82.19% 之间波动，且各合成 AA 添加组 N 的表观消化率均较对照组低。N 的表观生物学价值随日粮蛋白的降低而升高。因此，日粮蛋白质含量降低 2.00%，可获得较好的饲养效益和环境效益（邓敦，2007）。

（二）低 P 日粮调控技术

应用猪肠道内源性 P 排泄量和饲料 P 真消化率的一元和多元回归方法，可克服无 P 日粮和放射性同位素示踪技术测定内源性 P 的不可操作性以及安全隐患，为饲喂正常日粮测定内源性 P 的排泄量提供有力的技术支撑。依仿生学原理建立的测定饲料 P 消化率的体外透析管新方法，可克服动物实验耗时、费力、不经济的缺陷，使动物饲料 P 的消化率测定趋向简单化和模型化，并大大提高其测定效率和实用性。应用一元和多元回归评价方法，建立以饲料中总磷、植酸 P 含量或植酸酶活性预测饲料真可消化 P 的二元或三元模型，提出生长猪日粮真可消化 P 需要量，以及真可消化 Ca/真可消化 P 比等需要量参数，并研究基于真可消化 P 的低 P 环境安全型饲料配方技术，以及用酶制剂、食盐调控猪 P 代谢的营养调控技术。这些研究技术，为饲料厂和养殖场设计高效的饲料配方奠定了技术基础。具体体现在确定猪真可消化磷需要量和获得减少生长猪 P 排放的适宜真可消化 Ca/真可消化 P 比两个方面。

邓敦（2007）在测定 19 种植物性饲料 P 真可消化率的基础上，首先对生长猪真可消化 P 的需要量进行了研究，发现生长猪平均日增重、料重比、血清无机 P 浓度与日粮真可消化 P 含量之间存在多元回归关系。然后结合饲料采食量、增重和饲料转化率以及 P 沉积情况，提出了 20~40kg、40~70kg 和 70~100kg 生长猪真可消化 P 的需要量参数，分别为 0.34%、0.23% 和 0.15%。相应的每头每日的需要量分别为 3.61g/d、4.82g/d 和 4.29g/d。这些结果均明显低于 1998 年美国 NRC 相应阶段的推荐需要量。在饲料配方时，可分别降低总磷的用量 7%、13% 和 30%，也使粪 P 的排泄量相应减少。

王顺祥（2007）研究了日粮中不同真可消化 Ca/真可消化 P 比（1.04~3.47）对生长猪干物质消化率和 Ca、P 的排泄量的影响。结果表明：无论以 g/d 还是 g/kg DMI 为单位来计算，Ca 的排泄量均随着日粮真可消化 Ca/真可消化 P 比的增加而增加，而以 g/kg DMI 计，P 的排泄量随日粮真可消化 Ca/真可消化 P 比上升而增加；日粮真可消化 Ca/真可消化 P 比低于 2.25 时，对生长猪的生产性能和 P 排泄量均无显著影响，而高于 2.25 时，显著降低了生长猪的生产性能，增加了 P 的排泄量。因此，推荐生长猪日粮的真可消化 Ca/真可消化 P 比应小于或等于 2.25。

日粮中添加植酸酶，可以提高家禽和猪饲料中植酸 P 的利用率，从而可以降低日粮中无机 P 的添加量，可使 P 的排泄量减少 20%。荷兰、丹麦等欧洲国家以及美国的部分州已经立法，规定在饲料中必须使用植酸酶。然而，我国关于植酸酶在畜禽中的应用尤其是在猪饲料中的应用研究较少。亟待加强这方面的研究，以减少 P 排放对环境的污染，节约 P 源。

（三）功能性碳水化合物调控技术

在日粮中添加可发酵碳水化合物可降低氨的释放；一些低聚糖能改变胃肠道后段挥发性脂肪酸的产生量，减少排泄物中的臭味成分。

饲料淀粉来源会影响猪的 AA 代谢。以玉米、籼稻米、麦麸、糯米和抗性淀粉为材料时，其门静脉中葡萄糖、挥发性脂肪酸的净吸收量存在差异，同时血液中胰岛素的浓度也受到影响。正是这种差异，显著地影响回肠末端 7 种必需 AA 真消化率，以及肝门静脉回流（PDV）组织的利用效率，饲喂抗性淀粉日粮，AA 回肠末端表观消化率、真消化率以及门静脉 AA 净吸收量均明显较低（黄瑞林等，2006）。饲喂玉米日粮（直链淀粉与支链淀粉比为 0.23）的试验猪，其 PDV 组织和肝脏的蛋白质合成率（FSR）最高，糙米日粮次之，抗性淀粉日粮（含慢消化的直链淀粉）较低，糯米日粮（含快消化的支链淀粉）最低。其中，糯米日粮组，试验猪十二指肠、空肠、回肠、结肠和胰脏的 FSR 显著低于玉米组和糙米组，分别比玉米组低 84.76%、30.34%、46.20%、32.19%、27.16% 和 36.02%，比糙米组低 81.97%、21.72%、46.15%、30.48%、25.14% 和 32.78%。肝脏的 FSR 也比玉米组、糙米组和抗性淀粉组低 14.99%、14.38% 和 9.27%（黄菊，2009）。

（四）肠道微生物调控技术

肠道微生物调控技术是指利用人工瘤胃产气量和 NH_3-N 数量估测饲料蛋白质瘤胃降解率的方法。动物胃肠道微生物表面广泛存在着凝集素活性物质，已证明该物质的主要化学结构为蛋白质或糖蛋白，并证明瘤胃发酵底物和稀释率直接影响微生物蛋白质合成效率，为实践中如何提高反刍动物瘤胃微生物蛋白质产量和合成效率提供了理论依据。

此外，在饲料或畜舍垫料中添加各种除臭剂也可减轻畜禽排泄物的臭气污染。美国科研人员研究发现，生长在美国西部、墨西哥北部的一种丝兰属植物可驱除畜禽肠道臭气，其提取物有特异的固 N 能力，将氨和硫化氢固定并合成 AA。

张永刚（2006）经过研究，根据猪饲料真可消化 AA、P 数据库和生长猪真可消化 AA、真可消化 P 及净能需要量，并结合各种绿色添加剂原料（如寡糖、多糖、益生菌和酶制剂等）与肠道瘘管技术，根据当地用户不同饲料资源，研制出了环境安全的生长猪系列预混合料和全价饲料配合成套技术，并通过大量的消化代谢试验和饲养试验证明，以该技术配合的饲料，可使养猪生产的饲料转化率提高 6.7% ~ 14.8%，N、P 排泄量分别降低 14% ~ 19%、12% ~ 14%。按照目前国内养猪现状计算，每头猪从断奶到出栏需要 $CaHPO_4$ 约 4.5kg，价格为 2.2 元/kg，耗费 9.9；需要蛋白质饲料（以豆粕计）70kg，价格为 2.74 元/kg，耗费 191.8 元。若采用该研究的日粮配合技术，每头猪可降低饲料用量 30 ~ 40kg，其中减少 $CaHPO_4$ 消耗 1.0kg；降低豆粕消耗 15kg，节省饲养成本约 70 元。那么一个年出栏生猪万头的猪场每年可节省饲料成本近 70 万元，向周围环境排放的 N、P 分别减少 24 ~ 35t、1.7t，具有明显的环境效益。我国年出栏生猪达 6 亿头，如果该项技术在全国范围内推广应用，将会使得每年新增 420 亿元左右的养殖经济效益，潜在环境效益也相当可观。

二、病原菌迁移、检测与控制技术

（一）病原菌迁移检测

1. 病原菌迁移

病原菌排放到环境中以后，主要存在于土壤和水体中，这些病原菌在环境中可以较长时间存在，并可以通过"动物、人—土壤、水—动物/人"的途径对人类及动物造成严重潜在威胁，而在环境中不断迁移的过程中，病原菌也会通过自身的变异获得更强的致病能力。因抗生素引发的病原菌耐药性问题已经成为全球关注的焦点。因为国内集约化畜禽养殖业过于依赖抗生素，滥用抗生素的现象屡禁不止，这增大了病原菌控制的技术难度。

微生物在土壤中的迁移可总结为四种模式：一是微生物自动在水膜上移动；二是菌丝的延伸可使微生物从一水膜上迁移到另一水膜上；三是微生物的生长繁殖通常也被归结为微生物迁移；四是微生物在土壤中的弥散。Tim（2002）将微生物在土壤中的移动及其影响机制分为物理过程、地球化学过程和生物过程。微生物在多孔介质中移动的主要物理过程是对流、平流和水动力弥散；地球化学过程就其实质而言主要是微生物的一种浓集过程，它阻止或延迟了微生物在土壤中的移动，这些过程包括过滤、吸附、解吸和沉降；某些生物过程（如生长或死亡）也影响土壤中微生物的浓度，因而影响了对微生物的测量。微生物的存亡取决于一系列相互关联的因素如养分的有效性、主要环境条件、土著或其他生物的竞争，这些因素的变化可以影响微生物的区系变化。

土壤是一个活的过滤器，具有自净能力，可以降低污水中的微生物浓度。但是，实验室和大田观察结果均表明，微生物在水平方向和垂直方向上在土壤中能迁移相当远的距离。据报道，细菌可迁移830m，病毒可迁移408m。微生物在土壤中的迁移增加了水体污染的可能性，如果短期内不死亡，对水体的危害就更大。Gerba 和 Mcleod（1976）研究表明，大肠杆菌可在地下水中存活 4～5 个月。在相同条件下，大肠杆菌的病原菌株可存活 4 个月，腐生菌株可存活 515 个月。尽管在 20d 内大肠杆菌和粪便链球菌减少 99%，但仍有少量存活。Chandler 等（1981）研究了施用猪粪的土壤指示细菌（粪便大肠杆菌和粪便链球菌）的存亡情况，发现土壤表层 30mm 中指示细菌减少 90% 需要的时间为 7～20d。大肠杆菌和粪便链球菌在地下水中的死亡常数分别是 116～136d^{-1} 和 103～123d^{-1}。

实验室和田间研究均表明，微生物在土壤中迁移的平均速度大于化学物质的迁移速度（如氯化物和溴化物），也大于水的流速。Harvey 等（2002）将从地下水中收集的细菌充分混合，用荧光染料 DAPI 染色，与溴化物一起注入蓄水砂层，跟踪其在蓄水层中的运动，结果表明，染色细菌迁移的速度大于溴化物迁移的速度，最高浓度的出现细菌较溴化物提前 1～2h，说明有一个或更多机制的存在加速了微生物的迁移，并且这些机制不同于化学物质迁移的机制。

2. 病原菌检测

对环境病原菌的检测可以使我们更好地了解病原菌的存在和变异，研究出快速、简便、准确的检测方法一直是病原菌检测发展的方向。目前，已经建立并应用的检测方法有革兰氏染色法、生化鉴定法、血清学检测法、分子生物学检测法和化学分析检测法等方法。随着新检测方法的发展，一些高通量的检测方法如生物芯片检测法也被应用于病原菌的检测。

（1）革兰氏染色法

革兰氏染色法在 1884 年由丹麦科学家 Gram 创立，至今仍是细菌学最重要的鉴别染色方法。革兰氏染色法可将细菌分为革兰氏阳性（G+）菌和革兰氏阴性（G-）菌两大类，在细菌鉴别、抗菌药物筛选和细菌致病性研究方面有着重要意义。传统的细菌鉴定方法首先是进行革兰氏染色以区分 G＋菌和 G－菌，对 G－菌进一步做氧化酶试验，对 G＋菌做触酶试验和凝固酶试验，再按不同类型进行生物化学和血清学鉴定。

（2）生化鉴定法

传统的细菌生化鉴定方法是利用手工配置的试管培养基测定细菌的生化反应，以鉴定细菌种属。多采用双歧索引分类鉴定法，手续繁杂且所需时间较长，距临床要求相差较大。近年来，微生物学家和工程技术人员密切合作，发展了微量快速培养基和微量生化反应系统，并辅以读数仪和电脑分析软件，大大促进了微生物检验的自动化进程。微生物数码分类鉴定系统集数学、电子、信息及自动化技术于一体，采用标准化、商品化和配套的生化反应试剂条，可将细菌鉴定到属、群、种和亚种或生物型，并可对不同来源的临床标本进行针对性鉴定。其基本原理是计算并比较数据库内每个细菌条目对系统中每个生化反应出现的频率总和，通过试剂条中的生化试验将一种细菌与其他细菌鉴别开来，并用鉴定百分率表示是每种菌的可能性。常见的鉴定系统有 Biolog、法国的梅里埃公司生产的微生物自动鉴定仪及 API 系统等。

（3）血清学检测法

细菌感染的免疫学检测，即利用血清学试验的方法和原理，用已知抗体检测抗原，或用已知抗原检测抗体，也是临床细菌性疾病诊断和病原菌鉴定的重要手段之一。血清学检测法分血清学鉴定和血清学诊断两个方面。血清学鉴定，即用含有已知特异抗体的免疫血清去检测标本中或分离培养物中未知的细菌，以确定致病菌的种或型；血清学诊断则是用已知的细菌或其特异性抗原检测患者血清中有无相应特异抗体和其效价的动态变化，作为某些感染性疾病的辅助诊断。

（4）分子生物学检测法

随着病原菌分子生物学的发展，许多分子生物学检测方法如聚合酶链式反应（PCR）、核酸探针杂交等已经被应用于许多病原菌的检测。分子生物学检测方法具有快速、灵敏度高、特异性好等特点，特别适合培养困难的病原菌或用血清学方法不易测出的病原菌，或鉴定方法特别昂贵的病原菌，或常规的微生物方法及血清学方法不能检测的病原菌。

（5）化学分析检测法

近年来，包括气相色谱、高效液相色谱在内的色谱分析手段在生物学研究中得到了极为广泛的应用。由于细菌种类的不同与生长环境的差异，菌体中所含有的脂肪酸成分，包括脂肪酸的种类和含量都会有较大的区别，鉴于上述区别，可以对未知菌进行鉴定，对临床分离菌株进行亲缘关系分析等。包括基质辅助激光解吸电离飞行时间质谱仪（MALDI-TOF-MS）和高效液相色谱—电喷雾离子化质谱（HPLC-ESI/MS）在内的软电离质谱技术正在成为系统细菌学研究者新的工具，用 MALDI-TOF-MS 分析细菌 PCR 扩增产物以快速检测细菌的存在，小型化、质量分辨率更高的 ESI-MS 装备的研制，是未来微生物质谱研究的重要方向之一。

（6）生物芯片检测法

随着微生物基因组计划的顺利实施与飞速进展，20 世纪 90 年代中期应运而生的生物芯片技术以其操作简便、结果易于分析、提供信息量大和配套仪器齐全等特点而备受人们的青睐。生物芯片可以包含的信息量非常大，可以集中多达几千种探针信息，可以在一张生物芯片上同时对多个标本进行多种病原菌的诊断，仅用较少量的样本，在极短时间内提供大量的诊断信息，为临床细菌感染疾病的诊断提供了一个快速、灵敏、高通量的平台。近年来，对生物芯片在微生物重要基因（毒力基因、抗药基因、致病因子）筛选监测、直接分析细菌基因组进行菌种鉴定与流行病学研究及基因表达中的应用已有不少成功的报道。

（二）病原菌控制

1. 主要病原菌种类和危害

粪便中可引起寄生感染的微生物有 150 多种，主要为大肠杆菌、沙门氏菌、贾第虫（鞭毛虫）、弯曲杆菌和原虫，此外，还含有一些病毒（表6-1）。畜禽粪便如不经妥善处理就排入环境，将会对地表水、地下水、土壤和空气造成严重污染，也会成为危险的传染源，造成疫病传播，危及畜禽本身和人体健康。

表 6-1　动物排泄物中使人致病的部分微生物

细菌		病毒	
名称	病症	名称	病症
沙门氏菌	肠炎、伤寒病	腺病毒	眼睛与呼吸道感染
大肠杆菌	肠胃病	禽肠病毒	呼吸道感染
空肠弯曲杆菌	出血性腹泻，腹痛	禽呼肠病毒	感染性支气管炎
炭疽杆菌	皮肤病	牛细小病毒	呼吸道疾病
流产布氏杆菌	肠胃病、厌食症	牛鼻病毒	口蹄疫
钩绵螺旋体	肾感染	肠病毒	呼吸道感染
结核杆菌	肺结核	呼肠病毒	呼吸道感染
副结核杆菌	Johnes 病	鼻病毒	副流感
肠结肠炎耶氏菌	肠胃感染	轮状病毒	肠胃感染

叶小梅等（2007）调查了江苏省内 10 家不同养殖类型畜禽养殖场的排放物及其周边水、土样，发现 10 家养殖场中有 9 家粪便未经无害化处理直接排放到水体或施于农田，且排放物中的粪大肠菌群数全部严重超标，沙门氏菌检出率达 19%，施新鲜粪肥的土壤中粪大肠菌群数在 105 个/g 以上，水体中分离出的大肠杆菌表现出多重耐药性，抗生素抗性细菌总数也远高于未施新鲜粪肥的土壤及水体。此外，养殖场普遍大量使用抗生素，使得动物体内耐药细菌数量增加。Nielsen 等（1997）研究发现，畜禽粪尿污染的环境可能更有利于细菌耐药性的扩散。陈杖榴等（2005）研究结果表明，耐药菌在动物、环境和饲养员之间可能存在扩散、传递现象。而且，随着越来越多的人畜共患病病例的发生与传播，有关畜禽粪便中病原微生物危害与

环境风险的控制已引起政府与全社会的密切关注。因此，应对畜禽养殖业排放物耐药菌的污染给予足够重视，对耐药菌株的存在以及与粪便一同进入环境后对环境、养殖业以及人类产生的风险要加强研究，以便采取有效措施，减少和控制来自粪便的病原微生物污染与危害。

2. 禽沙门氏菌感染综合控制技术和禽粪便沙门氏菌减排技术

迄今为止，在全球范围内禽沙门氏菌特别是肠炎沙门氏菌的隐性感染是一个很严重的问题，每年由此引发的食物中毒事件及其所导致的间接经济损失巨大，有效预防和控制家禽养殖过程中沙门氏菌感染特别是肠炎沙门氏菌的感染已成为亟待解决的问题。这些措施包括检疫净化、化疗药物和抗生素治疗、菌苗免疫接种、改善鸡群卫生条件、使用抗生素替代物、竞争性排斥、抗病育种、粪便的无害化处理等。

（1）建立有效的生物安全屏障

生物安全措施相关细则主要包括场地布局、内环境控制、饲养管理、人员培训与管理、疫病监测与预防接种几个方面。

接触家禽的规定以鸡为例：只有专业人员才能进入鸡场和孵化室，禁止拥有其他禽类和鸟类的人员进入鸡场，限制每天的参观人数，进出淋浴、更衣，注意手部卫生、脚盆消毒、设备和饲料清洁等。进入不同鸡场的顺序：原种场→曾祖代场→祖代场，从雏鸡到老鸡，从沙门氏菌阴性到沙门氏菌阳性。

饲料的管理：设计无污染饲料加工厂时要注意对周围环境的控制；饲料必须不含动物性蛋白，未加工原料和加工好饲料要进行常规检测；饲料的热处理条件：85℃，5~12min；饲料采用有机酸、甲醛进行化学处理。

水的管理：一般采用本地供水，水中增加氯化物3~5mg/kg，优质水应该是弱酸性且富含CO_2、H_2O_2、臭氧，通过采用乳头式饮水器系统以及限水程序使粪便保持最小湿度，同时采用电子化控制通风系统。

预防鼠患：一般在鸡舍四周建立水泥墙及护栏，清除老鼠的藏身之处，清理死禽和溢出的饲料，加强鸡舍的管理和卫生，定期检查毒饵和捕鼠器。对野生动物、宠物、其他家畜的防范：一般根据建设要求设计围栏，防止鸟类筑巢和栖息，防止饲料泄漏，禁止宠物和牲畜进入鸡舍周界范围。

清洁和消毒：包括对昆虫和老鼠的控制，对粪便的清理和处理，用高压热水冲洗天花板、墙面、窗帘、设备和水泥地面，对外部的清洗，对设备仪器的维修和保养，对鸡舍的检查，对内部和外部消毒熏蒸，对微生物的检测，对新旧垫料的处理。

孵化室生物安全：包括单批孵蛋，每孵化完一批蛋之后要进行清洗和消毒，减少潜在的交叉污染，实现更精确的温度和CO_2控制，无水孵化；鸡群转移运输要使用专门的运输车辆。

鸡群监测：大面积地检查鸡群健康状况，一旦鸡群在产蛋期发生鸡白痢、鸡伤寒以及禽白血病，将会造成相当严重的影响；所有产蛋鸡群每隔3周检测鸡败血性霉形体、滑膜霉形体以及沙门氏菌，所有鸡群每隔90d进行禽流感检测；所有进入鸡舍的物品，包括饲料、木屑、设备等均要进行沙门氏菌检测。

（2）保持优化的鸡群结构

沙门氏菌传染的一个重要途径就是通过鸡蛋由父母代鸡传染给雏鸡，因此，防止沙门氏菌传染的首要方法就是保证种鸡群无沙门氏菌。种鸡（纯系或祖父母代）的沙门氏菌允许范围是零。一旦发现感染，必须全部淘汰，不允许使用疫苗。但是许多国家允许给种鸡群和商品蛋鸡群接种经批准的活菌或灭活的沙门氏菌苗。

血清检测法是最常用的检测未免疫鸡群和已免疫鸡群外界（药物检签）细菌的方法。一旦发现呈沙门氏菌阳性，要有明确的处理方法，其中最合理的方法是淘汰感染鸡。即使资金不足也应采取一切措施将感染鸡隔离以降低传染给其他鸡的风险，并且要防止被污染的鸡蛋和鸡肉被人食用。每年都要对种鸡进行定期检疫，检出的阳性鸡立即淘汰，使鸡群逐步净化。

我国实行的检测程序一般如下：①在16～21周龄时，采全血用平板凝集试验进行普检，对于全血阳性鸡，采血分离血清后，再用平板凝集试验检查一次，淘汰所有阳性鸡（下同）；②若鸡群阳性率在5%～10%，间隔1个月再进行一次普检；③若第二次普检没有达到规定的标准（0.1%～0.3%），还需进行普检或抽检；④若阳性鸡比例在0.1%～0.3%，在产蛋高峰后（300～350日龄左右）再进行一次普检；⑤若阳性鸡比例为0，则不必进行第二次普检，可以在产蛋后期进行抽检。

（3）疫苗控制

国际上控制家禽沙门氏菌感染，除了采取严格的生物安全措施，加强饲养管理、卫生和消毒，对种鸡群执行白痢—伤寒净化外，还提倡用疫苗控制。一般而言，使用疫苗可以很好地保护鸡群抵抗沙门氏菌的感染，并且没有残留，不会促进新抗药性细菌的产生。因此，接种沙门氏菌疫苗被认为是控制沙门氏菌的有效手段和新思路。实践也证明，接种沙门氏菌灭活苗或者活苗可以有效地降低鸡对沙门氏菌的易感性。

现在，常用的疫苗有两类：一类为灭活疫苗，如肠炎沙门氏菌病灭活疫苗、鼠伤寒沙门氏菌病灭活疫苗等；另一类为弱毒活疫苗，如肠炎沙门氏菌病活疫苗、鼠伤寒沙门氏菌病活疫苗等。灭活疫苗由于推荐免疫时间较晚，有早期保护缺口（接种前没有保护），且不能诱导产生消化道局部保护力，所以其使用受到限制，主要用于产蛋种鸡群免疫，为后代提供坚强保护。但若将灭活疫苗与活疫苗结合起来使用，活苗免疫可在蛋鸡体内产生主动免疫和免疫记忆，结合灭活疫苗使用可为母代和子代提供坚强的保护，效果很好。不同疫苗厂家开发的活疫苗特性有所不同，推荐免疫时间不尽相同，产生的保护效果不一样，推广使用的情况也不同。目前沙门氏菌疫苗种类主要有Megan vac鼠伤寒沙门氏菌（基因缺失）、Salmune鼠伤寒沙门氏菌（化学突变）、Poulvac鼠伤寒沙门氏菌（基因缺失）、TAD Salmonella肠炎沙门氏菌（突变株）、Layermune SE Biomune、Poulvac SE Fort Dodge和Layermune SE。接种方式及时间为：第一次和第二次免疫为饮水或喷雾，时间分别在1周龄和3～5周龄，第三次接种为皮下注射，时间在13～15周龄（张欣，2001）。

推荐的沙门氏菌的控制措施如下：遵循疾病控制的一般原则，建立健全生物安全措施并严格执行，加强饲养管理、卫生和消毒。控制肠炎沙门氏菌和鸡伤寒沙门氏菌感染，用鸡肠炎沙门氏菌病活疫苗AviPro Salmonella vac E免疫蛋鸡和种鸡，按推荐免疫程序（表6-2）进行，商品肉鸡和其他鸡则需根据具体情况适当调整疫苗接种次数和时间。控制其他沙门氏菌的感染，用相应的疫苗（如鸡鼠伤寒沙门氏菌病活疫苗 AviPro Salmonella vac T）免疫，或者用敏感药物防治。

表6-2　推荐免疫程序

年龄	蛋鸡	种鸡
1 日龄	AviPro Salmonella vac E 饮水	AviPro Salmonella vac E 饮水
6～8 周龄	AviPro Salmonella vac E 饮水	AviPro Salmonella vac E 饮水
16～18 周龄	AviPro Salmonella vac E 饮水或皮下注射	AviPro Salmonella vac E 饮水或皮下注射或 SE 灭活疫苗皮下注射

注：预防肠炎沙门氏菌感染，上述3次免疫即可保护直至产蛋期结束；预防鸡伤寒沙门氏菌感染，则需在16～18周做第三次免疫后每隔12周用 AviPro Salmonella vac E 经饮水途径接种1次

针对肠炎沙门氏菌和鼠伤寒沙门氏菌的灭活疫苗主要诱导体液免疫力，可阻止或减少垂直传播，但不能阻止临床感染。在美国，有一种新型的疫苗也已获准使用，它是由 Biomune 生产的沙门氏菌油佐剂灭活苗，被批准在蛋鸡和种鸡中使用，推荐注射免疫两次。初期的研究表明，它可以减少体内感染和在肠道潜伏的 SE。但也不是100%有效，免疫后的鸡群仍然会产感染 SE 的蛋。这可以判断鸡舍以前感染过 SE，应首先彻底清洗和消毒鸡舍。

（4）合理使用药物防治

抗生素的使用仍然是控制沙门氏菌感染的有效手段之一。而且，许多国家的养禽生产系统仍然依赖于使用抗生素及生长促进剂。国内部分种鸡场、所有蛋鸡场和商品肉鸡场几乎均采用投药这种方式。用敏感药物可以在短时间内控制沙门氏菌感染。较长时间用药，对于控制沙门氏菌感染效果可能要好些，但是，成本会很高，长时间或超量应用抗生素，会导致沙门氏菌耐药菌株的产生和禽产品药残问题。因此，在选择药物前，最好先利用现场分离的菌株进行药敏试验。临床上常用的预防和治疗沙门氏菌感染的抗生素有阿莫西林、氨苄西林、卡那霉素、氟苯尼考、利福平、头孢噻肟、头孢拉啶、头孢曲松纳、硫酸新霉素、庆大霉素、硫酸黏杆菌素、氧氟沙星、诺氟沙星、环丙沙星、恩诺沙星、磺胺类药物、呋喃西林、多西环素和金霉素等。只有科学合理地使用药物，才能有效预防和控制家禽的细菌性疾病。

三、废弃物资源化利用

（一）畜禽粪便的处理

重金属作为畜禽养殖饲料添加剂的重要成分之一，随饲料进入动物体内后不会发生分解，除部分蓄积在某些器官外，大部分过量重金属元素随粪便进入自然环境，对土壤、水体、作物安全造成威胁。畜禽养殖废弃物重金属污染风险主要来自于生长必需的重金属元素，如 Cu、Zn、Mn，生物毒性显著的金属，如 Cd、Pb、Hg 等，以及类金属元素 As 等。目前应用较为广泛的削减畜禽排泄物中重金属含量的技术主

要有生物堆肥法和生物沥滤法。生物堆肥法中重金属污染控制的主要机理是利用畜禽废弃物有机物形态变化络合固定重金属。Hsu 和 Lo（2001）研究了猪场固体废弃物堆肥过程中 Cu、Mn、Zn 溶出性的动态变化，结果表明，堆肥产品中 Cu、Mn、Zn 主要以有机物结合态、固体颗粒态和有机物络合态存在，溶出风险显著降低。尽管生物堆肥法能在一定程度上和一定时期内减轻畜禽养殖废弃物重金属的危害，却不能从根本上消除重金属的潜在危害。生物沥滤法是利用硫氧化菌氧化作用和产酸活性使固相中存在的重金属溶解浸出，实现重金属有效去除的方法。Chen 和 Lin（2004）利用硫氧化菌生物沥滤法去除畜禽废水处理产生的剩余污泥中的重金属，结果发现，生物沥滤法可使大部分重金属沥出，其中 Cu、Zn 和 Mn 的溶出率达到 90% 以上。如何有效地处理和处置畜禽粪便，使其无害化、减量化和资源化也成为摆在我们面前的主要问题。

（二）废弃物资源化利用

堆肥技术是我国民间处理养殖场粪便，进而对其资源化利用的传统方法。基本上是利用自然环境条件，将作物秸秆与养殖场粪便一起堆沤发酵后作为农田肥料的。根据堆肥的原料和客观情况，可采用不同的发酵条件，如低温、中温、高温，进行堆肥。

1. 堆肥过程

堆肥主要是通过微生物对有机物的分解实现有机物的无机化，同时实现微生物自身的增殖，包含着堆肥材料的矿质化和腐殖化过程。一般利用堆肥温度变化来作为堆肥过程（阶段）的评价指标。堆肥可以分为升温、高温、降温和腐熟四个阶段。每个阶段都有不同的细菌、放线菌、真菌和原生动物起作用。

升温阶段主要是中温性微生物占优势。在发酵之前，肥料中就存在着各种有害的、无害的菌类，当温度和其他条件适宜时，各类微生物菌群开始繁殖，利用一定的养料和微生物来发展自己的群体。当温度达到 25℃时，中温性微生物菌类进入旺盛的繁殖期，开始活跃地对有机物进行分解和代谢。20h 左右温度就能升至 50℃，以芽孢菌和霉菌等嗜温好氧性微生物为主的菌类，将单糖、淀粉和蛋白质等易分解的有机物迅速分解。在供热和微生物消化过程中，热量不断积累，节省了消化时间。

高温阶段即当堆肥温度上升至 60～70℃时，中温性微生物受到了抑制或死亡，除了易腐有机物继续被分解外，一些较难分解的有机物，如纤维素、木质素也逐渐被分解，此时嗜热真菌、好热放线菌、好热芽孢杆菌等微生物的活动占了优势，腐殖质开始形成。当温度升至 70℃时，大量的嗜热菌类死亡或进入休眠状态，在各种酶的作用下，有机质仍在继续分解，热量会由于微生物的死亡、酶的作用消退而逐渐降低，温度低于 70℃时，休眠的好热微生物又重新活跃起来并产生新的热量，经过反复几次保持在 70℃的高温水平，腐殖质基本形成，堆肥物质初步稳定。

降温阶段即当高温持续一段时间以后，随着微生物活动的减弱，温度下降至 40℃左右，其中易腐熟的物质已成熟，剩下几乎大部分是纤维素、木质纤维素和其他稳定物质，这些物质不需要预先加以分解，土壤更有利于其完全分解。

腐熟阶段即当有机物大部分已经分解和稳定以后，温度下降，为了保持已形成的腐殖质和微量的氮、磷、钾肥等，应使腐熟的肥料保持平衡，使有机成分处于厌氧条件下，防止出现矿质化。

2. 堆肥过程的影响因素

堆肥过程中微生物的活动程度直接影响堆肥周期与产品质量。因此堆肥过程的控制参数主要是与微生物生长有关的因素（表6-3）。

表6-3　影响堆肥过程的主要参数

堆料	调理剂与膨胀剂	含水量/%	通气状况	温度/℃	初始碳氮比	初始碳磷比	初始pH
有机废物	一定孔隙率及强度	45～65	O_2的含量为气体体积的15%～20%	45～65	25～30	75～150	5.5～8.0

（1）含水量

水分是微生物生存繁殖的必需物质，而且由于吸水软化后的堆肥材料易被分解，水分在堆肥中移动时，可使菌体和养分向各处移动，有利于腐熟均匀，再则，水分还有调节堆内通气的作用。一般认为含水量控制在45%～65%，但有研究表明，堆肥合适的水分含量一般控制在60%～80%为佳。

（2）通风供氧

堆肥需氧的多少与堆肥材料中有机物含量息息相关，堆肥材料中有机碳越多，其好氧率就越大。堆肥应掌握前期适当通气后期嫌气的原则。堆肥分解初期，主要是好气性微生物的活动，需要良好的通气条件。如果通气不良，好气性微生物受到抑制，堆肥腐熟缓慢；相反，通气过盛，不仅使堆内水分和养分损失过多，而且造成有机质的强烈分解，对腐殖质的积累也不利。因此，堆置前期要求肥堆不宜太紧，设通风沟等。后期嫌气有利于氧气保存，减少挥发损失，因此要求将肥堆适当压紧或塞上通风沟等。一般认为，堆体中的氧含量应保持在8%～18%。氧含量低于8%会导致厌氧发酵而产生恶臭；氧含量高于15%，则会使堆体冷却，导致病原菌的大量存活。

（3）碳氮比和碳磷比

为了使参与有机物分解的微生物营养处于平衡状态，堆肥碳氮比应满足微生物所需的最佳值25～35，最多不能超过40。猪粪碳氮比平均为14，鸡粪为8。单纯粪肥不利于发酵，需要掺和高碳氮比的物料进行调节。P是磷酸和细胞核的重要组成元素，也是生物能ATP的重要组成部分，一般要求堆肥料的碳磷比在75～150为宜。

（4）温度

温度的作用之一是影响微生物的生长，一般认为，高温菌对有机物的降解效率高于中温菌的降解效率，现在的快速、高温、好氧堆肥正是利用了这一点。初堆肥时，堆体温度一般与环境温度相一致，经过中温菌1～2d的作用，堆肥温度便能达到高温菌的理想温度50～65℃。在这样的高温下，一般堆肥只需5～6d即可达到无害化。过低的温度将大大延长堆肥达到腐熟的时间，而过高的堆温（大于 70℃）将对堆肥微生物产生有害影响。

（5）接种剂

向堆肥中加入分解较好的厩肥或加入占原始材料 10%～20% 的腐熟堆肥能加快发酵速度。在堆置过程中，自然形成了参与有机废弃物发酵以及从分解产物中形成腐殖质化合物的微生物群落。可通过有效的菌系选择，从中分离出具有很大活性的微生物培养物，建立人工种群——堆肥发酵素母液。

（6）酸碱度

微生物的降解活动，需要微酸性或中性的环境条件。一般要求原料的 pH 为 6.5。好氧发酵有大量铵态氮生成，使 pH 升高，发酵全过程均处于碱性环境，高 pH 环境的不利影响主要是增加氮素损失。工厂化快速发酵应注意抑制 pH 的过高增长，可通过加入适量化学物质作为保护剂，调节物料酸碱度。若利用秸秆堆肥，由于秸秆在分解过程中能产生大量的有机酸，因此需要添加石灰中和。

（三）生物发酵床清洁养殖技术

生物发酵床清洁养殖工艺是根据微生态理论，利用生物发酵技术，在畜禽舍内铺设锯末、谷壳等有机垫料，添加微生物菌制剂降解畜禽粪尿，结合益生菌拌料饲喂，构建畜禽消化道及生长环境的良性微生态平衡。该技术以发酵床为载体，将畜禽所排出的粪尿在畜禽舍内吸附并经微生物迅速发酵降解，实现畜禽排泄物的无害化、减量化、资源化利用。

1. 材料的准备及要求

垫料制作是生物发酵床清洁养殖技术的重要环节，垫料所用最大宗的原料为农作物下脚料如谷壳、秸秆、锯末等。需少量的米糠、生猪粪及生物活力素Ⅰ号。

垫料中的谷壳或秸秆主要起蓬松作用，使得垫料中有充足的氧气，锯末主要是提高垫料的保水性及耐腐烂持久性，米糠及畜禽排泄物则是提供微生物营养、促进生物活力素中微生物发酵和被激活。

在垫料中添加生物活力素Ⅰ号后，有益微生物大量繁殖形成优势菌群，抑制病菌生长，提供健康养殖的微生态环境，同时迅速分解猪的排泄物，防止污染、消除臭味。配合在饲料中添加生物活力素Ⅱ号，可以促进饲料消化吸收、提高饲料转化率，减少疾病发生，并降低猪粪中营养物（Ca、P、氨态氮等）及臭味因子排放量。

应保障垫料原材料的质量。不得使用经防腐剂处理的锯末，如三合板、高密板材等锯下的锯末，锯末中应防止带有铁钉、玻璃碴等可能造成畜禽损伤的物品。米糠质量要好，不用酸败变质的米糠。若使用秸秆等农副产品代替谷壳和锯末，需事先切成8～10cm 长度或粉碎。

2. 材料配比

生猪舍发酵床清洁养殖模式材料配比如表 6-4 所示。

表 6-4　垫料材料的配比

原料	谷壳/%	锯末/%	鲜猪粪/%	米糠/(kg/m³)	生物活力素Ⅰ号/(g/m³)
比例	50	40	10	2	200

注：冬季应将畜禽排泄物和米糠的比例提高1倍

3. 垫料的制作方法和步骤

第一，根据上表，按发酵床体积大小，计算出所需要的谷壳、锯末、米糠以及生物活力素Ⅰ号的用量。

第二，采用逐级混合的方法，将所需的米糠与生物活力素Ⅰ号混合拌匀。

第三，将原料按谷壳、锯末、鲜猪粪、米糠与生物活力素Ⅰ号混合物由下到上的顺序倒入发酵坑，用铲车等机械或人工将其反复翻堆充分混合搅拌均匀。边翻堆搅拌边喷洒水，调节水分，使垫料水分达到45%~50%（以外观湿润但手握疏松不成团为度，注意不要过量）。

第四，将搅拌混合均匀后的垫料堆积起来发酵。堆积好后将表面铺平，适当按压，再用包装袋覆盖周围保温。垫料堆积发酵共10d，中间翻堆一次，以将表层垫料翻埋到深部发酵。

第五，第二天起，选择垫料不同部位监测30cm深处温度变化。温度逐渐上升，第二天可达到40℃，以后最高可达到70℃左右，一周后又缓慢下降至40~45℃，若温度趋于稳定，则说明垫料发酵成熟。

第六，10d后，当物料摊开，若气味清爽、没有粪臭味，说明垫料完全发酵成熟，即可将垫料铺开进猪舍（如果出现氨臭，温度仍然很高，说明未完全发酵成熟，应继续发酵）。

第七，若垫料堆积一周后还不发酵（温度没有上升），要分析材料的质量是否符合要求，是否含防腐剂、杀虫剂，生物活力素Ⅰ号是否保存不良而失活变质。此外，要检查垫料的水分是否过高或不足。若垫料堆积一周后温度上升，但有臭味，是因为垫料水分过高，造成厌气发酵；可加入谷壳、锯末、米糠与生物活力素Ⅰ号的混合物并与原垫料充分搅拌混匀以使水分达到规定要求，再重新堆积发酵。

第四节　城郊畜牧业布局与区域环境承载力

一、城郊畜牧业布局

由于城市及工矿区人口对肉、禽、蛋、乳等畜禽产品的需求量的增加，城市范围的不断扩大，城市与周边畜牧场间的隔离带不断缩小，规模化、集约化畜禽生产及加工对环境污染带来了严重威胁。畜禽养殖业所产生的环境污染问题不仅完全可以通过技术手段来解决，在一定区域范围内优化畜禽相关产业的布局亦可以达到优化环境的目的。因此，合理规范大中城市的畜牧业布局对于保持现代城郊畜牧业的功能及其可持续发展无疑具有重要意义。

（一）城郊畜牧业布局的原则

城郊畜牧业的发展规模不仅要与城镇、工矿区的发展速度和规模相适应，而且在布局上要坚持有利于建立兽医生物安全体系的原则。兽医生物安全体系的建立亦是预防各种传染病的前提，其内容主要包括动物及其养殖环境的隔离，人员、物品流动的控制及疫病控制等。从广义上来说包括用以切断病原体传入途径的所有措施。

其次，对城郊畜牧业的布局安排要坚持使之与周围生态环境系统的承载力相适应的原则。生态环境系统在一定范围内、一定条件下具有自我调节能力，但如果外界的干扰过大，超出生态环境系统本身的调节能力，生态环境系统的平衡就会被破坏，这个临界值称为环境的生态阈值。城郊畜牧业与周边生态环境紧密相连，建立与周边生态环境系统承载力相适应的城郊畜牧业有助于减轻畜牧业对自然资源与环境的压力，符合生态平衡、生态阈值原理及循环经济规律。

此外，对城郊畜牧业的布局安排应坚持调整结构、高效优质生产和种养结合的原则。城郊区域畜牧业布局要按照城市经济发展规划和城镇布局规划的要求，积极推进畜牧业内部结构调整，确定优先发展的主导产业和特色产业。按照从城郊平原向山区丘陵和沿海滩涂、从沿村沿河向农业生产区、从市内向市外转移的原则，确定禁养区、限养区和可持续发展区来优化优势产品区域布局。按照生态农业的要求，畜禽养殖规模和排泄物利用应同周边土地容量相适应，以规模畜禽场和养殖小区建设为抓手，大力推进畜牧业适度规模经营，加快发展良种化、标准化、优质化和生态化生产；同时，按照一定的种植面积（包括农作物、林地等）配套一定的畜禽养殖数量要求，在农业产业基地种植业和林业基地建设中，配套建设一批畜禽规模养殖场，并形成城郊区域特色的畜牧业产业体系。

（二）城郊畜牧业优化布局的措施

1. 完善政策法规，加强宏观调控

根据我国城郊畜牧业发展的实际情况，结合国家畜牧业发展规划，因地制宜，适时制定禁养区、限养区和可持续发展区。其中禁养区包括饮用水水源保护区，风景名胜区，自然保护区的核心区和缓冲区，具有特殊经济文化价值的水体保护区；城镇居民区，文化教育科学研究区以及其他人口集中区域；法律、法规规定的其他禁养区域。限养区包括城市拓展区、城市发展新区和生态涵养保护区中的城乡发展土地利用规划区域，已有养殖随着城市发展进程逐步退出。可持续发展区在城市发展新区围绕农田和园地建设，在生态涵养发展区围绕农田、园地、荒地荒山和造林绿化建设，实施种养结合，重点发展畜禽良种、标准化规模养殖、生态养殖、特色养殖。在城郊畜牧业再布局中相关部门应认真贯彻执行《环境保护法》、《畜禽养殖污染防治管理办法》、《畜禽养殖业污染物排放标准》、《土地法》、《森林法》、《水污染防治法实施细则》及《建设项目环境保护条例》等规定。

2. 因地制宜,科学布局

城郊畜牧业再布局应根据我国城市分布、交通条件与人口密度状况,因地制宜,科学布局。在省地级以上大城市,畜牧场及畜禽屠宰加工厂应与城市相隔 50km 以上,在城市郊区应禁止饲养畜禽及屠宰畜禽;县级中小城市与养殖场及畜禽屠宰厂的距离应在 30km 以上。原有畜牧场撤离的位置要根据城市发展长期规划选定,避免重复搬迁。

3. 加大资金与技术投入,加强政策扶持

在国家层面上要加快制定相应的产业政策,在充分论证的前提下规定合理的区域载畜(禽)量,引导社会生产力要素向有利于生态畜牧业建设的方向发展。在清洁型生态畜牧业建设之初,政府应在科技和资金投入上加大力度。对生态型畜牧业生产进行积极引导和扶持。其他如信贷、工商、税务等部门在政策上要给予其优惠和支持;鼓励从国内外企业、社会和民间等多渠道筹集资金,投入洁净型、环保型生态畜牧业建设,并在财政上给予补贴。同时应充分利用各种媒体手段,进行多层次和多形式的宣传与教育,在全社会形成建设清洁型与环保型生态畜牧业的良好氛围。并对在环境整治和生态建设中作出突出贡献的单位与个人给予奖励。在教学、科研及推广单位大力进行对生态畜牧业理论及实用技术的研究与推广,提升科学技术在生态畜牧业建设中的贡献率。

二、区域畜牧业环境承载力

(一)区域畜牧业环境承载力

区域畜牧业环境承载力是指在某一时期、某种环境状态下,某一区域环境对畜牧业生产经济活动支持能力的阈值,也可称为区域环境容量(王东华,1988)。其理论根据是环境资源的有效极限规律。区域畜牧业环境容量受发展变量与限制变量的影响(曾维华,1998)。发展变量是畜牧业活动对环境作用的强度。而限制变量则是环境条件的一种表示,指环境状况对畜牧业活动限制作用的表现。

在地域系统中,环境容量变化具有明显的地带性规律与地区性差异(王民良和曹健,1996)。区域畜牧业环境容量可分为整体环境单元容量和单一环境要素容量(曾光明和杨春平,1994)。若根据单元环境要素划分,可分为大气环境容量、水环境容量(其中包括河流、湖泊和海洋环境容量)、土壤环境容量和生物环境容量等。若按照某单元污染物划分,又可分为有机污染物(包括易降解的和难降解的)环境容量、重金属与非金属污染物环境容量。

1. 区域畜牧业环境容量的特征

(1)客观存在性

区域畜牧业环境容量是一客观的量,对于某一区域而言具有满足畜牧业生产需求的支持能力，通过与外界的物质、能量及信息交换来保持其结构和功能的相对稳定。只要环境系统结构不发生本质变化，区域的畜牧业环境容量在质和量上总是客观、稳定的。

（2）不确定性

区域畜牧业环境容量的不确定性是指用于衡量环境容量的畜牧业生产活动在很大程度上取决于主观因素，难以实现客观精确判断，造成环境容量的模糊不确定性。另一方面，影响区域环境容量的因素始终随时间及周围条件（如科技水平等）的变化而随机变化，从而造成环境系统结构和功能改变，使得环境容量也在不断发生变化。

（3）跨学科性

区域环境容量有着错综复杂的结构和多样性的表现，系统内外的多种结构联系、领域交叉、跨学科综合，单用一两种学科知识和方法是无法科学准确地解释研究环境容量的，所有介入的学科在研究过程的每一点上，都需要有紧密的联系和迅速的信息交流。

2. 城郊畜牧业环境容量评价指标

从畜牧业生产与周围环境的关系来看，二者之间存在一个相互作用的过程，畜牧业生产过程与周围水环境、大气环境及土壤环境密切相关。畜牧业生产活动产生的污染物通过土壤环境及水体环境的自净能力被清除。因此，这些环境因素或环境容量对畜牧业的支撑或限制作用是评价城郊畜牧业环境容量的主要依据。

（1）基于环境要素的评价指标

土壤环境容量（soil environmental carting capacity）：又称土壤负载容量，是一定土壤环境单元在一定时限内遵循环境质量标准，既维持土壤生态系统的正常结构与功能，保证农产品的生物学产量与质量，又不使环境系统污染超过土壤环境所能容纳污染物的最大负荷量。区域土壤环境容量高，则区域内畜牧业的容量就较高，反之则较低。

水环境容量：在衡量区域畜牧业环境容量时，不仅要考虑到土壤环境容量对畜牧业的影响，也要考虑区域水环境容量对畜牧业生产活动的影响。水环境容量是指一定水体在规定环境目标下所能容纳污染物的量（张永良等，2001）。其容量大小与水体特征、水质目标及污染物特性有关，同时水环境容量还与污染物的排放方式及排放的时空分布有密切的关系。水环境容量是客观存在的，它与现状排放及使用功能无关，只与水量和自净能力有关。水环境容量包括稀释容量和自净容量。

（2）基于污染物要素的评价指标

由于土壤养分盈余是与农业生产密切相关的环境质量指标，在生产上也常用其（如 N 和 P）作为环境容量的评价指标。目前欧盟许多国家已将农场尺度的 N 收支是否平衡作为监测农业环境的一个重要工具（Ulen et al.，2007）。为了控制畜禽粪便污染，欧盟委员会将投入农田的粪便 N 作为评价 N 环境污染的一个指标，并确定其最高投入限额为 $170kg/(hm^2 \cdot a)$ （Scröder et al.，2003）。德国规定农田 N 的最高施用量为 $240kg/(hm^2 \cdot a)$ （de Haan et al.，1997）。还有一些国家同时制定了每年粪便 P 的施用限量（Scröder et al.，2004），如挪威、瑞典和爱尔兰分别规定每年粪便 P 的最高施用量为35kg/（hm² · a）、22kg/（hm² · a）和40kg/（hm² · a）（Ulen et al.，2007），欧盟规定维持饮用水中的P_2O_5低于5000μg/L（de Haan et al.，1997）。

（二）区域畜牧业环境容量计算

1. 区域畜牧业环境容量指标体系

（1）区域畜牧业环境容量指标体系建立原则

完整的指标体系是分析研究区域畜牧业环境容量或承载力的根本条件和理论基础。这一指标体系是由一组既相互联系，又相互独立，并能采用量化手段进行定量化的区域畜牧业环境系统与区域社会经济发展指标因子所构成的有机整体。建立区域畜牧业环境指标体系过程中对各项指标的选择应遵循区域性、科学性、规范性和实用性原则。

（2）区域畜牧业环境容量指标体系一般内容

区域畜牧业环境容量指标体系中的指标因子可分为发展类变量因子（即对区域畜牧业经济活动起支持作用的环境资源条件）和限制类变量因子（即对区域畜牧业经济发展起限制作用的区域环境条件指标，通常用区域畜牧业发展规模大小来描述）。这两类指标因子分别表示成为N维和M维的空间矢量，即

$$D_i = (D_1, D_2, D_3, \cdots, D_n) \tag{6-1}$$

$$R_j = (R_1, R_2, R_3, \cdots, R_m) \tag{6-2}$$

式中：D_i（$i = 1, 2, 3, \cdots, n$）、R_j（$j = 1, 2, 3, \cdots, m$）分别为两类指标因子中的各个元素。两类指标所构成的$M + N$维空间矢量，综合表征了区域畜牧业环境容量，当统一量纲后，$M + N$维空间矢量模型的大小即是区域畜牧业环境容量的大小。

2. 区域畜牧业环境容量计量模型

（1）指标因子关联度模型

区域畜牧业环境系统中各要素之间相互联系、相互影响，共同支持和限制区域畜牧业经济活动的开展。在分析区域畜牧业环境容量大小时，应弄清各指标项对区域畜牧业环境容量影响程度的大小，即需进行灰色关联分析。通过灰色关联度分析，可分析出各项指标对区域畜牧业环境容量影响程度的大小。在实践中，从提高区域环境容量的角度，应尽可能对关联度大的指标因子进行改善，使其朝有利于提高区域环境质量方向发展。

（2）灰色关联度分析

采用灰色系统理论中的灰色关联度分析法可求得各项指标的关联度。先确定各项指标不同年份的实测值并作为比较数据列$X_{i(j)}$（$i = 1, 2, \cdots, N; j = 1, 2, \cdots, n$），再根据区域畜牧业环境目标，确定各项指标的上限值作为参考数据列，再按灰色关联度计量公式求出各项指标的灰色关联度。

（3）指标的灰色预测

根据已有各项指标不同年份的原始数据，构成指标体系中各项指标的数据列$\{X_{j(i)}^{(0)}\}$（$i = 1, 2, 3, \cdots, n; j = 1, 2, 3, \cdots, m; i$代表年份，$j$代表指标数），按照Grey Model

（1，1）模型预测相应年份各项指标的数据列。

（4）区域畜牧业综合环境容量评估模型

由于表征区域畜牧业环境容量的指标量纲不同，需要先对指标进行归一化处理，并将对总得分起促进作用的指标记为正指标，反之记为负指标，以使归一化后具有同向性。当 X_{ij} 分别为正、负指标时：

$$X_{ij} = \begin{cases} 100 \times X_{ij}/X_{i\max} & \text{当 } X_{ij} \text{ 为负作用指标} \\ 100 \times X_{ij}/X_{i\min} & \text{当 } X_{ij} \text{ 为正作用指标} \end{cases} \tag{6-3}$$

式中：i 为变量；j 为年份；$X_{i\max}$、$X_{i\min}$ 分别为 X_{ij} 在理想状态下的顶点坐标。

区域畜牧业环境容量就是将发展变量与限制变量根据相应权重综合计算所得的值。各年度区域畜牧业环境容量数据公式可用下式表示：

$$EC = \sum_{i,j=1}^{n} X_{ij} W_i \tag{6-4}$$

式中：EC 为区域畜牧业环境容量的大小；W_i 为 X_{ij} 的权重。

因实际区域畜牧业环境容量与理想的区域畜牧业环境容量存在偏差，根据其值可以确定区域畜牧业环境容量是否处于超载状态，应用数学上的余弦定理，规定实际的区域畜牧业环境容量（real-life environment capacity）计算公式为

$$REC = EC \times \cos\theta \tag{6-5}$$

式中：REC 为实际的区域畜牧业环境容量；θ 为实际区域畜牧业环境容量与该区理想状态下的区域畜牧业环境容量之间的夹角。

$$\cos\theta = \frac{\sqrt{\sum_{i=1}^{n} X_{i\max}^2 \times \sum_{i=1}^{n} X_{i\min}^2}}{\sum_{i=1}^{n} X_{i\min} \times X_{i\max}} \tag{6-6}$$

（三）城郊畜牧业环境承载力评估实例

根据养分平衡理论对城郊农田系统的 N、P 收支状况进行分析评价，并且基于农田系统 N、P 盈余数量分析确定有利于区域环境健康的畜禽养殖生态承载量，对解决我国区域畜禽规模化养殖所引发的环境问题无疑具有重要现实意义。"十一五"期间，选择我国北方禹城试验区及南方桃源试验区作为小试验区域进行的不同典型种养结合区农田系统氮素和磷素收支与平衡分析表明，化肥氮素投入的增加和粪便 N 产出量的增加是引起我国北方禹城试验区及南方桃源试验区农田系统氮素盈余量增长的主要原因；而粪便 P 和化肥 P 的增长是引起禹城试验区近 10 年来农田系统磷素盈余量不断增长的主要原因。在我国南方桃源试验区，2002 年以前试验区农田系统氮素盈余量的增长主要是源于化肥 P 和粪便 P 增长速度超过了农田输出 P 增长速度。而自 2002 年以来，农田系统 P 盈余量呈现下降趋势，这主要是源于投入化肥 P 和承载粪便 P 双双出现了下降，且农田产出 P 却呈逐年增加趋势。

对不同种养结合区农田系统畜禽承载容量的分析表明，基于农田 N 收支状况来看，禹城有一半以上乡镇的耕地畜禽承载量已接近甚至超过其耕地的畜禽容量，存在较大

的环境风险；而基于农田 P 收支状况来看，禹城大部乡镇还没有达到其耕地承载畜禽的最大容量，还有一定的畜禽粪便消纳能力。当施用的禽粪便 N 为农田施用 N 的 30% 时，禹城全区平均耕地畜禽负载指数均已经接近 1.0 或大于 1.0，甚至超过 2.0，已对环境构成严重威胁。而当施用的粪便 P_2O_5 占农田总施用 P_2O_5 的 30% 时，有 58% 以上的乡镇的耕地畜禽负载指数超过了 1.0。禹城地区今后在制定减少农田环境污染对策时，应首先考虑农田 N 收支及粪便 N 的有效管理，通过适当减少化肥用量增加对畜禽粪便的施用转化数量，根据农田对粪便 N 的消纳力确定适宜的养殖规模与畜禽结构，同时，在乡镇之间加强粪便产出与施用的合理调配管理。

而在我国南方的桃源试验区，基于 N 收支的农田粪便消纳能力和耕地畜禽承载容量明显高于基于 P 收支状况的农田粪便消纳力和畜禽承载容量。无论是基于农田 N 收支还是基于农田 P 收支，桃源大部分乡镇的耕地畜禽容量还没有达到其最高容量，还有一定的畜禽粪便消纳能力。桃源地区今后在制定减少农田环境污染对策时，应首先考虑农田 P 收支及粪便 P 的有效管理，通过适当减少化肥用量增加对畜禽粪便的施用转化数量，根据农田对粪便 P 的消纳力确定适宜的养殖规模与畜禽结构，同时，在乡镇之间亦应加强粪便产出与施用的合理调配管理。

对基于农田 N 收支的不同区域种养结合生态经济模式的分析表明，当生猪养殖不受条件和资金限制时，禹城市的种养结合模式产值从高到低依次为小麦/玉米—猪、蔬菜—猪、水果—猪、蔬菜—奶牛结合模式；但是，当生猪养殖受养殖条件和资金限制，养殖规模在 10 头/hm^2 以下时，耕地产值较高的依次是蔬菜—猪、蔬菜—奶牛和小麦/玉米—猪三种种养结合模式。而在桃源试验区，主要种养结合模式效益从高到低依次为稻/稻—生猪和苎麻—猪两种种养结合模式及茶叶—猪结合模式，蔬菜—猪、油料—猪、水果—猪三种结合模式的耕地产值差异不大。但当受养殖条件和资金限制，养殖规模在 20 头/hm^2 以下时，则耕地产值较高的依次是茶叶—猪、蔬菜—猪和稻/稻—猪三种种养结合模式。

对基于农田 P_2O_5 收支的不同区域种养结合生态经济模式的分析表明，在农田 P 平衡条件下达到适宜承载量时，禹城试验区目前几种主要种养结合模式产值较高的为蔬菜—猪、小麦/玉米—猪两种模式。当生猪养殖规模受条件和资金限制，达不到 10 头/hm^2 时，则耕地产值较高的属蔬菜—奶牛、蔬菜—猪和小麦/玉米—奶牛三种种养结合模式。而在桃源县几种主要种养结合模式中产值较好的是稻/稻—猪和茶叶—猪两种模式，其次是苎麻—猪和蔬菜—猪两种模式；当生猪养殖规模不足 10 头/hm^2 且受养殖条件和资金限制时，耕地产值较好的前三种模式则是茶—猪、蔬菜—猪和稻/稻—猪。

参 考 文 献

陈杖榴，吴聪明，蒋红 . 2005. 兽用抗菌药物耐药性研究概况 . 四川生理科学杂志，27（4）：177～180

邓敦 . 2007. 低蛋白日粮补充必需 AA 对猪营养生理效应的研究 . 长沙：中国科学院亚热带农业生态研究所博士学位论文

丁迎伟，周岩民，刘文斌．1999．控制动物排泄物对环境污染的对策．粮食与饲料工业，（8）：15～17

黄冠庆，安立龙．2002．运用营养调控措施降低动物养殖业环境污染．家畜生态，23（4）：29～34

黄菊．2009．淀粉消化速率对断奶仔猪 AA 代谢的影响．长沙：中国科学院亚热带农业生态研究所硕士学位论文

黄瑞林，印遇龙，戴求仲等．2006．采食不同来源淀粉对生长猪门静脉养分吸收和增重的影响．畜牧兽医学报，37（3）：262～269

金立明，生宝强．2004．饲用微生物添加剂的研究与应用进展．北华大学学报：自然科学版，5（3）：270～272

孔源，韩鲁佳．2002．我国畜牧业粪便废弃物的污染及其治理对策的探讨．中国农业大学学报，7（6）：92～96

林雪峰．2007．中药饲料添加剂对半放养优质鸡保健功能及其机理研究．福州：福建农林大学硕士学位论文

毛盛勇．2000．甘露寡糖在动物生产中的应用研究．饲料研究，（9）：10～12

沈慧乐．1991．从根除种鸡群的病毒着手控制淋巴细胞性白血病．养禽与禽病防治，（4）：22，28～29

申跃宇，尹佩辉，莫放．2009．菜子饼（粕）的抗营养因子及其对奶牛生产的影响．中国草食动物，29（2）：49～51

孙明梅．2007．中草药饲料添加剂对哺乳母猪生产性能的影响．吉林：延边大学硕士学位论文

王东华．1988．环境容量．长春：东北师范大学出版社

王顺祥．2007．生长猪最佳真可消化 Ca/P 比的确定及高钙对氮、磷和微量元素利用的影响．长沙：中国科学院亚热带农业生态研究所博士学位论文

王民良，曹健．1996．上海市大气环境承载力研究．上海环境科学，15（4）：16～20

席运官，王涛．2008．太湖流域发展有机农业控制面源污染的可行性分析．农业环境与发展，25（5）：5～8

夏道伦．2003．饲料质量对畜产品品质的影响．饲料世界，（110）：8～9

邢广林，李同树，刘翠艳等．2007．甘露寡糖、中药和微生态制剂对肉鸡抗氧化性能的影响．家畜生态学报，28（1）：47～51

熊家林．2001．饲料添加剂．北京：化学工业出版社

许梓荣，胡彩虹．2003．寡果糖对肥育猪生长性能、肠道菌群和免疫功能的影响．中国兽医学报，23（1）：69～71

叶小梅，常志州，陈欣等．2007．畜禽养殖场排放物病原微生物危险性调查．生态与农村环境学报，23（2）：66～70

易中华，瞿明仁．2001．畜产品品质与饲料配方．江西饲料，（4）：15～17

曾光明，杨春平．1994．城市开发区区域大气、水环境容量的计算及管理．环境与开发，9（4）：354～378

曾维华．1998．环境承载力理论及其在湄洲湾污染控制规划中的应用．中国环境科学，18（1）：70～73

张欣．2001．减毒沙门氏菌活疫苗研究现状及其在家禽业的应用．中国家禽，23（20）：44～46

张永刚．2006．生长猪真可消化磷需要量的研究．长沙：中国科学院亚热带农业生态研究所硕士学位论文

张永良．2001．水环境容量综合手册．北京：清华大学出版社：51～62

张云，刘燕，张强等．2010．饮用水标准中病毒指标应用现状及研究进展．中国公共卫生，26（5）：540～542

张运涛，谷文英．1999．酵母多糖对雏鸡肠道微生物区系调控作用的研究．粮食与饲料工业，（7）：

37~38

张子仪. 1997. 规模化养殖业及饲料工业中的生态文明建设问题. 饲料工业, 18 (9): 1~4

中华人民共和国国家统计局. 2009. 中国统计年鉴. 北京: 中国统计出版社

周庆举. 2008. 药物饲料添加剂销售模式研究. 四川: 四川农业大学硕士学位论文

Adela O, Lawrence B V, Sutton A L, et al. 1995. Phytase-induced changes in mineral utilization in zinc-sup-plemented diets for pigs. J Anim Sci, 73: 3384~3391

Apgar G A, Kornegay E T, Lindemann M D, et al. 1995. Evaluation of copper sulfate and a copper lysine complex as growth promoters for weanling swine. J Anim Sci, 73: 2640~2646

Chandler D S, Farran I, Craven J A. 1981. Persistence and distribution of pollution indicator bacteria on land used for disposal of piggery effluent. Appl Environ Microbiol, 42: 453~460

Chen S Y, Lin J G. 2004. Bioleaching of heavy metals from livestock sludge by indigenous sulfur-oxidizing bac-teria: effects of sludge solids concentration. Chemoshere, 54: 283~289

de Haan C, Steinfeld H, Blackhurn H. 1997. Livestock & the environment—Finding a balance. Fressingfield, United Kingdom: WRENmedia

Gerba C P, Mcleod J S. 1976. Effect of sediments on survival of escherichia-coli in marine waters. Appl Environ Microbio, 32: 114~120

Harvey R W, Mayberry N, Kinner N E, et al. 2002. Effect of growth conditions and staining procedure upon the subsurface transport and attachment behaviors of a groundwater protest. Appl Environ Microbio, 68: 1872~1881

Henning S, Pierre G, Tom W, et al. 2006. Livestock's long shadow: environment issues and options. Rome, Italy: Food and Agriculture Organization of the United Nations

Hooda P S, Truedale V W, Edwards A C, et al. 2001. Manuring and fertilization effects on phosphorus accu-mulation in soils and potential environment implications. Adv Environ Res, 5: 13~21

Hsu J H, Lo S L. 2001. Effect of composting on characterization abd leaching of copper, managanese, and zinc fron swine manure. Environ Pollut, 114: 119~127

Islam M, Doyle M P, Phated S C, et al. 2005. Survival of *Escherichia coli* O157 H7 in soil and on carrots and onions grown in field treated with contaminated manure composts or irrigation water. Food Microbiol, 22: 63~70

Jjemba P K. 2002. The potential impact of veterinary and human therapeutic agents in manure and biosolids on plants grown on arable land: a review. Agr Ecosyst Environ, 93: 267~278

Nielsen K M, Bones A M, van Elsas J D. 1997. Induced natural transformation of *Acinetobacter calcoaceticus* in soil microcosms. Appl Environ Microbiol, 63: 3972~3977

Ohno T, Crannell B S. 1996. Green and animal manure-derived dissolved organic matter effects on phosphorus sorption. J Environ Qual, 25: 1137~1143

Oyofo B A, Droleskey R E, Norman J O, et al. 1989. Inhibition by mannose of in vitro colonization of chicken small intestine by Salmonella typhimurium. Poult Sci, 68: 1351~1356

Scröder J J, Aarts H F M, ten Berge H F M, et al. 2003. An evaluation of whole-farm nitrogen balances and related indices for efficient nitrogen use. Eur J Agron, 20: 33~44

Scröder J J, Scholefield D, Carbal F, et al. 2004. The effects of nutrient losses from agriculture on ground and surface water quality: the position of science in developing indicators for regulation. Environ Sci Policy, 7: 15~23

Sengeløv G, Agersø Y, Halling-Søvensen B, et al. 2003. Bacterial antibiotic resistance levels in Danish farmland as a result of treatment with pig manure slurry. Environ Int, 28: 587~595

Smith V H, Tilman G D, Nekola J C. 1999. Eutrophication: impacts of excess nutrient inputs on freshwater, marine, and terrestrial ecosystems. Environ Pollut, 100: 179~196

Tim P. 2002. The Interplay Between Building Components. Lyngby, Denmark: The National Museum of Denmark, Brede

Ulen B, Bechmann M, Fölster I, et al. 2007. Agriculture as a phosphorus source for eutrophication in the north-west European countries, Norway, Sweden, United Kingdom and Ireland: a review. Soil Use Manage, 23: 5~15

Vervoot R W, Radcliffe D E, Cabrera M L, et al. 1998. Nutrient losses in surface and subsurface flow fron pasture applied poultry litter and composted poultry litter. Nutr Cycl Agroecosys, 50: 287~290

第七章　城郊区安全高效农业生产模式

第一节　城郊区安全高效农业概述

一、城郊区安全高效农业的内涵和特征

城郊区安全高效农业是指在介于城市与农村之间的过渡区域内通过运用现代科学技术，充分合理利用自然资源，实现农产品质量安全、土壤质量健康、生态环境安全和农业生产高效化的一种可持续发展的农业体系。

城郊区安全高效农业的主要特征包含：①农产品质量与农业生态环境安全，针对我国城郊区人口密集、农业生产集约化程度高、化肥和农药过量使用而导致农业生态环境和农产品品质下降等突出问题，通过集成和应用国内外相关科学技术和产品，控制和优化农业资源（化肥、农药等）的分配和使用，健全和实施农业标准化生产体系，确保农产品质量符合国家标准、土壤肥沃和农业生态环境安全；②农业生产高效化，在城郊农业具有市场、交通、信息和技术等多种优势的背景下，农业高效生产呈规模化、产业化、专业化、集约化和多元化等发展趋势；农产品生产以市场为导向，以名、优、特为主线，农业资源得到高效利用，达到经济效益高的目标。

二、国内城郊区安全高效农业的发展现状

（一）城郊种植业的发展现状

1. 种植业基本情况及面临的问题

我国城郊区耕地面积超过 3000 万 hm^2，约占总耕地面积的 30%。种植业是城郊农业中最大的产业，制约着城郊农业的发展。随着城市化的进程，城郊人口不断增加，人均耕地面积随之减少，农业种植业集约化程度增加。城郊种植模式呈现多元化，包括粮食、蔬菜、水果、花卉、苗木等，而产业化水平低，仍然是以传统的农户生产模式为主。

目前，我国城郊种植业问题突出，仍然是以强调生产功能为主导，片面追求高的经济效益，严重忽视生态环境保育功能。主要问题表现在以下几个方面。

1）现代科学技术应用水平低下，环保意识薄弱。城郊种植业模式仍然以传统经验种植为主，种植水平差，规模化和产业化水平低下，农民科技素质较低，先进的科学技术和管理技术没有得到广泛的推广应用；同时，农民的环保意识薄弱，忽视了生产过程带来的生态环境问题。

2) 化肥、农药的大量投入。由于农民盲目地追求经济效益，过度地依赖化肥和农药，造成了土壤养分不均衡富积、土壤养分供应不平衡和作物生理缺素，还给环境带来巨大的污染负荷。例如，长江三角洲地区农田化肥施用量一直居高不下，江苏、浙江、上海环太湖的一些县市，化肥施用量均在 500kg/hm^2 以上；华中地区城郊 30% 以上的土壤高 N、富 P，平均硝态氮含量达 150mg/kg 以上，有效磷含量超过 200mg/kg。

3) 农产品质量问题突出。化肥、农药的大量使用，给环境造成的污染反过来又给农产品的安全构成严重威胁，农产品中重金属含量、硝酸盐含量、农药残留量等严重超标。调查显示，我国大部分城郊区的蔬菜受到不同程度的重金属污染，其中以 Cd、Pb 污染最为普遍，尤其是 Cd 污染最为严重；由对国内几大城市群郊区富营养化土壤中生长的小白菜、大白菜等蔬菜硝酸盐含量的调查发现，几乎所有地点的蔬菜硝酸盐均超标，有的甚至高达 5000mg/kg。

2. 现有的主要种植模式分析

农业生产条件是农户生存、生产的基本保证，良好的生产方式和条件可以增加农户的经济收入，种植业等对农户经济收入具有重要的影响，不同的种植模式会直接导致不同的经济收入。农业生产受自然资源和气候条件的制约，但合理的农业生产模式有利于提高对农业资源利用的效率，是形成农业优势的必要条件。传统生产模式占较大的比例，仍然存在低安全、低效率等一系列问题。但是，针对农业、农村的自身特点及目前的发展态势，各区域也构建了一些优化、合理的农业生产模式，调整了农业产业结构，扩大了农业内需，有效配置了农业资源，一定程度上提高了农业生产效益，体现了城郊农业"安全"和"高效"的发展趋势。

（1）粮食种植模式

我国城郊区种植的粮食作物，南方以水稻为主，北方以小麦、玉米等为主。2000年以来，随着种植业结构的大幅调整，城郊区粮食种植面积大幅减少。至 2008 年，全国粮食作物种植面积较 2000 年减少 419.2 万 hm^2。北京、上海等城市粮经比例调整至接近 1:1，粮食品种结构在进一步地优化，北京、天津、沈阳等城市优质小麦面积已占小麦播种面积的 80% ~90%，70% 以上的单位生产的农产品被认为是优质安全食品，充分体现了城郊种植业朝着"安全优质"发展的趋势。

从种植模式来看，城郊粮食作物仍主要以散户的传统经验耕种为主，零星分布，规模较小，产业化程度低。不过，城郊区的经济条件优于远郊和农村，资金、技术等投入相对较大，种植业朝着"安全优质"发展的同时，生产效益也有一定程度的提升。

但是由于农民科技意识、种植规模、管理水平等方面的原因，传统经验种植还存在许多问题，限制了城郊种植业安全高效的发展。首先，对散户的农药、化肥的使用无法进行有力的监管，追求高的经济效益驱使农民大量使用化肥和农药；其次，部分未经安全处理的废弃物直接被投入到农田，给环境带来了严重的威胁，例如，华中丘岗地区，居民生活、养殖区多在丘岗，排泄的废弃物严重污染了低洼区的农田。其次，散户种植规模过小，人力、物力分散，降低了单位土地的产出，有的甚至造成土地荒芜浪费，资源的优化配置无法实现，经济效益低下，平均每年纯收入低于 15 000 元/hm^2。

（2）蔬菜种植模式

蔬菜是城郊种植业的主要农产品，随着"菜篮子工程"的实施，城郊区的蔬菜生产已具一定的规模和优势。2008 年，东北地区蔬菜种植面积达到 97.20 万 hm^2，华中地区蔬菜总种植面积达到 496.40 万 hm^2，北京、上海、重庆的蔬菜种植面积也分别达到 7.20 万 hm^2、13.60 万 hm^2、41.70 万 hm^2。

1）小农户生产和经营模式。此种模式仍是我国城郊蔬菜的主要种植模式，大城市郊区平均每个农户的种植面积为 0.1 ~ 0.3hm^2。由于对高的经济效益的追求，化肥和农药的大量投入促使蔬菜在一定时期内获得高产，平均每年产值可高达 75 000 ~ 120 000 元/hm^2。但是，小农户生产模式问题突出，追求高的经济效益驱使他们过分依赖化肥和农药，导致生产的蔬菜中硝酸盐含量、农药残留量和重金属含量超标等农产品质量问题频发，农产品质量安全得不到保障；农民科技意识薄弱，应用现代科学技术水平低，对复杂的市场需求应变能力不强。

2）协会＋基地生产模式。此种模式是在小农户生产基础上发展起来的一种新模式，协会给菜农提供技术咨询，同时监管基地肥料和农药的使用，对保障农产品和生产环境的安全及提高经济效益起了一定的作用。但是，目前我国城郊区协会＋基地生产模式种植面积占蔬菜总种植面积的份额较小，普遍还存在以下不足：协会对肥料和农药的使用监管力度不够，由于基地蔬菜复种指数高于小农生产，大量肥料和农药被投入环境，土壤和水体环境中富营养化严重，蔬菜品质较差，限制了蔬菜产值的提高；此外，国家资金投入不够，农民科技意识、产业化意识薄弱也都限制了协会＋基地生产模式的推广应用。

3）无公害蔬菜生产模式。此种模式是一种较为理想的模式，充分体现了人们对健康安全蔬菜的迫切需求。无公害生产对生产条件、生产技术水平要求非常高。我国目前还处于起步阶段，由于国家投入不够、农民的科技意识薄弱等原因，无公害技术推广严重滞后。尽管有些地区打出了无公害基地、无公害蔬菜的品牌，但是，就目前而言，全国无公害蔬菜种植面积较小，另一方面，许多所谓的"无公害"蔬菜，也未必达到了"无公害"的标准。

（3）茶叶种植模式

茶叶也是城郊区主要的经济作物之一，2008 年我国茶园总面积达 1717.96 万 hm^2，全年总产量达 116.50 万 t，其中江苏、湖北、湖南、重庆等产茶大省（直辖市）茶园面积分别为 28.60 万 hm^2、161.30 万 hm^2、86.20 万 hm^2、27.50 万 hm^2，年产量分别为 14 801t、104 987t、87 503t、18 853t。但是，总体而言，我国目前大部分茶区的茶园建设仍以纯茶园为主，较多的属于传统单一种植模式的常规茶园；生态茶园模式在我国初具规模，种植面积较小。

传统粗放的生产模式是我国城郊茶叶生产的普遍模式，这也说明我国当前的茶叶产业还不成熟，主要表现在茶叶生产非常分散、种植规模较小、生产水平较低几个方面。据调查显示，我国常规茶园一年内名优茶产量普遍仅在 75 ~ 120kg/hm^2，产量和产值均处于较低的水平。

生态茶园生产模式是以茶树为主要物种，以生态学和经济学的原理为指导建立生态茶园，进行茶叶生产的新模式。生态茶园中茶树与绿肥（牧草）、林（果）木复种，调节了茶园气温、土壤温度、土壤含水量及光照强度等，有利于茶树生长发育和茶叶品质的提高。但是，生态茶园模式在我国还处于起步阶段，总的种植面积偏小，也存在一些不足。茶叶生产过程中，由于追求茶叶品质，茶叶产量往往低于常规茶园，例如，生态茶园在春茶过后会通过大量修剪来防止病虫害，对树势会有影响，甚至会造成 10% ~30% 的减产，直接影响到茶园的产量和产值。

因此，在城郊区构建安全高效的生态茶园生产模式，提高茶园产量和茶叶品质，促进茶叶产业的增效，是当前茶叶产业发展的首要目标，也是其必然的发展趋势。

（二）城郊养殖业发展与废弃物利用现状

随着我国城市化的快速发展，城区人口剧增，对肉制品的需求压力增大，这给城郊养殖业的发展带来了新的机遇和挑战，城郊区成为养殖业的重要基地，密集分布着大量的养殖企业。由于规模化和集约化程度高但对商品饲料的监管不力，养殖废弃物中的重金属和抗生素超标，这直接导致养殖废弃物的循环利用率低，成为农业面源污染的重要源头。在现有畜禽集约化养殖过程中，某些饲料添加剂和兽药的使用效果常被夸大，因此我国饲料厂和养殖场普遍生产和采用高铜、高砷、高锌和高抗生素饲料，结果导致粪便中重金属和抗生素含量普遍超标，粪便再利用率低。

据调查，我国目前畜禽粪便年排放量已达 26 亿 t，相当于工业排放 N、P 量的 3.4 倍，畜禽粪便利用率仅为 49%。城市郊区的畜禽粪便污染负荷已占到农业面源污染负荷的 35%。以生猪为例，2008 年，我国生猪存栏总量达 4.36 亿头，其中武汉、长沙分别约为 272 万头、418 万头，年产生约 69.76 万 t 废弃物，每年流入环境的 N、P 量大约分别为 170 万 t（N）和 160 万 t（P_2O_5），造成了肥料资源的流失，且加速了农业环境的水体富营养化。例如，太湖、滇池、巢湖以及许多水库和河流系统的富营养化问题，造成宝贵的农业资源的浪费和环境污染，给国家的环境安全带来严重威胁，迫切需要建立养殖废弃物安全循环利用体系，其中构建种养一体化系统是消纳养殖废弃物、变废为宝的有效途径。

第二节　城郊区安全高效农业生产模式构建与示范

一、城郊区安全高效农业生产模式的构建

（一）需求分析

随着我国经济发展和人民生活水平的提高，一方面城乡居民对农产品品质安全和生态环境健康有了更高的需求，另一方面生产和管理的不完善导致城郊农产品品质和农田生态环境质量下降，形成了需求与现状的巨大反差。因此对城郊农业生产的安全和高效提出了双重要求。

1. 安全生产与环保是城郊农业发展的必然趋势

我国城郊农业生产安全隐患突出，如农产品和农田土壤重金属和硝酸盐超标、农药残留超标、农业环境富营养化、土壤质量退化等问题已威胁到城乡居民的身体健康、生活环境质量和城郊农业的可持续发展，迫切需要建立系统的安全生产模式。

党的"十七大"后，我国华中地区的武汉城市圈和长株潭城市群被国务院确定为"资源节约型和环境友好型社会"配套改革试验区，将环境问题和资源问题置于同等的高度，这充分地体现了党和国家对资源节约和环境安全的高度重视。截至 2007 年底，农业部组织制定了 3480 项农业国家和行业标准，指导各地制定农业地方标准 8000 余项，标准内容涵盖种植、畜牧、渔业主要产品种类的安全生产过程。针对农产品质量安全隐患，我国先后推出了"无公害农产品"、"绿色农产品"、"有机农产品"生产等技术体系，初步形成了一批相关生产基地，如北京市的 29 个无公害食品生产基地、沈阳市的有机蔬菜生产基地、长沙超大绿色有机蔬菜基地等，均表明消费市场对健康安全食品的需求。然而，无公害、绿色、有机农产品的生产条件、生产技术水平要求高，与我国城郊农业的现实水平和技术条件存在较大差距，缺乏系统的技术支撑而难以实现预期目标。因此，构建兼具安全生产和环境保育的生产模式是城郊农业发展的必然趋势。

2. 高效生产是城郊农业持续发展的重要保障

生产效率尤其是经济的产出与城郊农业生产者的积极性直接相关，也是城郊农业持续发展的内在驱动因子。我国城郊农业有着"高投入"、"高产出"、"高集约"、过度重视经济效益等特点，对农业的增效和农民的增收起了一定的促进作用，但是由于农民科技素质、产业化水平、管理水平等原因，整个城郊农业生产效率仍存在许多突出问题：一是投入成本过高，资源浪费严重，2009 年对长沙、武汉等城市郊区蔬菜基地施肥情况调查显示，蔬菜单季施用复合肥、磷肥分别为 1125kg/hm²、3750kg/hm²，平均每年为 7875kg/hm²、26 250kg/hm²，仅肥料成本每年就高达 27 000 元/hm²，且肥料的用量远超过作物所需，造成资源严重浪费；二是农业生产过度依赖化肥、农药、饲料，农产品质量严重下降，如硝酸盐、重金属等有害物质含量严重超标，无法创名、优品牌，直接限制了农产品价值的提升；三是集约养殖业的排泄物肥料化和饲料化水平低，直接影响了资源的再利用，阻碍了经济效益的进一步提高和城郊农业的可持续发展。

因此，在保证农产品安全和生态环境安全的前提下，充分利用国内外现有的先进技术，合理配置自然资源，构建城郊农业的高效生产模式，实现城郊农业的高效生产，是城郊农业可持续发展的重要保障。

城郊农业生产中，安全与高效是密不可分的，失去了农产品及环境的安全，就无法达到农业生产的高效。目前城郊区农业生产对"安全"和"高效"均有迫切的需求，一些地区也出现了一些好的模式，但由于还处于起步阶段，仍然存在许多突出的问题，而且不同的地区使用效果也不一致。因此，当前城郊区农业的发展应该结合地域特色，构建和集成更加切实可行的安全高效农业生产模式及技术。

（二）构建原则

城郊区在农业体系中发挥了突出的作用，是城市农产品供应的主要基地，随着城市化、工业化的加快，人口剧增问题的突出，城郊农业面临着农产品健康质量下降和环境功能衰退的巨大威胁，但同时又必须担负着维护城市食品健康安全和生态环境安全的双重功能。针对城郊区当前农产品数量与质量不能满足城市农产品需求，及城郊生态环境功能下降等突出问题，在城郊区以经济、社会及生态效益相统一为目标，结合区域实际情况，遵循以下几点原则，构建一系列符合区域发展特色的城郊安全高效农业生产模式迫在眉睫。

1. 保障农产品质量安全原则

城市郊区作为城市农产品市场的重要基地，在保障城市居民对农产品的需求方面起着重要的作用。然而，土壤等环境质量的恶化和生态功能的衰退，导致农产品健康质量下降，严重影响到居民的身体健康。因此，城郊农业生产首要解决的问题就是农产品质量安全问题，必须规范对化肥、农药、饲料等的安全使用，加强对污染源头的控制；通过土壤功能提升与营养障碍修复技术、平衡施肥技术等，优化土壤等生产环境；同时依托农产品重金属污染防控技术、农产品硝酸盐含量调控技术、植物营养调理技术等，构建农产品安全生产体系，提升农产品健康质量，确保城郊农产品安全、优质的生产。

2. 生产环境和生态环境保育原则

生产环境质量直接影响着农产品的优劣，城郊农业生产中农药和化肥等化学品的大量投入，高重金属和抗生素含量的畜禽排泄物直接流入环境，工业"三废"及城市生活污水的排放量居高不下，使农业生产环境和整个生态环境承受着极大的污染负荷，严重地制约了城郊农业的发展。所以，农业生产环境和生态环境的保育是城郊农业持续发展必须遵循的原则，也是城郊农业"安全"发展必须解决的"瓶颈"。可以通过以下几种途径来保障城郊农业的生态环境安全：一是通过氮、磷肥增效技术和平衡施肥技术，提高肥料利用效率，降低肥料投入，减轻土壤和水体环境富营养化压力；二是集成应用土壤和水体健康质量调控技术体系，完成对退化土壤和污染水体环境的修复，提高生产环境的综合保育功能；三是研究和集成禽畜粪便肥料化和饲料化技术，构建种－养有机复合系统，减少集约养殖业排泄物对生产环境和生态环境的污染。

3. 环境安全前提下的农产品高效生产原则

高效生产是城郊农业发展的驱动力，也是城郊农业持续发展的重要保障。但是高效生产的前提是保障土壤和水体环境安全，不以牺牲环境为代价。因此，城郊农业的发展必须是在环境安全前提下，从节约成本和增加经济产出两方面着手提高农产品的产值，获得高的经济效益：一是因地制宜，通过应用现有的国内外先进的产业模式、优新良种、新技术及先进管理方法，提高能源利用率，在保证经济产出的前提下降低农业中肥料、农药、饲料等的投入成本及劳动力成本；二是研究集成废弃物再利用技术，构建种养一体化的先进体系，建立以种促养、以养补种的安全高效生产模式，将资源充分循环再利用，实现资源的最优化配置，提高农产品的产量和产值，最终实现经济效益的最大化。

二、城郊区安全高效农业生产典型模式

（一）华中城郊区安全高效特色种植业生产

1. 模式概况

针对华中城市群郊区特色种植业生产过程中肥料和农药施用量大，导致农产品质量下降和农业生态环境污染严重，特色农产品需求增加与农产品安全和生态环境安全之间的矛盾日益突出的问题，安全高效特色种植业生产模式以农产品安全和生态环境安全为主要目的，通过技术提升和资源优化配置，实现经济效益、生态效益和社会效益的高度统一。该模式在遵循特色种植业可持续发展和经济效益最大化的前提下，以减量施肥技术、低累积作物品种应用技术和植物病虫草害生物防控技术为核心，以化肥和农药安全使用准则和农产品质量安全监测体系为配套管理规则，集成组装成为特色种植业安全高效生产模式，并在城郊区蔬菜、茶叶、优质稻米、苗圃、花卉和水果等的生产上大面积推广应用。通过对该模式的推广应用，减少城郊区特色种植业化肥用量20%以上，减少农药使用量50%以上，同时农产品增产10% ~20%，土壤和农产品硝态氮含量降低10% ~15%，土壤和农产品重金属 Cd 含量降低5% ~20%，农产品维生素 C 含量增加5% ~10%，达到了城郊区特色种植业安全高效生产的目的。

2. 配套技术体系

（1）减量施肥与营养调理技术

目前，中国平均施 N 量超过200kg/hm^2，在某些地区的菜田，化学氮肥施用量高达500 ~1300kg/hm^2，远高于世界平均水平。与过量氮肥投入相随的是我国农业作物化学氮肥的利用效率不升反降。过度施用的氮肥还会通过渗漏污染地下水，通过地表径流造成河流和湖泊的水体富营养化。减量施肥技术通过控制化肥用量，减少农田的 N、P 淋失，有效降低对农田周围环境的污染。但是，单纯减少化肥的使用量，往往会造成农产品产量不稳定，甚至大幅度的减产，直接影响农民的经济收入。在减量施肥的基础上，配合使用氮肥增效剂、植物营养调理剂和土壤有机营养调理剂等相关产品，可增强作物抗病能力，提高作物产量，达到环境效益和经济效益有机结合的目的。

a. 减量施肥与氮肥增效技术

氮肥增效剂是一类进入土壤后能够影响土壤生化环境，调节土壤某些酶活性，影响土壤微生物对氮肥的作用，降低 N 损失的物质。目前，氮肥增效剂包含的化学物质多达近百种，按作用方式主要分为脲酶抑制剂、硝化抑制剂和氨稳定剂（丁和平等，2009）。调控脲酶水解与硝化反应是限制土壤硝酸根积累或淋失，提高氮肥利用效率的有效手段。脲酶抑制剂和硝化抑制剂二者配合使用调节了尿素氮的转化过程，已被认为是提高氮肥利用率、缓解氮肥污染、实现氮肥高效管理与利用的有效措施（Irigoyen et al.，2003）（图7-1）。

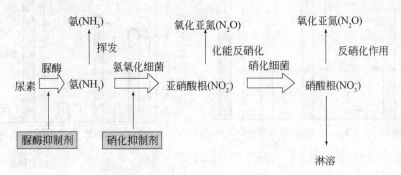

图 7-1　脲酶抑制剂与硝化抑制剂参与的关键的生物化学反应

华中城郊区农业生产化肥投入过量，尤其是蔬菜地平均每年化肥投入超过$10t/hm^2$，土壤硝态氮含量超过 50mg/kg，有效磷含量超过 200mg/kg，N、P 淋失风险极大。湖南省土壤肥料研究所 2008 ~ 2009 年度在长沙市黄兴镇蔬菜基地的研究表明，在减少氮肥用量 20% 的基础上，配施氮肥增效剂（主要为脲酶抑制剂和硝化抑制剂），仍然可以显著提高不同种类蔬菜的产量（图 7-2）。蕹菜、香菜、广西葱和小白菜分别增产 21.30%、43.00%、19.50% 和 25.30%，平均增产 25.70%，增产效果十分明显。同时，氮肥增效剂与氮、磷肥减施技术能有效地降低蔬菜土壤中的硝态氮含量，平均降幅达到了 17.90%。但控制蔬菜硝酸盐含量的效果不很理想，除蕹菜中的硝酸盐含量有所降低外，其他蔬菜中的硝酸盐含量均有所升高（图 7-3）。主要原因可能是施用氮肥增效剂后促进了蔬菜的生长，同时也可能促进了蔬菜对 N 的吸收，其施用技术有待进一步改进。

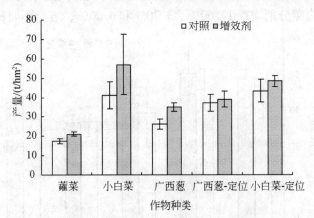

图 7-2　氮肥增效剂对蔬菜产量的影响

b. 减量施肥与植物营养调理技术

植物营养调理剂是针对土壤中某些营养元素，尤其是微量元素的供应不足以及生理代谢失衡而影响作物生长和产量品质的问题，通过化学、生物化学以及生物技术等手段研制的能改善植物营养状况、促进作物生长的系列调理产品，包括植物生长调节

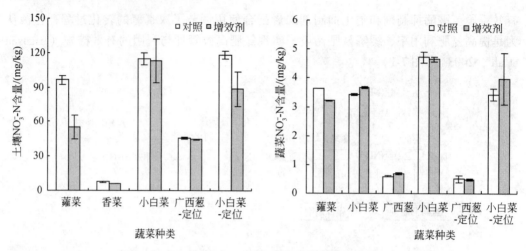

图 7-3　氮肥增效剂对土壤和蔬菜中硝酸盐含量的影响

剂，维生素，氨基酸螯合物，天然物料，植物所需营养元素及其他有益矿质元素等液体或固体物料。具有促进作物生长、提高作物产量、改善土壤理化性状和增强作物抗病能力等功能（王小彬和蔡典雄，2000）。

　　氨基酸螯合微量元素调理剂是自主研发的新产品，其特点是通过化学手段将化学微量元素（B、Zn、Mo）与小分子的有机物（如氨基酸等）螯合形成有机无机络合态，与单质化学肥料相比具有植物有效性高、用量少（施用量仅为常规的 1/3）、成本低以及环境负荷小等优点。针对华中城郊区菜地施肥过量，土壤 N、P 富集，严重威胁农产品安全和生态环境安全的状况，中国科学院亚热带农业生态研究所在长沙市黄兴镇蔬菜基地的研究表明，减量施肥与植物营养调理技术在减少 20% 氮肥施用量和 100% 钙镁磷肥的基础上配施微量元素调理剂，可以显著提高不同种类蔬菜的产量（图 7-4），海蒜、广西葱和小白菜分别增产 17.60%、3.20% 和 6.00%，五个不同种类蔬菜试验平均

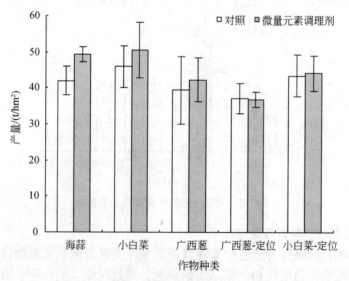

图 7-4　微量元素调理剂对蔬菜产量的影响

增产7.20%，增产效果明显；其次，土壤与植物微量元素调理技术能显著降低土壤中 $NO_3^- -N$ 的含量，降低幅度在3.43%~21.06%，平均达14.19%，该技术同时也能显著降低土壤中有效磷的含量，平均降低4.66%（图7-5）；此外，土壤与植物微量元素调理技术对降低蔬菜中硝酸盐含量有明显的效果，五个试验平均降低了14.20%（图7-6）。

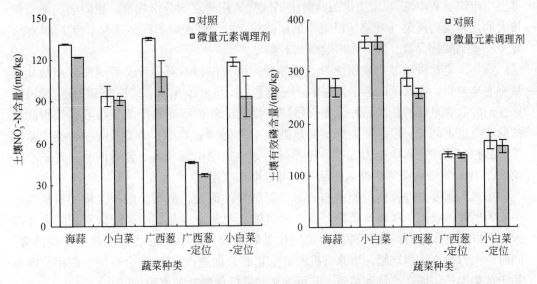

图7-5 微量元素调理剂对菜地土壤硝态氮和有效磷含量的影响

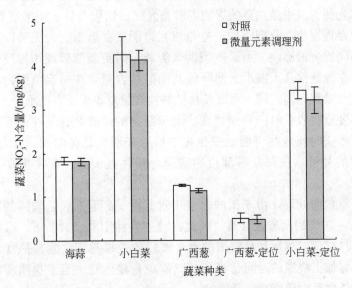

图7-6 微量元素调理剂对蔬菜硝酸盐含量的影响

（2）低硝酸盐和低重金属累积型作物品种应用技术

城郊农产品中污染物的种类主要有 $NO_3^- -N$、重金属及残留农药成分等，这些污染物在农产品中超量积累，并经由食物链传递最终导致人类健康受损。挖掘作物自身潜力，利用不同作物、不同品种吸收积累污染物（硝酸盐、重金属等）存在基因型差异的原理，筛选和培育弱吸收、低积累污染物的作物种或品种，可以从源头上减少进入作物体内的污染物，对城郊区农产品质量控制与提升具有特殊意义。

a. 低硝酸盐累积型品种应用技术

按照中国农业科学院蔬菜研究所根据 1973 年联合国粮食及农业组织（FAO）和世界卫生组织（WHO）规定提出的蔬菜中硝酸盐累积程度的分级标准，我国居民消费量较大的几种主要蔬菜（叶菜、根菜）的硝酸盐含量均已严重超标，高者超标 9 倍以上。减少蔬菜硝酸盐含量，保护人体健康刻不容缓。

第一，应选种硝酸盐累积能力低的品种。由于作物不同品种及不同部位硝酸盐含量有明显差别，在蔬菜的各个器官中，一般是根 > 茎叶 > 果实，应充分利用这一特性，选育硝酸盐含量低的蔬菜品种，加以推广应用。此外，不同类型蔬菜吸收、累积硝酸盐的能力也不同，一般是叶菜类 > 根茎类 > 瓜果类 > 豆荚类 > 笋类。同一种类蔬菜的不同品种对硝酸盐累积能力也有一定差异，如小白菜中苏州青、越秀四号、青翠小白菜 F1、优选黑油白菜等为低累积品种，可以推广应用。

第二，需要合理调整施肥结构。对于氮肥种类而言，蔬菜硝酸盐含量的累积顺序一般为硝铵 > 硫铵 > 尿素 > 碳铵。偏施和滥施氮肥是造成蔬菜中硝酸盐累积的主要原因，所以，选择适宜的氮肥种类和施用量是降低农产品中硝酸盐累积量的主要措施。同时，大力推广平衡施肥，增施有机肥、生物肥，促进 N、P、K 合理配合施用，既有利于蔬菜生长、提高产量和品质，又可抑制和降低硝酸盐的累积量。

第三，合理调节水、温、光条件。对蔬菜作物硝酸盐含量影响最大的环境因素是水分、温度和光照，其中最主要的影响因素是光照。遮阴条件下蔬菜最易累积硝酸盐，种植蔬菜时要合理密植、合理间作，避免相互遮阴。在温室、大棚等设施农业中光照往往会受到不同程度的影响，可采取辅助光源或及时更新棚膜或添加反光膜等措施加以解决。蔬菜在收获前几天灌水，能降低其硝酸盐含量。在一定范围内温度越高，蔬菜体内硝酸盐含量就越高，同一蔬菜品种硝酸盐含量夏季大于春秋季。

第四，高度重视收获时间和预处理。大田蔬菜的硝酸盐含量往往表现为昼减夜增的趋势，蔬菜收获时间应尽可能地安排在午后等光照充足的时间，并避免阴天收获。叶菜类蔬菜中的外叶、顶部叶等部位硝酸盐含量往往偏高，在收获或上市时应适当去除。

第五，注重食前处理。由于硝酸盐溶于水，对于硝酸盐含量较高的蔬菜，通过烧煮可降低 60% ~ 70% 的硝酸盐含量。因此，蔬菜食前用沸水烫一下，可减少硝酸盐含量，并且切的片越薄、越短和越鲜嫩的菜，烫后的效果越好。尤其是富含硝酸盐的叶菜类蔬菜，应将加工烧煮的时间适当延长，避免直接生吃。至于盐渍蔬菜应少吃，因为盐渍往往会使食品中硝酸盐含量增加。

b. 低重金属累积型品种应用技术

按食品卫生标准评价，我国各大城市蔬菜中都存在不同程度的重金属污染，其中 Cd、Hg、Pb 的污染尤为明显。例如，天津市郊蔬菜等食品中的 Cd 超标，沈阳市郊蔬菜等食品中的 Cd、Hg 超标，长春市郊蔬菜等食品中存在严重的 Pb 超标现象。蔬菜重金属含量是否达标已成为衡量蔬菜质量的重要参数。

低重金属累积型品种应用技术首先应选种重金属累积能力低的品种。大量的研究表明，无论是不同类型农作物之间，还是同一作物不同品种之间，对重金属的积累都存在较大差异，差异可高达十倍或数十倍。通过在轻度污染的土壤上种植重金属低累积型品种，达到农产品重金属含量不超标，是一种安全有效的重金属超标土壤利用途径。目前已筛选 Cd 低累积蔬菜品种包括小白菜：热优二号、特矮白玫瑰、越秀四号；茄子：绿领裕农三号、红圆茄、春秋红圆茄、黑又亮长茄、洛阳早青茄；番茄：红大宝番茄、红宝石六号、元明粉玉女；红菜薹：红菜薹金秋红 2 号。

其次，合理轮作或间作，利用植物间的化感作用，达到净化土壤的效果。从污染菜田继续用作农田种植蔬菜的实际出发，根据蔬菜种类较多、各种蔬菜的重金属富集能力强弱不一的特点，合理安排蔬菜轮作茬口，使生产的蔬菜达到或接近食品卫生标准，降低重金属进入食物链的量。通过土壤、蔬菜重金属污染状况调查和富集特性研究，基于不同种类蔬菜对重金属富集的差别，在以 Cd 污染为主的不同程度污染的菜田进行生产队范围的蔬菜重金属低累积—富集轮作试验，结果表明，低累积—富集轮作与普通轮作相比，可使污染田块的蔬菜镉含量降低 50%～80%，有明显减少 Cd 进入食物链的效果，还可以明显提高蔬菜产量和产值。

（3）植物病虫害生物防控技术

近年来，各类食品安全事件威胁着城乡居民的身体健康，危及社会的繁荣和稳定。其中由于农药特别是农药残留而引起的食品安全事件和进出口过程中的"绿色壁垒"问题越来越引起人们的关注。利用害虫的假死性、趋光性进行人工捕杀，可以大幅度减少农药的使用量或者避免使用农药，是控制农产品农药残留的有效手段。

高效节能双波诱虫灯是在双光源诱虫灯的基础上不断改进创新而成，应用范围已从棉花扩大到水稻、小麦、玉米、蔬菜、茶树、园林、果树等多种作物害虫的防治与监测。钟平生等（2009）研究表明，频振式诱虫灯诱虫谱广、诱虫量大，对大多数蔬菜害虫均具有很好的诱杀作用。灯下害虫隶属 5 目 10 科 18 种，其中对鳞翅目和鞘翅目害虫的诱集效果最好，主要种类有斜纹夜蛾、甜菜夜蛾、小菜蛾、金龟子等，分别占全部害虫总数的 70.4% 和 18.0%，对减少当地下一代害虫的发生基数具有明显的作用。而对半翅目害虫、双翅目害虫的诱杀效果一般。

（4）城郊特色种植业肥料和农药安全使用准则

肥料的不合理使用给农产品质量安全带来很大威胁，主要包括硝酸盐和亚硝酸盐污染、重金属等有害物质污染。提高农产品质量安全，需要通过合理的施肥技术使农产品硝酸盐含量、重金属含量降低至允许的范围之内。

农药的合理使用，就是要做到用药少，防治效果好，不污染或很少污染环境，残留毒性小，对人、畜安全，不杀伤天敌，对农作物无药害，能预防或延缓产生抗药性等。农产品的农药安全使用规程就是要切实贯彻经济、安全、有效的"保益灭害"原则。

a. 肥料安全使用准则

按照无公害蔬菜肥料合理使用准则和生产绿色食品的肥料使用准则，城郊区特色种植业肥料安全使用准则如下：

1）重视有机肥的施用。不可否认，有机肥是一种具有供肥和改土双重作用的优质肥料。目前农产品硝酸盐含量过高，主要原因是氮肥施用量过高，有机肥施用量偏少，磷、钾肥搭配不合理。对无机肥的长期大量使用及施用不当，致使土壤严重缺乏 P、K，土壤养分失去平衡，土壤中残留大量酸性物质，引起土壤板结酸化，使作物抗逆性下降，病虫害严重，作物品质变劣，所以，必须重视有机肥的使用，特别是绿肥、饼肥等洁净优质有机肥的使用。

2）新型高效微生物肥料的应用。近年来，我国大力推广由根瘤菌、固氮菌、磷细菌、硅酸盐菌剂、生物钾肥和有机肥复合制成的微生物肥料，年生产量约为 40 万 t，广泛应用于豆科作物、粮食作物、绿色蔬菜生产及盐碱地改良等方面。新型高效微生物肥料以增产、节肥、增效和无公害为主要特征。

3）施用重金属含量低的磷肥。从总体上来看，我国绝大多数磷肥重金属含量都不高，且低于美国、加拿大、瑞典等国际上大多数国家生产的磷肥。此外可配施有机肥，因为有机肥可与磷肥中的重金属离子形成络合物和螯合物，还原重金属为硫化物而形成沉淀，还可促使六价铬转化为三价铬，降低铬离子的毒性，减轻六价铬离子对作物的危害。

4）采用先进的施肥方法。化肥深施，既可减少肥料与空气接触，防止 N 的挥发，又可减少铵离子被氧化成硝酸根离子，降低对农产品的污染。根系浅的农产品和不易挥发的肥料宜适当浅施；根系深的农产品和易挥发的肥料宜适当深施。

5）掌握适当的施肥时间（期）。例如，在商品菜临采收前，不能施用各种肥料。尤其是直接食用的叶类蔬菜，更要防止化肥和微生物的污染。最后一次追肥必须在收获前 30d 进行。

因此，合理施肥，适时采收，既可带来高产优质的产品，又可以将硝酸盐等含量控制在较低水平，提高农产品质量安全。

b. 农药安全使用准则

按照无公害蔬菜生产农药合理使用准则和绿色食品农药使用准则，城郊区特色种植业肥料安全使用准则如下。

1）选择高效低毒、低残留的农药。严禁使用高毒、高残留农药。

2）选用全国农业技术推广服务中心无公害农产品新推荐的农药品种。

3）合理选用农药。根据病虫害发生情况、防治对象、农药性能"对症下药"，选择最合适的农药品种，做到有的放矢。

4）适时施药。要根据不同病虫草害的发生特点和药剂的性能，抓住有利时机适时进行防治。

5）选用正确的使用方法和剂量。使用农药要根据不同农药的致毒作用，严格掌握用药剂量，不随意减少或增加用量。能局部用药的不整株用药，能挑治的不普治。

6）交替用药，正确复配、混用农药。不同类型、不同种类的农药交替使用，能减轻病虫害抗药性的产生和发展。

7）严格遵守农药操作准则，注意安全使用农药，预防人畜中毒。施药后的瓜、果、蔬菜等，一定要在安全间隔期后采摘。

（5）城郊特色农产品质量安全监测体系

近期，农业部相继出台了部分农产品质量标准，但各地均不同程度存在缺乏检测设备和监督网络的问题，使质量标准未能付诸实施，为贯彻从田头到餐桌全过程质量管理，应尽快建立起有效的监督、检测网络。城郊区特色农产品的质量安全涉及产前、产中和产后三个主要环节。

1）产前。以农业生态环境安全保障的检测为主进行建设。主要检测对象为产地环境中的水、土、气，包括耕地受污染状况，农灌水受污染状况，畜禽、渔业养殖水受污染状况，农区空气受污染状况，以及农用的城市垃圾、工业固体废弃物、污泥的污染监控等。

2）产中。以农业投入质量安全保证的检测为主进行建设。主要检测对象为肥料、兽药、各种生长素或生长调节剂、农膜、农作物种子（种苗）、种畜、种禽、种鱼（水生物种苗）、饲料（饵料）、农药，以及各种农业生产用机械设备和农产品加工机械设备等。

3）产后。以农产品市场准入认可性的检测为主进行建设。主要检测对象为植物产品及其制品（如粮、棉、油、蔬菜、水果、茶叶、食用菌和花卉等）、畜禽产品及其制品（如肉、蛋、奶等）、水产品及其制品、转基因产品等。

3. 示范与应用

（1）在蔬菜上的应用

该模式在长沙市郊黄兴镇建立了安全高效蔬菜核心示范基地，面积 $100hm^2$，辐射示范面积达 $3000hm^2$。其中，蕹菜、香菜、广西葱、小白菜、莴苣核心区面积分别为 $22hm^2$、$12hm^2$、$15hm^2$、$25hm^2$ 和 $26hm^2$；辐射推广面积分别为 $670hm^2$、$490hm^2$、$590hm^2$、$630hm^2$ 和 $620hm^2$。以当地常规蔬菜生产模式为对照，安全高效生产模式可以有效提高蔬菜产量，改善蔬菜品质，并减少土壤 N、P 含量。

a. 对蔬菜产量的影响

蔬菜安全高效生产模式显著提高了不同种类蔬菜的产量（图 7-7），平均增产

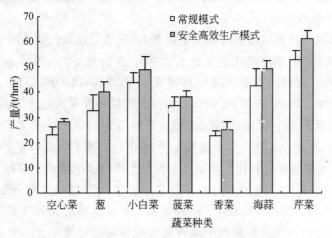

图 7-7　安全高效生产模式对蔬菜产量的影响

14.81%。与常规模式相比，空心菜、葱、小白菜、菠菜、香菜、海蒜和芹菜分别增产21.37%、24.33%、11.53%、10.32%、10.95%、15.26%和15.30%，空心菜和葱的增产幅度较大，其次为海蒜和芹菜，小白菜、菠菜和香菜的增产幅度较小。

　　b. 对蔬菜品质的影响

　　蔬菜安全高效生产模式显著改善了蔬菜的品质，蔬菜中 NO_3^- 含量减少，维生素 C 含量增加（图 7-8）。与常规模式相比，蔬菜安全高效生产模式蔬菜 NO_3^- 含量平均减少12.00%，其中空心菜、葱、小白菜、菠菜、香菜、海蒜和芹菜分别减少14.19%、9.56%、13.19%、14.33%、9.06%、12.64%和11.49%，空心菜和菠菜中的 NO_3^- 含量减少幅度最大，其次是小白菜、海蒜和芹菜，葱和香菜中的 NO_3^- 含量减少幅度较小。

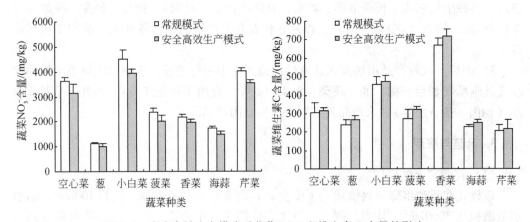

图 7-8　安全高效生产模式对蔬菜 NO_3^- 和维生素 C 含量的影响

　　安全高效生产模式蔬菜维生素 C 含量平均增加 9.80%，其中空心菜、葱、小白菜、菠菜、香菜、海蒜和芹菜分别增加 2.38%、13.19%、3.40%、25.10%、7.35%、8.84% 和 4.86%。不同种类蔬菜维生素 C 含量增加幅度差异较大，其中菠菜的维生素 C 含量增加幅度最大，而空心菜、小白菜和芹菜维生素 C 含量增加不明显。

　　c. 对生态环境的影响

　　蔬菜安全高效生产模式显著降低了土壤 NO_3^--N 和有效磷含量（图 7-9）。与常规模式相比，蔬菜安全高效生产模式下菜地土壤 NO_3^--N 含量平均减少16.04%，其中空心菜、葱、小白菜、菠菜、香菜、海蒜和芹菜分别减少18.70%、17.31%、17.52%、19.01%、13.66%、10.81%和10.44%，海蒜、芹菜和香菜菜地土壤的 NO_3^--N 减少幅度较小，其他蔬菜种类土壤 NO_3^--N 减少幅度差异不大。

　　与土壤 NO_3^--N 相比，蔬菜安全高效生产模式对土壤有效磷含量的影响相对较小。从图 7-9 可见，与常规模式相比，蔬菜安全高效生产模式下菜地土壤有效磷含量平均减少 8.41%，其中空心菜、葱、小白菜、菠菜、香菜、海蒜和芹菜分别减少 10.25%、7.64%、8.97%、6.39%、11.51%、6.89% 和 5.81%，空心菜和香菜菜地土壤有效磷含量减少幅度较大，其他蔬菜种类土壤有效磷减少幅度差异不大。由于该模式的应用时间还不到两年，随时间的延长其累积效果可能会更明显。

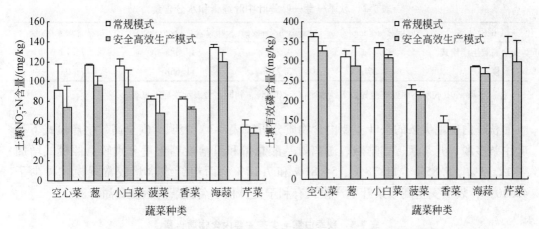

图 7-9　安全高效生产模式对菜地土壤 NO_3^--N 和有效磷含量的影响

总体而言，在安全高效生产模式应用不到两年的时间内，蔬菜产量提高了 15%，蔬菜中硝酸盐含量减少了 15%，维生素 C 含量增加了 10%；同时菜地土壤 NO_3^--N 含量降低了 15%，土壤有效磷含量降低了 8%，有效增加了蔬菜产量，改善了蔬菜品质，减少了对周围环境 N、P 污染的风险。

（2）在茶叶上的应用

该模式在长沙市金井镇脱甲村湘丰茶厂建立了安全高效茶叶生产核心示范基地，面积达 100hm²，直接带动农户 4 万户；辐射示范面积达 3000hm²，间接带动农户 20 万户。以当地常规茶叶生产模式为对照，安全高效茶叶生产模式可以有效提高茶叶产量，改善茶叶品质和土壤养分状况，减少茶园病虫害草害。

a. 对茶叶产量的影响

茶叶主要生长性状调查结果（表 7-1）表明，安全高效茶叶生产模式秋季一芽一叶长度、百芽重、芽密度和单位面积产量较常规模式均有明显增加，分别增加了 2.55%、4.24%、3.81% 和 4.17%。

表 7-1　安全茶叶高效生产模式对茶叶产量的影响

试验处理	芽长/cm	百芽重/mg	芽密度/(个/m²)	单位面积产量/(g/m²)
安全高效生产模式	5.63a	53.63a	720.1a	30.0a
对照模式	5.49b	51.45b	693.7b	28.8b

注：字母 a、b 表示不同处理差异显著性水平（$p<0.05$），相同字母表示差异不显著

b. 对茶叶品质的影响

安全高效茶叶生产模式下秋季茶鲜叶中叶绿素 a、叶绿素 b 以及叶绿素总量均显著高于常规模式，分别增加了 57.35%、45.82% 和 53.34%（表 7-2）。增加叶片中的叶绿素含量，有利于其吸收更多的光能。茶芽含水率与常规模式相当，说明安全高效茶叶生产模式下茶园水分条件好，茶树对水分和养分的吸收正常。

表7-2　秋季一芽一叶鲜叶中叶绿素和水分含量

试验处理	叶绿素 a/(mg/g)	叶绿素 b/(mg/g)	叶绿素总量/(mg/g)	茶芽含水率/%
安全高效生产模式	13.17a	4.71a	17.88a	78.1a
对照模式	8.37b	3.23b	11.66b	77.0a

注：字母 a、b 表示不同处理差异显著性水平（$p<0.05$），相同字母表示差异不显著

秋季白露毛尖茶的茶叶主要内含物质分析（表7-3）表明，安全高效生产模式下茶叶中茶多酚、儿茶素、咖啡碱、游离氨基酸总量和可溶性糖含量分别较对照模式增加了12.11%、5.85%、11.78%、54.81%和7.18%，而粗纤维含量较常规模式减少了43.10%，表明安全高效茶叶生产模式有利于提升秋季名优茶的嫩度和甜醇滋味。

表7-3　秋季白露毛尖茶主要内含物质含量

试验处理	茶多酚/(mg/g)	儿茶素/(mg/g)	咖啡碱/(mg/g)	氨基酸/(mg/g)	粗纤维/(mg/g)	可溶性糖/(mg/g)	水浸提物/(mg/g)	酚氨比/%
安全高效生产模式	259.2a	186.5a	87.3a	32.2a	59.8b	40.3a	413.4a	7.2
对照模式	231.2b	176.2a	78.1b	20.8b	105.1a	37.6b	389.0a	12.5

注：字母 a、b 表示不同处理差异显著性水平（$p<0.05$），相同字母表示差异不显著

酚氨比是影响绿茶滋味的主要因子，一般鲜叶的酚氨比在 6~8 适宜加工名优绿茶，8~12 适宜加工高档绿茶，12~16 适宜加工一般绿茶。安全高效茶叶生产模式下秋季白露毛尖茶酚氨比达到名优绿茶的标准，而常规模式只达到加工一般绿茶的标准。

c. 对土壤养分含量的影响

安全高效生产模式显著增加了茶园表层土壤（0~20cm）的有机质，降低了土壤容重，提高了土壤中 N、P、K 等养分的有效性（表7-4）。与常规模式相比，土壤有机质、全氮、有效磷、速效钾和孔隙度分别增加了 34.23%、28.95%、16.99%、62.61%和7.32%，而土壤容重减少了6.11%。

表7-4　茶园土壤基本理化性状分析

试验处理	pH	有机质/(g/kg)	全氮/(g/kg)	有效磷/(mg/kg)	速效钾/(mg/kg)	容重/(g/cm³)	孔隙度/%
安全高效生产模式	6.0	14.9	0.98	11.43	229.6	1.23	53.52
对照模式	5.7	11.1	0.76	9.77	141.2	1.31	49.87

安全高效茶叶生产模式显著增加了茶园表层土壤（0~20cm）的有机碳含量和土壤微生物生物量碳含量，分别较常规模式增加了58.23%和102.77%（表7-5）。剖面土壤中有机碳、微生物生物量碳含量均随着土层深度的加深而递减，至40cm 基本稳定。安全高效生产模式下，0~20cm 土层微生物生物量碳和有机碳高于常规模式，可为土壤微生物生长提供更多的可利用物质；20~40cm 土层微生物生物量碳和有机碳含量仍处于较高水平，分别是常规模式的1.78 倍和2.61 倍；至40~60cm 土层两种模式微生物生物量碳和有机碳含量差异不大。

· 236 ·

表7-5　茶园土壤有机碳、微生物生物量碳及微生物生物量碳占有机碳的比例

试验处理	土层/cm	有机碳/(g/kg)	微生物生物量碳/(mg/kg)	微生物生物量碳占有机碳比例/%
安全高效生产模式	0~20	18.64	179.05	0.96
	20~40	8.48	164.10	1.94
	40~60	3.82	66.80	0.93
对照模式	0~20	11.78	88.30	0.75
	20~40	4.77	62.95	1.32
	40~60	3.33	57.60	1.73

安全高效生产模式下，茶园表层土壤（0~20cm）碱解氮、全氮和微生物生物量氮均有明显改善，分别是常规模式的1.37倍、1.26倍和1.62倍（表7-6）。微生物生物量碳、氮的比例取决于土壤表层与根系物质分解过程中诱导形成的微生物区系的差异，一般情况下细菌在5:1左右，放线菌在6:1左右，真菌在10:1左右。安全高效生产模式下0~20cm表层土壤微生物生物量碳氮比为6.34，常规模式为5.07。因此，在增加了相同量有机质的情况下，安全高效茶叶生产模式形成的微生物区系较为理想（细菌增多）。

表7-6　茶园土壤碱解氮、全氮、微生物生物量氮及微生物生物量碳氮比

试验处理	土层/cm	碱解氮/(mg/kg)	全氮/(g/kg)	微生物生物量氮/(mg/kg)	微生物生物量碳氮比
安全高效生产模式	0~20	21.62	1.06	28.25	6.34
	20~40	17.11	0.58	14.10	11.64
	40~60	12.10	0.43	8.95	7.46
对照模式	0~20	15.75	0.84	17.40	5.07
	20~40	12.10	0.42	6.08	10.35
	40~60	10.79	0.30	4.65	12.39

d. 对茶园杂草生长的影响

对茶园杂草的调查结果表明，春季（4月）茶园中的杂草均以对茶树生长影响较小的杂草为主。看麦娘、酢浆草、白花蛇舌草、猪殃殃、黄鹌菜、小糠草和聚花过路黄等生长速度较慢，生物量小，株高均在30cm以下（低于茶树树冠高度），其中看麦娘在安全高效茶叶生产模式和常规模式中的多度分别为0.59和0.68，为春季最主要的茶园杂草，此时期恶性杂草多度值小且差异不大，安全高效茶叶生产模式和常规模式茶园恶性杂草总多度分别为0.01和0.03。夏季（7月）常规模式茶园以生长速度快、植株高和生物量大的恶性杂草为优势种群，马唐、狗尾草和辣蓼三种为优势杂草，恶性杂草总多度达0.88；安全高效茶叶生产模式茶园恶性杂草总多度为0.55。秋季（9月）常规模式茶园中以马唐、辣蓼和牛筋草三种恶性杂草为优势种，恶性杂草总多度达0.83，安全高效茶叶生产模式茶园恶性杂草总多度为0.50，明显低于常规模式。

茶园杂草物种丰富度、多样性、均匀度与优势集中性是从不同角度衡量群落稳定性的重要指标。茶园杂草物种丰富度、群落多样性参数值与均匀度越大，优势集中性

越小，群落的结构就越复杂，其反馈系统也就越强大，对环境的变化或来自群落内部种群波动的缓冲作用越强，群落也就越稳定，杂草群落优势种就不太突出，杂草也就不容易严重发生。安全高效茶叶生产模式茶园在春、夏和秋季三个观测时期杂草物种丰富度和多样性指数均高于常规模式，均匀度指数在春和夏季高于常规模式，优势集中性指数在三个观测时期均低于常规模式。安全高效茶叶生产模式使茶园杂草群落趋于稳定，对茶树生长影响较小，控草效果好（表7-7）。

表7-7　茶园杂草群落特征值分析

项目	春季（4月）		夏季（7月）		秋季（9月）	
	安全高效生产模式	常规模式	安全高效生产模式	常规模式	安全高效生产模式	常规模式
物种丰富度（S）	9.00	11.00	20.00	8.00	13.00	6.00
群落多样性（H）	1.39	1.10	2.55	1.57	2.00	1.45
均匀度（J）	0.66	0.57	0.84	0.75	0.80	0.81
优势集中性（C）	0.39	0.49	0.10	0.27	0.23	0.29

对茶园杂草总数量、平均株高和生物量（地上部）的调查结果（表7-8）表明，春季（4月）安全高效生产模式茶园的杂草总数量是常规模式的12.20%，地上部生物量是常规模式的27.60%，均显著低于常规模式；夏季（7月）看麦娘等春季杂草逐步死亡，生长快、植株高和生物量大的恶性杂草转化为优势种群，常规模式茶园杂草总数量较4月有所降低，但生物量高达3066.70g/m²，平均株高达到78.30cm，已经严重影响茶树的正常生长发育，而安全高效茶叶生产模式茶园杂草总数量、平均株高和生物量均显著低于常规模式，分别是常规模式的43.00%、67.80%和22.30%；秋季（9月）常规模式茶园部分恶性杂草开始死亡，个体很小、耐阴、株高较低、生长在茶树底部空间的酢浆草逐步上升为优势种群，杂草的总数量和夏季相当，但生物量和平均株高明显下降，分别为531.50g/m²和41.70cm，而安全高效茶叶生产模式茶园杂草总数量显著低于常规模式，但平均株高和生物量与常规模式茶园差异不显著。

表7-8　茶园杂草总数量、平均株高和生物量的变化

项目	春季（4月）		夏季（7月）		秋季（9月）	
	安全高效生产模式	常规模式	安全高效生产模式	常规模式	安全高效生产模式	常规模式
总数量/(N/m²)	212.00b	1736.00a	144.00b	335.00a	181.00b	323.00a
平均株高/cm	21.80a	27.70a	53.10a	78.30a	37.00a	41.70a
生物量/(g/m²)	128.70b	466.70a	683.30b	3066.70a	506.30a	531.50a

注：字母a、b表示不同处理差异显著性水平（$p<0.05$），相同字母表示差异不显著

e. 对茶园害虫和天敌昆虫的影响

茶园天敌昆虫主要为三目：蜘蛛目（Araneae）、鞘翅目（Coleoptera）和膜翅目（Hymenoptera）。对茶树生长产生较大危害的三种主要害虫为茶尺蠖（*Ectropis obligue*）、

假眼小绿叶蝉（*Empoasca vitis*）和茶蚜（*Toxoptera aurantii*），其中以茶尺蠖的危害最重。表7-9为连续4年调查到的天敌—害虫种类及2009年3~8月主要天敌和害虫的种群数量，从中可看出天敌—害虫种类及天敌的种群数量均表现为安全高效茶叶生产模式大于常规模式。与常规模式茶园相比，安全高效茶叶生产模式丰富了天敌—害虫的多样性，极显著地提高了蜘蛛目的种群数量。三种主要害虫的种群数量表现为；茶尺蠖，安全高效茶叶生产模式大于常规模式，差异显著；假眼小绿叶蝉，常规模式大于安全高效茶叶生产模式，差异显著；茶蚜，常规模式大于安全高效茶叶生产模式。可以看出，安全高效茶叶生产模式除了极显著增加了茶尺蠖的种群数量之外，对危害茶树生长的主要害虫均具有明显的抑制作用（$p < 0.05$）。

表7-9　茶园天敌—害虫种类及种群数量

处理	种类/(种/m^2)		三类主要天敌数量/[个/(m^2·月)]			三种主要害虫数量/[个/(m^2·月)]		
	天敌	害虫	蜘蛛目	鞘翅目	膜翅目	茶尺蠖	小绿叶蝉	茶蚜
常规模式	340.00b	280.00b	15.50c	0.70b	0.10b	7.50b	7.20a	8.60a
安全高效生产模式	39.00a	33.00a	28.50a	1.60a	1.20a	1.50c	1.30c	5.90b

注：字母 a、b 表示不同处理差异显著性水平（$p < 0.05$），相同字母表示差异不显著

（3）在优质稻米上的应用

该模式在长沙市金井镇惠农村汇龙生态农业合作社建立了优质稻米核心示范基地，面积达250hm^2，直接带动农户5万户；辐射示范面积达5000hm^2，间接带动农户25万户。以当地常规稻米生产模式为对照，安全高效生产模式可以有效提高稻米产量，改善稻米品质，并减少温室气体 N_2O 的排放。

a. 对水稻产量和经济效益的影响

由表7-10可知，安全高效优质稻米生产模式下，早稻和晚稻的产量与常规模式相比并没有显著差异；但从产投比来看，安全高效优质稻米生产模式下，早稻和晚稻产投比都明显地高于常规模式，特别是晚稻，其效果更明显，安全高效生产模式的实际收入较常规模式每公顷可增加1170.70元（8.76%）。

表7-10　安全高效生产模式对水稻产量和经济效益的影响

试验处理		平均产量/(kg/hm^2)	总收入/(元/hm^2)	投入成本/(元/hm^2)	实际收入/(元/hm^2)	产投比	与常规模式比较	
							实验收入的差值/(元/hm^2)	实际收入的增加比例/%
早稻	常规模式	7 083.30	12 395.80	1 770.00	10 625.80	6.00	—	—
	安全高效生产模式	6 925.00	12 118.70	1 420.00	10 698.80	7.50	+72.97	0.69
晚稻	常规模式	7 641.70	15 283.40	1 917.50	13 365.90	7.00	—	—
	安全高效生产模式	8 033.30	16 066.60	1 530.00	14 536.60	9.50	+1 170.70	8.76

注：早稻谷价格以1.75元/kg，晚稻谷价格以2.0元/kg计算；本试验由于各小区农药、劳动力等成本相同，投入成本只计算了化肥成本，实际收入 = 总收入 - 投入成本，总收入 = 总产量×稻谷价格；"+"表示增加，"-"表示减少

b. 对水稻品质的影响

安全高效优质稻米生产模式较常规模式明显增加了早稻和晚稻的整精米率,分别增加了 69.90% 和 49.40%,有利于改善稻米的加工品质;同时,安全高效优质稻米生产模式提高了稻谷中的蛋白质含量和胶稠度,早稻中蛋白质含量较常规模式增加了 10.36%,而晚稻胶稠度较常规模式增加了 12.36%(表 7-11)。

表 7-11　稻谷品质分析结果

试验处理		糙米率/%	精米率/%	整精米率/%	垩白粒率/%	垩白度/%	直链淀粉/%	蛋白质/%	胶稠度/mm	糊化温度/级
早稻	常规模式	80.60	72.10	66.00	99.50	21.50	23.29	12.93	33.00	2.50
	安全高效生产模式	80.40	71.80	69.90	100.00	25.50	22.71	14.27	27.50	2.50
晚稻	常规模式	80.40	68.00	46.00	26.00	0.65	16.30	10.69	44.50	6.00
	安全高效生产模式	80.40	68.40	49.40	31.50	0.72	14.18	10.30	50.00	6.00

c. 对土壤肥力的影响

安全高效优质稻米生产模式使稻田土壤肥力得到一定程度的提高,这在早稻、晚稻收获时土壤容重、孔隙度、团聚体组成及成分、养分含量的变化上得到了较明显的体现。

土壤结构在很大程度上取决于土壤颗粒的不同垒结(李科江等,1999),这是反映土壤肥力的一个重要方面,通常以土壤容重、孔隙度、团聚体等来表征。由表 7-12 可见,安全高效优质稻米生产模式能一定程度地降低土壤容重、增加孔隙度,起到疏松土质的作用,并且晚稻上的应用效果较早稻更为明显。

表 7-12　安全高效生产模式对茶园土壤容重和土壤总孔隙度的影响

试验处理	早稻		晚稻	
	土壤容重/(g/cm³)	总孔隙度/%	土壤容重/(g/cm³)	总孔隙度/%
常规模式	1.39a	47.50a	1.39a	47.48b
安全高效生产模式	1.39a	47.67a	1.35a	49.76a

注:字母 a、b 表示不同处理差异显著性水平($p < 0.05$),相同字母表示差异不显著

湿筛法获得的水稳性团聚体及其破坏率对保持土壤结构的稳定性有重要的作用(李明德等,2009),安全高效优质稻米生产模式下,早稻、晚稻土壤大于 0.25mm 的水稳性团聚体总量均高于常规模式,并且破坏率低于常规模式(表 7-13)。安全高效优质稻米生产模式下晚稻土壤大于 0.25mm 的水稳性团聚体数量在 40% 左右,而早稻只有 30% 左右,早稻处理的土壤团聚体破坏率相对较高。研究表明,安全高效优质稻米生产模式在一定程度上提高了稻田土壤团聚体的稳定性,有利于形成和保持良好的土壤结构,并且晚稻的应用效果优于早稻。

表 7-13　安全高效生产模式对茶园土壤水稳性团聚体组成及破坏率的影响

试验处理	早稻				晚稻			
	团聚体含量（干筛/湿筛）/%			>0.25mm团聚体破坏率/%	团聚体含量（干筛/湿筛)/%			>0.25mm团聚体破坏率/%
	>5mm	>2mm	>0.25mm		>5mm	>2mm	>0.25mm	
常规模式	56.30/3.10	76.20/4.70	88.80/27.90	68.60	81.90/6.20	90.60/7.30	95.20/32.20	66.20
安全高效生产模式	59.20/2.60	78.50/5.40	89.80/32.50	63.70	84.40/13.60	91.50/15.30	95.30/40.40	57.60

　　安全高效优质稻米生产模式对提高土壤营养元素的供应强度亦有一定的效果（图 7-10）。晚稻生育期，安全高效优质稻米生产模式的土壤有机质含量显著高于常规模式，而早稻生育期两种模式的差异不显著；碱解氮含量在早稻生育期安全高效模式显著高于常规模式，而晚稻生育期差异不显著；无论是早稻还是晚稻生育期，土壤有效磷含量均为安全高效模式显著高于常规模式；早稻生育期，安全高效模式对土壤速效钾的效果不明显，而晚稻生育期土壤速效钾则为安全高效模式显著低于常规模式。

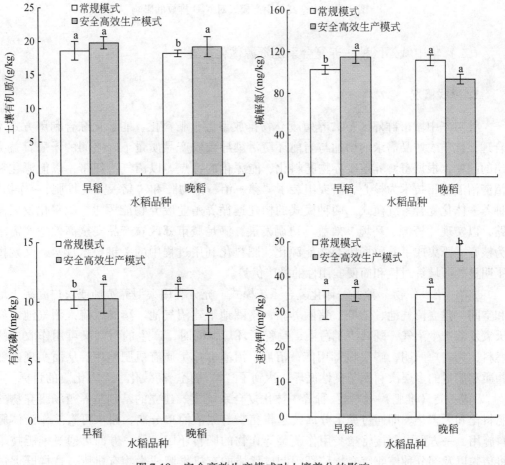

图 7-10　安全高效生产模式对土壤养分的影响

d. 对稻田 CH_4 和 N_2O 排放的影响

双季稻田 N_2O 排放总量表现为常规模式（4.90kg/hm²）大于安全高效生产模式（4.02kg/hm²）（图 7-11）。N_2O 的排放总量早稻稍大于晚稻，早稻的 N_2O 峰值排放出现在插秧后 20d 的水分落干时期，而晚稻的 N_2O 排放峰值则出现在晒田时期，其他时期 N_2O 的排放量都很低，这主要是由于水分落干时期为 N_2O 的硝化和反硝化作用提供了良好的条件。

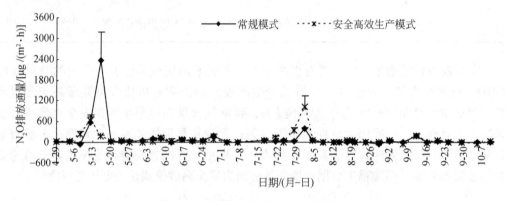

图 7-11 安全高效生产模式对 N_2O 排放的影响

（二）华中城郊区种—养复合系统资源优化配置

1. 模式概况

针对华中城市群郊区畜禽养殖废弃物排放量大，肥料化、能源化综合利用方式不合理，优质农产品需求的增加与当前环境污染导致农产品质量下降之间的矛盾日益突出的问题，根据畜禽养殖废弃物肥料化、能源化的特点，以沼气为纽带，以能源化和沼渣沼液还田技术为核心，研究组装了"猪—沼—作物"和"猪—粪（堆肥）—作物"种养一体化复合系统模式。两种模式的构建遵循养殖业废弃物能源化、肥料化发展思路，以实现"资源、环境、效益"协调发展，满足城市郊区农产品安全高效生产需求为核心，既集成了养殖场废弃物能源化、肥料化利用过程中的关键技术优势，又发挥了明显的区域针对性和简便实用性的推广优势。

"猪—沼—作物"种养一体化复合系统模式，充分利用大型养殖场或农户庭院土地和空间，建立沼气池、猪圈。猪圈养猪，猪圈地下建沼气池。猪粪尿流入沼气池，经厌氧发酵产生沼气，既减少了污染、改善了环境，同时，产生的沼气又可用作农户的燃料，为农户照明，解决城郊用能；沼液、沼渣可作优质有机肥施用，从而实现内部物质和能量的多层次利用与良性循环，达到了"清洁化、高效化、无害化"的目标。

"猪—粪（堆肥）—作物"种养一体化复合系统模式建立的基础是养殖场废弃物的肥料化和无害化。即通过粪水分离技术将猪粪与尿液简单分离，尿水可直接作液体肥料施用，一方面可直接将猪粪用作蔬菜等作物的肥料还田，另一方面可通过堆肥技术将猪粪以及部分种植业废弃物秸秆等制成优质的有机堆肥或生物有机肥，这样既促进了作物的高效优质生产，也减轻了猪场粪便等对环境的污染。

通过以上种养一体化复合系统优化配置模式的运用，可发挥以下四个方面的重要作用。

一是促进养殖业和种植业的快速发展。"猪—沼—作物"和"猪—粪（堆肥）—作物"种养一体化农业综合利用模式的形成和发展，使农业资源得到了充分合理的利用，延长了农业循环经济的产业链，形成了"猪多肥多、肥多菜（谷）多、菜（谷）多钱多、钱多猪多"的互补良性循环，提高了种植业和养殖业的综合效益。

二是提高作物产量，改善品质。"猪—沼—作物"模式所产生的沼液、沼渣均是优质有机肥。沼液是一种优质液态肥料，含有各种氨基酸、维生素、蛋白质、生长素、糖类等营养物质，养分高，肥效显著，并对作物病虫害有防治作用。沼渣是优质固体肥料，养分丰富、全面，不仅能满足作物对各种养分的需求，还可以改良土壤。"猪—粪（堆肥）—作物"模式产生的猪粪和猪粪堆肥中含有较前一种模式的肥料中更全面的养分，尤其是猪粪堆肥腐熟后，有害微生物数量减少，促进肥料养分的释放和抗病微生物的增加，更有利于促进作物生长，减少病虫害，从而提高作物产量，改善其品质。

三是增加农民经济收入。建一个 $10m^3$ 的沼气池，沼气可用来烧水、做饭、照明，每户每年可节约煤、电费用 1000 元左右；沼液、沼渣、猪粪和猪粪堆肥均可作为肥料，用于作物生产，可明显减少化肥用量，每户按 $0.3hm^2$ 地计算，每年可节省肥料 300～500 元；可防治农作物病虫害，每户每年可省农药费用 250～400 元，施用的畜禽养殖废弃物资源化肥料是一种优质无公害肥料，有利于提高作物品质。此外，由于对作物施用了以上各种有机肥，改良了土壤，确保了作物生长所需的良好微生态环境，实现了蔬菜等农产品无公害生产，农产品价格大大提高，带来了客观的经济效益，加快了农民致富的步伐。

四是有利于环境改善和社会主义新农村建设。"猪—沼—作物"和"猪—粪（堆肥）—作物"种养一体化生态农业综合利用模式有利于促进农作物秸秆、生活垃圾、污水和人畜粪便的循环利用，降低了农业生产对水资源、化肥、农药的消耗和有害物质的残留，保护和改善了城郊农业生态环境，形成了以循环促发展、以发展带循环的良性格局。"猪—沼—作物"和"猪—粪（堆肥）—作物"种养一体化模式的形成，促进了城郊农村经济增长方式的转变，开辟了农民新的经济收入途径，有力推动了社会主义新农村建设。

2. 配套技术体系

（1）猪粪资源化快腐技术

畜禽粪便无害化及肥料化技术：筛选出两个快腐微生物菌株，研发快腐技术。菌剂 B1 的有效活菌数为 4.2 亿个/mL，霉菌杂菌数为 280 万个/mL，杂菌率为 17.40%，pH 为 7.5；菌剂 B2 的有效活菌数为 4.5 亿个/mL，霉菌杂菌数为 260 万个/mL，杂菌率为 16.70%，pH 为 7.1。通过试验，得到两种菌剂的最佳初始堆肥条件，即碳氮比为 25∶1～30∶1；水分含量为 65%～68%；pH 为 7.0～8.0；堆肥高度高于 1.0m；升温保证堆体中氧气含量高于 5%，温度超过 65℃时采用翻堆或通风降温。

将堆肥原料混合均匀，在混匀过程中接种 5L 快腐微生物菌剂和适量的水，调整堆肥原料水分含量为 65% ~68%（堆肥原料中没有水流出即可），混合均匀后，采用条垛式堆肥，堆体高度为 0.8 ~1.2m，堆体宽度为 1.2 ~1.5m，在堆肥升温和高温阶段每 2d 翻堆一次，尤其是在高温期，当堆体温度超过 65℃ 时要立即翻堆，高温期堆肥堆体温度不能超过 70℃。降温阶段和后熟保肥阶段每 5d 翻堆一次或不翻堆，约 25d 有机肥腐熟，可以直接施用。

技术主要特点：①猪粪堆积腐熟快，较其他方法腐熟提前 3 ~5d；②重金属失活率高，规模化养殖场猪粪重金属失活率达 70% 以上；③对白菜软腐病等具有较好的防治效果；④提高作物产量，改善作物品质，猪粪型有机肥可使水稻增产 10% ~15%，蔬菜增产 10% ~20%，提高蔬菜可食部分游离氨基酸、可溶性糖和蛋白质含量，降低蔬菜硝酸盐含量。

（2）排泄物无害化处理技术

首先，建造猪粪堆积棚，干湿分离。用人工清粪的方式将猪粪收集到猪粪堆积棚，发酵后作农田、果园、蔬菜等基底有机肥或作鱼塘水产养殖饲料使用。其次，雨污分离，通过污水道改造，将雨水和污水分开，单独引流污水，减少污水量的产生。最后，建造沼气池或格栅厌氧池进行厌氧发酵处理。四个小区中两个采用沼气处理污水，两个采用格栅厌氧池处理污水，可有效清洁环境。沼气用于供暖员工和猪场的供暖，沼渣、沼液和经格栅厌氧处理后的废水通过人工湿地、鱼塘和田地、果园等消纳，达到农牧结合资源化利用。

一般家用沼气池容积 6m³ 左右，深度宜在 2m 左右，池体为圆形。修建沼气池的材料主要为水泥、沙、石子、砖，还需要一些砼预制构件或选用其他成型材料做进出料管、池盖以及输配气管件、灯、灶具等。沼气池选址最好将沼气池、猪圈、厕所三者修在一起。池体完工后，对沼气池进行检查，池体内表面应无蜂窝、麻面、裂纹、砂眼和孔隙，无渗水痕迹等明显缺陷，粉刷层不得有空壳和脱落。确保沼气池完全密闭，无漏水、漏气现象。大型养殖场沼气池建设的规模大小视养殖规模的大小而定，其他技术指标同小型养殖场，同时应注意及时清理沼渣、沼液。

（3）畜禽排泄物品质控制技术

优化饲料配方，有效控制畜禽排泄物品质，特别是减少重金属含量。遵循从源头控制的原理，采用环保型的饲料，添加酶制剂及少量有机微量元素，应用天然提取物如大蒜素、大豆异黄酮等提高饲料利用率，并减少重金属等的排放。

（4）沼肥施用技术要点

沼渣、沼液可混合作基肥或追肥施用。其用量视作物品种和土壤肥力状况而异，一般在旱地作物上作追肥时，需要适当兑水淋施或浇灌。分开施用可参照以下方法进行。

沼渣作基肥、追肥。用作基肥时，视作物品种不同，施肥量 22 500 ~45 000kg/hm²，在翻耕时撒入，也可在移栽前采用条施或穴施。作追肥时，施肥量 22 500 ~45 000kg/hm²，施肥时先在作物旁边开沟或挖穴，施肥后立即覆土。

沼液用作追肥。在作物生长期间，可随时淋施或采用叶面喷施。淋施 22 500 ~ 45 000kg/hm²，施肥宜在清晨或傍晚进行，阳光强烈时和炎夏中午不宜施肥，以免肥分散失和灼伤蔬菜叶面及根系。进行叶面追肥喷施时，沼液宜澄清过滤，用量以喷至叶面布满细微雾点而不流淌为宜。要注意炎夏中午不宜喷施，雨天不宜喷施。

（5）堆肥施用技术要点

堆制好的猪粪堆肥可直接作基肥一次性施用，水稻单季施用量 3000kg/ hm²，旱地作物单季施用量 4500 ~ 6000kg/hm²，水田一般采用撒施，并注意翻耕入土，旱地一般采用条施或穴施，并注意深施覆土，及时灌水。此外，为满足作物养分平衡及总量需求，应注意与化学肥料配合施用，以取得更好的效果。

（6）以种植业为背景的生态养殖环境容量

畜禽养殖业的快速发展不但满足了我国城乡肉、蛋、奶的供应，同时也成为农民增收的重要来源。但是，某些地区畜禽粪便已远远超过当地的土地负荷，对其处理和利用引起的土壤和水体的污染问题相当严重。以种植业为背景估算生态养殖环境容量并进行相应调整，将促进畜禽养殖业的可持续发展和确保农业生产安全。

根据长沙市各区县畜禽数量和耕地面积（表 7-14）计算得到长沙市平均畜禽养殖密度为 7.0AU/hm²，密度最大的三个区域分别是芙蓉区、天心区和岳麓区，畜禽养殖密度分别为 29.4AU/hm²、8.8AU/hm² 和 4.8AU/hm²。Tamminga（2003）的研究报道指出，2000 年欧盟 15 国的平均养殖密度为 0.91AU/hm²，荷兰和比利时等养殖大国的平均养殖密度分别为 3.29AU/hm² 和 3.18AU/hm²。看来，长沙市的畜禽养殖已经非常密集，如此大的耕地载畜量必然会带来区域畜禽粪便养分的高负荷，很有可能对环境产生一定的影响和压力。

表 7-14　长沙市各区县畜禽数量和耕地面积

地区	牛/头	猪/万头	羊/万只	家禽/万只	耕地面积/万 hm²
长沙市	289 007	431.99	71.98	2714.96	28.09
芙蓉区	361	3.42	—	1.50	0.01
天心区	100	6.00	0.04	4.60	0.08
岳麓区	—	6.00		4.65	0.14
开福区	617	9.65	0.02	20.20	0.37
雨花区	606	5.15	0.09	6.03	0.15
长沙县	75 000	135.90	6.00	297.80	5.76
望城县	18 050	78.00	3.32	417.40	4.74
宁乡县	120 770	101.00	20.01	1398.00	9.47
浏阳市	73 503	86.87	42.50	564.78	7.37

分别以 N、P_2O_5 为标准，根据作物养分需要量和畜禽粪便养分产量来确定单位农用地（有效耕地面积）承载的畜禽数量。长沙市每季每公顷农用地（稻田和蔬菜地）畜禽承载力为稻田略高于蔬菜地，但考虑到复种指数，每年畜禽承载单元承载力为蔬菜地远大于稻田。无论是稻田还是蔬菜地，农用地对不同畜禽承载力的顺序为羊＞牛＞猪＞家禽。长沙市不同区县稻田畜禽承载力为开福区比较低，其他地区差异不大；与稻田相比，不同区县蔬菜地畜禽承载力差异较大，芙蓉区和雨花区较高，岳麓区和长沙县居中，天心区、开福区、望城县、宁乡县、浏阳市较低。

畜禽养殖密度与农用地畜禽承载力之间具有一定的关系，De Visser 等（2001）的研究认为，奶牛养殖系统允许的养殖密度为 $1.81AU/hm^2$。Saam 等（2005）也认为低于 $1.85AU/hm^2$ 的养殖密度不会造成养分的盈余。Tamminga（2003）则认为 $2AU/hm^2$ 是适合欧洲环境状况的最大养殖密度。在不考虑化肥投入的情况下，以 N 为标准，长沙市稻田和蔬菜地畜禽最大承载力分别为 $6.91AU/hm^2$ 和 $4.71AU/hm^2$；以 P_2O_5 为单位，稻田和蔬菜地畜禽最大承载力则分别为 $5.47AU/hm^2$ 和 $4.87AU/hm^2$。而长沙市平均畜禽养殖密度为 $7.0AU/hm^2$，已大于最大畜禽承载力，应特别注意畜禽粪便可能引起的环境污染问题，有效提高畜禽粪便的利用率，增加农用地畜禽承载力。

3. 示范与应用

在长沙市金井镇惠农村开展城郊区种—养复合系统资源优化配置的示范和大面积推广应用。核心示范推广区为金井镇惠农村，建立了核心示范基地一个，面积达 $100hm^2$；辐射示范面积达 $2000hm^2$。其中，水稻核心区面积 $40hm^2$（早、晚稻各 $20hm^2$），辐射推广面积 $600hm^2$（早、晚稻各 $300hm^2$）；莴苣、茄子和萝卜核心区面积分别为 $10hm^2$、$11hm^2$ 和 $9hm^2$，辐射推广面积分别为 $110hm^2$、$90hm^2$ 和 $100hm^2$；茶叶核心区面积 $30hm^2$，辐射推广面积 $1100hm^2$。

（1）在水稻上的应用

在"猪—沼—作物"和"猪—粪（堆肥）—作物"种养一体化综合利用模式运用的基础上，利用猪粪资源化堆肥快腐技术，与长沙浩博实业有限公司合作，生产合格的猪粪型有机肥以及生猪养殖废弃物沼气化利用后的沼渣、沼液。以猪粪为主要原料制成的猪粪型有机肥施用量为 $3000kg/hm^2$，沼渣、沼液施用量为 $22\,500kg/hm^2$，以单施氮、磷、钾肥（习惯模式）为对照，对该模式在水稻上的应用效果进行了系统分析。

1）畜禽废弃物肥料化利用对水稻产量与经济效益的影响。利用农户调查和现场测产相结合的方法，分析了在"猪—粪（堆肥）—作物"和"猪—沼—作物"两种模式条件下，猪粪型有机肥、沼肥对稻谷产量及经济效益的影响（表7-15），发现猪粪型有机肥能明显提高作物产量，平均达 $7458.25kg/hm^2$，施用沼渣、沼液与单施化肥相比，产量无显著性差异。从刨除了各种肥料运用模式所使用的不同肥料配比的投入以后的实际收入来看，施用猪粪型有机肥的增收量明显高于单施氮、磷、钾肥，增收量达 1588.25 元/hm^2，相对增益率为 16.30%；施用沼渣、沼液的增收量达 1964.47 元/hm^2，相对增益率为 20.16%。

表 7-15　畜禽废弃物肥料化利用模式对水稻产量的影响及经济效益分析

模式	平均实际产量/（kg/hm²）	总收入/（元/hm²）	投入成本/（元/hm²）	实际收入/（元/hm²）	产投比	增收量/（元/hm²）	相对增益率/%
猪—粪（堆肥）—作物	7 458.25	14 319.84	2 987.30	11 332.54	4.79	1 588.25	16.30
猪—沼—作物	6 872.95	13 196.06	1 487.30	11 708.76	8.87	1 964.47	20.16
对照	7 044.10	13 524.67	2 782.70	10 741.97	4.86	997.68	10.24

2）畜禽废弃物肥料化利用对水稻品质的影响。在示范区取样分析了"猪—粪（堆肥）—作物"和"猪—沼—作物"两种肥料化利用模式条件下，猪粪型有机肥和沼肥对稻谷品质的影响（表 7-16）。施用猪粪型有机肥和沼渣、沼液对稻谷的外观品质和内在的物理品质均有一定的改善。与施用纯化肥相比，施用猪粪型有机肥后，其整精米率、直链淀粉、蛋白质、胶稠度分别提高了 0.50、1.60、0.24 和 9.50 个百分点。施用沼渣、沼液后，其整精米率、直链淀粉、蛋白质、胶稠度分别增加了 1.30、1.38、0.27、8.50 个百分点。

表 7-16　畜禽废弃物肥料化利用模式对稻谷品质的影响

模式	糙米率/%	精米率/%	整精米率/%	垩白粒率/%	垩白度/%	直链淀粉/%	蛋白质/%	胶稠度/mm
猪—粪（堆肥）—作物	80.1	67.9	46.5	38.0	1.29	17.90	10.93	54.0
猪—沼—作物	79.9	67.5	47.3	27.5	0.83	17.38	10.96	53.0
对照	80.4	68.0	46.0	26.0	0.65	16.30	10.69	44.5

3）畜禽废弃物肥料化利用对土壤养分的影响。在"猪—粪（堆肥）—作物"和"猪—沼—作物"两种猪粪肥料化利用模式条件下，施用猪粪型有机肥和沼肥对土壤有机质和速效 N、P、K 含量具有明显的影响（表 7-17）。施用猪粪型有机肥和沼渣、沼液均有利于提高土壤有机质含量，与施用纯化肥相比，有机质分别提高了 2.3g/kg 和 0.5g/kg。施用猪粪型有机肥能有效提高土壤速效钾含量，较施用纯化肥提高了 7mg/kg，而施用沼渣、沼液对土壤速效钾含量影响不大；两种畜禽废弃物肥料化利用方式可明显降低土壤有效磷的含量，分别较单施纯化肥降低了 0.9mg/kg 和 2.3mg/kg。因此，两种肥料化的利用方式对土壤地力的长久保持与培肥有较好的效果，有利于提高土壤的保肥效能，为下一季的作物生长打下良好的基础。此外，施用猪粪型有机肥和沼渣、沼液还田还有利于降低土壤中速效氮、磷的含量，尤其在降雨较多的华中地区，更有效地降低了土壤表层的 N、P 流失，从而减轻了因施肥带来的农业 N、P 面源污染。

表 7-17　稻谷收获后不同肥料化利用方式对土壤表层（0～20cm）养分含量的影响

模式	有机质/（g/kg）	水解性氮/（mg/kg）	有效磷/（mg/kg）	速效钾/（mg/kg）
猪—粪（堆肥）—作物	63.20	258.60	6.90	66.00
猪—沼—作物	61.40	239.40	5.00	52.00
对照	60.90	260.00	7.80	59.00

（2）在蔬菜上的应用

"猪—粪（堆肥）—作物"和"猪—沼—作物"两种肥料化利用模式下，施用猪粪型有机肥和沼肥均能提高蔬菜产量，提高莴苣、茄子和萝卜叶绿素含量，碳氮代谢关键酶（硝酸还原酶、蔗糖合成酶和蔗糖磷酸合成酶）活性，根系活力、根系吸收面积和活性吸收面积，韧皮部汁液中游离氨基酸、可溶性糖、可溶性蛋白含量，提高维生素 C、可溶性糖、粗纤维及蛋白氮含量，降低硝酸盐、亚硝酸盐含量，达到提高产量和改善品质的目的。

1）畜禽废弃物肥料化利用对蔬菜产量的影响。"猪—粪（堆肥）—作物"和"猪—沼—作物"两种肥料化利用模式均能较好地促进蔬菜生长，使其平均产量增加幅度分别较单施化肥提高了 0.82% ~23.70% 和 1.14% ~19.52%，其中，两种肥料化利用模式可分别提高莴苣茎产量 20.71% 和 19.52%；"猪—粪（堆肥）—作物"模式可提高莴苣叶产量 3.64%，但"猪—沼—作物"模式使其产量略有降低（-2.72%）；两种肥料化利用模式可分别提高萝卜产量 6.00% 和 1.14%，分别提高茄子产量 23.70% 和 7.00%（表 7-18）。

表 7-18　畜禽废弃物肥料化利用对蔬菜产量的影响　　（单位：kg/hm^2）

模式	莴苣		萝卜	茄子
	茎	叶		
猪—粪（堆肥）—作物	22 808	16 464	63 617	35 991
猪—沼—作物	22 584	15 886	60 703	31 134
对照	18 895	16 330	60 016	29 095

2）畜禽废弃物肥料化利用对蔬菜品质的影响。"猪—粪（堆肥）—作物"和"猪—沼—作物"两种肥料化利用模式均能提高蔬菜可食部分的维生素 C、可溶性糖含量，降低硝酸盐和亚硝酸盐的累积量，维持粗纤维含量在适宜水平，明显地改善蔬菜的营养与卫生品质。

"猪—粪（堆肥）—作物"肥料化利用模式在初果期可分别提高茄子维生素 C、可溶性糖含量 18.76% 和 19.93%，提高粗纤维含量 2.06 个百分点，分别降低硝酸盐和亚硝酸盐含量 14.35% 和 68.22%；盛果期可分别提高茄子维生素 C、可溶性糖含量 9.50% 和 16.92%，分别降低硝酸盐和亚硝酸盐含量 34.90% 和 23.68%；末果期可分别提高茄子维生素 C、可溶性糖含量 19.94% 和 10.95%，明显降低硝酸盐和亚硝酸盐含量 42.17% 和 31.82%。"猪—沼—作物"肥料化利用模式在初果期可分别提高茄子维生素 C、可溶性糖含量 3.93% 和 25.27%，提高粗纤维 0.22 个百分点，分别降低硝酸盐和亚硝酸盐含量 9.59% 和 14.95%；盛果期可分别提高茄子维生素 C、可溶性糖含量 19.47% 和 36.18%，可分别降低硝酸盐和亚硝酸盐含量 10.81% 和 18.42%；末果期可分别提高茄子维生素 C、可溶性糖含量 9.99% 和 26.49%，明显降低硝酸盐和亚硝酸盐含量 8.95% 和 40.91%（表 7-19）。

表 7-19　畜禽废弃物肥料化利用对茄子品质的影响

时期	模式	维生素 C /(g/kg)	可溶性糖 /(g/kg)	硝酸盐 /(mg/kg)	亚硝酸盐 /(mg/kg)	粗纤维 /%
初果期	猪—粪（堆肥）—作物	70.07	77.98	1 037.37	0.034	25.95
	猪—沼—作物	61.32	81.45	1 095.09	0.091	24.11
	对照	59.00	65.02	1 211.21	0.107	23.89
盛果期	猪—粪（堆肥）—作物	48.36	92.10	349.61	0.029	17.53
	猪—沼—作物	48.35	107.27	479.02	0.031	18.59
	对照	40.47	78.77	537.07	0.038	21.40
末果期	猪—粪（堆肥）—作物	116.47	257.76	161.95	0.015	19.43
	猪－沼－作物	106.81	170.77	254.99	0.013	22.04
	对照	97.11	232.32	280.06	0.022	22.06

注：维生素 C、硝酸盐、亚硝酸盐以鲜重计，可溶性糖、粗纤维以干重计，下同

　　"猪—粪（堆肥）—作物"肥料化利用模式可分别提高萝卜维生素 C 和可溶性糖含量 28.21% 和 19.78%，可分别降低硝酸盐和亚硝酸盐含量 16.67% 和 28.00%；"猪—沼—作物"肥料化利用模式可分别提高萝卜维生素 C、可溶性糖含量 4.70% 和 8.51%，可分别降低硝酸盐和亚硝酸盐含量 8.65% 和 12.00%。但是，两种模式并未显著降低粗纤维含量，仍然使其保持在蔬菜质量标准范围内（表 7-20）。

表 7-20　畜禽废弃物肥料化利用对萝卜品质的影响

模式	维生素 C/(g/kg)	可溶性糖/(g/kg)	硝酸盐/(mg/kg)	亚硝酸盐/(mg/kg)	粗纤维/%
猪—粪（堆肥）—作物	18.27	209.6	2 079.67	0.018	26.31
猪—沼—作物	14.92	189.88	2 279.79	0.022	26.50
对照	14.25	174.99	2 495.72	0.025	27.17

　　"猪—粪（堆肥）—作物"肥料化利用模式可分别提高莴苣茎中维生素 C、可溶性糖含量 93.42% 和 30.14%，降低硝酸盐和亚硝酸盐含量 20.52% 和 27.27%；可分别提高莴苣叶中维生素 C、可溶性糖含量 70.78% 和 34.16%，降低硝酸盐和亚硝酸盐含量 16.25% 和 46.15%。"猪—沼—作物"肥料化利用模式可分别提高莴苣茎中维生素 C、可溶性糖含量 45.06% 和 4.85%，降低硝酸盐和亚硝酸盐含量 2.23% 和 13.64%；可分别提高莴苣叶中维生素 C、可溶性糖含量 4.57% 和 3.95%，降低硝酸盐和亚硝酸盐含量 11.18% 和 7.69%（表 7-21）。

表 7-21　畜禽废弃物肥料化利用对莴苣品质的影响

可食部位	模式	维生素 C /(g/kg)	可溶性糖 /(g/kg)	硝酸盐 /(mg/kg)	亚硝酸盐 /(mg/kg)	粗纤维 /%
茎	猪—粪（堆肥）—作物	80.83	78.36	209.55	0.16	36.65
	猪—沼—作物	60.62	63.13	257.75	0.19	37.02
	对照	41.79	60.21	263.64	0.22	38.58

续表

可食部位	模式	维生素 C /(g/kg)	可溶性糖 /(g/kg)	硝酸盐 /(mg/kg)	亚硝酸盐 /(mg/kg)	粗纤维 /%
叶	猪—粪（堆肥）—作物	102.47	59.07	238.68	0.07	31.70
	猪—沼—作物	62.74	45.77	253.12	0.12	32.67
	对照	60.00	44.03	284.99	0.13	34.74

第三节 安全高效农业生产模式的效益评价与应用前景

一、效益评价

城郊区安全高效农业生产模式通过特色种植业生产技术提升和种养一体化资源优化配置，实现了农产品安全和生态环境安全，带动了农民增收和科技水平与安全意识的提高，并培养了一大批农村科技推广人员，达到了经济效益、生态效益和社会效益的高度统一。

（一）节本增效，经济效益高

通过对城郊区安全高效农业生产模式的推广应用，减少肥料施用量20%，减少化学除草剂和杀虫剂用量50%，提高农产品产量10%～15%，经济效益显著。与当地常规蔬菜生产模式相比，平均每公顷节约肥料2000元，节约除草剂和杀虫剂500元，减少投入合计3000元/hm^2，蔬菜产量平均增加5000kg/hm^2，产值增加7000元/hm^2，节本增效合计达10 000元/hm^2；茶叶生产平均每公顷节约肥料500元，节约除草剂和杀虫剂500元，减少投入合计1000元/hm^2，茶叶产量平均为300kg/hm^2，较常规对照模式增加20kg/hm^2，因为茶叶品质的提高，茶叶单价平均增加200元/kg，产值平均增加64 000元/hm^2，节本增效合计达65 000元/hm^2；水稻生产平均每公顷节约肥料300元，节约除草剂和杀虫剂200元，减少投入合计500元/hm^2，水稻产量平均为7000kg/hm^2，较常规对照模式增加500kg/hm^2，因为稻米品质的提高，稻米单价平均增加0.2元/kg，产值平均增加1500元，节本增效合计达2000元/hm^2。华中城郊区安全高效农业生产模式推广应用蔬菜地2000hm^2，茶园200hm^2，稻田3000hm^2，蔬菜、茶叶和优质稻米分别节本增效2000万元、1300万元和600万元，合计达2900万元。

（二）农产品品质改善

通过城郊区安全高效农业生产模式的应用，农产品品质得到显著改善。蔬菜硝酸盐含量平均降低10%，维生素C含量平均增加10%；茶叶咖啡碱含量、氨基酸含量和可溶性糖含量平均增加15%、30%和10%，而粗纤维含量降低20%；稻米整精米率高达70%，蛋白质含量和胶稠度平均增加10%和15%。

（三）减少环境污染源

城郊区安全高效农业生产模式，大幅度减少了化肥和农药的使用，减少了环境污染。通过减少20％的化肥用量，土壤硝态氮降低15％，土壤有效磷降低5％，从而减少了土壤N、P淋失和对周围水体富营养化的影响。每年每公顷农田减少使用除草剂15kg和杀虫剂10kg，有效减少了农药残留超标问题。对猪粪有机肥的推广施用，促进了对猪粪的肥料化利用，减少了养殖场废弃物的污染，从而改善了农村环境。

（四）提高了农民素质，促进了农村经济发展

城郊区安全高效农业生产模式的技术示范与推广，带动了相关产业（如新型肥料、土壤养分调理剂、优质有机肥等）的发展，促进了农村经济发展。通过示范推广培训、样板示范参观和讲解，提高了农民的农产品优质生产意识和种植水平，提高了农民的素质。示范推广过程中，培训了一批基层示范推广科技人员，提高了他们的知识和业务水平。

（五）良好的社会效益

以城郊区安全高效农业生产为契机，公司和农户建立合同关系，合作社收购社员优质农产品，安置当地农村剩余劳动力，并带动农户创收，带来了良好的社会效益。在长沙市金井镇湘丰茶叶有限公司实现企业快速成长的同时，和公司发生合同关系的茶园达3000hm²，每年向周边农户收购各种档次茶鲜叶2700万kg，支付各种档次茶鲜叶收购款或者支付茶鲜叶采摘工资合计达8100万元以上，带动2万多茶叶种植户平均创收4000元。长沙县汇龙生态农业合作社每年收购社员和生产基地的优质稻、藠头、刀豆及蔬菜原材料1.2t，付给农民现金1800多万元，加上基地出栏肥猪和乳猪两项，社员收入达3440多万元。安置当地农村劳动力500多人，发放工人工资450多万元。全社种、养、加、销共实现产值1.2亿元，利税500多万元，每年股金分红给社员11万元，交售农产品返利32万元。

二、应用前景

随着全球经济一体化和世界贸易自由化的发展，在各国降低关税的同时，与环境技术贸易相关的非关税壁垒日趋森严，食品的生产方式、技术标准、认证管理等延伸扩展性附加条件，对农产品国际贸易将产生重要影响。这就要求农产品在进入国际市场前，必须经过权威机构按照通行的标准加以认证。目前，只有通过国际标准化委员会（ISO）制定的"ISO 9000"和"ISO 14000"国际环境标准的认可，才能进入国际市场，参与国际贸易。我国的农产品生产必须依据国际食品安全生产要求和相应的生产标准，并通过有关农产品认证机构认证，逐步打破国际市场的"绿色壁垒"，使城郊区的农产品能顺利进入国际市场。

我国的城郊区农业生产过分依赖化肥、农药等化学物质的大量投入，造成土壤出现富营养化现象，使得土壤质量普遍下降。城郊区30％以上的土壤出现富营养化现象，

即土壤累积高 N、富 P，土壤平均速效氮含量达 150mg/kg 以上，有效磷含量超过 200mg/kg。而且每年还在不断地大量施用氮、磷肥，使养分富集呈进一步恶化趋势，如个别地区土壤有效磷含量高达 1000mg/kg。这种养分不均衡富积容易造成土壤养分供应不平衡和作物生理缺素，如微量元素缺乏，从而限制作物生长以及对氮、磷肥的吸收利用，降低农产品品质，造成资源浪费和区域环境污染。氮肥使用过多一方面引起土壤硝化和反硝化作用增加而导致温室气体 N_2O 排放增加，土壤 N 损失，加速全球气候变化过程；另一方面硝态氮的淋失造成对区域水体的污染，给水体、大气环境也带来了严重污染。同时随着城市化和工业化的快速发展，城郊区农田生态环境受到城市各种废弃物和农业废弃物的双重污染，主要包括重金属污染和有机物污染等，从而加速了城郊农业的生态环境恶化、土壤质量退化及农产品质量下降，并造成资源的严重浪费。目前华中城郊区土壤质量及农业生态环境状况已经不能满足城郊农业安全、优质、高效的生产要求。

城郊区特色种植业安全高效生产模式满足了人们日益增长的对特色农产品质量的更高要求，是打破"绿色壁垒"的市场需求，也是科学家关注的重大科学问题，对特色种植业的可持续发展、保障国家粮食安全和生态环境安全、维持城郊区特色种植业的生产优势具有重要意义。城郊区种—养复合系统资源优化配置模式让养殖业产生的废弃物或污染物变为有机肥料的原材料。以养殖业促进种植业的发展和提高，同时适当减少化肥的使用量，走绿色农业、可持续发展的道路，具有积极的社会效益，并可使经济效益和环境保护相协调，具有广阔的发展空间。

参 考 文 献

丁和平，王帅，王楠等. 2009. 氮肥增效技术研究现状及发展趋势. 现代农业科学，16（2）：24～29

李科江，张素芳，贾文竹等. 1999. 半干旱区长期施肥对作物产量和土壤肥力的影响. 植物营养与肥料学报，5（5）：21～25

李明德，刘琼峰，吴海勇等. 2009. 不同耕作方式对红壤旱地土壤理化性状及玉米产量的影响. 生态环境学报，18（4）：1522～1526

王小彬，蔡典雄. 2000. 土壤调理剂 PAM 的农用研究和应用. 植物营养与肥料学报，6（4）：457～463

钟平生，李小舍，祁灼芳等. 2009. 诱虫灯对蔬菜害虫的诱杀效果及对天敌的影响. 长江蔬菜，（1）：45～48

De Visser P H B, Van Keulen H, Lantinga E A, et al. 2001. Efficient resource management in dairy farming on peat and heavy clay soils. Netherlands Journal of Agricultural Science, 49: 255～276

Irigoyen I et al. 2003. Ammonium oxidation kinetics in the presence of nitrification inhibitors DCD and DMPP at various temperatures. Aust J Soil Res, (41): 1177～1183

Saam H, Mark J M, Jackson—Smith D B, et al. 2005. Use of animal density to estimate manure nutrient recycling ability of Wisconsin dairy farms. Agricultural Systems, 84 (3): 43～357

Tamminga S. 2003. Pollution due to nutrient losses and its control in European animal production. Livestock Production Science, 84: 101～111

第八章　城郊区循环农业生产模式

第一节　循环农业概述

一、循环农业的内涵与特征

　　循环农业是运用可持续发展思想、循环经济理论与产业链延伸理念，调整和优化农业生态系统内部结构及产业结构，延长产业链循环，在先进的农业生产经营组织方式下，由新型的农业生产过程技术规范、优化的农业产业组合形式构成的，集安全、节能、低耗、环保、高效等特征于一体的现代化农业生产经营活动的总称，是一种提高农业系统物质能量的多级循环利用，最大限度地减轻环境污染和生态破坏，实现自然生态的良性循环与农村建设和谐发展的农业生产方式。

　　循环农业强调农业产业间的协调发展和共生耦合，构建合理而有序的农业产业链，以实现农业在社会经济建设中的多种功能。其主要特征包括以下四个方面。

　　第一，循环农业是一种环境和谐的农业经济生产方式。循环农业要求经济活动按照"投入品→产出品→废弃物→再生产→新产出品"的反馈式流程组织运行，强调在生产链的输入端尽量减少物质与能量的投入，中间环节尽量减少自然资源消耗，输出端尽量减少生产废弃物的排放。

　　第二，循环农业是一种资源节约与高效利用的农业经济增长方式。循环农业在将传统的依赖农业资源消耗的线性增长方式转换为依靠生态型农业资源循环增长方式的同时，探索水资源、土地资源、生物资源与能量资源等的高效利用技术，最大限度地释放资源潜力，减轻资源需求压力。

　　第三，循环农业是一种产业链延伸型的农业空间拓展路径。循环农业实行全过程的清洁生产，使上一环节的废弃物作为下一环节的投入品，在产品深加工和农业废弃物资源化利用的过程中延长产业链条，通过循环农业产业体系内部各要素间的协同作用和共生耦合关系，建立起比较完整、闭合的产业网络，全面提高农业生产效益及农业可持续发展能力。

　　第四，循环农业是建设循环型与环境友好型新农村社区的新理念。循环农业强调农业资源的合理布局，产业结构的优化升级，在倡导资源节约增长方式和健康文明消费模式的同时，实现人与自然的和谐发展，构建健康文明的新农村社区。

二、国内外循环农业模式的发展现状

　　循环农业模式是在先进的农业生产经营组织方式下，由新型的农业生产过程技术规范、优化的农业产业组合形式构成的，集安全、节能、低耗、环保、高效等特征于

一体的现代化农业生产经营活动的总称。

(一) 国外循环农业模式的发展现状

在注重农业生态环境保护和实现农业资源高效利用的基础上，发达国家充分利用科学与技术的最新研究成果和现代工业的制造工艺，先后研发了节水灌溉与加肥灌溉设备、精量播种机械、精量施药机械、秸秆综合利用装备以及其他田间管理设备；开发了有机肥、缓释肥等新型肥料，低污染、高效低毒农药；甚至发展了智能技术与物联网技术在农业中的应用，既改变了粗放的农业经营管理方式，又提高了对动植物疫情疫病的防控能力，确保了农产品质量安全，引领了现代农业循环经济的发展。

美国在 20 世纪 50 年代就开始普遍推广农业节水灌溉，面积占其耕地面积的 50% 左右，喷灌、滴灌往往与农作物施肥、农药使用相结合；实现了大面积的精量播种、精量施药；研发了秸秆综合利用装备，提高了农业固体废弃物的资源化利用，发展了大农业的循环经济模式。

德国是世界上发展循环经济较早且水平较高的国家。在农业肥料使用上，研发了有机—无机长效复合肥、缓控释肥，避免易溶化学肥料的使用；采用精细机械与生物技术相结合的除草方法替代化学除草剂；采用轮作或间作等种植方式预防病虫害。其具有典型自然农业循环经济模式的现代有机农业研究居世界前列。

以色列的土地资源极其缺乏，且干旱缺水。在发展温室无土栽培的基础上，研发了智能灌溉设备，按照作物的需水要求进行适时、适量灌溉，大大提高了水分利用率。由于农业节水技术先进，50 多年来，可耕地面积增加了近 180 万 hm^2，农业灌溉用水从 8000t/hm^2 下降至 5000t/hm^2，50% 以上的耕地面积实现了节水灌溉。同时，在此基础上发展起来的智能加肥灌溉系统实现了精准施肥，减少了化肥对作物和环境的污染。当前，在以色列的农业结构中，基本形成了粮食、经济作物、林业、畜牧业和渔业协调发展的良性循环模式，保障了农业的可持续发展。

日本在"发展自然农业"的基础上，利用现代设备与先进的生物技术将家畜粪便、稻壳等农业固体废弃物制成缓释有机肥来替代化肥，不仅有利于环保，还生产出许多绿色食品。在这种以有机农业为主的资源循环型农业生产模式中，小规模下水道的污泥和家禽粪便以及企业的有机废物被作为原料进行处理后投入到甲烷气体发酵设备，产生的甲烷气体用于发电，剩余的半固体废渣进行固液分离后，固态成分进行堆肥并干燥，液态成分处理后进行再次利用或者排放，此时排放的废物已基本对环境无害，基本实现了废物的高度资源化和无害化。多年来，在政府补贴的基础上，发展以有机农业为主的资源循环型农业使日本的农业生态环境大大改善，农产品质量稳步提升。

(二) 我国循环农业模式的发展现状

我国农业循环经济的研究与发展相对较晚，主要体现在结合传统农业中具有循环理念的技术和措施，根据区域经济与农业特征，发展了一些因地制宜的循环农业模式，大致可概括为下列三个不同层次的典型农业循环经济模式。

1. 农户小循环经济模式

在这种循环模式中，种植或养殖是农户的主要经济来源，其具有规模小、点多、面广、涉及千家万户的特征。农户小循环经济以构建农户内部种植—养殖—农户生活循环链为主，使单个农户农业经济的整个过程（田间—农产品生产—农产品消费—农业再生资源—田间）尽量实现闭合循环，组成一个有机的物质能量循环体系，实现农村废物的高效利用，提高资源、能源利用率，改善农户环境卫生条件，提高经济效益。农户小循环经济模式主要包括以下几种类型。

（1）北方"四位一体"循环经济模式

"四位一体"的生态模式，是在塑料大棚内建沼气池、养猪，猪粪尿入池发酵生产沼气，沼气用作照明、炊事、取暖等，沼渣、沼液作蔬菜的有机肥料或猪饲料添加剂，猪的呼吸、有机物发酵及沼气燃烧还可为蔬菜提供二氧化碳气肥，促进其光合作用。

（2）"鸡—沼气—蚯蚓—鸡"循环经济模式

鸡粪进入沼气池经过发酵产生沼气，沼气可以作为生活能源，沼液、沼渣可以用来养殖蚯蚓，蚯蚓作为鸡饲料的蛋白质添加剂，产沼气剩余的鸡粪直接堆肥用作肥料，这样就形成了养鸡户的良性循环系统。

（3）"猪—沼气—果"循环经济模式

南方"猪—沼气—果"生态模式是利用山地、农田、庭院等资源，采用"沼气池、猪舍、厕所"三结合工程，围绕果品生产，因地制宜开展"三沼"（沼气、沼渣、沼液）综合利用，达到对农业资源的高效利用和生态环境建设，提高农产品质量，增加农民收入的效果。

（4）"立体种养"模式

"立体种养"模式是指在一定空间内将栽培植物与养殖动物按一定方式配置在一起的生产结构，充分利用空间、太阳能、水分和矿物质营养元素，发挥土地和水域的综合生产能力，建立一个空间上多层次、时间上多序列的产业结构。在这种结构中，生物之间以共生互利或相克避害关系联系在一起，并形成一种简单的食物链。例如，"稻—萍—鱼"、"稻—鱼—鸭"等模式是在同一块田里种稻、繁殖、养鱼，充分利用土、水、肥、气、热等自然资源的一种立体结构模式。

（5）基塘生态农业模式

基塘生态农业模式实际上是一种复合型人工生态结构，是一种根据生态系统内能量流动和物质循环规律设计的一种良性循环的生态农业系统。基塘生态农业模式将陆地生态系统与淡水生态系统有机地结合起来，组成一种低消耗、高效益的科学人工体系。在该体系中，一个生产环节的产出（包括物质和能量）是另一个生产环节的投入，使得体系中的各种废弃物在生产过程中得到多层分组利用和循环利用，从而大大提高能量转换率和资源利用率，并有效地防止了废弃物对农村环境的污染。根据基面上种植植物的不同，基塘模式可分为桑基鱼塘、蔗基鱼塘、果基鱼塘、花基鱼塘以及杂基鱼塘等多种形式。"桑基鱼塘"模式是珠江三角洲一带独具地方特色的农业生产形式。这种模式的优点是用蚕沙（蚕粪）喂鱼，塘泥肥桑，使得栽桑、养蚕、养鱼三者有机结合，形成桑、蚕、鱼、泥互相依存、互相促进的良性循环，避免了洼地水涝之弊，营造了良好的生态环境，取得了理想的经济效益，同时也减少了环境污染。

2. 村庄循环经济模式

村庄循环经济模式是在农户小循环经济模式基础上，结合农村环境整治、政府投入的加大以及较大与较先进的处理设施，提高了农业固体废弃物的资源化利用率，实现农户+村落二级为实施主体的农业循环经济，较好地协调了种—养关系，达到了共同发展的目的，保护了生态环境，促进了"三农"的发展。村庄循环经济模式主要包括以下几种类型。

（1）以清洁能源为纽带的综合利用模式

这种模式以土地为基础，以沼气为纽带，形成以农带牧、以沼促果、种养结合的良性循环系统。将人畜粪便在沼气池经过发酵后，制成的沼气、沼液、沼渣应用于农村生活与农业生产，来达到系统内部生态位的充实和资源的深度开发，增强农业生态体系的稳固性。

（2）以秸秆综合利用为主的生态村模式

随着农业生产力的发展，对化肥、农药、石油等能源的高投入，部分地区作物秸秆的传统利用方式已经转变为堆积在田头、路边或作为废弃物付之一炬。这不仅浪费自然资源，而且妨碍交通，污染环境，甚至引起火灾，造成烧毁树木、禾苗的后果，若利用得当，就能变废为宝，将其转化为优良的饲料、肥料、能源和多种有益的产品，兼收经济、环境和社会效益。近20年来不少地区秸秆还田的数量相对减少，全国平均有20%～30%的秸秆直接还田，而多数秸秆被焚烧，大量的能量与养分损失了。

当前，我国除秸秆还田外，还在能源、饲料和肥料三个方面分别开展了秸秆的开发利用，以提高农业资源利用效率。具体包括秸秆饲料、秸秆建材、秸秆沼气、秸秆制炭、秸秆发电等。

3. 乡镇大循环经济模式

农业系统实际上是生态、技术和经济系统的耦合，可以概括为"植物生产、动物转化、微生物循环和系列加工增值"。区域循环发展模式是从循环经济的角度出发，根据区域布局优化与分工优化的原则，通过建立健全区域生态整合机制与产业共生机制，实现全区域社会经济增长与生态保护的动态平衡。

耦合是高一层次释放总体生产力的行为，可若干倍地大幅度提高整体农业生产水平。就整个农村经济而言，可以农业生产为基础，不断拉伸和拓宽产业链条，将在投入产出方面互补的企业安排在一起，建立高效的物质能量循环与废物的再利用工程。应根据分工原则，以区域资源优势为导向，以特色农产品和主导产业为中心，打通第一、二、三产业之间的联结，实施以发展生态农业为主的区域型循环经济发展模式。这种模式适合于以农业为主的县域循环经济。

（1）乡镇大循环经济模式下农业与其他产业之间的循环

农业和其他产业之间的循环打破了产业的界限，将生态链拓展到产业之间，跨产业实施循环经济法则，这种模式主要是指生态种植业、生态林业、生态渔业、生态牧业与其延伸的生态型农产品生产加工业、农产品贸易与服务业之间，通过废物交换、循环利用、要素耦合等方式延长和拓宽产业链，形成相互依存、相互作用的生态产业网络。各产业部门之间，在质上为相互依存、相互制约的关系，在量上是按一定比例组成的有机体。该模式主要包括以下两个方面的循环。

第一，农业和工业之间的循环，这种循环主要体现为"种—养—加"相结合的工农互惠模式。第二，农业与第三产业的循环，目前主要体现为生态观光农业。农业与旅游业的结合必然要求按照自然生态系统循环和能量流动规律，将清洁生产、资源及其废弃物综合利用、生态设计和可持续消费融为一体，在保证物质、能量、信息流通畅的同时，实现农业生产、农业资源、观光环境的有机结合，真正实现经济、社会和生态效益的高度统一。

（2）循环农业圈层模式的发展（区域循环经济模式）

生态圈循环经济是农业商品化发展到一定阶段后，中小农场主在自愿、民主和平等的基础上，以土地、资金、设备等要素入股而形成的经济合作组织。圈内生产强调的是超大规模的集约化耕种和生产，其实现了农业大规模种植和养殖的集约化生产，完善了产业发展。政府很少干预农业生产，只为农业产业化提供有效的服务，如建立产学研示范基地，将有利于农业发展的知识、技术传到农民手中，使其尽快地转变为现实生产力。随着农业的机械化、专业化和商品化，出现了专业公司将农业的农业物资生产和供应、农业生产、农产品收购、储运、加工、销售等所有环节连成了一个有机整体，形成了农业一体化经营。同时利用田园景观、自然生态等环境资源并借助现代物质技术条件，融现代农业、乡村文化、观光休闲以及环保教育、农事体验职能于一体，实现了农业生产功能、生活功能、生态功能的统一。该模式以信息化、数字化、智能化控制技术和精准变量投入技术为装备，具有使包括农、林、牧、渔各业的"大农业"整个生产工艺过程实现精细化、准确化的农业微观经营管理的新思想。在区域内以最少的资源消耗和最优化的变量投入，实现最佳的产量、最优的品质、最低的农业环境污染和最好的生态环境，达到社会、经济、资源、环境协调，最终实现农业的可持续发展。

第二节　城郊区循环农业生产模式构建与示范

一、模式的构建

（一）需求分析

近20多年来，长江三角洲城郊区域经济，特别是乡镇企业的快速发展，城市化进程不断加快，小城镇及大中城市城乡结合部废弃物日益增加，使得原本承载城市废弃物的城郊农业由于缺乏有效的应对技术与措施，变得不堪重负。就农业本身而言，由于人地矛盾的加剧，对耕地的利用长期以来一直是重用轻养，传统的绿肥、畜肥及河泥肥多为化肥所取代，"资源—产品—污染排放"的直线型物质流农业模式，加上对过量化肥、农药的使用以及重 N 轻 K 等，已使得农田耕作层变浅，犁底层增厚，土壤养分失衡，肥力及耕地质量退化。这种粗放的管理方式，不仅导致该区域有限的农业资源被严重浪费，且人—地、人—水矛盾与生态环境恶化问题越发突出，已成为该地区社会经济持续发展的重大问题。

由于城市工业和生活废弃物排放不断增加，化肥和农药施用量居高不下，畜禽粪便等农业废弃物的资源化利用技术尚不完善，城市郊区一方面要承接来自城市的废弃物，另一方面又要担负高投入、高强度的农业生产，起着维护城市食品健康安全和生态环境安全的双重功能。然而，城郊环境质量的恶化和生态功能的衰退，以及由此引起的农产品安全问题，已成为严重影响城乡生态和居民健康的重要原因，并已演变成城郊经济和社会可持续发展的"瓶颈"。

近年来，发展农业循环经济，促进农业经济与生态环境建设的协调发展已逐渐成为共识。我国许多地区也逐渐产生了体现各地自然条件和生产方式的农业循环经济和生态农业模式，但大多只考虑了农业自身产业的发展，物质与能源的循环圈较小，对产业链间衔接技术研究不足，循环效率不高。一方面，在新的生产组织方式下，对产业链中物质（养分、污染物）和能量是否被充分循环利用，能量是否被高效转化，污染物是否被最大化削减缺乏统筹。另一方面，发展种—养—加工业循环经济是经济再生产过程与自然再生产过程的有机交织，既涉及养殖业、种植业的内部结构调整与优化，也涉及与发展循环经济相配套的产业间的各项技术的有效、协调衔接，只有产业内部和彼此间的接口技术得到优化，并建立和发展与循环经济相适应的模式及相关技术上、产业上的支撑体系，才能保证循环经济的持续健康发展，实现经济、社会与生态效益的统一。

随着农村的改革和发展，农业组织呈小户做成大户、大户做成企业的趋势，这种发展和变化，还需在量上积累，在质上飞跃。产生大户和企业的条件正在显现：一是随着两个流转的加快，农村人口和劳动力越来越少，剩下的农户逐渐占有规模的农业资源，有条件向农业大户、企业家转变；二是随着结构调整和产业化发展，目前的多种组织形式并存的局面，将在不平衡发展中促使许多小户变成大户，大户转变为企业；三是农业现代化都要求农业生产者参与市场竞争，竞争促使农业主体从种养向加工和流通发展，要求农业企业的现代管理和经营意识不断增强。这种新的组织形式的转变为农业循环经济的发展提供了更广阔的空间。

因此，构建适于我国城郊循环农业发展的模式及其技术体系，加大农业废弃物的资源化循环利用力度，转变农业增长方式，是实现城郊农业和生态环境相互协调，减少农业污染物排放，维护城乡生态环境安全的必然选择。培育新型城郊特色农业模式，不仅可以缓解并最终解决城郊农业经济发展与生态环境保育之间可能存在的矛盾，同时也可以促进农业产业链的延伸与联合，创建资源节约型农业循环经济模式，促进区域农业的可持续发展。

（二）构建原则

城郊农业循环经济是农业循环经济的重要组成部分，其雏形在我国传统农业、生态农业中就有所体现，例如，在农业生产过程中，消耗了物质、能量，生产出供人类享用的农产品，部分人类食用后产生的排泄物及其他副产品（如秸秆）又用作农村能源或过腹还田培肥地力。但这已不能适应或不能完全适应现代快速、持续、高效（节支、增收、增效）、安全、优质农业发展的需要。

城郊农业循环经济是将农业生产、农产品加工和有机废弃物资源化看成是客观的"形体"连接在一起，形成资源低消耗、产品再加工、资源再利用（即废弃物资源化）的周而复始的循环经济体系。它是走向集中和联合的一种新型农业生产经营方式，在农业生产者之间或者与产前、产后部门形成经营共同体，提高农产品质量，寻求更有利的农产品加工增值和有机废弃物再生利用，将农业生产者由单纯从事动植物生产向以动植物生产为中心的产前、产后、资源再生等领域循环经营转变。它的发展不单纯是农业内涵延伸、资源效益放大、农民增收和农村经济壮大的重要途径，而且也是缓解农业资源压力、保护生态、清洁环境、促进农业和农村经济可持续发展的战略举措。

循环农业模式包含四个方面的内容：一是生产活动的组织方式，即整个系统从资源投入到最后无害化处理排放全过程的构架，生产要素之间的组织关系；二是生产过程的技术工艺，即每个生产环节内人工采取的干预措施和技术流程，环境无害化技术在农业利用方面所起的作用；三是物质能量的流动途径，即农业经济系统全过程的物流情况和环境影响，物质和能源的整个流通过程对系统的资源消耗和污染排放；四是生态产业链条的网络，即农业与第二、三产业之间的耦合作用，农业产业链条延伸的动力机制，及各个转化环节的联系机制。

综上所述，循环农业模式体系由农业产业链的组织方式、农业产业化经营技术范式、农业产业链的网络形式三部分构成。

1）农业产业链的组织方式，即农户与企业、市场之间建立的农工商一体化组织形式，以及经济实体之间共赢的利益分配机制；

2）农业产业化经营技术范式，即包括清洁生产技术在内的一系列先进的生产技术体系，以及多样化的农业生态工程设计样式；

3）农业产业链的网络形式，即农业各产业之间以物质为纽带所形成的共生耦合相互作用关系，以及各产业主体在不同区域的空间布局。

循环农业模式的构建应遵循以下原则。

1. 因地制宜原则

农业循环经济建设的基本程序可归纳为：调查搜集有关资料，进行系统诊断，找出主要限制因子和优势因子；确定农业循环经济建设的主要类型、模式及其主要目标、任务和重点解决的问题；制定农业循环经济发展规划和社会经济发展规划，进行效益预测和规划的可行性分析，达到经济、生态与社会三大效益协同提高。农业循环经济模式的分类按地域、地貌分为平原、山区农业循环经济等；按行政编制分为循环农业县、循环农业乡（镇）、循环农业村、循环农场等；按产业分为循环渔业、循环林业等；按功能分为水、土、林、田结合治理模式等。模式设计采用时空结构型、食物链结构型、时空—食物链结构型三大类型。时空结构型含平面设计、垂直设计和时间设计，在实际应用中主要为多维时空结构型，包括种群的平面配置、立体配置及时间的叠加嵌合等。食物链结构型模拟生态系统中的食物链结构，在农业生态系统中实行物质和能量的良性循环与多级利用，一个系统的产出（或废弃物）即是另一个系统的投入，废弃物在生产过程中得到再次或多次利用，形成良性循环系统，充分利用自然资源，如粮—猪—沼—鱼模式等。食物链模式设计可采用"依源设模，以模定环，以环促流，以流增效"的方法，通过链环的衔接，使系统内的能流、物流、价值流和信息流畅通，从而提高经济、生态和社会三大效益。时空—食物链结构类型是时空结构型和食物链结构型的有机结合，它使生态系统中物质的高效生产和有效利用有机结合，是"开源与节流"高度统一的"适投入、高产出、少废物、少污染、高效益"的农业循环工程类型。

2. 技术创新原则

农业循环经济的技术支撑已不仅是建设几个沼气池、增施有机肥、提倡秸秆还田等简单技术，还应充分考虑农业规模化、企业化、产业化发展趋势中出现的生态破坏和环境污染、经济效益和社会和谐等方面的问题。因此，必须大力重视农业循环经济的技术创新，在技术支撑上要选择适合中国国情的符合可持续发展思想的现代农业技术。农业循环经济技术系统主要包括三个方面的技术内容：一是资源优化利用技术；二是资源永续利用技术；三是紧缺资源替代技术。当前，应重点研究推广优质、高产、高效动植物新品种和优势农产品产业带建设配套技术；水土保持、提高土壤肥力、防止盐碱及土壤沙化、防止有害生物入侵等技术；水土流失治理、盐碱治理、农业面源污染治理等技术；有利于生态平衡的"农牧结合"、"农林结合"、"农林牧渔结合"的综合技术体系；无污染、无公害或减少环境污染的农业生产技术；减少资源消耗的节地、节水、节肥、节能、节材、节本农业生产技术等。要加强农业可持续发展试验区建设，充分发挥典型示范带动作用，研究探索新技术高效推广机制，使科技成果迅速转化为现实生产力。

3. 组织形式原则

我国市场经济体制的不断建立完善以及经济全球化的推进，使分散化、个体化生产经营的农民面临着市场、自然和技术的三重风险。在重重压力下，广大农民发扬首创精神，不断调整经济组织结构，适应市场竞争的要求，在一家一户生产的不平衡发展中，有一部分大户或企业脱颖而出，但这仅仅是少数。大多数小户生产仍然存在着巨大的风险，在实践中他们从不同的角度联合起来，建立起利益共同体，如专业协会、专业合作社等组织，共同应对各种风险。这样原来一家一户的组织形式悄然演变成四种要素同时并存的形式，即一家一户生产经营、代表众多小户利益共同体的合作经济组织、大户、企业。其中的合作经济组织是小户发展壮大前的一种缓冲组织形式。这些要素在实践中相互组合，形成了公司＋农户、农户＋大户、农户＋合作经济组织、农户＋合作经济组织＋公司等组织形式。

（三）评价体系

1. 农业循环经济的评价原则

循环经济是建立在不同层次、不同生产过程和"减量化"（reducing）、"再使用"（reusing）、"资源化"（resources）的"3R"原则基础上的。其中每一原则对循环经济的成功实施均是必不可少的。减量化原则属于输入端控制方法，其基本目的是减少进入生产和消费过程的物质和能量流，以节省对资源的利用；再使用原则属于过程控制方法，目的是延长产品和服务的时间强度，使等量的资源消耗获取更多的产品和服务效能；资源化原则属于输出端控制方法，通过将废物再次加工变成再生资源加以利用，从而达到减少废物的最终处理量，减少初次资源物质能量消耗的目标。

（1）减量化原则

减量化原则的含义是在生产过程中通过管理技术的改进，减少进入生产和消费过程的物质和能量流量，因而也称为减物质化。换言之，减量化原则要求在经济增长的过程中，为使这种增长具有持续的和与环境相容的特性，人们必须学会在生产源头的输入端就充分考虑节省资源，提高单位生产产品对资源的利用率，预防废物的产生，而不是将眼光放在产生废物后的治理上。

对生产过程而言，企业通过技术改造，采用先进的生产工艺，或实施清洁生产减少单位产品生产的原料使用量和污染物的排放量。例如，制造轻型汽车代替重型汽车，既节省了资源，又节省了能源，同时还满足了消费者的使用要求。采用替代动力源代替石油源作为汽车的燃料，则减少甚至消除了有害的尾气排放，更降低了尾气的治理费用，控制或缓解了全球性"温室效应"。改革产品的包装，淘汰一次性物品不仅减少了对资源的浪费，同时也削减了废弃物的排放量等。

对消费过程而言，要求人们改变消费至上的生活方式，从过度消费向适度消费和"绿色消费"转变，从追求环境不友好的物质"品牌"向追求崇尚环境友好的物质和精神"质量"的生活方式转化。在消费领域实现减量化的途径很多，如引导和鼓励企业生产简易包装、可回收无残留的非塑料薄膜包装的消费产品，引导和鼓励人们选购包装物较少的物品，购买耐用的、循环使用的物品，这些"绿色消费"都有利于减少垃圾的产生，有利于资源和能源的节省。

（2）再利用原则

再利用原则要求在生产或消费活动中尽可能多次以及用多种方式使用各种物品，避免物品过早成为废品。

对生产过程而言，生产企业使用标准件进行设计，使设备或装置中的器件、零部件等非常容易和便捷地升级换代，而无需更换整个产品。例如，某些欧洲汽车制造商正在将轿车设计成装卸式，以使其零件易于拆卸和再使用，有利于延长使用寿命。特别是在我国的农业机械的设计、制造过程中，实行标准化、标准件生产，实现机件、零部件的通用性、替代性、耐用性、节能性，充分发挥"再利用原则"的潜力和空间还非常大。尽早在这方面取得突破性成就，不仅能极大地节省资源和能源，而且能极大地降低农机具的采购成本，减少农民的生产消耗支出，加速推进农业机械化、现代化的进程。

对消费而言，要大力构建节约型社会，树立起全民的节约意识，并采取相应的经济、法律、道德约束措施，促使人们在将某一物品作为废物处置之前，自觉自愿地审视它的"再利用"价值，决定该物品是否能维修再使用或是否能返回市场体系供别人使用或捐献给他人使用。发达国家一些消费者常喜欢从 Salvation Army 以及各种"跳蚤"等带有慈善性质的市场购买二手货或虽有损坏但不影响使用的物品，以通过物品的再利用来节约能源和材料。

（3）资源化原则

资源化原则要求尽可能地通过对"废物"的再加工处理使其成为再生资源，制造成使用资源、能源较少的新产品而再次进入市场或生产过程，以减少垃圾的产生和材料的浪费。例如，对固体废物可通过分选、粉碎等使其变成生产中的原料，从而缓解垃圾填埋或焚烧的压力；对于排出的废水可通过经济合理处理，去除污染物，达到一定可用标准后再用于生产（如绿化、道路冲洗等），变废水为可用水，以节省水资源，并减少对水体的污染。

资源化的途径有两种。一是原级资源化，这是最理想的资源化方式，即将消费者遗弃的废弃物资源化，形成与原来相同的新产品。例如，利用破碎玻璃生产再生玻璃，利用废纸生产再生纸，利用废钢铁生产钢铁等。这种资源化途径对于其生产过程所涉及的原料及生产工艺物耗和能耗均较低，因而具有良好的环境效益和经济效益。二是次级资源化，这是一种将废弃物用来生产与原产品性质不同的其他产品原料的资源化途径。例如，将制糖所产生的蔗渣作为造纸的生产原料，将糖糟作为酒精的生产原料等。在这一资源化过程中，由于事实上已形成了生产原料的生态化，因而其物质在不同领域的流动过程中只有资源的循环而不存在废物的概念，不仅可实现资源充分共享的目的，同时可实现变环境污染负效益为节省资源、较少污染的正效益的"双赢"效果。此外，与资源化过程相适应，必须鼓励消费者购买消费用再生资源生产的产品，以使循环经济的整个过程实现"封闭的循环"，使工业生产和生活消费过程走向生态化。

循环经济要求以源头控制、避免废弃物产生和节省资源消耗为优先目标。"3R"原则构成了循环经济的基本思路，是循环经济思想的基本体现，但三个原则的地位和重要性并非完全相同。事实上与人们简单地将循环经济认为是将废物资源化、进行废物回收利用的观念不同，废物再生利用仅是减少废物最终处理量的方法之一，而循环经济的根本目标是要求在企业生产或人们消费等经济活动中系统地避免和减少废物的产生，因而从输入端加以控制的减量化原则，是循环经济具有第一法则意义的优先原则。例如，1996 年德国《循环经济与废物管理法》明确规定了对待废弃物的优先顺序为：避免产生—循环利用—最终处置。其基本含义包括以下几个方面：首先，为实现可持续发展，必须将以末端治理为污染控制的思想向以源头预防为避免污染的思想转变，将防治污染结合到生产和消费等整个经济活动的全过程中。减少经济活动源头的污染物产生量不仅对于维护生态环境、减少污染产生后的负效益具有十分重要的意义，而且对于改变企业的形象、不被动地执行甚至"应付"政府的法规而主动地进行企业改造、实行清洁生产、走向生态化经济具有强大的推动作用。因而，减量化是循环经济的优先考虑法则。其次，对于源头不能控制或消减的"废物"和经消费者使用后的包装物、旧物品等应考虑通过原级或次级途径加以回收利用，使它们作为资源重返经济循环过程，充分发挥其使用价值。只有当避免产生和回收利用在许可条件下均不能实现时，才最终进行环境无害化处置或处理。

循环经济减量化优先的法则还表明，再生利用和资源化虽然是三个原则不可分割的组成部分，但它们在一定程度上存在某些不足和局限性。废物的再生利用相对于末端治理而言虽然是社会对污染防治、节省资源、实现可持续发展认识的重大进步，但我们还必须清醒地看到，再生利用的本质仍然属于亡羊补牢，并非防患于未然的预防性措施。废物再利用虽然可以减少其最终处理的数量，但绝非意味着能够减少经济过程中物质的流动、使用和能量转换的速度和强度，况且再生利用和资源化的过程本身也需要消耗物质能量。目前废物再利用方式尚不能满足环境友好的原则，因为目前的再利用方法和技术在处理和加工废弃物时，往往需要矿物能源以及水、电等其他物质资源，并同时将未能利用的废弃物排入环境。如果用作再生资源的废弃物的有效成分过低，则会导致其收集、加工和处理的成本过高，因而只有高含量的再利用才有利可图。事实上，经济循环中的效率具有一定的规模效应，即生产效率与生产规模的关系甚为密切。一般说来，物质的循环强度越小，其生态经济效率就越高。例如，将玻璃瓶进行清洗后重新使用（再使用）与将玻璃瓶打碎后重新加工成新的玻璃瓶（再循环）相比，前者的能量消耗和物资消耗会远低于后者，因而不仅更具有环境友好的特性，而且所获得的效益也明显高于后者。因此，将物质作为原料进行再循环只应作为最终的解决办法，是在物质完成所有有效循环之后的最终阶段才予以实施。

2. 农业循环经济的评价体系

随着农业循环经济发展模式的增多和水平的各异，需要对其发展水平进行分析评价，因此人们开始关注农业循环经济发展的评价性研究。但是在农业循环经济量化评价方面，因农业生产过程复杂，出现了怎样评价、用哪些指标评价、用怎样的统计方法和评价体系才合适等问题。农业循环经济评价指标体系的建立将为区域循环农业的发展提供一定信息，为政府决策提供相应依据。

（1）农业循环经济发展评价的基本内容

建立一套科学的、完整的农业循环经济发展评价体系对于循环农业的指导工作非常重要。当前集中于指标体系和评价方法的研究较多。在总结前人及不同学者的研究经验后，集成了 BPEIR 模型、Delphi 方法、AHP 分析法，对长江三角洲地区农业循环经济发展进行了研究。这里将循环农业作为一个系统概念研究，考虑了它的生产性、消费性和吸纳性，将评价工作建立在系统的输入端、过程、输出端之上。

1）构建评价指标体系。农业循环经济发展综合评价指标体系主要包括四个方面的内容：一是经济与社会指标，该类指标主要反映了农业循环经济发展过程的经济社会效益，是循环系统终端输出结果的表现；二是资源减量投入指标，该类指标主要反映了农业资源投入情况，是该系统的输入端效果；三是资源循环利用指标，该类指标用于体现农业资源的利用效率，是该系统生产过程的一种表现；四是资源环境安全指标，该类指标反映了农业发展过程中生态负荷以及资源安全的影响，是该系统环境生产力的体现。这些指标基本能代表农业循环经济的发展情况，但是循环过程之复杂，还应涉及政府及法律角色，毕竟当前循环农业发展才初露端倪，需要更多的政府引导和扶持。循环农业还需要对经济系统、文化、人力资源等因素系统进行考察。因此以科学性、代表性、实用性、综合性、可操作性、"3R"原则等为依据构建了如表 8-1 所示的综合评价指标体系。

表 8-1　长江三角洲地区农业循环经济发展评价指标体系其指标释义

分类指标 B	B 指标权重	单项指标 C	C 指标权重	指标释义
社会经济发展指标 B_1	0.190	C_1 单位面积农业增加值（元/hm²）	0.307	农业总产值/农作物播种面积
		C_2 农民人均纯收入（元）	0.216	农民总收入 − 农民总支出
		C_3 人均粮食占有量（kg）	0.192	粮食总产量/总人口
		C_4 农机总动力（万 kW）	0.149	农业机械总动力
		C_5 恩格尔系数（%）	0.136	恩格尔系数
资源减量投入指标 B_2	0.215	C_6 化肥施用强度（kg/hm²）	0.222	化肥折纯使用量/农作物播种面积
		C_7 农药使用强度（kg/hm²）	0.158	农药使用量/农作物播种面积
		C_8 农膜使用强度（kg/hm²）	0.145	农膜使用量/农作物播种面积
		C_9 农业用水系数（t/hm²）	0.302	农业耗水量/农作物播种面积
		C_{10} 农村用电系数（亿 kW·h）	0.173	农村总用电量
资源循环利用指标 B_3	0.235	C_{11} 畜禽粪便处理率（%）	0.336	畜禽粪便利用量/畜禽粪便产生量
		C_{12} 复种指数（%）	0.268	农作物面积/耕地面积
		C_{13} 秸秆利用率（%）	0.396	秸秆利用量/秸秆产生量
资源环境安全指标 B_4	0.188	C_{14} 森林覆盖率（%）	0.340	林地面积/土地面积
		C_{15} 有效灌溉系数	0.211	有效灌溉面积/耕地面积
		C_{16} 人均耕地（hm²）	0.449	耕地面积/总人口
外部指标 B_5	0.172	C_{17} 产业结构调整能力	0.184	牧副渔总产值/农业总产值
		C_{18} 现代农业基地升级指数	0.235	农业企业/乡镇企业
		C_{19} 农业建设投资率	0.331	农业投资/总财政支出
		C_{20} 科技进步贡献率	0.250	科技活动人员数/总人口

2）确定评价指标权重。多数研究者主要采用 Delphi（专家评分法）和 AHP（层次分析法）为评价指标赋予权重。吴开亚（2008）在巢湖流域农业循环经济发展评价指标中，构成了评价指标值矩阵 R：$R = (r_{ij}) m \times n$，采用熵权法计算指标权重，某单项指标比重表达为

$$P_{ij} = r_{ij} / \sum_{j=1}^{n} r_{ij} \tag{8-1}$$

令 e_i 为第 i 项指标的熵值,则

$$e_i = -k \sum_{j=1}^{n} P_{ij} \ln P_{ij} \qquad (8-2)$$

式中:$k = 1/\ln n$,则

$$w_i = (1 - e_i) / \sum_{i=1}^{n} (1 - e_i) \qquad (8-3)$$

这种模式是基于物理"熵"的概念,熵越小越稳定。同样,熵权值对应较小值时,它作用较大,传递的信息量较多。

3)评价指标数据的标准化。因指标的多样且量纲不一致,不具备可比性,因此需要对其进行标准化处理。

从上述指标可见,反映农业循环经济发展水平的评价指标有正负反馈类型。正作用指标正向反馈农业循环经济发展情况,该类值越大,则循环状况越佳。负作用指标负向反馈农业发展状况,该类值越小,则循环状况越佳。因此处理公式为

$$X'_{ij} = X_{ij}/X_i \qquad (8-4)$$
$$X'_{ij} = X_i/X_{ij} \qquad (8-5)$$

式中:X_{ij} 为某一指标的原始值;X'_{ij} 为标准化处理后指标值;X_i 为基期年第 i 指标原始值。

农业循环经济发展评价中对这种数据的极值变换应用较多。进行指标标准化的方法主要还有级差标准化、极值标准化、参照值标准化、模糊数学法、幂转换法等,应用在区域循环经济发展评价工作中。龚志山(2007)在上海农场循环经济评价中采用的是参照值法,将极端值综合考虑进来,具体公式是:

对于正作用指标:

$$P_{ij} = \min_j(X_{ij}) / \max_j\{X_{ij}\} + (\max_j\{X_{ij}\} - X_{ij})/(\max_j\{X_{ij}\}) \qquad (8-6)$$

对于负作用指标:

$$P_{ij} = X_{ij} / \max_j\{X_{ij}\} \qquad (8-7)$$

4)综合评价指数。从系统观点出发,为了全面反映农业循环经济状况,采用综合评价反映地区农业循环经济发展状况。具体评价公式为

$$S = \sum_{i=1}^{5} (\sum_{j=1}^{n} X_j W_j) R_i \qquad (8-8)$$

式中:X_j 为第 i 项分类指标下的第 j 个单项指标的标准化值;W_j 为第 i 项分类指标下的第 j 个单项指标所对应的权重;R_i 为第 i 项分类指标的权重;S 为农业循环经济发展综合评价指数。

(2)评价结果及分析

长江三角洲地区作为中国农业发展的发达地区,发展农业循环经济具有较为优异的先天生产条件,基础牢固。此外,长江三角洲地区两省一市的强大经济实力为该区农业发展提供了强大的物质保障。与此同时,长江三角洲地区农业发展外向空间巨大,科学持续的农业发展为区域社会发展和生态环境改善注入了新的生命力。很多学者对长江三角洲地区内江苏、上海、浙江三省(直辖市)近年来农业循环经济发展水平进

行了评价。马其芳等（2005）在对江苏省农业循环经济发展水平进行综合评价后指出，自20世纪80年代以来，江苏省农业循环经济发展从缓慢提升，到快速发展以及目前的稳定发展阶段，这一发展过程中，农业循环经济化趋势渐强，并发现资源减量投入、循环利用对江苏省农业循环经济发展的限制作用明显。孙建卫等（2007）在对南京市进行区域农业循环经济发展评价中也指出相似的问题。南京市的发展情况同于江苏省省情，经历了发展从缓慢至快速的阶段，资源减量投入、资源循环利用和生态环境水平提高将更大提升南京市农业循环经济发展水平。马其芳等（2006）在对江苏省13个市进行区域农业循环经济发展评价及其障碍度诊断后指出，江苏省农业循环经济具有一定的区域差异，资源减量投入和资源环境安全是大部分城市的主要障碍因素。

王永龙和单胜道（2006）在对浙江循环农业发展评价的研究中发现，浙江循环农业发展显示出明显的阶段性和区域差异性。目前，浙江循环农业发展正处于由"资源减投、污染减放"为主的资源节约型循环向"再循环、再利用"为主的资源综合利用型循环转型的阶段。因此，资源减投、循环利用和污染减排将成为浙江循环农业经济发展新的增长方向。总体而言，浙江农业循环经济发展速度较快，但水平较低。

上海循环农业发展在近年也有较快发展。上海有关部门按照科学、和谐的发展观，建设资源节约型农业，发展农业循环经济，加快实现农业现代化。龚志山（2007）对上海农场循环农业发展情况进行了评价，认为上海农场循环农业发展速度较江苏、浙江两省慢，整体符合线性增长规律，但决定系数较低，这和上海紧张的农业资源情况等相关。资源循环利用指标、资源减量投入指标增势较弱，阻碍了上海农场循环农业的发展。

二、城郊农业循环经济典型模式

（一）长江三角洲平原水网区循环农业圈层模式

1. 模式概况

长江三角洲以平原和水网为主体，其面积约占全区的1/2，另一半主要是丘陵、岗地和低山。因其处于亚热带的中、北部，且受东亚季风影响，光、温、水分均较充足，利于多种农作物的栽培。丘陵山地一般坡度不大，植被良好，多用以开辟茶园、果园等经济林和毛竹、针阔叶等用材林。近年来，农业结构的调整幅度加大，主要体现为以下几点：①大农业由过去的以种植业为主转向种植养殖业并重。②种植业中，由以粮食作物为主转向粮食作物与经济作物并重。③粮食作物中的小麦面积被逐渐压缩。④养殖业中以水产养殖的发展尤为显著，其产值已超过了肉类。⑤长江三角洲的农产品不仅直接提供消费，还是本区工业加工原料的重要来源。⑥由于港口众多，外向型农业得以持续发展。

长江三角洲地区的人文环境相似，经济文化总体发展水平相近。在农业上，三省市在生产力水平、生产组织形式、产业布局等方面差别不大。因此，长江三角洲农业的发展模式，应更多依据农业所处的地理环境不同，根据农业区域自然资源、市场区位优势，选择利于持续发展的农业经济模式。为此，在空间布局上，平原水网区主要体现在以大、中城市为中心的同心圆中，逐步实现以城乡结合部为第一圈层的设施旱作—水稻轮作模式，逐步布局以蚕桑、苗木、经济林等多年生农林产业及畜牧业为主的第二圈层的种—养—加模式，发展以优质高产粮油、蔬菜生产基地为主的外圈层规模农业模式，从而实现长江三角洲平原水网区循环农业圈层模式，促进农业的经济效益、社会效益与生态效益的协调健康发展。

2. 配套技术体系

（1）相关技术

根据上述总体目标，实现平原水网区特色循环农业的重点有以下几个方面：①实现技术集成，即引进吸收农业废弃物循环利用的现有技术，进行技术的筛选、组装、配套和系列化，实现区域可操作的技术集成。②开展示范与推广，即在技术集成和试验的基础上，将城郊农业循环经济产业链优化集成技术在一定范围内进行应用与推广，建设外向型城郊农业循环经济发展模式的示范样板。重点做好关键技术与现有技术的结合、污染控制与资源再利用的结合、技术措施与农艺管理措施的结合以及示范与辐射推广的结合。模式构建技术路线如图8-1所示。

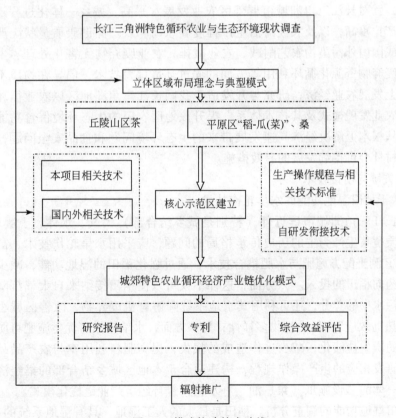

图8-1 模式构建技术路线

1）基于稻田湿地功能的设施瓜（菜）优质高产关键技术集成。主要内容包括以下几个方面：①城郊畜禽集约化养殖排泄物安全处理与利用技术。②稻田湿地生活污水配置与接纳技术优化。③水旱轮作养分调控与土壤保育技术。④设施栽培连作障碍防治技术优化。⑤城郊区农产品质量控制标准与生产技术体系。⑥稻田湿地功能提升技术。⑦城郊农业格局与结构优化模式及技术。

预期达到的效果包括以下几个方面：①防止连作障碍，减少化肥、农药投入。②提高鲜活农产品品质。③养殖业废弃物资源化与养分循环利用。④城郊农业生态环境保育功能提升。

2）基于有机肥的桑田立体种养与环境保育功能提升技术集成与示范。主要内容包括以下几个方面：①基于有机肥的桑田化肥减量及水肥耦合技术。②城郊畜禽集约化养殖排泄物安全处理与利用技术。③桑田生活污水配置与接纳技术优化。④城郊区农产品质量控制标准与生产技术体系。⑤城郊农业格局与结构优化模式及生态功能提升技术。

预期达到的效果包括以下几个方面：①综合经济效益提升。②废弃物资源化与循环利用。③环境保育功能提升。

3）区域特色农业循环系统产业链衔接关键技术集成与研发。主要内容包括以下几个方面：①桑树健康与桑叶品质提升技术。②基于桑枝的食用菌培养基理化性质调控技术。③蚕沙资源化与养分循环利用技术。④城郊农业格局与结构优化模式及技术。

因此，针对长江三角洲城市群郊区农业发展水平高，城乡一体化进程迅速，外向型农业生产比重高，以及农业清洁生产程度要求高和农产品健康质量状况严峻等突出问题，集成国内外污染物农艺削减、农业减排、农业废弃物无害化处理、生活垃圾和养殖系统废弃物资源化循环利用等方面的先进环境保育技术，倡导在物质不断循环利用的基础上发展农业经济，研究与开发适于我国长江三角洲地区以农业循环经济为特色的城郊农业发展模式及其技术体系。提升该地区农田的生态环境保育功能和农产品质量，是从根本上解决经济高速发展带来的生态环境问题和食品安全问题，实现农业经济和农村社会可持续发展的有效措施。

（2）关键与衔接技术

1）基于稻田湿地功能的水旱轮作技术

针对长江三角洲城市群近郊（特别是城乡结合部）大气、水体、土壤环境低劣，并以低品质蔬菜生产为主的历史传承格局的问题，应采用水旱轮作技术、富营养土壤的削N减P测土配方施肥与水肥耦合技术，通过强化稻田的湿地功能，减少甚至杜绝化肥和农药向稻田的投入。一方面，这样不仅可以使稻田接纳来自大气沉降、地表径流、生活污水中的养分，还可利用其土地系统降解有机废弃物，改善区域小气候，降低城市"热岛效应"，保护生物多样性；另一方面，水旱轮作与优化施肥可防止与修复设施土壤的次生盐渍化，减少连作造成的损失，提高肥料利用率与农产品品质，在此基础上，研发相应的生产操作规程，构建适合于本地区城乡结合部的集经济效益、环境保育于一体的"设施瓜（菜、油）—水稻"循环经济产业链优化模式。

对稻田湿地功能的调查分析。稻田是最大的人工湿地，具有湿地系统的基本功能，且对灌溉水有净化作用。在稻田生态系统中，水循环与营养元素的进出关系密切，稻田通过灌溉将水体中的营养物质带入土壤，使得养分得以充分循环。据常熟站的长期观测研究，水稻生长期间需灌溉 600～1000mm 水，灌水中 N 的平均浓度为 2.2mg/L，P 的平均浓度为 0.20mg/L。每年通过灌溉回收水体中的 N 量为 17.6kg/hm²，P 量为 1.52kg/hm²，以及数量可观的有机物。因而稻田被称作一个天然河水养分回收转化器。苏州市的内河水域面积（扣除太湖、阳澄湖、长江等大水域）为 121.5kg/hm²，水稻种植面积为 135.8kg/hm²，稻田与水域比值为 1.12，如按平均灌水 800mm 计算的话，每年通过灌溉就可以将 90cm 深的水体更换一次，其环境作用是显而易见的。稻田生态系统养分输入途径主要有有机无机肥料的施入、灌溉、干湿沉降（降雨）、种子和生物固氮，根据 1982～1984 年太湖地区作物生产中的养分收支平衡情况，稻田生态系统 N 的输入途径中降雨占 4.0%，即每年雨水中向稻田输入的 N 为 14kg/hm²。

通过对稻田生态系统在不同施肥水平下的湿地净化功能的研究，发现稻田生态系统对 NH_4^+-N、NO_3^--N 和 TP 的净化量分别为 10.7～12.3kg/hm²、6.8～9.2kg/hm² 和 $-1.2\sim2.0$kg/hm²，与前人试验结果接近。由此可知，稻田在净化水体养分方面，起到了积极的作用，降低了养分淋溶的环境风险，进而对周围水质起到了改善作用，可视为水体养分的"汇"。但该研究没有考虑稻田径流，而在实际情况下，稻田存在一定的径流风险，尤其施肥期的一次强降雨造成的 N、P 流失量更是相当可观。因此，本试验得出的稻田净化功能是在稻田养分随水输出途径仅为淋溶的前提条件下。在实际情况下，应当采取一定措施控制稻田径流，如加高田埂，从而使稻田起到真正净化环境水质的作用。

基于稻田湿地功能的接纳负荷量。据统计，长江三角洲城市群郊区设施栽培水旱轮作的面积约为 15 万 hm²，城市群郊区人口为 1400 万，根据《农村生活污水处理适用技术指南》确定长江三角洲城市群郊区用水量为 105L/（人·d），生活污水排放量系数选取用水量的 85%，采用排污系数法估算污染负荷，得出长江三角洲郊区生活污水和沼液量如表 8-2 所示，可以看出，生活污水和沼液作为稻田灌溉水，平均每公顷施 N 当量 263.8kg，施 P 当量 49.05kg，灌水当量 5263mm。

表 8-2　长江三角洲郊区生活污水和沼液产生量及还田施肥当量

项目	生活污水			沼液		
	总量	TN	TP	总量	TN	TP
长江三角洲郊区产生量/万 t	47 500	1.90	0.46	4 650	6.98	0.93
还田当量/(kg/hm²)	3 166 500	125.40	30.60	309 000	138.40	18.45
每公顷灌水当量/(mm/hm²)	4 796			468		

注：TN 为总氮，TP 为总磷，下同

在实际操作中，采用生活污水和沼液输送到田间滴灌，不施化肥的方式，按目前长江三角洲平均每公顷施 N 量 270～330kg，施 P 量 75～90kg，稻田灌水量 12 000mm 计算，得出的长江三角洲郊区的稻田全部接纳该区的所有生活污水和沼液的负荷分别为 N 负荷 88.0%，P 负荷 65.4%，灌溉负荷 43.8%，稻田湿地完全能够接纳该区域所产生的生活污水和沼液量。

基于稻田湿地功能接纳模式的效益分析。由于稻田湿地功能的接纳系统节约了化肥开支和污水处理费用（表 8-3），长江三角洲地区平均节约氮肥 264kg/hm²，节约磷肥 49.05kg/hm²，仅化肥一项长江三角洲郊区便节约费用近 2.14 亿元；污水处理系统按照成本最为低廉的人工湿地处理方式的处理价格 0.12 元/m³ 估算，长江三角洲城市群郊区所产生的生活污水和沼液总量 5.2 亿 t 可节约费用 6750 万元，综合可得，稻田湿地接纳生活污水和沼液的模式较常规稻田施肥处理能够节约成本约 2.26 亿元，能够产生极大的经济效益。

表 8-3　基于稻田湿地功能的生活污水和沼液还田效益分析表

项目	支出		收入	
	运输	氮肥	磷肥	污水处理
每公顷成本/元	375	1 092	294	450
长江三角洲郊区全部稻田/万元	5 625	17 052	4 415	6 750
稻田湿地的接纳模式效益/万元	22 592			

注：污水处理系统为人工湿地处理方式，单价为 0.12 元/m³。

基于稻田湿地功能接纳模式的环境效益分析。长江三角洲地区城市群郊区每年 N、P 排放总量分别为 8.88 万 t 和 1.31 万 t，以太湖流域多年工作得出的太湖富营养化参数 TN 0.6mg/L、TP 0.02mg/L 计，当长江三角洲地区水体中 N、P 含量达到 8.4 万 t 和 0.28 万 t 时，该区所有水体均呈现富营养化现象。从两组数据对比可以看出，如果任由长江三角洲郊区生活污水和沼液直接排入湖泊，将导致长江三角洲全部水体均达到富营养化程度，其危害性不言而喻。而通过稻田的湿地功能，能够实现城郊生活污水的净化和污染物排放，维护城乡生态环境安全，逐步实现集经济效益和环境效益为一体的第一圈层的水—旱轮作模式。

2）不同轮作模式下的土壤保育技术

轮作模式的调查。根据调研，目前泰州市兴化陈堡镇种植的蔬菜品种主要有西瓜、番茄、茨菰等，已种植大棚西瓜 80hm²、大棚蔬菜 30hm²、大棚茨菰 20hm²、乳黄瓜 23.33hm²。经过多年实践，大多蔬菜生产基地选择了菜稻轮作种植模式，主要有茄果类蔬菜—水稻、瓜类蔬菜—水稻轮作模式，茬口安排前茬为大棚茄果类或大棚瓜类蔬菜，后茬为水稻。大棚茄果类蔬菜（如番茄）一般于 5 月中旬至 6 月上旬采收结束，每公顷产量可达到 75t，大棚瓜类蔬菜主要是西瓜，产量也可达 75t/hm² 以上。菜—稻—菜和瓜—稻—菜轮作模式能有效利用地力，增加复种指数，从而提高单位面积产量和增加收入水平，使其远远高于常规稻麦的两茬栽培，获得较高的经济效益。同时蔬菜和水稻的轮作，可降低土壤盐渍化危害，减少农药、肥料投入，有效地减少其对土壤、环境的污染和各种蔬菜病虫害的发生，社会、经济和生态效益显著。

长期不同轮作模式下土壤养分的变化。长期轮作模式采用油菜—水稻轮作、番茄—水稻轮作、小麦—水稻轮作和冬闲—水稻轮作 4 种轮作模式，重复 4 次，处理的基肥、追肥用量相同。不同轮作模式下土壤速效磷、速效钾、有机质、全氮和 pH 的变化如表 8-4 所示。用 4 种轮作方式连作 4 年后，小麦—水稻轮作方式下速效钾含量显著较低；番茄—水稻轮作方式下土壤速效磷、速效钾、有机质和全氮含量均明显最高，分别比冬闲—水稻轮作方式下的含量高出104%、39%、12%和16%，其中有机质含量平均每年增加1.20%；而小麦—水稻和油菜—水稻轮作方式下有机质含量与冬闲—水稻处理的有机质含量无明显差异。相对于其他两种轮作方式，小麦—水稻轮作方式对土壤养分含量的影响最为有限，而在此轮作方式下，土壤pH低至5.7，这对传统的稻麦轮作方式有一定的指导意义。土壤全氮含量只有番茄—水稻处理较冬闲—水稻处理有显著性增加，高达0.34g/kg。

表8-4 不同轮作模式下土壤速效磷、速效钾、有机质、全氮和pH的变化

轮作方式	速效磷/(mg/kg)	速效钾/(mg/kg)	有机质/(g/kg)	全氮/(g/kg)	pH
小麦—水稻	15.4c	126.0d	35.6b	2.19b	5.7c
油菜—水稻	23.5b	157.0b	36.4b	2.18b	6.5a
番茄—水稻	26.8a	204.8a	39.7a	2.45a	6.2b
冬闲—水稻	13.1a	147.3b	35.5b	2.11b	6.7a

注：同一列内具有相同字母的平均数之间没有显著性差异（$p > 0.05$），下同

不同轮作模式下稻田生态系统经济效益分析。不同轮作模式下稻田生态系统周年经济效益分析结果见表8-5。蚕豆—水稻轮作方式因麦季收获3760元/hm²的青蚕豆后，一年总体获得的经济效益最高，为15 393元/hm²；小麦—水稻轮作的经济效益为14 910元/hm²，较蚕豆—水稻轮作的经济效益低483元/hm²；休闲—水稻轮作的经济效益最低，仅为10 612元/hm²。通常小麦需花费较多人工管理，在劳动力短缺的太湖地区需用较大成本，因此小麦—水稻轮作的劳动生产率较低。麦季紫云英和蚕豆处理未施化学氮肥，在保证水稻产量的情况下，稻季其化学氮肥用量较小麦—水稻轮作降低50%，从而降低了因施化学氮肥带来的环境风险。从经济、生态、环境效益方面进行综合评价，蚕豆—水稻轮作方式的经济和生态环境效益均为最优；紫云英—水稻轮作和休闲—水稻轮作的经济效益低于小麦—水稻轮作的经济效益，但由于冬季N、P流失风险小，其生态环境效益较好。

表8-5 不同轮作模式下的稻田经济效益

轮作模式	麦季				稻季				年经济效益/(元/hm²)
	施N量/(kg/hm²)	产量/(kg/hm²)	经济效益/(元/hm²)	化肥成本/(元/hm²)	施N量/(kg/hm²)	产量/(kg/hm²)	经济效益/(元/hm²)	化肥成本/(元/hm²)	
紫云英—水稻	0	2 776±134	0	0	120	6 553±124	11 795	11 325	11 325
青蚕豆—水稻	0	2 350±235	3 760	3 760	120	6 724±235	12 103	11 633	15 393
小麦—水稻	225	3 805±109	5 479	3 684	240	6 759±207	12 166	11 226	14 910
休闲—水稻	0	0	0	0	240	6 418±439	11 552	10 612	10 612

注：青蚕豆、小麦、水稻、尿素，普钙和钾肥（氯化钾）分别按照1.60元/kg、1.44元/kg、1.80元/kg、1.80元/kg、0.60元/kg和3.25元/kg计算

3）有机肥、无机肥配施技术

采用大田长期定位试验的方法，研究乌栅土稻—麦轮作种植制度中氮、磷、钾化肥配施以及有机肥循环施用条件下作物产量和土壤肥力的变化。试验设置如下 8 个处理：不施肥（CK）；循环有机肥（M），80% 的收获产品经喂饲—堆腐后以猪圈肥形式返回本处理；氮肥（N）；氮肥 + 循环有机肥（MN）；氮、磷肥（NP）；氮、磷肥 + 循环有机肥（MNP）；氮、磷、钾肥（NPK）；氮、磷、钾肥 + 循环有机肥（MNPK）。结果表明，在施 N 量为水稻季 $180kg/hm^2$、小麦季 $150kg/hm^2$ 的条件下，施用有机肥和施用化肥处理稻—麦轮作体系均能达到较高的产量水平，再增施有机肥对产量的影响不大，但使养分盈余显著增加。单施氮肥和 NPK 配合施用在试验前两年系统生产力（水稻 + 小麦）没有显著差异。

不同施肥处理间，土壤碱解氮含量有一定的差异性（表 8-6）。与不施肥处理相比，施肥处理均可显著增加土壤碱解氮的含量，其中单施有机肥处理使土壤中碱解氮含量显著增加了 23.2%。除 MN、N 处理和 NPK 处理外，有机无机肥配施的效果优于单施无机肥。与不施肥处理相比，单施有机肥处理使土壤中 $NO_3^- -N$ 含量增加了 37.1%，而使 $NH_4^+ -N$ 含量降低了 22.6%。与单施无机肥处理相比，有机无机肥配施时，土壤中 $NO_3^- -N$ 含量显著增加，而 $NH_4^+ -N$ 含量显著降低，当 NPK 与有机肥配施时土壤中的 $NH_4^+ -N$ 含量显著降低了 86.5% ~ 90.7%。不同施肥处理间，土壤速效钾含量变化亦存在显著性差异：与不施钾肥处理相比，施用无机钾肥与有机肥处理均能显著增加土壤速效钾的含量，其中施用有机肥处理较对照处理显著增加了 137%；NPK 配合施用使土壤速效钾含量增加了 38.3%；与单施无机肥处理相比，无机钾肥与有机肥配施能显著增加土壤速效钾含量，增加量为 20.9%。因此，在该地区土壤施肥管理上应推广生态经济的合理氮肥、磷肥和钾肥施用量，使得该地区在保持高产稳产的同时兼顾环境友好。增施有机肥的用量要适宜，应注意防止 $NO_3^- -N$ 的淋洗损失。

表 8-6　不同施肥处理下土壤养分含量的变化　　　　　（单位：mg/kg）

处理	碱解氮	$NH_4^+ -N$	$NO_3^- -N$	速效磷	速效钾
CK	160.2 b	4.1 ± 0.9 ab	8.7 ± 1.9 b	6.5 ± 1.9 d	90.0 ± 9.9 e
M	197.3 ab	3.2 ± 3.8 ab	11.9 ± 2.4 ab	17.4 ± 0.6 b	125.0 ± 2.8 bcd
N	177.7 ab	0.8 ± 0.2 b	14.8 ± 0.2 a	5.6 ± 2.6 d	94.5 ± 2.1 e
MN	175.7 ab	0.8 ± 0.4 b	13.5 ± 2.2 ab	9.7 ± 2.2 d	109.0 ± 5.7 be
NP	199.6 ab	6.4 ± 4.2 a	13.4 ± 1.7 ab	18.4 ± 2.4 bc	92.5 ± 0.7 e
MNP	204.3 a	2.4 ± 1.2 ab	12.0 ± 1.7 ab	23.6 ± 5.2 abc	109.5 ± 7.8 bce
NPK	197.6 ab	5.7 ± 1.6 a	13.5 ± 1.7 ab	18.3 ± 6.3 bc	124.5 ± 16.3 bcd
MNPK	208.4 a	0.5 ± 0.0 b	15.5 ± 3.8 a	26.2 ± 0.5 ac	150.5 ± 13.4 a

注：表中多重比较分析均以 CK 为对照，同一列内不同字母代表差异显著（$p < 0.05$），下同

4）水肥耦合调控技术

灌溉方式与肥料试验结果表明（图 8-2、图 8-3），间歇水层够苗后硬板湿润灌溉与现行高产灌溉方式相比，有效分蘖期分蘖强度大，提早 0.3 ~ 0.5 个叶龄够苗，高峰苗

提前0.5个叶龄左右出现，其数量减少3%～5%，控制无效分蘖效果明显，高峰苗下降相对平稳，成穗率较高，干物质积累多，养分吸收多，肥料利用率高。在此基础上，结合水稻高产群体形成特征与调控要求，提出了"浅水层活棵分蘖，80%够苗后湿润灌溉"法与"稳蘗攻穗"的氮肥运筹方式相配套的"水氮耦合"配套新模式，即在灌溉上突出浅湿灌溉、适当提前搁田控制群体发展的节水途径；在氮肥施用上适当减少基蘗肥而增加穗肥，基蘗肥与穗肥的比例为小苗栽培6∶4，中苗5∶5，大苗4∶6，突破了7∶3的传统模式。同时，率先明确了倒四叶期是水稻穗肥的高效施肥时期，提出了以倒四叶期追施促花肥为主的穗肥施用新技术，免除了传统追施保花肥与粒肥的做法。这样既有利于增强水稻群体综合生产力，又可确保氮肥当季利用率在40%以上，同时节水20%～30%。

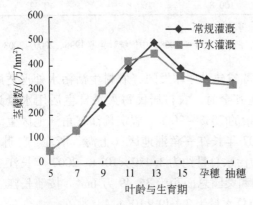

图8-2　两种灌溉方式的茎蘗动态

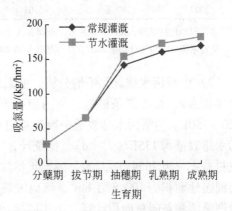

图8-3　两种灌溉方式的吸N量

5）桑园—稻田系统养分接纳减排技术

桑园系统部分，主要研究桑园土壤对生活污水及粪便的净化功能，通过理化及生物等方法提升桑园对营养物的吸纳、截留能力，集成桑园优化施肥与水分管理技术。针对桑园土壤地表径流养分含量高的特点，研发桑园地表径流—稻田—生态沟渠的减排技术，提高桑园土壤净化功能及稻田的湿地功能。

（3）长江三角洲地区农村污染物情况调研

1）N、P污染物排放和接纳分析。农村污染物主要来自农村人居生活排污和畜禽粪便两大类。其中，农村人居生活排污所产生的N、P按照人口当量进行计算，分别按照20世纪90年代初、20世纪90年代中、21世纪三个时间段取不同的人口当量值。畜禽粪便所产生的N、P量结合畜禽排泄系数、畜禽数量以及饲养时间进行计算。计算出的长江三角洲地区农村N、P污染物总量以及园地水肥接纳能力如表8-7所示。园地中N、P接纳情况以不产生面源污染等环境负担为原则，结合该区域相关文献的研究进展，初步拟定N、P接纳能力分别为1t/hm²、0.4t/hm²。可以看到，近些年来，随着园地面积的增长，N、P的可接纳量均有所上升。然而，全氮的可接纳量与排放量差距仍然较大，2007年全氮的可接纳量仅为排放量的1/2。这一差距使我们认识到农村面源污染的严峻性，如何提升园地的处理能力和减小环境污染是今后研究的重要内容。

表8-7 长江三角洲地区农村 N、P 污染物排放、接纳总量表

年份	TN 排放量/万 t	TP 排放量/万 t	园地面积/万 hm²	可接纳 TN/万 t	可接纳 TP/万 t
1990	131.1	21.80	—	—	—
1995	208.9	42.13	35.54	35.54	14.22
2000	213.0	44.79	42.76	42.76	17.10
2001	220.4	46.80	65.70	65.70	26.28
2002	227.8	49.13	87.82	87.82	35.13
2003	232.0	50.53	87.47	87.47	34.99
2004	223.5	48.30	89.60	89.60	35.84
2005	232.7	51.37	102.3	102.3	40.92
2006	207.6	46.05	102.0	102.0	40.80
2007	197.6	45.01	100.8	100.8	40.32

注：园地包括果园、桑园、橡胶园、茶园、其他园地等

资料来源：上海统计年鉴2008，江苏统计年鉴2008，浙江统计年鉴2008，中国统计年鉴1996，2000～2008

2）生活污水排放和接纳分析。根据江苏省建设厅印发的《农村生活污水处理适用技术指南》，在经济条件好，室内卫生设施齐全时，农村居民每人每日生活用水量为120～150L。生活污水排放量一般为总用水量的75%～90%。假定长江三角洲地区生活污水排放量为135L/（人·d）。据统计，2007年长江三角洲地区（上海、浙江、江苏）农村总人口为7059.52万人，故当年排放的污水总量约为 3.479×10^9 t。2007年长江三角洲园地面积为100.8万 hm²，该地区茶园和桑园总面积为36.49万 hm²。按照长江三角洲桑园和茶园总面积计算，当年能接纳的总水量为 3.649×10^9 t。

根据人口当量值算出长江三角洲农村地区污水排放总量，按照设计水力负荷为 $L_w = 1000mm/a$ 计算出桑园、茶园可接纳污水总量（表8-8）。经分析可知，桑园、茶园可接纳的生活污水总量逐年稳步上升。桑园、茶园配合一定面积的经济林、苗木林或果园地，可以完全接纳长江三角洲地区农村产生的生活污水量，说明通过土地利用处理长江三角洲地区农村生活污水是可行的。

表8-8 长江三角洲农村污水排放量与桑园、茶园可接纳污水量

年份	农村人口/万人	排放污水总量/亿 t	桑园、茶园总面积/万 hm²	可接纳污水总量/亿 t
2002	7835.86	38.61	33.57	33.57
2003	7636.58	37.63	32.65	32.65
2004	7459.47	36.76	33.80	33.80
2005	7246.5	35.71	34.29	34.29
2006	7143.35	35.20	35.15	35.15
2007	7059.52	34.79	36.49	36.49

资料来源：上海统计年鉴2008，江苏统计年鉴2003～2008，浙江统计年鉴2003～2008

（4）桑园土壤净化处理系统的设计

1）工艺流程的设计。根据长江三角洲的地形地貌和城市群郊区的特点，计划通过桑园土壤渗滤系统来解决该地区的生活污水。处理系统工艺设计流程如图8-4所示。

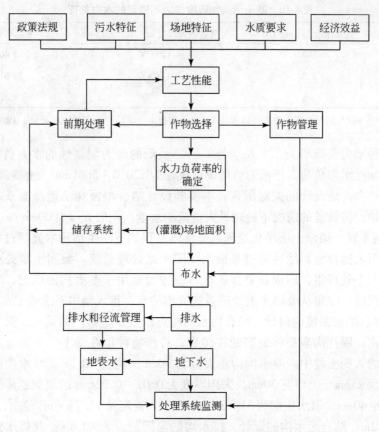

图 8-4 处理系统工艺设计流程图

2）水力负荷的确定。水力负荷是设计土地处理系统的一个非常重要的参数。综合考虑作物需水量、植物—土壤系统水力吸收能力、植物—土壤系统对各污染物质的吸收能力来确定水力负荷。

设桑树的生长期为 4～10 月（$n = 214d$），根据作物需水量和植物—土壤系统水力吸收能力所确定的水力负荷率 $L_{w(p)}$ 和 $L_{w(I)}$ 的计算结果如表 8-9 所示，基于污染物吸收能力所确定的水力负荷率 $L_{w(c)}$ 的计算结果如表 8-10 所示。

表 8-9 水力负荷的计算 （单位：mm）

实施月份	E_{to}	P_r	P_w	$E_{tc} - P_r$	$L_{w(p)}$	$L_{w(I)}$
4	127.5	95.9	782.9	31.6	814.4	49.6
5	151.9	79.0	808.9	72.9	881.8	114.5
6	150.3	177.6	782.9	−27.3	755.5	−43.0
7	163.1	220.1	808.9	−57.0	751.9	−89.6
8	145.5	150.7	808.9	−5.1	803.8	−8.0
9	122.1	73.7	782.9	48.4	831.3	76.1
10	70.7	57.3	808.9	13.4	822.3	21.0
总计	931.1	854.4	5584.0	76.70	5661.0	120.6

表 8-10 基于污染物吸收能力所确定的水力负荷

成分	进水浓度*/(mg/L)	吸收能力**/[kg/(hm² · a)]	Lw(c)/(cm/a)
COD	500	120 000	2 400
BOD	220	418 300	19 014
P	8	500	625

注：*取中等浓度生活污水值（参考《城市污水土地处理技术指南》）；**参考 Ou et al. , 1992

比较三种水力负荷率 $L_{w(p)}$、$L_{w(I)}$ 与 $L_{w(c)}$，最低的即为限制性的水力负荷率。$L_{w(p)}$ 为系统的限制性水力负荷，年水力负荷率可设计为 120.6 ~ 5661mm。土壤渗透率 P_w 对 $L_{w(p)}$ 的贡献较大，是设计的关键因素。本实验设计结合型慢速土地渗滤系统，目标在取得较高作物经济效益的前提下处理最大负荷的水量。拟取 $L_w = 1000mm/a$。

3）田间布置。桑园土壤净化处理系统整体流程如下。生活污水先经过格栅等简单的预处理，引入储存池，然后通过泵抽入桑园土地处理系统。桑园土地处理系统的主体区域设置三个处理组，四周设置保护区，左边留地用于畜禽粪便堆肥，右边设置正常灌溉的对照组。收集从桑园土地处理系统流出的水，排入稻田系统或生态沟渠。

4）布水、排水系统的设计。结合污水的特点以及示范推广的需要，选取膜孔沟灌技术进行布水。膜孔沟灌是将地膜铺在沟底，将作物种植在垄上，水流通过地膜上的专门灌水孔渗入到土埂中。灌水沟沟距设计为 70cm，沟长 40.8m；灌水沟的断面设计为梯形，沟深 25cm，上口宽 30cm。采用厚度为 0.01 ~ 0.02mm 的聚氯乙烯膜，膜孔直径 1cm，孔距 40cm，灌水定额为 31 ~ 32mm/次，入沟流量 1L/(s · m) 左右。排水沟沟深设计为 1.2m，结合灌水沟的设计，排水沟的沟间距设为 40.8m。此排水沟兼排地表径流与控制地下水水位的作用，对出水进行收集，用来灌溉稻田湿地系统。

5）灌溉制度。设计年水力负荷率为 1000.0mm/a，实施月份为 4 ~ 10 月，相应的各月的水力负荷如表 8-11 所示。

表 8-11 各月设计水力负荷

实施月份	4	5	6	7	8	9	10	总计
天数/d	30	31	30	31	31	30	31	214
L_w/mm	143.9	155.8	133.5	132.8	142.0	146.8	145.3	1000.0

（5）蚕桑业废弃物资源化利用技术

基于蚕沙的有机营养育苗基质的研制。蚕桑业一直是我国农民的一项传统副业项目，近年来，蚕桑生产更是得到了较快发展，在整个农村经济中所占份额也越来越大。据江苏省茧丝办统计，2009 年江苏全省年养蚕达到 300 万张。养蚕过程中产生的主要废物为蚕沙，即蚕排出的粪便、食剩的残桑以及蚕座中的垫料。据统计，平均每张蚕种可出风干蚕沙 77.4kg。蚕沙中含有丰富的营养，干物中含有氮（N）2.97%、磷（P₂O₅）1.03%、钾（K₂O）3.52% 及其他微量元素，但是目前对蚕沙的综合利用较差，一般都将其作为废弃物随意堆放，未能加以利用，浪费了资源的同时也污染了环境。因此充分利用这些废弃物，变废为宝，具有重要的现实意义和研究价值。

1）基质配方。蚕沙来自江苏省东台市弶港镇养蚕基地，使用前经过腐熟处理。直接将新鲜蚕沙进行好氧堆肥处理，喷湿蚕沙使其含水量达60%左右，再覆盖塑料薄膜，进行高温堆沤，期间堆温过高（超过70℃）或持续下降时，翻堆透气，然后晒干，磨碎过3mm筛。泥炭购于江苏省宜兴市，细沙、煤渣购自南京市本地。各处理基质配比（体积比）见表8-12。

表8-12　试验基质的体积配比

基质配方	蚕沙/%	泥炭/%	细沙/%	煤渣/%
A	10	40	45	5
B	15	40	40	5
C	20	40	35	5
D	10	50	35	5
E	15	50	30	5
F	20	50	25	5
G	10	60	25	5
H	15	60	20	5
I	20	60	15	5

2）复合基质的理化性质。由表8-13可知，除A、B外，各处理基质容重均在蔬菜无土栽培的理想基质范围内（0.1~0.8g/cm³），各处理基质的总孔隙度在54%~96%的适宜范围内，大小孔隙比也在1:2~1:4的适宜范围内。各处理基质的总孔隙度均较对照基质略小，除A、B外，均能满足理想基质的要求。黄瓜对基质酸碱度的要求为pH 5.5~7.6，从理论上看，供试各处理的pH只有D、G和CK在适宜的范围内。各处理和对照的EC值均在作物生长安全EC值（≤2.6mS/cm）范围之内，其中对照的EC值最低。各处理基质中CK的碱解氮和有机质含量居中，其碱解氮大于A、B和C，小于D、E、F、G、H和I；有机质含量大于A、B、C、D、E和F，小于G、H和I；而速效磷和速效钾含量均小于各处理，其中各处理的速效钾含量是CK的6.34~19.02倍（表8-14）。

表8-13　不同类型复合基质的理化性质

基质处理	容重 /(g/cm³)	总孔隙度 /%	通气空隙度 /%	毛管孔隙度 /%	pH	EC /(mS/cm)	大小孔隙比
蚕沙	0.52	78.92	18.68	60.24	9.36	9.81	1:3.2
泥炭	0.37	84.53	15.94	68.59	4.28	0.69	1:4.3
细沙	1.23	41.11	9.15	31.96	6.83	0.03	1:3.5
煤渣	1.16	54.44	12.66	41.78	9.29	0.54	1:3.3
A	0.88	61.61	11.18	50.44	7.79	1.04	1:4.5

基质处理	容重 /(g/cm^3)	总孔隙度 /%	通气空隙度 /%	毛管孔隙度 /%	pH	EC /(mS/cm)	大小孔隙比
B	0.81	63.60	12.09	51.51	8.08	1.49	1:4.3
C	0.76	65.40	13.05	52.35	8.19	1.84	1:4.0
D	0.74	69.05	13.86	55.19	7.57	1.14	1:4.0
E	0.70	69.49	14.17	55.31	7.97	1.46	1:3.9
F	0.65	70.80	14.72	56.08	8.18	2.07	1:3.8
G	0.62	71.78	14.55	57.23	7.18	1.21	1:3.9
H	0.59	73.52	14.94	58.58	7.78	1.79	1:3.9
I	0.55	75.32	15.46	59.86	8.04	2.29	1:3.9
CK	0.49	76.74	15.24	61.50	5.59	0.31	1:4.0

注：大小孔隙比＝通气孔隙度：持水孔隙度

表 8-14　不同类型复合基质的养分含量

基质处理	碱解氮/(mg/kg)	速效磷/(mg/kg)	速效钾/(mg/kg)	有机质/%
A	175.6	57.32	616.8	5.79
B	180.7	58.48	1 208.0	6.03
C	191.8	87.88	1 354.0	6.32
D	217.9	60.52	928.9	6.08
E	222.7	72.04	1 182.0	6.43
F	273.0	93.32	1 574.0	6.69
G	275.8	60.68	926.2	7.07
H	302.1	78.04	1 520.0	7.16
I	310.4	88.12	1 850.0	7.51
CK	202.6	50.44	97.26	6.74

3）育苗效果。较好的基质，理化性质适宜，出苗率较高，出苗时间较集中，出苗整齐。黄瓜的出苗率随泥炭含量的增加而增大，但随蚕沙含量的增加而逐渐减小（图 8-5）。

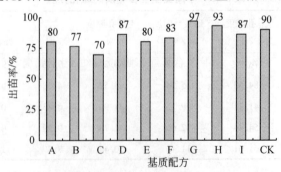

图 8-5　不同基质配比对黄瓜出苗率的影响

蚕沙、泥炭、细沙和煤渣按体积比 10∶60∶25∶5 复配后对黄瓜出苗率的促进作用最大。复合基质 G、H 的出苗率高于 CK，更能促进幼苗的萌发；而 B、C 出苗率较低，并且出苗持续的时间较长。

复配基质 G 能够更好地促进黄瓜幼苗的生长发育，除根长、苗粗与 CK 差异不显著外，苗高、茎叶鲜重、茎叶干重、根鲜重和根干重分别较 CK 增加了 22.85%、72.68%、69.67%、52.00% 和 124.6%（图 8-6），说明体积比适当的复合基质对黄瓜幼苗地上部和地下部的生长发育均有很好的促进作用。

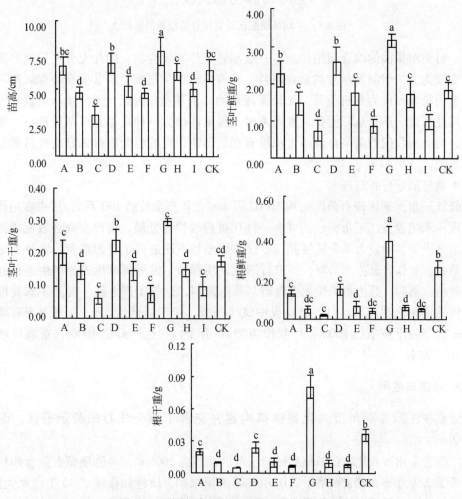

图 8-6 不同复合基质处理的黄瓜幼苗生长情况

壮苗指数是综合评价幼苗生长质量的常用指标。这里采用的计算公式为：壮苗指数 =（茎粗/株高）×全株干物重。处理 G 的壮苗指数明显最大（图 8-7），较对照增加了 53.64%。

由此可见，蚕沙作为蔬菜育苗基质有以下三个优点。①理化性状优良。所测定的蚕沙容重、孔隙度均在较适宜的范围内，且营养丰富，特别是速效钾含量较高。②成

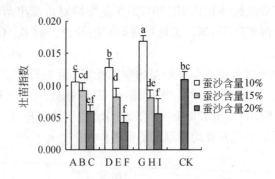

图 8-7　不同基质配比对黄瓜壮苗指数的影响

本低。目前对蚕沙的综合利用较差，一般都将其作为废弃物，因此充分利用这些废弃物，变废为宝，研制高质量的栽培基质，具有广阔的市场前景。③安全环保。既可减轻环境污染又可作为有机蔬菜、无公害蔬菜的育苗基质。因此，无论是从对黄瓜幼苗的适用性出发，还是从环境要求方面考虑，将蚕沙作为一种蔬菜育苗基质进行产业化开发，均会对我国的蔬菜育苗产生积极有利的影响，同时也会取得良好的经济效益和社会效益。

- 桑枝屑培育香菇技术

长江三角洲地区现有桑园面积 16.67 万 hm^2，年产桑枝约 100 万 t，过去多用作薪柴。近年来随着长江三角洲地区城乡一体化进程的快速发展，农户家庭多数使用液化气及电气设备，桑枝大部分被堆弃，不仅占用土地，还造成了资源浪费。本技术通过粉碎桑枝，制作香菇生产基料，并进行理化性质调节，发展鲜菇生产，产生了良好的经济效益。同时，菇渣可用作无土育苗基质的配料，延长了产业链，提高了农业固体废弃物的资源化利用率。目前已建设中试线一条，年产鲜菇约 35t，泰州市现有桑田 160hm^2，年收干枝条约 1000t，可制作菌袋 50 万个，约生产鲜菇 1000t，蚕农可增收 1000 万元左右。

3. 示范与应用

分别在江苏省泰州市兴化城堡镇构建并完善了两个核心试验示范区，面积共 200hm^2。

江苏省泰州市兴化陈堡镇核心试验示范区面积为 100hm^2，与陈堡镇农业合作社联合完善了 1.2 万 m 的道路完善、2.0 万 m 的沟渠维护，新建和修缮了 30 个蔬菜大棚。已经承担城郊区稻田湿地功能提升与大棚土壤次生盐渍化防治耦合技术、适于长江三角洲城市群郊区废弃物循环利用的种—养—加产业链一体化特色农业循环技术以及设施农业高效栽培技术等 7 项技术的近 35 个田间试验；示范了稻田湿地接纳生活废水和沼液技术、农业水肥资源化循环再利用和废物零排放等技术与基于稻田湿地功能的种—养—加循环农业模式。示范基地吸纳就业劳动力 200 人，解决了土壤连作障碍、土传病虫害问题，稻田湿地接纳生活废水和沼液的模式增加产值约 2000 万元。

江苏泰州桑园循环经济核心试验示范区面积为 100hm^2，完善了 1.8 万 m 道路以及园区灌溉排水系统。同步承担桑园养分资源化循环利用、畜禽粪便蚯蚓堆肥以及桑园环境提升等技术的近 20 个田间试验；示范了外向型农业循环经济衔接技术、桑园环境优化技术，桑枝与蚕蛹资源化利用技术和特色种—养—加循环体系模式。

辐射区情况：已在江苏泰兴、兴化、常州、靖江等 5 县市对长江三角洲城市群郊区基于稻田湿地功能的"种—养—加"循环农业模式构建技术辐射示范点，辐射面积达 $3000hm^2$。

目前，区内进行水旱轮作面积在 $266.67hm^2$ 左右，尚有 $400hm^2$ 设施栽培区可以发展此种水旱轮作。此外，利用水乡生态养殖优势，集科技示范、生态采摘、休闲度假于一体的观光农业在这一区域也得到了一定青睐。在本区工作中，同时结合地方"个百千万工程"，即"亩养一头猪，亩产 10 斤鱼，建造饲养 100 头生猪沼气池一座，百只林下草禽，菜鹅菜鸭 10 000 只，千斤粮，万元田"，充分利用农业废弃物、副产品、果蔬生产等的外品、残次叶养猪、喂鱼（园区周边沟塘、河流），猪粪入沼气池，沼液、沼渣还地肥田，并利用田边缝地，休闲茬口种植黑麦草、小青菜、小油菜，既保持了生产又做到了农田养分阻隔。

（二）长江三角洲城郊丘陵区养殖—经作循环农业模式

1. 模式概况

依据循环经济的理论，养殖—经作循环农业模式可以设计为：利用多种资源化技术，将畜禽养殖废弃物完全转化为农业生产或生活所需的原料和能源，使其重新返回到农业系统（养殖—经作系统）的循环过程，并持续不断地在农业系统内部循环利用，在彻底解决畜禽养殖废弃物污染水体、土壤等环境的同时，减少对外部物质和能量的投入，从中获得更高的经济效益和社会效益。

畜禽粪便是一种有价值的资源，包含农作物和动物生长所必需的 N、P、K、Cu、Zn 等多种营养成分，还含有大量土壤培肥需要的有机物质。养殖—经作循环农业模式以根本解决禽畜粪便污染和增加经济效益为目标，利用国内外畜禽粪便资源化利用的堆肥技术、畜禽粪便中重金属生物萃取等技术、肥料养分配比技术、化肥减量化使用技术和经济作物（茶叶）土壤养分管理技术、产地环境优化技术和作物清洁生产技术标准与规程，通过对种植、养殖和加工业中废弃物的循环利用，促进种—养—加工产业链一体化发展。

城郊丘陵区养殖—经作循环农业模式的基本思路是：以规模化畜禽养殖场产生的粪污资源特性设置利用产业，以及再利用产业所产生的废弃物循环再利用，在整个循环系统内实现多层次循环再利用；同时，通过技术集成，设置合理产业链，实现废弃物的安全再利用。

畜禽养殖业产生的粪污资源物可根据当地的实际，或进行沼气发酵处理，或进行肥料化处理。对于高铜、锌含量的畜禽粪便，采用蚯蚓堆肥处理，通过养殖蚯蚓，消耗粪便，萃取排泄物中的铜、锌等重金属元素，并生产出高蛋白蚓体副产品，供应动物生产，促使生物吸收的铜、锌等与高蛋白蚓体重新进入养殖系统循环利用；同时，蚯蚓和微生物的作用，可在总量上大大减少铜、锌等重金属含量，将大量的畜禽粪便转化成无臭、无害、具有生物活性的高品质有机肥，使 N、P 等养分重新循环到茶园等经济作物农地生态系统中，实现废弃物资源化，发展"禽—粪—畜"和"禽—粪—种植"循环经济模式。对于低铜、锌含量的畜禽粪便，直接进行堆肥处理。沼气发酵产生的沼液可用作茶叶等经济作物的叶面肥；沼渣或作培养基质，或用于饲养蚯蚓。将通过蚯蚓堆肥或直接堆肥形成的高品质有机肥作为基肥，用于茶叶等经济作物园地的培肥。在对茶叶等经济作物施用有机肥的前提下，通过采取化肥的减量化施用，同时通过推行产地环境优化技术、安全生产技术，生产出高品质的茶叶。茶园的修剪物可覆盖地面循环利用，既可减轻水土流失，又可培肥土壤。可通过对中低档茶及茶叶边角料（茶籽、茶梗、茶片、茶末等）的深加工，开发生产出具有高附加值的茶叶精深加工产品，如茶饮料、中药保健茶、茶酒、茶食品、茶多酚、茶多糖、茶氨酸、茶皂素、茶色素、茶碱、超微茶粉等系列茶产品，提高茶产品的技术含量和经济附加值，拓宽茶产品的消费途径，促进茶产业由传统廉价型向现代高效型转化。同时，针对长江三角洲城郊农业观光旅游业的迅速发展，可通过发展以茶文化、茶观光、茶休闲等为核心的服务业，促进农业观光旅游循环经济的和谐发展。城郊丘陵区养殖—经作循环农业模式涉及的产业链包括畜禽养殖业、有机肥料产业、茶叶生产业、茶叶加工业和休闲旅游业等。

2. 配套技术体系

（1）相关集成技术

主要内容包括以下几方面：①有机肥与化肥合理配比技术。②城郊畜禽集约化养殖排泄物安全处理与营养元素的循环利用技术。③土壤重金属钝化技术。④畜禽粪便中铜锌萃取蚓种的选择和蚓体分离技术。⑤城郊区农产品质量控制标准与生产技术体系。⑥城郊农业格局与结构优化模式及生态功能提升技术。

技术路线如图 8-8 所示。

（2）关键、衔接技术

养殖—经作循环农业模式涉及畜禽粪便资源化利用中的堆肥技术、畜禽粪便中铜和锌的生物萃取技术、肥料养分配比技术、化肥减量化使用技术和经济作物（茶叶）土壤养分管理技术及产地环境优化技术等。这些技术中的部分已在本书前面章节介绍，这里仅对其中的几项专门技术进行简要介绍。

1）蚯蚓堆肥技术

将自然生态系统中的分解者——蚯蚓引入畜禽粪便处理技术中，用人工控制的方法实现蚯蚓堆肥处理过程。在微生物的协同作用下，蚯蚓利用自身丰富的酶系统（蛋白酶、脂肪酶、纤维酶、淀粉酶等）将有机物迅速分解并转化成易于被利用的营养物质，加速了堆肥稳定化过程。

通过多组（条件）对比模拟试验，以蚯蚓存活率、有机物质腐解率及堆肥养分为评价指标，对影响因素进行了优化筛选。初步获得了以下蚯蚓堆肥的技术参数：①碳氮比以 25∶1 ~ 45∶1 时效果最佳。②温度以 18 ~ 28℃ 为宜。③含水量（湿度）以 50%

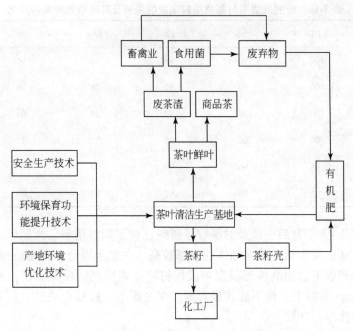

图 8-8　丘陵区养殖—经作循环农业模式技术路线图

~80% 为宜（加秸秆时含水量应该控制低一些）。④蚯蚓投入密度以 1~2kg/m² 或 2000 ~5000 条/m² 为宜。⑤铜、锌浓度控制在铜小于 500mg/kg、锌小于 750mg/kg，超过此值，对蚯蚓生长有一定的负面影响。⑥蚯蚓分离宜在晴朗的中午进行。⑦在进行新一次蚯蚓堆肥时，应从前一次堆肥中提取一部分蚯蚓带陈堆肥扩展到新的养殖床上，使蚯蚓在接触新料以前有一个缓和时期。⑧为调节基质的碳氮比，畜禽粪便可考虑与木屑、稻草、杂草、草菇渣等搭配。⑨料堆大小：饲料堆厚度直接影响料堆温度，建议夏季宜窄垄薄料（15~25cm），冬季宜宽畦厚料（30~50cm）。

　　2）畜禽粪便中铜锌萃取和蚓体分离技术

　　选择赤子爱胜蚓与一种本地蚯蚓进行比较，发现赤子爱胜蚓的适应性和对铜、锌的富集效果均远远超过当地品种。总体上，蚯蚓对基质有明显的趋向性，在低铜、锌浓度的粪肥中，蚯蚓的成活率较高，但随着铜、锌浓度的增加，其成活率有所下降。试验结果表明，适宜蚯蚓生长的基质中铜和锌的浓度应控制在 500mg/kg 和 750mg/kg 以下（表 8-15、表 8-16）。

表 8-15　蚯蚓成活率与基质中铜浓度的关系及其随培养时间的变化（单位:%）

Cu/(mg/kg)	1d	5d	10d	15d	20d	30d
43	100	99	96	96	96	96
100	100	98	95	95	94	94
250	100	98	92	92	92	90
500	98	94	90	90	88	86
750	98	90	86	86	84	84
1000	96	85	80	76	76	76

表8-16　蚯蚓成活率与基质中锌浓度的关系及其随培养时间的变化（单位:%）

Zn/(mg/kg)	1d	5d	10d	15d	20d	30d
57	100	96	96	96	96	96
200	100	98	96	96	96	96
500	100	96	94	94	94	94
750	98	96	92	92	92	92
1000	98	96	90	90	88	88
1500	92	90	82	78	68	56

蚯蚓堆肥2~3个月后应该及时采收。研究比较了饲料诱集、光照驱动及括土收集等蚓体分离方法，发现括土收集蚓体的效率较高。主要步骤是：利用蚯蚓避光的特性，在阳光或灯光照射下，用刮板逐层刮料或用钉耙在表层耙动使其成团，然后将蚯蚓团置于孔径为5mm的框上，框下放收集容器，在光照下，蚯蚓自动钻入筛下容器中，蚯蚓的粪粒和杂物残留在筛上。

c. 茶园沼液喷施技术

针对目前畜禽粪便沼气发酵产生的沼液利用率不高、环境污染突出的问题，通过试验研究了茶叶对沼液中养分的吸收利用特点和规律。沼液不但具有丰富的N、P、K等营养元素，而且还含有大量的有机质、多种氨基酸、维生素、激素和微量元素，含低量的重金属，有农业利用价值，适用于叶面肥。

为了解沼液对茶叶生长的影响，进行了田间试验。试验设沼液和清水的比例为0:1、1:4、1:3、1:2、1:1、1:0.5、1:0等7个处理。小区面积20m²，重复3次，试验在2009年3~4月进行，春茶第一次采摘后喷施沼液，共喷3次，间隔5d。试验表明，与对照（喷水）相比，喷施沼液可明显增加春茶的发芽密度、百芽重、产量和品质（表8-17）。其效果以沼水比1:2~1:0.5为佳。

表8-17　不同沼水比喷施对茶叶产量和性状的影响

沼水	发芽密度/(个/m²)	百芽重/g	产量/(kg/hm²)	干茶茶多酚/(g/kg)	干茶咖啡碱/(g/kg)	干茶游离氨基酸总量/(g/kg)	外形
0:1	1224	16.4	1965	186	30	17.3	一般
1:4	1253	16.1	1997	189	30	18.1	一般
1:3	1236	16.9	2078	198	32	18.4	一般
1:2	1322	17.7	2168	212	33	19.5	良好
1:1	1403	18.6	2344	219	35	22.3	良好
1:0.5	1428	18.3	2369	214	34	21.7	良好
1:0	1387	17.6	2217	207	34	21.6	良好

通过试验获得以下技术要点：①喷施量 500 ~ 900kg/hm^2。②喷施时间以上午 10 点前或下午 3 点后为佳。③采摘前 10 ~ 15d 应停喷。④新芽萌发前 15 ~ 20d 喷施最佳。⑤沼液和水比例 1:2 ~ 2:1 为宜。

d. 茶叶产地环境优化与品质提升技术

提高茶叶品质和控制以铅为中心的重金属污染是茶叶经营管理的重点。目前，茶叶产地环境优化与品质提升技术主要是以茶叶产业链为中心，以生物技术、农艺措施为主，综合物理措施和化学钝化技术，控制茶树对土壤重金属的吸收，改善茶叶的产地环境。通过农产品质量检测、产地环境质量监测，结合适时采收和加工储运等先进技术和茶叶安全生产规程，降低茶叶中的重金属含量，提升茶叶品质。主要技术措施包括：在公路边茶园种植防护林（减少汽车尾气及灰尘进入茶园，达到降低茶叶铅含量的目的）；对于采自公路附近的鲜叶，采用水进行冲洗或采摘前用喷灌设备冲洗茶树；严重酸化土壤施用降铅改良剂（包括石灰、含 P 化肥和天然矿物等）；严禁在茶园中大量使用铅含量高的肥料，采摘忌带鳞片、鱼叶和老叶（茶树梗、鳞片、鱼叶和老叶的铅含量明显高于新梢）；改善鲜叶摊放条件和提高茶叶的精制质量等。此外，还可通过实行茶叶质量安全监管机制和模式，加强投入品的源头管理，完善茶叶质量保障体系，建立茶叶质量安全检测检验体系，建设绿色安全茶叶标准体系，以达到产地环境优化的目的。

3. 示范区建设

城郊丘陵区养殖—经作循环农业模式于 2009 年开始在杭州城郊茶园中被推广应用。为了便于示范工作的正常运行，在示范工作开始之前，完成了两项相关基础工作。①开发和完善了示范区茶叶产地环境数据库，研制了茶叶产地环境质量评价与溯源系统。该系统是基于网络的 GIS，构建了茶叶产地环境质量的空间和属性数据库及其评价溯源系统，便于用户网络在线使用，进行茶园土壤养分经营等管理。茶叶产地环境数据库包括地形图、土壤图、茶园分布图和样点分布图等图形数据以及以试验样地为基本依据单元的大量分析测试数据等资料数据库，也包括道路交通、河流、工矿企业和海拔高度等主要影响茶叶铅污染的影响因子数据。②开展了有关城郊特色农业循环经济的技术与无公害茶叶生产质量安全标准和管理生产技术宣传，增进实施单位和生产者对无公害生产的认识，积极举办无公害生产、标准化生产、科学施肥等技术培训班。此外，还利用会议、黑板报、广播等形式宣传农业循环经济技术，推进了城郊丘陵区养殖—经作循环农业模式示范工作的开展。

示范内容包括猪粪等有机废弃物在茶园中的循环利用、有机—无机肥料配合施用的改土和增产效果、茶园系统中重金属污染综合控制技术与茶叶安全生产以及《茶叶良好操作规范》等方面。2009 年已对示范基地的茅家埠行政村上百户典型农户进行了示范；2010 年，示范范围逐步扩大，初步形成了以杭州西湖龙井茶叶有限公司为核心的杭州市西湖龙井茶保护区城郊农业循环经济发展模式示范基地。

第三节　循环农业生产模式的效益评价与应用前景

一、效益评价

（一）平原水网区特色循环农业模式评价

目前已在江苏泰兴、兴化、常州、靖江等 5 县市对长江三角洲城市群郊区基于稻田湿地功能的种—养—加循环农业模式构建了技术辐射区，辐射面积达 $3000hm^2$。形成了水稻—番茄、水稻—黄瓜、水稻—西瓜、水稻—茄子、水稻—草莓等种植模式，尤其是水稻—番茄模式的规模较大。其中，水稻—番茄模式常年种植面积为 $266.7hm^2$，水稻—黄瓜模式常年种植面积为 $13.33hm^2$，水稻—西瓜模式常年种植面积为 $6.67hm^2$，水稻—茄子模式常年种植面积为 $6.67hm^2$，水稻—草莓模式常年种植面积为 $6.67hm^2$。

1. 产量分析

采用水稻—蔬菜种植模式，较常规大棚种植每公顷增加产量 20% ~ 30%。例如，番茄、黄瓜每公顷增产 15% ~ 20%，西瓜、番茄每公顷增产 30% 左右，茄子、草莓每公顷增产 50% ~ 60%。

2. 效益分析

（1）经济效益

水稻—蔬菜种植模式中，蔬菜茬种植番茄，每公顷产番茄 60t 以上，比常规栽培每公顷增加产量 18t，每公顷产值可增加 3.75 万元，纯效益达 12 万元；种植黄瓜，每公顷产黄瓜 75t 以上，纯效益达 11.25 万元；种植西瓜，每公顷产西瓜 52.5t 以上，纯效益达 6.75 万元；种植茄子，每公顷产茄子 52.5t 以上，纯效益达 9.75 万元；种植草莓，每公顷产草莓 30t 以上，纯效益达 16.5 万元。因此，水稻—蔬菜种植模式实现了粮菜的合理兼顾，用地与养地结合，有效解决了设施蔬菜因连作障碍而影响产量的问题，经济效益显著提高。

（2）生态效益

1）有利于对土壤营养物质的充分吸收利用。由于蔬菜作物在生长过程中伴随产生特定的土壤好气性有害生物，如放线菌、真菌、细菌等，当有害生物积累到一定数量时，会引发病害，造成蔬菜大幅度减产，甚至绝收。通过种植一季水稻，在有水层的嫌气条件下，好气性有害生物会自然消失，而且由于前茬蔬菜多以果实为商品，施肥水平高，离园后残留多汁的茎、叶，有利于土壤有机质的积累，同时还可促进土壤速效氮、磷、钾营养元素在下茬水稻耕种过程中的进一步分解、释放，有利于水稻高产。且水稻以须根系为主，菜稻轮作对土壤养分吸收有互补作用。

2）有利于降低土壤盐渍化和酸化危害。在大中小棚和地膜覆盖条件下，长期连作蔬菜，偏施氮肥，土壤又得不到雨水的淋洗，加之浅耕、土表施肥、排灌系统不配套等栽培措施不当，导致土壤产生盐分积累。农民未按各作物需肥规律科学施肥，盲目使用化学肥料，例如，施用酸性及生理酸性肥料都会降低土壤 pH，如过磷酸钙，本身就含有 5% 的游离酸，施到土壤中，会使土壤 pH 降低。生理酸性肥料，如氯化铵、氯化钾、硫酸钾等，施到土壤后因蔬菜选择性吸收铵（NH_4^+）和钾（K^+），从而将蔬菜根胶体上的氢（H^+）代换出来，使土壤酸度增加，长期大量偏施这些肥料，会导致土壤酸化严重，影响作物的正常生长并导致品质下降。通过种植水稻能起到压碱洗盐作用，降低土壤盐渍化和酸化危害。

3）有利于抑制蔬菜多种病虫草害，降低农药使用频率。旱作有利于好气性微生物活动，水作有利于厌气性微生物活动。菜稻轮作可有效抑制蔬菜多种病虫草害的发生，减少病虫基数，尤其对土传性病虫害具有显著的抑制作用，如番茄枯萎病、茄子青枯病、西瓜枯萎病、草莓炭疽病等，与水稻轮作能有效降低病害的发生。同时可大大节约农药成本的投入，减少劳动用工，提高无公害蔬菜的生产水平，提升产品市场竞争力。

4）有利于改善蔬菜品质。水稻—蔬菜种植模式下，由于土壤生长环境的适合，肥料的合理运筹，病虫害的有效控制，蔬菜产品的品质和外观较常规种植的蔬菜产品有显著提升。

（3）社会效益

与水稻轮作的保护地蔬菜，种植时间一般正值传统农业的"农闲"时节，农村赋闲劳动力较多，而蔬菜生产又是典型的劳动密集型产业，这就为蔬菜生产提供了大量的生产人员。同时接茬水稻多在 6 月中下旬栽插，有利于农事安排。水稻—蔬菜模式生产在促进农村经济发展，增加农民收入，维护农村稳定中起到了较好的作用。

水稻—蔬菜轮作改变了传统的长年单纯种植粮食或长年单纯种植蔬菜的耕作模式，科学合理地安排粮食作物与经济作物的种植结构，充分利用不同作物间对气候资源和土壤养分优势的时段差，利用与生态环境的互补作用提高农田的综合生产能力和效益，改良土壤结构，实现了社会效益与经济效益的结合、用地与养地的结合，促进了现代农业的可持续发展。

（二）丘陵区养殖—经作循环农业模式评价

1. 环境效益

发展养殖—经作循环农业模式，实现了废弃物资源化循环利用，促进了畜禽粪便中氮磷和碳等元素在种植业和养殖业之间的有效循环，大大减少了畜禽粪中养分和碳在地表的迁移，减少了这些养分进入水体的可能性。在施用有机肥的同时，减少了对化肥的投入，减弱了因化肥施用引起的面源污染。示范试验的结果也表明，茶园施用有机肥，地表径流的氮磷浓度较常规施用复合肥略低，径流中的重金属浓度与传统施肥相比没有差异（表 8-18）。通过发展养殖—经作循环农业模式，实现了畜禽粪中部分铜、锌的萃取回收循环利用，避免了畜禽粪中高铜和锌可能引起的土壤污染问题。此外，通过发展养殖—经作循环农业模式，实现了畜禽粪的上山，减弱了水网平原区的

N、P 负荷，实现了提升环境保育型城郊农业水平的目的。

表 8-18　对地表径流中元素流失的影响

元素	复合肥 (n＝44)		有机肥 (n＝44)		覆盖 (n＝44)		对照 (n＝44)	
	范围	统计值	范围	统计值	范围	统计值	范围	统计值
NO_3-N/(mg/L)	0.49~72.55	9.77±14.91	0.79~30.24	9.46±8.13	0.63~14.37	4.16±4.04	0.24~26.14	9.26±7.35
NH_4-N/(mg/L)	0~29.02	3.67±5.67	0.10~17.99	2.82±3.48	0.05~4.50	1.48±1.23	0.06~7.08	1.38±1.51
Cd/(μg/L)	0~1.70	0.20±0.30	0~0.70	0.20±0.20	0~1.20	0.10±0.20	0~4.70	0.30±0.90
Cr/(μg/L)	0~8.90	3.40±2.90	0~9.50	3.30±2.70	0~11.80	2.60±2.70	0~8.90	2.80±2.90
Cu/(mg/L)	0.01~0.15	0.06±0.03	0.01~0.21	0.07±0.04	0.01~0.17	0.06±0.04	0.01~0.25	0.06±0.06
Fe/(mg/L)	0.01~2.93	0.32±0.59	0.01~2.01	0.23±0.44	0.01~0.66	0.09±0.13	0.01~1.47	0.16±0.29
Hg/(μg/L)	0~1.10	0.10±0.30	0~1.60	0.10±0.30	0~0.60	0.02±0.10	0~0.90	0.03±0.20
Ni/(μg/L)	0.20~7.60	3.10±1.80	0.50~8.30	3.10±1.60	0.60~6.40	3.30±1.40	1.50~7.10	3.50±1.50
P/(mg/L)	0~5.49	0.45±1.17	0~2.42	0.32±0.47	0~4.21	0.58±0.79	0~0.86	0.13±0.23
Pb/(μg/L)	0~39.90	8.90±13.30	0~45.80	11.10±15.00	0~52.60	10.00±14.90	0~66.20	12.30±18.10
Zn/(mg/L)	0~0.85	0.06±0.13	0~0.16	0.04±0.04	0~0.08	0.03±0.02	0~0.17	0.04±0.03

2. 经济效益

实施养殖—经作循环农业模式生产出来的有机肥容易保存、运输、出售，提高了经济效益。禽畜粪便经过沼气池的消化分解，发酵以后的沼渣、沼液可作为有机肥料，用于经济作物的生产。有机肥的施用，可大大减少化肥的用量，降低了农业生产成本。此外，在养殖—经作循环农业模式中，用粪便养殖蚯蚓，可形成富铜锌的高蛋白质蚓体，既可用作医药原料，也可作为畜禽养殖业和水产养殖业的饲料，减少养殖成本。蚓粉含有丰富的营养成分，是畜禽和高档水产养殖的优质高蛋白饲料，可代替鱼粉。饲用效果表明，利用鲜蚓或蚓粉喂养鸡鸭，不但能促进其生长，增强抗病能力，减少饲料消耗，而且能提高产蛋率；用蚓添加的饲料喂养鱼、蛙和甲鱼等能缩短摄食时间，减少饲料的浪费，减轻水质污染，促进其生长并改善和提高水产品的品质。与直接利用相比，这种间接饲料的饲用安全性和营养价值更高。通过资源循环利用，提高资源利用率，节约生产成本，城郊农业的综合生产效益提高 10%～30%，促进农业增效和农民增收。

城郊茶业是一项高效益的产业，据调查，西湖龙井茶区每公顷茶叶产值多在 15 万元以上，部分高达 75 万元以上，周边地区的茶园每公顷产值也基本在 7.5 万元以上。在城郊茶园中推行养殖—经作循环农业模式，可获得明显的经济效益。表 8-19 为一成龄茶园上进行的等价格肥料投入的单施有机肥、有机肥与化肥配施、单施化肥和不施化肥等 4 种施肥模式的效益比较。结果表明，茶叶产量由高至低分别为有机肥与化肥配施、单施有机肥、单施化肥、不施化肥（对照），以有机肥与化肥配施的产量最高，分别较单施有机肥和单施化肥增产 17.2% 和 3.5%；单施有机肥的产量也较单施化肥增产 13.2% 。有机肥的施用可显著改善茶树芽长、芽重和发芽密度等生产性状而提高茶叶产量。扣除肥料成本后，单施有机肥、有机肥与化肥配施和单施化肥的收益分别较对照的收益增加 39.93% 、45.43% 和 19.59% ，单施有机肥和有机肥与化肥配施的收益较单施化肥的收益增加 17.0% 和 21.6% 。由此可见，在等投入条件下，在茶叶上施用有机肥或有机肥和化肥配合施用较单独施用化肥具有更高的经济效益。此外，施用有机肥还可提早茶叶的采摘期，有利于抢占茶叶市场。

表 8-19　不同种类肥料施用茶园的经济效益分析（以每公顷统计，茶叶价格 230 元/kg）

肥料	干茶产量/kg	产值/万元	肥料成本/万元	收益/万元	与对照比	
					增收/万元	/%
有机肥	513a	11.799	1.275	10.524	3.003	39.93
有机肥 + 化肥	531a	12.213	1.275	10.938	3.417	45.43
化肥	453b	10.269	1.275	8.994	1.473	19.59
不施肥（对照）	327c	7.521	0	7.521		

注：同一列内具有相同字母的平均数之间没有显著性差异（$p > 0.05$）

城郊茶业的发展也可带动相关产业的发展。在杭州城郊地区，茶业是当地农村经济的一大支柱产业，有相当多的农民靠种植茶业致富。在现代高新技术的依托下，可将茶叶加工过程中产生的中低档茶及茶叶边角料开发为具有高附加值的茶叶精深加工产品，提高了茶产业的经济附加值，促进了茶产业由传统廉价型向现代高效型的转化。茶叶生产的发展还可带动茶文化、茶观光、茶休闲、茶叶生态观光游业的发展。杭州目前有几万人从事茶行业：种茶、采茶、加工茶、生产茶食品、茶药品、销售茶、开茶楼、经营茶文化。据估算，由茶叶生产带动的相关产业的效益已大大超过了茶叶生产本身。

3. 社会效益

发展养殖—经作循环农业模式是针对我国城郊资源短缺之现实，实施可持续发展战略的选择。示范项目的实施为实现建设资源节约型和环境友好型社会的目标、全面提升食品安全的整体水平，以及促进长江三角洲经济、社会和生态环境的可持续发展，作出了较大的贡献。项目实施过程中，通过技术培训和现场指导提高了农民的生态观念和科技意识，培养和造就了一大批科研、推广及管理人才，强化了农村科技队伍建设。

二、应用前景

循环农业在长江三角洲城郊区有很大的发展潜力。今后应在借鉴发达国家先进经验的基础上，以减量化为切入点，坚持因地制宜、整体推进、重点突破，采取政府调控、市场引导、公众参与相结合的方式，进一步推进农业资源循环利用，保护和改善农业生态环境，逐渐形成以循环促发展、以发展带循环的良性格局，重点要做好以下四个方面的转变。

第一，在发展目标上，由单一强调生产效益向兼顾生态和社会协调发展转变。逐渐改变"农业发展靠土地、水肥等大量物质投入，资源利用效率不高，走的是资源消耗型的发展道路，造成了严重资源浪费和生态破坏，农业投入产出效益不高，农产品品质竞争力差"的局面。在生产上，不仅要注重生产效益，而且要实现农业生产、资源、生态、环境的全面和谐发展。通过发展循环农业，摒弃目前重增长轻发展、重生产轻环境、重经济轻生态、重数量轻质量的思想。

第二，在发展模式上，由单向式资源利用向循环型转变。传统的农业发展理念，将自然界看作是一个无穷大的资源宝库和无限量的排污场，生产是纯粹的一次性资源消耗过程，生产活动表现为"资源—产品—废弃物"的单程式线性增长模式，产出越多，资源消耗就越多，废弃物排放量也就越多，对生态环境的破坏就越严重。传统的农业发展模式已经不适应长江三角洲地区全面小康社会建设的需要，亟待充分整合利用农业生产和再生产各个环节一切可以利用的资源，按"物质代谢"和"共生"的关系延伸产业链，推动单程式农业增长模式向"资源—产品—再生资源"的"单向单环式"、"单向多环式"、"多向多环式"与"多向循环式"相结合的综合模式转变。

第三，在技术体系上，由集约高耗型向节约高效型转变。发展循环农业，要依靠制度创新，引导和鼓励科技人员研发、推广促进资源循环利用和生态环境保护的农业技术，提高农民采用节约型技术的积极性，实现由单一注重产量增长的农业技术体系向注重农业资源循环利用与能量高效转换的循环型农业技术体系的转变，为农业可持续发展提供技术支撑。

第四，在产业政策上，由抓单一产业向抓产业协同发展转变。多年来，长江三角洲地区的农业产业政策主要集中在追求单一产业链的拓展和延伸，对产业之间的物能综合利用重视不够，尤其对产业之间的资源、产品多级循环利用缺乏引导。发展循环农业，通过农业产业链整合、废物交换、循环利用，推进种植业、畜牧业、渔业、林业及农产品加工业、农产品贸易与服务业、农产品消费领域之间形成相互依存、密切联系、协同作用的适度生态产业链体系，实现资源有效配置、废弃物资源化利用和污染物最少排放。

参 考 文 献

陈琴苓，梁镜财，黄洁容等.2005. 城郊农业发展的优势、挑战和技术需求. 科技管理研究，6：3～5

陈诗波，王超.2006. 农业循环经济评价体系的构建与现状分析//张宝文. 循环农业与新农村建设——2006 年中国农学会学术年会论文集. 北京：中国农学通报期社：113～117

迟春洁，蒋景楠.2006. 循环经济评价指标体系的研究内容和构建思路. 技术经济，2：5～6

崔和瑞，张淑云，赵黎明.2004. 基于系统理论的区域农业可持续发展系统分析及其评价——以河北省为例. 科技进步与对策，5：149～152

丁勤仙，张文开.2006. 农业循环经济发展水平综合评价——以福建省为例. 韶关学院学报，27（12）：102～107

方中友，陈逸，陈志刚等.2007. 南京市农业循环经济发展评价指标体系构建与对策. 江苏农业学报，23（5）：487～491

冯华，宋振湖.2008. 山东省农业循环经济发展评价. 中国人口资源与环境，18（4）：94～98

冯雷，解慧，孔祥敏.2003. 城市郊区农业产业化与城乡一体化联动发展研究. 农业现代化研究，

24（2）：116~120

龚志山．2007．上海农场循环农业发展评价．扬州：扬州大学硕士学位论文

顾吾浩．2005．上海发展农业循环经济研究．上海市经济管理干部学院学报，3（4）：22~26

何玲．2007．循环农业运行状态评价体系研究．安徽农业科学，35（9）：2802~2803

胡素华．2008．循环经济发展评价体系的研究．绍兴文理学院学报，28（7）：61~66

黄贤金．2006．区域循环经济发展评价．北京：社会科学文献出版社

贾士靖，刘银仓，王丽丽．2008．我国农业循环经济发展水平模糊综合评价．农机化研究，10：1~4

李娅婷，张妍．2009．北京农业循环经济发展评价研究．环境科学与管理，34（1）：109~112

刘文敏，张占耕．2005．长江三角渊区域农业发展模式．上海农村经济，（6）：38~41

马其芳，黄贤金，彭补拙等．2005．区域农业循环经济发展评价及其实证研究．自然资源学报，20（6）：891~899

马其芳，黄贤金，张丽君等．2006．区域农业循环经济发展评价及其障碍度诊断——以江苏省13个市为例．南京农业大学学报，29（2）：108~114

秦丽云．2006．长江三角洲地区主要生态环境问题与对策．灌溉排水学报，4（5）：75~78

任正晓．2007．农业循环经济概论．北京：中国经济出版社：12~15

佘之祥．2001．长江三角洲的农村经济特点与发展对策．长江流域资源与环境，10（2）：152~157

孙建卫，黄贤金，马其芳．2007．基于灰色关联分析的区域农业循环经济发展评价——以南京市为例．江西农业大学学报，29（3）：508~512

王永龙，单胜道．2006．浙江循环农业发展评价研究．湖州师范学院学报，28（6）：80~86

吴开亚．2008．巢湖流域农业循环经济发展的综合评价．中国人口资源与环境，18（1）：94~98

徐永成．2004．长三角迈向一体化浙江茶迎来新机遇．茶叶，30（3）：138~140

杨华峰，汪静．2009．中国十省区域循环经济发展动态综合评价实证研究．工业技术经济，28（2）：113~117

叶堂林．2006．农业循环经济模式与途径．北京：新华出版社：93~100

赵金龙，何玲，王军．2007．谈循环农业的模式及其评价方法．安徽农业科学，35（6）：1766~1767

钟太洋，黄贤金，李璐璐等．2006．区域循环经济发展评价：方法、指标体系与实证研究——以江苏省为例．资源科学，28（2）：154~162

周曙东，陈丹梅，吴强等．2005．江苏省农业可持续发展的综合评价．南京农业大学学报，28（2）：116~120

周颖，尹昌斌，邱建军．2006．我国循环农业发展模式分类研究．中国农业生态学报，16（6）：1557~1563

朱国志．2005．城郊农业功能定位与实现途径．农业经济，8：43~44

Drewes J E, Reinhard M, Fox P. 2003. Comparing microfiltration-reverse osmosis and soil-aquifer treatment for indirect potable reuse of water. Water Research, 37: 3612~3621

Ou Z Q, et al. 1992. Paddy rice slow-rate land treatment system I. Design of hydraulic loading rates. Water Research, 26: 1479~1486

Wittmer I K, Bader H P, Scheidegger R, et al. 2010. Significance of urban and agricultural land use for biocide and pesticide dynamics in surface waters. Water Research, 44: 2850~2862

第九章　城郊区特色景观生态农业生产模式

第一节　特色景观生态农业概述

一、特色景观生态农业的内涵和特征

社会和科学技术的进步，客观上导致包括系统科学、生态科学、环境科学、景观规划等学科在内的多学科融合，并应用于指导生产、改善生态环境、提高人民的生活水平。特色景观生态农业正是在这样的背景下发展起来的，是指处在城市边缘及间隙地带，依托城市的科技、人才、资金和市场优势，充分利用城市提供的科技成果及现代化设备，在充分发挥地区资源优势，合理配置农业要素和景观格局，提高农业景观自我调节能力的基础上，采取环保、高效的生产方式进行生产的新型、农业生产形式。特色景观生态农业集生态农业和景观农业为一体，不仅为城市提供高质量、名、特、优、新等农副产品，也在为城市提供生态环境保育、休闲娱乐、旅游观光、教育和科学认知等方面发挥重要的服务功能。概括起来，特色景观生态农业具有如下基本特征。

1）重视多尺度的生态系统结构设计与规划。传统农业生产的调控通常局限于微观尺度上的生产管理措施，景观生态农业强调多尺度的调控，强调应用景观生态学的原理，在宏观上设计出合理的景观格局，因地制宜地发展农业生产，合理安排农业生产布局，促进资源的高效利用，防控生态风险，营造稳定和谐的生态环境，注重发挥资源优势和区位优势，实现农产品优势区域布局和特设农产品生产；在微观上创造出合适的生态条件，促进对土地、养分、水、热等各种条件的充分利用，通过景观要素的配置，调控农业景观的能流和物流过程，提高农业生产过程的资源利用效率和促进优质农产品生产。可见，景观生态农业主要从宏观和微观两个尺度上，合理分配与充分利用农业资源，促进农业可持续发展。

2）重视景观格局的优化与美化。景观生态农业重视农业景观格局的建设，不仅强调农业景观资源的分配、保护与维持生态环境平衡，还重视小尺度作物或植被的搭配及景观要素的建设，以此提高农业景观的优美度，构建具有生态价值和美学价值的景观空间格局，发展创意农业。

3）重视高效、优质、特色的农产品生产，提高农业经济效益。集约化农业以高投入、高产出为特征，虽然在数量上满足了对农产品的需求，但却是以资源浪费、环境污染、牺牲农产品品质为代价。随着人们收入水平的提高，消费结构不断升级，人们不再以数量为标准，转而对消费品的质量、安全性提出越来越高的要求，追求绿色、健康、特色、个性化的产品。同时，经济的发展也催生了一批高消费群体，他们更加追求优质农产品、特殊农产品，注重农产品高品质、高营养、低污染。景观生态农业

重视传统农业技术精华与现代生产技术的有机结合，生产优质、特色、有机农产品，可以满足城市居民日益增长的消费需要。

4）重视发挥农业的生态环境保育功能，提高农业的经济、生态及社会效益。除了提供农产品的生产功能外，景观生态农业重视景观格局异质性的维持和景观格局的优化，重视植被斑块和绿色廊道的建设和保护，重视景观要素的空间配置，强调自然资源的合理分配与循环利用，以实现最高的物质和能量利用效率及最少的废弃物排放量为目标。这不仅有利于生态多样性的维持与保护，也有利于乡村旅游和农业休闲观光业的发展，从而促进了景观价值、生物多样性保护、生态服务、文化传承、教育等多种功能的实现，有利于增加农业生产的附加值，实现农业经济、生态和社会效益的综合价值。

二、国内外特色景观生态农业的发展现状

（一）国外特色景观生态农业现状

特色景观生态农业的兴起与发展与生态农业、有机农业及景观生态学密切相关。20世纪中叶，针对"石油农业"所带来的一系列生态环境问题，生态农业作为一个崭新的概念被提出来，被认为是世界农业发展的一个重要阶段。1981年Worthington将生态农业定义为"生态上能自我维持，低收入，经济上有生命力，在环境、伦理和审美方面可被接受的小型农业"。生态农业概念被提出之后，在欧洲、美国、澳大利亚等一些国家和地区得到了广泛的推广。目前全球实行生态管理的农业约有1055万hm^2，占生态用地总面积的50%。其中澳大利亚为529万hm^2，意大利及美国分别为95万hm^2和90万hm^2（秦守勤，2008）。在欧洲一些地区，生态农业的规模还有进一步扩大和发展的趋势。

有机农业在第二次世界大战以前就已在一些西方国家萌芽，20世纪70年代后，一些发达国家工业的高速发展导致环境恶化，直接危及人类的健康与生命，从而掀起了以保护农业生态环境为目的的各种替代农业思潮。1972年11月5日国际有机农业运动联盟（简称IFOAM）在法国成立，它的成立是有机农业运动发展的里程碑。90年代后，特别是进入21世纪以来，有机农业作为可持续农业发展的一种实践模式和重要力量，进入了一个蓬勃发展的新时期，在规模上、质量上都有了质的飞跃。据国际贸易中心（ITC）统计，2000年全球有机农业种植总面积达680万hm^2，主要分布在欧洲；2001年发展到1580万hm^2；2002年达到1720万hm^2，其中大洋洲占44.92%，欧洲占24.79%，南美洲和中美洲占21.56%，北美洲占7.73%，亚洲占0.55%，非洲占0.36%；2003年全球有机农业耕种面积达到2400多万公顷（孙振钧，2009）。

景观农业（landscape agriculture）的概念由谢尔巴科夫·A.P于1994年提出，他认为景观农业是在农业景观中调节物质与能量的一种系统，可以保证农业景观中资源的再生产能力。也就是说，景观农业的本质是农业生态系统与自然生态系统在一定自然景观上的有机结合，是按景观生态学原理规划的，具有自我调节能力、高稳定性，实现能量与物质平衡的一种新型农业。前苏联的一些国有农场通过应用景观农

业思想，在景观中引进植被廊道和斑块以及通过景观建设与恢复、系统规划农业生产用地等方式，成功地解决了农业生产中出现的一系列生态问题，推动了前苏联的农业生产发展。

特色景观生态农业的概念在国外鲜有被提及，但其理念却广泛地渗透于农业生产与管理实践之中。例如，在城市化发展过程中，美国就相当重视农用地和生态用地的规划，多数州政府都制定了基本农田保护法规，县、市则开展了较为广泛的划定基本农田区的活动，耕地、牧场、果园得到了很好的保护。为了更好地保护生态环境，美国还形成了独具特色的保护缓冲带，在河湖、溪流、沟谷岸边、城市外围设置防护林带，在耕地地块外围保留草地化汇流区，或构成农林复合耕作体系等。在流域生态安全的最佳管理措施设计过程中，重视地形、地貌等景观要素对于农业生产及生态安全的影响，重视景观建设和种植设计在其中扮演的角色，重视景观格局优化对于城市生态环境的改善作用。

欧盟多功能农业发展项目已开始以改善生态环境质量、提升景观生态服务价值和自然保护价值为目标，提出基于生产生态学和景观生态学原理，利用多目标遗传算法，实现农村土地利用最优化和景观结构设计相结合的规划方法研究。

日本重视各种农业产业的最适合生产区域和生态区域规划，并视之为提高农业生产率和增加农民收入的必要条件。水稻、经济作物、果树、畜产、设施园艺等都已形成地区性专业生产布局。农业生产的高效、优质、多功能性也是发展的重点，生态农业、有机农业、各种休闲观光农业都得到了很好的发展。

（二）我国特色景观生态农业现状

我国生态农业有着非常悠久的历史，从一定意义上来说，中国几千年的农业生产几乎就是生态农业的实践。到20世纪70年代末80年代初，尽管中国农业发展水平与西方发达国家发展水平相比有很大差距，但是集约化农业生产所带来的生态环境问题也开始显现。80年代初，"生态农业"作为一种新型农业发展模式在我国一些地区被提出来，并进行了生态农业建设的试点研究。1991年5月，农业部、林业部、国家环境保护总局、中国生态学会、中国农业生态经济学会在河北省迁安县召开了"全国生态农业（林业）县建设经验交流会"，会议指出要在现有生态农业试点的基础上，在三江平原、内蒙古牧区、松辽平原、黄淮海地区、黄土高原、河套地区、四川盆地、江汉平原、华南丘陵、云贵高原、京津塘郊区、沿海经济技术开发区等12个区域，建设成熟的、适于大面积推广的生态农业试验区。1994年农业部等7个部委联合组织规划全国50个生态县建设，涉及面积12.3km^2，占全国土地面积的1.25%，试点县占全国总数的2.11%。2000年3月，国家七部委在北京召开"第二次全国生态农业县建设工作会议"，对第一批50个生态农业县试点工作进行了总结，并对第二批50个示范县工作进行了部署安排，同时提出要在全国大力推广和发展生态农业，目前生态农业已被广泛接受，并成为我国现代农业发展的战略方向（丁溪，2010）。

我国有机农业的发展始于20世纪80年代中后期，1994年进入较快的发展时期，通过有机食品生产认证的土地面积达6万hm^2，出口销售额约为1000万美元；2000年通过有机食品生产认证的土地面积达到 10 万 hm^2，出口贸易额达到 2000 万美元。有机食品发展中心（OFDC）统计数据表明，近几年我国有机食品的年出口额和年产量增长率均在 30% 以上（孙振钧，2009）。

　　相对于生态农业和有机农业，景观农业思想虽然在我国传播时间不长，但其理念早就应用于生产实践之中。例如，北京利用景观农业思想，从景观尺度上优化土地配置格局，规划各城区的功能和发展定位。生态农业、有机农业的发展，也充分体现了特色景观生态农业所追求的优质、高效、资源合理分配与循环利用的理念；休闲农业、观光农业的兴起与发展正是对农业多功能价值（包括经济价值、生态价值、美学价值、观赏价值、体验价值、教育价值和保健价值等）的实践。但是，对特色景观生态农业理论的研究十分欠缺，在对特色景观生态农业的实践中缺乏系统的规划和设计，体现得更多的是小尺度上的生态农业、有机农业、观光休闲农业的扩充与放大，缺乏景观层次上的发展与规划。此外，受人口对粮食高产需求的驱动，我国土地利用过程中长期存在过度开垦、集约化程度高、景观美学和生态效益遭受严重损害等问题，只有从宏观尺度上进行合理的规划和调控方可实现对此问题的根本性解决。

第二节　城郊区特色景观生态农业生产模式构建与示范

一、特色景观生态农业生产模式构建

（一）需求分析

　　20 世纪 90 年代以来，我国城镇化进程呈现加速发展的态势，2008 年我国城镇化率已达到 45.68%（毛其智，2009）。在这种背景下，传统农业的发展和建设模式已不能满足人们对良好生态环境、优质农产品以及城乡一体化发展等一系列问题的迫切要求。因此，为了使城郊区农业可持续发展，应对日益加快的城市化进程，亟待调查研究了解人们对城郊区景观生态农业的需求，制定城郊区景观生态农业发展的方向与目标。

　　基于参与式理论和方法，国家"十一五"科技支撑计划项目"城郊区环保型特色农业支撑技术研究与示范"课题五"京津唐城市群郊区环境保育型农业系统优化技术集成与示范"，分别调查了京郊京承高速公路沿线当地居民和市民对城郊景观生态农业的需求，调查内容涉及被调查者对目前景观的满意程度、对景观休闲观光旅游的需求、都市农业走廊建设的必要性和可能性、未来农业走廊景观建设意见、农业生产存在问题以及建设需求等共计 17 个问题。调查人数共 299 人，涉及的被调查者受教育程度范围涵盖了从研究生到小学各层次。

1. 公众对目前干道两侧景观的满意程度偏低

　　在对京承高速公路两旁可视范围内景观满意程度的调查中，97% 的市民和 90% 的当地居民认为一般或不好（表 9-1），说明目前道路两侧农业景观质量不高，与广大人

民群众的要求差距较大，客观地反映了北京郊区整体景观状况不容乐观的现状，也体现出改善主要公路干线两侧乡村景观、建设都市型现代农业走廊的现实意义。

表 9-1 干道周边景观（风景）满意度统计表　　　（单位：%）

群体	优美	一般	不好
市民	3.5	73.4	23.1
当地居民	10.3	67.3	22.4

导致公众对公路两侧景观不满意的主要原因虽然比较分散（表 9-2），但"脏乱差"仍然占很大比例，集中表现在废弃地、废弃河道、垃圾堆放和管理差等方面，其次是对土地的利用比较混乱，景色单一，景观多样性较低，村庄、建筑物与农田景观基质不协调。

表 9-2 影响道路两边景观的主要原因　　　（单位：%）

群体	景色单一	脏乱差	建筑物不协调	看不到景色	其他
市民	20	33	24	21	2
当地居民	19	34	14	23	10

2. 城郊居民对农业景观观光休闲旅游、城郊景观建设需求积极

在被调查的 143 位北京市民中，对于是否到郊区旅游的问题，回答为经常、不多和偶尔到郊区旅游的人数各占 1/3（表 9-3），其中有 92% 的市民会在途中关注道路两侧的景色，有 69% 的市民偶尔会在空闲时间到郊区观光旅游，只有 16% 的市民从不到郊区旅游观光；而 89% 的当地居民认为公路两侧的景观走廊建设十分必要，另有 11% 抱无所谓的态度。

表 9-3 市民和当地居民对景观生态农业走廊需求与态度的调查结果（单位：%）

项目	经常/肯定	偶尔/没有必要	很少/无所谓
是否经常到郊区观光	30.0	35.0	35.0
休息的时候是否去郊区休闲观光	14.7	69.2	16.1
是否关注公路两边的景观（风景）	45.4	46.2	8.4
景观生态农业走廊建设的必要性	81.4	7.7	10.9

被调查市民的平均月收入为 2572 元，郊区旅游消费支出平均为 1192 元，占年均收入的 3.9%。收入水平的差异并不明显影响他们到郊区旅游观光的支出比例，而低学历者在这方面的支出比例则明显偏低。当然，被调查者所提供的收入数据可能并不是他们的实际收入，但仍能提供了趋势预测，具有一定的参考价值。

如果仅仅选取首都功能核心区和功能拓展区的主要消费群体，即 8 个主城区中15～64 岁的 757 万常住人口来计算，他们一年中到郊区休闲旅游消费达 90.23 亿元；如果按北京市汽车保有量 300 万台，每台车载客率 1.4 人计算，消费可达 49.98 亿元。当

地居民年平均收入为 1.46 万元，约 30% 来自农业生产，如果乘以本市生态涵养区和城市发展新区 10 区县 199.2 万（户）农业从业人口，年收入为 290.83 亿元，其中来自农业的收入为 87.25 亿元。可见，市民的休闲观光旅游消费额为当地居民农业生产收入的 57.5%，即公路两侧的景观走廊可为当地居民带来巨大的经济效益。

3. 城郊主要干道两侧土地利用仍以大田为主，农民收入普遍不高，发展城郊特色景观生态农业有利于提高农民收入

调查发现，在顺义、怀柔、密云三个区县从事农业劳动的农民中，约有 78% 的农户种植玉米、小麦等大田作物（表 9-4），户年均收入只有 1.25 万元。少部分农民从事大棚蔬菜、草坪或其他形式的农业生产，呈现出点源集中分布的特点，户年均收入相对较高，达到 2.19 万元。

表 9-4　各区县被调查的主要农业生产类型农户数量及其比例

区县	粮食		水果		蔬菜		园艺		其他	
	农户数/户	比例/%	农户数/户	比例/%	农户数/户	比例/%	农户数/户	比例/%	农户数/户	比例/%
顺义	42	76	5	10	1	2	4	8	2	4
怀柔	47	90	3	6	0	0	0	0	2	4
密云	34	68	4	8	5	10	0	0	7	14

三个区县被调查农民的家庭年均收入为 1.46 万元，其中，31% 来自农业生产（表 9-5），大部分收入来源于外出打工和出租房屋，其中约有半数农民通过村将土地转租，每人每年获得约 500 元的经济补偿。密云县虽然地处远郊，但农民经济收入并非最低，很大程度上是因为近几年在京承高速公路密云段两旁修建的一批设施农业为其增加了收入。年均收入最低的怀柔区，粮食生产占农业生产的比例最高，达到了 90%。

表 9-5　农户家庭经济收入情况

收入情况	顺义	怀柔	密云	平均
家庭年收入/万元	1.8	1.33	1.44	1.46
农业生产所占比例/%	30	17	47	31

4. 自然、整齐、低干扰的景观受到城郊居民的欢迎

在为市民和农民提供的 5 种不同特征的景观图片中，纯自然景观得到了比较多的市民的青睐，占调查人数的 39%；其次是有较少人为干扰的田园景观和整片绿化草地，分别占被调查人数的 23% 和 19%；乡村特色村落并不受青睐，喜欢的人数仅占 10%；最不被喜好的景观是整片防护林，仅得到 9% 的被调查人群的青睐。

对景观开阔程度的调查结果显示，49% 的被调查农民喜好开阔度最大的农田景观图片，22% 和 29% 的被调查农民喜好中、低开阔农田景观，这体现出农民对较完整土地的偏爱；十分令人吃惊的是，城市居民对田园景观开阔程度没有特别的喜好，可能与城市居民已经适应了比较拥挤的生活环境有关。

城市居民和当地农民两个群体对景观人为干扰程度的偏好趋势也大致相同，但由于前者大多长期生活在相对拥挤的都市，因此更趋向于受人为干扰较少的景观，58%的市民选择了受人为干扰最少的图片，各约20%的城市居民选择了中、高干扰程度的图片。农民的选择则更贴近他们现实的生产状况，虽然整齐完整的大田景观仍是他们的首选，喜好人数占44%，但同时含有设施农业（大棚蔬菜）和大田作物的景观同样受到他们的青睐，喜好人数占38%。以上调查分析结果表明，城市居民偏好有开阔、整齐、受较少人为干扰所带来的清新、简约视觉感受的景观，生活在水泥森林中的都市人对郊区风光的淳朴、简约更为向往，而农民除喜欢开阔的农田景观外，同时还关注农田的生产功能。

5. 田园景观和观光农业两种模式，因其在经济效益和视觉欣赏方面的优势，成为市民和农民选择的主要模式

大田作物、观光农业、设施农业和苗圃菜园是目前北京城郊区主要的农业生产模式，调查结果显示，设施农业和苗圃菜园在两个群体中都不太受欢迎，喜好人数占被调查人数的比例分别为：市民13%和8%；农民12%和15%。不喜好的原因却截然不同，市民主要是因为这两种模式人为干扰强烈，而农民则是因为投入过高，不适合自身发展的缘故。农民和市民主要选择大田作物和观光农业，市民选择大田作物和观光农业模式的人数比例分别为41%和38%，而农民则分别为21%和52%，市民对大田作物的选择约为农民的2倍，反映了市民对田园景观的偏好。更多的农民倾向于发展果园采摘观光农业，主要原因是已有成功的实例，这也体现了在目前农民的农业生产水平下，政府部门主导推广现代农业模式的重要性，同时也进一步说明，建设休闲观光多功能农业和优美乡村景观既符合市民的需求，也符合农民发展生产的需要。

6. 传统习惯和经济效益是影响农民选择土地利用形式的主要因素

国家"十一五"科技支撑计划项目"城郊区环保型特色农业支撑技术研究与示范"课题五"京津唐城市群郊区环境保育型农业系统优化技术集成与示范"的调查研究结果显示，农民在决定土地利用方式时，主要考虑的是多年传统习惯和保障经济效益，二者分别占总人数的50%和35%。有69%的农民在提供资金、技术保障的假设前提下，仍要维持原来的土地利用形式，其中62%的人仍然选择种植小麦、玉米等大田作物。农民最愿意尝试改变的农业生产方式是大棚蔬菜，但仅占被调查人数的11%。可见传统土地经营方式在农民心中的位置难以被撼动，他们并不会轻易地尝试其他农业生产方式，其原因可能有以下三个方面：首先是受自然条件主要是灌溉水短缺的影响，部分农民认为当地只能从事原有的耕作方式；其次，大多数农民受教育程度不高，对新农业生产方式的认识不足；最后，生产粮食的基本农田受国家法律保护，不得变更。

7. 市民和农民对城郊农业功能的需求多样化

对城郊农业功能的调查结果显示，62%的市民认为，北京农业发展不应以生产为主，而应以维护首都生态环境为主要目标；18%的市民认为，高度集约化的设施农业（如大棚蔬菜）是北京农业发展的重点，可尽可能地提高农业生产水平；另有20%的市民则认为，北京应发展具有北京传统特色的农业，用以维护传统生态文明。这明确地体现了北京市民的需求，即农业生产不是北京经济发展的主要贡献力量，发展农业是为发展都市经济和维护都市生态环境服务的。

大多数农民（占被调查者的81%）认为，在公路两旁进行都市型农业走廊建设十分有必要，但在被调查的156位农民中只有1位表示，他从事农业生产的目的是维护生态环境，而86%的农民是因为经济效益，或遵从多年传统习惯来选择土地利用形式。调查显示，尽管农业生产功能及其在农民收入中所占的比例降低，但从事农业生产的农民将土地及土地的生产属性，仍然视为自己的重要生活保障，从农业生产中获得更多的经济效益，仍然是他们利用土地的首要考虑因素。

60%的农民认为，解决冬春季农田裸露的方法是改种冬小麦，12%的农民选择建大棚、种植蔬菜，其他方法包括建设果园或苗圃（10%）、种树（6%）、种草（7%）和其他（5%）。

综合上述调查发现，北京城郊区农田景观质量普遍偏差，亟待治理，城郊居民也表现出对于优美、整洁、生态保育、低干扰的城郊景观生态农业的强烈需求。城郊居民收入偏低，需要发展高附加值的观光休闲农业以提高经济收入；而城市居民需要发展高品位观光休闲农业来丰富业余生活，提高生活质量。农业的非生产性功能，包括生态服务、社会保障、文化教育、景观价值逐渐得到民众认可。事实上，除了调查中所反映出的城郊居民对于景观生态农业的需求外，我国城镇化和集约化农业发展过程中出现的资源环境问题，也迫切需要发展景观生态农业，即通过在微观尺度运用生态循环的原理以及现代科学技术改进生产和管理技术，促进农业生产系统资源利用效率的提高。在宏观尺度上，通过调整种植结构和作物空间配置，合理配置景观要素，促进生态系统功能的实现，并构建良好的景观环境。此外，人们对生态环境保护意识的增强以及对优质、安全、特色农产品需求的增加，也是景观生态农业发展的重要驱动力。

（二）构建原则

特色景观生态农业要求农业生产及其时空布局应与生态环境协调一致，和谐发展，合理配置农业要素，充分发挥地区资源优势，不仅为城市提供高质量、名、特、优、新农副产品，同时保育城市生态环境，提供休闲娱乐、旅游观光、教育和科学认知等方面的服务功能。因此，构建城郊区特色景观生态农业模式应遵循以下几个原则。

1. 因地制宜和生态优先原则

不同地区不仅自然环境、经济发展水平、社会人文意识有区别，而且景观系统的景观类型、格局、生态学过程以及系统内的物质循环与能量流动、生态流（物种流、营养流、信息流等）的迁移方式，以及景观要素的组成及其空间配置也存在差异，这些都会影响到各种过程的平衡和生态功能的实现，进而可能影响到景观生态安全。景观生态农业重视景观要素及其格局的规划，强调在生态环境优先原则的指导下，通过农业景观格局的优化，实现生态保护和生态平衡，构建运行良好的景观安全格局，避免社会经济发展过程中的生态环境破坏行为，减少区域发展所造成的生态资源损失。

2. 景观多样性原则

景观多样性是指景观单元在结构和功能方面的多样性，包括斑块多样性、类型多样性和格局多样性，反映景观的复杂程度。景观多样性是景观平衡和景观安全实现的基础，也是良好的生态环境、优美景观的前提。因此，保存、维护文化和自然景观的完整性和多样性，保持与提高城镇景观的生态、文化和美学功能，是景观生态农业生产的基本原则。

3. 可持续性原则

受人口、经济、社会和技术条件的制约，传统农业偏重于资源的粗放利用，如陡坡地开荒、围湖造田、草地过牧、森林砍伐等，导致资源与环境的巨大破坏、水土资源浪费与退化、生物和景观多样性严重丧失等一系列问题，进而严重危害了城郊经济社会可持续发展，制约了城郊居民生活条件的改善和生活水平的提高。采取合理的农业生产管理措施，规范资源开发行为，促进城郊景观资源的可持续利用，是城郊特色景观生态农业发展的重要任务。

4. 整体规划设计原则

在景观规划设计中，把景观作为一个整体单元来考虑，从系统的角度协调人与环境、社会经济发展与资源环境之间的关系，并以保护为前提，以发展为目的，以改善人居环境和提高人民生活质量为根本，在景观水平上，谋求城镇景观与生产、生态、文化和美学功能的整体和谐。

5. 综合性原则

景观生态农业以景观生态学、生态学、城市规划学、环境科学、自然地理学、人文地理学、经济学、农学等学科理论为基础，实践上不仅包含农业生产技术，而且必须与 GIS、遥感及计算机技术紧密结合，因此，景观生态农业生产与发展是一个系统工程，应遵循综合性原则。

6. 多方参与原则

景观生态农业的利益主体是当地居民，而消费主体是城市居民，景观生态农业涉及区域规划，离不开政府的政策支持和专业研究人员的参与，只有得到多方认可和推动，景观生态农业方能顺利发展，实现其目标。

（三）城郊区特色景观生态农业分区规划

北京市常居人口 1695 万，城镇人口 1439.1 万，乡村人口 255.9 万，土地面积 2461.6 万 hm²，其中山地 1562.6 万 hm²，占总面积的 62%，平原面积 958.5 万 hm²，占总面积的 38%。自改革开放以来，城市化进程快速发展，农业生产水平快速提升，特别是集约化农业迅猛发展。因缺乏有效的景观规划和建设指导，导致城郊区田园景观受损、自然景观破碎、生物栖息地多样性破坏、景观单一、功能紊乱等问题。

《北京城市总体规划（2004~2020 年)》明确将建设生态城市作为北京城市建设的目标，强调调整农业结构，注重发挥农用地的生态功能，改善城市总体生态环境。《北京市土地利用总体规划（2006~2020 年)》和《关于北京市农业产业布局的指导意见》也明确提出发展多功能农业，强调北京农业除生产和经济功能外，更应该重视生态服务、景观价值、自然资源与文化传承保护等功能。

北京市农业景观的现状，决定了北京市农业景观的规划和建设要体现区域性和整体性，应综合考虑现有城市发展空间格局和各区县农业发展区划和特征，对北京市农业景观特征进行分区，并针对不同农业类型发展区域，提出北京市农业景观建设原则和要求。

1. 景观生态农业分区

地貌形态是景观生态系统空间结构的基础，直接影响生态系统各种能流和物流过程；地表被覆状况表征了景观的直观特点，并能间接地体现景观生态系统的内在特征。根据景观地貌特征，合理安排土地利用的空间格局，是实现区域生态安全和景观平衡的重要前提和基础，也是实现农业和城市协调可持续发展的前提。

根据北京市地理和农业特征，应用时兴的景观特征评价（LCA）分类方法，以影响农业景观最大的三类因素，即地貌类型、土壤质地和农业土地利用状况为一级指标，通过"3S"平台分析北京市景观格局，根据所建立的指标体系对景观分区进行综合评价，划分景观特征区域，分析各区域的功能特点、景观特点和农业发展状况，将评价结果反馈到分区上；同时结合政策需要和重要景观廊道建设，利用评价结果提出各个分区的建设模式和战略发展目标。其基本步骤为：首先，在对地貌因子分类、成土母质分类、土地利用因子分类的基础上，再在 ArcGIS 平台上进行空间叠加分析，获得720 种景观特征类型。在此基础上，通过野外调研和以往的景观分类经验，确定以优势度、丰富度、均一度和地貌出露状况四项指标为基础的综合分区判别指标体系，在 ArcGIS 平台上对最初的 720 种分类类型进行主观判断，实现手扶式分区，综合考虑景观特征在北京市尺度下的反映以及北京的区域和尺度状况，根据分区判别指标的景观特征判断标准对 720 种景观特征类型进行整合，利用 ArcGIS 平台的 Spatial Analysis 工具进行区域整合、属性合并和修正工作，最终得到 17 种景观特征类型。最后根据北京市现代农业圈层结构、农田土地利用状况和农田景观结构，将北京市城郊区农田景观分为城市美化农业区、近郊景观绿化农业区、远郊规模农业区、山前林果带农业区、山区生态农业区、景观廊道农田带等六大区域带（图9-1）。

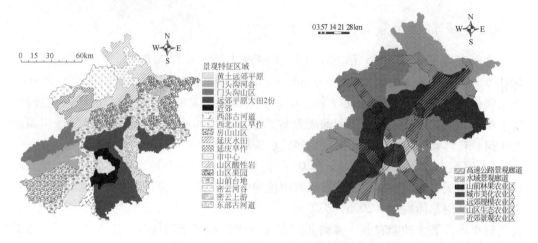

图9-1　北京市景观生态农业类型分布

2. 景观生态农业分区定位和建设原则

（1）城市美化农业区

包括中心城区和朝阳、海淀、丰台、石景山4个城郊区毗邻市中心的部分，基本处于五环路之内，各区县城中心周围5km也应属于城市美化农田区，其基本特征如下：农田景观面积小，破碎化程度高，与非农用地形成镶嵌格局，农业景观斑块布局非常分散。城市美化农业区具有"都市氧吧"和"城市之肺"的生态服务功能，也是城市景观中的开放空间和生态安全庇护所。因此，城市美化农业区景观建设应将农田景观建设与城市景观及生态建设有机地结合在一起，将大田作物、果蔬、花卉苗木生产与区域城市景观定位相结合，发展鲜花、草叶等观赏园艺植物种植，构建集观赏、休闲、生态等功能于一体的精品大田园艺产业。在建设模式上，选用注重景观美化效果的植物配置模式，同时配以园林小品的建设，力求美观、整洁。结合城市的道路建设，将大田农业景观园区与道路景观美化结合，形成都市绿色廊道和都市绿色开敞空间。主要建设内容包括以下几个方面：①农田整理、合并农田斑块、保持整齐一致，将零散的景观要素串成一线，给人以稳重、舒展的大地艺术感，加强城市居民对于农田美化区景观的"记忆"，因地制宜种植适宜的农作物，展示区域独特的田园风光美景。②整治农田及周围区域生态环境，消除视觉污染，丰富农田美化区植物景观的季相变化和色彩搭配，充分展示农田作物风采，形成清洁、自然、具有层次感的"活"的农田景象。③控制一般化设施农业发展，加快创意农业建设与发展，提升农业观光园区景观效果，寻求美的视觉形象，创造美的视觉享受。④建设不同等级农田道路防护绿化带和绿地，构建一条条平静、深远、舒展的景观廊道；道路绿化与造景工程衔接，营造具有层次性、自然性、趣味性的绿化景观。⑤以灌木树篱代替人工防护墙，并与农田防护林相结合，形成疏透性农田植被，运用艺术手法和其他工程技术手段，整体设计规划农作物、天空、林带、农业设施等要素布局，形成大地艺术景观。⑥利用自然和乡土材料建设标识系统，以农田为纸，以标识为画，形成当地特有的地标性景观。

（2）近郊景观绿化农业区

主要包括房山、大兴、通州、昌平、顺义等区县的五环与六环之间的区域，大田、果园和设施农业比较平均，是设施农业、农业科技和观光园区集中发展的地区，其农田景观特点主要表现为：农田斑块、林地斑块、建筑斑块与道路及防护林廊道网络密集，景观多样性较高，但人为干扰强烈，整洁性差，破碎化程度高，景观基质和主题不够突出。

近郊景观绿化农业区的景观建设原则与目标应包括：与结合城市绿化隔离带建设相结合，以农田和林地为基质，将农田作为综合绿地系统，乔灌花草多层次配置，增加景观的层次性，构建农田斑块、防护林（灌木篱和防护林）和小片林地（农业观光和科技园）组成的农田基质—廊道—网络相结合的景观格局、农田林带为廊道的景观格局；重视农田的景观生态和景观开放空间功能，重点发展精准大田生产，设施园艺产业和科技园区，控制一般性设施农业的发展，增加农田的开阔度和整齐性，注重把握农田的色彩与肌理，营造分散或聚集的不同的农田景观美学形象。在产业上，重点发展精准大田生产，设施园艺产业和科技园区，控制一般性设施农业的发展；在文化上，挖掘乡村景观中所蕴涵的地域文化价值，完善乡村景观的原土风貌。主要建设内容包括：开展绿色和开放空间规划，提出景观建设结构和功能；农田斑块整合，建设标准化农田生态系统；合理控制和布局科技园区和设施产业园；不同等级农田道路防护绿化带和绿地建设；废弃地植物修复和田埂植被建设；通过植被和景观建设，提升农业观光园区景观效果；视觉污染治理。

（3）远郊规模农业区

主要分布在远郊平原农田集中连片区，是北京市农产品主产区，包括大兴、通州、平谷六环以外的区域，以及延庆平原地区和顺义、房山部分平原地区。远郊规模农业区是北京市农业较为发达的地区，地势平坦，不仅大田面积和设施农业面积比较大，而且景观斑块面积也比较大，集中连片，聚集度和均一度比较高，但景观多样性较低，景观单一，不同等级的田间道路植被建设参差不齐，缺少乡土植物及乔灌草的群落配置。

远郊规模农业区应以"北京粮仓"和"北京市农业基地"为主要建设目标，统一规划，统一建设，利用平原地区较好的水土资源条件和充足的劳动力资源，发展规模化生态农业、有机农业和现代设施农业，适度发展休闲观光农业，力争在达到高产、高效的同时，保持景观的规模化和均一性，营造良好的城乡生态环境，建设兼具稳产高效的生产功能、景观美化功能和生态环境服务功能的规模化田园。主要建设内容包括以下几个方面：①优质、高产、高效粮食生产。生长良好、整齐划一的农作物景观才能获得高产，实现农业最基本的生产功能，这也是农田景观建设的基础。②农田基础设施。主要包括方格化地块、灌排设施布局、田间主干和支干渠道、多级田间道路建设等内容，是构成良好农田格局，增加多样性，体现现代农业的基础。③农田防护林和植物配置。包括建设和改造农田防护林，优化道路、沟渠和田埂植物配置，充分利用乡土植物，按照群落原理，乔灌草相结合，建设完备的农田景观。

（4）山区生态农业区

主要分布在房山、门头沟、密云、顺义、昌平、怀柔等区县的山地区域，其景观特征表现在：景观基质以林果为主，且主要植被是乔木，农田斑块罗布其中，且多半以梯田、果园的形式存在，道路廊道稀疏，小块农田贯穿山区的几条道路周边，山地、丘陵与河谷相间，地形复杂，平均斑块面积相对较小，但斑块数量较多，季节变化十分明显，形成风景秀丽的山区景观。

对山区生态农业区的建设应充分发挥山区的环境效益，将水土保持、植被保育与生态农业建设并重，具体来说就是要利用山区的区位优势和自然条件，因地制宜地发展生态涵养农业，"用养结合，综合治理"。坡耕地通过修筑水平梯田或等高地埂和树篱结构，防治水土流失，在山区果树种植区周边较平缓的地带，建设包括环带梯田、楔状农田、护坡、田埂、农田绿化带等多种要素在内的复合生态带。在门头沟、房山一带的钙质岩土壤地区发展柿子、核桃等碱性果品，在怀柔的酸性岩地区种植板栗等作为特色作物，在密云山区利用良好的自然和人文景观发展山区生态旅游等环境友好型农业，提高农业附加值，提升山区生态农田景观。主要建设内容包括以下几个方面：①开展以土地整理和坡改梯田改造为中心的基本建设，控制水土流失，搞好田地整理和边坡改造等农田基础建设，兼顾生产和景观效果。②加强树篱建设及田埂乡土植物绿化，田块之间、边坡及道路沟渠树篱营建主要采用乡土物种，乔灌结合，营造兼具生态涵养、景观功能的树篱结构。③农作物和林果结合，果粮间作，农林牧结合，打造独特的山区田园景观和小流域特色农业立体景观。

（5）山前林果带农业区

山前林果带农业区主要分布在山地与平原交接的丘陵和台地区域，包括平原地区海拔50～250m的山前台地地带，以及延庆平原地区海拔600～800m的山前台地地带，是北京市山区重要的农业景观类型，也是当地重要的农业生产模式。其景观特征表现为：山区向平原过度缓冲区域，是重要的生态交错带，生物多样性较为丰富，具有典型的斑块边缘效应，土地利用类型比较多，变化比较大，果园和农田的斑块面积和大小非常接近，既具有较高的均一度，同时又保持较高的多样性特征。

山前林果带农业区是北京市重要的生态屏障，是保证北京生态安全格局和景观格局的重要组成部分，也是果园斑块最密集、产量最高的地区，其建设应依托山前台地地带良好的自然条件和多样化的小气候，因地制宜地发展干果、浆果等特色果品生产，以果促农，以果养林，适度开发生态采摘园及生态休闲园等，利用第一产业促进第三产业发展，同时对现有的特色优势果品、种植业等进行优化布局，建构乔灌、林果、林草、林粮相结合的多层次、多功能、立体网络式的复合生态系统及多功能生态涵养农业景观。主要建设内容包括以下几个方面：①依托当地主产果树，完善现有的生产基地配套设施建设，加强优质果品产区建设，形成具有特色的名优果品生产基地，建立以山前果树种植区为主，包括果园、山前道路绿地等多种要素在内的复合生态果粮带，充分发挥山前独特的生态环境优势。②山前林果带景观区生态防护建设。主要包括林果带及周围区域生态整治修复工程，沟头防护工程，农田防护林工程，护路林、护沟林建设，堤防护坡、坡面水系、沟道治理等工程，农田景观区滨河绿化、沟渠绿化、农田景观区干支道农渠绿化等。③山前林果带景观区道路绿化。主要包括不同等级道路防护绿化带和绿地建设，道路绿化衔接处造景工程，道路林带的建设，原有道路通过改造达标，新建道路在建设过程中按标准同步建设林带等。④山前林果带景观区美化工程。包括主干道两侧植物配置，机井周围植物造景工程，农村居民点及厂区周边植物造景工程，主要道路桥梁休闲亭建设，避雨亭建设，农田景观小品建设等。⑤林果区绿化带景观营造，以及环村庄林带、道路交汇处、高速公路出入口等重点部位建设，园区栅栏建设和树篱建设等。

（6）景观廊道农田带

景观廊道农田带为东部水域廊道带，由北运河、温榆河、潮白河、拒马河、密云水库、京密引水渠组成；东部高速公路廊道带包括京承高速、京津塘高速；西部景观廊道带由永定河和清水河组成；西部高速公路廊道带包括京石高速、八达岭高速公路。高速公路廊道和水域廊道作为重要的景观廊道，对景观格局的形成，斑块划分和分界具有重要的作用，东西部廊道景观带河侧路边植被规模营造初见成效，初步形成北京市大尺度廊道景观带。总的来看，廊道周边的农业用地相对呈条带状分布，地势较为平坦，近几年进行的植被建设已初见成效，但缺乏层次性和通透性，路渠两侧视野范围内，一些随意堆放的垃圾、废弃地膜、废弃采石场、私搭乱建的违章临时建筑以及不规范的广告牌等，造成了不同程度的视觉污染，影响景观效果，也直接或间接威胁了生态平衡。

高速公路廊道和水域廊道建设应结合北京市近期城市发展规划和农业发展规划，实现规模化农田建设与合适的廊道植被绿化配置，力求与自然环境协调，强调农田生态系统中的非线性生境景观，注重营造具有乡土气息、多层次、色彩绚丽及四季分明的廊道景观，营造具有广阔感、厚重感和稳重感的大地景观，体现娴静、清新、返朴、淳厚、空旷的乡村田园风貌。主要建设内容包括以下几个方面：①景观廊道带营建。包括沙坑、沙地修复，注重乡土植物和沙生植物的种植，农田建设与景观廊道的防风固沙结合，植被与景观建设结合，廊道坡地等高梯坡或等高地埂建设，带、网、片结合，乔、灌草结合，适度发展农业观光休闲景观，营造廊道生态景观体系。②大地景观营建。包括滨河沿岸农田整理与规模化种植，强调实用美、艺术美、生态美、意境美，营造具有广阔感、厚重感和稳重感的大地景观。③道路绿化工程。包括不同等级农田道路防护绿化带和绿地建设，道路绿化衔接处造景工程，消除周边环境视觉污染，提高整体视觉美感。

二、城郊区特色景观农业生产典型模式

（一）现状分析

1. 农业生产现状

截至 2008 年底，北京市耕地面积为 23.2 万 hm^2，较 1978 年减少了 19.7 万 hm^2。作物播种总面积达到 32.2 万 hm^2，粮食播种面积减少至 22.6 万 hm^2，较 1978 年减少了 60%。传统的商品粮生产已经完全退出历史的舞台，目前的粮食生产仅为了保证农民口粮，更多的是为城市居民提供名特稀产品和绿色食品，例如，高蛋白玉米、高淀粉玉米、高油玉米、甜玉米、糯玉米等。

果蔬已经成为北京市农业的重点产业之一，超过半数的农村劳动力从事果蔬生产，2008 年种植面积约 9 万 hm^2，产量超过 400 万 t，是一些乡镇的主要产业和农民收入的主要来源。京郊果蔬生产比较集中，形成了一批特色果蔬生产区带，并与观光农业紧密结合在一起。根据北京市统计局的统计结果，2008 年底北京市有观光农业园 1332 个，从业人员最多达 49 366 人，缓解了就业压力，接待人次高达 1498 万人次，直接经济收入达 13.6 亿元。2010 年观光旅游淡季的第一季度接待人次就达 126 万人次，收入达 1.8 亿元，全年的接待人次有望再创新高。

现有的观光农业园中，种植业所占的比例最高，主要是观光果园和果蔬采摘园，总体上十分注重农产品的安全性和对环境的保护，积极采用生态种植措施。不少观光农业园的农产品达到了绿色食品甚至有机食品标准，但仍然存在不少问题，首先表现在缺乏景观总体设计，没有突出特色性，更未与景观环境相协调；其次，服务设施配置不足，人性化景观设计不够；再次，过于强调经济效益，不注重生态环境建设，过分依赖技术手段，城市化、人工化痕迹明显，忽视乡土植物的利用和自然美的发挥。可见，为了实现景观生态农业健康快速的发展，急需研发适合的模式与配套技术措施，提升观光农业园的质量，保障城郊区农业可持续发展。

2. 化肥投入状况

2008 年北京市化肥施用总量为 13.6 万 t，较 1978 年增加了 17%，肥料施用量为 5077.5kg/hm^2，其中 N 2457.0kg/hm^2，P$_2$O$_5$ 1215.0kg/hm^2，K$_2$O 2302.5kg/hm^2，N、P、K 投入比例为 1：0.50：0.94，约有 60.5% 来自有机肥料，但不同作物差异很大（图 9-2）。

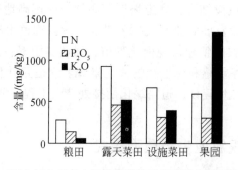

图 9-2　2008 年北京市主要种植作物农田单位面积肥料投入量

粮田肥料投入总养分为 474.0kg/hm^2，其中 N 276kg/hm^2，P$_2$O$_5$ 139.5kg/hm^2，K$_2$O 58.5kg/hm^2，N、P、K 投入比例为 1：0.51：0.21。有机肥多为畜禽粪便及农家堆肥，实物投入量为 5253.0kg/hm^2，折合纯养分 66.0kg/hm^2；化肥实物投入量为 844.5kg/hm^2，折合纯养分为 408.0kg/hm^2。有机肥料养分投入量占总养分投入量的 13.9%。

露天菜田肥料投入总养分为 1906.5kg/hm^2，其中 N 924.0kg/hm^2，P$_2$O$_5$ 463.5kg/hm^2，K$_2$O 519.0kg/hm^2，N、P、K 投入比例为 1：0.50：0.56。有机肥以鸡粪及商品有机肥等为主，实物投入量为 47 560.5kg/hm^2，折合纯养分为 1185.0kg/hm^2；化肥实物投入量为

1717.5kg/hm^2，折合纯养分为720.0kg/hm^2。有机肥料养分投入量占总养分投入量的62.2%。

设施菜田肥料投入总养分为1365.0kg/hm^2，其中N 661.5kg/hm^2，P$_2$O$_5$ 310.5kg/hm^2，K$_2$O 393.0kg/hm^2，N、P、K投入比例为1∶0.47∶0.59。有机肥以商品有机肥及鸡粪等为主，实物投入量为37 264.5kg/hm^2，折合纯养分为712.5kg/hm^2；化肥实物投入量为1567.5kg/hm^2，折合纯养分为652.5kg/hm^2。有机肥料养分投入量占总养分投入量的52.2%。

果园肥料投入总养分为1332.0kg/hm^2，其中N 595.5kg/hm^2，P$_2$O$_5$ 301.5kg/hm^2，K$_2$O 435.0kg/hm^2，N、P、K投入比例为1∶0.51∶0.73。有机肥包括商品有机肥、堆沤肥及鲜畜禽粪便等，实物投入量为60 393.0kg/hm^2，折合纯养分为1105.5kg/hm^2；化肥实物投入量为636.0kg/hm^2，折合纯养分为225.0kg/hm^2。有机肥料养分投入量占总养分投入量的83.1%。

由此可见，北京市单位面积化肥用量远高出全国平均水平，是世界平均肥料用量的3倍左右，而且有一半左右的养分来自各种有机肥料，特别是果蔬生产，主要依赖施用有机肥料为作物提供N、P、K等养分。

3. 土壤养分状况与养分流失

根据北京市土肥工作站2008年的土壤质量监测网的调查结果（共设置有效监测点171个，代表面积9570hm^2），发现京郊耕地质量呈提高的趋势，耕地土壤养分综合指数由2003年的49.15提高至2008年的58.54。全市耕地土壤有机质平均含量为16.73g/kg，一半左右的土壤有机质含量为15~20g/kg（图9-3），1987~2008年，耕层土壤有机质含量逐渐提高，平均提高了2.85g/kg，增加了20%。

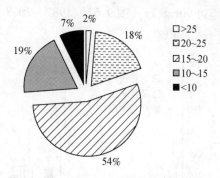

图9-3　2008年北京市耕地土壤有机质含量（mg/kg）范围及占总耕地面积的比例

土壤全氮含量为0.70~1.10g/kg，平均为0.95g/kg，57%的耕地土壤全氮含量为0.80~1.20g/kg，仍然有16%的耕地土壤全氮含量小于0.65g/kg（图9-4）。1987~2008年，全市耕地土壤全氮含量平均提高了0.18g/kg，增加了23%。土壤碱解氮含量为70~100mg/kg，平均为91mg/kg，80%的耕地土壤碱解氮含量为90~120mg/kg，处于较高的水平。1987~2008年的22年，土壤碱解氮含量平均增加了20%以上。

土壤悬浮液氮素含量不仅与土壤氮素供给有关，而且直接关系氮素流失及其对水体富营养化的作用与效果。图9-5的结果显示，不同农田土壤悬浮液氮素组分及其含量差异很大。大棚菜地土壤较露天菜田和小麦大田土壤要高得多，悬浮液总氮（TSN）为784.67~140.43mg/kg，平均为139.58mg/kg，分别是露天菜田和小麦田土壤的2.34倍和2.49倍。悬浮液中氮素组分及其含量在不同土壤之间的差异非常大，特别是大棚菜地土壤的差异更大，最高的接近80%，为颗粒态氮（PN），最低的仅3%；露天菜田

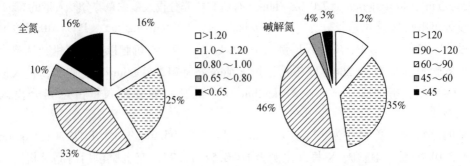

图 9-4　2008 年北京市耕地土壤全氮（g/kg）和碱解氮含量（mg/kg）范围及占总耕地面积的比例

和小麦田土壤颗粒态氮（PN）的比例较高，而且不同土壤之间变异较小。

溶解态氮（TDN）主要是硝酸盐，大棚菜地土壤硝态氮含量为 369.77 ~ 31.34mg/kg，平均为 139.58mg/kg，分别为露天菜地和小麦田土壤硝态氮含量的 3.05 倍和 5.74 倍。溶解态氮中铵态氮含量一般很少，溶解态有机氮（DON）含量在不同土壤之间差异极大，大棚菜地土壤最高达 260.48 mg/kg。由于溶解态氮素不仅容易流失，而且水体富营养化效果较高，因此，大棚菜地等溶解态氮素含量较高的农田，对水体环境质量的潜在威胁较大。

北京市耕地土壤有效磷含量平均为 60.35mg/kg，大部分土壤有效磷含量为 25 ~ 60mg/kg，超过三成的耕地土壤有效磷低于 15mg/kg，但有 12% 的耕地土壤有效磷含量超过 90mg/kg（图 9-6）。1987 ~ 2008 年的 22 年，土壤有效磷含量增加了 17.2 mg/kg，提高了 40%。

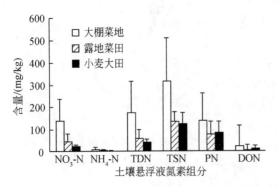

图 9-5　大棚菜地、露天菜田和小麦大田耕层土壤易流失态氮素组分及其含量

注：TSN，悬浮液总氮；TDN，溶解态总氮；PN，颗粒态氮；DON，溶解态有机氮

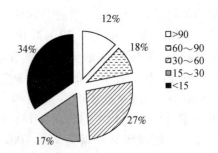

图 9-6　2008 年北京市耕地土壤有效磷含量（mg/kg）范围及占总耕地面积的比例

根据对植物的有效性，可将土壤磷素分为不同的组分。图 9-7 的结果表明，土壤磷素 70% 以上是有效性较低的 HCl 提取态磷（HCl-P）和残留态磷，有效性较高的树脂态磷（Resin-P）和 $NaHCO_3$ 提取态磷（$NaHCO_3$-P）占 10% ~ 20%，潜在有效磷（NaOH 浸提磷、$NaOH_1$-P 和 $NaOH_2$-P）不足 10%。不同农田土壤不同提取态磷素组分及其含量有明显的差异，大棚菜地土壤不仅总磷含量较高，而且活性磷（Resin-P +

NaHCO₃-P）所占的比例也较大，最高达 36%，平均为 19%，而露天菜田和小麦大田分别为 13% 和 8%。

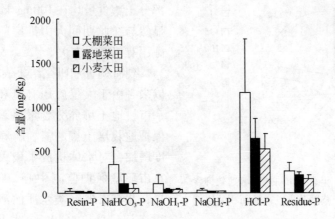

图 9-7　大棚菜地、露天菜田和小麦大田耕层土壤不同提取态磷素组分及其含量

注：Resin-P，树脂交换态磷；NaHCO₃-P，0.5 mol/L NaHCO₃ 提取态磷（pH8.5）；NaOH-P，0.1 mol/L NaOH 提取态磷；NaOH₂-P，0.1 mol/L NaOH 超声波提取态磷；HCl-P，1.0 mol/L HCl 提取态磷；Residue-P，残留磷

土壤悬浮液磷素组分及其含量不仅与作物磷素营养有关，而且直接关系到磷素流失及其对水体生物的影响。从图 9-8 可以看出，大棚菜地土壤悬浮液全磷（TSP）含量为 270.12~25.50mg/kg，大部分菜地土壤的 TSP 含量在 100mg/kg 以上，平均为 156.13mg/kg，分别是露天菜田和小麦田土壤 TSP 含量的 1.92 倍和 4.21 倍。土壤悬浮液中 60% 以上为颗粒状磷（PP），溶解态磷（TDP）一般不足悬浮液全磷的 1/3，但几乎都是水体富营养化效果最高的钼蓝反应态磷含量（MRP）。大部分大棚菜地土壤钼蓝反应态磷（MRP）含量为 30~90mg/kg，最高超过 200mg/kg，平均为 57.46mg/kg，分别是露天菜田和小麦大田土壤 MRP 含量的 2.88 倍和 11.01 倍。可见，大棚菜地土壤磷素含量十分丰富且易流失，存在极大的环境风险。

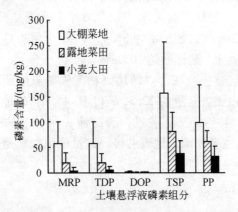

图 9-8　大棚菜地、露天菜田和小麦大田耕层土壤易流失磷素组分及其含量

注：MRP，钼兰反应态磷；TDP，溶解态总磷；DOP，溶解态有机磷；TSP，悬浮液全磷；PP，颗粒态磷

与有效磷相比，土壤速效钾的含量增加更大，2008 年土壤速效钾含量平均达到150.7 mg/kg，较 1987 年提高了 89%，大部分土壤含量均在 100mg/kg（图 9-9），这显然与在此期间大力推广应用秸秆还田和施用有机肥料有关。

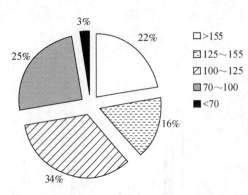

图 9-9　2008 年北京市耕地土壤速效钾含量（mg/kg）范围及占总耕地面积的比例

现有调查和研究结果表明，自 1978 年以来，由于大量施用有机和无机肥料，北京市耕地土壤养分含量显著增加，尤其是保护地栽培土壤的氮、磷等养分含量大幅度增加，对水体构成了极大的威胁。据北京市环境保护监测中心 2005 年的监测结果，北京市劣 V 类水质的河流占所监测的 78 条河段总长的 40%，劣 V 类水质湖泊占监测湖泊总容量的 21%，IV 类、V 类和劣 V 类水质水库占监测水库库容的 34%。可见，北京市地表水处于比较严重的富营养化状态。

北京市地下水水质状况也不容乐观，特别是在农业比较发达的平原地区，不仅浅层地下水硝态氮含量严重超标，而且深层地下水也遭受了一定程度的硝态氮污染。刘宏斌等（2006）的调查研究结果显示，145 眼深度为 120～200m 的饮用井，其硝态氮平均含量为 5.16mg/L，超标率（$NO_3^- -N \geq 10mg/L$）和严重超标率（$NO_3^- -N \geq 20mg/L$）分别为 13.8% 和 6.9%；336 眼深度为 70～100m 的农灌井，硝态氮平均含量为 5.98mg/L，超标率和严重超标率分别为 24.1% 和 8.6%；而 41 眼深度在 6～20m 的手压井，硝态氮平均含量达 14.01mg/L，超标率和严重超标率分别高达 46.3% 和 31.7%；77 眼深度在 3～6m 的浅层地下水，硝态氮平均含量达 47.53mg/L，超标率和严重超标率分别达 80.5% 和 66.2%。地下水硝态氮含量主要受周边农田环境的影响，140 眼粮田农灌井硝态氮平均含量为 2.45mg/L，超标率仅为 8.5%；而 189 眼菜田农灌井硝态氮平均含量为 8.66mg/L，超标率高达 36.0%。26 个冬小麦夏玉米轮作粮田浅层地下水硝态氮平均含量为 18.02mg/L，超标率为 55.4%；43 个保护地菜田浅层地下水样本硝态氮平均含量为 72.42mg/L，超标率达 100%。

初步研究表明，农、林生产在非点源污染物流失总量中所占的比例较高，其中农田氮、磷的流失量分别占流失总量的 22.72% 和 41.44%，林地氮、磷的流失量分别占流失总量的 45.10% 和 34.19%，草坡氮、磷的流失量分别占流失总量的 32.18% 和 24.36%。地下水硝态氮主要来源于地表淋溶，过量施用氮肥是地下水硝态氮污染的主要原因。

4. 冬春季农田状况与风蚀

总悬浮颗粒物（TSP）和可吸入颗粒物（PM_{10}）是影响我国大多数城市空气质量的主要污染物。据调查，我国 64% 的城市总悬浮颗粒物平均浓度超过国家空气质量二级标准，其中 29.2% 的城市颗粒物平均浓度超过三级标准（黄成，2008）。特别是北方城市，由于干旱多风，土壤质地比较轻，地表扬尘是城市大气环境恶化的首要原因。北京也不例外，尽管近30多年来，由于加强了生态环境建设，沙尘天气明显减少，但每年的沙尘天气也达10天，且80%以上出现在冬春季，特别是4月出现的概率最高，近一半的沙尘天气出现在此月份。粉尘物质组成成分和同位素分析研究显示，北京市沙尘天气仅有20%为异地沙尘源所致（多为中强度以上沙尘、浮尘天气），80%是京郊就地起沙，包括由建筑施工产生的松散堆积物（土）、未加处理的开挖断面、市郊的翻耕农田与撂荒地等。按照北京地区耕地风蚀模数与现有耕地面积估算，农田年风蚀量约为燃煤排放烟尘粉尘量的49倍，冬春季裸露农田是影响北京市大气环境质量的重要因素之一。

2009年，国家"十一五"科技支撑计划项目"城郊区环保型特色农业支撑技术研究与示范"课题五"京津唐城市群郊区环境保育型农业系统优化技术集成与示范"通过遥感影像计算出了植被指数图，再结合实地调查验证，发现北京市冬春季裸露地主要分布在延庆盆地、密云水库北岸和城八区边缘的近郊农业区（图9-10），面积达9.81万 hm^2，占北京市土地总面积的5.98%。其中，农业用地的裸露地面积最大，高达4.70万 hm^2，占总裸露地面积的比例为47.9%，且主要是春玉米耕地，由于其种植制度的特点，春冬季有32.4%的面积处于裸露状态。园艺用地的裸露面积达2.49万 hm^2，占裸露地面积的25.4%，主要是果园；牧草地的面积尽管只有0.07万 hm^2，但其裸露面积比例比春玉米地还高，达到38%。设施农业和畜禽饲养地虽然绝对面积不大，但是裸露情况较严重，裸露面积比例平均为27.6%，面积达到0.85万 hm^2。未利用地中河漫滩裸露最为严重，裸露比例达到47.3%，面积达到0.47万 hm^2。

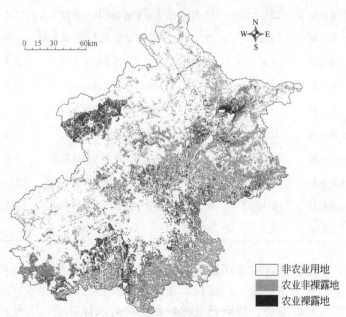

图9-10　北京市冬春季裸露地空间分布

　　基于景观分类的裸露地分析能体现不同类型裸露地的空间分布特点，也能反映出裸露程度与地形、土壤、土地利用方式的关系。表 9-6 的结果显示，半山平地壤土牧草地、山区平地壤土畜禽饲养地、山区平地壤土春玉米、山区平地砂土春玉米等耕地冬春季裸露十分明显，接近一半的面积"暴露无遗"，特别是山区平地壤土春玉米不仅种植面积比较大，占耕地面积的 4.5%，而且冬春季裸露比例达 40.94%，起尘扬沙的风险很大。

表 9-6　各类景观单元面积占相应耕地面积的比例和相应裸露地占景观单元面积的比例

（单位:%）

景观分类单元	面积比例	裸地比例	景观分类单元	面积比例	裸地比例
平原平地壤土春玉米	4.5	20.62	平原平地壤土果园	6.9	15.23
平原平地砂土春玉米	2.2	22.89	平原平地砂土果园	4.5	16.79
半山平地壤土春玉米	0.8	29.70	半山平地壤土果园	3.2	18.18
半山平地砂土春玉米	1.1	36.73	半山平地砂土果园	4.0	16.19
半山坡地壤土春玉米	0.2	18.17	半山坡地壤土果园	2.8	12.44
半山坡地砂土春玉米	0.2	20.56	半山坡地砂土果园	4.0	12.25
山区平地壤土春玉米	4.5	40.94	山区平地壤土果园	1.0	23.97
山区平地砂土春玉米	2.0	38.18	山区平地砂土果园	0.8	23.63
山区坡地壤土春玉米	1.0	11.72	山区坡地壤土果园	1.9	10.63
山区坡地砂土春玉米	0.6	11.63	山区坡地砂土果园	2.2	10.37
平原平地壤土冬小麦秋粮	22.3	12.97	平原平地壤土林木苗圃	3.3	20.63
平原平地砂土冬小麦秋粮	13.6	13.71	平原平地砂土林木苗圃	1.5	24.81
半山平地壤土冬小麦秋粮	0.8	28.68	平原平地壤土牧草地	0.3	26.59
半山平地砂土冬小麦秋粮	0.8	24.22	半山平地壤土牧草地	0.2	56.36
半山坡地壤土冬小麦秋粮	0.3	21.35	平原平地壤土设施农业	2.7	28.00
半山坡地砂土冬小麦秋粮	0.3	17.25	平原平地砂土设施农业	1.6	25.72
山区平地壤土冬小麦秋粮	0.2	11.83	平原平地壤土畜禽饲养地	1.6	27.92
山区平地砂土冬小麦秋粮	0.2	11.85	平原平地砂土畜禽饲养地	1.1	30.21
山区坡地壤土冬小麦秋粮	0.3	7.57	山区平地壤土畜禽饲养地	0.1	40.46
山区坡地砂土冬小麦秋粮	0.4	6.54			

　　综上所述，北京城郊区农业正在发生根本性的转变，其生产功能被不断弱化，逐渐由商品粮生产转变为高质量、高品位、新颖且富有特色的果蔬等农产品生产，更强调农业生产为生态环境服务，特别是发挥农业生产对水体环境、大气环境和景观的保育作用。新形势、新任务和新目标，要求创建新的城郊区农业生产模式，特别是诸如高品位农产品生产与景观一体化的农业生产模式、农业生产与生态环境保育耦合模式，

集成研发配套的技术体系，并进行示范推广应用，以满足处于快速城市化过程中的城郊区农业可持续发展的需要。

（二）高品位、景观观光型农业生产模式

1. 模式概况

（1）农业观光采摘园

农业观光采摘园指利用开放成熟期的果园、菜园、瓜园、花圃等，供游人入园观景、赏花、摘果，从中体验自摘、自食、自取的果（花）农生活，并享受田园风光的小型农户经营模式。这种模式大多与住宿、餐饮及民俗旅游结合在一起，投资少，见效快，形式多种多样，灵活多变，而且能很好地与当地人文及自然资源与环境结合在一起，如果辅以政策指导和技术支持，这种模式尚具有更大的发展潜力和巨大的市场。典型的案例有十渡民俗风情苑和怀柔、平谷等地快速发展的沟域经济等。该生产配套技术主要包括特征果蔬种植技术、绿色和有机果蔬种植及生产技术、景观设计技术等。

（2）高科技生态农业观光园

利用当地丰富的自然生物资源，建立由高等院校、科研院所、信息机构、企业集团等共同参与的多模式"产学研联合体"，进行农业高新技术的研究和引进，通过对种苗工程、生物工程、绿色工程、电子工程等高新技术的应用，发展城郊生态农业示范区，建立生态农业系统工程实验园（场）。高新生态农业开发区及生态农业科技园是高品位、景观观光型农业的另一模式，此种农业观光园区规模一般比较大，投资也比较多，典型代表如北京顺义三高科技农业示范区、北京昌平区小汤山现代农业科技园、北京锦绣大地农业观光园等。配套技术主要包括精准农业技术、良种繁育工程技术、设施农业技术及景观设计技术与建造等。

（3）设施生态农业园

设施生态农业园主要有三种栽培方式。一是以有机肥为基础的设施清洁栽培方式，如北京昌平区小汤山现代农业科技园。配套技术主要是病虫害综合防治技术和膜下滴灌技术。二是设施种养结合方式，主要是通过温室工程，将蔬菜种植、畜禽（鱼）养殖有机地组合在一起，如北京锦绣大地农业观光园，关键支撑技术是废弃物安全处理与资源化利用技术。三是设施立体生态栽培方式，主要是利用设施光温环境，通过工程技术手段将"果—菜"、"菇—菜"、"菜—菜"按照空间梯次分布的立体栽培模式有效组合在一起，如北京顺义三高科技农业示范区，其关键支撑技术是无土栽培技术。

（4）生态农庄

生态农庄是利用特有的自然和特色农业优势，经过科学规划和建设，形成具有生产、观光、休闲度假、娱乐乃至承办会议等综合功能，具备赏花、垂钓、采摘、餐饮、健身、狩猎、宠物乐园等设施与体验农业的活动场所，以旅游发展实现农业资源保护和农民增收的另一高品位、景观观光型农业的发展模式。典型代表是蟹岛绿色生态度假村，关键技术包括景观设计与建造技术、设施园艺栽培与管理技术等。

（5）精品生态农业园

精品生态农业园由农业的不同产业、不同模式、不同生产品种或技术组成，具有观光功能，内容一般包括粮食、蔬菜、花卉、水果、瓜果和特种经济动物养殖精品生产展示，传统与现代农业工具展示，其中有不少成为主题型的观光农业园。典型模式有北京新特果业发展中心葡萄观光采摘园，北京大兴庞各庄的"老宋瓜园"、"四季春瓜园"，北京丰台花乡草桥村的"世界花卉大观园"等。配套技术主要有特色果蔬栽培管理技术、绿色及有机果蔬生长技术、景观设计与建造技术等。

2. 配套的技术体系

（1）高质量、高品位果蔬栽培与管理技术

高质量、高品位农产品生产是一个系统工程，并非由某一个或一项技术就能实现，需要多项技术支撑，主要包括水肥高效管理技术、病虫害综合防治技术及特色果蔬栽培技术，而且应严格执行国家有关标准，如基地农田大气质量符合 GB3095—1996 标准，农田用水质量符合 GB5084—1992 标准，农田土壤质量符合 GB15618—1995 标准。

高质量、高品位农产品生产的水肥高效管理技术关键是以天然有机和矿质肥料为主，不施或根据作物需要施用限量的化学肥料；水分管理多采用节水灌溉，包括滴灌、喷灌、胁迫灌溉、根区交替灌溉等新技术与新方法，充分发挥水肥交互作用，最大限度地降低或避免养分流失。不少农业观光采摘园都严格执行绿色食品和有机食品生产的水肥管理规定，其中有一些已经获得相关认证。

完全不用化学合成农药是高质量、高品位农产品生产的基本要求，因此，对于病虫草害必须采用综合防治的办法，一般都采用轮作套种技术，绿肥及休耕种植以及秸秆覆盖栽培等技术，生物防治技术（如杀螟杆菌、Bt 制等），物理技术（如防虫网、黄板、诱捕等），天然化学品诱杀技术（如糖醋液、性诱剂等）。

近年来，人们对特色果蔬的需求急剧增加，特色果蔬的种植面积也快速增加。目前规模种植的特色果蔬分为三大类：一是国外引进或新繁育的果蔬品种；二是驯化的野生果蔬品种；三是反季节栽培的果蔬品种。

（2）无土栽培技术

无土栽培是指不用天然土壤，而用营养液或固体基质加营养液栽培作物的方法。无土栽培是以人工创造的作物根系环境取代土壤环境，除了满足作物对矿物质营养、水分和空气的需求外，还可以人工对这些环境加以控制和调整，从而使其生产的产品无论从数量上还是从品质上都优于土壤栽培。无土栽培摆脱了土壤栽培中繁重的翻土、整畦、除草等劳动过程，而且在整个无土栽培生产中逐步实现了机械化或自动化操作，大大降低了劳动强度，节省了劳动力，提高了劳动效率。与普通土壤栽培相比，无土栽培具有很多优点，包括产量高、品质好、早熟、省水、无污染，可实现工厂化生产，效益比较高。

无土栽培有多种类型，按设备种类、栽培方式、供氧方式、基质种类、供液等差异，可分为无固体基质和固体基质两大类，前者主要有水培和气培或雾培两种，后者则因基质不同有多种形式。

水培指植物根系直接与营养液接触，不用基质的栽培方法，主要有营养液膜（NFT）和浮板毛管水培技术（FCH）两种。NFT技术的特点是循环供液的液流呈膜状，仅以数毫米厚的浅液流流经栽培槽底部，水培作物的根垫底部接触浅液流吸水、吸肥，上部暴露在湿气中吸氧，较好地解决了根系吸水与吸氧的矛盾，但存在液流浅、液温不稳定、一旦停电停水植株易枯萎以及根际环境稳定性差等不足，限制了其发展。FCH技术应用分根法的特点，在栽培槽中设置湿毡分根装置，既解决了根系水、气矛盾，又有一定深度的营养液，根际环境比较稳定，不因短期停电而发生剧烈的变化，温度比较容易控制。

雾培又称气培或雾气培，是将营养液压缩成气雾状直接喷到作物的根系上，根系悬挂于容器的空间内部。一般在聚丙烯泡沫塑料板上按一定距离钻孔，在孔中栽培作物。两块泡沫板斜搭成三角形，形成一定的空间，供液管道在三角形空间内通过，向悬垂下来的根系上喷雾。一般每间隔 2~3 分钟喷雾几秒钟，循环利用营养液，同时保证作物根系有充足的氧气。

固体基质无土栽培是无土栽培中推广面积最大的一种方式，是将作物的根系固定在有机或无机的基质中，通过滴灌或细流灌溉的方法，供给作物营养液。栽培基质可以装入塑料袋内，或铺于栽培沟或槽内。基质栽培的营养液是不循环的，称为开路系统，这可以避免病害通过营养液的循环而传播。基质栽培缓冲能力强，不存在水分、养分与供给之间的矛盾，且设备较水培和雾培简单，甚至可不需要动力，所以投资少、成本低，生产中普遍采用这种方式。常用的固体基质类型有有机基质包括各种腐熟的有机物质、泥炭、锯末、泡沫塑料、树皮等，无机基质包括砾石、沙子、陶粒、岩棉、珍珠岩、蛭石等。

（3）有机废弃物安全处理与资源化利用技术

高质量、高品位农产品生产对周边的生态环境有比较严格的要求，需要良好的、无污染的、优美的环境。由于常常将其与观光旅游紧密地结合在一起，因此，无论是从农产品的角度考虑，还是从旅游价值提升的角度考虑，都需要对农业生产及旅游观光所产生的秸秆、果皮、菜叶、粪便等废弃物进行安全处理与资源化利用。其技术环节包括生活污水处理和有机废弃物安全处理与利用技术。

生活污水处理主要采用厌氧消化或厌氧发酵方法，一些农户将生活污水处理与沼气生产结合在一起，实现"一棚、一池、一窝"，即大棚种植果蔬，果蔬废弃物用于养猪，猪粪尿用于生产沼气，沼气用于大棚加温。

有机废弃物安全处理与资源化利用主要有堆肥技术和生物质能技术两种。堆肥技术是利用生物好氧发酵原理，将有机废弃物矿化为简单的物质，主要有无机盐、腐殖质等。其技术的关键是发酵速率和寄生虫卵控制，一般主要通过控制物料的颗粒大小、水分含量、碳氮比和 pH，以及氧气和温度等实现安全、快速、高效生产。一般而言，水分含量应超过 40%，以 55% 为宜。调节发酵过程中氧气的供给非常重要，常用的方式有自然通风、机械翻堆、被动通风和风机强制通风等。适宜的堆肥温度应为 55~60℃，不宜超过 60℃。初始物料碳氮比在 30 左右比较合适，pH 7.5~8.5。一些研究发现，加入特殊的微生物可加快发酵速率，提高堆肥质量。

生物质能技术包括直接燃烧、生物化学转化、生物质焦或热化学转化、固体成型和生物柴油制取等多项技术。直接燃烧法就是将有机废弃物直接燃烧，用于加温、炊事等。生物化学转化包括发酵和厌氧消化，是通过微生物的作用或是化学方法，将有机废弃物分解并液化，例如，采用毛霉、根霉和酵母对稀酸预处理的稻草进行同步糖化发酵，根霉发酵乙醇产率高达74%，副产物为乳酸，毛霉也能达到68%的产率。生物质焦技术是根据高温裂解原理，将有机物质在较高的温度下进行缺氧燃烧处理，其产物包括可燃烧气体、木醋液、焦油、生物质焦等，可燃气体可直接用作燃料，液体可用于工业原料；木醋液可用作天然农药，防治病虫害；焦油可用作工业原料；生物质焦可用于烧烤、燃料，更好的利用是作为土壤改良剂，改良培肥土壤，提高水肥利用效率，扩大土壤碳库。有研究认为，生物质焦农业与环境应用技术，是第二次农业绿色革命的引擎，是"负碳"排放能源利用技术的措施之一，也是碳捕获与碳封存的技术措施之一。固体成型技术是指在一定温度与压力作用下，将原来分散的、没有一定形状的生物质废弃物压制成具有一定形状、密度较大的各种成型燃料的高新技术。生物柴油制取是生物质直接液化的一种，主要是采用机械方法，用压榨或是提取等工艺获得可燃烧的油品，如棉籽油等植物油，经提炼，液体油直接用于燃烧或将其经乳化、高温裂解或酯化处理后作为替代柴油。除了直接燃烧的方法以外，其余技术并不很成熟，但已受到广泛的关注，特别是生物质焦技术近来受到青睐。

（4）景观设计与建造技术

农业观光园区的景观规划设计和建造技术，既是保证和提升农业观光园区质量与档次以及旅游价值的基础，也是其评价的标准，是几乎所有的农业观光园建设极其重要的关键技术之一。其技术环节主要包括以下几个方面。

1）景观意向设计。包括入口、标志性建筑、园区环境、引导系统、游乐项目等所有的"景观"，都应该围绕"主题"进行设计，才能达到最佳效果，突出自身的特色。观光农业园景观意向一定要根据市场定位以及场地的自然和文化特征决定，不同类型的观光农业园应该有不同的景观设计意向。

2）景观功能分区设计。景观功能分区是指在规划中将不同功能的板块以一定的结构在空间上划分开来，其作用主要是使空间的组织形成既合理又符合审美的空间组合形式。观光农业园的景观功能分区必须做到：保证原有景观的自然性与完整性尽可能不被破坏，原有景观空间变化更丰富、更宜人，注意开放性与私密性结合，各功能空间要素位置以及相互关系合理等。不同类型的观光农业园所包含的景观功能分区存在差异，例如，田园采摘型以采摘区景观为主，而水域休闲型以水域景观为主，突出各自的特色。在景观功能分区的基础上，围绕园区发展的主题，对各功能区内的景点、景观要素进行设计。要注意各景观功能区临界处景观的衔接和相互协调，其中道路系统两侧的绿化起着非常重要的作用。

3）景点设计。景点是布置在园区特殊地段，具有指向、标识等意义的主要景观点，包括园区标志、广场、绿地、建筑等。入口景点位于园区对外交通出入口，可以以广场、建（构）筑物等形式出现；标志性景点是在园区中心地段地位特殊的建

（构）筑物，作为旅游区的象征，这类景观不宜过多，一般1～2个，有时入口景点就是标志性景点。特色景点反映园区特色景观，可以以广场、特色建筑、环境小品等来表现，一个观光农业园内可以有多个特色景点。

4）要素设计。观光农业园的景观设计，要尽可能地保持基地原有的优美的自然环境，充分利用土地、水、植物、自然风景等自然要素，并与建筑物、道路等人工要素结合创造出优美的园区景观。自然要素是园区景观的生态载体，也是景点与景点之间景观的天然过渡和补充，作为主体景观，起到衬托作用，人工要素则起到为自然景观"锦上添花"的作用。

5）设计内容及标准。包括园内用地比例、服务设施配置、地形设计、水体和山石设计、种植设计、园路及铺装场地设计、建筑设计等。观光农业园区内绿化、建筑、园路及铺装场地等用地的比例可以参考《公园设计规范》中"植物园"、"盆景园"、"综合公园"、"其他专类公园"的标准执行。服务设施配置包括园区卫生和休息设施，可参照《公园设计规范》中的相应内容。应尽量避免较大土方工程，最大限度地维持原有地形地貌，创造地形应同时考虑园区景观和地表水的排放，各类地表的排水坡度设计可参照表9-7。

表 9-7　各类地表的排水坡度　　　　　　　　　　　　　　（单位:%）

地表类型	最大坡度	最小坡度	最适坡度
草地	33	10	1.5～10
运动草地	2	0.5	1
栽植地表	视地质情况而定	0.5	3～5
平原区铺装场地	1	0.3	
山区铺装场地	3	0.3	

水体设计可参考《公园设计规范》及《建筑地基基础设计规范》中的内容，后者适用于工业与民用建筑（包括构筑物）的地基设计。园内明渠的设计参照《室外排水设计规范》中的"渠道"设计，适用于新建、扩建和改建的城镇，工业企业及居住区的永久性的室外排水工程设计。

建筑物及其他设施垂直绿化可参照《城市园林绿化工程施工及验收规范》中垂直绿化部分的内容。广场、停车场和园路两侧植物种植设计参考《城市道路绿化规划与设计规范》中的内容，适用于城市的主干路、次干路、支路、广场和社会停车场的绿地规划与设计。古树名木保护参考《城市绿化条例》的有关内容。水生植物种植设计可参考《城市园林绿化工程施工及验收规范》中花卉种植方面的内容。园路及铺装场地设计可参考《公园设计规范》中"园路"部分的内容，以及《方便残疾人使用的城市道路和建筑物设计规范》中"非机动车车行道"部分的内容。建筑设计可参考《公园设计规范》中"建筑物"部分的内容，以及《方便残疾人使用的城市道路和建筑物设计规范》中"建筑物设计"部分的内容。

3. 示范与应用

（1）示范区基本情况

项目的示范区位于北京市顺义区，全区耕地面积约为 4 万 hm²，2008 年粮食播种面积约为 1 万 hm²，产量 23 万 t，果蔬种植面积约 2.5 万 hm²，产量 100 多万 t，是我国农业生产集约化的典型代表，也是城乡交错带农田景观受人类社会经济活动影响的典型样板。

项目核心示范区在北京市顺义三高科技农业示范区内，该示范区是国家级农业高科技试验示范园区，占地约 5000hm²，中心区占地 173hm²，入驻企业已超过 26 家。作为观光休闲农业基地，集现代农业展示、农业科技成果转化、高新技术企业孵化、青少年科普教育和农业旅游观光等多种功能于一身，形成了以畜牧籽种、精品花卉、数目种苗、旅游观光、物流配送和信息服务为主的产业群。该示范区先后被原国家科学技术委员会、科学技术部、财政部和北京市政府评为"现代农业综合应用示范基地"、"国家级持续高效农业示范区"、"工厂化高效农业示范区"、"高效农业示范区"、"现代农业示范区"和"北京市青少年科普教育基地"。

三高科技农业示范区有多个供游人参观的景点，包括空间花园、蝴蝶兰观赏区、水培蔬菜生产车间、精品牡丹生产观光园、胖龙园艺温室、观光采摘园、神笛陶艺村等。另外，园区还拥有餐饮、住宿设施，年接待游客 10 万多人次，观光休闲农业的收入超过 1 亿元。同时，示范区还产生了良好的社会效益。作为北京市青少年科普教育基地，每年接待 3 万人次的青少年学生，学生们可以在专家的指导下学习果树栽培技术，增强对农业的理解，还可以在神笛陶艺村学习陶艺制作，体验我国的传统文化。示范区每年都要组织多次农民培训，培养了大批的技术人员，对当地和周边地区的农业发展和促进农民发家致富起到了重要的作用。

项目的核心试验示范区位于三高科技农业示范区内，即北京新特果业发展中心有限公司（简称"新特果业"）所属的葡萄观光采摘园。公司于 2000 年 3 月成立，主营业务为鲜食葡萄生产、优良苗木繁育、观光、采摘、酿造原汁葡萄酒，公司所在地为顺义区大孙各庄镇大孙各庄村，距北京市区 45km，距首都国际机场 26km。公司拥有的葡萄观光采摘园占地面积 67hm²，年产鲜食果品 1200t，接待观光采摘游客 4 万余人。通过了 ISO 9000 和 ISO 14000 管理体系认证，取得了绿色食品和有机转换产品认证证书。先后被评为"北京市观光采摘果园定点果园"、"青少年外事交流基地"、"'好运北京'农产品供应备选基地"、顺义区"农产品供应备选基地"、顺义区"先进农业观光园区"和顺义区"十佳果园"。公司生产的红提葡萄，连续 6 次在由中国农学会葡萄分会负责举行的全国葡萄大赛上获得金奖，并被中国果品流通协会评为"中华名果"。"新特果业"还采用"龙头企业＋基地＋农户"的合作模式，带动了周边 29 个村 1600 多户发展红提葡萄种植，影响和服务范围超过 667hm²。

（2）示范区建设内容

高品位景观观光农业示范区建设主要内容包括基础设施建设、科学研究和示范推广。在项目核心示范区修缮和硬化道路 3000m，改扩建日光、大棚等不同类型的温室

$15hm^2$，修改并完善了滴灌和喷灌施肥系统，对周边景观进行了设计、改造与绿化，修建美化景观廊道2000m，种植叶用甜菜、黄秋葵、紫背天葵、羽衣甘蓝、苋菜、紫薄荷、芦笋、茶用菊花、观赏菊花等景观植物合计2000多株棵，共计投资超过200万元。

在科学研究方面，共布置各类试验30多个，主要包括特色果蔬种植、有机果蔬生产、绿色食品生产与管理、水肥高效管理、有机肥料施用、观光农业园景观优化设计与改造、果园景观改造等试验和示范推广工作。在怀柔、密云等地，大面积推广应用板栗—灰树花（俗称栗蘑）立体种植模式与观光采摘园建设，累计推广面积达$150hm^2$，亩受益上万元。

（三）生态环境保育型农业生产模式

1. 模式概况

（1）高新低农业生产

所谓高新低农业生产是指高的经济效益，新颖与新鲜的农产品，以及比较低的氮磷流失，特别是低的硝酸盐淋失，具有良好的农业生产效益和水体保护，特别是地下水质保护效果的农业生产模式。

高的经济效益主要通过种植生产高质量的绿色甚至有机农产品来实现，近几年来，外来果蔬引进和野生果蔬驯化生产等，逐渐成为提高经济效益的重要举措。控制氮磷流失主要从两个方面入手：一是减少肥料用量，根据土壤条件、养分状况和作物生长发育的需要施用肥料，有机与无机肥料合理搭配，水肥有机耦合，充分发挥水肥互作效应，轮作换茬，平衡土壤养分供给，提高养分利用效率；二是减少养分流失，主要是硝酸盐淋失，根据土壤水分状况和作物生长发育对水分的需要，采用现代节水灌溉技术进行灌溉。

根据果蔬种植种类和方式，北京地区高新低农业生产可分为以下几种形式。

1）无公害绿色果蔬生产。种植的果蔬作物多种多样，主要是价位相对比较高的品种，以各种大棚种植为主，核心内容包括水肥和农药的施用，大多采用畦灌或滴灌，肥料以鸡粪等有机肥为主，农药严格按照要求施用。配套技术主要包括PRD水肥一体化技术、水肥合理配置技术和生物质焦土壤培肥与N、P增效技术。

2）特种果蔬生产。随着生活水平的提高，人们对特种果蔬的需求量快速增加，极大地刺激了特种果蔬的种植。主要有两大类型：一是反季节果蔬生产；二是特种果蔬生产。前者大多是水果，种植的品种包括常见的桃、西瓜、樱桃、草莓、樱桃西红柿等；后者多为外来引进的新果蔬品种和野生果蔬。配套技术主要包括水肥合理配置技术和特征果蔬栽培技术。

3）种养一体有机农业生产。这是近几年来快速兴起和发展的农业生产方式，其基本思想来自循环农业，即种植业为养殖业提供新鲜的绿色饲料，养殖业为种植业提供N、P、K等养分，改善和提高土壤肥力，从而达到减少肥料、饲料等投入，提高经济和环境效益的目的。现行的做法主要有大棚养鸡与果蔬生产相结合、养鸡与水果生产相结合等。配套技术主要包括鸡绿色饲养技术和水肥合理配置技术。

4）高质量小麦—玉米生产。尽管近20年来，小麦、玉米的播种面积大幅度减少，但其种植面积仍然很大，是北京市主要的农业生产方式。鉴于本地区的气候特点，70%的降水集中在夏季6~9月，农田养分流失主要发生在此季节。因此，本模式的核心是调整肥料施用时期，革新施肥技术，在雨季即玉米生长季节，应保证表层土壤养分含量比较低，从而降低N、P流失风险。配套技术主要包括测土配方施肥技术和缓释肥料施用技术。

（2）冬春季低扬尘景观农业生产

一方面由于本地区的气候特点，另一方面由于壤质成土母质和传统的农作方式与方法，不少农田冬春季处于裸露状态，特别是春玉米耕地和果园，冬春季裸露格外严重，不仅破坏城郊区景观，而且是城市大气粉尘的重要来源，直接影响大气质量。因此，农业生产模式的构建应以提高冬春季农田粗糙度和覆盖度，降低农田风蚀程度，以改善本地区冬春季单一、灰色的自然景观等为目标，打造低扬尘景观农业生产样板。总结起来，主要有以下三种形式。

1）行间套种果蔬生产。由于经济效益比较高，葡萄、提子等特色果品生产近几年在北京快速发展，为了保证其安全越冬，冬春季地表大多处于裸露状态。为此，可在果树行间套种三叶草、紫花苜蓿、黑麦草等植物，既能大幅度提高地表覆盖度，同时也能美化果园景观，提高土壤肥力，对果树生长有明显的促进作用。配套技术措施主要有行间作物套种技术和表层土壤结构改良技术。

2）春玉米—绿肥轮作。春玉米种植面积仍然很可观，冬春季地表几乎全部处于裸露状态，成为重要的沙尘来源。可以在冬季来临前，种植耐受低温的油菜和二月兰，既能大幅度提高地表覆盖度，又能显著地改善景观，特别是二月兰，其幽蓝的花朵，为京郊黯淡的早春增添了无穷的活力。配套技术措施主要包括越冬油菜及二月兰栽培技术。

3）冬小麦保护性耕作。保护性耕作是防治风蚀非常有效的方法，在北美洲地区被广泛应用并取得了良好的效果。研究发现，变革冬小麦播种时期，可显著提高冬小麦冬春季地表覆盖度；对冬小麦实行免耕播种，可大幅度增强地表粗糙度，显著降低风蚀。配套技术措施包括冬小麦保护性耕作栽培技术和腐殖酸土壤培肥与结构改良技术。

2. 配套的技术体系

（1）PRD水肥一体化技术

PRD（partial root-zone drying irrigation，PRD）为根区交替灌溉，也称交替分区根际干旱灌溉（alternative partial root-zone drying irrigation，APRD），类似于胁迫滴灌（deficit irrigation，DI），是最节水的灌溉技术之一，其基本原理是：水分胁迫的根产生脱落酸（ABA），并运输到叶片，导致气孔部分闭合或者完全关闭，从而降低了蒸腾作用，并显著降低光合作用。具体做法是：在同一时段内，仅进行局部灌溉，保证一半左右根系的水分供给，另一半根系处于水分胁迫状态，视土壤墒情和植株生长发育状况，进行交替灌溉。灌溉的同时进行施肥，就构成PRD水肥一体化技术。

现有的研究结果表明（乔冬梅等，2009），PRD灌溉技术不仅能够大幅度减少灌溉水用量，而且能够显著提高葡萄、番茄、玉米等作物产量，提高肥料利用效率，减少硝酸盐淋失。示范区研究结果表明（表9-8），亏缺灌溉（DI）和PRD不仅能够显著提高番茄的水分利用效率，而且能够提高氮肥生产效率，使更多的氮素转移到果实，氮素生产率较充分灌溉（FI）高一半以上；尽管FI可促进番茄植株生长，使其生物量较大，但果实产量较低，更多的氮素被用于茎叶等营养器官的生长。田间试验结果也显示（图9-11），PRD、DI较FI的灌溉水量减少了约30%，但番茄果实产量却比较接近，没有显著性差异；而水分生产率有明显的区别，PRD和DI的灌溉水生产率较FI高40%。

表 9-8　灌溉方式对盆栽番茄生长发育及水分利用效率的差异

项目	充分灌溉（FI）	亏缺灌溉（DI）	根区交替灌溉（PRD）
灌溉量/（mm/盆）	609a	452b	471b
叶片生物量干重/（g/盆）	39.4a	21.4b	24.7b
茎生物量干重/（g/盆）	20.4a	14.8b	15.6b
果实鲜重/（g/盆）	319.5a	293.6a	266.7a
灌溉水生物量产率/（g/mm）	0.98a	0.80c	0.85b
灌溉水生产率/（g/mm）	0.52b	0.65a	0.57ab
氮肥生长效率/%	23.5c	58.3a	40.4b

注：表中同一列不同字母代表差异显著（$p < 0.05$）。灌溉水生物量产率为番茄植株地上部生物量与灌溉水量的比值；灌溉水果实产率为番茄鲜果质量与灌溉水量的比值；氮肥生长效率为番茄果实含 N 量与茎叶含 N 量的比值

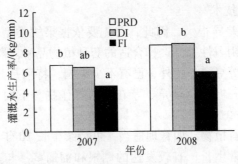

图 9-11　2007 年和 2008 年充分灌溉（FI）、亏缺灌溉（DI）和根区交替灌溉（PRD）大田番茄灌溉水生产率的差异

（2）水肥合理配置技术

统计调查结果显示，北京城郊区果蔬生产肥料用量远高于全国平均水平，而且主要依赖鸡粪等有机肥料，平均用量接近 $50t/hm^2$，不仅导致 N、P、K 养分利用率比较低，而且养分在土壤中富集，淋失的风险极大。水肥合理配置技术的核心就是在减少养分总用量的基础上，减少有机肥作为底肥的用量，并根据作物吸收利用养分规律，增加追肥用量，并随灌溉一起施用，从而充分利用水肥互作效应，提高水分和肥料的利用效率，减少 N、P 累积和硝酸盐的淋失。初步研究结果表明，有机肥料用量平均可

减少30%，N、P养分总用量可减少40%，作物产量平均可提高5%左右，硝酸盐淋失量平均可降低80%。

（3）生物质焦土壤培肥与N、P增效技术

生物质焦是有机物质高温裂解的产物，古印第安人的实践和现代科学研究结果显示，土壤保持一定量的生物质焦或黑炭，是保证和维持其肥力的基础，对于提高土壤水肥利用效率格外重要。初步研究结果显示，生物质焦可改善碳铵、普通过磷酸钙等化肥的物理化学性状，提高其肥效，向土壤加入农作物秸秆和畜禽粪便制造的生物质焦，能够显著地提高土壤有机质、N、P、K含量，改善玉米N、P、K营养，提高生物量（表9-9），具有广阔的应用前景。

表9-9 施用生物质焦后盆栽玉米生物量、N、P、K及土壤养分含量的变化

指标	施用生物质焦	对照
有机质/（g/kg）	40.46	17.31
全氮/（g/kg）	1.19	0.79
有效磷/（mg/kg）	92.01	28.18
速效钾/（mg/kg）	421.23	77.26
玉米生物量/（g/盆）	31.27	27.83
玉米含N量/（g/kg）	13.78	11.06
玉米含P量/（g/kg）	2.42	1.74
玉米含K量/（g/kg）	30.63	8.62

（4）果树行间套种技术

不同果树行间间距差异很大，因此，首先要依据果树类型和植株大小，以及套种植株的特性，特别是耐阴习性等，选择合适的套种植物品种。除了常见的套种农作物，如花生、红小豆、绿豆等豆科作物外，已有不少果园，特别是与观光采摘结合的果园，种植具有景观效果的白三叶、草坪草、紫花苜蓿等作物。下面主要介绍三叶草的套种技术。

三叶草为多年生豆科植物，如管理适当，可持续生长10年以上，耐阴性好，能在30%透光率的环境下正常生长，有较发达的侧根和匍匐茎，与其他杂草相比有更强的竞争力，有一定的耐寒和耐热能力，开花早，花期长、叶形美观，观赏价值高。最佳播种时间为春秋两季，播种量7.5～11.25kg/hm^2。播种前应对种子进行浸种处理，每500g种子加水750g，另加钼酸铵1g浸种12h，加钙镁磷肥5～10kg，加细土或黄沙5～10kg拌匀后进行播种。播种前需将果树行间除草松土，将地整平，在下雨前1～2d播种。可撒播也可条播，条播时行距留15cm，播种宜浅不宜深，一般为0.5～1.5cm。苗期应适时清除杂草。尽管三叶草具有固氮能力，但苗期根瘤菌尚未生成，需补充少量的氮肥，出苗后15d施尿素37.5kg/hm^2、钾肥75kg/hm^2、钙镁磷肥75kg/hm^2。当高度长到20cm左右时进行刈割，留茬不低于5cm，以利再生。割下的草可埋入树盘下，作为有机肥料。

（5）越冬油菜及二月兰栽培技术

在春玉米裸露地种植油菜的关键是筛选出耐低温的品种，通过比较白菜型冬油菜陇油系列 4 个品种，天油系列 7 个品种的越冬生长情况，发现陇油系列品种抗寒性比天油系列强，结合籽粒产量结果，得出天油 5、6、8 和陇油 6、9 号等品种均可以在北京地区种植的结论。技术要点主要包括：适时播种，保证播种质量，确保冬前有足够的生长时间和良好的长势，以利抵抗严冬。北京地区应在 8 月底至 9 月初播种，种子要进行晒种、精选、消毒处理，以剔除劣质种子，再进行种子大粒化处理以附着上适量的种肥。播种量 12kg/hm^2，播种深度约 1cm。在施肥方面要加强磷肥施用。

二月兰又名诸葛菜、二月蓝，十字花科诸葛菜属植物，1~2 年生草本植物，对土壤和光照等条件要求较低，耐寒耐旱，花期长，花色淡雅，是常见的绿化花卉。二月兰栽培技术要点有以下几方面：①清除地面杂草：为保证二月兰播种与出苗后良好生长，要彻底清除播种地块地面杂草和杂物。②精细整地：二月兰种子小，播种深度要求浅，因此播种地块一定要翻耕、靶平，达到上虚下实、无坷垃杂草。③保证底墒：保证种子萌发和出苗的墒情，做到足墒下种。④做好种子发芽试验：清选或筛选清除种子内的杂物，做好发芽试验，准确掌握种子的发芽率和发芽势。⑤撒播和条播均可，条播行距 15~20cm，撒播后要用小四齿或平靶等工具翻土掩埋，有条件的可用专用工具或机械播种，无论哪种方式播种后都要靶平，适时镇压。⑥8 月为最佳播期，不能晚于 9 月 10 日。播种量每平方米 2g，条播比撒种节省播种量 20%~30%。⑦严格控制播种深度，1~2cm 即可，墒情差的也不得深于 3cm。

（6）冬小麦保护性耕作栽培技术

技术要点包括免耕播种机选择、冬小麦播期和耕作方式。表 9-10 的结果表明，三种播种机、两种秸秆还田方式的地表覆盖率差异很小，但风蚀量有明显差异，采用迪尔播种机的小麦农田风蚀量较小，至少较采用农哈哈和农大播种机的农田风蚀量降低一半。

表 9-10　不同免耕播种机对冬小麦田土壤风蚀和土壤覆盖率的影响

播种机	秸秆处理	风蚀量/[g/(min·m)]	覆盖率/%
农大	粉碎	1.12	66.00 aA
农大	根茬	1.11	65.50 aA
农哈哈	粉碎	2.67	62.25 bA
农哈哈	根茬	2.63	62.30 bA
迪尔	粉碎	0.52	64.50 aA
迪尔	根茬	0.56	64.80 aA

注：大写字母表示差异显著性达到 $p < 0.01$，小写字母表示差异达到 $p < 0.05$

四种耕作方式中，旋耕的农田地表覆盖度最低，风蚀量高达 48.99g/(min·m)，而其余三种耕作方式农田的风蚀量不足 10g/(min·m)，特别是免耕农田的风蚀量只有 1.12g/(min·m)（表 9-11），显然，采用免耕或重靶均可以大幅度降低农田风蚀量。

表9-11 不同耕作措施对冬小麦田土壤风蚀和土壤覆盖率的影响

耕作方式	风蚀量/[g/(min·m)]	覆盖率/%
翻耕	9.40	79.00 aA
重耙	2.28	84.00 aA
旋耕	48.99	55.33 bB
免耕	1.12	66.00 bAB

注：大写字母表示差异显著性达到 $p < 0.01$，小写字母表示差异达到 $p < 0.05$

冬小麦播种时期直接关系到冬前小麦植株的生长。表9-12 的结果表明，10 月 2 日以后播种，冬季农田覆盖度不到 60%，风蚀量也有显著提高；播种时间迟于 10 月 12 日，农田地表覆盖度不足 10%，风蚀量急剧增加至 16.01 g/(min·m)。很明显，为提高冬季农田覆盖度，防治风蚀，北京地区冬小麦播种时间不能迟于 10 月 12 日，最好在国庆节前后完成。

表9-12 冬小麦不同播期对农田土壤风蚀和土壤覆盖率的影响

播种时间（月–日）	风蚀量/[g/(mim·m)]	覆盖率/%
09–22	1.38	61.75 bA
09–27	1.97	74.25 aA
10–02	2.32	39.00 cB
10–07	3.14	14.75 dC
10–12	16.01	9.00 dC

注：大写字母表示差异显著性达到 $p < 0.01$，小写字母表示差异达到 < 0.05

技术规程1：玉米青贮收获→小麦免耕播种→化学除草→田间管理→小麦机械化收获→夏玉米免耕播种→化学除草→田间管理→玉米青贮收获。应用主要农机具包括青贮收获机、运输机械、拖拉机、小麦免耕播种机（1590 型免耕播种机、2BM-12 型免耕播种机、2BMDF-12 型免耕播种机）、植保机械、小麦收割机。

技术规程2：玉米摘穗收获→秸秆粉碎还田→小麦免耕播种→化学除草→田间管理→小麦机械化收获→夏玉米免耕播种→化学除草→田间管理→玉米摘穗收获。应用主要农机具包括拖拉机、秸秆粉碎还田机、2BMDF-12 型小麦免耕播种机、植保机械、小麦收割机。

技术规程3：玉米摘穗收获→秸秆粉碎还田→浅耙（浅旋）→小麦免少耕播种→化学除草→田间管理→小麦机械化收获→夏玉米免耕播种→化学除草→田间管理→玉米摘穗收获。应用主要农机具包括拖拉机、秸秆粉碎还田机、圆盘耙、小麦免耕播种机（1590 型免耕播种机、2BM-12 型免耕播种机、2BMDF-12 型免耕播种机、2BMFS-X6/12 型免耕播种机）、植保机械、小麦收割机。

3. 示范与应用

（1）示范区基本情况

项目的示范区位于北京市顺义区，顺义区素有"北京粮仓"之称，无论种植业还是养殖业，在北京乃至全国均占有重要地位。顺义区土壤质地比较轻，主要土壤类型为潮土，占72.26%，其次为褐土，占23.88%，52.55%土壤为轻壤质地，中壤和沙壤各占近20%。北京市土肥工作站的监测结果显示，顺义区土壤养分平均含量分别为：有机质14.23g/kg，全氮0.90g/kg，碱解氮70.44mg/kg，有效磷30.63mg/kg，速效钾123.71mg/kg，大部分土壤有机质含量处于中等偏下水平（10~20g/kg），全氮含量处于中等偏上水平（0.8~1.2g/kg），有效磷含量中等偏上水平（30~90mg/kg），速效钾含量处于较高的水平（100~155mg/kg）。近30年来，顺义区的土壤肥力有所提高，其中88.35%的耕地土壤有机质含量增加了0~5g/kg，91.77%耕地土壤全氮含量增加了0~0.5g/kg，74.45%的耕地土壤有效磷含量增加幅度超过10mg/kg，大部分土壤速效钾含量增加幅度超过25mg/kg。对顺义区146眼地下水井调查结果表明，饮用水井（120~200m深）水质总体良好，但个别地区硝态氮处于污染警戒状态；农灌水井（井深70~100m）硝态氮（≥10mg/L）超标率接近10%；手压水井（井深6~20m）硝态氮超标率超过40%，特别是蔬菜种植地区硝态氮污染较为严重。

项目核心试验示范区位于北京市顺义三高科技农业示范区内，素有"京东蔬菜第一镇"之称的北京市顺义区北务镇的北京康一品农产品物流有限公司所属的蔬菜生产基地，该公司是一家集观光休闲、菜地租赁、农产品生产、加工、配送鲜切菜、普通餐、半成品菜肴、农产品礼品多项业务为一体的产品物流有限公司，已取得10个瓜菜品种的无公害产品认证及2个8000hm^{2}的无公害产地认定。该公司是2008年第29届北京奥运会政府指定鲜切菜特供单位，为奥运会供应包括芹菜、西蓝花、罗马西红柿、芦笋、大菠菜、小菠菜、叶甜菜、豆瓣菜、西兰苔等9个品项14个品种的鲜切菜。目前日处理新鲜果蔬几百吨，服务周边近1万hm^{2}余果蔬生产。公司还拥有13.3hm^{2}的果蔬生产基地，70座温室大棚，主要用于展示果蔬新品种、新技术，带动周边10多个乡镇的果蔬生产。

（2）示范区建设内容

示范区建设的主要内容包括基础设施建设、科学研究和示范推广。在项目核心示范区修缮和硬化道路2000m，改造温室10hm^2，完善水肥一体化灌溉系统，修建有机废弃处理及堆肥厂两个，年生产有机肥料接近2000t，对示范基地的周边景观进行重新设计、改造与绿化，共计投资超过150万元。

科学研究工作主要包括实地调查和科学试验，在北京市布点采样调查土壤质量状况，基本掌握了北京市耕地土壤质量水平及存在的问题，并与以前的调查结果进行对比，分析了解北京城郊区耕地土壤质量变化特点与规律。在此基础上，结合GIS信息系统，利用磷指数方法对示范区农田氮磷流失风险进行了评估，顺义区83.84%的耕地磷流失风险低，11.16%的耕地处于中度流失风险，而处于高风险和极高流失风险的耕地仅占3.66%和1.33%（图9-12）。同时，还与遥感技术结合，对北京市冬春季农田风蚀防控也制定了规划方案（图9-13），应通过调整农业土地结构增加北京市整体植被覆盖和避免冬春季裸露，应减少春玉米、牧草地和设施农业用地面积，增加冬季小麦的覆盖和推进果园发展。平原地区尽量减少春玉米种植面积；果园适合在半山区发展，避免在平原壤质土区、砂土区和山区平地壤质土区、砂土区种植果蔬。

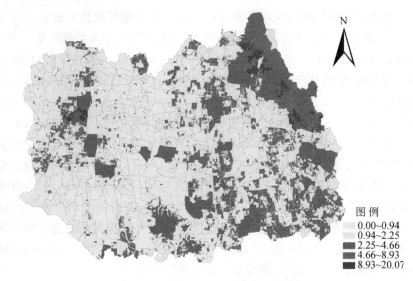

图 9-12 顺义区农田磷指数分布图

图 例
0.00~0.94
0.94~2.25
2.25~4.66
4.66~8.93
8.93~20.07

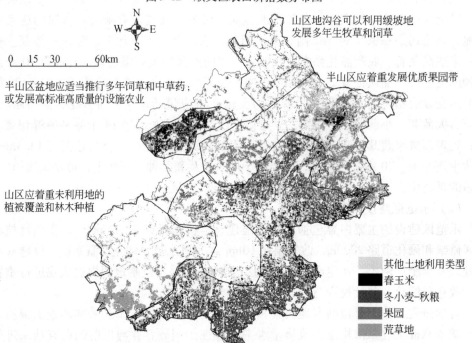

山区地沟谷可以利用缓坡地
发展多年生牧草和饲草

半山区应着重发展优质果园带

半山区盆地应适当推行多年饲草和中草药;
或发展高标准高质量的设施农业

山区应着重未利用地的
植被覆盖和林木种植

其他土地利用类型
春玉米
冬小麦-秋粮
果园
荒草地

平原区应继续深化冬小麦覆盖;对于优质农田实行退园还耕;将林木苗圃等用地转移到半山区;
针对零散的设施农业用地进行整合、规范

图 9-13 北京市农田地表扬尘防控型的农业生产格局优化建议

第三节 特色景观生态农业的效益评价与应用前景

一、效益评价

对于城郊区农业,特别是北京这样的国际级特大都市的城郊区农业,除重视农业生产和经济功能外，更为关注的是其生态服务、景观价值、自然资源保护与文化传承等功能。在北京市中长期发展规划中，将北京市城郊区农业作为绿色隔离带和生态走廊纳入综合绿色空间体系建设，农业景观建设不仅是北京市农业基础建设的重要任务，而且也是北京市城市基础建设的重要任务。因此，评价北京城郊区农业效益应主要以其景观与美学价值为重点，结合生态环境服务及生产功能，才能正确把握北京城郊区农业的社会、经济及生态环境效益。

（一）社会效益

北京市城郊区特色景观生态农业的社会效益主要体现在两个方面：一是直接的社会效益，主要体现在提供就业机会、科普教育、生态环境保护等方面；二是间接的社会效益，主要体现在农业景观的美学价值。二者直接相互联系，优美的田园风光，是旅游观光农业的重要基础，旅游观光游客数量及提供的就业机会，是农业景观美学价值的具体体现。

近 20 多年来，北京市观光农业发展十分迅猛，根据北京市统计局统计结果，2008 年底全市注册登记的观光农业园有 1332 个，高峰期直接从业人员达 49 366 人，接待游客 1498 万人次，直接经济收入 13.6 亿元。大量家庭式的农业观光采摘园并未登记注册，因此，北京市城郊区观光农业园的数量应比统计的数量要多一些，直接和间接的从业人员远高于统计结果。项目示范区北京市顺义三高科技农业示范区，经过景观设计改造后，由于显著地提高了观光采摘园的农产品品种和质量，以其优美的景观和高品位高质量的果蔬吸引了更多的游客，就业人数在原有的基础上平均提高了 50%。此外，作为科普教育基地和农业高新技术培训基地，每年接待大量的中小学生，接待和培训大量的当地和外省市农民，其社会效益极其巨大。项目核心试验示范基地北京新特果业发展中心有限公司，葡萄观光采摘园的就业人数由 2 年前的 58 人增加到高峰期的 200 人，接待游客数量增加了 20%，高峰期日接待游客达 3000 人次。

示范项目利用遥感影像、土地利用及地形、土壤数据等，对北京城郊区农业景观美学质量评价作了一些尝试。遥感数据为北京一号小卫星提供的北京市 2007 年 3 月 8 日、5 月 26 日、9 月 22 日、12 月 2 日和 2008 年 4 月 17 日的北京一号多光谱遥感图像，辐射校正后产品，包括蓝光、红光、近红外波段，分辨率为 32m。土地利用数据为比例尺 1∶1 万的北京市 2006 年土地利用图，土地利用类型共分三级，其中第三级分类细分为 48 种土地利用类型。地形数据为 Aster 全球 30m 分辨率数字高程图（digital elevation model，DEM）。土壤为 1∶10 万北京市土壤数据，土壤中包括表土质地、母质、土类等信息。

1. 农业景观生态与美学综合质量评价方法

农业景观生态与美学综合质量评价，是通过利用一系列单一指标和综合指标进行系统分析实现的。首先利用单一指数评价北京市农业景观的生态服务以及美学功能，再基于调查和专家系统赋予单一指数以不同的权重，形成农业景观质量综合指标体系，并计算空间数据中每一个栅格的综合指标值，反映景观质量的空间差异。

（1）基于遥感与地理信息系统的农业景观单一指标评价体系

农业景观的生态功能主要为生态系统服务功能，美学功能则包括自然基础、视野开阔性、景观多样性、景观整齐程度和整洁度等多方面。归一化差异植被指数（normalized difference vegetation index，NDVI）是最常用的反映生态系统服务功能的指标，这里主要使用2006年4个季度的NDVI平均值反映北京城郊区农业景观生态系统的服务功能。

农业景观的美感多受到自然基础、视野开阔性、景观多样性、垃圾废弃物存在与否和景观整齐程度的影响。拥有较多自然植被（包括林地）的地方通常被认为较自然，是构成美景的第一要素，此处的自然性用林地丰度表示，主要反映农业景观所在的大环境质量。破碎度和多样性主要代表农业景观斑块结构，良好的景观应具有较小的破碎度和合适的多样性，此处的破碎度由耕地斑块边缘密度（edge density）、园地斑块边缘密度表示，景观多样性由香农多样性指数（shannon's diversity index，SHDI）表示。污染概率表示污染和废弃物发生和消纳的可能性，良好的农业景观应较少出现污染和废弃物。一般建设用地和未利用地较多的地方容易产生和聚集污染物与废弃物，此处用建设用地和未利用地密度表示污染概率。整洁度表示视觉效果的好坏，通常在耕地或果园较集中的地方容易规划和建设成整齐划一的农业景观，此处用耕地、果园及设施农业密度表示整洁度。

（2）基于公众参与和遥感技术结合的农业景观质量评价综合指标体系

根据不同人群对不同景观的偏好和对不同要素的喜好程度，赋予单一权重，从而构建综合评价指标体系，并对北京市农业景观质量进行评价（图9-14）。

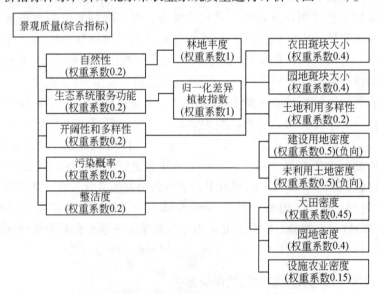

图9-14　北京市农业景观质量评价综合指标体系格

（3）单一指标计算方法

基于遥感信息的植被覆盖度指数。使用遥感图像处理软件ENVI 4.4的波段计算方法，对经过校正的北京一号遥感数据进行处理，计算NDVI值，其算式为

$$NDVI = （NIR - red）/（NIR + red）\tag{9-1}$$

式中：NIR 为遥感图像中的近红外波段；red 为遥感图像中的红光波段。

基于土地利用图的植被丰度（enrichment）指数。使用地类丰度指数计算北京市植被丰度：

$$F_{i,k,d} = \frac{n_{k,d,i}/n_{d,i}}{N_k/N}\tag{9-2}$$

式中：$F_{i,k,d}$ 为地类丰度因子；i 为栅格位置；k 为土地利用类型，本研究中为林地；d 为邻域半径；$n_{d,i}$ 为 i 栅格 d 半径范围内的栅格总数量；$n_{k,d,i}$ 为 i 栅格 d 半径范围内林地的栅格个数；N 为研究区栅格总数；N_k 为研究区林地栅格总数。

$F_{i,k,d}$ 反映了 i 栅格 d 邻域内林地的相对丰度，$F_{i,k,d} = 1$，表明 d 邻域范围内的植被相对丰度与研究区总体植被丰度相同；$F_{i,k,d} < 1$，表明此邻域范围内的植被相对丰度小于研究区总体植被丰度；$F_{i,k,d} > 1$，表明此邻域范围内的植被相对丰度大于研究区总体植被丰度。

将土地利用图三级分类中的林地、灌木林地、疏林地、未成林造林地、苗圃提取出来，统一为林地斑块，使用 AO + VBA 编程，设定公式参数邻域距离 d 为 1，计算北京市所有有效栅格的 $F_{i,k,d}$，得到研究区林地斑块丰度的空间图层。

基于土地利用图的景观多样性指数。使用 Fragstat 3.3 帮助文件计算香农多样性指数。

$$SHDI = -\sum_{i=1}^{n} P_i \ln(P_i)\tag{9-3}$$

式中：SHDI 为香农多样性指数；P_i 为一定范围内某种景观类型的出现概率；n 为景观类型数量。使用 AO + VBA 编程，对图中每一个栅格 Moore 邻域（九宫格）内每种景观类型的栅格数量除以 Moore 邻域总栅格数量，即为 P_i。

利用北京市土地利用二级分类栅格图，计算北京市所有栅格的 SHDI，生成景观多样性指数的空间图层。

基于土地利用图的斑块边缘密度指数。利用单位面积上斑块边缘长度，反映斑块的破碎程度：

$$PED = P_{edge}/A\tag{9-4}$$

式中：PED 为斑块边缘密度；P_{edge} 为每一个斑块的边缘长度；A 为单位面积。利用北京市土地利用矢量图，采用 ArcGIS 9.2 拓扑插件（Topology）生成每一个斑块的边缘矢量图层，利用 ArcGIS 9.2 空间分析模块（spatial analyst）的密度计算功能（density）计算单位面积边缘长度并带入式（9-4）计算 PED，生成斑块边缘密度指数的空间图层。

基于土地利用图的斑块面积密度指数。利用单位面积上的斑块面积，计算斑块面积密度：

$$PAD = P_a/A\tag{9-5}$$

式中：PAD 为斑块面积密度；P_a 为每一个斑块的面积。利用北京市土地利用矢量图，计算单位面积上各斑块面积，生成斑块面积密度的空间图层。

（4）综合指标计算方法

将各单一指标图层叠加，利用栅格计算（raster calculation）按照不同单一指标的权重计算综合指标，并输出成综合指标结果图层。

2. 北京市农业景观生态与美学单一指标评价结果

对于大田和园地边缘密度指数，使用两类用地斑块为掩模；对于其他指标使用农业用地斑块为掩模。剔除非农用地部分，按照以上方法对北京市农业景观的各项指标进行计算。将计算出的所有指标按照等量分类原理（quantile）分成 5 个等级，使每个等级下的栅格数量相近。其中，建设用地密度和未利用地密度越大，其等级越低，景观质量越差；其余指数越大，等级越高，景观质量越好。

（1）自然性

北京市农业景观的自然性山区沟谷好于山前台地，山前台地好于平原地区［图 9-15（a）］，这主要是地形差异所致，山区林地面积整体高于平原区。从与城区距离的远近来看，远郊的自然性最好，近郊其次，城区周围较差。农业景观的自然性北部平原地区好于南部平原地区，平原区中顺义区最好，通州、大兴稍差。由于北京市城区的快速发展，各区县中心城区周围农田的林地丰度处于较低水平，而且随着城区的扩大，北京市农业景观的自然性从整体上将有不断降低的风险。

（2）生态系统功能

基于遥感信息的植被覆盖度指数（NDVI）计算农田本身与农田边界的植被覆盖，反映了农田的生态系统功能。从图 9-15（e）可以看出，北京市山区沟谷地和山前地带的 NDVI 高于平原的 NDVI，这主要是因为山区沟谷和山前地带主要种植果树，而平原区主要为耕地。在平原区的房山、大兴、通州、顺义这几个区县中，植被指数的高低与距城区距离的远近有直接联系，主城区边缘和几个区县中心城区周边的植被指数最低，越向远郊，植被指数越高。

（3）开阔性与多样性

如图 9-15（b）所示，绿色表示耕地边缘密度低，即开阔性得分高；红色表示耕地破碎大小，山区沟谷地带，田块大小受地形限制，其耕地的斑块较小，较破碎；其次是山前台地，而平原区耕地的开阔性明显好于山区，大田田块较大，且较整齐；近郊和远郊区好于城区边缘。园地［图 9-15（c）］分布有较强的地带性，在山前与山区能形成较大面积的园地，平原等地势平坦区域虽也有园地分布，但受高土地利用成本等压力，其分布较破碎，不能形成与山区和台地地区园地一样的规模。农业景观多样性高的地区主要集中在平原向山区过渡的台地部分，地形单一（如平原或山区沟谷）地区农业景观的多样性较低［图 9-15（d）］。

（4）污染概率

如图 9-15（f）所示，红色表示建筑用地密度高，污染概率大，景观质量得分低；绿色表示污染概率小。北京市建筑用地密度分布以主城区为主中心，周边区县城区为副中心，密度由高至低向外辐射。城区周围的农业景观受污染概率最大，距城区越远，污染概率越小。山区沟谷中及靠近山区的农田周围有较多的未利用地［图 9-15（g）］，如房山西南部、延庆盆地和从密云西部到平谷东部的带状区域中。平原区农田，尤其是耕地，利用较充分，未利用地较少。

（5）整洁度

如图9-15（h）所示，绿色表示区域内耕地大田密度高，为主要用地类型；红色表示耕地大田密度低，有许多其他用地干扰，景观美学效果上不整洁。北京市大田集中分布于东南部平原及延庆盆地，平原区中，远郊大田的密度较高，近郊密度较低。大田密度较高的区域可形成整洁的农业景观。园地高密度区域多分布在怀柔、密云、平谷的山前地带［图9-15（i）］，其余山区及平原地区有低密度的分布。设施农业整体面积较小［图9-15（j）］，呈零星点状分布，未形成大面积的集中分布，主要处于城区周边的近郊地带，在延庆、大兴、通州、顺义、平谷各自的城区四周也有少量设施农业分布。

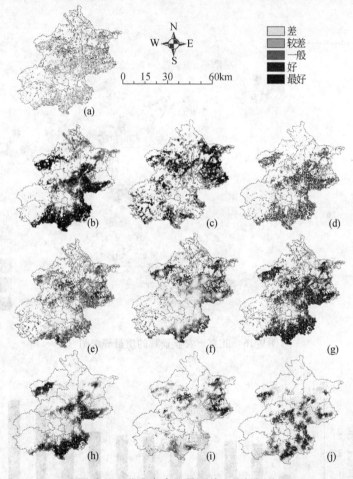

图9-15　北京市农业景观单一指标评价

注：（a）自然性；（b）大田斑块边缘密度；（c）园地斑块边缘密度；（d）土地利用多样性；（e）生态系统功能；（f）建设用地密度；（g）未利用地密度；（h）大田密度；（i）园地密度；（j）设施农业密度

3. 北京市农业景观的综合指标体系评价结果

利用ArcGIS 9.2的栅格计算功能，对以上单一指标结果按照各自权重计算北京市农业景观的综合指标。综合指标值在1.42～4.32时，按照栅格等量分类原理，将综合指标数值大小分成4个等级：1（1.42～2.55）代表景观质量差，2（2.56～2.86）代表景观质量一般，3（2.87～3.18）代表景观质量较好，4（3.19～4.32）代表景观质量最好（图9-16）。北京市农业景观质量的区域差别较大，其中，农业景观质量最好的为怀柔、平谷和密云三个区县，景观质量最差的为丰台和朝阳区（图9-17），由于门头沟和石景山区农业用地较少，故不作考虑。

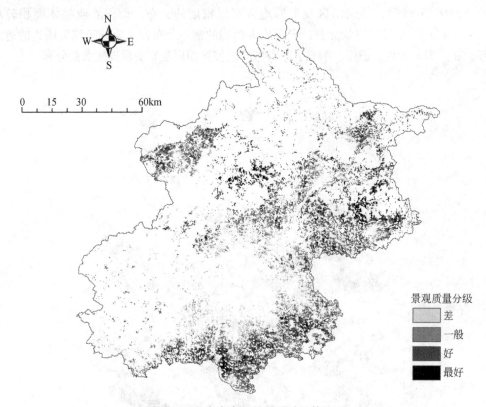

图9-16 北京市农业景观的质量等级图

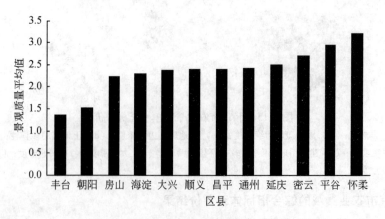

图9-17 北京市各区县景观质量平均值

北京市主城区边缘以及各区县城区周围的农业景观质量综合评价表现较差。受城区和小城镇建设用地发展的压力，其面临着土地利用方式被改变的危险，加之农业景观基础不好，农田管理和景观建设也较缺乏。农田建设应以景观美学和生态功能建设为主，恢复、增强农田植被覆盖度，清除、整治农田废弃物，提升农田景观整体视觉效果。

西北部盆地区域农业景观的综合水平一般，这部分区域主要受自然条件限制，盆地边缘区域农田较破碎，整体植被覆盖率也较低。农田建设应以土地整理和产业调整为主，以建设高质量、优美生态的规模化农田为核心。

分布在近郊与远郊地带的农业景观大多较好，其中，南部平原区的平原农业景观与东北部半山区的山前台地农业景观最好，与城区边缘相比，这部分区域农田建设较有规模，部分区域又是市民郊区旅游的目的地，因此，整体自然环境和农业景观建设都较受重视。这部分农田应强化耕地保护，改造中低产田，提高土地利用效率，以沟、路、林、渠配套建设提升整体农田景观质量。

（二）生态环境功能

城郊区特色景观生态农业的生态环境功能，首先体现在对水体环境的保育作用，主要是通过减少对农业化学品的施用，采用先进的水肥及农业化学品使用与管理技术，减少氮磷流失，从而保育水体环境。据初步测算，示范区农业化学品用量平均减少20%以上，氮磷流失平均减少30%以上，在核心试验区采用 PRD 水肥一体化技术，硝酸盐淋失降低60%～90%，基本上控制了硝酸盐淋失。另外，城郊区特色景观生态农业特别注重废弃物安全处理与资源化利用，以降低村镇氮磷流失，保育水体环境质量。

其次，城郊区特色景观生态农业的生态环境功能也体现在保育大气环境的作用，主要通过两个方面实现：一是通过耕作栽培技术措施，增加农田地表覆盖度和粗糙度，降低农田地表风蚀，从而降低大气粉尘含量，提高空气质量；二是固碳和排氧效应，主要通过植物光合作用和增加土壤有机碳含量实现。初步研究结果显示，向土壤中施入生物质焦，可大幅度提高土壤稳定性有机碳库水平，起到封存碳的目的。生物质焦农业与环境应用技术有望成为重要的低碳农业技术措施之一，发展潜力巨大。

最后，城郊区特色景观生态农业的生态环境功能还体现在优化美化农田景观，特别在北京地区，冬春季农田景观不仅单一，而且黯淡无光。通过种植景观植物，可显著改善农田景观，增强农田景观多样性，创造丰富多彩的田园风光。

（三）经济效益

城郊区特色景观生态农业既具有显著的直接经济效益，又具有巨大的间接经济效益。

1. 直接经济效益

城郊区特色景观生态农业的直接经济效益主要体现在以下三个方面。

1）高质量、高品位、富有特色的农产品。根据目前的市场状况，观光采摘农业园农产品的价格平均比市场高50%以上，一些稀有的特色农产品的价格是同类产品的几倍甚至几十倍，例如，北京顺义三高科技农业示范园所生产的奶质草莓，其价格高达120元/kg，是同期草莓价格的10多倍。"新特果业"的葡萄基地年产葡萄1200t，价格比周边地区高约10%，年增收就超过300万元。核心试验基地之一的北京康一品农产品物流有限公司果蔬基地，蔬菜年增收也在100万元左右。

2）旅游观光。观光农业园已经成为北京市郊区不少农民的主要经济来源，据估测，2009年全市观光农业园收入接近15亿元，北京顺义三高科技农业示范区观光农业园2009年的收入达到500万元，"新特果业"葡萄观光采摘园接待游客的收入达到80万元，北京康一品农产品物流有限公司果蔬基地旅游观光收入也在20万元以上。

3）废弃物资源化利用。城郊区特色景观生态农业要求对农业生产的废弃物进行安全处理与资源化利用，仅污水安全处理与农业灌溉，就可为顺义三高科技农业示范区增加200多万。此外，两座堆肥厂，年产有机肥料2000t，按照市场价格600元/t计算，价值120万元。

2. 间接经济效益分析

与直接经济效益相比，城郊区特色景观生态农业的间接经济效益更大，主要体现在以下三个方面。

1）水体环境质量保育与提高。城郊区特色景观生态农业特别注重土壤培肥改良、农田水肥高效管理及生态环境建设，提高土壤水肥涵养容量，大幅度减少养分流失，从而降低进入水体的N、P量，避免水体富营养化，提高水的利用价值，降低水净化处理费用，其效益间接地通过自来水供给实现。

2）大气环境质量的保育与改善。一是吸收固定CO_2、SO_2、NO_x等污染气体，并释放出O_2；二是降低大气粉尘含量，主要通过降低风蚀和滞尘实现。

假设植物光合作用每生产1g干物质可固定1.63g CO_2和释放1.2g O_2，目前市场上的固碳成本为0.2609元/kg C，制氧成本为0.3529元/kg O_2；另外，耕地吸收SO_2 45kg/($hm^2 \cdot a$)，NO_x 33kg/($hm^2 \cdot a$)，吸收SO_2和吸收NO_x的单位价值均为0.6元/kg；冬小麦、小黑麦、紫花苜蓿和油菜的叶片滞尘量分别为0.74g/($m^2 \cdot$周)、0.47g/($m^2 \cdot$周)、1.33g/($m^2 \cdot$周)、1.13g/($m^2 \cdot$周)，成本为0.56元/kg。根据这些参数计算京郊冬春季不同植被净化大气的价值（表9-13），显然，小黑麦和冬小麦植被保育大气环境质量的价值比较高。

表9-13 京郊各类越冬植被净化空气的生态价值

植被	净生物量/kg	生育期/d	年覆盖指数	固碳放氧价值/[元/($hm^2 \cdot a$)]	吸收SO_2、NO_x价值/[元/($hm^2 \cdot a$)]	滞尘价值/[元/($hm^2 \cdot a$)]	净化空气总价值/[元/($hm^2 \cdot a$)]
冬小麦	13 000	230	0.63	7 013.00	77.22	86.24	7 176.46
小黑麦	13 500	230	0.63	7 282.74	77.22	154.41	7 514.36
紫花苜蓿	11 817	285	0.78	6 374.82	130.10	83.23	6 588.15
油菜	12 732	200	0.36	6 868.43	31.82	65.09	6 965.34

根据不同耕作措施降低农田风蚀以及保持土壤及 NPK 养分的作用与效果，计算京郊冬春季不同植被土壤保育功能的生态价值（表 9-14），比起裸露翻旋农田，冬小麦等农田的风蚀量显著降低，其生态价值约为 160 元/（$hm^2 \cdot a$）。

表 9-14　京郊冬春季不同植被比起裸露翻旋地土壤保育功能的生态价值

（单位：元/（$hm^2 \cdot a$））

植被	保持土壤养分	减少耕地废弃	减轻泥沙淤积	总价值
冬小麦	98.12	54.49	5.18	157.79
小黑麦	103.22	55.91	5.45	164.58
苜蓿	102.31	52.90	5.40	160.62
油菜	104.13	53.47	5.50	163.10

3）景观美学价值。农田景观建设是城郊区特色景观生态农业极其重要的一部分，优美的田园风光将促进旅游观光农业发展。因此，农田景观的美学价值可间接反映在观光旅游的价值上。按照农田景观的观光旅游价值为其农产品价值的 17% 计算，京郊冬春季主要农田植被的景观美学价值（表 9-15）以紫花苜蓿最高，达 1606.50 元/（$hm^2 \cdot a$）。

表 9-15　京郊冬春季不同植被农产品价值和景观美学价值　　（单位：元/（$hm^2 \cdot a$））

植被	农产品价值	景观美学价值
冬小麦	8458.65	1437.97
小黑麦	8250.00	1402.50
紫花苜蓿	9450.00	1606.50
油菜	7820.55	1329.49

二、应用前景

我国北方大部分城市均存在两大主要问题：一是水资源短缺；二是严重的大气粉尘污染。二者都与城郊区农业生产活动及其发展密切相关，主要表现在以下几个方面。

1）农田氮磷流失是水体氮磷含量超标甚至富营养化的重要原因之一，尤其是果蔬栽培保护地，在高投入高产出思想指导下，土壤养分极度富集，养分流失主要是由于硝酸盐淋失格外严重，大面积地下水硝酸盐含量超标引起的。减少农田氮磷流失，保育水体环境，特别是保育地下水环境迫在眉睫。因此，项目集成研发的有关模式与技术，在我国北方大部分城市郊区农业有很好的应用前景，例如，生物质焦土壤氮磷增效技术与温室大棚加温及土壤培肥结合，将显著地减少肥料用量，提高养分利用效率；以调控有机肥料施用方法为主的果蔬生产过程中水肥合理配置技术，适合应用于全国各地保护地果蔬生产，可显著降低土壤硝酸盐淋失；此外，缓释肥施用技术、特色果蔬种植及生产技术也可在全国推广应用。

2）农业灌溉是水资源消耗大户，平均约占城市用水量的 2/3。可见，节水灌溉，减少农业用水量，既是农业可持续发展的需要，也是城市发展的根本。因此，项目研发集成的任何农业节水灌溉技术与措施，都可在我国北方大部分城市郊区农业进行应用，并且发挥重要的作用。特别是 PRD 水肥一体化技术，灌溉水量比目前的节水灌溉技术还可减少 20% 以上，并且作物产量显著增加，N、P 养分利用效率也显著提高，如果与城镇生活污水处理及资源化利用结合，可缓解我国北方城市水资源紧缺，促进农业可持续发展与提高。

3）冬春季裸露农田是大气粉尘的重要来源之一，也是影响我国北方城市大气质量的主要原因之一。项目集成研发的冬春季农田地表覆盖作物栽培与管理技术以及农田地表结构改良技术等，均有极其广阔的推广应用价值。例如，春玉米—绿肥轮作技术、保护性耕作栽培技术、腐殖酸土壤结构改良技术等，都可在我国北方大部分城市郊区进行推广应用，可显著增加农田地表覆盖度和粗糙度，提高风蚀阈值，降低风蚀量，保育大气环境。

4）由于严酷的气候条件，加上频繁的不合理的人类生产活动，我国北方大部分城市冬春季城郊区农田景观不仅单一，而且十分黯淡、乏味，不仅极大地降低了城郊区农业对城市的生态环境服务价值，也制约了观光农业的发展。可见，改善和提升冬春季农田景观质量，不仅有利于农业本身的发展，更为重要的是可增强城市的活力，提升农业的生态服务功能。因此，项目集成研发的冬春季农田景观优化改造技术，如二月兰种植技术、景观设计与建造技术等，在我国北方城市有极好的推广应用前景，一旦得到大面积的推广应用，我国北方城市郊区的冬春季农田景观将得到显著的改善与提高。

5）高效利用自然资源也是保护自然生态环境的重要举措之一，我国北方大部分城市的生态环境比较脆弱，自然资源特别是水土资源比较贫乏。因此，提高自然资源特别是水土资源的利用效率，不仅对于农业可持续发展极其重要，而且对于整个城市的可持续发展也具有非常重要的战略意义。城郊区特色景观生态农业是根据当地人文、社会和生态环境条件，以保护自然生态环境为基本原则，因地制宜地开展高质量、高品位、且富有地方特色的农产品生产，同时优化美化农田景观，提升农业的生态环境服务功能。可见，项目集成研发的相关成果在类似城市城郊区有很好的应用前景，特别是有机农产品生产技术、绿色农产品生产技术及特征果蔬种植技术等，在我国北方大部分城郊区有极大的推广应用价值，将极大地推动观光农业的发展，提升农业生产水平。

参 考 文 献

北京市发展改革委员会.2010-07-17. 北京城市总体规划（2004～2020年）. http：// www.bjpc.gov.cn/fzgh_1/csztgh/200710/t195452.htm

北京市农村工作委员会，北京市农业局，北京市园林绿化局.2010-07-17. 关于北京市农业产业布局的指导意见. http：//www.bjnw.gov.cn/zfxxgk/fgwj/zcxwj/200711/t20071115_111252.html

北京市人民政府.2010-07-17. 北京市土地利用总体规划（2006～2020年）. http：// www.bjgtj.gov.cn/tabid/201/InfoID/53660/frtid/341/Default.aspx

北京市水务局.2010-07-17. 北京市水质查询. http：//www.bjwater.gov.cn

北京市统计局，国家统计局北京调查总队 . 2010- 07- 17. 北京统计年鉴（2008）. http：// www. bjstats. gov. cn

北京市土肥工作站 . 2010-07-17. 京郊耕地质量现状及其变化趋势（2008）. http：//soil. bjny. gov. cn

北京市园林局 . 2010-07-17. 公园设计规范 . http：//baike. baidu. com/view/3401556. htm? fr = ala0_ 1_ 1

北京市质量技术监督局 . 2010-07-17. 北京市地方标准，城市园林绿化工程施工及验收规范 DB11T 212—2003. http：//wenku. baidu. com/view/d07f8784b9d528ea81c77931. html

丁溪 . 2010. 生态农业：农业现代化的发展方向 . 学术交流，191（2）：89 ~ 91

黄成 . 2008. 我国城市大气污染现状及防治对策 . 科技信息，21：477 ~ 478

刘宏斌，李志宏，张云贵等 . 2006. 北京平原农区地下水硝态氮污染状况及其影响因素研究 . 土壤学 报 . 43（3）：405 ~ 413

毛其智 . 2009. 中国城市发展现状及展望 . 战略与决策研究，24（4）：379 ~ 385

乔冬梅，乔学斌，樊向阳等 . 2009. 再生水分根交替滴灌对马铃薯根—土系统环境因子的影响研究 . 农业环境科学学报，28（11）：2359 ~ 2367

秦守勤 . 2008. 我国土地征用的缺陷及其完善 . 农业经济，2：26 ~ 29

孙振钧 . 2009. 有机农业及其发展 . 农产品工程技术（农产品加工业），2：35 ~ 38

中华人民共和国国务院 . 2010-07-17. 城市绿化条例 . http：//baike. baidu. com/view/436457. htm? fr = ala0_ 1_ 1

中华人民共和国建设部 . 2010-07-17. GB50007-2002 建筑地基基础设计规范 . http：//baike. baidu. com/ view/3326942. htm

中华人民共和国建设部 . 2010-07-17. 中华人民共和国行业标准，CJJ75-79，城市道路绿化规划与设计 规范 . http：//wenku. baidu. com/view/107c86f3f90f76c661371aac. html

中华人民共和国建设部 . 2010-07-17. 中华人民共和国行业标准，JGJ50-2001，方便残疾人使用的城市 道路和建筑物设计规范 . http：//wenku. baidu. com/view/5690b100a6c30c2259019e89. html

中华人民共和国建设部 . 2010- 07- 17. 中华人民共和国行业标准，室外排水设计规范 GB50014- 2006. http：//wenku. baidu. com/view/7037ed8271fe910ef12df865. html

第十章　城郊区资源节约型农业生产模式

第一节　资源节约型农业概述

一、资源节约型农业的内涵和特征

资源节约型农业是将农业的发展建立在资源节约（尤其是农业的最基本资源和短缺资源）的基础上，占用和消耗最少的资源，生产出最多的优质农产品，以保证农业的可持续发展。

资源节约型农业有如下特征：①资源节约型农业主要指节约农业自然资源，尤其指土地等短缺资源。节约资源既包括农业生产所必需的自然资源，也包括社会经济资源。农业自然资源是自然界客观存在的、农业生产不可缺少的生产要素，如土地资源、水资源、生物资源、气候资源等。而农业社会经济资源则是人类后天创造的农业生产条件，如农业劳动力、农业科学技术、农业资金、交通运输、信息等。一般而言，社会经济资源可以通过创造增加，因而对农业生产不构成根本性的制约和威胁，而且随着社会生产力的发展，农业的社会经济条件和资源将不断地得到改善和增加。但农业自然资源不可通过创造增加（甚至某些资源还具有不可再生性），因而其对农业生产就构成了根本性制约和威胁。②资源节约一方面指减少资源流失与浪费，提高资源利用率；另一方面是指提高资源转化率，即提高单位资源的产出率以减少单位农产品的资源占用和耗费。为此，资源节约型农业的内容包括节地、节水、节肥、节能型种植业，节粮型畜牧业，节地蓄水保土立体生态林业和综合性水产业。

二、国内外资源节约型农业发展现状

（一）国外资源节约型农业现状

以色列是世界上自然资源最匮乏的国家之一，主要是其水和耕地资源极其短缺，然而以色列却是世界上农业最发达的国家之一，其在中东沙漠上创造的农业奇迹已经成为世界上资源节约型农业的典范。先进的理念、管理和技术，使这个国家仅 2.2% 的农业在养活 720 万国民的同时，还成为欧洲主要的冬季蔬菜基地。以色列议会于 1959 年颁布了《水法》，在淡水资源被严格控制的条件下，各种节水技术不断地被创造出来，农业水的利用率越来越高，目前已经达到 90% 以上，是世界平均水平的 3 倍多。从以色列建国以来，随着科技的进步，农业灌溉用水从每公顷 8000t 下降至 5000t。在耕地面积增加 15 万 hm^2 的情况下，农业用水量与 60 年前基本持平。同时，以色列的土地利用效率也很高，由于仅有 20% 的国土面积属于宜耕地，他们一方面研发新的生

产技术，不断地提高单产和效益；另一方面利用水利设施、滴灌、无土栽培等先进技术改造沙漠，积极扩展耕地面积。从 20 世纪中后期实施"沙漠绿洲"计划以来，以色列在沙漠地区开发的耕地已经超过了 15 万 hm^2。

在美国，多熟种植已得到大力发展。多熟种植是一项资源节约型农业增产技术，自 20 世纪八九十年代以来，多熟种植已从美国南部移至北部的玉米带，并向加拿大南部发展。美国大力推广的多熟种植方式有以下几种：①小粒谷物（做青贮饮料）—玉米，一般在一、二级土地面积不多的养畜场实行小粒谷物与玉米复种这种多熟种植方式。黑麦、大麦、小麦和燕麦也适用这种多熟复种方式。②冬季大麦（食用）—玉米，在美国冬季可种植大麦的地方，均可实行这种一年两熟的种植方式。③小粒谷物—大豆，这是美国采用最广的一种多熟种植方式，对其他某些粮食生产国也可能适用，美国大部分农场均采用冬小麦和春播大豆相衔接的方式。

从多熟种植的分布来看，印度、非洲与拉丁美洲盛行农作物间、混、套作。印度的豆类、高粱、谷子、小麦、棉花大量地盛行间、混、套作。在拉丁美洲，玉米的60%、菜豆的 80%、豇豆的 98% 均是与其他作物进行间、混、套作种植的。在非洲，尼日利亚间、混、套作种植面积占耕地面积的 80% 以上，乌干达占 50% 以上。在欧洲和大洋洲，对许多人工草地实行混播。

（二）我国资源节约型农业现状

我国水土资源数量日益减少与质量逐渐降低已成为我国农业可持续发展的主要限制性因素。我国农业节水主要采用微灌技术、喷灌技术、地面灌溉等技术。其中微灌技术较地面灌溉节水 60%，增产 20%~30%，较喷灌节水 15%~20%；喷灌技术与明渠输水相比，节水 30%~50%，粮食作物增产 10%~20%，经济作物增产 20%~30%，蔬菜增产 1~2 倍；地面灌溉技术试验表明，间歇灌溉较连续沟灌节水 38%，省时一半左右，较连续畦灌节水 26%。试验表明，膜上灌溉与常规沟灌比较，玉米节水58%，增产 51.8%；瓜菜节水 25% 以上，增产 17%。2004 年我国灌溉面积已达到 0.61亿 hm^2。其中大型灌溉区占全国耕地面积的 11%，生产的粮食占全国总产量的 22%，创造了全国农业总产值的 1/3。根据《全国大型灌区续建配套与节水改造规划》，至2015 年全国大型区骨干和田间工程全部被改造和配套后，可以节水 330 亿 t，新增粮食生产能力 500 亿 kg。

我国广泛开展测土配方施肥技术，并开展土壤测试、肥料试验、专用肥料配制、施肥技术指导等一整套综合性的科学施肥技术，这也是目前世界上广泛使用的比较先进适用的科学施肥技术。该技术的最大优点是可以有效地解决作物施肥与土壤供肥、作物需肥之间的矛盾，有针对性地补充作物所需的短缺营养元素，做到科学合理用肥。测土配方施肥技术节本增效潜力巨大。2004 年，吉林省推广测土配方施肥技术 66.7 万 hm^2，增产粮食 3.2 亿 kg，农民增收 2.88 亿元。河南省实施该技术的耕地，每公顷节约化肥投入 150~225 元，粮食作物增产 8%~15%，增收 40~60 元；经济作物增产 10%~20%，增收 50~100 元。

第二节　城郊资源节约型农业生产模式构建与示范

一、资源节约型农业生产模式的构建

（一）需求分析

我国农业后备资源不足是当前存在的客观事实，大幅度提高作物单产还有困难。到目前为止，我国虽有宜农荒地 0.35 亿 hm^2，但大多分布在偏远且需要较大投入、开发限制因素较多、开发潜力有限的地区。单靠个别农业措施很难大幅度提高农作物单产，只有通过强化资源节约、建立高效集约型大农业生产体系，才能从总体上提高农产品品种的数量、质量，促进农业进一步发展。建立资源节约型农业，将成为我国农业现代化的目标和任务。

（二）构建原则

构建资源节约型农业的总体原则是以科学发展观统领农村农业经济发展全局，统筹安排好资源节约和高效利用的各项工作，编制完善相关规划，加强宏观指导，提高生物、工程、农艺、农机、材料技术的集成应用水平，大力推广应用节约型的耕作、播种、施肥、施药、灌溉与旱作农业、集约生态养殖、沼气综合利用、户用高效炉灶、秸秆综合利用、农机与渔船节能等"十大节约型技术"，促进我国农业尽快走上科技含量高、经济效益好、资源消耗低、环境污染轻、人力资源优势得到充分发挥的发展道路，实现农业可持续发展和构建农村和谐社会的目标。

构建资源节约型农业生产模式，就其结构而言，是要形成合理的节约型农业结构。节约型农业结构由农业、林业、牧业和渔业等子系统构成。不同国家或同一国家不同地区和不同时期，由于国情、区情的资源条件及其组合特点、市场需求以及现代科技水平的不同，其结构各有区别。在农业结构内部各个子系统中，根据各自的条件、特点和发展趋势，也要形成各有侧重、各具特色的节约型农业模式，例如，农业方面以节地—节时—节水为重点，畜牧业方面以节粮—食草型为特点，渔业方面以节饵—多层型为主导，林业方面以速生—木本粮油—立体型为特色。

构建资源节约型农业生产模式，就其内涵而言，是要促进农业生产经营方式的转变。主要包括如下几个方面的变化：①实现农业增长方式的根本转变。由主要依靠增产增效转变为依靠增产、节约全面增效；从不计成本的粗放型增长转变为核算投入产出的现代市场化发展方式；从主要依靠资源消耗维持生产转变为运用现代化科学技术开发和利用可再生资源实现增产增效；由个体分散的小农土地耕作方式逐渐转变为现代化集约经营方式。②促使农业步入循环经济的良性发展轨道。使农业真正走上以对资源的高效利用和循环利用为核心，以"减量化、再利用、再循环"为原则，以不断提高资源生产率和利用率为目标的良性循环经济发展轨道。③达到农业的绿色、生态和标准化。各种农产品要按照国家规定的质量和环境标准进行生产，并逐步建立起严格的检测、认证和准入制度，有效地遏制容易形成公害的农业废弃物排放，防止农业生态环境和农村生活环境的恶化。这是发展节约型农业的一个最重要的目标。④实现农业与自然、社会的和谐发展。用生态系统中的生物共生和物质循环再生原理，合理组织农、林、牧、渔生产，实现生态、经济和社会效益统一的农业生态体系。改变农业落后的生产方式，提高农业效益，增加农民收入，实现农业与全社会协调和谐的发展，是发展节约型农业的最终目标。

二、城郊资源节约型农业生产典型模式

由于长冬季地区的气候特点，肥料等农业资源的利用率远低于我国其他地区，为此以下以长冬季地区为例详述城郊资源节约型农业生产模式的构建及应用。

长冬季地区一般指冬季天数超过 4 个月的地区。由辽宁、吉林、黑龙江及内蒙古东部五市盟（赤峰市、兴安盟、通辽市、锡林郭勒盟和呼伦贝尔市）所构成的东北地区为我国最具特点的长冬季地区。近年来，长冬季地区充分发挥区域优势，强力推进城郊型农业发展，优化农业资源配置，积极培育主导产业，城郊型农业特色进一步凸显。

对于长冬季地区，在人民生活水平不断提高，对新鲜蔬菜、水果等农产品的需求不断加大的背景下，城市周边能够提供大量新鲜蔬菜、水果并能克服长冬季地区气候寒冷、冬季时间长、生长期短等不良生长条件的设施农业为该类地区城郊农业的主要组成部分。此外东北地区也是我国重要的商品米产区，由于城郊居民对农产品质量的要求越来越高，无公害优质稻米生产已成为长冬季地区城郊农业的重要组成部分。为此本部分分述城郊区资源节约型生产模式在长冬季城郊区设施菜地生产、无公害优质水稻生产以及工厂化农业生产中的构建及应用。

（一）长冬季城郊区资源节约型设施菜地生产

1. 模式概况

东北地区是我国果蔬消费潜力最大的地区之一，每年蔬菜消费潜力为 280 亿~300 亿 kg，且东北地区纬度较高，年无霜期不超过 150 d，因此该地区对设施蔬菜的需求量高达 90 亿 kg，为此东北地区已广泛开展设施蔬菜的种植。2006 年末，东北三省温室面积 1.81 万 hm^2、大棚面积 6.48 万 hm^2、中小棚面积 2.17 万 hm^2。2006 年度，在温室和大棚中种植蔬菜 11.36 万 hm^2、食用菌 0.19 万 hm^2、水果 2.06 万 hm^2、园艺苗木 0.54 万 hm^2。

长冬季城郊区资源节约型设施菜地生产首先采用低温快腐技术实现有机肥在东北长冬季的快速腐熟，降低 N 在腐熟过程中的损失；构建加入秸秆促腐菌和专性抗病菌的秸秆生物反应堆，以提升地温，同时为作物生长提供 CO_2 气肥，实现对资源的循环利用；将农业废弃物再利用副产品木醋液用于防控设施菜地土传病虫害，以延长大棚的使用年限，节约投入成本；并采用基于不同土壤肥力需求的控 P 减 N 有机肥料施用技术，减少肥料投入，降低环境风险；同时根据作物养分需求、根系分布等合理安排

茬口，最大限度地利用土壤养分，降低病害，使该地区设施菜地形成秋冬季种植蔬菜、夏季填闲种植花卉的良性生态系统物质循环体系。

2. 配套技术体系

（1）设施菜地节肥技术

节肥技术是指从肥料配方制定、施肥量计算、肥料损失降低、有机肥替代等各个环节和层面综合考虑减少化肥的施用量而不减产的技术。从设施菜地的植物营养和养分循环特点区分，目前主要应用的节肥技术为测土配方施肥技术、缓控释肥技术、有机肥替代技术等。

测土配方施肥技术：测土配方施肥技术是以土壤测试和肥料田间试验为基础，根据作物对土壤养分的需求规律、土壤养分的供应能力和肥料效应，在合理施用有机肥料的基础上，提出 N、P、K 及中、微量元素肥料的施用量、施用时期和施用方法等施肥技术的体系。测土配方施肥技术的流程主要为采集土样→土壤化验→确定配方→加工配方肥→按方购肥→科学用肥→田间监测→修订配方。

缓控释肥技术：缓控释肥技术通过物理、化学和生物化学的方法，采取新材料、新工艺设备生产出具有缓释功能的肥料。具有缓释功能的肥料其养分的释放速率与作物需肥规律基本吻合，这可增强土壤的缓冲性和作物抗逆性，从而提高肥料资源利用率。缓释控释氮肥可较速效氮肥提高 10%～30% 的利用率，达到一次性大量施肥、无需追肥、提高生产力的作用。缓控释肥生产通常有三种途径：一是化学途径，通过化学方法合成缓释性氮肥，如脲甲醛（UF）、异丁叉二脲（IBDU）、磷酸镁铵（NH_4MgPO_4）等；二是物理途径，即在肥料表面形成包被层，以控制其溶解速度，如硫衣尿素、硫衣复合肥料、聚合物包被肥料（Nutricote，Meister 等）、聚合物/硫包被肥料（Trkote，Poly-S 等）；三是生物化学途径，即添加生化抑制剂改良肥料，如缓释碳铵（添加 DCD）、缓释尿素（添加 HQ 或同时添加 DCD 和 HQ）等。但在实际应用中应注意，缓控释肥料与作物、区域的相互依存度更高，必须紧密结合当地的实际情况。

有机肥替代技术：通过增施有机肥提供土壤和作物必需的养分，从而达到减少化肥投入的施肥技术。虽然有机肥替代技术能够有效减少化肥的施用，但目前尤其是长冬季地区设施菜地中存在的化肥和有机肥配施，只将有机肥作为养地的肥料而忽略其肥效，衍生出有机肥的盲目、过量施用，使得施肥量远远超过作物需求的问题。

（2）设施菜地节地技术

目前长冬季地区城郊设施菜地的主要种植模式多以一年三季为主，基于管理及技术水平的限制农民也多以长期种植同一种或两种作物为主，由此产生的高密度的同种连续种植产生了连作障碍。此外，由于长冬季地区冬季时间较长的特点，长冬季城郊地区的设施菜地种植反季节蔬菜的利润较为丰厚，秋冬季节成为设施菜地的主要生长生产季节，而夏季往往成为长冬季城郊设施菜地的田闲季节。因此，如何利用夏季田闲季节，实施轮作生产模式打破连作障碍成为此类地区设施菜地节地增产、增效的有效途径。轮作是指在同一块田地上，有顺序地在季节间或年间轮换种植不同的作物或复种组合的一种种植方式。合理的轮作模式可以减少病虫害的发生，减少化学农药的使用量，充分吸收土壤中的各种养分，平衡土壤中的酸碱性，改进土壤结构等。轮作的模式多种多样，例如，在广东珠江三角洲地区普遍实行的菜—稻—菜模式、惠东地区的稻—稻—薯—菜模式等。采用何种轮作模式要充分考察当地的种植习惯与气候特点等多种因素，同时要注意对轮作茬口的安排。一般而言，轮作和茬口安排密不可分，例如，水旱轮作、长期和短期作物轮作、茄果类和豆科作物轮作等。对长冬季地区设施菜地的茬口安排多以一年三茬模式为主，即第一茬种速生蔬菜，如小白菜、油菜、茼蒿等，在10月中旬播种或定植，1月中下旬收获；第二茬种喜温果菜类，如黄瓜、西红柿、辣椒等，2月上旬套栽于速生蔬菜畦上，7月上旬收获结束；第三茬栽种芸豆、青椒等蔬菜，7月中旬定植，10月收获完毕。此外，长冬季地区设施菜地在实行轮作种植模式时要做到以下几点：①合理轮换种植蔬菜，充分利用土壤养分。②注意病虫害的防治。③注意各种蔬菜对土壤酸碱度和肥力的影响。④注意前作对杂草的抑制作用等。

（3）农业废弃资源利用技术

由于瓜果、蔬菜等经济作物在设施菜地中被长期、连续、高密度地种植，设施菜地的土壤长期处于高温高湿的环境，成为土传病虫害发生的温床。土传病虫害成为目前设施菜地中发病率较高、危害性较大的作物病害类型，如不及时加以控制，会造成严重减产或降低产品质量的后果。土传病虫害的发生与土壤中的病原菌、土壤的理化性状、植物的营养状态等密切相关。目前设施菜地中常用的土传病虫害消减技术（土壤消毒技术）主要分为物理措施和化学措施。物理措施包括蒸汽消毒、太阳能消毒、深翻晒垄（冻垄）、土壤热水处理等；化学措施包括喷淋法（浇灌化学药剂）、熏蒸法、毒土法等。此外，新近出现的生物防治法也得到了一定的应用，生物防治法即利用一些有益微生物，对土壤中的特定病原菌的寄主产生有害物质，通过竞争营养和空间等途径来减少病原菌的数量，从而减少病害发生。例如，利用木霉菌防治设施黄瓜枯萎病，利用轮枝菌、厚垣轮枝孢菌、菌根等对土壤消毒来防治根结线虫，利用Bt制剂防治田间害虫等。以上设施菜地土壤消毒措施虽均已得到了广泛应用，但都存在一些弊端，如物理方法常常耗时费力，化学方法存在有毒物质残留，生物防治法效果不稳定等。

针对传统方法存在的种种问题，近年来开发了以木醋液为主要应用载体的农业废弃物再利用副产品防治技术。木醋液是从木材或木材加工废弃物干馏设备中导出的蒸汽气体混合物经冷凝分离后得到的液体产物在澄清分离出沉淀木焦油后的红褐色液体。木醋液的主要成分是水、有机酸、酚类、醇类和酮类等物质，还有胺类、甲胺类、二甲胺类、吡唑类等分子中含N的碱类物质，其在农业上的应用主要是作为作物生长促进剂、杀虫剂以及作为肥料成分添加到肥料中作为作物增效剂等。木醋液防治技术具有污染物残留低、使用方便、应用性广等特点，此外以农业废弃物生产木醋液还具有节能减排、减少环境污染的作用，此类技术具有很大的发展潜力及广阔的应用前景。

（4）秸秆生物反应堆促腐技术

秸秆生物反应堆是以秸秆作为生物反应堆原料，综合利用植物饥饿理论、叶片主动被动吸收理论、矿质元素循环重复利用理论、植物生防疫苗理论等相关理论，通过一系列微生物与有机物在一定设施条件下发生的转化反应产生生物能与相应的生物能效应，综合改变植物生长条件，提高作物产量和品质的生物质应用技术。秸秆在微生物菌种、净化剂等的作用下，定向转化成植物生长所需的 CO_2、热量、抗病孢子、酶、有机和无机养料，进而实现作物高产、优质和有机生产。秸秆生物反应堆技术以秸秆替代化肥，以植物疫苗替代农药，密切结合农村实际，促进资源循环、增值利用和多种生产要素的有效转化，使生态改良、环境保护与农作物高产、优质、无公害生产相结合。秸秆生物反应堆主要能起到增加设施菜地内 CO_2 浓度、提高地温、产生抗病孢子、改良土壤、减少农药残留、提高自然资源综合利用率的作用。该技术操作应用主要有内置式、外置式和内外结合式三种方式。其中内置式又分为行下内置式、行间内置式、追施内置式和树下内置式；外置式又分为简易外置式和标准外置式。具体应用时，主要依据生产地种植品种、定植时间、生态气候特点和生产条件而定。

秸秆生物反应堆促腐技术是生产绿色蔬菜必不可少的措施之一，通过对该技术的使用可以解决东北玉米带部分秸秆利用问题（每公顷需秸秆 37.5t 以上），以及长棚龄土壤环境恶化问题，并可改变传统施肥模式，改良土壤，遏制土传病害，降低土壤盐渍化程度，使农业生产向可持续、生态环保方向发展。对长期应用该技术的设施菜地的跟踪调查表明，经长期利用（连续使用该技术三年以上），在有机肥和化肥混施的情况下该技术可以减少甚至取代化肥施用。

（5）有机废弃物高效利用技术

有机废弃物是一种遍布城乡各地的可再生资源，具有巨大的农业应用潜力。农用有机废弃物主要包括农作物副产品（秸秆、糠麸等）、农产品加工食品的加工废料、沼气发酵残余物、畜禽粪便、生活有机垃圾、泥炭和泥土类、污泥及其他废弃物等。农用有机废弃物的主要应用途径为畜禽（鱼）的饲（饵）料、植物肥料、生产和生活能源、腐生生物的培养料、多层次循环利用等。在城郊水稻生产中，有机废弃物主要通过堆腐的方法被制成有机肥供稻田使用。作为肥料资源，其主要优点有以下几点：①资源丰富，种类繁多，数量和体积较大。②可就地或就近积制和施用。③含有作物需要的各种养分。④供肥稳定、养分较平衡。⑤无害化处理后，对产品质量作用良好。⑥含有微生物和多种酶类，能改善土壤的生物特性，加速养分的转化和循环。⑦含有较丰富的有机质，经培肥处理可改善土壤质量，能直接提供有机养料和活性物质，同时又具有肥料迟效性、养分浓度低的特点。

用做肥料时，对有机废弃物的处理主要分为堆肥（好氧）、沤肥（兼性厌氧）、沼气肥（厌氧）几种形式，其中堆肥又分为野外堆肥法和高温堆肥法两种。高温快速堆肥法是较为有效的技术措施，其工艺过程主要分前处理、发酵、后处理三个阶段。前处理包括垃圾的收集、筛分、配料、加温、混合及除去不宜堆肥物、统一粒度、调整温度和碳氮比等工序，处理目标是要使有机质含量达到 $400 \sim 600g/kg$，含水量为 $40\% \sim 60\%$，碳氮比为 30 左右；整个发酵过程又包括布料、发酵、翻堆、通风、后熟等工序，此过程是一个生物降解过程。后处理过程包括筛分、去石、造粒、装袋等工序，去掉其中未腐烂杂质，得到精堆肥。但目前大部分堆肥处理采用的还是一次利用方式，工艺简单，技术落后，利用率低，肥效不稳定，处理规模也十分有限。

（6）土壤重金属修复技术

土壤的重金属污染主要由工业产生的"三废"以及污灌、农药化肥的不合理使用等农业措施引起。在城郊设施菜地中，由于设施菜地具有高投入、高收益的特点，对农药、化肥的施用量较大，农药、化肥携带的外源重金属成为设施菜地土壤重金属的主要污染来源，设施菜地土壤的重金属污染风险也较大。设施菜地的高产以设施菜地中肥沃的土壤为基础，这使得菜地土壤不适合采用客土移植、异位修复等修复措施，只能采用原位修复的方法。植物原位修复是解决土壤重金属污染问题的有效途径之一，由于其成本低、选择性强、环境友好、安全、可靠等特点，在全球得到了广泛的发展和应用。由于在6月下旬至7月上旬北方大部分设施菜地春茬蔬菜收获结束，处于敞棚休闲状态（约占60%以上），可应用此段时间对受重金属污染或存在污染风险的设施菜地土壤进行修复。利用具有一定观赏性并不会进入食物链的花卉进行设施菜地土壤重金属修复，不仅能解决设施菜地土壤重金属污染问题，还可通过对适当经济植物的种植提高农民收入，这也方便了对该技术的推广。目前常用的花卉重金属修复品种主要有紫茉莉、凤仙、金盏菊、蜀葵等。

谷胱甘肽（GSH）能提高植物生物量，增加花卉对重金属的吸收和积累以达到修复土壤的目的，同时GSH能显著减少叶片膜脂过氧化物丙二醛（MDA）的含量降低镉胁迫。配合添加还原性谷胱甘肽（GSH）的试验表明，GSH的添加可提高鸡冠花和万寿菊地上部和地下部Cd的吸收量、植物地上部吸收量系数、富集系数和转运系数，能够增加鸡冠花和万寿菊对土壤Cd的吸收量，提高对Cd污染环境的适应性和对Cd污染土壤的修复能力，增强植物转运土壤Cd的能力。由于鸡冠花和万寿菊是长冬季地区常见的花卉品种，管理方便并能够产生一定的经济效益，因此在长冬季设施菜地土壤重金属的实际修复过程中，可因时制宜适量合理地使用外源添加剂GSH，充分发挥鸡冠花和万寿菊的优势，提高植物提取率。

3. 示范与应用

长冬季城郊区资源节约型设施菜地生产示范基地位于辽宁省新民市大民屯镇。该基地地处辽河东岸，属辽河冲积平原，受季风影响，四季分明，雨量充沛。全镇有耕地7000hm^2，其中菜田5000hm^2，是沈阳市二线菜田生产基地，目前已开发绿色食品蔬菜2000hm^2，建造设施大棚700hm^2。该镇的方巾牛村被称为"沈阳市棚菜第一村"，素有"天下第一棚"的美誉。该示范基地内蔬菜大棚棚龄为1~15年，主栽品种为瓜类（黄瓜、西葫芦等）、茄果类（番茄、茄子等）、叶菜类（如油麦菜、生菜、苦苣等）。该地区土壤类型为耕型壤质黄土状潮棕壤，灌溉条件优越，井渠双灌化。蔬菜种植过程以施用鸡粪为主的农家肥为主（平均约120m^3/hm^2），化肥主要为复合肥（约5.4t/hm^2，其中磷酸二氢铵约占43%，硫酸钾约1t/hm^2，普通过磷酸钙约3.9t/hm^2），此外还施用少量的冲施液肥（约0.7t/hm^2），基本不施用尿素、碳酸氢铵等单质氮肥。该地区裸地菜种植过程中年均施用尿素0.225t/hm^2、复合肥0.375t/hm^2、磷肥0.75t/hm^2，基本不施有机肥。因此，基地内设施蔬菜投肥是裸地的5~6倍。

通过对示范基地土壤环境状况的调查研究分析，并收集该示范基地的行政图、道路图、水系图、土壤图和土地利用现状图等数据图件资料，进行了相关属性与空间查询系统的制作和土壤营养元素的空间分布图的制作。

对该基地不同棚龄（1~15 年）设施大棚土壤质量的调查显示，随设施使用年限的增加，表层 0~20cm 土壤速效 N、P、K 及有效态 Fe、Mn、Cu、Zn 等均呈现增加的趋势。并根据相关分析、主成分分析、聚类分析的结果，可以将设施土壤中重金属（Cu、Zn、Cd、As、Pb 和 Cr）归为两大类：I 类为 Cu、Zn、Cd 和 As，这四种重金属与总有机碳呈显著正相关关系，与 SiO_2、Fe_2O_3 和 Al_2O_3 的相关性不显著，说明这四种元素主要来自农用化学品的使用，受人类活动的影响较大；II 类为 Pb 和 Cr，这两种重金属与裸地含量差异不显著，因此可以认为设施土壤中的 Pb 和 Cr 主要来自于土壤母质（图 10-1）。

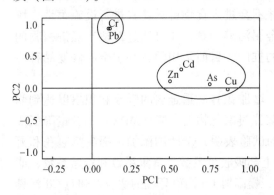
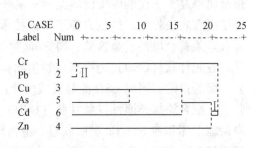

图 10-1　土壤重金属的主成分分析和聚类分析

对不同使用年限的蔬菜设施土壤剖面化学性状进行比较发现，随着设施使用年限的增加，土壤有机碳、N、P 和 K 在剖面均有不同程度的累积（图 10-2）。

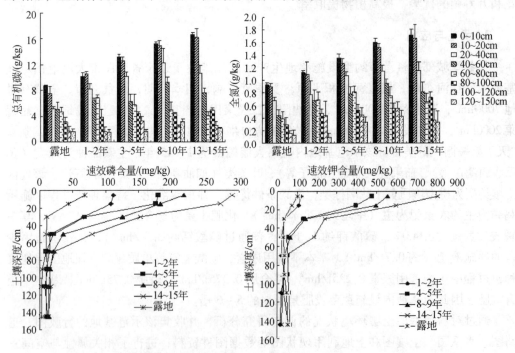

图 10-2　不同使用年限的蔬菜设施土壤剖面有机碳及 N、P、K 含量比较

对蔬菜果实和叶片农药含量进行检测发现，有机磷类农药主要检出粉锈宁、乐果、敌敌畏、喹硫磷、辛硫磷、噻酮嗪；拟除虫菊酯类农药主要为百菌清、氯氰菊酯、氰戊菊酯及溴氰菊酯，其中百菌清和氯氰菊酯的检出数较高。数据分析表明，有机磷类农药检出种类不固定，这与其自身降解速度较快以及农民的使用习惯有关；拟除虫菊酯类农药因具有低毒、高效等优点得到了快速推广，并实现了较大范围的普及施用，但对其过分依赖并大量使用造成了残留量较高且个别种类超标率较高的现状。根据对示范基地的调查采样分析，应加强对有机磷类和拟除虫菊酯类农药的使用和监管，对于有机磷类高毒性农药应对农民进行指导施用，对于中低毒性的拟除虫菊酯类农药应加强其作用的宣传并控制使用量，避免因追求高产量而盲目过量施用，造成不必要的污染。此外，还应针对这几种常用农药进行降解性研究，指导农民合理施用农药并保证食品安全。

通过对长冬季城郊区资源节约型设施菜地生产示范基地的土壤环境状况、土壤营养元素、空间分布以及对该示范基地的道路、行政、水系和土壤利用现状的调查与分析，在示范区采取低温快腐技术，构建秸秆生物反应堆，将废弃物再利用以控制土传病害并采用控 P 减 N 及有机肥料利用技术达到减少肥料使用的目的，利用夏季田闲种植花卉的方式提高土地利用率，并采用土壤重金属花卉修复技术和外源谷胱甘肽缓解植物重金属毒害技术修复污染土壤，以建立良性生态系统。在长冬季城郊区资源节约型设施蔬菜生产示范中采用的主要技术及效果如下。

（1）有机废弃物低温快腐技术

东北城郊的有机肥主要在温度较低的冬季进行堆腐，因此腐熟需要较长时间，而氮在堆腐过程中易以气态化合物的形式损失挥发，这大大降低了堆肥产品的质量。因此提高低温条件下农业废弃物的腐熟速度显得尤为重要，尤其是高效微生物菌剂的研制已成为国内外学者研究的热点之一。

采用连续大堆堆肥的方式培养驯化菌种，从堆肥中分离出优势微生物菌株，并对菌株的分解蛋白、淀粉、纤维、糖发酵等能力进行测试，从而筛选出具有高效降解能力的菌株，最后将新组配的菌种制成菌剂并进行实际堆肥试验，检验新菌剂的堆肥效果。

传统的堆肥起温慢、周期长，主要因为鸡粪的土著降解菌活力较低，数量相对较少。因此，采用富集培养技术从有关环境中筛选出高效降解菌，大量培养，再接种至鸡粪中，增加高效降解菌的数量，提高微生物的降解活力，达到快速升温、缩短堆肥周期的目的。将自然腐熟鸡粪和新鲜鸡粪混合（处理1），菌剂腐熟鸡粪和新鲜鸡粪混合并加入10%（总体积）的土壤（处理2），菌剂腐熟鸡粪和新鲜鸡粪混合（处理3）三组不同处理进行五批连续驯化培养，使微生物菌群经历不同的生长条件，完全达到优胜劣汰的效果。如果设置的处理在五批富集培养中均能达到较好的堆肥效果，则说明其中有降解效果较好的菌种，将其筛选出来进行扩大培养，再回接至新鲜鸡粪中，将会快速、有效地降解新鲜鸡粪，达到良好的堆肥效果。

从堆肥效果较好的堆体中分离生长速度较快、数量较多的优势菌株，然后对新筛选菌株和现有菌株进行蛋白、淀粉、纤维和糖发酵的活性测试，通过综合对比，选择活性均较好的菌种，并对筛选出来的菌株进行菌株间拮抗检验试验。由于筛选出的菌种被用于实际生产，故需在实际批量生产的过程中采用廉价的培养基进行大量菌种的培养，以适应实际生产的需要。

将高效降解菌种制成菌剂，设置三个不同处理：处理1（对照）、处理2（原有菌株组合）、处理3（新菌株和部分原有菌株组合）。大量堆肥发酵，通过对温度、含水率、pH、碳氮比、堆肥后营养成分、种子发芽指数和粪大肠菌群数等指标的分析，测试菌剂的堆肥效果，以明确自行筛选的鸡粪降解菌群对鸡粪堆肥的影响，并为工厂化生产堆肥条件的调控提供理论依据。处理1和处理2仅出现了一次较明显的升温过程，处理3出现了两次较明显的升温过程；处理3平均温度较处理1和处理2的平均温度高2.6℃和1.7℃（图10-3）。可见，处理3较处理1和处理2对鸡粪堆肥升温有更好的效果，说明新开发菌株对鸡粪堆肥的升温有一定的促进作用，且处理3的脱水率明显较处理1和处理2高，说明处理3较处理1和处理2呈现出脱水快且稳定的特点。堆肥后营养养分总体上以处理3优于处理1和处理2，其中氮素含量较处理1、处理2分别高0.12%和0.16%；全磷高0.21%和0.14%；全钾高0.05%和0.14%；有机质高11.21%和7.50%（表10-1）。可用发芽率指数来检测堆肥对植物有无毒性，处理2和处理3堆肥对植物基本无毒性。可以预测随着堆肥时间的推移，种子发芽率会随之提高，且处理3的发芽指数更高，说明其对植物的毒性较处理1、处理2稍低。处理3由于在高温期持续时间长，发酵结束时大肠菌群数量最少，表现出更优的肥料完全性。

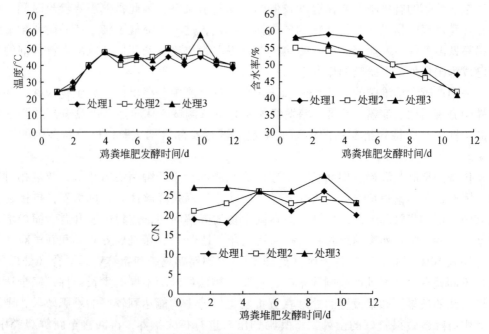

图10-3　不同处理堆肥温度、含水率和碳氮比的变化

注：处理1，对照；处理2，原有菌株组合；处理3，新菌株和部分原有菌株组合

表 10-1　堆肥后营养成分组成和大肠菌群的最可能数

处理	全氮/%	全磷/%	全钾/%	有机质/%	大肠菌群的最可能数/(个/g)	
					发酵前	发酵后
处理1	1.10	0.85	1.42	38.96	7.2×10^5	9.3×10^3
处理2	1.06	0.92	1.33	42.67	8.1×10^5	8.6×10^2
处理3	1.22	1.06	1.47	50.17	7.4×10^5	2.2×10^2

注：处理1，对照；处理2，原有菌株组合；处理3，新菌株和部分原有菌株组合

有机肥产业化主要以有机废弃物为主体，经高效降解微生物菌剂充分发酵分解后，再适量添加无机营养、腐殖酸氮肥增效剂及磷钾螯合剂等，实现生物、有机、无机的科学配比，制成无公害生物长效有机肥料。根据市场的需要还可以配制各种作物所需的专用型生物有机肥料。工艺流程一般为向鲜鸡粪中添加适量辅料使水分降至50%~65%，然后加入高效降解微生物菌剂和其他辅料等，充分混拌均匀后进入日光温室式发酵车间发酵。当温度升至50℃以上，并持续2~3d后，进行翻堆，翻倒三次后，当物料开始降温并达到室温时，发酵过程结束，即可出料，送入熟化车间进行熟化，烘干、粉碎后配制成生物有机复混肥。发酵分为升温、高温、降温、熟化四个阶段，利用高效降解微生物菌剂将鸡粪分解成作物可直接利用的营养，再适量添加无机营养及氮肥增效剂和磷钾螯合剂，使肥料有缓释长效的效果。这种配合能明显提高化肥利用率，减少化肥对环境的污染，增加作物产量，提高作物品质，实现农业的增产增收。产业化过程需要注意以下几方面。

1) 控制堆肥物料中的碳氮比。堆肥过程是一个利用微生物降解鸡粪的生物化学过程。在微生物的新陈代谢和细胞物质的合成中，需要大量的营养元素，C主要作为微生物活动的能源，N主要用于细胞原生质的合成，P是磷酸和细胞核组成的重要元素。营养条件中最重要的是发酵物料的碳氮比，最适宜为25:1~35:1。

2) 控制堆肥物料中的水分。发酵过程中鸡粪的分解和微生物的生长繁殖，都离不开水，水分是发酵成功的关键。水分过高，透气不好，不利于发酵；水分过低，不利于微生物活动。鸡粪适宜的发酵水分为50%~60%。

3) 控制堆肥的温度。温度是影响微生物活动的重要因素。堆肥过程中有益微生物分解鸡粪中的有机质而放出热量，使物料温度上升。温度升高能使发酵速度加快，但是堆肥过程是一种生物化学过程，当温度超过极限温度时，微生物的活动受到影响，发酵速度反而下降，高温阶段适温为50~65℃。机械翻料（或人工翻倒）是调节温度、供氧的最佳办法。

4) 辅料的配比。一方面，微生物通常在有机颗粒的表面活动，降低颗粒物尺寸，增加表面积，能够促进微生物的活动并加快堆肥速度；另一方面，若原料太细，又会阻碍堆层中空气的流动，减少堆层中可利用的氧气量，反过来又会减缓微生物活动的速度。在实际工厂化堆肥过程中，需要调整好稻壳粉等辅料的加入量，以保证碳氮比的适宜和通透性的良好。

通过工厂化堆肥制成生物有机肥和复混肥，堆肥温度、含水率、碳氮比、营养成分、种子发芽率等应达到温度三高三低，加入高效降解菌剂的鸡粪从第二天开始温度上升，进入高温发酵阶段，当温度升至50℃以上，并持续2~3d后，进行翻堆，好氧

翻倒三次后，第8~12天温度趋于平稳，此时鸡粪已发酵透彻，降解完全；新鲜鸡粪经发酵处理后，无臭味，不招引蚊蝇，有泥土清香；自然发酵的鸡粪有大小不等的结块，用高效降解菌发酵的鸡粪从第5天即松散，成碎末状；鸡粪初始含水量在50%以上，经高效降解微生物菌剂发酵后的鸡粪含水量则可降至25%左右，结构松散，是天然优质的土壤改良剂；与自然发酵相比，加入高效降解微生物菌剂发酵的鸡粪速效氮含量明显提高，在鸡粪发酵中具有较好的氮素转化效果；新鲜的鸡粪中含有大量有机酸，其中挥发性有机酸浓度很高，发酵完成后其浓度明显降低，有机酸含量减少。大分子的有机酸转化成低分子的芳香族有机酸，有利于作物吸收利用；且加入复合菌剂的鸡粪经发酵后各种有益菌数量明显增加，细菌数量增加了8倍，放线菌数量增加14倍，酵母菌数量增加100倍。有益微生物的大量富集，对土壤的改良及作物的生长非常有益，主要表现为以下几个方面：①提高酶活性。鸡粪中的主要成分是蛋白质，蛋白酶活性的高低直接影响蛋白质的分解效果，自然发酵鸡粪中蛋白酶活性较低，不利于蛋白质分解；而用高效降解菌发酵的鸡粪酶活性是自然发酵酶活性的2倍，从而鸡粪中蛋白质可以被充分降解，鸡粪中氨基酸含量提高，对作物吸收有利。②提高种子发芽率。经复合菌剂发酵处理的畜禽粪便，发酵完成后可使种子发芽率达到80%以上，对作物生长有益。③杀灭病原菌。利用高效降解菌剂发酵的鸡粪发酵温度能连续达到55~65℃，能够杀死蛔虫卵、大肠杆菌、沙门氏菌等病原菌，可抑制传染性疾病的发生。

（2）秸秆生物反应堆促腐技术

秸秆生物反应堆促腐技术是利用农业生物资源和生物技术，减少化肥、农药对环境造成污染并实现节能减排的理想技术。但由于东北地区地温较低，土壤微生物活性低，秸秆腐熟分解需要时间较长，不利于这项技术在东北地区的推广。因此可采用平板法筛选分离多种促腐菌剂，主要包括纤维素刚果红、真（细）菌培养基，并对有效菌种进行分离、鉴定和重新配伍；同时在培养促腐菌时，研制专性生物促腐菌剂，例如，将拮抗黄瓜枯萎病的木霉菌株加入其中，可大大提高设施菜地黄瓜的抗病能力。大棚试验表明，使用该技术棚内地温增高3~4℃，棚温增高2~3℃，农民可以提早定植，作物也可提早上市10~15d，并延长收获10~15d。同时增产可达25%，增收50%（表10-2），从而改变传统施肥模式，使农业生产向可持续、生态环保方向发展。此外还可以解决东北玉米带部分秸秆利用问题，以及长棚龄设施土壤的环境恶化问题，改良土壤，遏制土传病害，降低土壤盐渍化程度，连续使用3年以上，可以取代化肥施用。

表10-2 秸秆生物反应堆促腐技术效益

作物	收益/（万元/hm²）		产量/（t/hm²）		土壤与作物性状	
	用前	用后	用前	用后	用前	用后
黄瓜	12.0	20.6	60.0	75.0		土壤疏松，
青椒	9.0	15.0	60.0	75.0	土壤板结	作物病害少、
西红柿	4.5	8.4	30.0	52.5		死亡植株少

（3）土传病虫害农业废弃物再利用副产品防控技术

对示范基地主要蔬菜品种的主要病虫害发生情况进行取样调查，发现黄瓜的猝倒病、立枯病、枯萎病，茄子的黄萎病、根腐病，番茄的青枯病，辣椒的疫病等土传病害的发生相对比较严重。个别病害严重的大棚，直接经济损失可达 40%～60%。病害主要与大棚使用年限有关，年限越长，发生土传病虫害的概率越大。

基于此选择精制木醋液、阿维菌素等配制成木醋液土壤消毒剂进行土传病虫害防治试验示范。木醋液的主要成分是水、有机酸、酚类、醇类和酮类等物质，还有胺类、甲胺类、二甲胺类、吡唑类等分子中含氮的碱类物质，在农业上主要作为作物生长促进剂、杀虫剂以及作为肥料成分添加到肥料中作为作物增效剂等。

在示范基地以黄瓜和番茄为供试对象，选取使用年限为 5～9 年的设施蔬菜大棚，每座设施分成两个区，设置处理区与对照区。在黄瓜移栽 3d、番茄移栽 2d 后，用木醋液土壤消毒剂一份兑水 300 份稀释，搅拌使之混合均匀后，进行灌根处理。对照区不进行土壤消毒处理。试验示范的结果表明，与对照相比，用木醋液土壤消毒剂处理的黄瓜苗期猝倒病平均病苗率明显下降，防治效果达到 82.4%；黄瓜平均增产 20.41%（表 10-3）。黄瓜根结线虫病病害指数在黄瓜移栽后 30d 和 70d 较对照分别下降 83.71% 和 84.51%；番茄茎基腐病病害指数在番茄移栽后 30d 和 70d 分别下降 85.17% 和 89.15%（表 10-4）。

表 10-3　木醋液土壤消毒剂黄瓜苗期猝倒病防治效果及产量情况

处理	平均病苗率/%	防治效果/%	黄瓜产量/（鲜重 kg/hm²）
对照	38.6	—	6 320
土壤消毒	6.8	82.4	7 610

表 10-4　木醋液土壤消毒剂对黄瓜根结线虫病和番茄茎基腐病的防治效果

作物	处理	作物移栽后 30d		作物移栽后 70d	
		病害指数/%	防治效果/%	病害指数/%	防治效果/%
黄瓜	对照	3.95	—	6.50	—
	土壤消毒	24.25	83.71	41.95	84.51
番茄	对照	11.60	—	25.07	—
	土壤消毒	1.72	85.17	2.72	89.15

（4）有机肥减量化施用技术

随着我国农业种植结构的调整，设施菜地面积不断扩大。在无霜期短的东北地区，设施栽培成为蔬菜生产的主要方式，2006 年东北地区设施农业种植蔬菜面积达 11.4 万 hm²（中华人民共和国国家统计局，2008）。由于蔬菜是喜肥作物，为满足蔬菜生长需求，加之设施菜地高产出、高效益的特点，农民往往盲目大量地施用化肥和有机肥，施肥量远远超过作物需求。这不仅造成肥料的浪费，而且导致菜地养分严重累积，威胁土壤和水体环境安全。以往，人们很大程度上将施肥带来的负面效应认为是施用化肥所造成的。长期以来，传统有机肥在保肥养地等方面的良好作用，使得人们更偏重于关注施用有机肥的优点，由此，国外倡导的有机农业和我国发展的绿色食品生产都将有机肥作为理想的肥料，加之养殖业的蓬勃发展，设施菜地中有机肥施用量占施肥总量的比重越来越高，许多地区高达 60%～87%，但由于有机肥肥效慢，农民普遍将有机肥作为养地的肥料而忽略其肥效, 盲目过量施用有机肥, 且不同肥力土壤有机肥施用量基本一致。

针对目前有机肥施用过量且均一的现状, 需要开发基于土壤肥力的有机肥减量化施用技术, 以期为设施栽培水肥管理技术提供全面的思路和对策, 为提高有机肥的利用率, 降低环境风险提供理论依据。为此, 选取土壤肥力不同的三个大棚进行研究, 其基本理化性质如表 10-5 所示。各试验棚内设五个试验处理: 对照 CK, 不施有机肥 (减施有机肥 100%); 处理 1, 施有机肥 10t/hm² (减施有机肥 83%); 处理 2, 施有机肥 20t/hm² (减施有机肥 67%); 处理 3, 施有机肥 40t/hm² (减施有机肥 33%); 处理 4, 施有机肥 60t/hm² (常规有机肥施用量)。

表 10-5 不同肥力土壤养分含量状况

土壤类型	pH	有机碳/(g/kg)	全氮/(g/kg)	全磷/(g/kg)	速效磷/(mg/kg)	速效钾/(mg/kg)
低肥力土壤	7.67	11.66	1.13	0.48	24	405
中肥力土壤	7.17	12.01	1.31	0.85	37	489
高肥力土壤	6.84	13.13	1.57	1.12	76	600

a. 基于土壤—植物系统氮运移的有机肥减量化施用技术

有机肥具有改良土壤理化性状, 提高土壤的保水、保肥能力, 促进作物生长, 减少硝态氮淋溶等特点。但过量施用也可能会对土壤及水体环境造成严重的污染, 尤其会导致土壤中积累大量有机氮, 而有机氮矿化释放出的硝态氮易淋失到地下水中。此外, 蔬菜是一种容易富集硝酸盐的作物, 人体摄入的硝酸盐有 81.2% 来自蔬菜, 过量施用有机肥也能导致蔬菜硝酸盐含量增加。因此, 确定合理的有机肥施用量对保护土壤环境和土地及水源的可持续利用具有十分重要的意义。

研究结果表明, 低肥力条件下 20~40cm 土层的 NO_3^--N 在不同处理间差异不显著, 说明未发生明显的 NO_3^--N 向下淋洗迹象。因此对于肥力不足或初次投入使用的土壤, 不减施有机肥对土壤硝酸盐垂直运移也没有显著影响。中肥力条件下减施有机肥 33% 和不减施有机肥处理呈现出较为明显的 NO_3^--N 向下淋洗的迹象。高肥力条件下随着有机肥施入量的增加, 初果期 20~40cm 土层 NO_3^--N 含量也增加, 不施有机肥和减施有机肥 83% 处理与减施有机肥 67%、33% 以及不减施有机肥处理差异显著, 而中肥力土壤在盛果期才出现差异, 说明与中肥力土壤比较, 高量有机肥作用下高肥力土壤中 NO_3^--N 大量向下淋洗的时间提前。由此可见, 对于高肥力的设施菜地, 有机肥的投入量可以适当减少, 甚至不投, 因为土壤自身含有的养分足以提供植株当季甚至下季的生长, 过多的有机肥投入起不到促进植物生长的作用, 反而会加重土壤 NO_3^--N 的累积和淋洗, 给土壤环境、蔬菜安全和地下水质造成负担。

施用有机肥可增加土壤黏粒及团聚体的含量, 提高土壤阳离子交换量, 对硝酸根有固持作用, 进而阻碍硝酸盐向下迁移; 但有机肥本身亦可产生硝酸盐的累积, 如果易分解的有机物质碳氮比较低, 土壤微生物将更多地利用有机肥料氮, 化能自养的硝化微生物可很快地将铵态氮转化为硝酸盐而在土壤中累积。因此, 过多地施入有机肥反而为硝酸盐的淋洗提供了物质基础, 使土壤中硝酸盐淋失的可能性增大。图 10-4 表明, 低肥力土壤 100cm 以下土层各处理未见显著差异, 说明不减施有机肥处理也未引起硝酸盐淋洗，且各处理中各土层的硝酸盐含量均低于30mg/kg，对土壤环境和地下水环境的威胁不大，因此可不减少有机肥投入，以满足作物生长需求并提高土壤肥力。中肥力土壤各减施有机肥处理在80~100cm土层处均出现不同程度的硝酸盐累积峰值，不减施有机肥处理峰值最高，且该处理在0~120cm各土层硝酸盐含量均较高，因此对于中肥力土壤，由于土壤本身的养分含量已经有所积累，过多的有机肥投入会造成养分的流失和浪费。有机肥施用量对高肥力土壤60cm以下土层硝酸盐分布规律的影响比中、低肥力土壤更为明显，由于高肥力土壤本底硝酸盐含量较大（35.56~58.71mg/kg），有机肥减施对其表层土硝酸盐含量的影响较小，各处理在80~100cm土层硝酸盐含量较本底均有显著的增加，土壤中硝酸盐累积淋洗趋势较中、低肥力土壤更为明显，其中不减施有机肥处理在60~80cm土层出现较大的硝酸盐累积峰，明显高于减施有机肥处理。尽管在120~150cm土层各处理硝酸盐含量未见显著差异，但其硝酸盐含量随有机肥施入量的增加有增加的趋势，且该土层硝酸盐含量为35~45mg/kg，所以不能排除作物收获后硝酸盐在该土层累积及淋洗至更深土层的可能性。

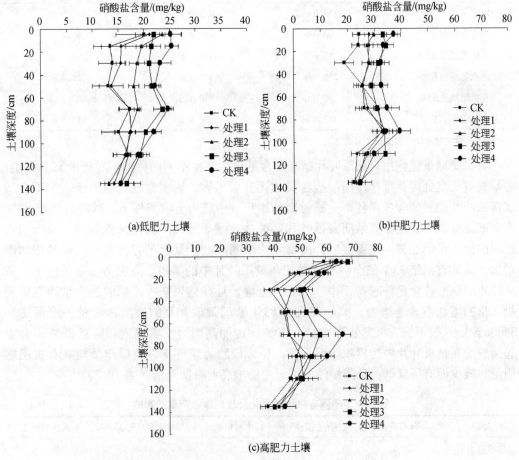

图10-4　有机肥对土壤硝酸盐含量变化的影响

注：对照CK，减施有机肥100%；处理1，减施有机肥83%；处理2，减施有机肥67%；处理3，减施有机肥33%；处理4，不减施有机肥

　　叶菜类、根菜类、葱蒜类、茄果类、瓜类和豆类等蔬菜的根系较浅，主要集中在
0～40cm的表层土壤。菜地土壤淋洗至40cm以下的养分就很难再被吸收，特别是硝酸
根离子又不易被土壤吸附，会随灌水淋洗至土壤深层，因此土壤40cm深度以下土层的
硝酸盐总累积量能反映土壤中硝酸盐的淋失程度和对地下水环境的影响程度。不同肥
力土壤40～150cm土层硝酸盐绝对累积总量随有机肥施入量的增加有增加趋势（表10-
6），但增加幅度因土壤肥力的不同而有所差异。减施有机肥67%的处理引起的各肥力土
壤硝酸盐的增加量大致相同，但当有机肥不减施时，各肥力土壤硝酸盐的增加程度则有
明显不同，其中低肥力土壤硝酸盐的累积总量增加了4倍，中肥力土壤增加了5倍，而
高肥力土壤则增加了7倍，说明当有机肥投入量超过一定范围时，肥力越高的土壤其
硝酸盐累积总量的增加幅度越大。因此，对高肥力土壤继续投入较高量的有机肥会加
剧土壤中硝酸盐的累积和淋洗程度，对土壤环境和地下水环境均构成更大的威胁。

表10-6　不同肥力土壤40～150cm土层硝酸盐的绝对累积总量　　　（单位：kg/hm²）

处理	低肥力土壤	中肥力土壤	高肥力土壤
本底	255.0 c	425.3 c	730.9 c
不施有机肥	260.4 bc	447.1 b	760.1 b
有机肥减施83%	265.6 bc	451.2 b	768.1 b
有机肥减施67%	275.3 b	460.1 b	778.4 b
有机肥减施33%	300.0 b	480.3 ab	820.3 ab
有机肥不减施	337.9 a	526.5 a	917.5 a

注：表中同列不同字母表示差异显著（$p < 0.05$）

　　有机肥减量化施用对黄瓜叶片硝酸盐含量也会产生不同的影响。对于低肥力土壤，
各减施有机肥处理黄瓜叶片硝酸盐含量均无显著差异，说明常规有机肥施入量不会造
成黄瓜叶片硝酸盐含量在各个生长时期的累积。中肥力土壤条件下，减施有机肥33%
和不减施有机肥处理在盛果期黄瓜叶片硝酸盐含量显著高于其他减施处理，说明当有
机肥的投入量增加到一定程度后，植物叶片中硝酸盐含量会随有机肥投入量的增加而
增加，减施有机肥33%仍会引起硝酸盐在黄瓜叶片中的累积。高肥力土壤条件下，黄
瓜叶片的硝酸盐含量普遍高于中、低肥力土壤，且在盛果期叶片硝酸盐含量随有机肥
投入量的增加而显著增加，减施有机肥83%处理黄瓜叶片的硝酸盐含量仍然可达到
3500mg/kg，较不施有机肥处理增加了40%，说明高肥力土壤减施有机肥83%仍会引
起硝酸盐在黄瓜叶片中的累积。但是高、中、低肥力条件下，黄瓜产量均随有机肥施
用量的减少而有所降低，且降幅随土壤肥力的增高而有所降低（表10-7）。

表10-7　不同有机肥减量化处理对作物产量的影响　　　　　（单位:%）

处理	不施有机肥	减施有机肥83%	减施有机肥67%	减施有机肥33%	不减施有机肥
低肥力土壤	20.5	11.2	6.2	1.9	0.0
中肥力土壤	18.8	12.4	6.9	0.5	0.0
高肥力土壤	14.4	10.5	5.6	2.0	0.0

整个生长期，对于低肥力土壤，各有机肥处理下黄瓜果实的硝酸盐含量均低于安全食品标准（410mg/kg），且初果期和盛果期各处理之间差异不显著，说明低肥力土壤条件下有机肥减施对黄瓜果实硝酸盐含量并无影响。中肥力土壤条件下，除不减施处理外，其他处理黄瓜的硝酸盐含量也均低于安全食品标准，说明有机肥减施可以降低黄瓜果实中的硝酸盐含量，保证食品安全。而高肥力土壤条件下，减施有机肥33%和不减施有机肥处理黄瓜果实的硝酸盐含量均高于安全食品标准，说明对于高肥力土壤而言，为保证食品安全需要减施有机肥的量更高。

通过以上分析可知，适量的有机肥投入能够提高土壤N的供给能力，且可以减缓硝酸盐在土体中的垂直迁移，但过量投入有机肥亦会加剧土壤中硝酸盐的累积并有可能成为硝酸盐在土体中的垂直迁移和淋失的隐患。有机肥的适宜施用量不能一概而论，对于低肥力土壤，可不减施有机肥；对于中肥力土壤，至少应减施有机肥至33%；而高肥力土壤有机肥施用量至少需减施至67%。适宜的有机肥施用量能够提高黄瓜的产量，但是过多的有机肥不但达不到相应的增产效果，还会对作物品质造成影响。因此施用有机肥应以适宜为原则，且应充分结合土壤自身的肥力条件进行合理施用。

b. 基于土壤—植物系统P运移的有机肥减量化施用技术

与N相比，土壤P的垂直移动性相对较小。但有机肥分解的有机酸可以显著活化土壤本身的P，减少土壤对P的吸附，使得易溶性磷酸根易于向土壤深层移动，因此大量有机肥施用也可能引起P在土壤剖面的迁移。且有机肥的施用量通常基于作物对N的需求来计算，而有机肥的碳氮比一般小于作物对N、P的需求比例，极易导致P在土壤中的累积，加之菜田经常辅以灌溉，丰沛的下渗水流极易导致P的向下迁移，对地下水体质造成威胁。因此在菜地长期施用大量有机肥增加了P向地下水体迁移的危险。

研究表明，施用有机肥能够提高0~10cm土层的全磷含量，且随着有机肥施用量的增加，土壤中全磷含量逐渐增加。与本底值相比，低肥力土壤不施有机肥、减施有机肥83%和减施有机肥67%处理全磷含量有所降低，而减施有机肥33%处理则较本底值增加了40.2mg/kg，即有机肥施用量达到40t/hm^{2}时，该肥力土壤0~10cm表层P含量进一步增加；对中肥力土壤而言，不施有机肥和减施有机肥83%处理土壤全磷含量较本底值均有所降低，而减施有机肥67%与本底值相比却增加了2.2mg/kg，即施用有机肥20t/hm^{2}可基本保持该肥力土壤0~10cm表层的P水平，增施有机肥会导致P在土壤中的累积；而高肥力土壤施用有机肥各处理的土壤全磷含量均高于本底值。因此，实际生产中有机肥的施用量应根据土壤P水平以及消耗情况合理制定，因地制宜地施用有机肥。各肥力土壤在10~20cm土层土壤全磷含量随有机肥施用量的增加而增加。与本底值相比，低肥力土壤不施有机肥和减施有机肥83%处理土壤全磷含量均有所降低，而减施有机肥67%处理土壤全磷含量有所增加，即有机肥施用量20t/hm^{2}可保持该肥力土壤10~20cm土层的P水平；对中肥力土壤而言，不施有机肥土壤全磷含量有所降低，而减施有机肥83%却有所增加，增施有机肥会进一步提高土壤的P水平；对于高肥力土壤，各减施有机肥处理土壤全磷含量分别增加了1.3mg/kg、47.4mg/kg和75.3mg/kg，即大量有机肥投入会导致土壤P在10~20cm土层累积，不仅造成P资源的浪费，也对环境造成了压力。各肥力土壤在20~40cm土层，有机肥减施处理间土壤全磷含量无明显变化，表明施用有机肥主要导致当季土壤 0~20cm 土层的 P 累积，而对 20cm 土层以下全磷含量的影响较小。

减施有机肥 83%，即有机肥施用量 10t/hm² 可基本保持高肥力土壤 0~20cm 土层的速效磷水平；而减施有机肥 67%，即施用有机肥 20t/hm² 可基本保持中肥力土壤 0~20cm 土层速效磷水平，过量施用有机肥则将进一步提高土壤速效磷含量从而提高环境风险。因此有机肥的施用应以适量为原则，因地制宜，实现经济效益与生态效益相协调。有机肥对不同肥力水平土壤 20~40cm 的速效磷含量影响较小。

随着土壤肥力的提高，黄瓜果实的 P 含量明显增加（表 10-8）。对于相同有机肥处理，黄瓜吸 P 量表现为高肥力土壤 > 中肥力土壤 > 低肥力土壤，说明土壤供 P 能力的提高能够增加黄瓜体内的含 P 量。此外，随有机肥用量的增加，黄瓜果实中的全磷含量亦显著增加。黄瓜体内含 P 量的提高，会造成黄瓜对 P 的奢侈吸收，导致 P 的浪费。

表 10-8　不同有机肥减量化处理黄瓜含 P 量　　　　　（单位:%）

处理	不施有机肥	减施有机肥 83%	减施有机肥 67%	减施有机肥 33%	不减施有机肥
低肥力土壤	0.429a	0.586b	0.593bc	0.616bc	0.657c
中肥力土壤	0.556a	0.634b	0.650b	0.721c	0.770d
高肥力土壤	0.727a	0.830b	0.845b	0.895b	0.970c

注：表中同列不同字母表示差异显著（$p<0.05$）

c. 基于土壤—植物系统重金属运移的有机肥减量化施用技术

有机肥减施能显著降低土壤 Cu、Zn 和 Cd 全量，其中以 0~20cm 层次的变化趋势最为明显，20~40cm 层次没有明显的规律性变化，且重金属含量随着土壤深度的增加表现出递减的趋势。设施种植 1 年不减施有机肥处理的土壤 Cu 含量高出不施有机肥处理 8.34%，而其他减施处理与不施有机肥处理差异不显著；设施种植 2 年减施有机肥 33% 处理的土壤 Cu 含量亦明显高于不施有机肥处理；设施种植 5 年施用有机肥的各处理均可显著提高土壤 Cu 含量，其中不减施有机肥处理的土壤 Cu 含量最高，可达 27.36mg/kg。

设施种植 1 年不减施有机肥处理的土壤 Zn 含量比不施有机肥处理高出 16.72%，而其他减施处理与不施有机肥处理差异不显著；设施种植 2 年和 5 年的大棚，减施有机肥 33% 处理的土壤 Zn 含量均高于不施有机肥处理。

设施种植 1 年减施有机肥 67% 处理的土壤 Cd 含量显著高于不施有机肥处理；设施种植 2 年减施有机肥 67% 处理的土壤 Cd 含量均高于不施有机肥处理；设施种植 5 年施用有机肥各处理均可显著提高土壤 Cd 含量，其中不减施有机肥处理的土壤 Cd 含量最高。

重金属对植物的毒害程度，首先取决于土壤中重金属的有效态含量，其次才取决于该元素的全量。但减施有机肥对植物体内重金属含量影响不显著。有机肥料能明显增加土壤有效态重金属在表层土壤的积累，通过植物的吸收作用，沿食物链对人体造成潜在危害，因此应慎重使用以禽畜粪便为主的有机肥料。类似对重金属全量的影响，有机肥减施也能显著降低土壤 Cu、Zn 和 Cd 有效态的含量，其中以 0~20cm 层次的变化趋势最为明显，20～40cm层次没有明显的规律性变化，且有效态重金属的含量随着土壤深度的增加而逐渐递减。有机肥的"激活"效应是导致土壤有效态重金属含量显著提高的主要机制。

（5）夏季填闲轮作技术

目前东北地区设施菜地主要实行的是一年三季的种植模式，高密度的种植容易导致连作障碍。合理的轮作模式可以减少病虫害的发生，减少化学农药的使用量，充分吸收土壤中各种养分，平衡土壤中的酸碱性，改进土壤结构等。例如，叶菜类作物需要氮肥较多，瓜类、番茄等果菜需要的磷肥较多，芸豆、豇豆等深根系作物，吸收土壤深层养分，使土壤浅层养分得到恢复，而且豆科作物有固氮作用，若下茬作物吸氮量大，还可以使土壤养分更加均衡。通过探讨集约化菜田资源节约与清洁生产示范基地三种轮作模式（油麦菜→黄瓜→芸豆、菠菜→西红柿→芸豆、油菜→黄瓜→豇豆）对设施菜地中蔬菜产量、养分分配等的影响，研究了不同轮作模式对消减设施菜地N、P流失的作用，阐明了轮作对改善温室土壤环境的影响，提出了在当地施肥和种植模式下有利于提高养分利用效率、改善作物品质、兼顾土壤环境质量的优化轮作模式，为减少N、P淋失和设施菜地土壤改良提供科学依据。

1）不同轮作模式对作物产量的影响。如表10-9所示，第一季作物中，油菜经济产量最高，其次为油麦菜和菠菜，而第二季作物中，油麦菜茬口黄瓜产量显著高于油菜茬口。黄瓜的经济产量和干物质重均较西红柿高，而西红柿的茎叶量几乎比黄瓜多1倍。可见黄瓜是经济产量高而茎叶少的保护地作物，对地力的消耗要高于其他作物，因此在土壤养分管理上要给予其更多的关注。第三季中豇豆的茎叶/产量大于1，说明在保护地生产中豇豆是很好的轮作调节作物之一，其后续作物油菜的产量就是最好的证明。因此，在北方保护地生产中，在合理安排轮作方面要给予豇豆足够的重视。

表10-9　不同轮作与施肥对蔬菜产量的影响

处理	蔬菜	产量/（t/hm²）		茎叶/（t/hm²）		茎叶/产量（%）	
		鲜重	干物质重	鲜重	干重	鲜重	干重
第一季	油麦菜	48.33	2.731				
	菠菜	25.10	2.289				
	油菜	62.82	2.707				
第二季	黄瓜	148.6	28.53	22.62	2.837	0.1522	0.0995
	西红柿	90.32	8.607	50.64	4.999	0.5606	0.5808
	黄瓜	145.0	26.36	22.70	2.727	0.1565	0.1035
第三季	芸豆	19.45	1.730	19.60	3.144	1.008	1.817
	芸豆	19.51	1.736	16.73	2.688	0.8576	1.549
	豇豆	12.46	1.212	17.70	3.348	1.420	2.761

2）不同轮作对养分收支的影响。从表10-10可以看出，油菜—黄瓜—豇豆轮作处理氮的回收率最高，而油麦菜—黄瓜—芸豆轮作处理氮的回收率最低，两者相差9

个百分点，这种差别应引起重视并作为合理配置轮作作物的重要依据。就 P 的转化而言，叶菜类—黄瓜—豆科的轮作方式对土壤中 P 的利用较好，对环境的影响较小；从 K 的利用来看，三种轮作方式没有区别；通过对 N 的回收率，P、K 的转化等综合指标进行评价，油菜—黄瓜—豇豆这一轮作方式利用养分的能力最高，对环境的威胁最小。

表 10-10 不同轮作处理对养分收支的影响 （单位：%）

处理	N 回收率	进入速效磷库的肥料 P 比例	进入速效钾库的肥料 K 比例
油麦菜—黄瓜—芸豆	49.4	41.9	80.1
菠菜—西红柿—芸豆	54.8	32.2	54.6
油菜—黄瓜—豇豆	58.4	40.6	79.7

3）不同轮作模式下的经济效益分析。蔬菜种植既要讲收益，也要讲成本，最后求得效益，为以后的种植提供依据和参考，以达到节约成本，提高经济效益的目的。如表 10-11 所示，在 7 种蔬菜中，黄瓜因为种植时间长，产量和产值均为最高，产值位于第二、三位的分别为油麦和油菜（叶菜收获季节为冬季，蔬菜单价较高）；产量位居第二位的为西红柿，但因当年单价较低，产值排于第五位；豆科作物的产量和产值均为最低（表 10-11）。需要说明的是，2008 年西红柿收购价格较高，2009 年许多农户改种西红柿，导致市场供大于求，西红柿的收购价偏低。据农户介绍，该大棚 2008 年种植西红柿最高产值为 7 万元左右，合 35 万元/hm²，较 2009 年西红柿产值高 1 倍，也高于同年黄瓜产值；而 2010 年黄瓜的收购价又不及 2009 年，可见蔬菜产值随市场需求变化的幅度较大。由于需要采用南瓜作砧木嫁接育苗，黄瓜种子费用最高。同时，黄瓜和西红柿的化肥和农药投入量也最大，又需要地膜覆盖。示范区的蔬菜生产以手工劳动为主，人工费用在蔬菜产品的成本中占有较大比重，目前沈阳的人工费用一般为 30~80 元/d，随需求和工种变化浮动，一般收菜和铲草的人工费较低，嫁接和做池的人工费较高。第一季叶菜中，因收获菠菜和油菜费工，故成本较高；在黄瓜和西红柿种植期间需要做池、缠秧和落秧等，人工成本急剧增加，而黄瓜又需要嫁接等措施，成本又高于西红柿；芸豆和豇豆的人工成本相对较低。

蔬菜大棚的建筑费用包括人工费和材料费两部分：材料费 7 万元，折旧期限 30 年，无残值，年折旧 2333 元/棚；人工费 1.5 万，折旧年限 10 年，无残值，年折旧 1500 元/棚；另有租地费用 5000 元/a，塑料薄膜 5000 元/a 以及水电费 400 元/a，合计蔬菜大棚每年支出 14 233 元，折合 71 165 元/（hm²·a）。扣除所有的成本，种植油麦菜的净利润最大，其次为黄瓜和油菜，芸豆的利润最低（表 10-12）。经计算，第一种轮作模式，即油麦菜—黄瓜—芸豆的经济效益最高，但是对养分回收率和转化等综合指标的评定，第三种轮作方式更好些，鉴于第三种轮作模式的经济收益稍低于第一种轮作模式，且蔬菜收购价格随市场供求关系变化较大，仍旧推荐第三种轮作模式作为兼顾效益与环境的最佳轮作模式。

表 10-11　不同蔬菜的收益分析

| | 蔬菜品种 | 产量/(t/hm²) | 单价/(元/kg) | 产值/(万元/hm²) | 成本/（万元/hm²） | | | | | | 利润/(万元/hm²) |
					种子	化肥	农药	地膜	人工	地租、水电等	
第一季	油麦菜	48.33	5.0	24.17	0.13	0.70	0.10		1.64	2.37	19.23
	菠菜	25.10	6.4	16.06	0.10	0.70	0.10		1.91	2.37	10.88
	油菜	62.82	3.6	22.61	0.48	0.70	0.10		1.91	2.37	17.05
第二季	黄瓜	148.6	2.2	32.69	1.14	3.90	1.02	0.17	5.63	2.97	17.86
	西红柿	90.32	2.0	18.06	0.56	2.23	1.02	0.08	4.64	2.97	6.56
	黄瓜	145.0	2.2	31.90	1.14	3.90	1.02	0.17	5.63	2.97	17.07
第三季	芸豆	19.45	2.4	4.67	0.16	0.31	0.15		1.40	1.78	0.87
	芸豆	19.51	2.4	4.68	0.16	0.31	0.15		1.40	1.78	0.88
	豇豆	12.46	4.8	5.98	0.13	0.31	0.15		1.16	1.78	2.45

表 10-12　不同轮作模式的经济效益　　　　（单位：万元/hm²）

| 处理 | 产值 | 成本 | | | | | | 利润 |
		种子	化肥	农药	地膜	人工	地租、水电等	
油麦菜—黄瓜—芸豆	61.53	1.42	4.91	1.28	0.17	8.67	7.12	37.96
菠菜—西红柿—芸豆	38.80	0.82	3.25	1.28	0.08	7.95	7.12	18.32
油菜—黄瓜—豇豆	60.49	1.74	4.91	1.28	0.17	8.70	7.12	36.57

（6）土壤重金属花卉修复技术和外源 GSH 缓解植物重金属毒害技术

a. 土壤重金属花卉修复技术

植物修复是解决土壤污染问题的有效途径之一，由于其成本低、选择性强、环境友好、安全、可靠等特点，在全球得到了广泛的发展和应用。6 月下旬至 7 月上旬春茬蔬菜收获结束，大部分北方设施菜地处于敞棚休闲状态（约占60%以上），一直持续至 8 月下旬开始种植秋茬蔬菜，9 月中旬开始扣棚。处于敞棚休闲或低植被覆盖状态的时期长达 90~120d（其中敞棚休闲期 40~60d）。鉴于北方设施菜地重金属含量较高，可利用夏季敞棚休闲期种植富集重金属的花卉作物以修复土壤。田间调查、有机肥小区实验的结果表明，北方地区温室土壤中 Cd 含量虽然符合国家土壤环境质量标准，但随着有机肥施用量的增加，土壤 Cd 存在潜在累积、污染风险。可通过设置不同 Cd 水平处理的三种花卉植物（串红、万寿菊和鸡冠花），进行土壤 Cd 的植物提取，同时配合添加还原性谷胱甘肽（GSH），提高植物生物量，增加花卉对重金属的吸收和积累。

植物地上部吸收量系数不仅能够较好地指示植物对污染元素的吸收能力和对污染环境的适应性，同时也能综合反映植物修复污染土壤的能力，以万寿菊的吸收量系数最大，鸡冠花次之，串红最小（表 10-13）。富集系数能反映植物对某种重金属元素的积累能力，富集系数从高到低的顺序为万寿菊 > 串红 > 鸡冠花。转移系数可以体现植物从根部向地上部运输重金属的能力，供试花卉植物的转移系数均小于1，说明植物根系是吸收土壤Cd的主要部位，远高于地上部，在Cd浓度达到24mg/kg时，串红和鸡冠花的转运系数分别为0.32和0.39，转移Cd的能力未受到明显影响，而万寿菊转移系数为0.15，这是由于在高Cd胁迫条件下，万寿菊转移Cd的能力受土壤Cd的影响较大。此外，植物地上部吸收量系数、富集系数和转运系数均随着土壤Cd浓度的升高而减少。

表10-13　不同Cd浓度下串红、鸡冠花、万寿菊的耐性特征

处理	串红			鸡冠花			万寿菊		
	吸收量系数	富集系数	转运系数	吸收量系数	富集系数	转运系数	吸收量系数	富集系数	转运系数
Cd3	0.008	1.12	0.42	0.014	0.76	0.45	0.028	1.25	0.38
Cd6	0.007	1.08	0.33	0.012	0.60	0.44	0.026	1.13	0.41
Cd9	0.007	1.05	0.39	0.011	0.54	0.43	0.021	1.00	0.31
Cd12	0.006	0.96	0.28	0.009	0.45	0.41	0.021	0.97	0.35
Cd24	0.006	0.87	0.32	0.008	0.45	0.39	0.013	0.48	0.15

添加还原型谷胱甘肽（GSH）可以提高植物体内的Cd含量（表10-14）。添加GSH对串红体内Cd含量的影响较大，当土壤Cd浓度为6mg/kg和9mg/kg时，添加GSH处理的串红地上部Cd含量分别比单施Cd处理高出12.21%和9.04%，差异显著；Cd9+GSH处理的串红地下部Cd含量较单施Cd增加了8.87mg/kg。添加GSH后，鸡冠花和万寿菊地上部和地下部Cd的吸收量、植物地上部吸收量系数、富集系数和转运系数得到提高，说明GSH的添加，可以增加鸡冠花和万寿菊对土壤Cd的吸收量，提高其对Cd污染环境的适应性和对Cd污染土壤的修复能力，增强植物转运土壤Cd的能力，但是添加GSH后对串红吸收Cd量的影响不明显。

表10-14　GSH处理对Cd胁迫下串红、鸡冠花、万寿菊耐性特征的影响

处理	串红			鸡冠花			万寿菊		
	吸收量系数	富集系数	转运系数	吸收量系数	富集系数	转运系数	吸收量系数	富集系数	转运系数
Cd6	0.007	1.08	0.33	0.012	0.60	0.44	0.026	1.13	0.41
Cd9	0.007	1.05	0.39	0.011	0.54	0.43	0.021	1.00	0.31
Cd12	0.006	0.96	0.28	0.009	0.45	0.41	0.021	0.97	0.35
Cd6+GSH	0.008	1.21	0.36	0.016	0.77	0.45	0.033	1.37	0.40
Cd9+GSH	0.007	1.14	0.31	0.014	0.72	0.47	0.031	1.28	0.35

综上所述，供试的三种花卉植物以万寿菊的植物地上吸收量最大，鸡冠花次之，串红最小。富集系数从高到低的顺序为：万寿菊＞串红＞鸡冠花，当土壤Cd浓度低于10mg/kg时，串红和万寿菊的富集系数大于1，随着Cd投加浓度的增加，电导率（EC）减小，在本试验浓度范围内，供试花卉植物的转移系数均小于1。因此，可以在设施菜地休闲期，Cd污染程度较轻的地方种植万寿菊；在出现Cd累积的地方种植鸡

冠花，对低浓度 Cd 污染土壤的植物提取效果较好，不仅可以实现土壤 Cd 的减排，还可以为当地农户增收。在实际修复过程中要因时制宜，合理使用外源添加剂 GSH，充分发挥鸡冠花和万寿菊的优势，提高植物提取率。

b. 外源 GSH 缓解植物重金属毒害技术

作物受到重金属等污染物胁迫时会表现出毒害效应，通过施用一些外源添加物可以减轻植物的这种毒害效应。GSH 是植物螯合肽（PCs）的前体和谷胱甘肽-S-转移酶（GST）的底物，具有亲核特性，能在 GST 的催化下与细胞的异源物质、金属及其代谢产物结合，产生解毒效应。为此，采用 GSH 作为外源添加物，研究 Cd 胁迫条件下叶菜（如小白菜、油菜、芥菜）的生理生化反应及 GSH 对植物重金属毒害的缓解作用机制。

如表 10-15 所示，小白菜株高随着 Cd 浓度的升高而降低，添加 GSH 能显著缓解 Cd 毒害，与单施 Cd 处理相比株高明显增加，但只有当 Cd 浓度为 12mg/kg 时，GSH 能够显著增加根长。在低浓度 Cd 胁迫下，GSH 可以显著缓解 Cd 对油菜的毒害作用，在中高 Cd 浓度时，Cd + GSH 处理与 Cd 处理差异不显著。芥菜株高和根长的变化趋势基本一致，当 Cd 浓度为 12mg/kg 时，添加 GSH 处理能显著增加株高和根长。

表 10-15　GSH 对 Cd 胁迫下叶菜株高和根长的影响

试验处理	小白菜		油菜		芥菜	
	株高/cm	根长/cm	株高/cm	根长/cm	株高/cm	根长/cm
Cd6	31.73±2.87b	13.27±1.27a	19.20±1.86c	13.27±2.22b	30.93±4.18a	16.40±1.99a
Cd6 + GSH	34.60±1.35a	13.73±1.03a	21.73±1.79a	14.73±1.91a	31.73±3.10a	16.87±1.64a
Cd9	28.80±2.24c	12.67±1.95a	20.01±1.75bc	13.73±2.05ab	29.53±4.47a	15.67±1.91ab
Cd9 + GSH	33.33±2.60ab	13.40±1.34a	21.20±1.57ab	14.20±1.32ab	31.27±2.49a	16.67±2.06a
Cd12	28.20±3.34c	11.53±1.41b	20.33±0.72b	13.10±1.77b	26.87±0.75b	14.33±1.84b
Cd12 + GSH	33.27±2.60ab	13.60±1.92a	20.93±1.28ab	14.30±2.31ab	31.60±2.26a	16.60±2.10a

注：表中数据均为平均值±标准差，同一行中不同字母表示 LSD 检验差异显著（$p<0.05$）

GSH 对叶菜地上生物量的影响较地下部更为显著（表 10-16）。在不同土壤 Cd 浓度下添加 GSH，油菜地上部生物量的增幅可分别达到 18.20%、19.08% 和 31.20%。GSH 对小白菜地下生物量的影响也较显著，可分别提高地下生物量的 6.29%、16.27% 和 23.78%。Cd 胁迫会增加植物体内活性氧，打破活性氧代谢平衡，从而启动膜脂过氧化作用，破坏膜结构，影响膜的正常功能。丙二醛（MDA）是膜脂过氧化的产物，其含量可用于表示细胞内的活性氧水平和膜脂过氧化程度，因此可指示 Cd 胁迫程度。GSH 能显著减少叶片膜脂过氧化物 MDA 的含量，降低镉胁迫。当土壤 Cd 浓度为 9mg/kg 和 12mg/kg 时，经 GSH 处理后油菜叶片的 MDA 含量可分别降低 29.70% 和 35.03%。

表 10-16　GSH 对 Cd 胁迫下叶菜生物量的影响

试验处理	小白菜		油菜		芥菜	
	地上生物量 /(g/株)	地下生物量 /(g/株)	地上生物量 /(g/株)	地下生物量 /(g/株)	地上生物量 /(g/株)	地下生物量 /(g/株)
Cd6	22.98±1.86ab	6.39±0.51b	13.52±0.83b	7.82±0.69a	5.52±0.61b	4.49±0.58b
Cd6+GSH	24.92±2.69a	6.79±0.31a	15.98±1.31a	7.16±0.27a	6.08±0.33a	5.34±0.79a
Cd9	22.16±4.11b	5.99±0.53c	13.10±0.97b	7.12±0.75a	5.18±0.41b	4.36±0.79b
Cd9+GSH	24.84±1.15a	6.96±0.58a	15.60±1.34a	7.13±0.54a	5.38±0.84b	4.94±0.55ab
Cd12	22.74±4.76ab	5.47±0.39d	11.86±1.24c	6.97±0.30a	4.46±0.32c	4.18±0.27b
Cd12+GSH	24.60±3.61a	6.77±0.37a	15.56±1.83a	7.22±0.24a	5.28±0.38b	4.58±0.66b

注：表中数据均为平均值±标准差，同一行中不同字母表示 LSD 检验差异显著（$p<0.05$）

（二）长冬季城郊区资源节约型无公害优质水稻生产

1. 模式概况

虽然东北稻区是商品优质米产区之一，其稻米单产较高，且米质优良，但特殊的气候特点及地理位置使其易受低温冷害、秋涝春旱等自然灾害影响，这已成为影响该地区的稻作生产的主要因素，同时一些客观因素也限制着该地区的稻作生产及产量提高。为解决水稻在实际生产中的种植问题，示范项目建立了长冬季城郊区资源节约型无公害优质水稻生产模式，以达到减少环境污染、减少养分移出、实现增产的目标。

通过对长冬季城郊区无公害优质水稻资源节约型生产模式示范区土壤环境状况的调查情况及相关数据的研究分析，在示范区中主要采用水稻二化螟节药防治技术、水稻高光效栽培节肥技术和生态田埂农艺阻控技术。选用由二化螟性信息素，以绿色天然橡胶块为载体制成的诱芯，通过使用性诱剂诱杀二化螟雄蛾，减小雌蛾交尾几率，致使卵量和幼虫量减少，从而降低化学农药的使用量。为了充分利用北半球夏季日照时间长、西南向光照强和西南向风频率高的气候资源，将传统垄向改为磁南偏西 18°～20°，将传统的种植方式改为 60cm 和 20cm 组合垄，最大限度地提高光能利用率。增加田埂宽度可以有效地降低 N、P 的侧渗，但存在减少播种面积、降低经济效益的问题；而在田埂上种植作物不但可以有效地截留通过侧渗流失的 N、P，还可以增加经济效益，但容易影响水稻边行生长，因此设置 40cm、50cm 和 60cm 不同田埂厚度，并在田埂上设未种植作物和种植大豆两个处理，研究在不影响经济效益的前提下，因地制宜地对田埂宽度和作物品种进行优化，最大限度地降低稻田 N、P 侧渗，同时通过对示范区典型稻田的边界田埂对 N、P 等营养元素的侧渗截留效果评价，建立田埂宽度与侧渗截留效果的关系曲线，并综合考虑生产成本与生态效益，寻求符合当地生产实际且具有较好侧渗截留效果的田埂宽度；通过评价截留效果，筛选出当地田埂两侧适合栽种的既能截留侧渗 N、P 营养物质，又可以产生如生产绿肥、美化环境等经济、环境附加效益的植物种类。综合以上技术形成适合当地条件的田埂侧渗截留技术；利用稻田在施肥期是水体 N、P 的污染源，而施肥后又成为削减水体 N、P 负荷的"人工湿地"的特点，通过评价不同施肥水平、不同面积的缓冲带对稻田田面水、渗漏水和灌溉水中N、P的截留效果，以及对水稻产量的影响，开发既不占用大量土地，又能充分发挥拦截功能的适合不同土壤肥力水平、不同耕作面积的施肥缓冲带截留技术。利用示范区地势低平、稻田区沟渠众多且较为统一的特点，通过对现有排水沟渠的沟壁和沟底进行工程改造，设计拦截坝和拦截箱，构建植物，即在现有排水沟渠硬质板上留下的孔隙和水体中种植经过筛选的易于生长的植物，沟壁植物能吸收侧渗水体中的营养成分，沟底和水中植物能够吸收水流中的养分，并有利于水流中携带的泥沙、颗粒物质的沉降，最终建成具有排水和N、P截留功能的生态拦截型沟渠，使之在具有原有的排水功能基础上，增加对农田排水中所携带N、P养分截留的生态功能、产生绿肥的经济功能和美化环境的环境功能。

2. 配套技术体系

（1）水稻节药技术

水稻二化螟（*Chilo suppressalis*（Walker））又称钻心虫、蛀心虫，属鳞翅目、螟蛾科，以幼虫钻蛀水稻茎秆为害。水稻二化螟是长冬季城郊稻作主要产区（东北稻区）的主要害虫，危害比较严重，其羽化期多集中于6月、7月，每年给东北地区水稻产量造成5%～30%的损失。水稻二化螟的防止措施主要分为以下几种。①农业防治。主要在秋后、早春深翻地或将水稻根茬、茎秆集中烧毁，及时灌水杀蛹和清理越冬稻草，降低虫源基数，在二化螟成虫羽化前处理完越冬稻草，以消灭越冬虫源等。②药剂防治。主要针对水稻的发病情况及二化螟的虫口数等指标，选择适当的药剂以喷洒方式进行农药施用，目前也有采用烟雾熏蒸的方法。③物理防治。即利用性诱导剂引诱雄蛾并杀死的方式。④生物防治。就是利用有益生物或生物代谢产物来防治作物病虫害的方法，主要利用水稻二化螟的天敌二化螟绒茧蜂。二化螟绒茧蜂（茧蜂科）是二化螟幼虫期的内寄生性天敌，主要寄生禾草螟属的幼虫，寄生率高，特别是越冬代幼虫的寄生率较高，对压低二化螟发生基数及控制其田间种群均有一定作用。二化螟被寄生后，二化螟幼虫总取食量下降，生长加快，发育受阻，不能化蛹，死亡率高。由于东北稻区水稻二化螟羽化期集中，因此该地区防治水稻二化螟主要以药剂防治为主，但现今的防治方法不仅成本高，而且费工、费时、劳动强度大，还会引起人畜中毒，造成环境污染。此外，单一药剂的长期大量使用，使得二化螟广泛产生了抗药性，防治效果逐渐下降。对比几种防治措施，在东北稻区采用以性诱剂为主要防治措施的物理防治是较为可行的节约型防治措施。性诱剂是一种人工合成虫性外激素，为化学活性物质，以管状诱芯为载体引诱雄蛾交配溺死水中，药效持续时间可长达1个多月，可覆盖整个成虫发生期。其主要特点有以下几个方面：①性诱剂是人工合成的昆虫性外激素，专化性强，诱杀效果好。②性诱剂生物活性高，用量少，成本低，且方法简便易行。③性诱剂取代了化学农药，避免环境污染，不伤天敌，保持生态平衡，利于绿色食品的发展。④性诱剂防治由幼虫防治向成虫防治转变，是一项防治技术的重大变革。

（2）水稻高光效栽培节肥技术

水稻是喜光作物，只有在充足的阳光直射条件下才能健壮生长，光照强度的大小对水稻的生育程度、生育期的长短、开花结实的好坏以及产量的高低均有着至关重要的影响。一般情况下，水稻的光照利用率（光效）与光照强弱、光照面积、茎叶内叶绿素含量及二氧化碳和水均有着紧密的联系，提高光效不仅能提高水稻的品质、产量，还能通过光效的补充适当减少肥料的投入，在保持产量不变的基础上降低生产成本。常见的提高水稻光效的高光效栽培措施包括增强光强措施、增加光照面积措施、提高叶绿素含量措施、增加二氧化碳和水的含量措施等几个方面。具体措施如下：①增强光强。选择具有良好光效的高产优质品种，早播早栽，使用红、蓝色塑料薄膜覆盖，实行条播条栽，增施钾肥，添加助光素，使用光敏素等。②增加光照面积。适度密植，排水晒田，养叶保根，增施穗肥，添加硅肥等。③提高叶绿素含量。采用叶色深绿的优质高产品种，合理施用氮肥，喷施丰产素等。④增加二氧化碳和水的含量。使用天然气肥料，红、蓝光照射等。虽然以上措施均能起到较好的增加水稻光效、提高产量的作用，但都需要一定的投入。在报酬递减原理的作用下一味地增加投入只会提高生产成本，这也与当前节约型社会发展的大背景相悖。近年来出现了通过适当改变水稻种植模式（如陇向、陇距等），改变水稻在地面上的投影，进而改变植株阴影在群体内行间的相互遮蔽，增加植株的透光性，延长水稻群体受光时间，提高行间透光率、日照强度、通风率和水面温度并达到提高光效的作用。通过此方法，可在不增加投入的情况下，获得较高的产量，实现增产同时减少肥料的使用量以达到节约资源的效果。

（3）水稻保水保肥技术

现代农业的发展是以"石油农业"为代表的高投入、高产出的农业生产体系，这种农业生产方式具有高产、高效、省力、省时、不施粪肥、经济效益大等特点，对提高农业生产效率和农产品产量、解决由人口激增引起的世界粮食短缺问题均起到了有益的作用，也在人类农业发展史上留下了凝重的一笔。但该种农业生产模式也产生了严重的环境、生态问题，造成大量的水、肥浪费及土壤退化等问题。东北稻区作为我国水稻生产的主要产区，在努力提高水稻产量的同时也造成了大量肥料浪费。为保持水稻田内的水、肥含量，近年来相继开发了多种保护性技术体系，其中最具代表性的技术为保护性耕作。保护性耕作是相对于传统翻耕的一种新型耕作技术，通过少耕、免耕、化学除草技术措施的应用，尽可能保持作物残茬覆盖地表，以减少土壤水蚀、风蚀，实现农业可持续发展的一项农业耕作技术。

保护性耕作主要起到锁住土壤水分、提高水分利用率、减少劳动量、节省时间、节省燃料、减少机器磨损、改善土壤的可耕作性、增加土壤有机质、减少土壤侵蚀的作用。此外，还有应用保水保肥剂（如新型吸水性树脂）减少稻田肥料损失的新举措，并相应提出吸水能力、保水能力、吸水速度、稳定性、有效期、凝胶强度、抗盐能力、功能性以及安全性等评价指标。在应用生态技术保持稻田水、肥方面，生态田埂技术是主要的应用手段。生态田埂通过阻断稻田速效养分的侧渗移出，减少稻田 N、P 养分侧渗流失，进而提高肥料的利用率，达到保持水肥、减少肥料投入、减少环境影响并同时稳定产量的目的。在应用生态田埂技术时，还可在田埂上适当种植经济作物，在充分利用田埂吸收的养分的同时提高经济效益。

3. 示范与应用

长冬季城郊区资源节约型无公害优质水稻生产示范区位于辽宁省盘锦市西郊，辽河下游北岸的盘锦鼎翔米业有限公司（北纬41°09′33″，东经121°55′30″），整个地域系退海之地，土质肥沃，地势平坦。公司现有稻田2667hm²，芦苇1333 hm²，稻米加工能力3万t，是集自产自种与自行加工于一体的企业公司。公司基地成片连接在一起，便于统一采用生态环保的有机水稻种植技术，统一减少或杜绝使用农药化肥。改用生物农药和生物有机肥可明显减少稻田的水源污染，所产生的环保效益也更容易显现出来，从而也能够更好地起到示范作用。盘锦鼎翔米业有限公司作为盘锦有机米生产的试点，已形成1200 hm²的有机水稻生产基地和1467 hm²的绿色水稻生产基地，该公司经农业部稻米及其制品检测中心检测，在我国率先通过了国家环境保护总局有机食品发展中心的有机认证。基地和加工厂在通过绿色食品认证的同时，已通过国内中绿华夏有机食品认证中心（COFCC）的有机认证和德国BCS国际有机认证。

在示范区的建设工作中，首先对盘锦鼎翔有机水稻生产示范基地土壤进行本底采样测试工作，分别从环境状况、土壤污染状况以及农产品健康安全状况三个方面对基地进行详细调查，建立数据库，形成空间分布图。测试指标为：土壤环境质量检测（GB15618—1995、NY/T391—2000），其中有害物质残留测定项目为As、Pb、Hg、Cd、Zn、Cu、Cr；农药残留测定（GB/T14550—2003、GB/T14552—2003）项目为有机磷、有机氯；土壤理化特性的分析主要包括pH、土壤有机质、速效氮、速效磷、速效钾、阳离子交换量（CEC）等。测试结果表明，该示范区土壤有害物质残留As、Hg、Zn低于国家一级标准；Cu、Cr介于一级和二级标准之间；Pb低于国家二级标准；农药残留均低于国家标准。在测定有害物质残留的同时绘制土壤肥力分区图。

在前期工作的基础上，通过对示范基地土壤环境状况的调查研究分析，收集该示范基地的行政图、道路图、水系图、土壤图和土地利用现状图等数据图件资料，完成相关属性与空间查询系统的制作和土壤营养元素的空间分布图。采用的主要技术及效果如下。

（1）水稻二化螟节药防治技术

对东北地区二化螟发生规律的调查表明，辽宁省盘锦地区一代二化螟羽化高峰期为6月12日至6月16日，二代二化螟羽化高峰期为8月5日至8月9日。吉林省长春地区2008年二化螟羽化高峰为6月23日至7月4日，在8月末出现第二次羽化高峰，二化螟二代转化率较高，但并没有发现二代成虫产卵现象。因此在吉林省长春地区，二化螟一年绝大多数发生一代，具有不完全二代现象。黑龙江省哈尔滨地区二化螟一年发生一代。越冬幼虫5月下旬开始化蛹，蛹期平均10d左右。成虫羽化初期在6月中旬，盛期在6月中、下旬，7月初羽化结束。成虫寿命平均为一周。成虫羽化后即可交尾，2d后产卵，卵期为5~7d。幼虫孵化初期在6月下旬，盛期在7月上旬。

目前，东北地区防治水稻二化螟主要以化学防治为主。一般选用5%锐劲特胶悬剂30mL或20%三唑磷乳油100mL，兑水50~75mL喷雾，或用25%杀虫双水剂200~250mL喷雾或用5%杀虫双颗粒剂1~1.5kg拌细干土20kg制成药土撒施。而使用性诱剂防治水稻二化螟既可以减轻化学防治的压力，又安全环保，可成为生产无公害稻米的安全保障之一。

示范区采用的二化螟性诱剂由中国科学院动物研究所提供，载体为半钟型绿色橡胶块，长宽约 $1.5cm \times 1.0cm$，诱芯重 $0.35g$。诱捕器水盆为普通塑料盆，口径 $25cm$，盆口固定一根细铁丝，在铁丝中间拧一小圈。取一根大头针穿透诱芯后弯成一个小钩，然后将其挂在铁丝中间的小圈上。在盆口 $2cm$ 处相对钻两个排水小孔，以防水位过高淹没诱芯，盆中加少量洗衣粉（0.3%）搅匀，调整诱芯使其距离水面 $0.5 \sim 1.0cm$。用竹竿做成三角支架，将水盆放在支架上，盆口高度始终高出地面或稻株 $20cm$。诱盆由专人管理，每天清晨捞出盆中死蛾，傍晚加水至水位控制口，每 $10d$ 更换一次盆中清水和洗衣粉，大雨后及时补充洗衣粉，每 $20 \sim 30d$ 更换一次诱芯，每公顷等距布置 $20 \sim 30$ 盆。

使用性诱剂诱杀二化螟效果明显，性诱剂可诱杀化学防治地块二化螟 204 头，诱杀没有防治地块二化螟 594 头。性诱剂防治地块二化螟危害株数为 109 株/100m^2，化学防治地块二化螟危害株数则为 630 株/100m^2。

（2）水稻高光效栽培节肥技术

地球自转和公转引起太阳高度角（h）、方位角（Φ）随太阳时角（ω）变化，到达水稻群体冠层上方的直接辐射和水稻行向的角度关系也随时角发生变化，从而引起水稻在地面上投影的长短、方位的变化，进而导致植株阴影在群体内行间的相互遮蔽也因时间而变化。为此可计算出水稻不同时段的投影长度与方向，并根据投影确定垄距和垄向。

计算公式如下：

太阳高度角（h）：太阳高度角指太阳平行光线与地面的水平夹角。

$$\sin h = \sin\varphi \cdot \sin\delta + \cos\varphi \cdot \cos\delta \cdot \cos\omega \tag{10-1}$$

式中：φ 为当地的地理纬度；δ 为求算日期的太阳赤纬（太阳入射光线与地球赤道面之间的夹角。赤纬在北半球取正值，在南半球取负值）；ω 为所求算时间的时角（以当地时正午为零度，下午为正，上午为负，每小时为 $15°$）。

太阳方位角（Φ）：太阳方位角指阳光在水平面上投影和当地子午线间的夹角。取正南为零度，以西为正（正西为 $+90°$）；以东为负（正东为 $-90°$），正北为 $\pm180°$。

$$\cos\Phi = \frac{\sin h \times \sin\varphi - \sin\delta}{\cos h \times \cos\varphi} \tag{10-2}$$

阴影长度：

$$东西向阴影长度 = L \times \coth \times \sin(\Phi \pm A) \tag{10-3}$$

$$南北向阴影长度 = L \times \coth \times \cos(\Phi \pm A) \tag{10-4}$$

式中：L 为水稻株高；A 为垄向与磁南方向的夹角。

依据上述公式计算出盘锦地区（北纬 $41°07'$，东经 $122°03'$）盘锦鼎翔集团（北纬 $41°09'33''$，东经 $121°55'30''$）不同时段太阳高度角与太阳方位角以及水稻投影方向与长度。为了减小行间相互遮阴，充分利用光能，提高垄间透光率，增大叶片受光面积，结合西南风频率高的气候特点，最终确定栽培垄向为磁南偏西 $18°$。

选择垄距主要是保证水稻全株光照时间最长。水稻株高为 $1m$，磁南偏西 $18° \sim 20°$

时，7 月 10 日至 9 月 10 日上午 8：00 至下午 16：00 水平投影大部分在 0.6m 以内，因此确定 0.6m 为大行距，为保证每公顷密度为 25 万 ~ 27 万穴，采用 0.2m 的小行距双行种植，株距为 9 ~ 11cm，组成了 0.6m + 0.2m 的组合垄，最大限度地提高光能利用率。

通过扩大垄距、定向栽培，提高行间透光率、日照强度、通风率和水面温度，可降低冷害和水稻病害的发生频率（稻瘟病、纹枯病等），减少农药和化肥使用量，提高水稻产品质量。通过改变垄向和扩大垄距也可以延长水稻群体的受光时间，提高水稻叶片光合面积，促进水稻群体接受的光能向生物能的转化率达到最大，水稻高光效栽培模式在不增加投入的情况下，可以获得较高的产量，实现增产的目标。采用氧弹燃烧量热法（Parr1341 型氧弹热量计）测定不同栽培模式水稻籽粒的热值常数，并计算生育期内经济产量光能利用率（表 10-17），结果表明，改向大垄的燃烧热值高于对照 0.58kJ/g，且改向大垄生育期内经济产量光能利用率高于对照 0.16%，平均增产 9.44%。

表 10-17 不同栽培模式水稻生育期内经济产量光能利用率

处理	改向大垄	对照
燃烧热值/（kJ/g）	18.54	17.96
光合有效辐射/（kJ/cm²）	129.50	129.50
产量/（kg/hm²）	9726.00	8887.00
经济产量光能利用率/%	1.39	1.23

不同栽培方式下，传统栽培方式生育前期单位面积茎蘖数明显高于改向大垄，并且在拔节期达到最大，较改向大垄最大分蘖出现的时间提早了 5d 左右，在抽穗以后随着无效分蘖的逐渐死亡，茎蘖数减少较快。用传统栽培方式移栽时的茎蘖数约为最终成穗数的 36.9%，分蘖成穗率为 61.6%；用改向大垄移栽时的茎蘖数约为最终成穗数的 28%，分蘖成穗率为 79.7%。用传统栽培方式移栽时每株约产生分蘖 1.7 个，而用改向大垄每株可产生分蘖 2.5 个（图 10-5）。

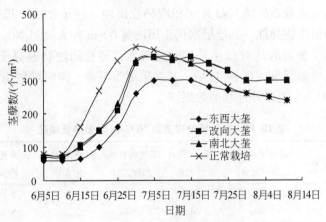

图 10-5 不同栽培模式下的水稻分蘖动态

同时设置常规氮肥（当地常规施肥量，每公顷标氮 1200kg）、80% 氮量（N—20%）

和70%氮量（N—30%）三个处理，研究不同处理对水稻产量的影响（表10-18）。结果表明，N—30%处理对水稻产量有一定影响，平均减产12.07%，而N—20%处理对水稻产量基本无影响。同时设置正常插秧和高光效插秧处理，结果表明，正常插秧（N—20%）较对照减产1.38%，高光效插秧（N—20%）则较对照增产4.46%。说明减少氮肥20%隔年交替施用对水稻产量影响不大，如果结合高光效栽培模式则效果更好。

表10-18 不同处理水稻产量的分析结果

处理	常规施 N 产量/(t/hm²)	N—30%		N—20% 小垄		N—20% 大垄	
		产量/(t/hm²)	与常规施 N 产量比较/%	产量/(t/hm²)	与常规施 N 产量比较/%	产量/(t/hm²)	与常规施 N 产量比较/%
1	10.45	9.71	−7.04	10.44	−0.08	11.11	6.29
2	10.45	9.71	−7.07	10.44	−0.09	10.64	2.04
3	9.43	7.25	−23.17	9.03	−4.27	9.94	5.33
平均	10.11	8.89	−12.07	9.97	−1.38	10.56	4.46

（3）生态田埂农艺阻控技术

为了研究生态田埂对减少稻田 N、P 养分侧渗流失的作用，阐明生态田埂对防止稻田 N、P 养分侧渗的影响，根据试验地土壤特性，设置 40cm、50cm 和 60cm 三种不同的田埂厚度，同时设置在田埂种植大豆和不种植作物两种方式，共计 6 个处理。定期采集分析不同处理不同深度土壤样品。结果表明，田埂对稻田速效养分的侧渗移出具有明显的阻断作用，且随着田埂厚度的增加，田埂内外养分降低的绝对量和相对量均有所增加。尽管受初始养分含量差异的影响，仍可看出田埂种植作物对于吸收农田侧渗速效养分，减少养分移出具有重要作用。

通过比较各处理不同剖面间养分的含量差及含量相对变化量（表10-19），可以看出，随着田埂厚度的增加，NO_3^--N 含量的降低幅度均呈增加的趋势，但降低程度随处理与深度的不同而异；田埂宽40cm 未种大豆，在 0~40cm 深度的 NO_3^--N 初始含量较高，导致其剖面间含量差的绝对量高于相应种豆田埂。种植作物处理含量降低的相对量明显高于未种植作物处理，其他层次仍是田埂宽 60cm 种大豆对 NO_3^--N 的阻滞作用最明显。无论从含量差的绝对量还是相对量来看，种豆田埂普遍高于未种作物田埂，尤其是田埂宽度增加至 50~60cm 以后，其效果更为明显，说明增加田埂厚度或种植作物可起到阻滞 NO_3^--N 向田外迁移的效果。

表10-19 各田埂处理剖面 NO_3^--N 含量降低幅度

项目	深度/cm	田埂宽 40cm 未种大豆	田埂宽 50cm 未种大豆	田埂宽 60cm 未种大豆	田埂宽 40cm 种大豆	田埂宽 50cm 种大豆	田埂宽 60cm 种大豆
含量降低量 /(mg/kg)	0~10	4.81b	4.81b	5.46c	4.05a	5.00b	6.88d
	10~20	3.09a	3.64ab	4.04b	3.03a	5.24c	4.33b
	20~40	2.30b	1.64a	2.49b	1.89a	2.42b	3.51c
	40~60	0.99a	1.79bc	1.95c	1.30ab	1.52b	2.15d

项目	深度/cm	田埂宽40cm 未种大豆	田埂宽50cm 未种大豆	田埂宽60cm 未种大豆	田埂宽40cm 种大豆	田埂宽50cm 种大豆	田埂宽60cm 种大豆
含量降低 相对量/%	0~10	25.60ab	24.96a	32.02b	23.80a	26.29ab	41.15c
	10~20	23.50a	29.79b	34.50bc	25.38a	43.81c	38.90c
	20~40	25.08a	24.51a	29.40ab	28.68b	35.17c	43.55d
	40~60	22.35a	35.59bc	37.28c	32.18b	40.53c	45.65d

注：表中同列不同字母表示差异显著（$p < 0.05$）

各处理速效磷含量的降低幅度普遍随田埂厚度的增加而增大，尤其是60cm宽田埂，其剖面速效磷降低更为明显（表10-20）。对于速效磷含量降低的相对量，种植作物田埂普遍高于无作物田埂，作物的吸收也在一定程度上提高了速效磷含量的降低幅度。在40~60cm深度，剖面速效磷含量降低的相对量减小，且这一层次速效磷含量较高，与水渠内的灌溉水有较大的含量差，因此这一深度有可能是速效磷随水侧渗移出的主要渠道。

表10-20　各田埂处理剖面速效磷含量降低幅度

项目	深度/cm	田埂宽40cm 未种大豆	田埂宽50cm 未种大豆	田埂宽60cm 未种大豆	田埂宽40cm 种大豆	田埂宽50cm 种大豆	田埂宽60cm 种大豆
含量降低量 /(mg/kg)	0~10	1.41a	1.81b	2.04bc	1.74b	2.18c	2.12c
	10~20	1.19a	1.42b	1.80c	1.21a	1.50b	1.86c
	20~40	1.31b	1.29b	1.42c	1.14a	1.15a	1.27b
	40~60	2.08ab	2.06ab	1.87a	2.00ab	2.02ab	2.12b
含量降低 相对量/%	0~10	26.96a	29.77b	33.98c	33.54c	37.43d	35.43Cd
	10~20	36.84a	37.41a	41.13b	37.77a	40.63b	44.68c
	20~40	37.32ab	35.14a	38.47ab	35.34a	39.47b	39.33b
	40~60	24.53a	25.14a	25.64ab	25.23a	26.29ab	29.87b

注：表中同列不同字母表示差异显著（$p < 0.05$）

生态田埂对作物产量的影响如表10-21所示，不同的田埂宽度并未对相应地块水稻及大豆产量造成明显影响，说明被阻断的侧渗养分尚不足以显著提高相应作物的产量。

表10-21　不同田埂宽度处理作物产量　　　　（单位：kg/hm^2）

处理	埂宽40cm	埂宽50cm	埂宽60cm
水稻	10 068	10 080	10 125
大豆	2 385	2 390	2 450

（三）长冬季城郊区资源节约型工厂化农业生产

1. 模式概况

工厂化农业是采用类似工厂的生产方法，通过现代化的生产设备、先进技术和管理手段，组织安排农、畜、禽等产品生产的一种农业经营方式，是现代生物技术、现代信息技术、现代环境控制技术和现代材料不断创新，并在农业上广泛应用的结果。工厂化农业具有一定的生产标准、生产工艺、生产车间，并能常年不间断地进行农业生产。由于采用现代化的生产工艺、技术，工厂化农业不受地形、气候、水文、土壤等自然因素的制约和影响，农（畜、禽）产品生产直接受人工控制，具有生产装备现代化、技术先进和管理方法科学、稳定、高产、高效等特点。工厂化农业突破了养殖、种植业生产中的传统观念，最大限度地摆脱了自然条件的束缚。

2. 配套技术体系

（1）工厂化农业生产材料节约技术

农业生产中的节约主要指生产资料的节约，具体体现为节水、节肥、节药、节种、节地、节能几个方面。工厂化农业通过对各种高技术手段及管理方式的运用达到了节约农业生产资料的要求，分别为以下几种技术。

工厂化农业节水技术。工厂化农业是高技术、高科技含量、高度集约型的农业，在工厂化农业中可以应用具有较高技术水平的节水措施。这些措施中最具节水潜能的为精准微灌技术，该技术主要包括喷灌、滴灌、微喷灌和微滴灌等，应用以上技术可完全取代传统的沟渠漫灌方式，实现水资源的节约。

工厂化农业节肥节药技术。在节水的基础上，工厂化农业的精准微灌系统可将肥料、农药混合于灌溉水中，使水肥直接到达植物根部，供植物直接吸收利用，水肥的利用率高达80%，较传统的施肥方式节肥30%以上。

工厂化农业节地技术。工厂化农业以设施农业为基础，创造出一年四季都适合农作物生长的环境，在一定程度上克服了传统农业难以解决的限制因素，摆脱了生长季节的限制，使作物在不能生长的寒冷而漫长的冬季环境中正常生长，土地生产能力是传统生产条件下的几倍、十几倍乃至几十倍，可以缓解粮食作物、经济作物及其他特种植物的争地矛盾，持续满足人口增长对粮食、蔬菜等农产品的需求，大幅度提高了土地的利用率，节约了土地资源。

工厂化农业节种技术。工厂化农业以先进的育苗设施和设备装备种苗生产车间，将现代生物技术、环境调控技术、施肥灌溉技术、信息管理技术贯穿于种苗生产过程，以现代化、企业化的模式组织种苗生产和经营，实现种苗的规模化生产，减少种苗的投入量，节约种苗资源。

工厂化农业节能技术。在设施农业的基础上，工厂化农业充分利用太阳能资源，通过提高作物的光能利用率减少额外能源的投入。

（2）工厂化农业废弃物综合利用技术

目前工厂化农业中对农业废弃物的利用主要为生产有机肥料、种植食用菌、作为无土栽培的基质等。农业废弃物工厂化肥料利用主要为利用农作物秸秆适量添加禽畜粪便，运用生物发酵工程技术，采用机械搅拌的方式调节堆腐条件，使物料充分发酵腐热，生产新型高效生物有机肥，再根据不同地区的土壤类型和不同作物的吸肥性能生产专用生物有机、无机复混肥，主要用于水稻、大田、蔬菜（果菜类、叶菜类）、水果、花卉和草坪等。

农业废弃物工厂化生产食用菌，主要是指食用菌工厂化生产中利用农业废弃物作为原料（基料）进行生产。食用菌工厂化生产是指利用工业技术控制光、温、湿、气等环境要素，使食用菌菌丝体和子实体生长于人工环境，从而实现食用菌生产周年化的食用菌生产模式。在该生产过程中以农业废弃物（如农作物秸秆、玉米芯、棉籽壳、锯木屑、牛粪、鸡粪等）为原料生产食用菌产品即实现了对农业废弃物的工厂化利用。

工厂化育苗、种植中有很多是以无土栽培的方式进行的，农业废弃物经过发酵、消毒加工处理，按一定比例复配后可作为无土栽培的基质使用。目前常见的作无土栽培基质使用的农业废弃物主要为农作物秸秆、菇渣、芦苇末、稻壳、糖渣、椰壳纤维等，但在使用中应针对不同来源的基质材料进行营养成分的测定，并对不同来源的基质性质进行统一化处理以利于规模化生产。

3. 示范与应用

长冬季城郊区资源节约型工厂化农业生产示范基地位于沈阳市于洪区陆家国家农业生产示范基地的沙河子村。沙河子村原是沈阳市于洪区北陵街道办事处的一个行政村，原址位于沈阳市于洪区长江北街，是沈阳市西北部的城乡结合部。随着沈阳市中心城区的拓展和城乡一体化、城市化建设的不断加快，沙河子村与沈阳中心城区逐渐融合。按照国家批准的沈阳市城市发展总体规划，该村 30% 将逐渐融入城市。自 2000 年开始，在于洪区黄河北大街 206 号置换废弃土地 133 hm^2，投资建设沙河子新村。2006 年，平罗镇的陆家村、东西二台子村并入沙河子村，目前，该村有 5 个自然村，土地面积达 $700hm^2$，人口 0.4 万，其中农业人口 0.2 万。通过建设城市近郊平原区外向型工厂化农业示范模式，逐步实现人口、技术、资本、资源等生产要素的合理流动和优化配置，实现村屯经济社会和谐发展和村民共同富裕的目标。围绕新的农业科技革命和农业科技创新，投资兴建了一批科技主导型农事企业，其中一些企业已成为辽宁省农业产业化龙头企业，如沈阳新北浅食品有限公司、沈阳精品蔬菜有限公司、沈阳北科奥农业有限公司等。现有企业共 50 家，年创国内生产总值 10 亿元左右。其中，投资额在 1000 万元以上的企业 20 家，员工 3000 人左右。年销售收入达 7 亿元，利税 2 亿元，年人均可支配收入 3 万元，年人均创利税 5 万元。近年来，该村通过村屯改造和土地整理，使 $66.7hm^2$ 的农民宅基地可用于现代化农业生产，开展了以水培植技术为主的无公害蔬菜基地建设，以工厂化生产为特色的食用菌基地建设。

工厂化水培蔬菜生产模式充分利用了资金和土地资源，是实现农产品转向农商品的一种重要路径，工厂化模式的转变，提升了农业产业的核心竞争力。工厂化生产食用菌的基本原理就是利用空调类设备及有关温湿度和光照等自动测控装置，通过对食用菌生长的温度、湿度和通风、光照等主要环境条件的自动测控，形成一种最适合于食用菌生长的环境条件，并通过食用菌栽培机械化，实现食用菌人工生产的现代化。这两种工厂化模式（工厂化生产酪球莴苣水培营养液节料技术模式、工厂化生产食用菌节料及废弃物综合利用技术模式）均是长冬季城郊区外向型农业、高附加值农业的典型模式。

在长冬季城郊区资源节约型工厂化农业生产示范中采用的主要技术及效果如下。

（1）工厂化生产水培营养液节料技术

蔬菜水培是蔬菜无土栽培中发展很快的一个领域，由于水培条件下蔬菜生长整齐、生育期短、商品性好，该技术已经被广泛应用于蔬菜栽培特别是绿叶蔬菜的高效生产。在水培中营养液作为植株生长所需的水分和营养的来源，直接关系到栽培效果和成本，因此，水培法生产蔬菜营养液是关键。不同作物对营养元素的需求存在较大差别，同是叶菜类蔬菜，对营养液中养分组成、酸碱度等条件的要求也存在较大差异。营养液中营养元素过多，会造成资源浪费；某种营养元素含量过少，又会造成蔬菜的营养元素缺乏症，影响蔬菜产量和品质。例如，营养液中用有机酸铁或无机铁作为铁素营养源，培养过程中仍会发生作物缺铁症状，而选择 EDTA 的效果却很好。因此，针对不同作物对养分的需要，配制针对性强的营养液，是解决蔬菜水培和工厂化生产的关键技术之一。

酪球莴苣，俗称奶油生菜，叶球较小、较松散，叶片宽阔，质地柔软，生长期较短。酪球莴苣主要以生食为主，是凉拌色拉的主菜，属于高档蔬菜，目前主要销售对象为涉外酒店、高档餐厅及大型超市，并用于出口。因此，酪球莴苣产品需要鲜嫩、洁净、无污染。土培种植需要经过整地、播种、间苗、除草等过程，一般需要 4 个月左右时间，由于夏天种植会出现窜苔、不结球的现象，在我国北方温室栽培条件下一般一年只能种植两茬。在受到土传病害影响的蔬菜温室中种植酪球莴苣，还会出现病害。土培方法生产的酪球莴苣，往往外观不良、品种低劣、产量不高。在我国北方地区，由于年均气温相对较低，酪球莴苣的土壤栽培受到一定限制，因此采用温室营养液培养栽培是一种较为理想的栽培方法。水培法生产的酪球莴苣营养价值高，生产周期短，不受季节及气候条件影响，从而此法实现了高品质、高效率生产。沈阳陆家高新技术农业园区进行了工厂化生产酪球莴苣水培营养液节料技术模式的试验示范，累计示范面积 15 000m^2。目前，示范区日产酪球莴苣约 2 万棵。

水培条件下，酪球莴苣对营养液成分及营养液 pH 等有较严格的要求。营养液是水培的主要限制因子之一，研制适宜的营养液，并在生产中示范推广是水培法生产酪球莴苣的关键。根据东北地区城郊工厂化农业发展的特点和无土栽培对营养液的需求，研制开发出的酪球莴苣水培营养液由母液和水组成，按体积份数计，母液占 1.0 ~ 1.2 份，水占 98.8 ~ 99.0 份。营养液母液成分如表 10-22 所示。水培营养液具备以下特点：一是根据酪球莴苣生长发育期间吸收利用营养元素的特点确定营养液成分配方，针对性强，工艺简单，原料充足，容易实施；二是先配制营养液母液，营养母液中含有大量、中量和微量元素，并用叠氮钠作为防腐剂，易于储存，储存液在实际应用中稀释，使用方便；三是将磷酸作为肥源加入配方，使营养液 pH 保持为 6.0 ~ 6.5，达到调酸的目的，为酪球莴苣生长提供了一种适宜的酸碱度条件；四是配方原料无污染、无残毒，利用本发明配方生产的酪球莴苣属于无公害蔬菜产品。

表 10-22　工厂化生产酪球莴苣的水培营养液配方

成分	浓度	成分	浓度
四水硝酸钙	50~60g/L	硼酸	0.2~0.4g/L
硝酸钾	80~100g/L	四水硫酸锰	0.1~0.3g/L
硝酸铵	5~7g/L	七水硫酸锌	0.05~0.10g/L
七水硫酸镁	18~20g/L	五水硫酸铜	0.05~0.10g/L
硫酸钾	5~6g/L	四水钼酸铵	0.02~0.04g/L
磷酸	20~25mL/L	叠氮钠	0.2~0.3g/L
乙二胺四乙酸铁	1~2g/L		

试验结果显示，酪球莴苣水培营养液的循环利用效率较原配方提高了 30%~35%。营养液母液生产成本略有提高（20 元/m³ 左右），母液稀释倍数为 100~120 倍，由于加入叠氮钠进行营养液定期消毒，缩短了营养液循环泵的使用时间，营养液循环利用时间由原来的 21~28d 增加至 28~35d，营养液的循环周期延长后，在同等生产能力下，营养液循环泵耗电量降低了 15%~20%，综合节能指数降低了 11% 左右。

工厂化酪球莴苣生产的设施主要由营养液槽、栽培床、加液系统、排液系统和循环系统五部分组成。

营养液槽是储存营养液的设备，用砖和水泥砌成水槽置于地下。因这种营养液槽容量大，无论是冬季还是夏季营养液的温度变化不大，但使用营养液槽必须靠泵的动力加液，因此必须在有电源的地方才能使用。营养液槽需按 5~7t 水的标准设计，具体宽窄可根据温室地形灵活设计。营养液槽的施工是一项技术性较强的工作，一般用砖和水泥砌成，也可用钢筋水泥筑成。为了使液槽不漏水、不渗水和不返水，施工时必须加入防渗材料，并在液槽内壁涂上防水材料。除此之外，为了便于液槽的清洗和使水泵维持一定的水量，在设计施工中应在液槽的一角放水泵之处做一 20cm 见方的小水槽，以便于营养液槽的清洗。

栽培床是作物生长的场地，是水培设施的主体部分。酪球莴苣的根部在栽培床上被固定并得到支撑，从栽培床中得到水分、养分和氧气。栽培床由床体和定植板（也称栽培板）两个部分组成。床体是用来盛营养液和栽植作物的装置，由聚苯材料制成。床体规格一般有两种：一种是长 75cm，宽 96cm，高 17cm；另一种是长 100cm，宽 66cm，高 17cm。两种规格根据温室跨度搭配使用。这种聚苯材料的床体具有重量轻、便于组装等特点，使用寿命长达 10 年。为了使营养液不渗漏和保护床体，里面铺一层厚 0.15mm 的黑膜。栽培板用以固定根部，防止灰尘侵入，挡住光线射入，防止藻类产生并保持床内营养液温度的稳定。栽培板也是由聚苯板制成，长 89cm、宽 59cm、厚 3cm，上面排列直径 3cm 的定植孔，孔的距离为 8cm×12cm。可以根据不同作物需要自行调整株行距。栽培板的使用寿命也在 10 年以上。

水培设施的给液是由水泵将营养液抽进栽培床。床中保持 8~12cm 深的水位，向栽培床加液的设施由铁制或塑料制的加液主管和塑料制的加液支管组成，塑料支管上每隔 1.5m 有一直径为 3mm 的小孔，营养液从小孔中流入栽培床。营养液的循环途径是营养液由水泵从营养液槽抽出，经加液主管、加液支管进入栽培床，被作物根部吸收。高出排液口的营养液，通过排液沟流回营养液槽，完成一次循环。

工厂化生产酪球莴苣的主要技术环节如下。

育苗。取育苗盘用蛭石作育苗基质，播种前，将蛭石用水浸透，将酪球莴苣种子均匀撒播在蛭石上面，然后覆盖一层相当于种子1倍的蛭石，浇透水，在20℃的温度条件下5~7d可出苗。出苗后，用EC（电导度，水质标准的主要指标）1.6~1.8的营养液浇灌。

定植。当酪球莴苣苗长至2~3片真叶时，进行分苗定植。首先，洗净苗子根部蛭石，在茎基部位裹海绵条，然后将苗塞进泡沫板孔中。保持茎基部位的干爽透气，可大大减少根茎基部病害的发生。

管理和采收。定植后，为保持营养液液面稳定一致，可2~3d加一次营养液，水温20~22℃、pH 6.0~6.5。当苗子3~4片真叶时，调整EC为1.8~2.0，视情况续加营养液，20~25d就可长成商品菜。

工厂化生产酪球莴苣的病虫害很少。夏季有时发生蚜虫、红蜘蛛等虫害，可用高效低毒生物农药阿维菌制剂进行防治。

（2）工厂化生产节料及废弃物综合利用技术

示范基地面积4万 m²，生产工厂为6个四层厂房式楼房，2008年春建成，2009年年产金针菇和双孢蘑菇约6000t。建设工厂化食用菌生产废弃物生产有机肥基地一个，处理废弃物约4000t，全部用于沈阳陆家高新技术农业园区温室大棚无公害蔬菜生产基地。

a. 工厂化生产金针菇节料技术要点

1）温度控制条件。金针菇大多数属低温型品种，菌丝生长适温18~20℃，菇菌形成适温6~8℃。据此，白色金针菇工厂化生产的温度控制为18~20℃。

2）培养料的配制。培养料以棉籽壳、木屑和米糠、麦麸为宜。木屑的粗细比例要合理，一般直径2~3mm的占20%，1~2mm的占40%，1mm以下的占40%。粗木屑多，培养基宜干；细木屑多，通透性差，影响菌丝生长速度。米糠中含白色金针菇生长发育所需的全部养分，但含淀粉多的米糠和脱脂米糠已经变质，尽量不要使用。木屑与米糠的体积比例为3:1，混合料加水350kg/m³左右，培养料含水量63%。培养料要搅拌均匀，使之充分湿润。

3）装瓶灭菌。用800mm的塑料瓶装料，大约每瓶装料480g。要将培养料表面压实，并要保证每瓶装入的培养料相等、松紧一致、高低一致，这是将来发菌一致、出菇同时、菌柄长短一致的前提。瓶盖封好后，要立即进行灭菌处理，放置时间过长就会发酵，灭菌可采用常压灭菌和高压灭菌两种。常压灭菌，料内温度达98℃以上后维持4h；高压灭菌，料内温度达120℃持续70min。灭菌结束，瓶子趁热放在经消毒的冷却室中，冷却至25~20℃，及时接种。

4）接种。一般是在无菌室中进行，菌种与培养料之比为1:50。菌种要求盖满培养料表面，这样能使菌丝生长均匀，并能有效防止杂菌污染。

5）菌丝体培养。将接好种的菌瓶及时转入培养室，温度应控制在18~20℃，空气湿度为60%~70%，摆放390瓶/m²，一般2d左右菌丝开始萌动。每天保持通风换气两次，每次30min，20~25d后，金针菇菌丝即可长满菌。

6）搔菌。搔菌就是用搔机去除老菌种块和菌皮，这是促使菌丝发生厚基的重要措施，通过搔菌可使子实体从培养基表面整齐发生。一般情况下应先搔菌丝生长正常的瓶子，再搔菌丝生长较差的，若有明显污染以不搔为佳。搔菌方法有平搔、刮搔和气搔几种。平搔不伤及料面，只将老菌扒掉，此法出菇早，朵数多；刮搔会将老菌种和5mm的表层料（适合锯末）一起成块状刮掉，因伤及菌丝，出菇晚，朵数减少，一般不用；气搔是利用高压气流将老菌种吹掉，此种方法最为简便。

7）催蕾。搔菌后应及时进行催蕾处理。此阶段温度应控制在12~13℃，给予足够的低温刺激，促使原基形成。但在最初3d内，还应保持90%~95%的空气相对湿度，以使菌丝恢复生长。此后由于呼吸转旺，二氧化碳含量升高，所以在菌丝恢复生长后应逐步加大通风，同时要防止料面干燥，用增湿器进行增湿。催蕾时每平方米叠放240个瓶子。约7d左右，便可看到鱼子般的菇蕾，12d左右便可看到子实体雏形，催蕾结束。

8）控菌。室温应控制在8℃左右，空气湿度85%~90%，空气环境力求接近自然状态，以促使菇蕾在低温环境中分化分支。当菇芽长至1cm时，转入控菌阶段，将温度调至4~6℃，空气湿度85%~90%，二氧化碳浓度0.10%以下，同时给予吹风和光照（每天2~3h），促使金针菇菌柄长度整齐一致，组织紧密，颜色乳白。抑制主要是用微风对准子实体吹拂。每平方米放置150瓶。在低温和冷风吹拂下，虽然子实体生长缓慢，但很整齐、强壮、坚挺。待子实体长出瓶口3cm，即可套上筒，转入生育室。

9）生育与采收加工。生育阶段的室温应控制在8~13℃，空气湿度75%，光线以黑暗为主，放置200瓶/m²，待子实体长至13~15cm，菌盖直径达0.50~1.00cm时即可采收。采收后将菌柄基部和培养基连接的部分、培养基、生长不良的菇剔除，按市场要求进行包装，一般用聚乙烯袋抽气密封包装，每袋100g。

b. 工厂化生产双孢蘑菇节料技术要点

双孢蘑菇又称白蘑菇、蘑菇、洋蘑菇，是世界性栽培和消费的菇类，可鲜销、罐藏、盐渍。双孢蘑菇的菌丝还可作为制药的原料。双孢蘑菇生长发育的环境条件包括培养料、温度、湿度、酸碱度、通风和土壤等。

1）培养料。双孢蘑菇是草腐菌，能很好地利用多种草本植物秸秆和叶子中的多种营养素，如稻草、麦秸、玉米秸、玉米芯等，但是，需要有其他微生物先行将其发酵腐熟，否则不能利用。因此，栽培中总是要先将培养料堆积发酵，然后再播种。双孢蘑菇不能利用硝态氮，能利用铵态氮和有机氮，如尿素、硫酸铵、蛋白质和氨基酸。

双孢蘑菇子实体的形成和发育对培养料碳氮比的要求较其他菇类严格，配料中碳氮比不适就不能获得理想的产量。培养料堆制前碳氮比以30：1~35：1为宜，堆制发酵后，由于发酵过程中微生物的呼吸作用消耗了一定量的碳源，并且发酵过程中多种固氮菌的生长，培养料的碳氮比降至21：1，子实体生长发育的适宜碳氮比为17：1~18：1。双孢蘑菇的生长需要较大量的Ca、P、K、S等矿质元素，因此，培养料中常加有一定量的石膏、石灰、过磷酸钙、草木灰、硫酸铵等。

2）温度。双孢蘑菇菌丝可在 5~33℃生长，适宜生长温度为 20~25℃，最适生长温度为 22~24℃，高温致死温度为 34~35℃。子实体生长发育的温度范围在 4~23℃，适宜温度为 10~18℃，最适温度为 13~16℃。高于 19℃子实体生长快，菇柄细长，肉质疏松，伞小而薄，且易开伞；低于 12℃时，子实体长速减慢，敦实，菇体大，菌盖大而厚，组织紧密，品质好，不易开伞。子实体发育期对温度非常敏感，特别是升温。菇蕾形成后至幼菇期遇突发高温会成批死亡。因此，菇蕾形成期需格外注意温度，严防突然升温，幼菇生长期温度不高于 18℃。

3）湿度。对双孢蘑菇而言，湿度包含三个含义：培养料中的水分含量、覆土中的含水量和大气相对湿度。①培养料含水量。菌丝生长阶段含水量以 60%~63% 为宜。子实体生长阶段含水量则以 65% 左右为好。②覆土含水量 50% 左右。③大气相对湿度。不同发菌方式要求大气相对湿度不同，传统菇房栽培开架式发菌，要求大气相对湿度高些，应为 80%~85%，否则料表面干燥，菌丝不能向上生长；薄膜覆盖发菌则要求大气相对湿度要低些，在 75% 以下，否则易生杂菌污染。子实体生长发育期间则要求较高的大气相对湿度，一般为 85%~90%，但也不宜过高，如长时间高于 95%，极易发生病原性病害和喜湿杂菌的危害。

4）酸碱度（pH）。相对于较多数食用菌而言，双孢蘑菇较喜碱性，以在 pH 7.0 左右生长最好。在栽培实践中，考虑到对生长代谢中产生大量有机酸和杂菌的控制，培养料和覆土的酸碱度均调至 pH 7.5~8.0。

5）通风。双孢蘑菇是好氧真菌，播种前必须彻底排除发酵料中的二氧化碳和其他废气。菌丝体生长期间二氧化碳还会自然积累，其生长期间二氧化碳浓度以 0.1%~0.5% 为宜。子实体生长发育要求有充足的氧气，通风良好，二氧化碳应控制在 0.1% 以下。

6）土壤。双孢蘑菇与其他多数食用菌不同，其子实体的形成不但需要适宜的温度、湿度、通风等环境条件，还需要土壤中某些化学和生物因子的刺激，因此出菇前需要覆土。

7）光照。双孢蘑菇菌丝体和子实体的生长均不需要光，在光照过多的环境下菌盖不再洁白，反而发黄，影响商品的质量。因此，双孢蘑菇栽培的各个阶段均要注意控制光照。

8）双孢蘑菇工厂化生产的基本工艺。双孢蘑菇培养料常用配方如下。

配方一：干牛粪 1500kg，稻草 750kg，麦秸 1250kg，菜子饼（或棉仁饼、豆饼、花生饼）250kg，人粪尿 1500kg，猪尿 2500kg，过磷酸钙 35kg，尿素 20kg，石灰粉 30kg，石膏粉 30kg，水适量。

配方二：大麦秸 900kg，稻草 600kg，干牛粪 3000kg，鸡粪 500kg，饼肥 200kg，过磷酸钙 40kg，尿素 20kg，石灰 50kg，石膏 70kg，水适量。

配方三：稻草 1000kg，大麦草 1500kg，干牛马粪 750kg，饼肥 250kg，硫酸铵 25kg，石灰 30kg，石膏 40kg，过磷酸钙 35kg，水适量。

配方四：稻草 2000kg，马粪 2000kg，饼肥 100~120kg，尿素 10~12kg，硫酸铵 10~12kg，过磷酸钙 50kg，石膏 50~70kg，石灰 35kg，水适量。

配方五：稻草 3000kg，豆饼粉 180kg，尿素 9kg，硫酸铵 30kg，过磷酸钙 54kg，石膏 50kg，石灰 25kg，水适量。碳氮比为 32∶6。

配方六：稻草 3000kg，豆饼粉 90kg，米糠或麦麸 300kg，尿素 9kg，硫酸铵 30kg，过磷酸钙 45kg，石膏 40kg，石灰 20~25kg，水适量。碳氮比为 32∶1。

配方中的鸡粪由于有虫，使用前需进行灭虫处理。配方五和配方六中不含有牛马粪等最早使用的培养料，完全由稻草和各种化肥及其他含高 N 量的饼肥组成，称为人工合成堆肥，适用于没有大量厩肥来源的地区，也是工厂化栽培优选的配方。以上配方均为 100m^2 的栽培用量。

首先需要对培养料进行堆制发酵。主要是通过发酵产生的高温杀死粪草中的害虫、虫卵和杂菌，培养对蘑菇有益的微生物（如高温放线菌），使其分解转化的产物易被蘑菇菌丝吸收利用；通过高温，进一步分解粪草中复杂的有机物，使之易被蘑菇的菌丝所吸收；通过高温发酵，促使粪草的腐熟改变培养料的物理性状，有利于蘑菇的生长发育。

蘑菇培养料工厂化生产，以小麦草和禽粪为主要原料，一般经过一次发酵和二次发酵。近年来，一次发酵已从室外翻堆发酵法转向更利于质量控制的室内通气发酵法。培养料二次发酵在集中发酵隧道内进行，经二次发酵的培养料，用于工厂化生产双孢蘑菇。二次发酵的主要目的是使嗜热高温性放线菌充分生长，使料中养分更利于双孢蘑菇的生长，同时杀死料中的病虫害。应用该发酵技术，还可有效地缩短室外发酵的时间，从而省工省时，降低成本。

培养料制备后采用机械化进料和覆土的床栽系统进行栽培出菇。菇房采用电脑控制系统调控温度、湿度和二氧化碳等环境条件，能很好地控制蘑菇产量和质量。

c. 工厂化生产食用菌废弃物综合利用技术要点

虽然工厂化生产食用菌就是充分利用农业废弃物，然而食用菌工厂化生产本身产生的废弃物也很多。废菌料若不经过处理不仅会污染环境，而且对食用菌自身生产有着直接的影响，如长期放在户外，容易发生螨虫、菇蚊等害虫危害食用菌的生产。利用废菌料生产生物有机肥或直接还田，是利用废弃菌料的主要途径，且制成生物有机肥可以有效杀灭有害微生物，生产出适合无公害蔬菜生产的肥料。利用生产双孢蘑菇、金针菇产生的废弃物，通过添加氰胺化钙、天然沸石制作有机肥，并在设施蔬菜生产中利用，实施工厂化生产废弃物的循环利用。

具体操作方法是：收集工厂化生产双孢蘑菇、金针菇使用后的培养基废弃物，将其与氰胺化钙、天然沸石按比例分层堆放，外层撒上粉碎后的秸秆等有机物料，用塑料布进行封闭发酵 10~15d，进行机械或人工翻堆后，补充适量水分，再次用塑料布封闭发酵 10~15d。堆腐后可直接用作设施蔬菜生产用基肥。该处理方法中，原料配方合理，有机废料与氰胺化钙、天然沸石配合使用，可有效加快废弃物发酵进程，固持养分，杀灭废弃物中的病原菌，方法易行。所添加的物料均是优质的土壤改良剂，同时具有较好的肥效，添加物无污染、无残毒，生产的有机肥适合用作无公害蔬菜生产用肥。

2009 年春季在沈阳陆家高新技术农业园区设施蔬菜生产园区进行食用菌废弃物有

机肥的肥料效果试验，选择栽种 6 年的设施菜田，原土壤为草甸土，供试作物为番茄（品种为改良的 L-402）。试验分别在四个大棚中进行，共设四个处理。①常规施用鸡粪 $6m^3/667m^2$。②鸡粪 $4m^3$ + 试验肥 $2m^3/667m^2$。③鸡粪 $3m^3$ + 试验肥 $3m^3/667m^2$。④鸡粪 $2m^3$ + 试验肥 $4m^3/667m^2$。小区面积 $60m^2$，随机排列，化学肥料用量及田间日常管理相同。生育期内调查番茄叶霉病、疫病、青枯病、茎基腐病发病株数，初果期开始累计计算鲜重产量。试验结果显示，利用食用菌生产废弃物有机肥可有效降低番茄主要病害（叶霉病、疫病、青枯病、茎基腐病）的发生率；各处理产量在统计学上无显著差异（表 10-23）。可以初步确定，在设施蔬菜生产中，用 1/3 生物有机肥替代鸡粪，可保持稳定产量，达到较好的防病效果，提高蔬菜品质。

表 10-23　食用菌生产废弃物有机肥的肥料效果试验

处理	病苗率/%	产量/（t/hm^2）
对照——鸡粪 $6m^3/hm^2$	4.6	39.01
处理 1——鸡粪 $4m^3$ + 试验肥 $2m^3$	1.8	39.59
处理 2——鸡粪 $3m^3$ + 试验肥 $3m^3$	1.9	36.99
处理 3——鸡粪 $2m^3$ + 试验肥 $4m^3$	1.2	35.76

第三节　资源节约型农业生产模式的效益评价与应用前景

一、效益评价

（一）社会效益

1. 资源节约型生产模式的推广能有效带动农村相关产业的发展

例如，设施菜地生产对劳动力的需求较大，增加了当地及周边务工人员的就业机会，拓宽了农民就业和增收渠道，在促进农民持续增收的基础上，能起到加速推进工业化、城镇化、市场化进程，带动休闲、观光型农业旅游服务业发展，丰富城市居民生活的作用。据实地调查，目前以城郊设施蔬菜生产为主的位于沈阳市郊的大民屯镇方巾牛村，日高峰期棚菜产量 200 余吨，在满足所在城市蔬菜供给并获得丰厚利润的同时，每天需要 100 多辆机动车外运蔬菜，由此带动全村 120 户农民投入运输业。资源节约型设施菜地的推广也加大了对鸡粪的需求量，并因此带动了全村 40 户农民养鸡 15 万只。同时，资源节约型设施菜地提供了大量的临时性工作岗位，目前在该村的固定外来务工人员就有 2000 多人，每天清晨村劳动力市场都排满了寻找临时工作的人们。此外，棚菜生产还带动了当地第三产业的发展，当地家庭成员中年纪较大者多从事餐饮方面的生意，年纯收入能达到万元左右。

2. 资源节约型生产模式促进了农村商品生产的发展

如何完善社会化服务体系以保证并促进商品生产的顺利发展，是当前我国农村商品生产中亟待解决的突出问题。随着专业化生产的设施菜地的出现，许多农户联合起来成立了大棚蔬菜生产专业合作社，在一定范围、一定规模和内容上实行生产系列化，形成专业化的生产模式以与专业化蔬菜生产相适应。合作社不定期地举办不同层次的培训班，并组织现场教学、传送科技书籍和光碟、科技骨干现场指导等多种形式深入到田间地头进行培训。随着这种专业化、系列化生产经营方式的确立，设施农业的产品顺利地转变为商品。现在沈阳市郊大民屯镇的农民足不出户就可以将生产出来的反季节蔬菜卖出去，同时伴随该模式形成了以当地农民为主的专业化销售队伍，由于进行销售的都是自己人，价格也比较合理，菜农也比较满意。现在，大民屯镇这支经纪人队伍已经扩大到30多人，农产品已经远销到包括广州、深圳等大型城市在内的多个省市，从事专业经纪人的农民仅此一项年纯收入也在2万元以上。

3. 资源节约型生产模式的推广极大地提高了农民的生活质量

"沈阳棚菜第一村"方巾牛村是原建设部社会主义新农村建设村庄人居环境治理规划首批试点村，在棚菜生产获得丰厚经济利益的同时，该村农民充分认识到了教育的重要性，该村儿童入学率达到100%，村民素质整体提高。由于有了棚菜生产获得的坚实经济基础，村内实行集中供水、供暖，普及率达到100%，并普及了秸秆燃气，近期已实现燃气化。村内道路铺装率达100%，安装了太阳能路灯，许多农民还住进了别墅。同时，方巾牛村组建了自己的消防队，配备了专业消防车、水泵、水带、水枪等器材。消防队员分组全天候值班，检查棚区的消防隐患，参与突发灭火，开展夜间辖区巡逻。随着该生产模式的普遍应用及环境保护理念的深入，村里筹建了一个垃圾填埋场，并利用村西原有的1.5hm² 坑洼荒地，建设了生态湿地型污水处理场，将村里的生活污水处理后引入湿地，湿地内种植芦苇、香蒲等植物，放养鱼苗，农民居住环境由此得到了极大的改善。此外，该模式的发展也有利于丰富周边地区城镇居民的"菜篮子"。由于气候原因，东北地区除夏季外，春、秋、冬三季城乡居民消费的蔬菜基本都靠省外调入，而调入季节正是蔬菜价格高峰期，加上长途运输费用，调入蔬菜价格更高。该模式的推广促进了长冬季地区设施蔬菜的发展，极大地解决了东北城郊区居民的迫切需要，保证了农产品的鲜活度和全年持续供应，具有满足市场稳定需求和抵御自然灾害的能力，也对缓解蔬菜淡季市场供应、增加蔬菜花色品种、调节人民生活具有极其重要的意义。

4. 资源节约型生产模式的推广实施打破了传统的种植结构

农业生产由过去的只追求数量向讲求质量和效益转变，生产力也有了较大提高。随着人们对环境的日益关注，绿色标准要求越来越高，越来越广泛。这对于出口国，尤其是对发展中国家，必将成为进入目标国市场的极大挑战。对长冬季城郊区无公害优质水稻资源节约型生产模式的推广，有利于提高长冬季地区稻作类的产品品质，提高市场竞争力，为创汇出口提供保障。经农业部稻米及制品质量监督检测测试中心检测，运用该模式的示范基地所生产的稻米全部指标均达到了优质一级标准，在通过绿色食品认证的同时，还通过了国内中绿华夏有机食品认证中心（COFCC）的有机认证和德国 BCS 国际有机认证。其稻米中蛋白质含量高达 7.5% ~ 8.0%，赖氨酸含量高达 0.24%，维生素含量为 8.3%，还含有多种不饱和脂肪酸以及多糖米胶质，稻米市场覆盖了除西藏外的全国所有省（直辖市、自治区），并委托中粮进出口公司出口至海外市场。

（二）经济效益

长冬季城郊区资源节约型设施菜地生产显著地降低了生产成本，降幅达到平均每年每公顷 6540 元。主要在于采用有机废弃物低温快腐技术缩短了有机肥的堆腐时间，提高了腐熟有机肥中的 N 含量，并由于采用秸秆生物反应堆技术和有机肥减量化技术，极大地降低了肥料投入量。在应用该技术后，低肥力设施土壤平均减施有机肥 10%，中肥力设施土壤平均减施有机肥 43%，高肥力设施土壤平均减施有机肥 76%。根据当地平均每公顷设施菜地每年有机肥费用 12 000 元计算，低肥力设施土壤每年每公顷可降低有机肥投入 1200 元，中肥力可降低 5160 元，高肥力可降低 9120 元，当地低中高设施土壤比例大约为 1.8∶1.5∶1.0，因此该模式每年每公顷平均可减少有机肥投入 4425 元。此外，长冬季地区设施大棚建筑成本较高，平均每公顷（有效耕地面积）不低于 45 000 元，加上高度集约化种植管理，年均掀帘时间较短，导致土壤酸化、板结、盐渍化及土传病害严重，每棚平均利用年限仅为 5.6 年，直接导致年投入成本升高，折合每年每公顷 8040 元。通过该模式的运用并实施合理施肥、植物修复等手段后，大棚的使用时间延长近 2 年，由此可降低大棚的建筑成本折合每年每公顷 2115 元。此外，长冬季城郊区资源节约型设施菜地生产增产增收作用明显。采用农业废弃物再利用副产品木醋液防控土传病害技术后，作物苗期病害指数明显降低；同时，合理轮作也提高了部分产量；此外，采用秸秆生物反应堆促腐技术后，棚内地温增高 3 ~ 4℃，棚温增高 2 ~ 3℃，农民可以提早定植，进而作物提早上市 10 ~ 15d，延长收获 10 ~ 15d。与常规种植相比，应用该模式产量可提高 8%，增收 10%。常规种植每公顷收益年平均约为 40.5 万元，采用该模式后，每公顷年增收超过 4.05 万元。

长冬季城郊区资源节约型无公害优质水稻生产降低化肥投入 20% ~ 30%，此外，通过调整垄向、垄距等高光效栽培，合理施肥等技术显著提高了水稻产量，其中有机稻米由原来的每公顷年产水稻 3750kg 增加至 6780kg，增产 81%，无公害水稻产量由 9000kg 增加至 10 050kg，增产 12%。有机稻米和无公害水稻的收购价以每千克分别为 4.2 元和 2.5 元计，每公顷可增收 12 720 元和 2625 元。

长冬季城郊区资源节约型工厂化农业生产由于具有制造工艺新、科技含量高、生产成本低、利税空间大的特点，建设标准 1 万 m^2 日光设施的水培种植生菜生产线，年产可达 30 万 kg，产值约 600 万元，利润 200 ~ 300 万元。此外，工厂化食用菌生产可以保证优质食用菌的周年供应，扩大出口创汇。运用该生产工艺生产的食用菌不仅可在普通日光设施温室生产，也可以在工厂化的车间生产，提高食用菌产量。目前，我国栽培双孢蘑菇产量仅 10kg/m^2，而通过工厂化生产的双孢蘑菇一般周年生产可达 8 ~ 10 茬，产量可超过 30kg/m^2。通过该技术，建筑面积约为 4 万 m^2 的日光温室，可实现生产线年产 7300t 金针菇和双孢蘑菇的产量目标，年收益可达 2500 ~ 3500 万元。

（三）生态效益

有机废弃物低温快腐技术可大大缩短长冬季地区有机废弃物的堆腐时间，降低堆腐对周围环境的压力。此外，秸秆生物反应堆促腐技术改变了传统施肥模式，使农业生产向可持续、生态环保方向发展，并解决了东北玉米带部分秸秆利用问题，以及长棚龄设施温室土壤环境恶化问题，改良了土壤，遏制了土传病害，降低了土壤盐渍化程度。如连续使用三年以上，甚至可以取代化肥施用。秸秆等农业生物质废弃物热解气化生产东北供热用的木煤气的同时，还产生大量的木醋液副产品，利用农业废弃物再利用副产品木醋液防控土传病虫害，实现资源的充分利用。

对该模式的运用也大大降低了农业环境风险。由于设施菜地灌溉量高的特点，适量的有机肥投入能够保证土壤养分的供给能力，并可减缓硝酸盐在土体中的垂直迁移以及重金属的累积，进而降低对地下水体的环境风险。过量施用有机肥会提高土壤速效磷含量从而提高环境风险，减施有机肥83%可基本保持高肥力土壤 0~20cm 土层全磷和速效磷水平；而减施有机肥67%可基本保持中肥力土壤 0~20cm 土层全磷和速效磷水平。生态拦截型沟渠系统在具备原有的排水功能基础上，增强了对农田排水中所携带的 N、P 养分的去除功能。增加田埂宽度可以有效地降低 N、P 的侧渗，同时田埂上种植作物不但可以有效地截留通过侧渗流失的 N、P，还可以增加经济效益。此外，有机肥减量化施用技术和外源 GSH 缓解植物重金属毒害技术的应用，大大地提高了作物品质，降低了硝酸盐、重金属等在作物中的残留，降低了对人体的危害。运用性诱剂进行水稻害虫的防治，并通过高光效栽培技术降低化学合成农药和化学肥料的使用，也可有效地降低对农药、化肥的施用量，并可阻断剧毒农药和重金属进入土壤的途径，降低农药和重金属在土壤中的积累。与常规水稻种植相比，长期合理减施化肥有利于土壤有机质含量、土壤团粒结构、微生物和有益生物的数量的改善和提高。

二、应用前景

虽然资源节约型农业生产模式具有良好的社会、经济和生态效益，在我国许多地区尤其是农业资源紧张的地区大规模推广，具有广阔的应用前景，但目前城郊区农业的生产、管理是农民靠经验自我生产，因此还处于较低层次、低水平的应用阶段，该阶段中先进的新模式、新技术、新成果等的推广存在障碍。此外随着人民生活水平的日益提高，人们对蔬菜、花卉、林果等提出了多品种、高品质、无公害等多方面的要求，而目前模式主要是以蔬菜生产为主，附加值高、效益好的花卉、林果等生产较少涉及。同时设施菜地中具有较强应用潜力的节水灌溉、高效节约植保等实用技术需进一步开发改进。此外，还需要进一步按生态学的原理进行完善。应进一步结合当地条件，从加强生态农业建设的角度出发，根据自然界各因素相互制约、相互促进、相辅相成的原则，形成以生态农业为主要生产目标，在能流、物流、信息流良性循环的基础上完善农业生产模式。并应充分利用生态农业技术以及自然界的光能、热能和降水资源，基于土壤自身肥力基础，合理施肥，科学用药，优先采用农业、物理和生物防治病虫草害技术，注重保护生物多样性，保持生态平衡，使该生产模式下的农业生态系统达到良性循环的机制。工厂化农业是我国农业现代化建设中一项方兴未艾的事业，也是一项在产业化进程中需要不断进行探索、提高和发展的事业，因此在该模式推广实践的过程中，还存在一些亟待研究和解决的问题，例如，我国地域广阔、生态环境和气候条件复杂多样，任何一种模式都较难具备普遍的适应性。因此需要视实际情况，因地制宜地进一步完善模式。

参 考 文 献

安玉发，陶益清，陈炳辉．2004．东北地区工厂化农业经营模式比较．北方园艺，(2)：4～6

陈元生．2010．设施园艺土壤消毒技术措施探讨．现代园艺，(1)：21～22

高宇，田恬．2004．超高产水稻生理育种研究进展．中国农学通报，20(3)：1，3

郭占银．1995．略论资源节约型农业——我国农业现代化的目标模式．农村经济，(3)：27～29

郝春，仲亚东．2009．资源节约型农业的评价指标体系及政策研究．中国农业大学学报，14(3)：145～150

黄国勤．2008．论大力发展多熟种植技术．耕作与栽培，(6)：1～2，24

吉林省人民政府．2010-05-08．吉林省第二次全国农业普查主要数据报．http：//www.jl.gov.cn

李洪波，张锴．2008．水稻二化螟防治技术．现代农业科技，(24)：132，136

李荣生．1999．论资源节约型农业结构．资源科学，(2)：19

李天来．2010-06-21．我国工厂化农业的现状与发展．http：//www.caaa.cn/show/newsarticle.php？ID＝1021

梁留科．1996．立体农业的结构分析．河南大学学报(自然科学版)，(1)：77

辽宁省人民政府．2010-04-16．辽宁省第二次全国农业普查主要数据公报．http：//www.ln.gov.cn

刘家女，周启星，孙挺．2006．Cd-Pb复合污染条件三种花卉植物的生长反应及超积累特性研究．环境科学学报，26(12)：2039～2044

刘家女，周启星，孙挺等．2007．花卉植物应用于污染土壤修复的可行性研究．应用生态学报，18(7)：1617～1623

孟军，陈温福．2005．不同穗型水稻群体垂直入射光分布及其对光合作用的影响．沈阳农业大学学报，36(1)：9～13

彭靖．2009．对我国农业废弃物资源化利用的思考．生态环境学报，18(2)：794～798

沈善敏．1998．中国土壤肥力．北京：中国农业出版社：37～49

沈阳市统计局．2005．沈阳农村统计年鉴．北京：中国统计出版社

沈阳市统计局．2006．沈阳农村统计年鉴．北京：中国统计出版社

沈阳市统计局．2007．沈阳农村统计年鉴．北京：中国统计出版社

石玉林．2006．东北地区有关水土资源配置、生态与环境保护和可持续发展的若干战略问题研究(农业卷)．北京：科学出版社：1～4

武耘．2008．现代农业发展中的食用菌工厂化无公害生产刍议．现代农业科技，(9)：56～58

武志杰，梁文举，姜勇等．2005．农产品安全生产原理与技术．北京：中国农业科学技术出版社：10～42

张继宗，刘培财，左强等．2009．北方设施菜地夏季不同填闲作物的吸氮效果比较研究．农业环境科学学报，28(12)：2663～2667

赵秉栋．1994．试论河南省节水农业建设问题．河南大学学报(自然科学版)，(4)：77～81

中华人民共和国国家发展和改革委员会．2010-05-15．发展以高效设施农业为特点的沈阳现代农业．http：//www. sdpc. gov. cn

中华人民共和国国家统计局. 2010-04-20a. 中国统计年鉴. http：//www. stats. gov. cn/tjsj/ndsj/2009/indexch. htm

中华人民共和国国家统计局. 2010- 04- 20b. 第二次全国农业普查主要数据公报. http：//www. stats. gov. cn

中华人民共和国农业部. 2010- 04- 21. 沈阳市发展设施农业高效特色农业调查. http：//www. agri. gov. cn

中华人民共和国中央人民政府. 2010-04-21. 国家中长期科学和技术发展规划纲要（2006～2020）. http：//www. gov. cn

朱宏伟，朱红霞. 2005. 浅议发展资源节约型农业、促进农民增收. 甘肃农业，（11）：48

Casady W W，Massey R E. 2000. Costs and returns：Conservation Tillage Systems and Management. 2nd ed. Ames，Iowa：MWPS245，Iowa State University Press

Eghball B. 2000. Nitrogen mineralization from land- applied beef cattel feedlot manure or compost. Soil Science Society of America Journal，64（6）：2024～2030

Franzluebbers A，Stuedemann J. 2002. Bermudagrass management in the southern piedmont USA. Soil Science Society of America Journal，66（1）：291～298

Maguire R，Sims J. 2002. Soil testing to predict phosphorus leaching. Journal of Environmental Quality，31（5）：1601～1609

Sharpley A，McDowell R，Kleinman P. 2004. Amounts，forms，and solubility of phosphorus in soils receiving manure. Soil Science Society of America Journal，68（6）：2048～2057

第十一章　城郊山地立体环境保育农业模式

第一节　城郊山地立体环境保育农业概述

一、城郊山地立体环境保育农业的内涵和特征

城郊山地立体环境保育农业是利用城郊山地、丘陵、平坝和与之相匹配的生物资源从事鲜活农副产品生产、加工，兼具城市服务功能和生态屏障功能的农业生产类型，集合了山地、立体、环保和城郊等内容。除具有城郊农业的集约化、现代化等一般特点之外，同时还具有产业布局的立体性、产业类型的多样性、自然生态人文景观的独特性和区域发展的非均衡性等特点。

城郊山地立体环境保育农业遵循城市圈层布局的要求，在山地都市区打造城市农业，形成城乡融合的组团式分布格局，在近郊区大力发展集林、果、花、休闲观光于一体的城市生态经济圈，在中远郊打造复合高效、种养融合的现代农业经济圈；同时也立足山地地形地貌特点，依据垂直立体气候和生物资源禀赋，因地制宜，通过对各种农作物的合理轮作、间作、套种，建立山顶生态农业技术体系、山腰高效经济技术体系、山谷复合安全技术体系，科学构建立体环境保育农业发展模式，最终形成生态环境良好、经济持续高效、农产品优质安全的山地立体环境保育农业新格局，实现优质、高效、环保、安全的农业生产与环境协调的可持续发展。其主要特征包括以下几个方面。

（一）产业的立体布局

山地农业的一个典型特征就是地形地貌复杂，垂直气候变化明显，生物资源极为丰富，生态环境脆弱。城郊山地立体环境保育农业就是依据不同海拔、坡度、温、光、水、气的自然禀赋，因地制宜，合理布局生产产业，协调农业高效发展。山顶坡陡土地瘠薄，保水保肥力弱，水土流失严重，发展长效生态林可从源头上阻控养分及水土的流失，保护生态环境；山腰坡缓土地肥沃，适宜发展经济林，如猪—沼—果、林—菜（茶、豆、菌等）、林—草—禽、林—草—畜等种植、养殖、种养融合等复合模式，通过高效利用资源作物（畜禽）品种的筛选，配套技术的集成研发，轮、间、套作结合，合理开发经济林及林下资源，不同层次利用温、光、水、气、热等自然条件，提高坡地利用效率；山谷地势平坦，适宜发展粮食及经济作物，通过对水旱稻菜轮作、稻—鱼、鸭—鱼等技术体系的应用，提高土地的综合利用率，满足城市市民对农产品的多元化需求（图11-1）。

图 11-1　城郊山地立体环境保育农业布局

（二）经济的持续高效

城郊山地立体环境保育农业通过农业产业的立体布局，一方面高效利用资源，充分挖掘土地、温、光、水、热等自然资源的潜力；另一方面提高土地产出效率，通过主导产品的生产，培育种植—养殖—加工—营销"四位一体"产业体系，延长产业链，按城郊农业的圈层布局，对城郊山地立体农业生态景观加强开发利用，推动第一、三产业同步发展，拓展农业的服务功能和农民的增收渠道，使城郊山地立体环境保育农业持续发展。

（三）环境的安全友好

城郊山地立体环境保育农业依据自然资源禀赋的圈层设计以及产业的立体布局，在空间、时间两个层面突出环境的保育特征。城郊山地缓坡立体农业通过农田、菜园、果园、林地、绿地等的建设及自身的农业生产来实现环境的安全友好，从空间上看是山脉、绿地的延续，是自然生态屏障的延伸，可以净化空气，保护生物物种多样性，维护生态平衡。同时城郊山地立体环境保育农业适度合理耕作，山顶、山腰、谷底不同的作物布局以及横坡耕作、复合间套作、茬口相接等合理耕作模式使城郊山地始终作为植被覆盖的载体，充当涵养山体水源的防护带，是植被健康生长、水土不致流失的根本保障。

城郊山地立体环境保育农业通过构建科学环保的农业模式，形成山顶免耕养分控源保育，山腰间作养分原位拦截，谷底水旱轮作养分消纳利用的立体技术，构建从源头减控、过程控制、末端消纳的农业污染立体阻控技术体系，培育和完善农业产业循环链，对城郊山地的水土流失、农业面源污染和城市污染进行有效防控，同时减少化肥、农药、激素的使用以降低其残留量，农业环境和生态环境的质量得到提高，逐步实现农业生产过程清洁化、生产产品无害化、优质化，保障农产品的安全供应。

二、国内外城郊山地立体农业发展现状

（一）国外城郊山地立体农业发展现状

无论发达国家还是不发达国家都在研究与应用山地立体农业并创造了不少高效的

经营模式。早在20世纪30年代初，美国、苏联为了制止乱垦滥牧，就有计划地推行了玉米和苜蓿间种、麦茬复种大豆、草田轮作、农牧结合与防护林带营造等立体综合开发。

近年来，美国、日本等国大力发展工厂化立体种养生产，推动了现代山地立体农业体系的完善。例如，美国积极推行立体化的栽花种菜；日本开展水田、旱地、果园、蘑菇相结合的立体研究和经营；意大利利用农田进行粮林立体经营；东南亚各国进一步深化水田稻鱼立体种养；印度大力推行木本植物，如椰子与香蕉、胡椒、可可、菠萝等三至四层结构的立体耕作；东非各国在幼龄椰园间种木菇、玉米、豆类，成年椰林种植牧草或放养肉牛或奶牛；印度尼西亚、坦桑尼亚等国正在兴起混合种植、多层利用、农牧结合等立体生产；新加坡进行"水上种草、轮船养牛、流动供奶"的立体经营；泰国进行鱼猪立体生产等。这些立体农业模式均取得了显著的效益。美国阿拉斯加州推行"猪粪—藻类—养鱼—肥田"生物良性循环立体经营，鱼可从池塘水中摄取35%~40%的养料，5个月每公顷池塘可产鲜鱼7500kg；印度的椰子、胡椒、可可、菠萝和豆科覆盖作物四层立体生产，每公顷增收可可400kg、胡椒100kg、菠萝5000kg。

（二）我国城郊山地立体农业发展现状

我国山地立体农业兴起于20世纪80年代初。据1993年统计，全国有20多个省（自治区、直辖市）因地制宜，试验、示范和推广了立体农业经营模式共400多个，其中有的已在大面积生产中显出了效益。例如，四川、重庆、江西等省在丘陵山区进行农、林、牧、果不同海拔垂直梯度的综合开发；福建、海南、广东、云南等省热带和亚热带地区进行茶、林、药、菜等多层种植；黑龙江、吉林等省温带林区执行林参、林药立体种植等。

自20世纪90年代中后期以来，我国城郊山地立体农业取得了较大发展，不仅在立体农业类型和方式上发展迅速，而且运用现代生态学、生理学、土壤学、营养学、系统工程学等自然科学理论和现代农业技术成果对其理论和应用研究做了大量细致的工作，提出了高产高效立体农业模式比较完整的理论与技术体系，特别是对立体种植的作物品种选择、田间结构配置、栽培技术要点等作了具体的规范化要求。现代城郊山地立体农业主要从三个方面发生了重大变化：一是基于山区城市群和当地自然资源条件的差异，进一步优化了城郊山区农业区域布局；二是基于新优品种、新的栽培技术和特色高效产业的发展趋势，城郊山区种植模式发生了根本性变化；三是基于城市市场需求的不断变化和城郊山地农业功能的拓展，城郊山地立体农业的产业结构层次更加高级化了。

1. 城郊山地立体农业的区划

我国城郊山地的区划布局必须统筹兼顾四个因素的影响：一是直接影响温度、光照、降水等自然要素的经度、纬度和海拔；二是地块破碎程度、坡度和相对高度等地形地貌特征；三是现存的农业生产结构与农业生产方式；四是中等规模以上城市的密集程度。为此，将城郊山地划分为六个区域。

第一，华南区。覆盖了广东、福建、江西、广西和湖南，除广西南宁市的山地区县外，其余各城市的山地区县基本上连成一体，成为一个板块。

第二，长江中下游区。包含湖北、安徽、江苏和浙江。除浙江东南部成为一个相对独立的城郊山地地带外，主体为一条狭长地带。

第三，西南区。包含四川、重庆、云南、贵州。由两个大板块组成，即成都、重庆两个超大城市，贵阳特大城市和绵阳、遵义等9个中等城市的山地区县组成的大区域，由特大城市昆明和曲靖、六盘水等山地区县形成的独立区域。

第四，华北区。覆盖河南、河北、山西、北京、内蒙古、辽宁等地区，其中，从东北辽宁阜新开始至河南新乡止，呈45°角的地带为主要区域，胶东半岛为一个区域。

第五，东北区。由黑龙江双城市至辽宁瓦房店市的狭长区域组成。

第六，西北区。受城市发育滞后的影响，西北地区城郊山地农业仍呈零星分散状态，仅在陕西宝鸡、甘肃白银和青海西宁等地有分布。

2. 城郊山地种植模式

城郊山区地形地貌千差万别，土壤、气候类型复杂多样，适宜的作物种类十分丰富，在不同城郊山区形成了多元化的特色农业产业。加之城郊山区人地矛盾突出，在长期的山地利用开发过程中，形成了各式各样的间套轮作种植模式。多元化的山地农业产业结构和高效的山地利用模式在保障城市鲜活农产品供应中发挥了积极的作用。随着特色作物良种创新和栽培技术的不断改进，城郊山区的种植模式也发生了改变，优化的种植模式对提高特色产业经济效益起到了重要作用。

3. 城郊山地立体农业产业结构

随着城市市场需求的不断变化，各地充分发挥城郊山地的资源禀赋优势，城郊山地农业产业结构发生了重大变化，主要体现在以下六个方面：一是粮油等大宗农产品生产进一步萎缩。二是集约化养殖产业发展迅猛，畜牧产业成为城郊山地的主导农业产业。三是蔬菜、水果等的种植面积大增，重庆、湖北三峡库区已经建成现代化山地柑橘果园近 26.7 万 hm^2，形成了全国最大的晚熟柑橘生产基地和亚洲最大的橙汁加工基地；贵阳—遵义等城郊区形成了以辣椒、叶菜为主的高山夏季蔬菜产业带；华南区城郊山地荔枝、龙眼、火龙果等热带水果产业正在演变为支柱产业。四是苗木、花卉等产业快速崛起，华南区形成了以大花蕙兰、香樟、榕树等为主体的花卉苗木产业带；云南省在昆明—曲靖一线也形成了鲜花产业带。五是休闲、观光等服务型农业发展壮大，农家乐已经成为城市居民休闲的重要选择。据重庆市旅游局公布，2010 年"五一"假期，农家乐共接待游客 1000 万人；云南罗平、重庆潼南的油菜花节，华南的荔枝节，江南的杨梅节，北方的苹果、梨等农业旅游，每年接待游客 3 亿人次以上。六是林下产业异军突起，各地充分发挥城郊山地林业生态的资源禀赋优势，加大林地空间的高效利用力度，林—菜、林—菌、林—禽、林—畜、林—粮、林—药、林—果等模式迅猛发展，纯生态、高品质的土特山货的生产正发育成为高附加值的现代产业，已经出现了一大批全国性的知名品牌。

4. 城郊山地立体农业的突出问题

（1）水土流失尚未得到根本遏制

我国已经成为全球水土流失最严重的国家之一。据中国水土流失与生态安全科学考察组公布（张国红，1999），我国水土流失面积 356.9km²，其中水力侵蚀面积 162.2km²，年均土壤侵蚀总量 45.2 亿 t，相当于每年毁损土地 2 万 km²。以重庆市为例，2005 年最新遥感调查数据显示，重庆市三峡库区水土流失面积 2.39 万 km²，占库区土地总面积的 51.71%，高于全国 37% 的平均水平，也高于长江流域 31.2% 的平均水平。

（2）城郊山区人地矛盾突出

城郊山地的人口密度已经远远超过联合国测算的干旱与半干旱地区 60 人/km² 的适宜人口密度，人均耕地不足全国平均水平的一半，大多数土层厚度为 20～60cm，土层浅薄，保水保肥力弱。

（3）农业及生活污染形势严峻

1）养殖污染。随着规模化养殖业的发展，并受环保工程运行成本和粪便收集成本过高等因素的制约，养殖粪污直接排放比例超过 80%，次级河流 50% 以上沦为臭水沟、污水沟，水体的生态、生活供水功能已经丧失。此外，畜禽养殖场恶臭、噪声、苍蝇等问题已经暴露出来，但其治理技术尚为空白。

2）农田 N、P 养分流失污染。我国化肥施用强度是全球最高的国家之一，是世界平均水平的 2.9 倍。超量的化肥施用，不但增大了资源、能源消耗，提高了农业生产成本，而且引发了 N、P 等养分流失，污染农田环境。根据现有的肥料施用水平，参照全国第一次污染源普查结果，我国氮肥地表径流损失率 1.0%～1.5%，磷肥地表径流损失率约为 1%，仅地表径流损失一项，每年流入水体的纯 N、P 养分就高达 23 万～40 万 t 和 10 万 t，造成水体的富营养化。

3）白色污染。伴随着农膜避雨功能的发掘成功，南方地区保护地栽培面积和农膜使用量将大幅跃升，难降解农膜在土地中的残留污染越来越严重。2000～2008 年，全国年施用难降解农膜量增长 60 万 t，增幅达到 45%。南方地区地膜年残留率 10%～30%，按平均残留率 20% 计算，全国 2008 年农田地膜残留量 22 万 t。

4）农残与兽残重金属污染。2010 年爆发的海南毒豇豆农产品安全事件折射出城郊农业的农药施用隐患问题。据典型调查分析，为了保证高产，农药施用量持续放大，农业已经发展到不施化学农药就没有收成的境地。2008 年全国农药用量达到 167.2 万 t，是 2000 年施用量的 130%。参照 2009 年 2 月第一次全国污染普查结果，取 0.05% 的农药地表径流流失系数，全国每年农药流失污染达到 836t。

为了缩短养殖周期，降低养殖生产成本，我国养殖场、农户超量使用抗生素、重金属微量元素和各类激素，因动物利用效率较低，绝大多数投入品随排泄物进入了土壤、水体，并污染环境。

5）生活污染。农家乐、休闲观光农业在城郊兴起后，一方面，人流量剧增带来餐饮废弃物、生活垃圾、粪便等污染物的增加，远远超过农村的自然环境容量；另一方面，农村环保设施建设相当落后，污染物直排成为主流。

（4）农业温室气体排放需引起重视

温室气体减排是全人类的共同性义务，也是中国政府给全世界的庄严承诺。发展低碳城郊环境保育农业的根本任务为以下几方面：一是温室气体减排，中国常年淹水稻田共有 270 万 ~ 400 万 hm^2（李庆逵，1992），根据《水田自然免耕的理论与技术》一书提供的参数，淹水平作稻田甲烷平均排放量 150.2g/m^2，经计算，每年常年淹水稻田排放甲烷 400 万 ~ 600 万 t。二是土壤碳库功能的发挥，南方地区土壤有机质偏低，稻田一般为 1.5%，旱地低于 1%。三是对多年生经济作物固碳能力的利用，水果、茶叶、花卉和用材林等是山地具有显著比较优势的生态经济产业，也是固碳减排的重要路径，例如，柑橘 667m^2 产量 1.5t，产值 2000 ~ 3000 元，固碳量为 2.4t。提高经济效益和增大固碳能力是环境保育农业很重要的任务之一。

第二节　城郊山地立体环境保育农业模式的构建与示范

一、山地立体环境保育农业生产模式的构建

（一）需求分析

城郊山地立体环境保育农业模式建设日益重要，它正在成为我国城郊山地农业发展的主流和方向，也是我国山地农业实现可持续发展的重要途径。城郊山地立体环境保育农业模式建设的目标就是追求三大效益，即社会、经济、生态效益的和谐统一，但在不同区域、不同时期、不同社会经济条件下，城郊山地农业模式建设的重点也有所不同，目前，我国城郊山区农业建设主要以最大化经济效益为主，引发的水土流失和土壤退化等农业环境问题日益突出。能否获得较高的社会、经济和环境效益直接关系到城郊山地立体环境保育农业模式建设的成败。

1. 发展现代高效农业的需要

城郊山地地形地貌复杂，高度坡度不同，资源丰富，生物多样性突出，气候区域变化大。根据自然禀赋，在城郊山地环境保育农业圈层及立体布局中，因地制宜，合理打造城郊休闲观光、特色农业，科学构建城郊山地立体环境保育农业发展模式，大力发展各种农作物的轮作、间作、套种，充分利用山地温、光、水、气立体资源，构建立体种养耦合体系，充分发挥自然资源及种养资源的最大优势，较大幅度提高单位面积的物质产量，发展高效农业，提高农民收入。

2. 发展环境友好农业的需要

充分利用科技的力量，优化农业产业布局，在发展城郊山地高效农业的同时，以环保为理念，遵循立体农业原则，减少化肥、农药、农膜等农业用品的投入强度，减少农业废弃物对环境的污染程度；采用源头阻控、过程阻断和末端治理的综合治理路

线，控制整个农业系统中水体—土壤—生物—大气的立体污染循环链，打断农业污染的往复循环和互为因果的各个环节，从根本上解决农业污染问题，使土壤清洁、农产品清洁，净化污染，改善环境，减轻对长江流域的污染威胁。合理垦殖、适度开发城郊山地，在环境容量内重新构筑农业生产技术，科学构建城郊山地立体环保种养模式，固土培肥，减少水土流失，使城郊山地成为永续利用的土地，以生态发展促进经济发展，通过经济发展带动生态环境的改善，实现农业与环境的协调可持续发展。

3. 开发打造品牌优势的需要

城郊山地立体环境保育农业的重要任务就是要保障大城市鲜活农产品的安全供应，通过培育和完善农业产业循环链，逐步实现农业生产过程清洁化、生产产品无害化、优质化，围绕农产品生产基地，大力发展农产品加工业，延长农业产业链，提高农产品的附加值，增加产品的种类，提高产品的质量，保证产品的消费安全，促进农业产业升级。树立农产品品牌意识，着力打造名特新优环保农副产品，提高农产品的竞争力，开拓广阔的国内国际市场。

（二）构建原则

1. 多元化产业开发原则

城郊山区土壤和生物资源高度分散，人地矛盾尤为突出，以农户为单元的小农经济一直是制约城郊山地农业发展的障碍。因此，城郊山地立体环境保育农业必须依托龙头企业、专业协会、种养大户开展适度规模的集约化经营，打破地域限制，布局主导产业，形成规模。只有从多物种、多层次的广度上利用山地资源，从主导产品与特色副产品的精深加工深度上利用山地资源，形成以主导产品为主、副产品为辅的多元化特色产业开发模式，才能集中体现品种、技术、劳力、物质、资金的整体效益。

2. 持续经济高效原则

通过多学科的交叉融合，新产业模式、新种养制度、优新良种和新技术的配套组装，以"名、特、优、新、稀、淡、缺"品种为主导，实施绿色、高品质特色产品生产，建立主导产品的生产—加工—营销"三位一体"的产业化体系，同时通过对多物种的时空配置，丰富主导产品的种类，满足城乡居民对鲜活农产品的多元化需求。利用城郊山地立体农业独特的生态景观和人文景观，以城郊农业为载体，培育集休闲、观光、旅游、采摘、餐饮、科普为一体的现代服务型农业，满足城市居民的享乐需求。通过延伸农业的产业链，拓展城郊农业的服务功能，确保城郊山地立体环境保育农业持续高效的经济产出。

3. 山地环境保育原则

由于城郊山地水土流失严重，自身生态环境极度脆弱，加之城市工业和生活"三废"污染的扩散，城郊山地农业环境问题日益突出。城郊山地立体环境保育农业的环境保育功能与经济功能显得同等重要，主要可以从以下四条途径来保障城郊山地农业的环境安全：一是多物种组合同时完成污染水体和退化土壤的修复；二是多层次利用山地温、光、水、气资源，提高人工辅助能量的利用效率，降低肥料、农药的投入量，减少土壤与水体的环境压力；三是布局具有污染源头减控、过程控制、末端消纳功能的立体产业结构，构建城郊山地污染立体阻控产业体系；四是通过技术创新形成城乡污染物资源化利用体系，将城郊山地农业培育成城乡生态屏障。

二、城郊山地立体环境保育农业生产模式

（一）模式概况

城郊山地立体环境保育农业模式是在立体农业的基础上，以城郊山地立体环境保育农业定义为出发点，合理利用山地自然资源、生物资源和人类生产技能，充分发挥城郊地理位置、科技、市场、信息、资金等资源优势，由物种、层次、能量循环、物质转化和技术等要素组成的立体优化模式。城郊山地立体环境保育农业模式的类型与当地自然资源和生物资源密切相关，重庆市农业科学院在西南城乡一体化城郊农业与环境协调技术集成与示范课题中，根据西南城郊丘陵山地特色，利用当地丰富的特色经济林、经果林、粮油、蔬菜、食用菌以及生猪、家禽等生物种类，构建了环境保育功能突出，适合高效产业化开发的城郊山地立体环境保育农业模式（图11-2）。

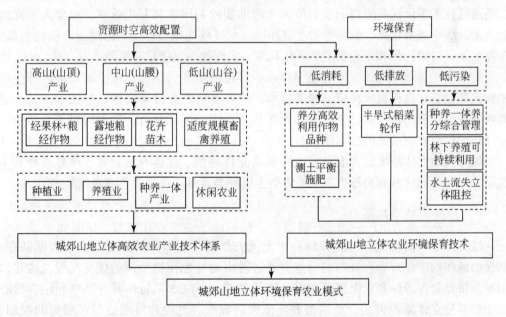

图11-2　西南城郊山地立体环境保育农业模式构建

构成城郊山地立体环境保育农业模式的基本单元是物种结构（多物种组合）、空间结构（多层次配置）、时间结构（时序排列）、能量结构（物质循环）和技术结构（配套技术）。

物种结构是城郊山地立体环境保育农业多元化主导产品开发的基础。以城郊山地

特色动、植物和微生物良种为主导，根据各自的生理特性及其对外界生长环境的要求，在同一空间内合理配置，形成互利共生、相互关联的不同生物种群组合。例如，"猪—沼—果"、"果—菜—菌"、"林—草—牧"、"林—果—菜—粮"等都是城郊山区常见的物种组合类型。

空间结构是城郊山地立体环境保育农业景观展示与功能拓展的核心。指在同一单位面积的土地或水域等空间，最大限度地实行种植、栽培、养殖等多层次、多级利用的配置方式。例如，水田、旱地、水体的立体种养，果园林地的间套轮作，水体的混养、层养、套养、兼养等都具有多层次、多级利用的特点。城郊山地立体环境保育农业模式中的空间结构还包含一种广义的空间结构，就是依据山地土壤、气候资源的垂直分布特性而构建的从山顶、山腰到谷底不同的动植物和微生物空间分布结构。例如，我国西南及南部城郊山区普遍存在的"生态林—经果林—粮油蔬菜"结构就体现了空间层次的多样性与合理性，实现了山地温光水气资源的多级高效利用。

时间结构是城郊山地立体环境保育农业持续高效产出的保障。指按照动植物的种养周期和成熟期科学地进行时序排列，达到资源的周年高效利用。时间结构与物种结构和空间结构息息相关，"稻—菜"、"麦—玉—薯"等轮作、轮养制度的实质就是时序排列。

能量结构是城郊山地立体农业实现环境保育功能的关键。包含三个层次：一是通过生物的时空配置，充分挖掘城郊山区土地、光能、水源、热量等自然资源的潜力；二是通过技术手段提高肥料、农药等人工辅助能的利用率和利用效率，减少人工辅助投入量，缓解残留化肥、农药等对土壤环境、水环境的压力；三是通过主产品的多级、深度加工，对副产品和废弃物的资源化利用，实现物质、能量高效循环。

技术结构是城郊山地立体环境保育农业可持续发展的动力。包括城郊山区特色动植物良种创新，现代高效种植、养殖技术，城郊山地农业污染立体阻控技术，城乡废弃物的资源化利用技术，特色产业开发等技术形态的多元复合，集成构建了城郊山区立体环境保育农业模式的技术体系。

城郊山地立体环境保育农业模式主要有立体种植、立体养殖、立体种养三种基本类型，针对不同区域和自然生态条件将衍生出种类繁多、各具特色的表现形式。

（二）配套技术体系

城郊山地山高坡陡，过度种植和水土流失严重，土壤富营养化与土壤瘠薄共存。结合山地作物产业带垂直分布的特点，通过对山地特色作物资源的优化配置，构建以山顶免耕养分控源保育，山腰间作养分原位拦截，谷底水旱轮作养分消纳利用为核心的生物养分立体阻控方法，从山地养分流失的源头、过程和终端进行多层面的控制，确保城郊山地农业环境安全。

1. 山顶养分控源保育技术

针对山顶土壤瘠薄、干旱的特点，选用耐瘠抗旱的特色作物，通过旱地聚土垄作、土壤调理培肥、精准施肥和免耕覆盖栽培等技术，减少山地养分流失的来源量，实施山地养分流失的源头控制，开发城郊山顶养分控源保育技术，在科学利用中保育和提升山地耕地质量。

（1）旱地聚土垄作技术

a. 旱地聚土垄作的技术要点

旱地聚土垄作是一项简便易行，集改土、培肥、防蚀、抗旱、排渍、连续增产增收于一体，用养兼顾的立体种植体系。具体做法如下。

1）聚土起垄，秸秆还田。坡地沿等高线，平地、槽地一般呈东西向，将玉米秆、稻草、油菜秆、小麦秸秆等切碎铺于垄基，按 1.5～2.0m 开厢起垄，垄沟各半，垄高 30～40cm。以秋收作物收获后的秋聚为主，夏收作物收获时的夏聚为辅，将秸秆直接还田。

2）挖沟改土，强化培肥。聚土后形成的沟是强化深挖培肥、改良土壤的主要对象。先在沟内施有机肥 1000～1500kg/667m^2，然后深挖 20～30cm 整细。也可在沟内种植绿肥、豆类、油菜等养地作物，强化培肥，缩短培肥周期。

3）立体种植，垄沟互换。充分利用垄和沟不同小生境的优势，扬长避短，实行垄沟立体种植。原则上垄上种植耐旱的经济林或矮秆、怕渍、块根块茎作物，如花椒、马铃薯、甘薯等，沟内安排豆类、绿肥等养地作物。根据土壤和复种轮作的具体情况确定垄沟互换期，可以一年一换，也可以两三年一换。

4）沟池配套，综合应用。抓好"一植二沟三池"配套，即山上植树种草护坡，坡面建拦洪沟、排水沟，以及蓄水池、积肥坑、沉沙凼。同时抓好农业综合增产措施，例如，优良品种、营养钵育苗、地膜覆盖、病虫草综合防治等，充分发挥聚土垄作的增产效应。

b. 旱地聚土垄作的作用

1）改善土壤环境，提高抗旱能力。旱地聚土垄作可不断改善土壤生态环境，加厚土层，增加土壤孔隙度达 50% 以上，扩大了土壤水库的容量；变坡土为梯土，有利于蓄水保墒，土壤含水量可提高 10% 左右，抵御干旱时间延长 20～40d。

2）增加土层厚度，提高养分含量。通过聚土起垅，沟内深挖，土层厚度可增加 20～30cm，通过增施有机肥和种植绿肥等，使土壤风化速度加快，促进土壤熟化，特别是紫色母岩通过垄沟互换，2～3 年母质就可熟化成熟土，耕性变好。该技术连续实施 3 年，土壤有机质可提高 1 个百分点，速效磷、速效钾分别提高 5mg/kg 和 18mg/kg。

3）控制水土流失，提高作物产量。旱地聚土垄作沿等高线横坡起垄，覆盖地膜，把坡土变成垄沟相间的水平梯土，起到层层筑坝截留降水，减缓地表径流的作用，促进水分沿垄沟两侧向下渗透，有效地控制了水、土、肥的流失。据测定，在坡度为 15° 的小黄黏土上聚垄耕作后，4～8 月降水量为 908.6mm 的条件下，地表径流量较习惯耕作每公顷减少了 26.6%，泥沙流失量每公顷减少了 84.8%，养分流失量每公顷减少了 76.1%～82.5%（表 11-1）。

表 11-1　旱地聚土垄作对防治水土养分流失的效果

处理	水分流失量 /(t/hm²)	泥沙流失量 /(t/hm²)	土壤养分流失量/(kg/hm²)		
			N	P	K
聚土垄作	252.3	3.45	6.75	2.55	37.65
习惯耕作	343.65	22.80	28.20	14.55	248.55
聚垄比习惯	−91.35	−19.35	−21.45	−12.00	−210.90

　　分别对 10 块聚土垄作田块和习惯耕作田块玉米的生长发育状况和经济性状进行调查，无论是玉米的株高、茎粗，还是叶片数和根数，聚土垄作均高于习惯耕作田块，其穗粒数、千粒重分别较习惯耕作提高了 11.2% 和 44.4%，空杆率下降了 10.8%，有利于提高玉米产量（表 11-2）。

表 11-2　聚土垄作与常规耕作玉米农艺性状的比较

处理	调查地块	株高/cm	茎粗/cm	生育状况				空杆/%	双穗/%	经济性状		
				叶片数	叶面积/cm²	根条数	根鲜重/g			穗粒数	穗粒重/g	千粒重/g
聚垄耕作	10	205.5	2.41	13.3	11 041	41.7	100.0	1.4	15.1	434.3	146.1	384.0
习惯耕作	10	187.4	2.11	11.7	5 966	27.0	72.9	12.2	20.0	390.4	95.2	265.9

（2）山地土壤调理培肥技术

　　针对山顶土层瘠薄、保水保肥功能差等特点，重点利用秸秆和沼液还田进行土壤有机培肥，结合对土壤调理剂的应用，达到城郊山地减 P 控 N 的目的。为获得城郊山地土壤调理培肥的最佳方案，以山地马铃薯种植为对象，通过复合肥、秸秆、沼液、土壤调理剂四因素三水平进行正交试验。结果（表 11-3）表明，各因子对马铃薯产量的影响存在显著差异，其中土壤调理剂和秸秆用量的差异达到极显著水平。最佳产量（887g/株）各因子组合为 60% 复合肥 + 3t/667m² 秸秆 + 3t/667m² 沼液 + 2.3kg/667m² 调理剂，化肥的使用量减少了 40%。秸秆和沼液的使用量对土壤有机质含量和土壤结构的影响达到极显著差异；过量的土壤调理剂和化肥用量将导致土壤有机质含量降低。最佳土壤培肥方案为每 667m² 用 3t 秸秆 + 3t 沼液。

表 11-3　山地土壤调理培肥对马铃薯产量的影响

处理号	复合肥/%	秸秆/[t/(667m²)]	沼液/[t/(667m²)]	调理剂/[t/(667m²)]	土壤有机质/%	单株产量/g
1	40	1	2	0	1.05	448
2	40	2	3	2	1.75	740
3	40	3	4	4	2.45	782
4	70	1	3	4	1.84	743
5	70	2	4	0	2.36	659

续表

处理号	复合肥/%	秸秆/[t/(667m²)]	沼液/[t/(667m²)]	调理剂/[t/(667m²)]	土壤有机质/%	单株产量/g
6	70	3	2	2	1.95	825
7	100	1	4	2	1.73	685
8	100	2	2	4	1.56	625
9	100	3	3	0	2.35	618

（3）平衡施肥技术

平衡施肥技术是现代环境保育农业的重要组成部分，是指依据土壤养分状况、作物需肥规律和目标产量，调节施肥量，N、P、K 比例和施肥时期，提高化肥利用率，最大限度地利用土地资源，以合理的肥料投入量获取最高产量和最大经济效益，保护农业生态环境和自然资源。目前，我国化肥的当季利用率较低，氮肥为 30% ~ 35%（发达国家为 40% ~ 60%），磷肥为 10% ~ 20%，钾肥为 35% ~ 50%。据统计，我国化肥施用支出约占农业生产资料支出费用的 50%。全国每年纯 N 用量约 2000 万 t，由于化肥的利用率低，以平均损失 65% 计算，损失量达 1300 万 t，相当于尿素 2800 万 t 余，折合人民币 336 亿多元。由此可见，在我国进行精准施肥具有很大的经济效益和生态效益（赵先贵和肖玲，2002）。

2008 年和 2009 年，重庆市农业科学院在西南城乡一体化城郊农业与环境协调技术集成与示范课题中，采取测土配方施肥的方法，在重庆江津区石门镇进行了九叶青花椒平衡施肥技术研究。试验结果如下。

1）N、P、K 养分配比对花椒产量的影响。试验设 6 个处理（表 11-4），3 次重复，随机排列。试验区土壤基本理化性状为：pH 7.6、有机质 12.8g/kg、碱解氮 68.4mg/kg、有效磷 12.6mg/kg、速效钾 85.0mg/kg。花椒品种为"九叶青"。试验中施用的肥料为尿素、磷铵、硫酸钾、有机肥。肥料施用在春、夏、秋、冬季分四次进行，施用量分别为：第一次施全氮量的 10%、全钾量的 10%；第二次施全氮量的 20%、全磷量的 20%、全钾量的 20%；第三次施全氮量的 60%、全磷量的 80%、全钾量的 60%；第四次施全氮量的 10%、全钾量的 10%。按照每 667m² 栽培 120 株花椒计，每小区种植 8 ~ 12 株，小区面积为 45 ~ 60m²。

表 11-4　花椒 N、P、K 养分配比试验设计方案

处理	施肥比例（N:P:K）	株数
1（CK）	1.20:0.60:0.00	9
2	1.00:0.50:0.75	9
3	1.00:0.75:0.50	7
4	1.00:0.75:0.75	9
5	1.00:0.75:0.75 + B + Zn	9
6	1.00:0.50:0.75 + B + Zn 有机肥（每株 3 kg）	7

与常规施肥处理 CK 相比，不同处理可提高花椒产量 16.6% ~ 58.8%，其中处理 6 > 处理 5 > 处理 4 > 处理 2 > 处理 3（表 11-5）。N、P、K 养分配比中，处理 4（N∶P∶K = 1∶0.75∶0.75）的花椒产量较高，在此基础上配施 B、Zn（处理 5）对花椒产量的影响不大，而在处理 5 的基础上配施有机肥（处理 6）可提高花椒产量 14.8%。

表 11-5　不同氮磷钾养分配比下的干花椒产量

处理	单株产量/(kg/株)	产量/[kg/(667m²)]	增产/%
1（CK）	2.11	253.2	100.0
2	2.63	315.6	124.6
3	2.46	295.2	116.6
4	2.87	344.4	136.0
5	2.92	350.4	138.4
6	3.35	402.0	158.8

2）缓控释肥对花椒产量的影响。在花椒养分配比施肥研究的基础上，针对性地开发花椒缓控释肥，其中有机无机缓控释肥的 N、P、K 含量分别为 14%、8%、8%，有机质含量大于 30%；无机缓控释肥的 N、P、K 含量分别为 22%、12%、12%。试验以无机缓控释肥为主要供试肥料，设 7 个处理，3 次重复，进行减量施肥的比较试验，每小区种植 8 ~ 12 株，小区面积为 45 ~ 60m²，定植密度为 120 株/667m²。施肥时期与施肥比例为：3 月中旬的基肥量占施肥总量的 20%，4 ~ 5 月的追肥量占施肥总量的 30%，7 月花椒采收后追肥量占施肥总量的 50%。

与不施肥相比，施肥可提高花椒产量 12.2% ~ 44.8%，以处理 3 > 处理 4 > 处理 2 > 处理 6 > 处理 1 > 处理 5 > 处理 7（表 11-6）。其中传统施肥与 0.53kg/株的无机缓控释肥产量相当，0.58kg/株与 0.75kg/株的无机缓控释肥产量相当，0.65kg/株的无机缓控释肥与有机无机缓控释肥产量相当。与传统施肥处理相比，低水平（0.53kg/株）无机缓控释肥处理的花椒产量略有降低，其他缓控释肥用量处理可提高花椒产量 8.8% ~ 27.3%，以 0.75kg/株无机缓控释肥的产量最高，而以 0.58kg/株无机缓控释肥处理的增产率最高；有机无机缓控释肥处理可提高花椒数量 8.8%。该试验结果表明，施用缓控释肥对花椒具有显著的增产效果，适宜的施肥量为 N、P、K 总量 70kg/667m² 左右，折合无机缓控释肥和有机无机缓控释肥的适宜施用量分别为 152kg/667m² 和 233kg/667m²。

表 11-6　不同缓释肥料用量对干花椒产量的影响

处理	施肥量/(kg/株)	株数/株	总产量/kg	产量/[kg/(667m²)]	增产/%
农民传统施肥	0.65	9	21.5	286.7	100
无机缓释肥	0.65	12	32.2	322.0	112.3
无机缓释肥	0.75	12	36.5	365.0	127.3
无机缓释肥	0.58	9	26.8	357.3	124.6

续表

处理	施肥量/(kg/株)	株数/株	总产量/kg	产量/[kg/(667m²)]	增产/%
无机缓释肥	0.53	9	21.2	282.7	98.6
有机无机缓释肥	0.65	9	23.4	312.0	108.8
无肥	0	8	16.8	252.0	

注：有机无机缓释肥料 N、P_2O_5、K_2O 含量分别为 14%、8%、8%；无机缓释肥料 N、P_2O_5、K_2O 含量分别为 22%、12%、12%

（4）覆盖免耕技术

覆盖免耕技术是减少山地养分流失，提高种植效率的关键技术措施，具体包括免耕播种施肥、秸秆及残茬覆盖、病虫草害防治和深松技术，尤其适合多年生山地特色经济林种植。其主要特征是不频繁翻耕土地，实行夏季生草栽培，用 30% 以上的秸秆及残茬覆盖地表，推行缓控释肥和高效施肥方法等。

2009～2010 年在重庆市江津区先锋镇开展了花椒免耕技术研究。试验设置花椒常规管理、测土配方施肥＋耕作、花椒缓释专用肥＋耕作、花椒缓释专用肥＋免耕 4 个处理，3 次重复。其中，花椒耕作管理指按照花椒的传统管理方法每年进行 3～4 次浅耕除草、3 次扩穴施肥和冬季中耕；花椒免耕指在花椒萌芽前或采收后各喷施一次土壤免深耕调理剂，秋冬季树盘覆盖 5～10cm 厚度的秸秆或残茬，3～7 月在树冠周围撒施缓控释肥 3 次，夏季进行生草栽培。试验结果（表 11-7）表明，花椒免耕栽培比常规管理增产 52.94%，产量达到测土配方施肥水平。花椒免耕栽培可显著减少水土、养分流失，减少土壤侵蚀模数 31.84%，同时节省劳动力投入 41.82%。

表 11-7　免耕栽培对花椒效益和水土流失的影响

处理	平均干花椒产量/(kg/株)	干花椒产量/[kg/(667m²)]	土壤侵蚀模数/[t/(667m²·a)]	劳动力投入/[个/(667m²·a)]	物料投入/[元/(667m²·a)]
常规管理	2.21	265.2	3589	55	280
耕作＋配方施肥	3.56	427.2	3535	55	340
耕作＋缓控释肥	3.25	390.0	3369	55	350
免耕＋缓控释肥	3.38	405.6	2446	32	350

2. 山腰养分原位拦截技术

城郊坡地在长期高强度利用模式下，土壤 N、P 富集，养分失衡，这加速了土壤结构与肥水功能的退化，水土及养分流失异常突出。生物拦截技术是目前国内外广泛采用的一种坡耕地植被恢复和水土流失控制新技术，是维护山地农业生态系统持续发展的有效途径。其主要措施是在坡面沿等高线布局层次分明、乔灌草结合的农林复合植物带。20 世纪 80 年代，国际农村重建机构（International Institute of Rural Reconstruction, IIRR）在东南亚、非洲、拉丁美洲等国家对此项技术进行了系统的试验研究，结果表明（许峰等，2000）此项技术可以改善土壤理化性质，提高土壤肥力，减缓径流，防治水土流失。然而这种技术的应用推广受立地条件、气候等环境因子的影响很大，具有很强的地域性。2008～2010年，重庆市农业科学院在西南城乡一体化城郊农业与环境协调技术集成示范课题中，针对重庆城郊山地农业的特点，通过对特色作物资源的高效立体配置，在重庆江津区先锋示范基地构建了以花椒、柑橘为主体的特色经济林坡地养分原位拦截模式，以常规旱地耕作农业模式和裸地为对照，系统地研究了各拦截系统坡地土壤理化特性、养分变化和水土流失防控效果。

（1）经济林拦截系统提高坡地土壤孔隙度

连续3年的研究结果表明，不同拦截模式的表层（0～20cm）土壤容重和孔隙度与裸地存在一定的差异（表11-8）。土壤容重的大小依次为裸地＞常规耕作＞花椒耕作＞花椒免耕＞柑橘＞柑橘—间作，土壤孔隙度则相反。流域内坡地土壤物理结构性状差，且差异较大，但通过改善，各拦截模式土壤特性随时间的变化呈现一定的规律性。从测定结果来看，所有土壤容重都大于 $1.3g/cm^3$，而一般性状好的土壤容重在 $1.2g/cm^3$ 左右。同时，不同经济林类型和种植方式间的差异极大，以果园（柑橘）拦截系统土壤结构的改善效果最好，尤其是通过果园行间间作，3年后土壤孔隙度比原来提高3.3个百分点，比裸地提高约8.0个百分点。花椒在免耕模式下土壤孔隙度提高较快，免耕3年后土壤孔隙度比原来提高2.3个百分点，比裸地提高7.4个百分点；而花椒表土翻耕条件下孔隙度变化不大。常规坡地旱作农业系统对土壤孔隙度改善效果最差，与裸地间差异不显著。

表 11-8　经济林对坡地表层（0～20cm）土壤物理结构的影响

处理	2008 年		2009 年		2010 年	
	容重/(g/cm³)	孔隙度/%	容重/(g/cm³)	孔隙度/%	容重/(g/cm³)	孔隙度/%
柑橘	1.48	45.11	1.45	46.10	1.46	45.77
柑橘—间作	1.45	46.10	1.41	47.42	1.35	49.40
花椒免耕	1.46	45.77	1.42	47.09	1.39	48.08
花椒耕作	1.47	45.44	1.49	44.78	1.48	45.11
常规耕作	1.52	43.79	1.51	44.12	1.53	43.46
裸地	1.56	42.47	1.53	43.46	1.59	41.48

从不同土层的土壤容重和孔隙度来看，各拦截系统和裸地表现出共同的垂直分布规律（表11-9）。土壤容重以 30～40cm 土层 ＞ 20～30cm 土层 ＞ 10～20cm 土层 ＞ 0～10cm 土层，而土壤孔隙度则相反。不同的拦截系统对各土层容重和孔隙度的影响程度不同，在果园系统内，柑橘根系发达，主要分布在 0～50cm 土层，因此随着土层深度的增加，土壤容重增加，土壤孔隙度下降，但其幅度较小；果园间作对 0～20cm 土层孔隙度的提高和土壤容重的降低具有较好的效果；而花椒根系主要分布在 0～30cm 土层，随土层深度的增加，土壤容重增加，孔隙度下降，但其幅度均小于常规旱作坡地和裸地。

表 11-9　经济林拦截系统对坡地土壤剖面物理结构的影响

处理	0~10cm		10~20cm		20~30cm		30~40cm	
	容重 /(g/cm³)	孔隙度 /%	容重 /(g/cm³)	孔隙度 /%	容重 /(g/cm³)	孔隙度 /%	容重 /(g/cm³)	孔隙度 /%
柑橘	1.37	48.74	1.42	47.09	1.53	43.46	1.63	40.17
柑橘—间作	1.28	51.71	1.38	48.41	1.51	44.12	1.65	39.51
花椒免耕	1.45	46.10	1.52	43.79	1.63	40.17	1.76	35.88
花椒耕作	1.42	47.09	1.53	43.46	1.67	38.85	1.79	34.89
常规耕作	1.43	46.76	1.56	42.47	1.75	36.21	1.83	33.57
裸地	1.48	45.11	1.62	40.50	1.78	35.22	1.86	32.58

（2）经济林拦截系统提高坡地土壤水分涵养功能

对不同拦截系统土壤水分的监测结果表明，裸地的平均含水量最低，其次是常规旱作坡地，花椒土壤含水量高于旱作坡地，果园土壤含水量最高（表 11-10）。不同种植方式对土壤含水量也有较大影响，果园间作土壤平均含水量比果园土壤平均含水量高 2.39 个百分点；免耕花椒土壤含水量比耕作花椒土壤含水量高 1.54 个百分点。不同拦截类型土壤水分的空间分布规律也不相同，裸地的水分分布是下坡＞中坡＞上坡；常规旱作坡地和果园、花椒地的水分分布为下坡＞上坡＞中坡。从各拦截系统的上坡和下坡水分含量差来看，果园间作的上、下坡水分差只有果园土壤上、下坡水分差的 48.93%；免耕花椒的上、下坡水分差只有耕作花椒土壤上、下坡水分差的 31.46%，而裸地的上、下坡水分差最大，达到 2.49%。

表 11-10　经济林拦截系统对土壤水分含量的影响

处理	土壤含水量/%			平均值
	上坡	中坡	下坡	
柑橘	16.32	15.43	18.65	16.80
柑橘—间作	19.53	17.38	20.67	19.19
花椒免耕	16.75	15.68	17.03	16.49
花椒耕作	15.36	13.25	16.25	14.95
常规耕作	12.35	11.89	13.56	12.60
裸地	9.86	10.53	12.35	10.91

注：连续监测数据均为平均值

对雨后各土壤水分含量的动态监测结果（图 11-3）表明，晴天裸地土壤含水量最低，裸地和常规旱作坡地雨后 1d 土壤水分含量急剧上升，之后 2~6d 土壤含水量逐渐下降。从雨后土壤含水量下降幅度和下降速度来看，常规旱作坡地＞裸地＞花椒耕作＞花椒免耕＞柑橘＞柑橘—间作。

尽管土壤含水量受天气、植被覆盖度的不断变化及土壤特性的改善等因素的影响，各拦截模式的土壤水分在时空上具有不稳定性，但从土壤含水量和土壤水分动态变化来看，果园系统和花椒系统较旱作坡地具有更好的保水性，果园间作和花椒免耕将进

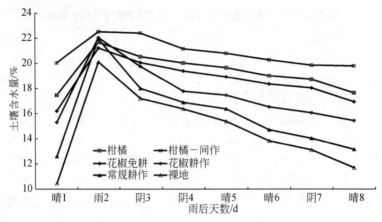

图 11-3　经济林拦截系统对雨后坡地土壤含水量变化的影响

一步提高坡地土壤的保水功能。

（3）经济林拦截系统对土壤氮、磷养分的影响

在高强度利用城郊坡地的情况下，大量 N、P 过度投入，导致 N、P 富集超标和土壤富营养化，旱作坡地、柑橘和花椒土壤速效氮较裸地速效氮含量分别高 35.72%、42.17% 和 25.19%，土壤有效磷分别是裸地有效磷含量的 3.26 倍、3.71 倍和 2.93 倍，土壤速效钾含量与裸地速效钾含量的差异不显著（表 11-11）。不同利用模式影响坡地的养分含量，其中果园间作 N 吸收最多，土壤速效氮含量降低 13.16%；其次是花椒免耕和花椒耕作土壤，其速效氮含量分别下降 8.00% 和 3.12%；而常规旱作坡地和果园土壤速效氮含量分别提高了 3.43% 和 0.95%；裸地土壤速效氮含量下降了 11.73%。土壤有效磷含量除常规旱作坡地外，裸地和其他经济林土壤均呈下降趋势，以果园间作和花椒免耕土壤有效磷含量下降较大，分别降低 39.94% 和 28.54%。土壤速效钾含量除裸地升高 7.53% 以外，其他利用模式均表现为不同程度的下降。土壤有效养分的含量与施肥种类、施肥量、土壤类型有着密切的关系，但从裸地土壤养分含量以及不同作物种植类型的土壤养分动态分析结果来看，果园间作和花椒免耕两种模式具有较好的养分吸纳能力，对坡地 N、P 富营养化土壤具有较好的养分平衡作用。

表 11-11　经济林拦截系统对坡地土壤 N、P 养分含量的影响（2009～2010 年）

处理	速效氮/（mg/kg）			有效磷/（mg/kg）			速效钾/（mg/kg）		
	2009 年	2010 年	差值	2009 年	2010 年	差值	2009 年	2010 年	差值
柑橘	218.45	220.53	2.08	98.62	96.32	-2.30	85.65	83.58	-2.07
柑橘—间作	195.36	169.65	-25.71	87.65	52.64	-35.01	89.65	79.64	-10.01
花椒免耕	182.56	167.95	-14.61	75.36	53.85	-21.51	82.54	77.86	-4.68
花椒耕作	192.36	186.35	-6.01	77.82	70.25	-7.57	75.68	72.56	-3.12
常规耕作	208.53	215.68	7.15	85.65	86.58	0.93	86.58	72.56	-14.02
裸地	153.65	135.62	-18.03	26.56	23.57	-2.99	63.58	68.37	4.79

（4）经济林拦截系统提高坡地土壤有机质含量

土壤有机质是土壤质量的关键与核心，虽然在土壤组成中占的份额很少，但在土壤培肥和农业生产中具有重要意义，不但是土壤养分的重要来源，还可以为植物生长提供较好的物理和化学环境。城郊坡地土壤有机质含量整体较低，流域内土壤有机质含量为 1.3%～1.9%。不同利用模式下坡地土壤有机质含量变化较大，裸地植被稀少，土壤有机质含量随土壤微生物的分解而逐年降低；农业耕作可普遍提高土壤有机质含量，其有机质来源主要是地表作物秸秆、根系和落叶等的输入（表 11-12）。从土壤有机质的增加量来看，柑橘间作＞花椒免耕＞柑橘＞花椒耕作＞常规耕作，这与不同种植模式的地表作物覆盖度和生物量有关，其中果园间作系统的地表覆盖度和生物量最高，而常规旱作坡地的地表覆盖度与生物量呈季节性变化。土壤重组有机质含量与土壤有机质总量的变化规律基本一致，以果园间作和花椒免耕土壤重组有机质含量和增加量较高。从土壤有机无机复合度来看，裸地的复合度最低，在 50% 以下；果园间作和花椒免耕土壤复合度较高，达到 70% 以上；常规旱作坡地的复合度较低，为 55% 左右。不同种植模式提升土壤复合度的效果存在差异，其中花椒免耕可提高土壤复合度 8.04%，果园间作提高土壤复合度 5.67%，花椒耕作提高土壤复合度 4.63%，柑橘提高土壤复合度 2.23%，裸地提高土壤复合度 1.73%，只有旱作坡地土壤复合度降低 1.65%。分析表明，果园间作和花椒免耕模式可显著提高土壤有机质含量和有机无机复合度，利于增强土壤团聚体的稳定性和形成团粒结构，提高城郊坡地土壤肥水保育功能。

表 11-12　经济林拦截系统对坡地土壤有机质含量的影响

处理	土壤有机质/%			重组有机质/%			轻组有机质/%			有机无机复合度/%		
	2009 年	2010 年	差值	2009 年	2010 年	差值	2009 年	2010 年	差值	2009 年	2010 年	差值
柑橘	1.735	1.838	0.103	1.205	1.305	0.100	0.530	0.533	0.003	69.452	71.001	1.549
柑橘—间作	1.862	2.035	0.173	1.563	1.805	0.242	0.299	0.230	-0.069	83.942	88.698	4.756
花椒免耕	1.653	1.786	0.133	1.201	1.402	0.201	0.452	0.384	-0.068	72.656	78.499	5.844
花椒耕作	1.586	1.685	0.099	1.021	1.135	0.114	0.565	0.550	-0.015	64.376	67.359	2.983
常规耕作	1.453	1.503	0.050	0.811	0.825	0.014	0.642	0.678	0.036	55.816	54.890	-0.925
裸地	1.364	1.326	-0.038	0.632	0.625	-0.007	0.732	0.701	-0.031	46.334	47.134	0.800

（5）经济林拦截系统减少坡地水土流失

水土流失是整个山地农业面临的一个共性问题，流失泥沙不仅带走了土壤养分，使得土壤贫瘠、土层瘠薄、土壤生产能力下降，而且直接污染水体，对农业环境构成严重危害。不同的降雨类型存在不同的产流方式，对流域内降水量分别为 12.56mm、34.45mm、53.51mm 的三场典型降雨的径流测定结果（表 11-13）表明，六种坡地利用模式下，裸地的径流深度在三次降雨中均为最大，分别为 8.32mm、10.35mm、18.63mm，径流系数分别为 0.66、0.30、0.35，说明在裸露山地有 39% 以上的降雨会产生地表径流。其他几种模式中的径流深度和径流系数大小依次为常规旱作坡地＞花椒耕作＞花椒免耕＞柑橘＞柑橘间作，以柑橘间作的径流深度和径流系数最小，三次降雨的径流深度分别是裸地径流深度的 18.75%、45.12%、49.65%。在柑橘间作和花椒免耕模式下，只有 13% 和 20% 的降雨产生径流，生态经济林的径流系数较常规旱作坡地的径流系数小，这与地表覆盖度和作物根系发达程度有关。因此，在坡地进行经济林免耕和间作，能够显著降低径流系数，减少降水流失。

表 11-13 经济林拦截系统对坡地土壤地表径流的影响

降水量/mm	处理	径流深度/mm	径流系数	泥沙含量/(g/L)	总水土流失 流失量/(t/hm²)	保持率/%	降水流失 流失量/(t/hm²)	保持率/%	总土壤流失 流失量/(kg/hm²)	保持率/%	无机物 侵蚀量/(kg/hm²)	保持率/%	有机物 侵蚀量/(kg/hm²)	保持率/%
12.56	柑橘	2.35	0.19	1.25	23.53	71.83	23.50	71.75	29.38	91.28	26.32	91.93	3.06	10.40
	柑橘—间作	1.56	0.12	1.01	15.62	81.31	15.60	81.25	15.76	95.32	13.45	95.88	2.31	14.64
	花椒免耕	3.25	0.26	2.35	32.58	61.01	32.50	60.94	76.38	77.33	71.35	78.13	5.03	6.58
	花椒耕作	4.05	0.32	2.68	40.61	51.39	40.50	51.32	108.54	67.79	95.36	70.77	13.18	12.14
	常规耕作	6.38	0.51	3.25	64.01	23.38	63.80	23.32	207.35	38.46	193.60	40.65	13.75	6.63
	裸地	8.32	0.66	4.05	83.54	0.00	83.20	0.00	336.96	0.00	326.20	0.00	10.76	3.19
34.45	柑橘	5.32	0.15	2.35	53.33	48.80	53.20	48.60	125.02	80.67	112.35	82.16	12.67	10.13
	柑橘—间作	4.67	0.14	1.85	46.79	55.08	46.70	54.88	86.40	86.64	72.56	88.48	13.84	16.01
	花椒免耕	6.34	0.18	3.28	63.61	38.93	63.40	38.74	207.95	67.85	190.23	69.79	17.72	8.52
	花椒耕作	7.25	0.21	3.55	72.76	30.14	72.50	29.95	257.38	60.21	238.21	62.17	19.17	7.45
	常规耕作	8.56	0.25	5.23	86.05	17.38	85.60	17.29	447.69	30.79	428.54	31.94	19.15	4.28
	裸地	10.35	0.30	6.25	104.15	0.00	103.50	0.00	646.88	0.00	629.63	0.00	17.25	2.67
53.51	柑橘	11.35	0.21	3.05	113.85	39.27	113.50	39.08	346.18	70.27	308.25	72.56	37.93	10.96
	柑橘—间作	9.25	0.17	2.87	92.77	50.51	92.50	50.35	265.48	77.20	229.64	79.56	35.84	13.50
	花椒免耕	12.36	0.23	4.02	124.10	33.80	123.60	33.66	496.87	57.33	459.82	59.07	37.05	7.46
	花椒耕作	14.56	0.27	4.35	146.23	21.99	145.60	21.85	633.36	45.61	598.67	46.71	34.69	5.48
	常规耕作	17.52	0.33	5.62	176.18	6.01	175.20	5.96	984.62	15.44	904.25	19.51	80.37	8.16
	裸地	18.63	0.35	6.25	187.46	0.00	186.30	0.00	1164.38	0.00	1123.42	0.00	40.95	3.52

三次降雨过程中，各利用模式的累计水土流失总量分别为裸地 375. 15t/hm²、旱作坡地 259. 60t/hm²、花椒耕作 326. 24t/hm²、花椒免耕 220. 28t/hm²、柑橘 190. 70t/hm²、柑橘间作 155. 17t/hm²，其中裸地的水土流失量最大；柑橘间作模式的水土流失量最小，只有裸地水土流失量的 41. 36%，较柑橘系统的水土流失量减少 29. 18%；花椒免耕较花椒耕作减少水土流失 32. 48%。说明在防治坡地水土流失方面，不仅要选择适宜的作物种类，还要采用高效的耕作模式。

在坡地流失土壤中，有机物含量范围为 3% ~15%。不同利用模式下流失有机物所占的比例不同，依次为柑橘间作 > 柑橘 > 花椒间作 > 花椒免耕 > 常规耕作 > 裸地。流失土壤有机物所占的比例大小与土壤有机质含量、施肥等因素有关。从有机物流失量来看，常规旱作坡地的有机物流失量最高，其他几种模式和裸地有机物流失量较低，且差异不显著。

总之，通过对城郊山区特色作物资源的高效配置，在城郊坡地合理布局花椒、果树等特色经济林，配合果园间作和免耕等技术，不仅能够大面积且有效地阻控坡地水土和养分流失，还能提升城郊山地的土壤结构和肥水保育功能，促进城郊 N、P 富集土壤的养分平衡。

3. 谷底养分消纳利用技术

城郊山区谷底和平坝是主要的蔬菜和粮油基地，也是坡地养分流失的汇集区域。谷底养分消纳利用技术就是利用对养分高效吸收的作物品种，通过种植模式的优化，最大限度地吸收利用土壤环境中富集的 N、P 养分，并产生良好的经济效益和生态效益。谷底养分的植物消纳利用是阻止山区局部流失养分向区域扩散，防止农业面源污染和水体富营养化的关键。结合重庆城郊山区谷底平坝的蔬菜产业实际，利用半旱式栽培技术和稻菜轮作技术，对传统产业进行优化，构建半旱式稻菜轮作养分消纳利用技术。主要包括 N、P 高效利用作物品种选择、稻菜半旱式低 N 低 P 栽培等技术。

（1）N、P 高效利用作物品种筛选

以养分高效利用、丰产、优质为选种目标，对水稻、儿菜、大豆、甘薯、马铃薯、白菜等主栽品种进行评比试验，通过对产量、品质、养分吸收量、叶绿素含量等指标的综合分析，已筛选出适宜半旱式免耕栽培的水稻品种渝优 600、Q 优 6 号；儿菜品种丁家杨儿菜、丁家廖儿菜；适宜果园间作的紫云 1 号马铃薯品种，紫色甘薯品种，渝豆 1 号、宁镇 1 号大豆品种，西园四号白菜品种等。

（2）儿菜半旱式免耕栽培技术

以川农 1 号、渝星 1 号、丁家廖儿菜三个儿菜品种（A、B、C）作为主区，设置 5 个施肥水平为副区。施肥处理以常规施肥（尿素 40kg，12% 过磷酸钙 100kg，草木灰 250kg）为对照，其 N、P、K 水平分别为 100%；处理 1 为 70% 的 N、P + 全量 K；处理 2 为 85% 的 N、P + 全量 K；处理 3 为常规施肥方法（CK）；处理 4 为 115% 的 N、P + 全量 K；处理 5 为 130% 的 N、P + 全量 K。试验采用裂区设计，随机区组排列，两次重复。小区长 4. 8m、宽 3. 0m，沟深 30cm，严格控制周围水源、N、P 的进入。各处理以过磷酸钙、草木灰作为基肥，以尿素总量的 20% 作第一次追肥，以尿素总量的

30%作第二次追肥，以尿素总量的50%作第三次追肥。

试验结果表明，同等施肥条件下，丁家廖儿菜和渝星1号的丰产性能显著优于川农1号儿菜（表11-14）。两个高产品种对施肥水平的要求也各不相同，其中渝星1号儿菜在高肥力水平下产量最高，低肥力水平下产量较低；而丁家廖儿菜品种在低肥力与高肥力水平下的产量差异不显著，在70% N、P水平下的产量仅较其最高产量低4.81%，这说明丁家廖儿菜对N、P的吸收效率高，适宜低N、低P栽培。

表11-14　儿菜不同N、P施肥水平对产量的影响

品种	肥料量	儿菜重1/(kg/m²)	儿菜重2/(kg/m²)	平均/(kg/m²)	产量/[kg/(667m²)]
渝星1号	70% N、P	4.55	4.44	4.50	2999.65
	85% N、P	4.34	5.07	4.71	3138.61
	100% N、P	4.74	4.32	4.53	3023.73
	115% N、P	5.44	5.10	5.27	3516.57
	130% N、P	3.99	5.33	4.66	3107.11
川农1号	70% N、P	3.43	4.10	3.77	2512.37
	85% N、P	3.78	3.46	3.62	2416.02
	100% N、P	4.43	3.59	4.01	2675.41
	115% N、P	3.56	3.99	3.78	2519.78
	130% N、P	4.12	3.57	3.84	2564.24
丁家廖儿菜	70% N、P	4.78	4.50	4.64	3096.00
	85% N、P	4.94	4.43	4.69	3125.64
	100% N、P	4.64	4.74	4.69	3131.19
	115% N、P	4.83	4.92	4.88	3252.55
	130% N、P	4.62	4.86	4.74	3160.84

以丁家廖儿菜在70% N、P + 全量K施肥水平下进行半旱式栽培，设置沟深为30cm、40cm，厢宽为2m、3m、4m的二因素三水平完全试验处理。从各处理的产量（表11-15）来看，厢面宽度对儿菜产量的影响不大，而开沟深度对产量影响极为显著。箱宽3m和4m、沟深40cm的产量较高，二者差异不显著。考虑到生产上的机械化操作和劳动强度，适宜儿菜半旱式栽培的箱宽为4m、沟深为40cm。

表11-15　不同沟深、沟宽对儿菜产量的影响

厢宽/m	沟深/cm	儿菜产量重复1 /(kg/m²)	儿菜产量重复2 /(kg/m²)	儿菜平均产量 /(kg/m²)	产量 /[kg/(667m²)]
2	30	4.75	4.97	4.86	3242.18
	40	4.62	4.70	4.66	3107.11
3	30	4.99	4.77	4.88	3256.07
	40	5.16	5.26	5.21	3475.44
4	30	4.91	4.83	4.87	3247.46
	40	5.04	5.36	5.20	3469.79

（3）水稻低 N 低 P 免耕栽培技术

以渝优 600 水稻品种在前作菜地进行半旱式栽培，设置 5 个处理：A，不施肥（CK）；B，667m² 施纯 N 6.5kg + P_2O_5 4.5kg + K_2O 5.0kg；C，土壤/植物调理剂；D，土壤/植物调理剂 + B 的 N、P 施用水平的 60% + B 的施 K 水平；E，土壤/植物调理剂 + B 的 N、P 施用水平的 90% + B 的施 K 水平。重复三次。结果（表 11-16）表明：不施肥条件下，水稻产量达到 506.9kg/667m²，土壤 N、P、K 供肥总量达到 32.26kg/667m²；全量施肥水平下水稻产量为 541.9kg/667m²；单一土壤调理剂处理对水稻的增产效果不大，但土壤调理剂与 60% 的 N、P 配合施肥处理，其水稻产量达到全量施肥水平的 99.28%；土壤调理剂与 90% 的 N、P 配合施肥处理，仅较全量施肥处理增产 1.53%。说明通过半旱式稻菜轮作，每年最多可以消纳土壤中 32.25kg/667m² 的 N、P、K 养分，土壤调理剂的施用将减少 40% 的 N、P 投入量。

表 11-16　水稻半旱式栽培试验结果

处理	基本苗	最高苗高/cm	有效穗/个	穗着粒/粒	穗实粒/粒	千粒重/g	产量/[kg/(667m²)]
A	5.1	15.60	10.9	209.8	170.7	28.3	506.9
B	5.1	19.27	12.4	201.3	161.5	28.2	541.9
C	5.1	18.07	12.6	200.2	158.6	28.1	528.5
D	5.1	18.03	12.5	200.7	160.2	28.6	538.0
E	5.0	20.97	12.4	203.9	165.1	28.9	550.2

（4）半旱式稻菜轮作的养分消纳效果

对传统蔬菜和水稻种植模式与半旱式稻菜轮作模式的产量、产值和施肥水平与作物养分吸收量进行分析（表 11-17）。结果表明，传统蔬菜种植模式经济效益最好，但过量的化肥投入每年使得土壤和水体中累积 35kg/667m² 的 N、P、K 养分。水稻种植模式的养分消纳能力最强，但经济效益最差。半旱式稻菜轮作模式的经济效益是水稻种植模式的 4.16 倍，是蔬菜种植模式的 65.43%，同时其每年能够消纳土壤中 15.9kg/667m² 的 N、P、K 养分，这说明半旱式稻菜轮作模式兼具较高的经济效益与巨大的生态效益，是城郊山区谷底养分消纳利用的理想模式。

表 11-17　半旱式稻菜轮作的养分消纳效果

种植模式	产值/[元/(667m²)]	产量/[kg/(667m²)]	施肥量/[kg/(667m²)]			作物吸收养分量/[kg/(667m²)]			环境贡献量/[kg/(667m²)]		
			N	P	K	N	P	K	N	P	K
蔬菜	3500	7000	30	20	20	14	7	14	16	13	6
水稻	550	550	6.5	4.5	5	14	6	15	−7.5	−1.5	−10
稻菜轮作	2290	4040	12.9	8.7	15	21	9.5	22	−8.1	−0.8	−7

4. 城郊山地立体农业产业技术

（1）养分控源保育花椒免耕产业技术

花椒属于芸香科花椒属植物，有温中散寒、燥气杀虫、行气止痛等功能。花椒是喜温植物，一年生苗在 -18℃时枝条受害，成年树在 -25℃时枝条受害。花椒对酸碱度要求不严格，一般 pH 6.5 ~ 8.0 均能种植，但以 pH 7.0 ~ 7.5 生长最好。一般以土壤肥沃的中壤为宜，耐旱，忌涝渍。花椒萌枝力强，耐修剪。

花椒的栽培技术因品种、气候、地区的不同而异，这里以重庆市江津区优良品种九叶青花椒为例介绍花椒的栽培技术，主要包括育苗、栽植、土壤改良、施肥、修剪、病虫害防治、果实采收等内容。

1）播种育苗。用于育苗的种子，必须选择生长健壮、结实多、丰产稳产、品质优良、无病虫害的中年树（盛果树）作为采种母树进行采集。种子必须充分成熟，以保证种子的发芽力和苗木的健壮。一般在白露前后 10d 采摘，采回来的果实应将其置于阴凉处晾晒 3 ~ 5d，果皮裂开后种子自然脱落，用筛子将果皮和种子进行分离，再用手搓洗种子至有热感，以去除表面的油脂和腊质，然后用清水冲洗，如此反复 2 ~ 3 次即可。去果皮、油脂和腊质后，将种子铺放于通风处阴干待秋季播种。

育苗地土层应当深厚肥沃，砂质壤土较好。地势应选择背风向阳、日照好、稍有坡度的开阔地。播种前应施足底肥，每箱施过磷酸钙 5kg，翻挖后打细整平，浇透水。播种一般在 9 月进行，首先要陇箱开沟，箱宽 1m，沟宽 15cm，然后顺沟条播，每 $667m^2$ 用种量 10 ~ 15kg。播后盖 1cm 左右厚的细土，覆盖地膜或秸秆，以保温保湿。苗高 5 ~ 6cm 时间苗，株距 12 ~ 16cm。同时结合中耕除草，以利于苗木健壮生长，操作要细致，不要伤苗，多在浇水或降雨后进行。

2）合理密植。花椒定植应做到"窝大底平，深挖浅栽，重施底肥，聚土回填，根深苗直，水分充足"。花椒栽植应选排水性好的坡地，阳坡或半山坡沙质壤土最好。花椒定植分春季定植和秋季定植，春季栽植一般在 4 月进行，秋季定植一般在 10 月进行。栽前按计划确定栽植点，按行距 3m，株距 3m 进行挖穴，一般定植密度为 75 株/$667m^2$，挖穴深约 20cm，每株施过磷酸钙 0.2kg，并做到肥土拌匀，填入穴内，定植灌水后用干细土覆盖穴面，防止水分蒸发。两周后，每株施尿素 0.025kg，或有机肥 0.2kg，应距离苗根部 15cm，以防烧苗。

3）深松土壤。花椒是一种深根性植物，根系生长旺盛，需要通气良好和富含有机质的土壤。多数山地花椒园土层浅，质地粗，保肥蓄水能力差，通过深松土壤可以改良土壤结构和理化性质，加厚活土层，有利于根系的生长。传统种植一般采用秋冬季树盘浅耕，冠外深翻扩穴，以达到熟化土壤的目的。在花椒免耕栽培条件下，一般在春季和秋季全园地表各喷施一次土壤免深耕调理剂（0.2kg/$667m^2$），就可以达到疏松土壤的效果。结合树盘秸秆覆盖和行间生草栽培，则对改善土壤结构，提高土壤有机质和水分含量效果更为明显。

4）平衡施肥。花椒的正常生长与结果，需要从土壤中吸收一定量的各种营养物质，尤其是 N、P、K 三大元素对花椒树的成长与果品丰收有重要的作用。根据基肥、追肥等不同施肥时期以及不同肥料性质，采用环状沟施或撒施为宜。花椒基肥以有机肥和磷肥为主，大多采用环状沟穴施肥；追肥以缓控释花椒专用肥或速效性复合肥为主，大多采用撒施。花椒施肥量根据树体大小、产量高低来确定，一般每株可施花椒有机专用复合肥 0.1 ~ 0.2kg 或复合肥 0.1 ~ 0.2kg 加有机肥 3 ~ 5kg。花椒 N、P、K 施肥比例为 4:3:3。

5）整形修剪。花椒幼树易徒长，造成枝条混乱，结实性差。因此，幼树主干长到约 30cm 时，应进行修剪，以采取摘心控长为主，在不同方向培养 3 ~ 5 个一级主枝，待一级主枝长到约 20cm 时，再进行一次修剪。在每个一级主枝顶端萌生的枝条中选留长势较好的 3 ~ 5 个二级主枝。当主枝长到约 70cm 时，采用竹竿将主枝向下垂压至 70° 左右。要对结果树的冠内枝条进行细致修剪，以疏为主，疏除病虫枝、交叉枝、重叠枝、密生枝和徒生枝，为树冠通风透光创造良好条件。对结果枝要去弱留强，交错占用空间，做到内外留枝均匀。在树枝发芽后，进行抹芽与去枝，抹除背上旺枝、徒长枝和背下细弱的枝芽，剪去周围萌蘖枝。一般全年抹芽除萌 2 ~ 3 次。为促进花芽分化和提高坐果率，在冬季进行断梢。

6）病虫害防治。花椒主要的病虫害有锈病、蚜虫和钻心虫。锈病是一种真菌病毒，多发生在 7 ~ 10 月，主要危害叶片，阴雨潮湿天气发生程度较重，发病时用晴菌唑、国光必治或红康三者任选一种 5g 混合 15kg 水喷布树枝和叶片。蚜虫和钻心虫是花椒树的主要虫害，一般发生在 3 月、5 月和 9 月，基本同期发生，对椒树的生长和产量影响甚大。为此，在虫害易发时期应随时注意关注虫情，如有发生及早用腚虫咪和蜻蚜净各 30mL 混合 15kg 水喷布杀虫。

7）果实采收。九叶青花椒一般在 5 月下旬至 6 月底成熟，成熟时果皮成鲜绿色，表面长有油胞，清香味和麻辣味浓郁。采收前，要先在椒树下铺好塑料膜，采摘时，以使用剪刀为主，一手握住枝条一手用剪刀剪断枝条，每根枝条以 50cm 长为宜，轻拿轻放置于塑料膜上，然后将果实一穗一穗地小心剪断，放入篮筐内。整个采收过程需轻拿轻放，切忌手指紧捏椒粒，压破果皮上的油胞，造成"跑油椒"或"浸油椒"。采收完毕后，当天就可将鲜花椒进行分级真空包装，在低温冻库中长期保存。或者将采摘的鲜花椒晒制成干花椒长期保存。

(2) 养分原位拦截果园间作产业技术

果园间作是利用果树行间空地，种植适宜的间作物，这不仅提高了土地和温光资源的利用率，增加了经济收益，而且对培养地力，改善地面环境条件，防止水土流失，节省果园管理费用和促进果树生长发育都有良好作用，是我国广泛采用的一种果园土壤管理方法。经过长期的研究和实践，人们已经总结出了果粮、果棉、果油、果药、果菜、果瓜、果肥等间作模式。山地果园间作产业技术包括山地果园建园和果树及间作物的种植技术。由于各地气候和自然条件有差异，加之果树和间作物种类、品种千差万别，果树和间作物的种植密度、肥水管理措施各异，难以制定统一的果园间作产业技术标准，以下将以西南山区柑橘间作为基础，总结制定城郊山区养分原位拦截柑橘间作产业技术。

a. 建园技术

●新建果园的基本要求

新建果园要求集中连片、土层深厚、交通方便、海拔400m以下、坡度不超过25°、水源不少于100t/（667m² · a）。

●道路系统

1）道路类型与密度。

道路系统由主干道、支路和便道组成，以主干道和支路与便道连接。主干道按双车道设计，支路按单车道设计，在视线良好的路段适当设置会车道。

果园内支路密度：原则上果园内任何一点到最近的支路、主干道或公路之间的直线距离不超过150m，特殊地段控制在200m左右。支路尽量采用闭合线路。

便道之间的距离，或便道与支路、主干道或公路之间的距离根据地形而定，一般控制标准为果园内任何一点到最近的道路之间的直线距离在75m以下，特殊地段控制在100m左右。行间便道直接设在两行树之间，便道一般采取水平走向或上下直线走向，在坡度较大的路段修建台阶。

2）道路结构与技术参数。

本着因地制宜，就地取材的原则，路面结构设计为简易泥结石路面和块石（条石）路面，在纵坡大或转弯半径小的路段采用块石（条石）路面，其余为泥结石路面，石料强度要求不低于4级（不风化的砂石）。主干道和支路的填方路基必须夯实，密实度达到85%以上，路面结构基层为15cm厚手摆片石，5cm厚泥结碎石路面，路拱排水坡度3%~4%。

主干道：双车道，路基宽7.0m，路面宽6.0m，路肩宽0.5m。

支路：单车道，路基宽4.0m，路面宽3.0m，路肩宽0.5m。

会车道：线路长的单车道需要设会车道。会车道位置应在有利地点，并能使驾驶人员看到相邻两会车道间的车辆。设置会车道的路基宽不小于6m，有效长度不小于10m。

便道：路宽1.0~2.0m，为果园小区内运输道路，要求规范修筑。

●水利系统

1）蓄水系统。

水池设计要求：水池应尽量采用标准设计，或按五级建筑物根据有关规范进行设计。水池池底及边墙可采用浆砌石、素混凝土或钢筋混凝土。地基土为弱湿陷性黄土时，池底应进行翻夯，深度不小于1.1m。

水池类型有如下几种。

大蓄水池：规格7m×6m×2.5m，有效容积90m³左右，每（40~50）×667m²果园建1个。

中型蓄水池：规格6m×4m×2m，有效容积45m³左右，每（20~30）×667m²果园建1个。

小蓄水池：规格1.2m×1m×1m，有效容积1m³左右，每667m²果园建2个。

各种蓄水池的田间搭配可以采用大蓄水池与小蓄水池搭配建设，也可以采用中型蓄水池与小蓄水池搭配建设。

2）排水系统。

排水系统的组成：排水系统由拦山沟、排洪沟、排水沟、背沟和沉沙凼组成。排水系统拦截的地面径流，可将其引入蓄水池、水塘或水库，也可直接排到果园外。

排水沟结构：

拦山沟。果园上方有汇水面的，需要修建拦山沟，用于拦截果园上方的山水，使其汇入排洪沟或排水沟。拦山沟的大小规格视上方汇水面大小而定，一般为宽 0.6 ~ 1.0m，深 0.6 ~ 1.0m。拦山沟旁每隔 20 ~ 40m 设一个沉沙凼，减少泥沙下山，同时兼有蓄水作用。拦山沟主要沿等高线设置，比降 3‰ ~ 5‰。

排洪沟。排洪沟以自然形成的沟渠整治和连通为主，具体尺寸根据汇水面大小和自然形成的排洪沟大小确定，但一般要求深度大于 0.8m。

排水沟。主排水沟上宽 0.6 ~ 0.7m，底宽 0.3 ~ 0.4m，深 0.6 ~ 0.8m。次排水沟上宽 0.4 ~ 0.6m，底宽 0.2 ~ 0.4m，深 0.3 ~ 0.6m，比降 3‰ ~ 5‰。此外，顺坡排水沟每隔 15 ~ 30m 设一个 $1m^3$ 左右的沉沙凼。

背沟。梯地在梯壁下离梯壁 0.3 ~ 0.5m 处设背沟，背沟上宽 0.4 ~ 0.5m，底宽 0.2 ~ 0.3m，深 0.4 ~ 0.5m，比降 3‰ ~ 5‰。短背沟在两头设沉砂凼，长背沟除在两头设沉沙凼外，中间每隔 20 ~ 30m 增设一沉沙凼，沉沙凼长宽深各 0.6m。背沟离柑橘树干之间的距离要求大于 1m。

3）灌溉系统。

果园灌溉类型：田间灌溉管网采用滴灌、固定管道灌溉、移动灌溉机组等三种形式。固定浇灌灌网和移动式管网周转水池可与沼液周转池合并修建，实现施肥、灌溉一体化，要求在池底部中间位置修建沉淀坑，同时安装排污管，以利有害重金属的处理和排除。

灌溉管网设施与技术参数：

滴灌系统。滴灌系统由水泵、过滤系统、网管系统、施肥设备、网管安全保护设备、计算机控制系统、电磁阀和控制线、滴头等组成。滴头间距 0.75m，幼树期每株树一个滴头，随树冠增大逐步增加到每株树 4 个滴头，滴灌按照 $1m^3/667m^2$ 的标准建周转水池。

固定管网灌溉。按照每 50m 一个出水桩配置浇灌管网设计，出水桩管径 50 ~ 60mm，按照 $2m^3/667m^2$ 的标准建周转水池或沼液周转池。

移动灌溉机组。每（50 × 667）m^2 配置一套出水量 4t/h 的移动灌溉机组，按照 $3m^3/667m^2$ 的标准建周转水池或沼液周转池。

• 土壤改造

城郊山区果园用地绝大多数为具有简易阶地的旱坡地或丘陵水田。建园时尽可能保留现有梯田或阶地，只对少量极不规则地块和影响树位的特殊位置进行适当调整。果园改土大多采用简易改土、定植穴改土、水田改土和回填定植穴四种方法。

1）简易改土。土层厚度大于等于 0.5m 的旱地采用简易改土，每行挖一宽 1m、深 0.8m 的种植沟，全部回填耕作层土壤，尽量多压埋改土材料。挖沟时挖起来的生土或成土母质放在行间风化，并种植间作或熟化绿肥。

2）定植穴改土。土层厚度小于0.5m的旱地需挖穴改土。旱地土壤易冲刷，保水力差，改土方式采用挖定植穴，挖穴深度0.8～1.0m，直径1.5～2.0m，要求定植穴不积水。积水的定植穴要通过爆破，穴与穴通缝，或开穴底小排水沟等方式排水。挖定植穴时，将耕作层土壤放一边，生土放在另一边。

3）水田改土。水田改土前需顺坡方向在每块田里挖排水沟和背沟，尽快放干田中积水，种植2～3季旱作，最好种植大豆、花生、蚕豆等豆科作物，将水田改造成旱作土。作物秸秆用于改土，增加土壤有机质含量。水田改土用壕沟式改土，挖一宽1.0m、深0.8m的种植沟，全部回填耕作层土壤，尽量多压埋改土材料。

4）回填定植穴。在回填定植穴时，只回填耕作层土壤。挖定植穴时若挖起来的耕作层土壤不够回填定植穴，要在定植穴周围取耕作层土壤回填。回填时，每1m³用杂草、作物秸秆、树枝、农家肥料等改土材料30kg左右，分3～5层填入沟内，如有条件，应尽可能采用土、料混填。粗料放底层，细料放中层，每层填土0.15～0.20m。回填时，一层土一层改土材料，上面又一层土一层改土材料，依此类推，直到将定植穴填满并高出原地面0.3～0.4m。pH低于6的土壤，在改土时可加入一些石灰，提高土壤pH。定植后逐年深翻扩穴并压埋有机肥，保证投产前每株树有4～5m³的肥沃土壤，从而为根系生长提供良好土壤环境。

b. 柑橘定植与间作技术

● 柑橘定植

采用经纬仪放线，方格网定植。梯田占多数的片区，一般采用行向与坡向垂直，株向与坡向平行的方式。坡地占多数的片区，一般采用行向与坡向平行，株向与坡向垂直的方式。

1）定植密度。栽植密度由品种、砧穗组合、土壤、地形地貌和管理水平确定。以枳、枳橙作砧木的柑橘品种，一般株距3～5m，行距5～7m，栽植密度为30～60株/667m²。长势旺盛的品种或在肥水条件好的区域，栽植密度适度降低。相反，栽植密度需适度加大。

2）栽植时期。柑橘栽植最适宜的时期应根据柑橘物候期和气候条件来确定。春季移栽应在春梢萌动之前进行，这样对抽发春梢的数量影响较小，夏梢也能正常抽生，成活率高。秋季一般在土温19℃以上，雨天较多，光照不强，蒸发量不大，空气相对湿度较大，呈阴雨湿润天气时，栽植成活率最高，最好不在冬季移栽。

3）栽植方法。栽植苗木必须是纯正的脱毒良种柑橘苗，生长量要达到规定的一级苗木标准（表11-18）。

表 11-18　柑橘一级苗标准

种类	砧木	级别	苗木径粗/cm	分枝数量/条	苗木高度/cm
甜橙	枳	1	≥0.8	3	≥(55～60)
	≥60	枳橙	1	≥1.0	3

在栽树苗以前，仍需按设计的定植规格，在方格网控制的桩位上，经纬仪复线。在定植点用石灰打个"十"字，并在"十"点插竹竿，然后将定植板放在穴位上，用两根小竹竿卡住定植板两头凹眼，取出定植板，用钻孔器在定植点垂直向下钻一直径20cm、深60cm的定植孔，定植板复位并灌水至2/3定植孔深度。将树苗从育苗桶中取出，去掉表层和底部营养土，理直底部弯曲根，将树苗根系均匀地向四方展开，一人将树苗放入定植孔中，根茎露出，另一人用木杆或锄把在定植孔周围斜插下去，将泥土推向定植孔，边填土边灌水，做成泥浆，使土壤与根系完全接触，最后灌足定根水。定植深度，以苗期生长根茎露出地面为宜。

- 果园间作

1）间作原则。

无共生病虫害原则：果树与间作物无共生性病虫害，或病虫不相互转主，以免加重危害。

共生期短、肥水竞争最小化原则：选用生育期短，肥水需求量较小的作物品种，避免果树与间作物养分吸收高峰期重叠。

矮秆、省工原则：果园间作物以矮秆作物和短藤蔓作物为宜，间作物与树杆间距1m以上，易管理，省工省时。

生态优先原则：果园间作物地表覆盖率高，秸秆还田量大，利于培肥地力，防止水土流失，同时果树与间作物间相互促进生长。

经济高效原则：选用抗逆性强，耐阴，耐瘠薄、经济价值高的特色作物品种合理轮作换茬，提高经济效益。

2）间作模式。

果—粮间作模式：在行间种植甘薯、马铃薯、豆类等农作物，当年增收 900～1200 元/667m^2。

果—苗间作模式：在果树行间密植绿化、花卉、果树砧木等苗木，年增收 1500～2000 元/667m^2。

果—油间作模式：在行间种植花生、芝麻等油料作物，当年增收 500～800 元/667m^2。

果—药间作模式：山区果园行间可种植麦冬、桔梗、生地等矮秆药材，多年或隔年收入 1000～4000 元/667m^2。

果—菜间作模式：在土壤肥沃的新建果园行间种植大蒜、萝卜、生菜等多种蔬菜，以叶菜、茎菜为主，一年可种多茬，当年增收 1500～2000 元/667m^2。

果—菌间作模式：在正常结果果园林下种植蘑菇、球盖菇、木耳等食用菌，当年增收 2000 元/667m^2 以上。

果—肥间作模式：在正常结果果园林下种植牧草、绿肥，通过生草覆盖、压青和提供饲料，对提高果园土壤肥力效果显著。

3）周年间作的时间安排。为了提高果园间作的经济效益和生态效益，根据当地的气候和自然条件，通过间作物种类和时间的合理安排，实现果园的周年间作。在我国西南及南部山区主要采用"春大豆—大蒜—马铃薯"、"马铃薯—甘薯—萝卜（白菜)”、“马铃薯—冬豆—叶菜”等高效间作组合实现果园的周年间作。

4）间作密度优化。果园行间距一般都为 4~6m，为了充分发挥作物的边际效应，对间作物的间作方式与大田种植方式不同，主要采取双行高密度种植，沿行间中心线两侧等距离布局间作物定植行，间作物与树干间距大于 1m 以上。各主要间作物的间作参考密度和株行距如表 11-19 所示。

表 11-19 柑橘园间作物种植密度参考指标

间作物种类	间作行距/m	间作株距/m	间作密度/[株/(667m²)]	间作物产量/[kg/(667m²)]
春大豆	0.8	0.15	2 700	200
冬大豆	0.8	0.35	1 200	340
马铃薯	0.8	0.15	2 700	3 400
紫色甘薯	0.8	0.20	2 100	2 050
白菜	0.8	0.30	1 400	2 800
萝卜	0.4	0.20	4 100	3 000
生菜	0.8	0.15	2 700	1 300
大蒜	0.2	0.10	17 000	1 200
花生	0.8	0.20	2 100	630

c. 柑橘与间作物管理技术

● 土壤管理

间作果园土壤管理以微型旋耕机行间耕作为主，行间旋耕宽度 1.0~1.5m，通过 1~2 次旋耕平整，根据不同作物种类进行开沟条播或起垄定植，间作期间不再翻耕，作物收获后秸秆翻埋或覆盖树盘。

● 施肥

间作柑橘园肥水管理以柑橘为主，间作物为辅，施肥应充分满足柑橘生长结果及间作物对各种营养元素的需求，提倡结合土壤和叶片分析结果进行针对性配方施肥，多施有机肥，合理施用化肥。

1）柑橘施肥。柑橘以土壤施肥为主，有滴灌施肥、环状沟施、条沟施、穴施和土面撒施等方法。每次沟施或穴施在树冠东、南、西、北方向对称轮换位置进行，深度 0.2~0.4m。不同树龄的施肥时期与施肥量各有差异。

幼树施肥：柑橘幼树的施肥原则是“次多量少、氮、钾肥为主、磷肥配合，尽可能多施有机肥”。幼树施肥的 N、P、K 比例一般为 1:(0.3~0.5):(0.6~0.8)，一年生、二年生和三年生幼树分别年施纯 N 80~120g、120~200g 和 200~300g。2~3 月的春梢肥、5 月的早夏梢肥、6 月的夏梢肥和 7~8 月的秋梢肥施用量分别占全年施用量的 30%、20%、30% 和 20% 左右。氮、钾肥宜溶解在腐熟稀粪尿或清水中，直接浇施在树冠滴水线下，厩肥等有机肥挖深 0.3~0.4m 沟施，过磷酸钙或钙镁磷可在夏季进行一次性沟施。

初结果树施肥：以“适施春肥、控制夏肥、重施秋肥”为原则。N、P、K 比例为 1:(0.5~0.8):(0.6~0.8)，年施纯 N 300~400g。2~3 月的春肥、5~6 月的夏肥和

7月的秋肥用量分别占全年施用量的30%、20%和50%左右。施肥方法与幼树相同。

成年树施肥：柑橘成年树实施以果定肥，一般产果100kg施纯N 0.7~1.0kg，N、P、K比例以1:(0.5~0.8):(0.8~1.0)为宜，分花前肥、壮果肥和基肥三次施入。其中花前肥以速效肥为主，氮、磷、钾肥施用量占全年总量的20%~30%；壮果肥以氮、钾肥为主，配合施用磷肥，氮、钾肥施用量各占全年总量的40%~50%，磷肥施用量占全年总量的20%~30%；基肥以有机肥为主，在采果前或采果后进行沟施，其中有机肥折合氮肥施用量应占全年总量的20%~30%，磷肥与有机肥混合施入，磷肥施用量占全年总量的40%~50%，钾肥施用量占全年总量的10%~20%。

2）间作物施肥。果园间作物施肥以基肥为主，在播种或移栽前整地时一次性施入，主要间作物参考底肥施肥量如表11-20所示。

表11-20　柑橘园间作物施肥参考指标

间作物种类	N/[kg/(667m²)]	P₂O₅/[kg/(667m²)]	K₂O/[kg/(667m²)]	秸秆/[kg/(667m²)]
春大豆	1	1.5	0.5	0
冬大豆	1	1.5	0.5	0
马铃薯	8	3.0	15.0	1 000
紫色甘薯	3	2.0	9.0	1 000
白菜	5	4.0	15.0	1 500
萝卜	4	2.0	4.0	1 000
生菜	3	2.0	2.0	0
大蒜	4	3.0	5.0	2 000
花生	3	3.0	6.0	0

d. 病虫防治

1）防治原则。积极贯彻"预防为主，综合防治"的植保方针，以农业和物理防治为基础，生物防治为核心，按照病虫害的发生规律，科学使用化学防治技术，有效控制病虫危害。

2）防治方法。

农业防治：通过种植防护林，选用抗病品种，园内间作及冬季清园等农业措施，减少病虫源，加强栽培管理，增强树势，提高树体自身抗病虫能力。

物理机械防治：应用频谱杀虫灯引诱或驱避吸果夜蛾、金龟子、卷叶蛾等。利用大实蝇、拟小黄卷叶蛾等害虫对糖、酒、醋液的趋性，在糖、酒、醋液中加入农药对其进行诱杀；应用黄板诱杀蚜虫、粉虱等。

生物防治：人工引移、繁殖释放尼氏钝绥螨防治螨类；用日本方头甲和红点唇瓢虫等防治矢尖蚧；用松毛虫、赤眼蜂防治卷叶蛾；用澳洲瓢虫防治吹绵蚧等。提倡使用苏云金杆菌、苦烟水剂、松脂合剂、石硫合剂、波尔多液、矿物油乳剂等生物和矿物源农药。

化学防治：使用药剂防治应符合GB 4285、GB/T 8321.1-7的要求，不得使用高毒、高残留农药。病虫防治应在危害初期进行，应严格控制安全间隔期、施药剂量和施药次数。

e. 杂草防治

间作果园的杂草防治以秸秆覆盖和微型机械除草为主。

f. 实时采收

柑橘和间作物成熟后应及时采收，间作物秸秆应全部翻埋还田或覆盖。

（3）养分消纳利用稻菜轮作产业技术

通过半旱式稻菜轮作的应用，不仅可以预防连作菜地的盐渍化和连作障碍，修复土壤结构和功能，减少土传病害，还能消纳富营养化土壤及坡地流失汇集的大量 N、P 养分。在试验研究的基础上，总结制定适宜于城郊山区谷底养分消纳利用的半旱式稻菜轮作产业技术，为城郊山区稻菜轮作产业的示范推广提供技术支撑，保障城郊农业高效可持续发展。

a. 半旱式水稻产业技术

冬水田，尤其是冷浸、深脚烂泥田和大肥田采用半旱式耕作法，具有协调稻田水、肥、气、热矛盾，改良土壤结构，减少土壤中有毒物质的危害，有利于保持根系活力，蓄水防旱，进行稻田养鱼，水旱轮作等综合利用多方面的优点，且增产增收效果显著。

1）选用优良品种，培育适龄壮秧。选用适应性广、丰产性好、品质优、抗逆性强的渝香 203、Q 优 6 号和渝优 600 等水稻优良品种种植。一般在 3 月上旬连续 3d 以上气温稳定在 10℃ 以上时（旱育秧气温稳定在 8℃ 以上），抢晴天播种，采用地膜增温育秧、旱育秧苗，水田每 $667m^2$ 用种 1.5～2kg，4～5 叶中苗移栽的每 $667m^2$ 秧田播种量 30kg 左右（以干谷计算）。

2）及时开沟作厢。首次进行半旱式种植的稻田，一般在栽秧前 7～10d 第一次开沟作厢，临栽秧时进行填平补齐；开厢时，正沟田厢沟应与水流的方向平行，风口厢沟应与风向垂直，以利于排水防风抗倒；一般 1 厢 1 沟宽 240～360cm，其中沟宽 30cm，沟深 26～30cm（厢面栽 8～12 行）。

3）中苗移栽、栽足基本苗。秧苗 4 叶左右及时移栽，210～330cm 宽的厢面栽 8～12 行，拉绳定距栽插窝距 20～22cm，窝植 2 粒谷苗，机插秧将取秧量调到中至高档位，以确保 $667m^2$ 栽 1 万苗以上、基本苗 3 万左右。直播田于 3 月 25 日至 4 月上旬催芽播种（短芽谷），$667m^2$ 用种量（干种子）2～3kg，播种时先播种量的 70%～80%，余下的种子用来进行调密补匀。

4）配方施肥，增磷、钾肥。前作为儿菜的稻田肥力水平较高，一般 $667m^2$ 施纯氮肥（N）6～8kg、磷肥（P_2O_5）3～4kg、钾肥（K_2O）6～8kg。其中氮肥的 60% 作底肥，25% 左右作分蘖肥，15% 左右作穗粒肥；磷肥、钾肥全作底肥施用。底肥于第一次开沟平厢后施用，亦可施用水稻专用复合肥，一般 $667m^2$ 施 25% 的水稻专用复合肥 25～32kg，或 40% 的水稻专用复合肥 14～19kg。分蘖肥于移栽后 7～10d 施用，$667m^2$ 施尿素 3～5kg。穗粒肥于孕穗期（含大苞）施用，$667m^2$ 施尿素 2～3kg。

5）科学管水。水稻移栽（播种）时沟中灌满水，厢面处于湿润状态；返青期厢面保持 3 cm 左右的浅水层；分蘖前期保持沟中灌满水，使厢面处于湿润状态，当群体分蘖达到要求穗数的苗数后，及时降低水位至半沟水，以控苗促根，增强根系活力，干湿壮籽，降低田间群体湿度，减少病虫危害。水稻收后种植儿菜等旱地作物时，沟中保持8cm左右的浅水层，以蓄水防旱。

b. 半旱式儿菜产业技术

• 品种选择

选用丁家儿菜（早富1号、杨儿菜、唐儿菜、廖儿菜）、临江儿菜（渝星1号、云峰8号、民哈哈1号）等高效品种。

• 适时播种

重庆地区在处暑至白露之间播种，具体播种时间根据海拔高低确定。海拔500m以下地区8月28日至9月10日播种；海拔500~800m的地区8月25日~9月7日播种。早播病毒病重，晚播产量低。

• 培育壮苗

选择肥沃、疏松、向阳、排灌方便、无病虫害的地块作苗床。

苗床施足底肥：播种前20d，深翻炕土，每667m² 施入腐熟人畜粪1000kg、过磷酸钙15kg、草木灰50kg作基肥，pH小于6.0的土壤，每667m² 施入石灰100~150kg，并与床土混匀，以调节土壤酸碱度。

苗床开沟作厢：厢宽130~150cm，沟宽20cm、沟深15cm，平整厢面，做成龟背形，苗床四周开排水沟。

稀播匀播：播种前泼施腐熟粪水使厢面湿润。每667m² 苗床用种量400~450g，播种时力求均匀，播种后覆盖0.5cm厚的石谷子或细沙，并盖遮阳网或稻草。

苗期管理：播种2~3d后出苗，要及时搭架遮阳，晴天10点钟左右盖，下午4点钟左右揭，以防幼苗徒长。幼苗具有1~2片真叶时及时匀苗，应注意去掉杂苗、弱苗、病苗以及特大苗，匀苗后施腐熟人畜清粪水（水肥比9:1）提苗。当幼苗三叶一心、苗龄15d左右时，以10cm见方假植，假植后浇清淡腐熟畜粪水定根，假植期15~20d。当幼苗具有5~6片真叶、苗龄30~35d时即可定植。苗期应注意防治蚜虫和黄曲条跳甲。采用防虫网、黄板诱杀、银灰薄膜驱赶、生物农药防治等方法防治蚜虫。

• 开厢施底肥

水稻收获后，每间隔2~3m开挖1条排水沟，沟宽30~40cm，沟深30~40cm。稻田儿菜提倡免耕栽培，定植前7~10d打窝施底肥，基肥以有机肥为主，每667m² 施入腐熟堆肥1000kg（或腐熟干猪粪500kg，或腐熟干鸡粪200kg）、过磷酸钙30kg。

• 定植

定植前一天，苗床洒一次水、施一次药（吡虫啉），以便带土带药移栽，提高成活率。早熟品种株行距为50cm×60cm，667m² 栽2200株左右；中晚熟品种株行距为60cm×60cm，667m² 栽1800株左右。定植后施定根水。

• 田间管理

1）适时追肥。追肥的原则是前期轻、中期重、后期轻。整个生长期追肥三次，第一次在定植成活后，用2:8（2份肥，8份水）的稀薄人畜粪水追施；第二次在定植后35d左右重施开盘肥，每667m² 用腐熟人畜粪水或沼液2000kg加3kg尿素、20kg过磷酸钙和 20kg 硫酸钾；第三次在定植后 60d 左右儿菜迅速膨大的初期，每 667m² 用腐熟人畜粪水或沼液 2000kg 加 5kg 尿素追肥。

2）浅耕除草。儿菜切忌深挖中耕，深挖伤根会诱发病害，尽量在行间土表 2cm 浅刨或扯草免中耕。

● 病虫害防治

儿菜病害主要有病毒病、软腐病和霜霉病，虫害主要有蚜虫和黄条跳甲。

病毒病：受害植株叶片上呈深绿浅绿相间的凹凸不平斑块，或叶片皱缩卷成畸叶形，严重时叶片开裂，病株萎缩或半边萎缩。病毒病由蚜虫传播和病株汁液传染，高温利于蚜虫繁殖和病毒病的发生，要集中全力防治蚜虫，遏制住这一病毒的传播途径。若发现病株，一定要及时拔出田块，并在窝穴处撒石灰。可在发病田块连续反复地喷洒高锰酸钾溶液，控制蔓延，把损失降低到最低程度；还可喷施 20% 病毒 A 可湿性粉剂 500 倍液、5% 植病灵 300 倍液、5% 菌毒清可湿性粉剂 400 倍液等药剂防治病毒病。

软腐病：在植株基部或近地面根部发病，初期呈水渍状病斑，然后病部扩大并向内扩展，致内部软腐，且有黏液流出，有恶臭味。该病菌主要从伤口侵入，虫害多、湿度大，易于发病。发病初期可喷施 72% 农用硫酸链霉素可溶性粉剂 4000 倍液、3% 中生菌素可湿性粉剂 1000 倍液、14% 络氨铜水剂 300 倍液等药剂防治软腐病。

霜霉病：病菌主要为害叶片，病斑呈黄绿色、多角形，若天气潮湿，病斑上则生一层白色霜状霉。气温稍高、忽暖忽冷和多雨潮湿的条件下易发生。用 50% 溶菌灵可湿性粉剂，或 70% 百德富可湿性粉剂，或 58% 雷多米尔可湿性粉剂 500～700 倍液喷叶背面，每隔 5～7d 喷一次，连续喷 2～3 次。

蚜虫：采用黄板诱杀、复合楝素杀虫剂 1000 倍液、吡虫啉 667m² 用 10g 等方法防治，每 7～10d 防治一次。

黄条跳甲：又名黄条跳蚤、地蹦子、土条蚤等，属鞘翅目、叶甲科。成虫和幼虫均能产生危害。成虫咬食叶片，造成许多小孔；幼虫危害根部。成虫和幼虫造成的伤口，易传播软腐病。在幼龄期及时喷药，常用的药剂有苏云金杆菌 600 倍液，或 BT 乳剂，每 667m² 用药 100g，或 40% 菊杀乳油 2000 倍液，或 50% 辛硫磷乳油 1500 倍液，或 2.5% 溴氰菊酯 2500 倍液，或 50% 敌敌畏乳油 1000 倍液等。发现幼虫危害时，可用药剂灌根。

● 采收

儿菜应分次采收，每次采收应采大留小。当儿芽突起，超过主茎顶端，完全无心叶呈罗汉壮重叠即完全成熟时采收。此时高产、优质、商品率高。如需推迟采收应将菜叶折弯盖心保护儿芽鲜嫩不劣变。早秋播种的儿菜一般在定植后 50～55d 采收，以后分期收获 4～5 次，至次年 3 月下旬结束，每 667m² 产量为 2500～3500kg。

（三）示范与应用

1. 示范基地建设与示范内容

在重庆江津区吴滩镇、先锋镇、璧山县丁家镇建立了三个核心试验示范区，面积

$2100hm^2$，主要开展花椒免耕养分控源保育技术、果园间作养分原位拦截技术和稻菜轮作养分消纳利用技术的研发示范。在忠县新立镇、永川黄瓜山建立了两个辅助试验基地，面积 $50hm^2$，主要开展作物养分高效品种筛选和适度规模种养一体化技术研究。

江津吴滩镇花椒免耕核心试验示范区：基地规模为 $1000hm^2$，已经完善了 10km 道路、20km 的水渠维护，完成了 $250hm^2$ 山地土壤的培肥。已经承担了城郊区花椒覆盖免耕技术研发、山地土壤调理培肥、山顶水土涵养保育等 5 项技术的近 20 个田间试验。连续两年示范花椒免耕技术、土壤养分控源保育技术及西南城郊山地立体环境保育农业模式一套。示范基地花椒单产由 $9000kg/hm^2$ 提高至 $12\,000kg/hm^2$，N、P 养分投入减少 30%~40%，每公顷纯收入增加 3.8 万元。

江津先锋镇果园间作核心试验示范区：基地规模为 $500hm^2$，同步完善了 6km 道路、11km 的水渠维护，完成了 $30hm^2$ 土地的整治培肥。主要承担果园周年间作技术、果园 N、P 减控技术、土壤养分原位拦截技术等 5 项技术的近 30 个田间试验。已经示范了果园周年间作、养分原位拦截等技术以及西南城郊山地立体环保高效农业模式。示范基地增产 10%~30%，N、P 投入减少了 20%~30%，每公顷增加收益 2 万~3 万元。

璧山丁家镇稻菜轮作核心试验示范区：基地规模为 $600hm^2$，已经完善了 40km 道路、50km 的水渠维护。承担稻菜 N、P 减控、水稻半旱式栽培、谷底养分消纳利用、土壤肥力提升、轻型农业机械等 7 项技术的近 40 个田间试验。连续两年进行了城郊谷底养分消纳利用、半旱式稻菜轮作等重大关键技术以及城郊山地立体环境保育农业模式的示范应用。示范基地稻菜单产提高了 10%~20%，N、P 养分投入减少了 30%~40%，每公顷纯收入增加了 7000~10 000 元，减少环境中 N、P 累积量 40% 以上。

2. 模式的推广应用

以重庆市城郊的江津、璧山为重点进行城郊山地立体环境保育农业模式示范，推广应用面积达 $7500hm^2$，减少 N、P 投入 20% 以上，增加效益 0.34 亿元。其中花椒覆盖免耕水土涵养保育技术和缓控释肥在江津区先锋、石门、双福镇的花椒基地推广应用 $4000hm^2$，减少化肥用量 20%，每公顷鲜花椒产量由 6400kg 提高到 9300kg，新增产值 1.16 亿元。果园间作及坡地养分原位拦截技术、土壤调理施肥技术等已在重庆江津区白沙、李市、石门晚熟柑橘园推广应用 $500hm^2$，在永川、忠县、开县等柑橘主产区推广应用 $1500hm^2$，果园 N、P 施用量减少 30%，每公顷间作增加收入 2.4 万元以上。半旱式稻菜轮作养分消纳技术和蔬菜低 N 低 P 栽培等技术在璧山、潼南、武隆、石柱、涪陵等区县推广应用 $2000hm^2$，减少 N、P 施用量 30%~40%，减少养分流失 40% 以上。通过城郊山地立体环境保育农业模式的示范推广，其核心技术覆盖了重庆主城"一小时经济圈"，并向渝东南、渝东北"两翼"区域中心城市城郊辐射。以城郊山地立体环境保育农业为主线，以粮油、蔬菜、柑橘、生猪和山地特色作物为核心，形成了主城"一小时经济圈"范围内的现代都市农业圈、"渝东北翼"库区生态农业走廊和"渝东南翼"山地特色农业基地（图 11-4），构建了"一圈两翼"的重庆城郊山地立体环境保育农业发展格局。

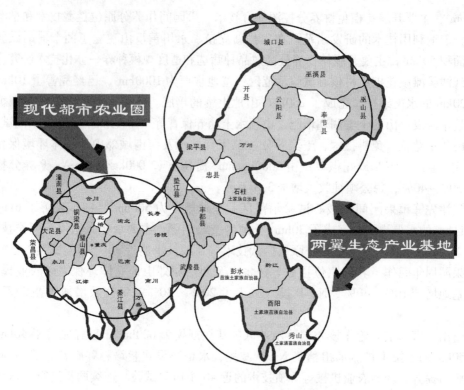

图 11-5　重庆城郊山地立体环境保育农业"一圈两翼"发展格局

第三节　城郊山地立体环境保育农业模式的效益评价与应用前景

一、效益评价

根据城郊山地立体环境保育农业模式的评价指标与方法，对重庆城郊山区花椒、柑橘和蔬菜的不同种植类型和农业模式的生态效益、经济效益和社会效益评价指标进行测试、调查。城郊山地传统农业模式是由山顶花椒耕作、山腰柑橘净作和平坝蔬菜连作为主体。城郊山地立体环境保育农业模式是在传统农业模式的基础上优化而成，以花椒免耕，柑橘果园间作和半旱式稻菜轮作为核心，其评价指标的原始值如表 11-21 所示。

表 11-21　效益评价指标原始值

第一层次	第二层次	城郊山地种植类型						城郊山地农业模式	
		花椒 耕作	花椒 免耕	柑橘 净作	柑橘 间作	蔬菜 连作	稻菜 轮作	传统 模式	环保 模式
生态效益	地表覆盖率/%	62.50	72.70	43.20	76.30	43.20	53.80	49.63	67.60
	环境满意度	0.70	0.92	0.83	0.93	0.65	0.85	0.73	0.90
	水土保持率/%	13.04	41.28	49.17	58.63	63.50	86.85	41.90	62.25

续表

第一层次	第二层次	城郊山地种植类型						城郊山地农业模式	
		花椒耕作	花椒免耕	柑橘净作	柑橘间作	蔬菜连作	稻菜轮作	传统模式	环保模式
生态效益	生物量/[t/(667m²)]	1.90	2.32	2.93	5.48	4.70	5.10	3.18	4.30
	土壤有机质含量/%	1.59	1.65	1.74	1.86	1.62	1.92	1.65	1.81
	未富营养化土壤比例/%	97.30	98.60	53.60	27.30	32.80	93.00	61.23	72.97
	重金属达标土壤比例/%	90.32	92.30	93.20	94.60	86.70	90.25	90.07	92.38
	农产品农残合格率/%	97.20	98.30	87.50	89.60	72.30	95.65	85.67	94.52
	农产品重金属合格率/%	98.25	99.65	95.32	97.35	82.65	92.37	92.07	96.46
经济效益	单位面积产值/[万元/(667m²)]	0.38	0.46	0.30	0.76	0.71	0.36	0.46	0.53
	单位面积产量/[t/(667m²)]	0.32	0.38	1.50	3.05	4.30	2.80	2.04	2.08
	产出投入比	3.20	6.81	1.67	2.62	2.27	2.77	2.38	4.07
	纯收入[万元/(667m²·a)]	0.26	0.39	0.12	0.47	0.40	0.23	0.26	0.36
	劳动生产率/(元/劳动日)	72.00	114.00	50.00	95.00	58.75	52.50	60.25	87.17
社会效益	就业水平/[个劳力/(667m²·a)]	0.22	0.17	0.25	0.33	0.50	0.29	0.32	0.26
	农产品商品率/%	94.60	97.80	86.20	87.20	93.40	86.50	91.40	90.50
	技术培训/[人次/(人·a)]	2.53	5.68	3.53	7.95	3.52	6.85	3.19	6.83
	对日常生活的影响程度	0.90	0.95	0.92	0.90	0.85	0.92	0.89	0.92
	对产业发展的期望程度	0.95	0.98	0.95	0.92	0.90	0.85	0.93	0.92

注：环境满意度，完全满意为1；未富营养化土壤比例指区域内未出现N、P富养化土壤所占的百分率；重金属达标土壤比例指区域内重金属未超标土壤所占的百分率；对日常生活的影响程度，完全满意为1；对产业发展的期望程度，期望大力发展为1

（一）评价指标的权重与原始数据归一化处理

结合城郊山区农业的特点和对社会经济的影响，在调查统计的基础上，确定生态效益、经济效益和社会效益对综合效益的贡献权重分别为0.30、0.40和0.30；根据第二层次各评价指标对第一层次效益的贡献大小，分别确定其权重；第二层次各指标权重乘以第一层次权重值作为各指标对综合效益的组合权重。以城郊山区最大的稻菜轮作类型为标准化值1，对各种植类型的各项指标进行归一化处理，同样以城郊山地传统农业模式为标准化值1，对环境保育农业模式各项指标进行归一化处理。各指标在不同层次上的权重及各种植类型和农业模式的归一化处理结果如表11-22所示。通过对各指标原始数据的归一化处理，使得处理后的指标值能够反映出各种植类型之间或农业模式之间效益的差异程度。

表11-22 效益评价指标权重与原始数据归一化处理值

第一层次	第二层次	权重值 第一层次	权重值 第二层次	组合权重	城郊山地种植类型 花椒耕作	花椒免耕	柑橘净作	柑橘间作	蔬菜连作	稻菜轮作	城郊山地农业模式 传统模式	环保模式
生态效益	地表覆盖率	0.30	0.15	0.045	1.162	1.351	0.803	1.418	0.803	1.000	1.000	1.362
	环境满意度		0.10	0.030	0.824	1.082	0.976	1.094	0.765	1.000	1.000	1.239
	水土保持率		0.40	0.120	0.150	0.475	0.566	0.675	0.731	1.000	1.000	1.486
	生物量		0.10	0.030	0.373	0.455	0.575	1.075	0.922	1.000	1.000	1.354
	土壤有机质含量		0.05	0.015	0.828	0.859	0.906	0.969	0.844	1.000	1.000	1.097
	未富营养化土壤比例		0.05	0.015	1.046	1.060	0.576	0.294	0.353	1.000	1.000	1.192
	重金属达标土壤比例		0.05	0.015	1.001	1.023	1.033	1.048	0.961	1.000	1.000	1.026
	农产品农残合格率		0.05	0.015	1.016	1.028	0.915	0.937	0.756	1.000	1.000	1.103
	农产品重金属合格率		0.05	0.015	1.064	1.079	1.032	1.054	0.895	1.000	1.000	1.048
经济效益	单位面积产值	0.40	0.40	0.160	1.067	1.267	0.833	2.111	1.958	1.000	1.000	1.135
	单位面积产量		0.15	0.060	0.114	0.136	0.536	1.089	1.536	1.000	1.000	1.018
	产出投入比		0.10	0.040	1.156	2.458	0.602	0.946	0.821	1.000	1.000	1.708
	纯收入		0.25	0.100	1.148	1.691	0.522	2.043	1.717	1.000	1.000	1.398
	劳动生产率		0.10	0.040	1.371	2.171	0.952	1.810	1.119	1.000	1.000	1.447
社会效益	就业水平	0.30	0.40	0.120	0.778	0.583	0.875	1.167	1.750	1.000	1.000	0.808
	农产品商品率		0.35	0.105	1.094	1.131	0.997	1.008	1.080	1.000	1.000	0.990
	技术培训		0.15	0.045	0.369	0.829	0.515	1.161	0.514	1.000	1.000	2.138
	对日常生活的影响		0.05	0.015	0.978	1.033	1.000	0.978	0.924	1.000	1.000	1.037
	对产业发展的期望		0.05	0.015	1.118	1.153	1.118	1.082	1.059	1.000	1.000	0.982

（二）效益指标的标准数量化处理

对各指标归一化处理值进一步进行标准数量化处理，即将各指标在不同种植类型或农业模式中的最大效益值看作 1，计算和分析各指标在不同种植类型或农业模式中的效益贡献量，其标准数量化值计算结果如表 11-23 所示。

表 11-23 效益指标的标准数量化值

第一层次	第二层次	城郊山地种植类型						城郊山地农业模式	
		花椒耕作	花椒免耕	柑橘净作	柑橘间作	蔬菜连作	稻菜轮作	传统模式	环保模式
生态效益	地表覆盖率	0.819	0.953	0.566	1.000	0.566	0.705	0.734	1.000
	环境满意度	0.753	0.989	0.892	1.000	0.699	0.914	0.807	1.000
	水土保持率	0.150	0.475	0.566	0.675	0.731	1.000	0.673	1.000
	生物量	0.347	0.423	0.535	1.000	0.858	0.931	0.739	1.000
	土壤有机质含量	0.828	0.859	0.906	0.969	0.844	1.000	0.912	1.000
	未富营养化土壤比例	0.987	1.000	0.544	0.277	0.333	0.943	0.839	1.000
	重金属达标土壤比例	0.955	0.976	0.985	1.000	0.916	0.954	0.975	1.000
	农产品农残合格率	0.989	1.000	0.890	0.911	0.736	0.973	0.906	1.000
	农产品重金属合格率	0.986	1.000	0.957	0.977	0.829	0.927	0.955	1.000
经济效益	单位面积产值	0.505	0.600	0.395	1.000	0.928	0.474	0.881	1.000
	单位面积产量	0.074	0.088	0.349	0.709	1.000	0.651	0.982	1.000
	产出投入比	0.470	1.000	0.245	0.385	0.334	0.407	0.586	1.000
	纯收入	0.562	0.828	0.255	1.000	0.840	0.489	0.715	1.000
	劳动生产率	0.632	1.000	0.439	0.833	0.515	0.461	0.691	1.000
社会效益	就业水平	0.444	0.333	0.500	0.667	1.000	0.571	1.000	0.808
	农产品商品率	0.967	1.000	0.881	0.892	0.955	0.884	1.000	0.990
	技术培训	0.318	0.714	0.444	1.000	0.443	0.862	0.468	1.000
	对日常生活的影响	0.947	1.000	0.968	0.947	0.895	0.968	0.964	1.000
	对产业发展的期望	0.969	1.000	0.969	0.939	0.918	0.867	1.000	0.982

（三）综合效益分析

将效益指标的标准数量化值乘以各自的组合权重，获得效益指标的综合效益贡献值，各层次效益指标综合效益贡献值之和为上一层次效益贡献值。城郊山地各种植类型和农业模式的综合效益统计结果如表 11-24 所示。

表 11-24 城郊山地农业的综合效益分析

效益	城郊山地种植类型						城郊山地农业模式	
	花椒耕作	花椒免耕	柑橘净作	柑橘间作	蔬菜连作	稻菜轮作	传统模式	环保模式
生态效益	0.159	0.215	0.200	0.248	0.215	0.279	0.229	0.300
经济效益	0.186	0.264	0.137	0.351	0.326	0.198	0.323	0.400
社会效益	0.198	0.207	0.202	0.247	0.267	0.228	0.276	0.276
综合效益	0.543	0.686	0.539	0.846	0.809	0.705	0.827	0.976

城郊山区不同种植类型的综合效益差异明显，柑橘果园间作和蔬菜连作的综合效益较大，花椒耕作和柑橘净作的综合效益较小。从生态效益来看，稻菜轮作的生态效益最高，通过山地免耕和间作可以显著提高花椒和柑橘果园的生态效益。从经济效益来看，果园间作和蔬菜连作具有较高的经济效益，柑橘净作和花椒耕作的经济效益较低；通过山地免耕和果园间作可以显著提高花椒和柑橘果园的经济效益，但稻菜轮作在一定程度上降低了蔬菜的经济效益。蔬菜连作和果园间作类型具有较高的社会效益，这主要得益于劳动力消耗量大，有利于提高农民就业水平；相反，其他几种种植类型对劳动力的需求相对较少，体现不出较大的社会效益。

城郊山地立体环境保育农业模式的综合效益最大，是传统农业模式的1.17倍，其综合效益的增加主要来自于生态效益和经济效益的增加，分别是传统农业模式的1.31倍和1.24倍。两种模式之间的社会效益无显著差异，主要是由于环境保育农业模式通过免耕和半旱式栽培，大幅降低了劳动强度和用工量，农村劳动力就业水平比原来下降了19.17%。进一步提高城郊山地环境保育农业模式的社会效益和综合效益，关键在于组织剩余农村劳动力从事农产品加工销售，开展城郊旅游与餐饮服务，提高城郊农民的就业水平与经济收入，通过第二、三产业的不断延伸，逐步优化完善城郊山地立体环境保育农业模式，实现城郊山区农业高效与环境协调发展。

二、应用前景

随着社会和经济的高速发展，我国城市化进程日益加快，为保障城市农产品的供应，城郊农业将发挥更大的作用。而山地城市的发展，由于受到交通和运输等限制，对城郊农业的依赖性更强，城郊山地农业的规模也将不断扩大。城郊农业不仅具有满足城市所需优质农产品供应的功能，而且将担负消纳城市污染物的环境保护功能。由于城郊山地农业的相对脆弱性，发展城郊山地立体环境保育农业具有更加重要的意义。

首先，要发挥靠近城市的区位优势，充分利用市民对农产品的多样化和多元化需求，以及山地良好的生态环境和垂直带状分布的光热自然资源，通过技术创新和集成，大力发展城郊山地高产、优质、安全、环保、高效的产品型现代农业产业，以保障市民对优质和高档次鲜活农产品的需求，提升农产品价值和增加农民收入，并完善城郊山地农业的环境保护功能。其次，针对市民多元化休闲和文化的需求，挖掘和开发城郊山地农业的景观、生态和文化价值，发展以旅游、观光和休闲等为主导的服务型现代农业产业，拓展城郊山地农业的功能，提高市民生活质量，提升城市竞争力和可持续发展能力。未来城郊山地立体环境保育农业的发展优先领域包括共性支撑技术和区域技术体系的构建与示范推广。

（一）城郊山地立体环境保育农业优先共性支撑技术领域

1. 山地原位固土培肥技术

以有效防治土壤流失为目标，以防控土壤水蚀和风蚀为关键，从三个层面开展技术研发：一是工程技术，如低成本坡改梯技术、坡地地表径流优化与土壤拦截技术；二是生物措施，重点开发固土保肥能力强的植物围栏、固氮保土培肥的覆盖作物和常绿多年生经济作物；三是农艺技术，包括开发可降解农膜覆盖和作物秸秆周年覆盖技术、免耕和少耕栽培技术、横坡耕作技术等。

2. 农业结构性污染消解技术

以家禽、生猪、鱼等集约化养殖污染防控为重点，开发种养产业空间配置技术，种养一体养分平衡管理技术，规模化养殖粪污有害生物无害化处理与重金属萃取技术，规模化养殖废弃物有机肥料生产技术与工艺，以及山地林下分散禽类养殖技术和环境容量研究。

3. 作物养分最佳管理决策系统（BMP）技术

主要包括城郊山地主要类型作物的养分动态需求规律研究，典型城郊山地主要区域土壤养分供给研究，主要肥料养分释放规律研究，土壤与植物有效养分含量快速诊断技术与设备研发，肥料养分流失控制技术的研究，以及 BMP 技术及其应用。

4. 山地低碳农业技术

主要包括城郊山地农业的城市生态价值评估方法与指标体系研究，城郊山地不同类型土地 N、P 低耗型作物品种筛选与应用，作物秸秆、养殖废弃物的农田环境容量评价与提高技术研究，南方冬水田甲烷减排技术研究，旱耕地氮化物源头减控技术研究，典型作物固碳能力定量测定方法研究，作物经济产量与固碳效率协同技术研究，以及提高土壤固碳效率与固碳稳定性能的物理、化学和农艺关键技术研究。

5. 农村分散式点源污染治理技术

主要包括农户和农家乐等生活污染无害化处理与农业资源化利用技术研究，畜禽集约化养殖恶臭高效低成本治理技术研究，家庭式农产品加工，固体有机废弃物资源化利用与废液处理技术研究。

6. 化学投入品污染控制技术

以农用化学品的替代、减量和污染修复为切入点，保护动植物产品质量安全、土壤和水体环境安全。第一，发挥山地生态位不饱和的优势，建立作物病虫害生态防控技术，重点放在作物抗耐病虫害品种的选择与利用，植物源与生物农药的筛选与利用，作物病虫害物理防控新技术的研发，提高作物抗性的农艺技术研究，以及基于农田生态链防治作物病虫害技术等的研究上。第二，开展高残留化学兽药、动物激素减量技术与替代品的研制，可降解农用薄膜研发、筛选与利用，轻微型农田残膜收集机械。第三，开展土壤、水体和养殖粪污中农药、兽药和激素残留降解与无毒化技术研究。

7. 污染物农业资源化利用新技术

围绕城市生活和工业"三废"污染农田进行修复和利用，重点放在耐污染花卉苗木品种的筛选、评价与配套种植技术，污染水体高效净化植物的评价与利用，适宜污染环境种植的工业原料植物筛选、栽培技术与区域配置模式，城市污泥资源化改造与植物利用关键技术等研究上。针对化肥超量投入和长期连作引发的土壤障碍，开展作物轮作模式、水旱轮作、土壤养分调理、土壤 pH 调整、土壤有机质提升与物理结构改良等技术创新。

（二）区域技术体系构建与示范推广

1. 建立城郊山地环保型农产品生产技术体系

与平原地区相比较，山地拥有丰富的自然资源、生物资源、生态环境和农业类型，可满足市民农产品多元化、多层次的需求，在市场经济的驱动下，山地发展特色农业产业具有一定的优势。因此，建立各类城郊山地环保型农产品生产技术体系显得十分重要和必要，其应用前景非常广阔。

各城郊山地农业区域要根据各自的地理区位、地形地貌、生物资源、市民需求和已有产业基础，科学遴选城郊农业的主导产品和特色产品，并以产品为龙头，对共性支撑技术进行筛选和属地化改造，形成本区域环境保育农业关键技术和相应的参数。然后，集成山地农机、作物种植、动物养殖、农产品品质保优、农产品采后处理等全产业链技术，形成各类产品的环保技术体系，并选择不同地点、规模进行示范。例如，对华北等干旱地区，要把防治地表扬尘、沙尘作为环保的重点，集成相关保障技术；对长期连续高强度施用化肥的设施农业、蔬菜基地，要重点集成化肥减量、水旱轮作等土壤质量修复技术；对以花卉苗木为主导产业的区域，要加大乡土树种的开发和以测土测树配方施肥技术的集成应用。

2. 构建城郊山地环保型服务农业技术体系

生态、景观、文化是现代城市的重要核心组成部分，恰恰也是我国城市普遍缺乏的。鉴于农业拥有供给产品、生态、景观、文化等多种功能，服务现代城市建设发展，理应成为农业的责任和义务，同时，也是当代农业发展面临的难得机遇。为此，我们必须站在城市尤其是超大、特大和大城市科学发展、长期可持续发展的战略高度，审视评价和发现农业价值，理清农业与城市的关系，确立城市化进程中农业的重要地位。要广泛宣传农业在丰富城市功能，提升城市品位、改善市民生活质量中扮演的重要角色,大力推广农业是低成本建设与运行城市生态新路径的理念,让全社会认同、重视和发展城市农业,为农业探寻新的发展方向和空间,让古老的农业焕发青春与活力。

应积极学习借鉴日本大阪、名古屋等城市的成功经验,坚持着眼长远、突出特色、科学布局的原则,把永久性城市农业带(区)建设纳入城市建设总体规划。要发挥植物新陈代谢功能,把城市农业建成城市的肺叶;发挥农业生态系统气候调节功能,让城市农业成为消除城市热岛效应的空调;发挥稻田湿地、农业污物消纳功能,把城市农业建成城市的肾脏;发挥农业景观、文化教育、产品等供给功能,把城市农业建成城市公园(花园)等。对科技的需要方面,要大力开发各类支撑保障技术,再融入环保技术,探索建立中国特色的山地环保型城市农业技术体系。

立足市民休闲、观光、旅游等享乐需求的需要,立足产品农业向服务农业转型的需要,综合运用现代生物、美学、农艺、装备、信息、管理等学科的知识,广泛集成山地景观、田园风光、建筑风格、农村文化习俗、农业休闲参与、现代科技展示、旅游农产品、农业装备、环境保育等保障技术,打造类型多样、风格各异的休闲观光旅游农业模式,建立城郊山地环保服务农业技术体系。

3. 山地环境保育农业示范与推广

要在六大城郊山地农业区内选择代表性地点,分别建立产品型环境保育农业和服务农业中试示范基地,对技术、产品、模式等进行熟化、示范。要以基地为载体,采取灵活多样的方式,面向农民开展技术培训,加快技术成果推广应用的步伐,力争建成一批城市生态农业带(圈)和开放的农业公园,成功打造一批环保型高效特色农产品产业和休闲观光旅游农业产业。

参 考 文 献

重庆市旅游局. 2010-05-03. 重庆市 2010 年"五一"小长假旅游接待简述. http://www.cqta.gov.cn/cms/gov/pub/topic.jsp? sub=/cms/html.do/6742

重庆市农业委员会. 2009-03-10. 重庆农业概况. http://www.cqagri.gov.cn/agriSurvey/nyzygk2007.asp

李庆逵. 1992. 中国水稻土. 北京:科学出版社:209

翁伯琦,王义祥,刘用场等. 2008. 发展乡村循环经济与建设现代农业——以丘陵山地开发与经营为例. 中国软科学(下),(增刊):69~74

许峰,蔡强国,关淑安等. 2000. 坡地农林复合系统土壤养分时间过程初步研究. 水土保持学报,14(3):46~50

赵先贵,肖玲. 2002. 控释肥料的研究进展. 中国生态农业学报,10(3):95~97

张国红. 1999. 我国水土流失现状及其治理对策的探讨. 林业资源管理,(5):30~33